KUWEI
酷威文化
图书 影视

玩家

上册

春溪笛晓 著

江苏凤凰文艺出版社
JIANGSU PHOENIX LITERATURE AND ART PUBLISHING

目录

废之类的话；更别说人家确实好，确实没嫌弃自己了。

回房后，王雱摊开一张白纸，扫空了所有思绪，一心扑在新型水利建筑的设计上。

又是一个周末，王雱和司马琰都被赶出了家门，被逼着去解决人生大事。王雱与司马琰到了约定的地点见面后，无奈地相视苦笑。他们都觉得现在的这种生活挺好，忙碌而充实，根本塞不下“婚姻大事”这个重要议程。

见都见了，王雱不会没风度地和司马琰干瞪眼。他邀请道：“今天皇陵开放，听说那里有苏东坡抄录的《圣散子方》原稿，我觉得你应该有兴趣。”

司马琰一听，果然来了兴致：“那我去开车。”

相传，《圣散子方》是北宋元丰年间流传出来的药方。当时有个叫巢元修的人，在寒疫爆发时用药汤救治了不少病人，苏东坡和他相熟，看到这药汤能救人后立刻追着巢元修问药方。巢元修则说，这是祖传药方，不能外传，告诉他也可以，不过他得发誓不再传给别人。苏东坡发完誓，拿到药方后，转头又传了出去，还建立了一个叫“安善坊”的古代“公立医院”。

苏东坡对《圣散子方》的推广很成功，所以这个药方很快广为人知。可惜知道的人不一定能用对，到了南宋时期，京城爆发热疫，一群苏东坡的迷弟表示苏东坡大大说这个好用，还大力推荐，积极主动地张罗着给患热疫的人服用这圣散子。

用治疗寒疾的方子治疗热疾会是什么结果？自然是事与愿违！就比如着火了，你想灭火，捧起火油泼了过去。这火能灭吗？肯定是不能的，而且不仅不能灭，还使火愈烧愈烈，噼里啪啦成燎原之势。

王雱也是偶然看到过这个故事，才对《圣散子方》有点印象。这方子哪怕曾经被人用错了地方而闹出无数人命，也不得不说仍然是一个了不起的好方子。王雱上了司马琰的车，两个人一起前往皇陵。

周末，皇陵这边本应该热闹得很，可这天看起来却异常静谧，王雱两人离开停车场时竟没有看见几个人影。

天阴沉沉的，看起来像要下雨。司马琰才刚折返把车上的备用伞拿出来，豆大的雨点就已经“啪啦啪啦”地往下掉，重重地敲击着石板砌成的结实路面。

司马琰忙跑到王雱身边打开伞。王雱个子高，伸手接过司马琰手里的伞，并将伞身微微地向司马琰的方向倾斜，挡住到处乱溅的雨花儿。她的目光悄然落到王雱身上。王雱这个人永远很平和，哪怕半边肩膀被雨水打湿了也丝毫不显狼狈。可她有种难言的直觉，她觉得王雱平和的表象下藏着一颗不如表面般温文的心。对司马琰来说，王雱有着一双令人挪不开眼的眼睛。

雨势太大，两个人也没来得及看前面是什么地方，就急急地跑向前方的一处屋檐躲雨。不想，两人刚冲进屋檐，外头的雷声、雨声仿佛都被人骤然掐断，天地倏地一静。

王雱与司马琰惊疑不定，目光在空中短暂地交汇，却来不及与对方说些什么。

此时，他们眼前掠过许多或熟悉或陌生的画面：从刀耕火种到精耕细作，从结绳记事到百家争鸣，从秦皇汉武到唐宋风流……那早已湮没在历史洪流中的一幕幕，裹挟着时代的风霜滚滚而来，真实到让人头皮发麻、心脏直颤，更让人不由自主地沉浸其中。

许久之后，那宛如史诗般宏伟的过场动画终于尘埃落定，定格在一个无法退出的游戏界面——

恭喜玩家成功连接到《玩宋——内测版》！

本游戏旨在将玩家传送至特定时代节点，重启古地球文明，游戏自由度高，无强制任务，一切玩法皆可由玩家自行探索！

正在扫描玩家信息……

玩家符合传送条件……

正在绑定玩家信息……

绑定成功，传送开始，祝玩家生活愉快！

王雱听着耳边的一声声提示，最后的想法是：没有关闭键的弹出广告是违法的！这是哪家游戏商出的新游戏？

与此同时。

公元 1044 年，庆历四年春，两个同年同月同日生的婴孩呱呱坠地，发出了来到这个陌生时代后的第一声哭叫。

第一章

我爹不洗澡

庆历六年冬，开封早早飘了初雪。一辆牛车辘辘地跨过护城河，驶向南薰门。守城的卫兵身穿甲衣挺立在雪中，哪怕风雪厚积在肩膀也不曾抬手。负责核检的卫兵有条不紊地查看着进城者的“身份证”，一个一个地给他们“安检”。

牛车之中坐着三个人，一位是满身文气的文士，一位是挽着妇人发髻的年轻妇人，还有一位是个年方三四岁的男孩。他的头发并没有像一般小孩那样剃得剩下一小撮，衣服也穿得整整齐齐，看着乖巧得很。

这一家人是从扬州任满回来的，文士名叫王安石，这三年都在扬州任签书淮南判官——大概就是扬州市政府办公厅秘书。这对于初入官场的新人来说，已经是很不错的职位了。可惜的是，王安石和领导韩琦不太对付，这三年干得很不顺心。

这三四岁的小童自然是王雱。王雱从混混沌沌长到能开口说话，从零开始学习大宋官话。他随着王安石在扬州长大，年纪又小，身边没什么参照物，只能摸索着学习，免得一不小心表现得太超前而被人当妖怪烧了。

王雱的小心谨慎一度让母亲吴氏担心不已，她觉得自己生了个傻儿子，说话比别人慢、比别人少，走路也比别人慢，不爱哭也不爱闹，每天就自己坐着发呆（王雱偶尔偷偷摊开书认字，看起来就像发呆）。

别人生了傻儿子，那肯定是哭天喊地，每日以泪洗面，可吴氏偏不。吴氏虽因王雱的“发育迟缓”而忧心了一段时间，但随后也想开了，可着劲疼王雱，把他当眼珠子爱护。

吴氏性格爽利又泼辣，护起犊子来连王安石都敢挠，王雱在她的翼护下活得快快活活，没人能欺负到他头上去。

王雱享受过吴氏全方位的爱护之后，学会了如何当聪明又幸福的“傻子”。王安石要给他开蒙，他乖乖跟着学，不过学了十分他只表现出一分。聪明才智什么的，够用就好，表现那么突出做什么？

自从王雱知道自己老爹是王安石之后，就打定主意好好享受人生。王安石是谁？未来名人啊！他不是学历史的，对王安石不太了解，但可以确定一件事：他爹以后是要当宰相的！

这代表着什么？这代表着他以后可以当全大宋最牛的“二代”，老爹是朝廷第一人的那种。

比起在大宋朝好好学习、天天向上，王雱更倾向于吃喝玩乐、享受生活。

这次跟着王安石进京，王雱还有一件事想弄清楚：司马琰是不是也和他一样来到了这边？如果是的话，司马琰又在哪里？

想到古代社会对女人的不友好，王雱免不了替司马琰惋惜。要是生在大户人家还好，生在穷人家可就惨了，什么条件都差。

不过司马这个姓氏让王雱想到一个人：司马光。

司马光，他老爹的未来政敌，死磕到底的那种。他们的主张完全相反，脾气却一样拧，一个被人称为“拗相公”，一个被苏东坡骂成“司马牛”。瞧瞧，一看就是不可调和的死敌！好在这个时期司马光和他爹应该还没有成为敌人。

王雱不知道这个时代有多少姓司马的，也不知道这个时候司马光在不在京城，不过来都来了，总得碰碰运气找找看。万一找到了呢？

想到这里，王雱眼珠子溜溜转。

牛车在城门停下，王雱迈着小短腿跳下车，跟着吴氏接受检查。王雱这个年纪的小孩，只要收拾得齐整一些都玉雪可爱，王雱也不例外。王雱踩着雪跟在吴氏身边排队，前后的人免不了要和王安石夸上几句：“令郎长得可真俊。”

王安石也才二十六岁，早早得了儿子哪有不稀罕的？他假意谦虚：“三四岁的小孩，哪里看得出俊不俊？”

王安石虽有些不修边幅，却十分俊美。他的脸虽瞧着黑了些，但五官端正，自带几分清直之相，任谁看了都会夸他一表人才。

前前后后的人绕着王雱说了一会儿话后，轮到他们进城了。吴氏刚接受完检查，王雱却跳上前，挡住了正要被检查的王安石，举起双手露出一副“你检查吧，我保证什么危险的东西都没带”的正经样儿。

负责检查的卫兵都被他逗笑了。小娃儿确实也该检查，以前就有过把东西藏在小孩身上试图蒙混过关的家伙。卫兵把王雱上上下下地检查了一遍，表示完全没问题，态度极好地让王雱赶紧回他娘身边。

王安石接受完检查后，便带着妻儿去找住的地方。

作为进京等待新职务的官员，他们可以用非常低廉的价格租到官府出资建成的“公租房”。大部分公租房都位于国子监附近，带上身份文书去租住非常方便，完全可以“拎包入住”。

王安石一家三口看完房子，就去做了租住登记。按租金分，房子有三等。王安石由于刚入仕几年，官职不算特别高，而且母亲是父亲的续弦，父亲则早些年就不在了，家中给不了多少支持，所以囊中羞涩，只好挑那最差的三等房。

这房子特别小，没单独的院子，独卫独厨更是痴心妄想，屋内面积也只够他们一家三口吃饭睡觉的。

王雱一路上只能偶尔靠着嘴甜脸可爱讨点水擦脸洗澡，早就觉得自己身上臭臭的，一搁下行李便央求王安石："去洗澡！"

王安石是最不爱洗澡的，尤其是这大冬天的，脱了衣服得多冷。他语气坚决地说："不去，别胡闹。"

王雱见王安石一脸拒绝，改弦更张找上吴氏，不要脸地撒娇、卖萌、摇她胳膊："娘，去洗澡。"

吴氏什么都好，就是老爱无条件地宠溺儿子。她拉着王安石说："也不差这几个钱，就带他去吧！雱儿他最爱干净，身上脏他晚上睡不舒坦。"

"对！"王雱直点头，"还会长虱子！"

说起虱子，那真是王雱的噩梦。他前两年和王安石他们睡一块儿，早上睁开眼，猛地看到一只吃得鼓鼓囊囊的虱子在枕头上爬啊爬，马上要爬到他这边来了！

"哇，虱子！"王雱大叫了起来。虽然王雱在现实世界天天被逼着学习，可生活条件从来没差过，他就没见过虱子！

而这只虱子的源头，是他爹——王安石。

他爹最不爱洗澡。有一回，他娘看他爹脸色黑黑的，怕他爹熬夜看书熬出病来，就暗暗叫来邻居大夫给他爹看了看。邻居大夫看过之后，摇头说："没病，脸色黑是因为没洗脸，污垢积得太多了。"

王雱都不知道说什么才好。条件差，不能天天洗澡，王雱也忍了，可他爹连脸都不洗，他能说什么？这王雱可是不能忍的，从能走路、长牙齿开始，他就坚持每天早上起来刷牙洗脸，还一脸凶狠地拉上他爹一起——当然，他爹会听是因为他的凶狠还是可爱就不得而知了。反正，哪天他爹不洗脸，他就啪的一声，一大早把浸了冷水的毛巾往他爹脸上盖去，硬生生地把他爹冰醒。

王安石虽见妻儿主意已决，但还想再挣扎一下："那你们去吧，我在家看看书就好。"

"不行，"王雱坚决不同意，小脸严肃得很，"我是男子汉大丈夫，不能去女澡堂。"

王安石无奈，只能带上钱携妻儿出门。

汴京繁华得很，澡堂子也不少，王安石一家三口带着换洗的衣物出门，没走出多远便看到一处门口挂着壶的店家。这就是宋朝"洗浴中心"的标志了。

王雱抱着自己那套小衣服跑进去，问了问价钱。汴京是首都，物价高一些。他们在扬州三五文可以洗一次，这儿要十文钱，不过店家说会给配胰子——也就是肥皂的原型——擦身洗头都能用。

王雱见王安石听到价格后想走，赶紧和店家砍起价来。什么我看另一家比较便宜，什么一家三口都来洗能不能便宜点……王雱人还没有前头的柜子高，只能踮起脚趴在那儿和店家商量："打个五折六折什么的呗！"

店家奇了："什么叫五折六折？"

"就是折个价，"王雱眼睛亮亮的，可萌了，他卖力地给店家举例子，"比如十文钱的五折就是五文！"

"哟，这么小就会算术了，这说法也挺新鲜。"店家说，"那你给我算算，一家三口算你们五折是多少钱？"

"算出来你给我们打五折吗？"王雱锲而不舍地砍价。

"行啊，你算。"店家年纪和王安石差不多，家中也有这年纪的儿子，因而对机灵可爱的王雱很是喜欢。

"十五文！"王雱直接报数，他报完就转身催促王安石，"爹，给钱给钱！"

店家更觉稀奇了，这小孩全程是自己问的价，此前应该是不知道价钱的。这么小的娃娃，算起数来居然这么快！店家接过王安石递来的十五文钱，朝王安石夸道："令郎可真是聪明伶俐。"

王安石原本舍不得花钱来洗澡，听店家夸了王雱后才心情舒畅起来。不过，他自然是不会表露出来的——都是当爹的人了，要沉稳，沉稳！他家这小子，没人夸就够皮了，有人夸还不得把尾巴翘上天去？于是，王安石一脸不以为然地说："他啊，顽劣得很。"

"我爱洗澡皮肤好好，哦哦哦——小心跳蚤蹦蹦跳跳，哦哦哦——我爹爹想逃跑，上冲冲下洗洗，左搓搓右揉揉，有空再来握握手。上冲冲下洗洗，左搓搓右揉揉，我的爹爹干净了——"大澡堂分了男女，男澡堂这边飘着王雱嫩生生的嗓音。

不少人听这歌，都忍不住转头往他们父子俩的方向瞧上几眼。见王雱迈着小胳膊小腿卖力地给他爹搓澡，口里还翻来覆去地把歌唱，这一幕让所有人都忍俊不禁。

别看这歌词都是大白话，听起来还真是朗朗上口，回去教给自己的孩子也不错。就是词儿得改改，什么"我爹爹想逃跑""我的爹爹干净了"，要是自家臭小子唱出来，他们非打死不可。

王安石对自家儿子骂也不是，揍也不行，只能绷着脸皮由着王雱给他搓背。这大概就是成亲带来的改变吧，以前他有这时间绝对会选择多看几本书，可是儿子学会说话之后他不知不觉会把时间花在和儿子相处上。

别看王安石总是摆出一副“我儿子也就一般般啦”的样子，其实在他心里，一直觉得他这儿子是天底下最聪明、最可爱的小孩。哪怕现在王雱胡乱哼着乱七八糟的歌引得众人侧目，王安石也不觉得生气，反正他才刚来京城，也没几个认得的人，不用怕的！

可话总是不能说得太绝对，王安石正这样想着，便听有人开口喊道：“这不是介甫吗？”

王安石，字介甫。王安石绷着脸瞅了瞅，又斜眼瞧了瞧在自己背后蹦跶的儿子，意思是“不要唱了”。

王雱还是很给自己老爹面子的，不给他搓背了，而是绕到王安石面前踮起脚用湿巾子往那有点儿发黑迹象的脸上可着劲擦了擦。咦，白巾子怎么擦也不变黑？

看来是脸本来就黑啊！王雱对自己的努力成果非常满意，他爹现在天天坚持洗脸，脸上都干净了！

王安石把王雱拎到一边，朝和自己打招呼的人看去。看清来人，王安石露出笑容：“子固兄近来可好？我初来京城，也没来得及去太学寻你。”

这人姓曾名巩，字子固，早些年与王安石相识，交情甚笃。曾巩为人大方，待人至诚，见到欧阳公之后还向对方推荐过王安石。

王雱乖巧地站在王安石身边，眨巴着眼看向曾巩。这年头每个人又是名又是字的，贼难记，光凭一个“子固兄”，王雱还真不晓得这人是谁。

曾巩见了王雱，夸道：“这便是你们家雱儿吧？你在信中常提到他，我早就想要见一见了，一直没机会，没承想在澡堂里见着了。”末了，他还促狭了一句，“介甫你可是澡堂里的稀客啊。”

王雱闻言顿时一脸谴责地看向王安石，意思是“老爹你看看你，不爱洗澡弄得所有人都知道了”。谴责完，王雱又回过味来，他爹和这位好友通信时常提起他！王雱两眼亮晶晶，麻溜地追问：“哎呀，子固叔叔，我爹都怎么说我的啊？”

王安石绷着脸敲他脑袋：“叫曾叔父。”

王雱只能捂着脑袋乖乖改口：“曾叔父。”

“小孩子嘛，想怎么叫就怎么叫。”曾巩性格疏朗，笑着揭了王安石的底，“你爹爹在信中总说你机灵，从前与我是以文相交的，自你稍长些，他的来信便都是写你的趣事。我还没见你呢，已从信里知道你学完几个字啦！”

王雱看向王安石的目光顿时不同了。难怪这位叔父要来挤对他老爹了，原来他老爹居然是隐藏的“秀娃狂魔”，妥妥的“朋友圈毒瘤之一”！又不是自家孩子，谁会想看你儿子怎么吃喝拉撒、学跑学跳？

曾巩与王安石许久不见，边冲澡边聊着，到走时雪意更深了。王安石等吴氏出来与曾巩见了礼，便与曾巩一起往回走。他们的“公租房”在国子监旁，太学又与国子监连在一块儿，回去的路是一样的。

“国子监那边来了位新直讲，年纪与我相仿，课却讲得极好，我们偶尔会结伴过去听一听。”回去的路上曾巩给王安石讲起在太学求学的事，“介甫应该也听说过他，就是那位‘砸缸救友’的司马先生。”

王雱本来就好奇地竖着耳朵听他们说话，听到这“砸缸救友”之后心就怦怦直跳。真是踏破铁鞋无觅处，得来全不费工夫！王雱按捺不住提问：“什么是砸缸救友啊？”

小孩子对这些稀奇事总是好奇的，曾巩也不觉得奇怪，给王雱讲起了那位司马先生砸缸救友的故事：“司马先生小时候和朋友在院子里玩，一个朋友掉进大缸里去出不来了，司马先生怕朋友出事，就拿起一旁的石头把缸砸破，救出了朋友。”

有儿子在，王安石免不了要借机教育教育：“能想出砸缸的办法是谋，敢用石头砸缸是勇，这位司马先生从小就有勇有谋，长大果然成就不凡。”

“是极！”曾巩虽羡慕司马光与王安石早早进士及第，心胸却极为开阔，毫不妒忌地夸赞，“我看同辈之中，数介甫与司马先生最为出众。”

“子固兄这话可别在别人面前说起。”王安石说，“天下能人无数，便是子固兄也是因不擅时文才蹉跎了好些年。若以策论取才，子固兄定然早就金榜题名。”

时文，就是传说中的应试作文，要求写得漂亮，写得正能量；策论则是议论文，针砭时弊，提出论点，甚至还负责给出解决方案。

曾巩直摇头：“我怎么敢在介甫面前夸口说策论做得好？”

眼看马上要进入文人互吹模式，王雱忙插话：“曾叔父，什么是直讲啊？”

“直讲就是国子监直讲，在国子监讲学的先生。”曾巩耐心地解释，“司马先生学问极好，品行也极佳，只要我们愿意问，他便乐于倾囊相授，从不会藏私。”

王雱对大宋的官职一窍不通，只能记下曾巩所说的“国子监直讲”这职位，准备寻机溜出去找人。不过其实记不住也没关系，只要找“砸缸救人司马光”就可以啦！感谢九年义务教育把砸缸救人的故事选进课本，要不然他都不能确定这位司马先生就是他惦记着要找的人！

王安石与曾巩分别后，回了家。家中吴氏点了灯，对王安石闲谈：“这便是你提到过的曾子固吗？”

“子固兄是有才能之人。”王安石道，“可惜朝廷如今的取士之法对他不好。不过子固兄已拜入欧阳公门下，晚些出仕也不算什么，将来必然也能大有成就。”

“这些事我不懂。”吴氏笑道，“你难得有个要好的朋友，得多些往来才好，记得找个日子请他过来坐坐。”

夫妻俩说了一会儿话，便带着王雱用晚饭。饭后，王安石要看书，王雱坐一旁，面前摆着纸和笔墨。他手掌还小得很，抓笔很不顺手，哪怕再努力地想写规整，字也丑得不行，完全是在浪费纸。

王雱对着自己写废的一张纸抓耳挠腮。

这些他用来练字的纸，都是王安石厚着脸皮去扬州府衙讨回来的废弃公文。各种政令、文书过了时间就得处理掉，有的需要归档留着，有的则卖了换钱。王安石好歹也是签书淮南判官，给儿子弄点废纸来练字还是可以的。

王安石看书一向专心，不过儿子在旁就不一样了，他总是用余光时不时地扫一扫一旁的儿子。见儿子小眉头皱得死紧，一脸“我的字怎么能这么丑”的苦恼模样，王安石心中暗乐。别家小孩像他儿子这么小的时候别说写字了，连字都认不全，他这儿子居然还晓得为自己的字丑而苦恼！他儿子果然聪明过人！

骄傲归骄傲，王安石是不会表露出来的。他前两年就写过一篇杂文，叫《伤仲永》，写的是临川老家那边一个叫方仲永的小孩。这方仲永从来没有接触过诗书笔墨，却能提笔作诗，时人奇之，纷纷重金求诗。他父亲见有利可图，不想着好好教导孩子，让他发挥自己过人的天赋，反而带着他到处拜访同乡之人，靠作诗赚钱扬名。结果自然是小时了了，长大后却泯然众人。

玉不琢，不成器！

因此，王安石平时不爱夸王雱，不仅不夸，还会板着脸指出他哪里做得不好，哪里需要改正。他实在憋得不行了，就把炫娃的魔爪伸向与自己通信的好友，如曾巩。至于曾巩爱不爱听，王安石一点都不在意，反正他炫完了浑身舒坦！

这不，见王雱愁眉苦脸地坐在那儿，王安石放下书对着他的字指指点点，说这里走笔不对，说那里写得不齐整，反正毛病一堆。这得改啊，那也得好好改啊，我像你这么大的时候字已经写得老好啦。

王雱：求您做个人吧！给平凡普通、天赋一般般的儿子留点活路行不行！

王雱唇一撇，笔一扔，跑到床上把脑袋埋进被褥里乱拱，没脸没皮地耍赖："我不学了！我不学了！"

全家安顿好了，王安石还有正事要干。这次他任满回京，要做的就是和上头述职：主要是讲讲在地方都干了啥，有什么突出表现，对未来有什么宏远规划等等。

不过，年底归京述职的人多，得排队，所以前头几天先和其他外放归来的官员排排坐，聊聊地方管理经验，说说风土人情，交流一下今年的考核标准，最好能顺便暗暗交换情报看能不能谋个好差事。

王安石一路上早写好了工作报告，所以不慌不忙、从容不迫地和其他人相谈。

家里，王安石前脚一走，王雱马上生龙活虎。他们一家三口没请什么用人，家里事事都由吴氏拿主意。吴氏早起送王安石出门后，便要去买些吃的、喝的、用的。王雱一副乖宝宝模样，乖巧听话地坐在书桌前说："娘，你去吧，我练字！"

自家儿子自己知道，吴氏可不信他会这么安分，说道："这可不是扬州，你忽悠不到衙役带你出门玩儿。别想胡闹，跟娘一起出门！"

王雱没法子，只能垂头丧气地跟着吴氏往外走。

国子监这条街有一点好，临近南薰门，不少农夫直接挑着果蔬进城卖，便宜又新鲜。

王雱见偷溜计划失败了，便乖乖巧巧地跟在吴氏身后，买这买那。还仗着年纪小，脸皮厚，一路连砍价带索要赠品，竟把吴氏本来不准备买的东西都拿下了。

回去的路上吴氏还在想，自己虽然喜欢自家儿子的机灵，却免不了担忧，照这样的花法，去任上的路费都会被花完的。

钱的问题，王雱也没法子。没办法，他才三四岁，有想法也实现不了，只能乖乖当个米虫。反正，以后他爹会当大官！当了大官还怕没钱吗？不怕！不㞞！

王雱给吴氏鼓劲："爹爹马上要发月俸啦。"

吴氏想到儿子在旁，收起了忧色。王安石虽然有月俸，可这正逢年节，又来了京城，过个好年要钱，朋友走动也不能囊中空空，钱不禁花。

吴氏笑着摸摸王雱的脑袋，中途买了些绣线回家准备做些绣品帮补家用。王雱正想说"做绣活伤眼睛"，可话到嘴边又咽了回去。

吴氏是王安石的表妹，嫁给王安石之前就知道这个表哥有这样或那样的毛病，比如不通人情，不爱打理自己，一旦忙起自己的事来，就极少关注其他的东西……

吴氏不是温良贤淑的性格，相反，她的本性还有一点点小泼辣，可对王安石这个丈夫，她是真心爱着的。这种爱也许不是现实世界那种轰轰烈烈、天雷勾地火的热烈爱情，但他们之间的相处给王雱的感觉就是细水长流、相濡以沫。也正因如此，想让吴氏不操心实在太难了。

王雱垂眼看了看自己小小的爪子，有点儿发愁。唉，当傻小孩虽然舒坦，可除了撒娇、卖萌，什么都做不了啊！

午间吴氏做绣活累了，放下绣帕哄王雱上床歇着。王雱装睡，装到吴氏的呼吸变得绵长平缓，他一骨碌翻身坐起来，手脚并用地爬下床，跑到书桌前写字条表示："我想去国子监找点书看看，走几步就到啦，很快就回来"。

王雱一笔一画地把字条写完，压在油灯下，蹑手蹑脚地出了门。

对于一个三四岁的小孩来说，外头的街道着实很大，王雱左看看、右看看，认出国子监所在的方位便迈着小短腿跑了过去。

国子监门口有个老头儿在守门，大中午也没什么人进出，老头儿坐在那儿打盹。王雱个儿小，悄悄从老头儿眼皮底下溜了进去。

国子监的绿化很好，空气可比他们小小的公租房好多了，王雱在里面溜达了一会儿，大致摸清了方位，直奔先生讲学的"教学楼"去了。

国子监和太学比邻而建，太学招收的是七品以下官员家的子弟，国子监招收的则是七品以上官员家的子弟。换句话说，国子监生员的爹都是朝中大臣，最小的也是七品官！

国子监的午休时间已经结束，生员们都回到教室听先生讲课。

王雱一个个教室跑过去，偷偷摸摸地趴在窗外往里看：第一间教室，老头子；第二间教室，老头子；第三间教室，还是老头子。王雱一脸失望，又往前走了一间，发现讲学的终于变成了个相对年轻的中年人，长着张国字脸，很是正派。

哇，这不会就是司马光吧！司马琰要是成了他女儿，女儿随爹，岂不是也会变得脸方方的？王雱想到司马琰姣好的脸蛋，免不了替司马琰忧心起来。最好不是吧！

王雱正天马行空地想着呢，一个凛如清泉的嗓音从他身后传来："你是谁家的孩子？怎么会在这里？"

王雱转头看去，只见一个相貌出众的文士站在自己身后，年纪和他爹相仿，气质却大不相同。这个文士眉目秀逸，丰神俊朗，更重要的是衣袍整齐而洁白，一看就是个爱洗澡的！这是一个老帅老帅的大帅哥！

王雱眼睛忽闪忽闪，直觉告诉他这就是自己想找的人。瞬时，他的小脸蛋上浮出了恰到好处的迷茫和害怕，一脸无辜地说："我……我迷路了。"

文士打量着眼前这三四岁大的小孩，穿得齐齐整整，样子乖乖巧巧，一张脸蛋儿白白嫩嫩，一双眼睛乌亮乌亮，瞧着就是被养得极好的。随即温声道："随我来吧，我带你去找你家里人。"

"不行。"王雱眼神十分坚定，奶声奶气地拒绝，"爹爹说不能随便跟别人走，会被拍花子拐走卖掉的。"

所谓的"拍花子"，就是专门拐卖儿童的人贩子。

文士觉得小孩有点儿警惕心很不错，脸上露出更加温和的笑容，耐心十足地向王雱表明身份："我姓司马，单名光，在这儿任国子监直讲，里头有不少人都听过我讲学，不是拍花子。"

王雱两眼一亮。果然是司马光！哎呀，女儿随爹也不怕了！再仔细一看，司马光这眉眼、这鼻子，和他记忆里的司马琰还真有点儿像。

一想到有可能得到司马琰的消息，王雱立刻兴奋起来。自己一个人来到与现实世界完全不同的时代，许多话、许多想法都没法和别人讲。太孤单了。所以，哪怕只是知道世上有一个"同乡"，心里也舒坦得多。

王雱心里激动不已，面上却装得乖巧小心，乖乖跟着司马光走。离开了"教学楼"，司马光便状似无意地套起王雱的话来。

王雱只是性格比现实生活活泼了点，脸皮比现实生活厚了点，又没真傻成小孩，哪会不知道司马光是想从自己口里套出什么话来？

于是——

司马光问他名字，王雱老老实实回了两个字：雱儿。

司马光问他住哪儿，王雱老老实实回了两个字：外面。

司马光问他家里都有什么人，王雱也老老实实地回答：爹娘。

司马光只能问："还记得是从哪个门进来的吗？我带你过去，说不定你爹娘过来找你了。"

王雱直点头，迈着小短腿跟着司马光走。结果还没走到门口，王雱就看见一个熟悉的身影。不妙！是他老爹！他老爹怎么这么早就回来了？

王雱忙止住脚步，从口袋里掏出几个废纸做成的小玩意儿，说："我看到我爹啦！谢谢这位叔父带我出来！叔父家里有弟弟妹妹吗？这个送给弟弟妹妹玩！"

司马光看向被王雱塞到自己手里的东西，只见那是几个纸做的小动物，虽不甚精巧，瞧着却颇为有趣。这小玩意儿给自家女儿玩倒很不错。想到自家女儿，司马光到嘴的推拒咽了回去，笑着把那几个小玩意儿放进口袋里。

收起了王雱的"谢礼"，司马光抬眼向大门方向看去，只见一个身材英挺、面庞俊朗的文士正在与门人说话。

司马光问王雱："那便是你爹爹吗？"

"对啊，他就是。"王雱肯定地点点头。已经从司马光的反应里确定他家里有孩子，王雱开开心心地迈开小短腿往王安石那边跑，口里喊着："爹！"

王安石见到儿子果真在国子监，一颗心放回肚里，取而代之的是腾腾怒气。

这小子在扬州就不安分，经常缠着衙役要人家带他出去玩，现在到了京城还这么大胆，没人带着都敢说跑就跑！

注意到还有个陌生文士跟在王雱身后，王安石暂且压下火气让王雱站一边，拱手朝司马光见礼致歉："对不住了，小儿顽劣，扰了你们讲学。"

司马光替王雱说情："没有的事，令郎误闯进来而已，不曾吵闹。"

"那便好。"王安石也没揭儿子的底，见司马光姿仪不凡，他主动报上姓名，"我乃临川王安石，先生可以喊我一声介甫。不知先生如何称呼？"

听了王安石自报家门，司马光目露惊讶，显然从别处听说过王安石。他笑着说："陕州司马光，介甫你唤我君实便好。"

"这倒巧了。"王安石也觉得惊奇，与司马光相视而笑，"昨日子固才和我说起君实兄，今日便见面了。"

两人一番寒暄，算是认识过了。王安石还得回去教育儿子，没多留，与司马光辞别后便拎着王雱回家去了。

回家路上，王雱的小爪子被王安石的大掌抓着，小脚板学着王安石那样一步一步踩实了往前走，一大一小父子俩走起路来瞧着竟如出一辙。

王雱认错相当积极："爹，我错了。"

王安石不理他，牵着他回到家，大马金刀地往书桌前一坐，看向㞞兮兮站在一旁的王雱。

他这儿子装乖认㞞杠杠的，态度绝对良好，表情绝对可怜，坚决不给人揍他的机会。最头疼的是，儿子丢了担惊受怕到抹眼泪的是吴氏，回头他要管教儿子时死命护着的也是吴氏自王雱会说话，有自己的主意之后，王安石想管儿子就得和他们娘俩斗智斗勇。最重要的一点是，绝不能动粗。这小子滑溜得很，巴掌才抬起来立刻哇哇大哭直喊疼，哭声响亮，惊天动地，不知道的人还以为他心狠手辣要把三四岁的小儿打死！

在扬州时，上峰韩琦听到过他家的动静，还打趣般教他儿子："小杖则受，大杖则走，晓不晓得？"

这话出自《论语》，说的是孔子有个学生叫曾参，很不受他爹待见。有次他爹因为一件小事抄起家伙打曾参，差点儿把曾参打得半死。孔子知道之后，在曾参伤愈上门时，叫人把门关了不让进，对其他弟子说："小杖则受，大杖则走。今参于父，委身以待暴怒，陷父于不义，不孝莫大焉。"这话的意思是，你爹要轻轻地揍你一顿你就受着，让他出出气；你爹要是暴跳如雷想打死你，你得跑啊！要不然你爹一怒之下打死你，岂不是要背上杀子的恶名？你这是要陷父于不义，大不孝！

王雱别的不爱学，这种东西最爱学了，知晓这话后每回都是活学活用，拔腿就跑，边跑边嚷嚷"小杖则受，大杖则走"。

那会儿王安石和同僚们都在府衙旁边住着呢，每次他人都没打着，第二天还被所有人笑："介甫昨天又对儿子动大杖了？"

这小子不要脸，他还要脸！

王安石采取"不言不语，我就这么静静盯着你"的措施。等把王雱盯得再一次可怜巴巴地认错，王安石才从一旁抽出本《论语》摆到王雱面前："既然知道错了，那就把《学而》篇抄五遍。慢慢抄，不用急，什么时候抄完了，什么时候再出门。"他看向吴氏，"这次你也别帮着他，你要出去买东西就把门锁了，他机灵得很，一个人在家没问题。"

王雱还想争取一下："我才三岁！"

王安石说："上回你还说自己四舍五入就是四岁了。"

王雱委屈："那也是只有四岁。"

王安石睨他："别人家四岁的小孩可不会留书出走。"真是能耐了，还能混进国子监去。

王雱觉得这日子不能过了，眼巴巴地看向吴氏。

吴氏今天一醒来发现儿子丢了，心里别提多焦急了。王安石找到人回来后还和她说了一通道理。说年底了，到处都是人，流窜的拍花子也多，人家就等着拐几个孩子卖掉过个好年；哪怕没遇上拍花子，光是外面人来车往就够危险了——这么小的一个孩子，牛蹄子一脚能把他踩扁。儿子这胆子确实太大了，事关安危必须好好管管！于是，吴氏狠狠心不理会王雱的求援目光，转身去准备饭食。王雱求援无果，只能翻开王安石扔到桌上那本《论语》，努力装傻："好多字我不会写。"

"照着它抄。"

"好多字我不认得！"

"不懂就问。"

"《学而》篇是从哪里到哪里啊？"

"自己看，抄少了补上，抄多了你自找的。"

王雱：……妥妥的王·冷酷无情大魔王·安石上线。

王雱没办法，只能坐到自己的小马扎上，认命地拿起自己专用的小短笔一字一句地抄起来。

到吃饭时，王雱才写完一页纸，字丑得他浑身不舒坦，恨不得扔掉重来。可一想到得抄五遍，他瞬时觉得自己指头已经开始发酸了，只能默默把字搁到一边，眼不见为干净。

吴氏招呼垂头丧气的王雱："雱儿，先吃晚饭。"

王雱放下笔，舀了一瓢水洗了手，又把那瓢水递到王安石面前让他也洗。洗完了，他又迈着小短腿去另舀一瓢干净的，殷勤地让吴氏洗手。

水嘛，外头的井里随便打，不值钱。

王安石：……你个臭小子，从哪儿学来那么多讲究？

这会儿，百姓家一般每天只吃两顿，早起一顿，下午三四点吃一顿。吃过晚饭，天还亮着，王雱又坐回桌上抄书，遇到认不出来的字就问坐在一旁看书的王安石。

吴氏坐在窗下，借着微微西斜的日光做着绣品，时不时抬头看一看并排坐在那儿的父子俩。见他们时而各自安静地看书写字，时而你问我答地说说话，吴氏觉得这样的日子实在再好不过。

接下来的几天，王雱老老实实抄书，爪子都快废了，才把《学而》篇抄了五遍。

《学而》篇差不多五百字，五遍就是两千五，两千五百个毛笔字啊！更要紧的是，这破书没标点，看着怪累人的，王雱又不想让字全挤成一坨分不清怎么念，所以连蒙带猜地分了句和段。这着实难为王雱了，要知道他可是实打实的理科生，要他画画设计图、搞搞测绘那容易，要他分析背诵文言文可就太强人所难了啊！

王雱自己把抄写的内容检查了一遍，叠得整整齐齐等王安石回来。

结果王安石回来时带着点忧愁。

王雱察言观色，觉得这节骨眼上开门见山要求他爹让自己免罪释放不太好，赶紧先把自己的罚抄内容摆一边，上前殷勤地给王安石捏肩："爹，怎么啦？是不是有人欺负你了？有人欺负你，你就带上我，我帮你揍他们！"

王安石正享受着儿子的殷勤，听了这话被逗乐了。他斜睨了一眼迈着小短腿帮他左边捶捶右边捶捶的儿子，说道："就你这小胳膊小腿的，能揍谁啊？"

"就这样才能揍，"王雱一脸理直气壮，说得要多威风有多威风，"我揍了他们还不敢还手呢！"

王安石直笑："你说得还挺有道理。你要是跳起来揍人家一拳，人家真不好意思回揍你。"

见王安石还有心思开玩笑，王雱觉得不是什么大事，也放下心来。他再问："既然没有人欺负爹，那是怎么了？"

"不是什么大事。"王安石揉揉王雱脑袋，没瞒着他，"上头想让我考馆职，考上了可以留在京城做官。可这事儿，我得好好想想。"

所谓的考馆职，就是通过朝廷安排的考试考进史馆、昭文馆、集贤院这几个地方，别看这些地方听起来像闲职，在这时代想要入主中枢，馆阁是必经之路。考了馆职，等于拿到了将来入中枢的通行证。

王安石觉得还太早了。他才二十六岁，身体康健，能走能扛。这个年纪要王安石进京城入馆阁，享受安逸的工作待遇，王安石不愿意。比起现在入馆阁当个边缘人物，他更想外放去管个一县之地，趁着还能上山蹚河多去看看民生民情。

吴氏也在旁边听着，见王安石面带犹豫，劝道："官人是不愿留京吗？"

"唐时有人都说'长安居，大不易'，如今长居汴京也一样。你看我们这次留京一段时日，花销比在扬州可大得多。”王安石看向给自己捏肩捶背的儿子，“便是雱儿想去多洗几次澡，我都出不起钱。”

吴氏管着家里花销，对汴京物价再清楚不过：“是这个理儿。”

王安石道：“再有便是我还年轻，想到外面去历练历练。入了馆职，我怕是要当好几年闲差。”

今上年迈，王安石有许多主张都不能施展。别人都想谋个好差使，王安石的目标却很明确：他想去地方当一把手，积攒点执政一方的经验。以他的出身和资历，当个知县正适合。

吴氏道：“官人既然有了主意，拒了便是。”

王安石叹息：“只是怕苦了你和雱儿。”

两人正说着话，外头忽地有人敲门。王安石起身去开门，只见来的是曾巩。王安石把人请进屋里，邀曾巩坐下说话。

曾巩是为了馆职考试来的，他从恩师欧阳公那儿听说这批举荐馆阁入试的名单里有王安石，当下便转道来找王安石。曾巩颇为高兴：“以介甫之能，入馆阁肯定不在话下，往后我不愁找不着人了。”

王安石只能把方才对吴氏说的话再与曾巩说了一遍。

曾巩听了，慨叹道：“我不如介甫。”他屡试不第，蹉跎到如今，若是一朝及第怕是会喜不自胜。王安石这种名利在前仍不动如山、想再外放多锻炼锻炼的好心态，着实让曾巩钦佩不已。

两人谈完正事，王安石心里那点荫翳消散无踪。他用余光扫了眼自家儿子，又动了当面“炫儿”的心思。王安石假模假样地正了正脸色，转头对王雱说：“把你抄的《学而》篇拿过来，我让你曾叔父检查检查。”

王雱老老实实把罚抄内容拿给曾巩。

曾巩与王安石交好，一直听王安石在信里夸他儿子，也有些好奇。他接过王雱抄写的内容看了起来，抄的是《论语》的《学而》篇，字也不算好，可对三岁小儿来说能写成这样着实了不得。再仔细一看，曾巩发现句与句、段与段之间都有简单又规整的分隔，竟是能先把话断句了再抄下来！若能断句，离理解句义也不远了。

曾巩当即惊奇，拉着王安石一起看了，又和王安石一起考校了王雱几句句义。

王雱对现实世界的自己在三四岁这个年纪的记忆有点儿模糊，还有个经常变着法儿说“我和你这么大时学早会了”的老爹，着实拿不准自己这个岁数该学会多少。曾巩每问一句他都得在心里先打个转儿，谨慎地先考虑几个问题：一、这道题我会不会；二、这道题我该不该会；三、这道题我该会到什么程度。

这可是老爹的朋友，要是自己支支吾吾一点都答不出来岂不是丢了老爹的脸？要不，就挑点答吧！

王雱停顿思考的模样落入王安石和曾巩眼里，都觉得有趣。曾巩考校王雱原也就是探探底，王雱这认真的小模样儿却是让他较上真了，一连抽考了好几句。问完之后，曾巩是真的惊叹了，朝王安石夸："你们家雱儿真是聪明。"这问上一句，偶尔他还能联系下文给解释出来，一看就是不仅理解了句义，还把内容都给背了下来啊！

王雱一听，暗道要糟。果然，王安石也瞅了他一眼，眼神里有着和曾巩一样的了然。王安石笑着说："任谁抄了五遍都能记下的。"说完，他又把王雱被罚的因由说了出来，明里是在说王雱顽劣不堪，居然敢留书说要去国子监找书看；暗里却句句在表示"我儿子就是这么机灵，我真是拿他没办法"。

曾巩算是听出王安石的意思来了，王安石就是想他夸他儿子啊！曾巩对友人一向体贴，明了了王安石的意图之后对着王雱好生一通夸奖，把脸皮奇厚的王雱夸得都脸红了，才在王安石的相送下离开。

王安石浑身舒坦地回到屋里，就见王雱像个小大人一样看着自己摇头叹气。王安石一拍他脑门，骂道："小小年纪的，摇什么头叹什么气？"

王雱当然不会傻到和王安石说什么"你再这么朝炫娃狂魔进化下去，我怕曾叔父早晚和您断交啊"。

现实世界宋代皇陵的遗址就在他们市郊，王雱虽然对历史没有太多的研究，但对王安石的生平隐隐约约还有点儿印象：王安石早期人缘很不错，许多人都看好他，后来弄出个变法派来，好友、兄弟就都和他分道扬镳了。虽则事情还没发生，但王雱还是不想说这种话戳王安石心窝，怎么说都是他老爹嘛。

王雱捂着自己脑袋装乖卖傻："爹你天天敲我脑袋，把我敲傻了怎么办？"

王安石瞅着他笑："傻不傻还不是我养着？"

王雱不吱声了。

见王雱一脸"我在心里嘀咕你"的怂怂样儿，王安石乐得不行，心情极好地和王雱说了件意外的好事：他和司马光约好休沐时到对方家里玩儿。

"我要去！"王雱顾不得装了，拉着王安石的手就蹦起来，又一次对王安石又是捏肩又是捶背的，殷勤得不得了。

王安石逗他："怎么这么想去？"

“司马叔父长得好看。”王雱一脸喜滋滋，故意地旁敲侧击，“司马叔父家里有个弟弟吧，我还送了弟弟我自己叠的小动物呢！不知道弟弟他喜不喜欢啊！”

“可不是弟弟。”王安石道，“是个妹妹，巧的是她和你同一天出生，连时辰都差不多。”

正是这缘分让王安石和司马光相谈甚欢。司马光显然也把女儿当眼珠子疼，提到女儿时他的眼睛都是放光的。今日再一次碰上，司马光邀请王安石等国子监休沐时到他家玩，最好带上王雱。王安石觉得稀奇，细问缘由，才晓得王雱居然送了人家女儿东西。

司马光女儿也才三岁多，得了新玩意儿自然是开开心心地玩。结果她一不小心把其中两个小动物拆坏了，叠不回去了，一连两三天都闷闷不乐，时不时会看着拆坏的小动物露出难过的神情。司马光心疼女儿，只好邀请他带上儿子去做客。

司马光对他说：“我本来夸下海口说我能给她叠回去，结果研究了两天也没研究出来，只好给介甫你下帖子了。正好他们两个小孩凑个伴，我们也坐下好好聊聊。”

想到司马光一脸苦闷的模样儿，王安石心里直乐。他叮嘱王雱：“你比人家早出生半个时辰，到了你司马叔父家里可不能胡闹，更不能欺负人。”王雱在扬州时就是孩子王，府衙大小官员和差役家中只要是年纪在十岁以下的小孩，没有不跟在他屁股后面跑的。没办法，哪怕只给王雱一张纸，王雱都能想出百八十种玩法来。

王雱替自己叫屈：“我可从来没有欺负人！”

王安石斜睨他一眼，不置可否。

王雱也不和他扯了，趁还点着灯，跑到桌前又是写写画画又是玩叠纸，说是要给妹妹准备礼物。王安石看了几眼，没阻止。王雱这么小就得跟着他到处跑，好不容易交到的玩伴转眼全没了，王安石心里始终挺愧疚。难得这么巧有个和他同年同月同日生的女娃，要是他们合得来的话，让他们凑一起玩几天也没事。两个小娃娃都才三四岁，提男女之防什么的还太早了，王雱在扬州时还时不时和他上峰韩琦家的小女儿一块玩儿。

王安石在心里也有盘算，司马家算是官宦世家，家风良好，司马光模样儿也端正，女儿想必差不到哪儿去。要是两个小孩处得好，也算是青梅竹马了，将来指不定两家能成为亲家。

没错，虽然王小雱才三四岁，王安石都已经开始盘算起他的婚事来了。在王安石心里，自家儿子将来肯定有大出息，他得早早开始为儿子物色物色，一定要娶个夫妻和睦，能相互帮扶的贤妻。当然，这些念头都是一瞬间的事，他也没真正把心思都放在这上面。撇开让两边儿女认识认识的心思，司马光也是个极值得结交的人。

王安石开怀，王雱也开心。

这几天，王雱旁敲侧击地从王安石口里弄清楚了一些情况：国子监和太学就相当于现实世界的大学，读完能够考国家公务员的那种。国子监直讲，其实就是大学教授。他们的司马教授今年才调到国子监当教授。

国子监因为全是七品以上大臣的儿子，作风自由散漫，科举录取率普遍不高。这本来也没什么，考不上还能靠父亲升上去给他来个荫官（上一辈官升到一定程度，就可以让儿子直接获得官职）。可问题就在于前些年范仲淹主持新政时，选了个叫胡瑗的教育学专家去太学那边当校长。

太学招收的都是八品以下的官员子弟及优秀的平民子弟。胡瑗接手太学之后，做了次大整顿，不仅把学校改为寄宿制的全日制学校，对生员进行统一管理；还建立了健全的考试制度，每月一小考，每季一大考，全面贯彻“考考考，老师的法宝；分分分，学生的命根”的先进考试制度。在这样的严抓重管之下，太学的科举录取率大大提升了不少。

人往往不怕差，就怕比。朝中大臣们一看这情况，不干了，他们也想自己儿子能考个进士啊，说出去好听多了！于是，大臣们齐刷刷要求胡瑗把国子监也一起管了。现在连司马光这个教授也被严管着，想要会客都得等休沐日才行。

知道司马教授不仅有个女儿，这女儿还和他同一天出生，王雱立刻确认那肯定是司马琰！

打从听到王安石说司马琰对着拆坏的叠纸闷闷不乐，王雱心里就乐得不行。和聪明人打交道就是轻松，他什么话都没带，司马琰已经想办法让司马光主动邀请他们到家里去了！

这可是司马教授主动请的，不是他死皮赖脸上门啊！

王雱心里美滋滋，晚上开开心心地睡了一觉，第二天一早便缠着吴氏要一起出去，甚至还揣上自己的小荷包——里头是他死死护下来的一部分压岁钱，都是他去年过年时仗着年纪小、脸皮厚和韩琦他们讨的。

王雱准备买些花种和药材种子之类的送给司马琰。司马教授家里有钱，住的地方肯定有院子。有院子就能种东西啊！种子播下去了，小孩子不得天天去看看吗？既然要天天去看看，他就有理由去找司马教授家的阿琰妹妹玩啦！

王雱算盘打得噼啪响，死皮赖脸地拉着吴氏去买种子，说要送给妹妹当礼物。

宋朝重农桑，春耕开始时连官家都会带着宗室去田里摆个耕作的架势做宣传，吴氏觉得王雱能想出这礼物倒是很不错。想到儿子乖乖在家抄了这么多天书，吴氏没有拒绝王雱这点小要求，牵着他的手带他去挑种子。

司马光正儿八经地下了帖子，王安石如约拖家带口地到访。这几天，王雱每天都美滋滋地和吴氏出门，给阿琰妹妹准备的礼物鼓鼓囊囊地装了一大布包。

王安石有意逗他，把布包拿到手里掂了掂，问道："你这都是什么东西？要不我先给你检查检查，看能不能带去给你司马叔父家的妹妹。"

"不行。"王雱绷着小脸，咻的一下把布包抢回怀里，用他那肉乎乎的小胳膊环抱着，"您，一个有学问的人，可不能乱翻别人的东西！圣人都说了，非礼勿动！这说得多对，乱动别人的东西，不礼貌！"

王安石觉得这小子又皮痒了，非礼勿动能解释成这样吗？

吴氏见父子俩又要杠起来，忙调和道："都是和我一起去买的，能有什么不相宜的东西？官人想知道有什么问我便是。"

"不行，圣人还说了，非礼勿言！爹一问，娘你就把我送妹妹的东西告诉他，也不成！"王雱一脸理直气壮，"我是送妹妹的，又不是送爹的，凭啥让爹知道呢？"

王安石气得都笑了："我是你爹，你说凭啥？"眼看马上是约定的时辰，王安石大方地没和王雱计较，领着妻儿去司马光家拜访。

司马光家中宽裕，俸禄比王安石高，又在国子监任职，住的房子果然带院子。而且房子的位置也好，就在国子监临街一侧，前门直接朝着国子监里头开，后门则是面街的，方便家仆和仆妇外出。

王安石领着妻儿穿过小半个国子监，从院子的前门进去。虽是带院子的房子，却也不像是外头那些高门大户，总有门房守着。王安石才敲两下门，司马光便亲自迎了出来，两人一边寒暄一边入内，司马光之妻张氏也出来与吴氏说话。

与吴氏一同来的，还有个三四岁的小女娃。小女娃眉目像张氏，唇鼻随了司马光，虽然年纪还小，没长开，却依稀能瞧出长大后会出落得多么出众。

王雱一下子睁圆了眼，目光直直地黏在了小女娃身上。哪怕缩小了很大一圈，王雱还是可以断定这就是司马琰，甚至能从她现在的眉眼回忆出她长大后的模样。王雱回过神，噔噔噔地跑了过去，嘴里一本正经地冒词儿：“这个妹妹我曾见过的。”

司马琰：“……”

司马光上回觉得王雱是个机灵孩子，人也乖巧，这才下帖子把王安石一家邀过来做客。听了王雱这话，司马光眉头一跳，心底的警惕噌噌噌地往上冒。这小子年纪虽小，却是个男娃，再长大些可别打他女儿的主意才好。

没错，女儿才三岁，司马光已经有了防狼之心。

没办法，张氏身体不适合受孕，生下女儿司马琰时更是九死一生，差点儿一脚踏入鬼门关。大夫说了，张氏往后不可能再怀上了。也就是说，往后司马琰是他唯一的孩子。

司马光是个很有责任心的人，既与张氏成了婚，他便打定主意与张氏相守一生。两人唯一一次吵架，便是张氏得知自己不能再生育时提出要给他纳妾。

司马光是不会纳妾的，一家人过得好好的，再来个外人给生个孩子算什么事儿？再说了，女儿没什么不好，至少司马光觉得自己的女儿乖巧可爱、聪明伶俐，论聪颖、论学东西快，哪家的儿郎比得过她？两人因纳妾的事吵过一回，彼此间反倒更亲近了，夫妻间如胶似漆、举案齐眉，日子再圆满不过。

对两人唯一的女儿，司马光和张氏都如珠似宝地疼着。女儿刚会说话时，司马光已经在心里盘算着将来要怎么给女婿来个九九八十一难，以免自家女儿嫁了不好的夫君。

司马光睨了眼还是个小豆丁的王雱，总觉着是自己多心了，这么小的小娃娃能懂什么？也就是小孩子随口说那么一句而已。

司马光才要开口夸夸王雱，却见王雱把抱在怀里的布包递给自家女儿，开开心心地说：“这是我给你备的礼物，我们找个地方玩吧，不给他们看。”

司马光：“……”

王安石拿王雱没办法，只得把出门前的对话给司马光学了一遍，直摇头：“这小子，也不知什么时候偷偷把《论语》里的《颜渊》篇也看了。”

司马光看了看王雱那小胳膊小腿，暂且放下警惕，由着王雱把自家女儿拐到外头的台阶上玩儿了。

都是三岁小孩，王雱和司马琰都不讲究，都一屁股往门前的青石台阶上坐去，就是王雱坐得潇洒些，司马琰坐得斯斯文文。两个人对视一眼，都没感慨什么世事真奇妙。王雱小声问：“我历史学得不好，你学得好吗？”

司马琰历史也不好，她的天赋点都加在医学上了，别的领域都不太了解，甚至连怎么和人相处都不太会。现实世界就有不少同事说她很高冷，不爱理人，难追得很。事实上，司马琰根本没感觉出他们在追她。她平时话少，只是想将时间用到临床研究上而已。

两人对视一眼，都有些无奈。没办法，想要在某个领域出头，必然要放弃另外一些东西，有得就有失，没什么好说的。司马琰想了想说：“因为我原来也姓司马，所以我对我爹的事知道一些，比如他后来编撰了《资治通鉴》，当了宰相。对了，他是守旧派的先锋，”司马琰望向王雱，“而你爹，是变法派的领头人。”

“听起来好像有点儿不妙。”王雱对历史上的“王安石变法”的了解仅止于“王安石变法”这五个字，还有就是变法的结果：失败。如果一个人的思想比时代超前一步，那他可能会成为伟人；如果一个人的思想比时代超前无数倍，那他只会被认为是疯子。变法失败了，变法派和变法派的领头人会有什么结局着实再明显不过。王雱不由嘀咕：“这样的话，我爹和你爹岂不是死敌？”

司马琰点头，和王雱齐齐往屋里看去。这会儿，司马光和王安石已经聊上了，两个人都是学问广博之人，聊得颇为开怀，眉宇齐齐舒展，不时还相互给对方杯里续茶。

“不像啊。”王雱说。

“是不像。”司马琰赞同。

这架势说是一见如故、相见恨晚都不为过，哪里像是死敌的样子？王雱比司马琰又多点儿人情往来的经验，说道：“人是会变的，现在是这样，以后可能是另一个样。”

司马琰点头。

王雱又和司马琰探究起身体变小后的各种变化。王雱说：“我总觉得变小之后，我的心智和性格都变幼稚了，有时候明知道我爹在使激将法，我还是忍不住和他杠。”

“正常的，”司马琰说，“不管你带着的记忆是多少岁，人得服从身体的状态。我们现在还小，神经系统还没发育完全，激素水平也和成年时不一样，自然会影响你的思维和心理状态。”她迟疑地看向王雱，“和你第二次见面时我就想说，你可能经常压抑自己，强迫自己表现得足够优秀。你时刻都像一根绷紧的弦，力求让自己向所有人展现最好的一面。刚过来时我就在想，你如果和我一样有机会再次经历童年阶段的话，可能会变成一个熊得不得了的熊孩子。”

王雱忍不住说：“没想到你还兼修心理学啊！”

而且学得还真好，基本都给她说对了。在现实世界，他的童年一直在知识的海洋里遨游，从来没偷过懒，从来没和同龄人一样到处玩闹。哪怕他基因之中有着顽劣又恶劣的天性，他还是好好地当了二十几年的好儿子、十几年的好哥哥。重活一世，他完全不想再重复现实世界的活法——他想享受以前不曾享受过的东西。

比如说，吴氏给他的纯粹的母爱。

王雱奇道："你也会这样吗？"

司马琰说："会。明明只是普普通通的一件事，我偶尔会憋不住眼泪跟我娘或者我爹哭。"

知道司马琰也和自己一样"变幼稚"，王雱总算放心了。他和司马琰说了自己伟大的"播种看苗长"计划，眉飞色舞地说："等会儿，我们把种子种在你们家院子里，回头我来找你玩就说我来看看苗儿长了没！"

司马琰也想多和王雱见面，闻言表示计划很不错，她一定会好好配合。司马琰想了想，问王雱："现实世界中，在我们这个年纪的时候，你在做什么？我爷爷是个中医，那时候他在给我看《伤寒杂病论》，药材我也已经能辨认出上百种。"司马琰也想找个对照组当个普通娃娃。

王雱听完司马琰的话，幽幽地说："我那时候，在做奥数题。"

也就是说，他们两个以前的学习能力都非常超前，没有半点借鉴意义。

……空气突然安静。

王雱想到王安石暗搓搓在曾巩面前当炫娃狂魔的事，迟疑地与司马琰对视："……我觉得，我们是不是已经露过馅了？"

第二章

伤仲永乌龙

关于“我们是不是露馅了”这个问题的交流戛然而止，两个人都默契地不再去提这件事。毕竟提了还能怎么样，该露馅的还是会露馅，适当地比别人超前一点点也不是什么坏事。

司马琰把王雱带来的种子拿出来。

这些种子囊括药用、食用、观赏用，王雱第一次去买时直接说每样只要一点点，全都给他来一份。可量太少人家根本不肯给他包。他索性记下种类，回家自己做了许多两指宽的小纸包逐一写上名儿，第二天再去买！摊主都觉得这小孩着实稀罕，大多只意思意思地收了点钱，甚至还免费送他一撮的。

司马琰沉吟片刻，指着灶房的方向说：“我们在外头搭个暖棚，不然大冬天的可能种不活。”她挑了一包韭菜种子说道，“不如你明天多买一些韭菜种子，这个可能更容易活。”

王雱欣然同意。韭菜炒蛋，香喷喷，还壮阳！

两个人既然有了主意，便到处找材料。司马琰选的地方临近灶房，做饭生火时暖烘烘的，温度有保障。透光的薄膜不存在，用布又肯定会被打，看来想兼顾采光和防寒肯定得人为操控了。两个小孩“哼哧哼哧”地用木柴搭了个架子，又用结实纤长的细草绳把一撮撮引火用的稻秆、竹叶、干蕨草捆在一起，做成了可以轻松揭开的“棚顶”。这样一来，阳光好的时候可以早早掀开棚顶让它好好生长，天气不好和入夜之后可以盖上棚顶防寒保暖。王雱虽然没有设计过这样的小工程，但知道要求之后，自然是手到擒来。可惜他们还太小，忙活了一通，额头上都渗着细汗。

王雱感叹着：“劳动人民不容易啊。”

司马琰也觉得两只爪子酸酸软软的，认同地点点头。时间不早了，两个人把顶棚盖上，洗了手，回屋里看王安石他们说话。

刚才两小孩在那儿闹腾，几个当爹当娘的还一起在窗边偷看了一会儿。这会儿，见儿女玩够了，王安石便笑问：“你们两个在弄什么？盖房子吗？”

“对！”王雱负责任地站出来回答，“天气太冷了，阿琰妹妹说种子在地下觉得冷，肯定不肯出来，所以我们给它们盖了暖暖的棚子。等它们发现外面很暖和，一定会乖乖出来啦！”

司马光闻言笑道：“这想法倒很不错。宫中就有暖房专门在冬天种植果蔬，过年时官家还会赏赐一些给有功之臣。”

对于古人也有温室种植这件事，王雱和司马琰都不觉得稀奇，毕竟人家国子监还像现实世界一样有大考、小考、月考、期末考呢。

司马光留王安石一家用了饭，亲自送他们到门前。

顺利会师后，王雱心情棒极了。回家时煞有介事地数了数从国子监到公租房的距离，对王安石说：“家里到国子监，不到两百步。爹，我明天还想去国子监找阿琰妹妹玩，不用你们带，我自个儿去。”

王安石不置可否。

王雱积极地踮起小短腿给王安石捏起了肩膀，一边捏，一边说着早想好了的说辞：“今天我和阿琰妹妹把种子种下去啦，我得每天去看看它们发没发芽。”

“也成，”王安石斜睨他，“每天背一段《论语》，要是背得出，早上我出门时便顺道把你带到国子监门口去。”

王雱眼珠子溜溜转。偷奸耍滑第一要诀，但凡领导安排的任务，你最好不要表现得很轻松，更不要提前做完。否则下回任务一定加倍！

他顿时一脸难色，小脸皱得不行，为难地说：“还要背下来吗？我怕记不住。”

王安石悠悠道：“早上不是记得挺清楚吗？还非礼勿视、非礼勿言的，振振有词得很。”

王雱毅然跑到书桌前坐下，哼哼唧唧地嘟囔：“背就背。”

第二天，王雱才想起自己没问“一段《论语》”到底是多少，他估摸了一下，象征性地把《学而》篇后面的《为政》篇背到了“吾十有五而志于学，三十而立，四十而不惑，五十而知天命，六十而耳顺，七十而从心所欲不逾矩”。

王安石脸色变都没变，压根儿看不出满意还是不满意。他睨着王雱：“就背到这儿？”

王雱眼巴巴地看着自家老爹，一脸的可怜无助又无辜：“实在是太多了！我背了一晚上，早起还温习了好几遍呢。”

见儿子不像在说谎，王安石这才点头：“成，我带你过去。”事实上，昨天看到两个小孩玩得那么好，王安石已经跟司马光提过这事儿了。知子莫若父，王雱那点小心思哪里瞒得过他？小孩子总是爱玩的，总拘在家里也不是事儿。王安石道：“司马叔父家藏书不少，你阿琰妹妹也识字，你俩要是不想玩泥巴了可以多看看书。”

王雱认真反驳：“我们可不是在玩泥巴！”他们可是正儿八经地种韭菜呢！

韭菜多好，割了一茬又长一茬，又好种又好吃，美得很！

王安石没再挤对他，把他领到国子监门口，和门房打了个招呼，干脆利落地转身走了。

这回可是光明正大地进了国子监，王雱挺着小胸脯往里跑，熟门熟路地摸到司马光家门前。他刚要敲门。巧了，司马光正要去讲学，从里面把门打开了。

司马光笑道："哟，来了。你爹爹昨天就说你今天肯定会过来，我刚还嘱咐你婶婶记得给你开门呢。"

王雱一听，才知道自己上当了。他老爹早料到他要跑来找阿琰妹妹玩，都和司马光打过招呼了！什么背一段《论语》才给出门，根本是在诓他！王雱气鼓鼓地和司马光告状："原来爹爹早想好让我来了，他昨晚还和我说要我背《论语》才让我来，害我背了一晚上！"

司马光被王雱气呼呼的模样逗乐了，不由问："背到哪儿了？"

"背到孔夫子十五岁立志要学习那句，"提到自己刚背诵完的内容，王雱兴致勃勃地给司马光做了个算术题，"司马叔父，孔夫子十五岁才立志学习，那我是不是还能再玩十二年？"

司马光心想，这要是自己儿子，自己肯定也会和王安石一样变着法儿坑他。这小子聪明是聪明，可没用对地儿啊！

小小地皮了一把，王雱热情地挥送了去给国子监生员们上课的司马光后，立刻进去向张氏问好。司马琰也早起来用过早饭了，这天没下雪的迹象，两个人去给暖棚掀棚顶。

播了种的泥地还是安安静静的，一点动静都没有。两个人瞅了一会儿，都很清楚一时半会儿不可能看到韭菜种子发芽。既然不打算一装到底，王雱和司马琰便和张氏说了一声，钻进司马光的书房里找书看。

两个小孩到底才三岁，张氏煮了茶水，拿了针线活守在一边。王雱在家也是有娘专门守着的待遇，没觉得不习惯，和司马琰一起在书架前叽叽咕咕，小声讨论看什么书好。比起一穷二白经常要去借书看的王安石，司马光家底显然殷实多了，光是史书就摆了整整半架子。

王雱和司马琰说："怪不得你爹能写出那本大部头编年史，光是看到这一架子书我就眼晕。"

司马琰深以为然。

两个人挑挑拣拣，找了些字少图多的书跑到书桌前继续叽叽咕咕地一起看。张氏偶尔给他们送些蜜饯果子时，顺带瞧上一眼，看到的都是各种简明易懂的插图。

晚上司马光回来，张氏与他提起两个小孩的事，说他们早上先去看种子发没发芽，随后便去书房一起看书。张氏夸道："再没见过比这小孩更乖的男孩了，一点都不捣乱。"

司马光想起王安石提到过的一些"光辉事迹"，笑道："再看看吧。"

事实证明司马光还是很有先见之明的，王雱往司马光家跑了没几天，就已经不满足于看看苗儿、看看书。

每天一结束阅读时间，王雱就开始带着司马琰去外面认识新的小伙伴。司马光家在国子监的"教师宿舍区"，租住在这里的都是国子监的教授们，年纪有大有小，不过家里没孙子的有儿子，没儿子的有女儿。

经过王雱锲而不舍的撺掇，这些熊孩子开始准时往外跑，每天跟着王雱上房揭瓦。司马琰原本性格喜静，跟着王雱闹腾了几天也活泼多了。归根结底他们才三四岁，所以再怎么胡闹也没人会骂他们！

王安石这天正式拒绝了馆职入试，回到家，便见王雱又噔噔噔地觍着脸跑来给自己捏肩捶背。王安石奇道："你又干了什么坏事？"

王雱为自己抱屈："我是那样的人吗？"

王安石斜眼看他，意思是"你不是那样的人吗"。

唉，自己在老爹面前压根儿瞒不住任何事啊，太亲近了就是不好！王雱只能麻溜地从怀里掏出张纸，对王安石说："爹您看，有个书商想买我和阿琰妹妹做的牌，要拿去印着卖。我叫他写了契书，您看上头写的有没有问题，没问题我和阿琰妹妹就签了，你和司马叔父当见证！"

王安石奇了，什么牌还能卖钱？

这事儿要从胡瑗胡校长的孙子说起。

胡瑗胡校长，前面提到过，就是他接手太学之后雷厉风行，用雷霆手段治好了一堆官宦子弟的臭毛病。

胡校长的孙子很多，都教得极好，只是再怎么一碗水端平，对儿孙总有偏心的情况。一般来说，长子被看重，幼子被疼爱，中间的最可怜，伤心难过时压根儿没人注意到。

胡校长有个孙子叫胡守恭。守恭这娃儿今年七岁，聪明过人，就是有点儿倒霉……

胡校长有三个儿子，他爹排行第二；他爹有三个儿子，他排行第二。也就是说守恭这娃是老二中的老二，老二中的战斗机，从小到大都不被重视！

这回胡守恭病了，父母都没注意到，胡守恭伤心欲绝，躺在床上伤春悲秋，暗暗抹泪，想着“要不我就这样病死算了”。

也不知是不是情绪影响了病情，胡守恭的病越来越严重，竟是大半个月没下过床了，大夫过来后也束手无策，急得他父母兄弟团团转。

胡守恭有个好友，是李子仪李教授家的老二。这位李老二憨厚老实，继承了他爹方方正正、正气凛然的国字脸（没错，李子仪就是王雱第一次溜进国子监看到的在讲课的中年教授）。他与王雱相识之后，知道王雱鬼点子多，暗暗拜托王雱想法子让胡守恭解开心结。

王雱听了，有些可怜胡守恭，可父母心长偏了你也不能硬把它掰正是不是？还是得自己走出来啊！他与司马琰合计了两天，弄了一副原始的纸牌出来。

按王雱的想法，他更喜欢玩三国杀，这是他参加世奥赛和其他国家队成员会师后学会玩的卡牌游戏，对他来说颇有意义。可惜司马琰无情地打破了他的想法：“你先把我爹书架上的三国志读完，才能解释你怎么知道那么多人物、那么多技能。”

王雱只能暂且把这个想法搁置。反正以他们现在的水平，也还原不了现实世界那漂亮的卡片，还是先用红砖、梅花、红心、黑桃那一套带这些小孩入门吧，好歹也能和数字混个脸熟，打完肯定会数一二三四五六七呢！

王雱有私人小金库，当天就央着吴氏带他去铺子里挑纸。这年头制纸业也发达，王雱溜达一圈，还真找到了硬度符合他和司马琰要求的纸。

纸有了，王雱和司马琰辛勤地涂了两天，可算把纸牌折腾出来了。小孩子对新东西的接受度总是高得很，四个人正好凑成一组开始打牌。

王雱和司马琰边打边讲解规则，胡守恭和李老二看了一会儿，就都迅速学会了。结果过了一会儿，又有别家小孩过来看胡守恭，看了一会儿，也兴致勃勃地加入其中。很快地，躺在病床上的胡守恭挤不进牌局了！胡守恭才刚学会呢，瘾头上来了，急得直接下了地，冲过去要占位置。这下，众人都惊奇了：这牌居然还能治病啊！

司马琰坐在王雱旁边看着王雱大展身手，心里却比谁都清楚是怎么回事儿。人要是闲下来就容易胡思乱想，尤其是胡守恭这种从小被人忽视的孩子。只要有东西能够转移他的注意力，他那点儿心病也就没了。

天色转暗，王雱收起纸牌送司马琰回去时直夸：“阿琰妹妹医术高明，连纸牌都能用来治病！”

司马琰说："这有什么？以前还有人用掀裙子治好了局部麻痹。"她给王雱讲了个例子，说是一个老中医给一女孩治病，只看了一眼对方僵直不动的双手，便抬起烟斗去掀对方的裙子。这一掀，女孩羞愤欲绝，忙伸手去按住裙摆。这样一来，她的手就活动自如了。

王雱惊为天人："这更高手，耍流氓治病！阿琰妹妹你收徒弟吗？我也想学点医术，尤其是掀裙子治病这种神奇手段！"

司马琰看了他一眼，说："如果你想被打死的话，就去试试吧。"这种偏门手段要不是够惊世骇俗，也不会一代代地在学医人口里流传。

王雱想了想王安石那张黑脸，立刻打消了弃文从医的念头。他把司马琰送到家门口，自己揣着纸牌溜回了家。

没想到第二天，胡校长家有客人登门，是胡守恭的远房舅舅方洪，此人还是个书商，登门来是想让胡校长帮忙走走后门。

胡守恭这远房舅舅很会做人，来了也没开门见山地提出想走后门，而是先拎着大包小包的吃食和药材去看望胡守恭这个远房外甥。

方洪与胡夫人问了好后，直径走向了胡守恭的屋子。还没进门，方洪已经听到里面小孩子热闹的说话声，仔细一听都是什么"对七""对九""三张八带对四""同花顺"。方洪一头雾水。

王雱这人鸡贼得很，见有外人来了，正好又结束一轮，立刻停了下来。一群小孩虽然都玩过，可要他们说出个完整的规则，画出整套牌根本不可能。

方洪扫向矮桌上的纸牌，好奇得都想抓耳挠腮。

王雱从胡守恭那儿摸清方洪的品行和能力后，开始忽悠方洪，一心想让方洪上贼船。"过招"几轮后，方洪对纸牌有了极大的兴趣，再听王雱画大饼似的畅谈营销手法，他的眼睛都亮成灯泡了！

王雱趁热打铁地让方洪正儿八经地列出契书，他和司马琰列出纸牌模板和详细玩法，方洪负责生产和销售，每卖出一副纸牌分别付他和司马琰一文钱。一文钱那么少，方洪自然是爽快地应了下来。这东西好仿制，市场也大得很，教一遍后谁都能玩，方洪有信心能把它卖到各家各户。

王雱还给了方洪一些提示，比如材质不同、花样不同，档次也不一样，卖给普通百姓和卖给高门大户，自然不能是同一个价钱。等市场彻底打开了，每到逢年过节时还能卖"特别纪念版"。不要小看收集癖的消费能力，只要能引起他们的兴趣，他们绝对不介意多花点钱——很多时候换个花样、换个外壳，他们立刻会挥着钞票高呼：买！买！买！

方洪原本还想着，王雱和司马琰还小，完全可以搪塞哄骗他们，把利润全部自己吞了。可听完王雱信手拈来的奇招之后，方洪彻底歇了独吞的心思。

这两个娃娃才这么小，脑筋已经这么好使了，等他们再长大一点还不得上天？为了一点小钱得罪两个将来肯定会非常厉害的人物，完全不符合方洪的处事原则。要知道走后门艰难得很，你就是想塞钱人家都不一定收。如果人家愿意收你的钱，那你可谢天谢地去吧！

所以，这就有了王雱带回家的契书。

王安石把王雱递来的契书看完，又问清楚了事情始末，点头说："这契书写得倒挺特别。你这纸牌可以这样分钱，那书册售卖是不是也可以这样分？"

王雱顿时有点儿佩服王安石的敏锐了。

眼下稿费的付费方法一般是买断，意思是书商给你一笔钱拿你的稿子去印，你拿了这份钱之后后续卖出多少都和你没关系。这种付稿费方法，对卖不出去几本的作者很友善，毕竟按本数来分他们根本拿不到多少钱；可对于书能大卖的作者来说，这种买断方法可就亏大了，哪怕卖出几千上万本也只能拿少得可怜的稿费。他让方洪写下的这种抽成法，其实就是比较原始的版税算法，卖出多少本就给作者售出价的百分之几。

王雱点头说："立下契书的话，肯定是可以的。"

王安石若有所思。读书人不屑于言商贾之事，可要是著书立说的话，那可是颇为光耀的事。若是他儿子这一通胡闹成功了，这模式倒是可以在稿费上面推广开，让广大读书人都能多一笔钱银帮补家用——尤其是一些颇有名望却生活清贫的读书人。

王雱当下想起王安石是个厉害人物，他怂恿王安石："爹，反正过年这段时间我们不走啦，不如来做点有意义的事。"

王安石斜睨他。

王雱积极提议："司马叔父说如今他们国子监和太学都经常考试，我觉得爹你和司马叔父可以合出一本《五年科举三年模拟》！"他这身体到底还小，说这么长的一段话有点儿累，报完书名就停下了。

王安石不明所以："《五年科举三年模拟》？"

王雱说："我给您数数啊，阿琰妹妹说司马叔父是宝元元年中的进士，爹您是庆历二年中的进士，相隔五年呢！"他慢腾腾地给王安石剖析书名含义，"您和司马叔父分别整理整理近几轮科举的真题和解题实例，破题文章也不用选别的，您和司马叔父都是前十呢，直接用你们的就可以啦！这就是五年科举！三年模拟就得你和司马叔父回溯往年真题，出它几套模拟题给生员们练习。”

王安石觉得王雱这个《五年科举三年模拟》的思路很新奇，面上却不露声色：“你哪来那么多想法？”

王雱和王安石斗法久了，早摸清王安石是什么脾气了，哪会不知道王安石已经意动？这其实是他和司马琰密谋出来的对策之一，想些办法不断加深他们老爹之间的关系。今后又是一起出书又是一起赚钱的，将来要翻脸也不至于做得太绝。不过，这事儿急不得，太急切的话可能会被他们瞧出异状来。

王雱见好就收，麻溜地转开话题：“爹我跟你说，我和阿琰妹妹种的韭菜已经长出很长一截了，再过几天我们就可以割来吃了！”

“哟，还真种出来了？”王安石惊异。

“那当然，那可是我和阿琰妹妹搭的暖棚！”王雱一脸骄傲。事实上那暖棚还不到一米高，小得很，也只够长几撮韭菜。

方洪是个行动力颇强的人，正好还有一个多月就要过年了，穷人家都会挤些钱出来过年。这有闲又有钱的，人又聚在一起，还愁纸牌卖不出去吗？

方洪自己手头就有印刷作坊，纸也能自己制。制纸师傅是个老手了，一听方洪要求便明白要怎么弄，隔天就做了一批硬度比寻常纸要大些的“卡牌专用纸”出来。既然纸能自己弄，成本就大大降低了，不过是找几个模子刻出版来，把牌面印上去罢了，甚至都不用费多大力气。

方洪知道这生意长久不了，总会有人仿冒的，便听王雱的怂恿多做了套模子，给牌背面也印上了带着方氏书坊印记的图样。这样工序多了一道，却能趁过年这机会打出些名堂来。王雱怎么说来着？这叫“品牌”，又兼着“广告”功能。

方洪听得云里雾里的，不过王雱和司马琰你一句我一句地解释完，他简直是醍醐灌顶。方洪煞费苦心想往太学、国子监里头塞自己书坊印的书，可不就是为了借太学和国子监的生员们打响名头，让这些大宋上下最拔尖的学子们给自己做个活广告吗？

方洪心里有了底，纸牌又攒了一定产量，立刻开始紧锣密鼓地筹备起发售日期。方洪心思活络，先悄然往各个茶馆等闲汉聚集地发了一副牌，教他们认牌、学规则，然后让他们好好打打看，喜欢的话顺便给宣传宣传。

很快地，不少人都去方氏书坊买纸牌了。国子监、太学也陆续结束了课程，有出去买书的士子见一些寻常百姓出入书坊，都觉得稀奇，毕竟许多百姓都不识字。仔细多看了一会儿，发现他们都拿着个方方正正的纸盒子出来，呼朋唤友说“走走走，打牌去”。

很快，士子们也拿了纸牌回家，拉上家里人一起玩。这些士子大多在国子监、太学念书，家中都有人在朝中做官，一个两个都算是官宦世家，即便是家中姊妹也能识得几个大字。这种容易学会又容易上瘾的纸牌戏向来传播得最快，一时之间不管是兄弟相见还是闺阁相聚，大都玩起了纸牌。月底，王雱拿到了方洪送来的第一笔钱。

因为这钱是买“点子”用的，算不得王雱沾商贾之事，王安石帮王雱收下钱时异常痛快。方洪走了，王安石才把他送来的钱袋子打开。这一开，王安石和吴氏都顿住了，这鼓鼓囊囊的钱袋子里装的居然不是铜钱，而是银子！

王安石把钱袋子的口子拢好，递给了吴氏：“你收好。”家里的钱一直是吴氏管的，没道理钱多了就他收着。

王雱一直眼巴巴地在一旁看着呢，听王安石这么说立刻说：“爹，我赚的！”

王安石斜眼睨他：“怎么？你赚的不能给你娘收着？”

在王雱的积极争取之下，王安石的态度终于松动了，同意让吴氏把王雱的小金库补满，并且拿出一锭银子去兑换成铜钱备着当“洗澡经费”以及过年买年货用。

王雱傍晚就拉着王安石舒舒服服地去澡堂洗了个澡，卖力地在澡堂子里传播着魔性至极的“洗澡歌”。

临近过年，吴氏与张氏相约去逛大相国寺。准确来说，是去逛大相国寺外繁华的集市。这地方热闹，杂耍的、卖唱的、卖花鸟虫鱼的、卜卦算命的，什么都有。吴氏手头宽裕了，想扯几块布料给儿子和丈夫做一身新衣裳，正拉着张氏帮她挑布料呢。

两个小孩也跟着出来了，他们在布料堆里跟着大人挑来拣去，一点都不闹。店家看了觉得稀奇，笑呵呵地逗他们：“小郎君，今年几岁啊？”

王雱正儿八经地回答：“四岁了。”他指着角落堆着的一堆大小不一的布头，问店家，“这个我能不能买啊？”

店家一乐：“可以是可以，你有银钱吗？”

“我有啊。”王雱认真地点头，“可以买吗？”

吴氏和张氏挑完布料，回头一瞧，王雱已经抱着个鼓鼓囊囊的布包等在那儿了。张氏奇道：“你们买了什么？”

店家刚才被王雱砍了一通价，以极低的价钱把那堆布头都卖了出去。为了避免再被王雱算得脑仁疼，店家直接给了吴氏两人最公道的价格，相当实诚地夸道："放心吧，我可骗不了这位小郎君。"他对吴氏说，"这位娘子，令郎将来肯定会有大出息。"

司马琰也是头一回现场看到王雱砍价，这家伙分明是用压倒性的计算能力去欺负人家。回去的路上，司马琰忍不住和王雱小声嘀咕："你玩得可真开心。"

"下回我把砍价机会让你。"王雱理所当然地说，"我爹太厉害了，我需要找回点信心！欺负别人很减压的，不信你下回试试看。"

司马琰可真没见过无耻得这么理直气壮的家伙。好在王雱现在年纪小，长得又可爱，一般人都不会和他计较。

两个人嘀嘀咕咕地走着，忽听不远处传来一阵小孩啼哭。王雱抬头看去，只见两个衣着破旧的中年男女抱着个粉雕玉琢的小孩。那小孩穿着华贵，瞧着不像普通人家的。王雱见那对中年男女贼眉鼠眼，鬼鬼祟祟地左顾右盼，那小孩又哭得厉害，顿时拉住司马琰说："有古怪。"

司马琰也瞧见了，她和王雱对视一眼，齐齐拉住吴氏、张氏的衣摆，吴氏两人手里都拿着东西，不由俯下身问："怎么了？是渴了还是馋了？"

王雱摇摇头，对吴氏说："您站这儿，我到前面和官差说几句话。"吴氏还没来得及反对说"这可不是扬州"，王雱已经灵巧地溜过去，拉住一个面相忠厚的差役给他指了指正在往巷子里拐的那对男女，飞快地把古怪之处说了出来。

那差役年近中年，家里也是有小孩的，最恨拐卖小孩的拍花子，顿时也顾不得太多，当机立断地领着其他人去追堵那对中年男女。

这时吴氏已追了上来，见差役们都去追人了，不由问道："怎么了？"

"没什么，发现拍花子拐小孩啦。"王雱主动拉着吴氏的手，"娘你可得把我牵紧点，要不我可就被人拐走了！"

吴氏"呸呸呸"地连啐好几声，骂道："不许说这种话。"

张氏也从司马琰口里得知她们和拍花子擦肩而过，心下不安宁，赶紧和吴氏说："我们快回去吧。"

吴氏平日里是个爽利人，但遇到这种事还是挺害怕的，也牵着王雱快步回了外城。吴氏还和张氏说："往后要买什么还是直接在这附近买好了，都是读书人，没那么多三教九流的人到处游荡。"

张氏深以为然。平时她们总唬孩子说外头有拍花子，实则对京城的治安还是非常放心的，这回差点儿直接遇上，她们哪能不忧心。两人各自回了家，张氏把东西放下，与司马光说起方才遇到的事。说完了，张氏又感叹："那孩子胆子真大，又聪明。我和妹妹都没发现有什么不对，他第一时间发现了，还直接跑去找差役说了这事儿。"

司马光不由问："抓到人了吗？"

"我们走的时候已经快追上了，就算抓不到也能让他们把小孩留下。"张氏感叹说，"这倒是免了一户人家的苦难。拍花子真是十恶不赦！"孩子养到这么大要花费多少心神，没有人比张氏更清楚了。只要设身处地地想一想就知道了，要是她们如珠似宝疼爱着的孩子被人拐跑了，她能哭瞎十双眼睛！

司马光点头："下回你们再去大相国寺那边，定要叫上我们陪着。"

张氏立刻应道："那是自然。"她是不敢再和吴氏两个人带着孩子出去了，说完了这事儿，她又看向司马光说道，"官人你与王先生倒是志趣相投，最近你一得闲就与王先生在书房读读写写的，从前没见你和谁这么亲近过。"

提到王安石，司马光脸上多了几分笑容："介甫学识广博，又重实干，是当世难得的大才。前些天他提议和我一起合著一书，我觉得很不错，便时常与他在书房里整理书稿。"

张氏问："什么书？"

司马光道："也没什么，就是给赴考士子们用的参考书。介甫已与方洪那边商量好了，不必我们出钱，我们只要给稿子就好，要是卖得好的话我与介甫能拿个'版税'；就算卖得不好，只要这书能给赴考士子们一点帮助也不算浪费。"

起初司马光不太喜欢写什么《五年科举三年模拟》，王安石劝说他："这能让赴考士子们少走弯路，把精力花在更该花的地方。"

司马光这才应了下来。

这年头，科举还在要求写"四六文"。所谓的四六文就是骈四俪六，全篇都是前半句四个字，后半句六个字，还得讲究韵律，死板得很！司马光觉得把太多时间花在这上面确实太浪费精力、浪费光阴。那就好好给他们指一条捷径吧！

王安石回到家，也听吴氏说了大相国寺那边的事。大相国寺那边小偷横行，三教九流之人到处游荡，王安石也觉往后吴氏要是想去得更谨慎些。

临近过年，王安石不必再去朝廷报到，走动也多了起来。他从弟王沆是今年及第的，正在京城接受"官员上岗培训"。所谓的从弟就是堂兄弟，王沆的上岗培训也结束了，赶紧过来见嫂子和堂侄。

王雱对这族叔没什么印象，不过人都来了，该喊人的时候还是得喊人。

王沆看着他感慨：“兄长许多年没回临川，我们都没见过侄儿。”

王安石笑着应和。

他母亲是续弦，父亲前头还有个妻子。后来，父亲得了官职，带着妻儿和祖母到任上生活，回去临川王家的机会便少了。前些年父亲去世，灵柩暂葬江宁，他们兄弟几人一直商量着要选个好日子、挑个好地方正式为父亲下葬，这耽搁来耽搁去一直没成。听着王沆说起临川诸事，王安石也十分怅然，表示等上头批下葬父之事后一定回临川小住。

叙过旧，王安石又不动声色地提起吴氏她们在大相国寺碰到的事，嘴里假意说道：“我已经教训过他了，小小年纪胆子这么大，连这种事都敢掺和。”

“兄长教训侄儿做什么。”王沆觉得王雱这事儿做得很对，“若是叫拍花子把人拐了去，那才叫不对！叫我看，我这侄儿聪明又有胆识，遇事不慌、不莽撞、敢出头，将来一定有大出息！”

王安石听完王沆这一通夸，浑身舒泰，对这从弟观感颇好，热情地留王沆用饭。

王雱一脸无语地坐在一边，看着王沆的眼神满是怜悯。恭喜，您已加入“炫娃狂魔炫耀对象候选人”名单，以后一准能经常在信里看到你夸的这些“一定有大出息”的事啦。

王安石一向是节俭的，可敌不过王雱这也爱吃那也爱吃。以前家里没钱，王雱想吃也忍着，懂事得叫吴氏心疼。手头宽裕之后，管着钱的吴氏花钱也大方起来，每顿多少都带点荤！

王沆起初见王安石租住的地方小，还想着从兄日子好像挺困难，自己是家中独宠的，手头宽裕，要不要找机会匀些银钱给从兄。结果一顿饭吃下来，王沆便打消了这念头。

他这从兄住得不好，吃得却颇不错。吃过饭，侄儿还提醒他从兄等会儿要去澡堂洗澡。这小日子过得真美！难怪他这回见了从兄感觉有哪里不同了呢，原本邋里邋遢的衣服变得干干净净的，须发也打理得很不错，比起离开临川时着实有了天翻地覆的变化。这大概是嫂子的功劳吧？

于是王沆临去时直夸：“娶得嫂子这么贤惠的贤内助，兄长运气着实好啊！”

王安石喜欢听人夸自己儿子，但也没有不喜欢别人夸自己妻子，他颇为赞同地点头：“那是自然。”他亲自送了王沆一段路，兄弟之间瞧着颇为亲近。

踏着满地白雪回到家，王安石赞道：“这弟弟不错。”

王雱正捧着本书背着呢，闻言瞄了王安石一样，感觉王安石眉梢眼角都透着“我老婆儿子被夸了我贼高兴”的得意。

王雱哼哼唧唧地接着背书，他这爹什么都好，就是爱让他背书，想去国子监找司马琰玩，得先背书；想去澡堂子洗澡，得先背书。这小半个月背下来，他都快把《论语》背熟了！

这简直是理科生的奇耻大辱！凭什么要理科生背《论语》啊？！理科生把《论语》都背出来了，让人家文科生怎么办？这也太伤害人家文科生了！

王雱觉得这样下去不行。晚上去澡堂洗澡的时候，王雱试着和王安石讲道理。他搜肠刮肚，勉强在九年义务教育里想到一篇自己还能记得的文章：“爹，你听说过《伤仲永》的故事没有？”

这可是入选九年义务教育的古文啊！可见它寓意深远，发人深省，正适合王安石这种看到儿子有点儿小天赋就迫不及待到处炫耀的人！就是他学这文章的时候还挺小，记不太清是谁写的了，应该挺有名的吧？

王安石一挑眉，听王雱不唱那首洗脑的洗澡歌，反而讨论起文章来，觉得稀奇极了，不由问：“你还知道《伤仲永》？”

“知道啊，那个叫方仲永的倒霉娃，因为比其他小孩聪明一点点，小小年纪已经能写诗，他爹就一天到晚向别人炫耀自己有个神童儿子！”王雱说，“结果呢，炫耀着炫耀着他儿子的学业被耽搁了。我觉得这故事很有道理，爹你可千万别学方仲永他爹啊！我才三岁呢！你不能为了和别人炫耀儿子聪明就天天让我背书！拔苗助长要不得！”

王安石乐了，瞧了他一眼，说：“我怎么记得《伤仲永》这个故事讲的是‘玉不琢，不成器’，天赋再好也得好好教育，要不然只会白瞎了好天分？”

王雱听这意思是得加重他的学习任务啊！打了个冷战赶紧否定道：“写这个故事的人肯定不是这个意思，爹你可别听别人瞎说！”

王安石似笑非笑地睨着他。

王雱总觉得有哪里不对。

欣赏够了王雱有点儿蒙又有点儿疑惑的表情，王安石才慢悠悠地说：“这故事就是我写的，你说我是不是瞎说？”

你的文章入选九年义务教育课程就了不起吗？！

是的，就是了不起。

第二天，王雱去找司马琰，蹲在韭菜苗子前和司马琰叽叽咕咕地说起昨晚的惨案。见他一脸生无可恋，司马琰扑哧一声笑了出来，很没良心地觉得王雱这日子过得太逗了。直至王雱气鼓鼓地瞪她，司马琰才宽慰说："不就是背书吗，对你来说又不是什么难事。"

王雱一脸深沉："能力越大，责任越大。"深沉了短短几秒，他又恢复了平时的"皮皮雱"状态，"我只想当个混吃等死的官二代，咋就这么难呢？"

司马琰本想说：你三四岁就能在短短一个月内给家里赚十几贯钱了，这比背出《论语》的能力更大好吗？不过想了想，还是没提醒。司马琰和王雱不一样，司马琰现实世界的家庭也不简单。她很清楚若是他们不能改变将来那一场守旧派、变革派的斗争，现在这种安宁欢快的小日子绝不可能再有。

哪怕这个时代对女性还算宽容，允许女性出门与交游，却也不可能让她插手这种朝堂大事。再有就是，她也不擅长这些。所以将来若是朝堂之事需要人居中转圜，只能由王雱去做。司马琰平日里常在司马光的书房玩耍，耳濡目染之下对如今的社会制度也有一定的了解。

司马琰娓娓说："朝廷一向是'刑不上士大夫'，不杀士大夫及上书言事的人，你要是考了功名在身，将来就等于多了一道保命符，遇上什么事顶多是被流放外地。"比如说，后来苏东坡遭遇了类似"文字狱"的事，一贬再贬，一路贬谪到最南边的海南岛。

王雱理直气壮地反驳："我这人安分守己，怎么会遇上什么事？"

司马琰一脸"你真这么觉得吗"的表情瞅着王雱。

王雱㞞了。看来这该考的还是得考，早点考上早点加一条小命，作天作地也不怕不小心把自己作死了！他唉声叹气地点头："成，我好好学习，天天向上，争取早点考个进士。"

两个小豆丁对着韭菜苗聊完未来规划，又去找胡守恭他们玩儿。胡守恭已经完全好了，每天精神奕奕地抢着玩牌，压根儿没再想过"我是个不被爱的小可怜"这种事。

太学也放假了，胡瑗胡校长基本每天都在家。他对学生严厉，对小孩却很宽容，不仅不觉得王雱他们太吵闹，还叫人准备些小食送去，免得小孩子闹腾久了会饿着——一般人家里都是每日两顿，早上太阳高升时吃一顿，下午日头将斜时再吃一顿，别的时间都不备饭的。

王雱和司马琰每天去找胡守恭时，都会先去向胡校长问好。别家小孩怕校长，他们从来都不带怕的，毕竟他们是学霸。学霸从不怕老师，更不怕校长，而校长看了他们也永远慈眉善目！

王雱带着小伙伴们在国子监里祸害了一圈，临走时噔噔噔地跑回去找张氏，一点都不见外地喊："婶婶，韭菜能割啦！"张氏笑了，亲自去割了不大不小的一捆让他带回去给吴氏炒蛋吃。

这天晚上，王安石和司马光家都吃上了新鲜喷香的韭菜炒蛋。一想到这是自己的孩子亲手种出来的，王安石和司马光就觉得这韭菜炒蛋格外香。

晚上，张氏翻来覆去一会儿，没睡着，不由和司马光说起了私话："官人，阿琰他们两个处得可真好。"

张氏一起这话头，司马光立即听懂了，张氏这是觉得王雱和他们女儿挺相配。他也觉得王雱聪明过人，可聪明总不能当饭吃，两个小娃娃都还这么小，能看出什么来啊？万一王雱过几年长歪了怎么办？司马光说："过了年，阿琰才四岁，急什么？你别想太早了，再好好看看。"

张氏觉得是这个理，也就不再多言。

炫耀这事儿，光对从弟做是远远不够的。趁着好友曾巩没走，王安石又不着痕迹地把儿子做的事炫耀了一遍，曾巩很给面子地夸了一通，又第一时间得知了王雱想拿《伤仲永》说理的事情。王安石佯叹道："我猜他是见着我的稿子，囫囵着看了个一知半解。他这小子惯会曲解句义！"

曾巩道："能看懂已经很了不得了，我在他这么大的时候可认不出多少字。"

两人聚过了，曾巩傍晚又和同窗们聚会。谈到酣处，曾巩免不了又提起好友王安石。上回曾巩感叹了王安石不做京官要外放，这回则是直夸王安石儿子聪敏过人。

同窗之中有个叫张恕的，年方十九，性格却安稳持重。听曾巩说起王安石之子，他也不曾插话，只在回家后和他父亲张方平说道："子固兄与那位介甫兄的感情可真好，每回聚会时总不免提上几句。"

张方平教子宽纵有度，父子感情甚笃，考校完后总会说些别的话题，张恕今日就把曾巩所说之事告诉了张方平。

如今张方平可是身兼多职：首先是翰林学士，给皇帝当顾问的；其次是史馆修撰，修史书的；再次是三司使，也就是临时的全国最高财政官，管着朝廷的钱袋子；还有一样，权知开封府，临时的开封府知府。宋朝的官职大多都这样重重叠叠、繁复无比。

昨日张方平去开封府衙门上班，正巧听到差役抓获拍花子的事，听儿子这么说顿时来了精神："巧了，昨天衙门那边抓了两拍花子，一男一女，差点儿把小宋官人家的一个孩子给拐走了。"

小宋官人名叫宋祁。

张方平叫对方小宋官人，并不是因为这位小宋官人年纪比他小，而是小宋官人家中还有个兄长，名叫宋庠。宋家兄弟俩同一年进士及第，据传本来宋祁排第一，当时太后讲他们兄弟皆在榜上，表示弟弟岂能在兄长前面？于是把宋庠点为状元。时人都说他们一门双状元，把他们合称为"二宋"。

为了区分两位宋官人，大部分人都把宋祁称为"小宋官人"，把宋庠称为"大宋官人"。大宋官人以清正闻名，生活节俭。小宋官人却与他兄长恰恰相反，他好奢靡，好美妾，好蓄婢，好寻欢作乐，就如他那句诗写的那样：浮生长恨欢娱少，肯爱千金轻一笑。

今年小宋官人年仅四十六岁，底下已儿孙满堂，光是儿子就有七个，女儿也不算少。换了别家丢个孩子肯定急得不行，他倒好，还是差役把人送回去才发现丢了个儿子！

"小宋官人昨天重谢了抓住拍花子的差役，听差役说是有个小孩发现的，还托我找一找是哪个来着。"张方平捋须一笑，"没想到踏破铁鞋无觅处，得来全不费工夫，明日我这就让人去把这事儿告诉小宋官人。"

张方平与宋祁正奉旨合修《景祐广乐记》，平日里还算相熟，第二日他便收到宋祁的帖子，说是邀他一起来见见一眼识破拍花子的四岁小神童。

张方平早从儿子张恕那儿听了许多关于王安石父子的事，也很好奇这位王介甫和他儿子有什么奇特之处，很快便差人回了宋祁说会按时到。

另一边，王安石也收到了宋祁遣人送来的帖子。

王安石吃了一惊。相比他一个才入仕没几年的官场新丁，宋祁可以说是前辈中的前辈，怎么会给他下帖子？

等看完帖子，王安石才知晓其中缘由。他心情颇为复杂地看了在那儿伏案写写画画的儿子半晌，心中既骄傲又担忧。儿子出名太早，到底是不是好事？

帖子中还提到，开封知府张方平也会过去。宋祁与张方平的文章王安石都读过，今年张方平上书提出"恢复古文"的事他也在司马光那儿听说了。这恰巧也是曾巩恩师欧阳公的主张。

所谓的"恢复古文"其实是套个"复古"壳子而已，从根本上来说是不少人有志于改变目前追求华美文风的风气，让文章"返璞归真"。王安石对此很是赞同，也响应号召写了不少"复古文"，算是为"恢复古文"摇旗呐喊。王安石和司马光编纂《五年科举三年模拟》时就讨论过这件事，这书应该每科举完一轮就重新编整，不出十年科举必然会有大变！而小宋官人宋祁的文章也给了王安石不少启示，尤其是宋祁前两年管财政时提出的“三冗”更是令他无比认同。

三冗，指的是冗官、冗兵、冗僧。冗官的意思是科举录取率太高了，又有许多关系户，不行啊，得裁员。冗兵的意思是招募的厢兵太多了，又不加强训练，一点用都没有，不仅白费军饷，还荒弃良田，也不行啊，得裁兵。至于冗僧，那就更不用说了，不少人随随便便找个寺院挂名出家，寺院立刻可以分一份僧田。这些僧人每日不事生产，念念佛经就有远超于其他百姓的好待遇，长此以往对国家发展完全没好处，得让他们还俗！

宋祁这话得罪的人可就广了，谁家没几个关系户？谁家不吃军饷？还有僧人，僧人们背后的关系可大着呢，达官贵人之中有多少是不信神佛的？范公范仲淹，就是因为主持新政时撤换大批官吏犯了众怒，被撤了副相之位下放到外地去了。若说当朝王安石敬佩谁，范公肯定算一个。

哪怕马上要见到两位官职远高于自己的前辈，王安石也没有过于激动。他放下帖子云淡风轻地对王雱道：“等会儿别跑出去玩了，晌午我带你去拜访小宋官人。”

王雱自是好奇地追问小宋官人是谁。王安石简单地给他说了说，王雱没怎么听懂，除了听出那天那个差点儿被拐跑的小孩是宋祁儿子之外，就只知道这小宋官人叫宋祁。至于官职，王安石也给王雱说了，这小宋官人又当修史（史馆修撰），又当骂人的（谏议大夫），还兼管各大牧场营收（群牧使）。还有他哥，大宋官人也身兼数职。

王雱忍了又忍，还是没忍住，小声嘀咕：“朝廷里头每个人都要搞这么多兼职的吗？这怎么记得清啊？”脑壳疼！

吴氏知道王安石要带王雱去小宋官人府上，忙把新给王雱做的衣裳拿出来让他换上。王雱有点儿强迫症，按照他有条不紊的生活习惯，换衣服这件事应该摆在洗澡后面。可惜强迫症再强大，也敌不过他娘一瞪眼。

晌午，王雱乖乖换上新衣裳，迈着小短腿跟着王安石一块儿出门。小宋官人住在内城，要走过长长的御街，王雱也不嫌累，一路上左看看右看看。等走到小宋官人的府邸那一带，王雱看着宽敞漂亮的大院子，不由得在心里感叹：这可是黄金地段啊。不过他们也不差，他们租的是学区房呢！王雱自我安慰完，转头问王安石：“爹，这里的房子多少钱？”

“小点的民居至少一千贯钱打底，大一些的没上限。”王安石也了解过开封城的房价。

天子脚下，寸土寸金。前些年寇准当了宰相，在京城也还是得租房子住。给宰相的工资和补贴算个总和，当一年宰相约莫能有个五百贯钱，也就是说就算你当上朝廷最高长官也得两年不吃不喝才能买个窄小民居；想要买配得上宰相身份的豪宅大概得不吃不喝攒个十年！可你当宰相总得吃喝吧？得应酬吧？得养点下人吧？得应付应付来打秋风的吧？再有就是，宰相也是个轮流做的，没有总让你当的理儿。所以啊，想要在京城买房对于没有家族支持的人来说，着实太难了！

王安石恰恰是没家族支持的人。他也没打算在京城买房，毕竟在他的职业规划之中暂时没有当京官这个选项：一是没钱；二是想再多磨炼一番。

王安石逗王雱：“怎么？刚赚了几个钱就想在开封买房了？”

“没有的事。”王雱在心里算了算账，觉得不太划算，美滋滋地说，“我等爹将来当大官就好，到时官家会给你赐房子住！”

这个小子，还把主意打到这上头去了！王安石笑骂：“天子赐宅是何等荣耀，你以为人人都能得吗？”他一向不爱享受，给他豪宅美妾、酒宴丝竹，还不如给他一批令他读后能有所收获的新书。饭菜，能入口便好，是好是差都无所谓；房子，能住人就好，是大是小都一样。

可王雱却是一脸笃定：“你可是我爹。”

王安石不再接这话题，因为宋家到了。一看宋家的大门，王雱就知道宋家肯定家底殷实。门房接了他们带着的帖子，知道是小宋官人亲自请来的，忙躬身引他们入内。

王雱好歹也是见过许多园林建筑的人，对宋家敞亮又精致的院子倒不觉得有多惊奇，他乖乖由王安石牵着往里走，不多时便见到个四十多岁的中年大帅哥在那挥毫写字。这中年大帅哥不仅自己帅得醒目，四周还有四个极其美貌的婢子伺候着：美人如花，君子如玉，远远瞧着简直像神仙一样。

中年大帅哥远远见到王雱父子俩来了，把手里的笔一扔，叫人把桌收拾了，便亲自迎了上来，笑着招呼道：“这便是介甫和我们的小神童吧？来，安道还没到，我们先坐下喝些茶。”

小宋官人风流惯了，待客也有美婢随侍在侧。酒菜还没上，已有另外几个婢子款款端着温热的清水和一小块雕着细花的胰子上来，伺候他们净手。

王雱拿起那漂亮的胰子熟门熟路地把手洗干净，发觉指间还飘着淡淡的清香。来到这个时代三年多，他还是头一回见识到封建时代资产阶级的腐败生活，心里暗搓搓生出一点点小妒忌。当然，只是一点点而已，再多的不能有了，否则有损他 21 世纪根正苗红好青年的光辉形象。

张方平随后便到，他也长得很帅，而且还比小宋官人多了把乌黑漂亮的美须。

皇帝也是人，选材用人看才华之余也看脸，比如真宗皇帝年间，一位叫蔡齐的状元郎长得格外出色，真宗皇帝见之心喜，立刻叫一旁的金吾卫给他配上御赐车夫、随从，一路鸣锣开道去游街，以前的状元可没这么热闹！

张方平能得重用，三十几岁就当上了国家最高财务长官，长相自然也是出众的。

他在小宋官人的邀请下落座，见王安石正色婉拒婢女送上的酒，不由笑道："居然有人登了小宋官人的门能不沾酒？"

宋祁也道："就是，这让我的面子往哪儿搁，介甫你且喝一杯吧。"

王安石一向不爱掺和酒局，张方平和宋祁齐齐劝说他。王雱见状，挤到王安石身边把那美貌婢女挡开，转头一本正经地说："我爹不能沾酒的。"

宋祁见他小脸严肃，乐道："为什么？"

"我娘凶呀。"王雱理所当然地说，"我爹他喝酒过敏，过敏你们听说过吗？扬州的大夫说喝酒过敏的人一沾酒，身上马上会长很多红疹子，难看得很！我娘说了，要是我爹敢喝酒，她就把我爹赶出门去！"

"原来介甫也惧内啊。"宋祁取笑。

张方平虽与宋祁有些交情，平日里的作风却和宋祁截然不同。他居中调和："有我们的小神童在，酒水还是免了吧。"他看了眼左右的美貌婢女，意有所指地说，"伺候的人是不是也不用这么多？"

宋祁哈哈一笑，也没勉强。王雱在现实世界中参与过的酒局算起来比王安石要多，此时他仗着年纪小，童言无忌，轻轻松松地活跃气氛。一顿饭快吃完了，宋祁才差人去把自己儿子带过来让王雱认识认识，告诉王安石有空可以让人带王雱过来玩儿。

了解了王安石是什么脾气后，宋祁也没送钱致谢，他叫美婢去他书房收拾出一套上好的文房四宝给了王雱，还捎带上一块他珍藏的白玉梅花镇纸。宋祁道："这是给你的谢礼，多亏了你及时发现，要不然我这笨儿子不知得吃多少苦头。"

王雱瞄了王安石一眼，见王安石似乎要开口婉拒，立刻先下手为强地接过宋祁送的宝贝，麻溜地道谢："谢谢小宋叔父！"

宋祁自己就不爱那些虚来虚往的，王雱收得干脆他更觉这孩子机灵又可爱，亲自送王安石父子出门。张方平也一同起身离开，在宋家门口与宋祁告辞回了家。

张方平家中妻儿都已用了饭，见他回来，妻子上前替他扫去肩上的雪花，问道："怎么样？见了人家的小神童了？"

"那小孩确实聪敏伶俐。"张方平夸了一句，接着道，"不仅是脑袋转得快，待人接物也机敏得很，对上小宋官人也敢像个小大人一样聊天。还有那王介甫，我也觉得很不一般。"具体这王介甫哪里不一般，张方平却没与妻子说。

另一边，开封的黄昏飘起了雪，金黄色的余晖顽强地透过层层云霭透下来，令翻飞的雪花都染上了丝丝亮色。王雱一手抱着自己收获的宝贝，一手乖乖让王安石牵着。

沿着长长的御街往回走，王安石问他："感觉怎么样？"

王雱一时没明白王安石这问题是什么意思："什么感觉怎么样？"

"羡慕吗？"王安石问，"高官厚禄，华屋香车，美酒佳人。"

"我还小，我不知道。"王雱装傻。高官他是不羡慕的，高官太累，还是让他爹去当吧，他只要享用他爹的厚禄就好。到时什么华屋香车、美酒佳人还不是手到擒来！王雱美滋滋地在心里打着自己的小算盘。

王安石停下脚步，看着个头儿还没到自己腰部的王雱，认真地说："我当官，不是为了这些。"王安石的眼神太认真，王雱怔了怔，昂起小脑袋与王安石对视。余晖落在王安石的眼睛里，让他漆黑的眼睛染上了变幻不定的霞彩。

王雱收紧被王安石牵着的手。他爹今年二十六岁，可是有些东西显然已经在他爹心里扎了根。这些东西是王雱所陌生的，虽然他以前也跟进了许多为国为民的大工程，但实际上那些工程对他来说就像小时候的组装玩具一样。虽然成功组装出来后，他既高兴又满足，但这种高兴和满足，跟为国为民没太大关系。可他爹不一样。他爹是个非常固执的人，从小读书学的都是圣贤道理。司马琰悄悄和他说过，他爹科举时本来也是排在头名的，结果官家看到他在文章里写了句"孺子其朋"，就把他排到了第四。

这句"孺子其朋"出自《尚书·周书·洛诰》，原句是长辈对晚辈的训导，意思是"你这年轻人啊，以后得像朋友一样和百官相处"。

按理来说这并没有犯忌讳，只是他爹科举那年只有二十二岁，官家却已经继位二十年，是以看到这句“孺子其朋”后心中不悦，觉得你小小年纪的怎么敢这样教育我？于是，官家就把他爹挪出前三名，排到了第四。

这些事，王安石从来都没和王雱说过，是司马琰从司马光那儿听来的。王安石显然没把这事儿放在心上。在他看来，这些事根本不算什么，第一名还是第四名，对他而言都没有不同，他的目标始终很明确：科举入仕，做些实事。也正是因为这样，他后来才会成为变革派的先锋吧？王雱想做纨绔的心思很可能已经被他看出来了，所以他才这么正儿八经地和王雱说话。

有个这样的爹就是麻烦啊！王雱在心里叹了口气，定定地看着王安石说：“爹，你做你想做的事就好，我和娘永远支持你。”

王安石得了儿子这句话，脸上露出笑容。不管是在扬州还是在开封，遇到这些交际场合他都很不适应，在扬州时他就曾与上峰韩琦闹翻过许多次。刚才在宋祁让美婢给他斟酒，他也觉得自己格格不入，无法消受这样的福分。反倒是他的儿子聪敏得很，韩琦也好、宋祁也罢，王雱都能装乖卖巧逗个趣，无论谁想考校，王雱都能轻松过关。

儿子这样聪明机灵，王安石自然高兴。只是儿子还小，王安石怕他被宋家那样的生活迷了眼。对王安石来说，像宋祁一样潇洒肆意地奢靡度日是永远都不可能的。如果儿子想过那样的生活，他也许永远都给不了——他也不希望儿子把太多精力放在酒色上面。

王安石说：“酒色伤身。你还小，别和小宋官人学这些。”

王雱在作死边缘试探：“还小不能学，长大了能学吗？”

王安石心里那点莫名的沉重全没了，冷笑说：“你再长个二三十岁也还是我儿子，敢学我就打断你的狗腿。”

很快就到了他们住的“公租房”，父子俩边说话边走进家门。吴氏听了王安石最后一句，顿时不乐意了，叉起腰质问道：“你说打断谁的狗腿？我儿子的腿要是狗腿，那你是什么？公狗吗？”

王安石闭了嘴。

王雱麻溜地把门关上，上去给吴氏捏肩捶背揉手腕，当他娘的贴心宝贝儿，嘴巴也跟抹了蜜似的：“娘，今天您在家辛苦了。我们家要是没了您哪，那可真会变成狗窝！”

吴氏被儿子哄得眉开眼笑，拿出王雱托她做的小鱼儿和小蝙蝠，那是小孩拳头大小的小挂件，按王雱的说法这小鱼儿代表年年有余，小蝙蝠代表五福临门，寓意好着呢！

王雱图纸画得好，吴氏觉得这鱼儿和蝙蝠圆乎乎的可爱极了，做出来后更是爱不释手，这才第一时间拿出来给王雱看。反正只要是自己儿子想做的，肯定都是极好的！

王雱一看，也满意极了，吴氏的针线活可比后现实世界中许多“手工制品”要精巧得多。他把几个小挂件收了起来，只把两个颜色不怎么喜欢的挂件放在一旁，对吴氏说道：“娘，你明儿带我去一趟方氏书坊，我和方叔商量点事儿。”

王雱正正经经说事的时候，很容易让人忘记他的年纪。吴氏问道：“去做什么？你难道想把这东西拿到书坊去卖？”吴氏会这么问，自然是因为王雱上回把纸牌摆到书坊里了。既然能卖纸牌，再卖个小挂件似乎也不稀奇。

见王安石也在一边竖起耳朵听，王雱故意道：“不，这个不卖，明儿你带我过去就知道啦。”他噔噔噔地跑到箱笼前掀起盖子，抱出一套自己的换洗衣物朝王安石喊，“爹！”

王安石还以为今天能蒙混过去，见王雱跑去掀箱笼就知道不好。他瞪儿子一眼，无奈地说：“行了，别喊了，走吧走吧，去洗澡。”

第三章

慈母多败儿

第二日，吴氏便带王雱去找方洪。方洪见吴氏来了，连忙请她们进后院小坐，又叫妻子出来陪客。

方洪这人，有魄力，有眼力，能来事儿，就是出身低点。这不要紧，家业攒下来了，再把儿子教出来，将来照样可以摇身一变成为官宦人家。

王雱与司马琰就是看出方洪这样的劲头，才在他面前显露自己与别家小孩不同的地方。有些事他和司马琰都还小，不能去做，总要有能做的人选。合作过一次之后，王雱便摸清了方洪的底，愿意再与他合作下去。钱不钱倒是其次，要紧的是他们得在外面有眼睛——最好还能有手有脚。

王雱迈着小短腿和方洪去屋里头谈事情。

方洪做的是书坊生意，家里也改了间书房，挂些名画，摆些摆件，倒也像模像样。

王雱把抱在怀里的小布包打开，露出里面的两个小挂件以及一份“策划书”。

王雱写策划书很有一手，以前做计划练出来的，再难的问题经他一捋，思路都会变得简单明了。他先把策划书递给方洪，让方洪看。

方洪不明所以，接过仔细看了一遍，心中更觉得自己和王雱成为“忘年交”这件事做得很对。他夸道：“你这些想法可真妙啊，肯定能那什么——”他低头看了眼策划书，念出上头那有些陌生的词，“哦，肯定能拉动消费。”

王雱点头，一脸“你夸吧，你继续夸，骄傲了算我输”的镇定。

在王安石和吴氏面前，他不好表现出超出同龄小孩太多的心智，但在选定方洪当“合作对象”之后他就开始逐步向方洪展露一些东西。

王雱给方洪解答完几个疑问，被方洪亲自送了出门。回去的路上，王雱对吴氏说：“娘，你也认得一些小官的内眷了，若是他们家里缺钱过年，针线活儿又过得去，你可以带她们到书坊这边领些活儿做。就是你这两天缝的那些鱼儿和蝙蝠，接下来书坊这边可能要很多。”

吴氏奇了：“怎么？他们真要卖吗？”

王雱笑眯眯：“不卖，白送。”

吴氏更糊涂：“白送？那不是亏了吗？”

王雱卖关子：“娘你不也常说吃亏是福吗？”

母子俩边说话边回了家，吴氏还是没想清楚，到家后免不了和王安石说起这事儿。

王安石说是在家看书呢，其实从他们母子俩出去后就没看下去，心里一直琢磨王雱找方洪有什么事。见王雱连吴氏都不说，王安石把脸一横，瞪他："你小子说清楚，又想做什么勾当？"

王雱还没吱声，吴氏先不乐意了："你这话怎么说的？我儿子做的事能说是'勾当'吗？别欺负我没读过书，我可知道这不是什么好词！"

王安石深谙"在家里老婆说什么都是对的"的处事原则，点头改了口："说说，这回到底想做什么？"

王雱也没瞒着，乖乖吐露实情："也没什么，就是搞个小小的抽奖活动。过年了，大家都想讨个好彩头，书坊可以趁机搞搞活动，买够一贯钱的书，就可以抽奖。抽到鱼呢，就是年年有余；抽到蝙蝠呢，就是五福临门。这五福临门还有个门道，那就是集齐五只蝙蝠可以兑换'书香卡'一张。拥有书香卡，一年内买书享受九折优惠；书香卡累计消费十贯钱，三年内消费享受九折优惠；累计消费二十贯钱，可以享受终身八折优惠。"

其实拿到鱼的，也不是什么都没有，他们可以得到一张"小小书香客"优惠券，带孩子来买启蒙书籍可以享受八折优惠。当然，书香卡也可以直接购买，比如你一次性消费满十贯钱肯定给你办。一般人很少一次性买这么多书，这条件就是用来凸显书香卡有多难得的。

这活动在现实世界没什么特别之处，任何一家超市都可以搞。不过放在游戏里的这个时代，可就有些稀奇了，至少连方洪这么见多识广的人都没见过。

这年头书的均价，一般约莫是一百文一本，对很多人来说算是"奢侈品"，比如王安石在扬州时为了把借来的书在还书日期之前看完，都是晚上熬夜读的，经常导致第二天上班时很没精神。他上司韩琦总说他："晚上做什么去了？年轻人不要太放纵自己，认真工作才是正理。"

王安石回家后还和吴氏说起过这事儿，表示自己在韩琦手下干得不开心，韩琦压根儿不懂他，听听这话吧，韩琦肯定是觉得他晚上纵欲过度了！

王雱当时还在襁褓里吐泡泡玩呢，听到王安石这话觉得韩琦也很冤枉，你干活儿的时候没精打采还想上司夸你不成？！

总之，这个时代的书很贵，穷人大多是抄书、借书来读。读书人要是帮人抄书帮补家用的话，每个月约莫能赚三贯钱。一贯钱，就是一千文钱，一般人家真舍不得一下子买上一贯钱的书。

王雱画这条线，就是想给那些觉得“买也行，不买也行”的人一个爽快花钱的理由。这理由不需要多了不得，只要让人觉得“这钱花得值，这钱花得爽，下回我还要再来花”就可以了。

王雱年纪小，说话不紧不慢的，还带着点奶气。

王安石早听说过他的打折理论，听完也不算特别惊奇，倒是有些好奇王雱怎么会让方洪优先把针线活儿给周围那些小官同僚的内眷去做。

王雱听了王安石的疑问，又扔出一个新词：“这叫‘夫人外交’。”

王安石敲他脑袋：“夫人可不是随随便便能用的，还外交？”在这时代，只有宰执以上官员的妻子才有机会被称为“夫人”，不过，王安石也明白了王雱的意思，打趣道，“那有没有‘儿子外交’？”

王雱生气：“本来是有的，敲傻了就没有啦。”

“傻点好。”王安石睨他，“一天不弄点事儿出来你就浑身不舒坦，上辈子也不知是不是个野猴儿。”

“这不是要跟爹去外地了吗？爹你要是当个县令，以后我们可就住县衙了！我听胡爷爷说，外头讲究‘官不修衙’，县衙都破得很，屋顶能漏雨的那种！”王雱可有远见了，“我得攒些钱修修啊，要不然到时您可要写诗说什么‘布衾多年冷似铁，娇儿恶卧踏里裂。床头屋漏无干处，雨脚如麻未断绝’啦！”

王安石平时最爱杜甫的诗，因为杜甫诗里总带着一股忧国忧民的味道，很合他的胃口。听王雱还能念出几句杜甫的诗来，王安石暗暗在心里那本写满“我儿子真聪明”的小本本上记上了，却板着脸说：“背书不见你这么快，掰扯歪理倒是不带停顿的。就你那几个钱，还能修县衙？”

王雱才不和他争这个事儿。

另一边，王雱前脚刚走，方洪后脚就忙活起来。他知道这个“书香客”计划只是个起点，再往后也许可以发展出更多的东西。

书香卡和优惠券、抽奖券的制作完全不是问题，方洪手里还有专门做卡牌的熟练工人呢，需要提前做好准备的大概就是纪念品小挂件，方洪优先把这个活儿分了一部分给吴氏介绍的小官内眷。

这个活儿很是轻松，只要照着剪好的碎布缝合小挂件，在收口前往里头塞足够的填料就成。而且填料也便宜，几乎不费什么钱，就是些米糠、麸子、荞麦皮之类的。这也是王雱当初去实地勘察住在某个小镇上时了解到的，当时国家大力扶持传统手工业，那个小镇的玩偶算是沾了光，一下子来了个大翻身。

小镇传统玩偶用的就是这些填料，而且还都是有寓意的：米糠，寓意健健康康；麸子，寓意幸福快乐；荞麦皮，寓意心灵手巧。后来，旅游业也发展起来了，小镇几乎每天都要卖出数以千计的大小玩偶，毕竟玄学这东西只要不太贵，许多人都是愿意信一信的。

方洪私下里和他的妻子说起过这事儿，暗暗觉得这些主意都是王安石出的，只是假借王雱的嘴来和他商量而已。至于为什么，一来是读书人不爱和他们这些商贾打交道，二来则是想锻炼锻炼聪慧过人的儿子。读书人的脑子就是灵活啊，连米糠麦麸这些东西都能说出花来！想到纸牌的红火，方洪信心十足地为"书香客计划"做准备。

年关越近，开封城就越发热闹。五日之后，第一次"书香客活动"开始正式揭开序幕，方洪已经准备了醒目的抽奖箱和一千个齐齐整整挂在夹子上的胖胖鱼挂件、五十个可爱至极的蝙蝠挂件。

小孩子最容易被新鲜玩意儿吸引，书坊一开立刻有不少孩子拉着大人围拢过来，眼巴巴地看着那一条条可爱的胖胖鱼。

哇，好可爱，想要！

方洪派了口齿伶俐的人守在气派的抽奖箱前，人多时解说活动细则，人少时敲锣打鼓吆喝。不少小孩虽然听得一知半解，却抵不过胖胖鱼和胖胖蝙蝠的诱惑，都央家里人快掏钱买书——买书可以抽奖呢！只要抽了都有奖，最差也有胖胖鱼！胖胖鱼多好，健健康康、年年有余呀！

品牌和广告这些观念，在宋朝已经有了雏形，街上到处都是五花八门的招牌，大饭店前面还会扎个"欢门"，就是用竹子铁丝扎成门楼，往上面缠上各色丝带，讲究些的还缀上鲜花，美得很。

方洪玩的这一手，可算是给开封城百姓们添了不少谈资。据说某位国公家的小孩为了抽奖，愣是缠着他祖父一口气买了十几贯钱的书，几乎把店里每样书都搬了一份！他祖父财大气粗，还在那儿鄙夷："你们这家店书怎么这么少啊？"弄得方洪都不知该笑还是该哭。

这国公爷的小孙儿手气还不错，抽了十几次奖，足足抽到了三只蝙蝠。小孙儿听了五福临门的说法，扯着国公爷衣角喊："五福！五福！"

国公爷没法子，只能以国公府的名义给某某书院捐一批书，又大手一挥花了十贯钱，总算是让孙子集齐了五福。也就是说，这位国公爷的小孙子花了足足两万五千文钱，成了第一个集齐五福的人！

方洪给国公爷爷孙俩分发奖品、书香卡和书香券时还算镇定，等到第二日他才按捺不住心中的喜悦一早去找王雱，和他分享这一喜讯。

方洪是假镇定，王雱可不同，王雱是真镇定。他笑眯眯地说："这只是开始而已。"

这个时候，国公爷的孙子已经在圈子里帮他们打起了免费广告，这位国公爷小孙儿还有点儿风流衙内的苗头，他在小朋友们聚会时大摇大摆地掏出几个可爱至极的胖胖鱼挂件，一个一个分给自己喜欢、长得好看的女孩子！没错，只给女孩子，男孩子是不给的！哦，还有，长得不好看的不给，不爱和他玩的也不给，谁叫她们平时老觉得他笨不带他玩呢！

这"风流"小衙内的做法在传播方面颇有奇效，拿到胖胖鱼的女孩子都围到他身边叽叽喳喳地和他说话，其他没拿到的不是生气地骂他，就是哇的一声哭出来，场面一度失控！

第二天，一群勋贵拥入，大手笔买着书，每个人都是来花钱让小孩抽奖的。有什么办法呢！我孩子都被欺负哭啦，而且又不是做什么"败家事"，是买书！买书是不会错的，可以用来传家！

购买欲是会传染的，围观的百姓们见他们买得火热，免不了要进去看一看，瞧一瞧。偶尔有人捡漏得了张勋贵们不想要的"小小书香客"优惠券，原本不打算买书也免不了为孩子挑些启蒙书回去。这可比平时便宜了许多钱呢！

方洪根本没料到一个抽奖和一批小挂件差点儿把他的库存卖光。好在有一批新书已经印刷完成，很快就可以填补这份市场空白！方洪趁热打铁地把新书摆到货架上，迎接这个让他感觉幸福到无以言表的新年。

王雱一点都没掺和，每天依旧往国子监里头跑，和司马琰嘀嘀咕咕。司马光和王安石也在年前把《五年科举三年模拟》整理完了，方洪从王雱那得了消息，扔下一堆事亲自上门取稿子，老实回了司马光和王安石好些问题才离开。

司马光说："京城今年可真热闹。"

想到这热闹有自己儿子出的一份力，王安石心里有些小骄傲，笑着说："那天雱儿去大相国寺那边买了堆布头回来，我还觉得他在胡闹，没想到现在这些布头摇身一变成了小孩子们的最爱。"

司马光道："有时，小孩子的脑筋可比我们灵活多了，像他们捣鼓出来的纸牌都能赚十几贯钱了，比我们的俸禄都高。"

两人相视一笑，都觉得自己儿子女儿棒极了，仿佛知己相逢、惺惺相惜！

另一边，方洪趁热打铁把《五年科举三年模拟》的印刷工作安排下去。这年头的印刷都是雕版印刷，一本教辅资料得弄几块雕版。方洪让雕版师父先把其他工作停了，全力完成这本书的雕版工作，赶在年前把书给印了出来，趁着“书香客活动”的尾声大卖了一波。

当然，教辅资料最重要的渠道就是直接面向学校销售。方洪第一时间给胡瑗送了一批，让胡瑗看看这本由司马光和王安石联手编纂的《五年科举三年模拟》。胡瑗本就是“考出人才”的推崇者，见到这份教辅资料后非常满意，觉得内容翔实、选题全面，最要紧的是，如果学生人手一份，可以大大提高课堂效率，不必每次都由先生念题、写题！

胡瑗对司马光和王安石两个年轻人也非常看好，捋着须说：“行，放着吧，我会让人推荐下去的。”

除夕这天，书坊终于歇业了。方洪亲自跑了趟王雱家，给王雱送钱。这一回虽然没写契书，方洪却还是将卖出的每一本书都分了一份钱给王雱。份利肯定不大，不过对吴氏而言却多得惊人，拿到手的时候，她几乎下意识地想还回去。这大概有五十两银子了吧？

王安石对吴氏说：“收好吧，你儿子可是想着要修县衙的。”

吴氏听了不由骂道：“什么我儿子？难道他不是你儿子？”

王安石不吭声了。他和司马光联合编纂的《五年科举三年模拟》卖出去也会得一笔版税，这样，他们一家人手头会宽裕许多，往后就不用紧巴巴地过日子了。而且他儿子还很会“理财”，煞有介事地设立了一笔洗澡经费、一笔买书经费以及一笔衣服首饰经费，一家三口都可以动用自己那份“特殊经费”。用他儿子的话来说就是：“赚了钱就是要花的，光靠省根本省不出几个钱来。”

王安石深以为然，就比如方洪这次花钱搞活动，带动的可不止他自己的书坊，还让雕版师父、印刷工和店里伙计有了活儿干，家中还可以攒下余钱。而且书卖得好，造纸的、产墨的都能有钱赚，也能养活一批人。这些人手里有了余钱，会出去购买年货，卖货郎得了钱，又会花钱买些肉，好过年包饺子……如此一来，许多百姓都会比平时多赚些钱，也多花些钱。

王安石心里对这个“商品经济链”隐隐有些想法，不过还不成熟。这个想法，他跟司马光都没说起。他还太年轻，经验不够充足，说出的话肯定没有说服力，得去外面实践几年才行！

关于未来的计划，王安石早已安排妥当。难得在京城过一次年，王安石放下书对吴氏和王雱说：“走吧，我带你们去看舞火龙。已经和君实约好了，一块儿出去走走吧。”

王雱对舞火龙兴致不大，不过听说司马光要去，王雱马上套上外套往外蹿。司马光肯定不是自己一个人去的，他又可以见到阿琰妹妹啦。毕竟年后他会跟着王安石外放，再见还不知会不会是好几年后，他们得珍惜每一次见面机会啊！

吴氏见王雱噔噔噔地往外跑，不免对王安石说：“这小子，一听到他阿琰妹妹就跑这么急。”

王安石对司马琰印象很不错，那孩子又聪明又乖巧，和他这上房揭瓦的儿子可不一样。王安石对吴氏说道：“难得遇到个能和他说得上话的，他自然欢喜。”

两个人边说话边往外走，外头已经有不少人往御街方向走了，都是去看火龙的。王雱这会儿已经熟门熟路地跑到国子监门前，嘴巴甜得抹了蜜一样，机灵地向司马光夫妇拜年。司马光掏出个红封递给他，笑着说：“新一年可得少让你爹操心了。”

王雱乖乖谢了司马光，口里却说：“那可不行，我爹就爱为我操心。”他将目光瞄向司马琰，见司马琰换了身新衣服，外套是红通通的袄子，顿时觉得天底下的妈妈都是一个审美，觉得自己儿子女儿在新年时就是适合大红色。没错，他身上也是红通通的棉袄子！

王雱笑嘻嘻地拉起司马琰的手，又噔噔噔往他爹娘那边跑，替脸皮薄的司马琰讨压岁钱：“爹，娘，阿琰妹妹给你们拜年了！”

吴氏一看，两个小孩身高差不多，都穿着红袄子，脸颊被风吹得白里透红，瞧着怪喜庆。她柔声训道：“你自己一个人跑来跑去就算了，还拉着你阿琰妹妹跑，摔着了你阿琰妹妹怎么办？”边说着她边掏出个红封递给司马琰，“阿琰，雱儿要是欺负你你就告诉我，我帮你教训他。”

司马琰可没王雱脸皮厚，她收下吴氏的红封后规规矩矩地道了谢，才说：“他没有欺负我。”

两个人跟着人流往御街走去，不一会儿便看到火龙从南薰门那边进城，一路沿着御街前行，沿途走走停停，仿佛在向每一个往来的路人致意。王雱和司马琰个儿矮，人一多什么都瞧不见，还得让王安石和司马光把他们抱起来才能看个大概。

两个人被各自的父亲抱着，都有些不自在：其实他们对火龙真没兴趣呀！

忽然，朱雀门的方向传来“嘭嘭嘭”的几声异响。王雱拉拉司马琰的袖子和她一起往天上看去。灿亮的焰火争相在朱雀门上空炸开，绽放出绚烂夺目的烟花。王雱和司马琰对视一眼，都在对方眼里看见了还没散去的烟火。

既然已经进入这个繁华的时代，他们就好好跟着他们的爹到处看一看吧！

年后，王安石正式上表婉拒馆职选试，外调任鄞县知县。王安石与曾巩等人一一道别，便收拾箱笼准备赴任。王雱跑到司马琰家，拉着司马琰的手殷殷嘱咐：“阿琰妹妹，我会经常写信给你，你可得第一时间给我回信。”

司马光在旁边看着，心想俩小孩要是再大些，他非打死这小子不可。不过两个小豆丁依依惜别，倒是让司马光觉得有些好笑。想到两小孩都识得不少字，确实比同龄人要聪明，司马光倒不介意他们通个信：左右是塞到他和王安石的信封里的，算不得两个小娃娃私相授受。

王雱是真舍不得司马琰，要是大家在一块儿，有个什么事都有商有量的。分隔两地的话他想和司马琰说点什么指不定还得打暗语呢！他都和司马琰商量过了，要是有什么要紧事非要在信里商量，他们就在背面写英文，描得跟花纹似的，他们肯定认不得！

关于鄞县，王雱和司马琰也在司马光书房里摊开张粗糙的舆图看过，其所在的明州就是往后的宁波一带，与舟山岛遥遥相对，海路陆路都挺发达，是个很不错的任地。王雱兴致勃勃地说：“看来我可以天天吃海鲜了。”

司马琰提醒道：“你可得先确认自己对海鲜过不过敏。”

王雱呸了两声，忍不住伸手捏司马琰的脸：“我才不会海鲜过敏，我以前一个人能吃一锅海鲜全宴。”哎哟，软软的，真好捏。

司马琰也不恼，拨开他的手慢条斯理地说：“现在又不是以前，你得注意一点，先少吃些试一试再说。”说完她又拿出一本让人订好的药方，“这是一些急病方子，要是家里有人生病了可以拿着方子和大夫对对症，抓药熬了喝。还有，我写了一些关于孕期和新生儿的备用方和注意事项，你拿着备用。”

吴氏与张氏不同，张氏是伤了根底不能再生育，吴氏却是很有可能再孕的，这年头生孩子凶险至极，无异于一脚踏入鬼门关。即便生下来了，新生儿死亡率也很高，若是司马琰再长大一些，肯定会想办法把手里一些已经经过千百年检验的药方公开。只不过她现在还小，一切还得慢慢计议。若说这时代还能无条件信任谁，对他们来说肯定就是对方了，所以司马琰把这段时间能想出来的方子都给王雱整理出来了。司马琰想了想，又补充了一句：“那边水网密集，春天来了容易出现传染病，有些防疫常用药材你得让你爹早早备着。”

王雱笑眯眯地收好司马琰给他整理的东西，拍着胸脯保证：“将来我要是当了大官，一准让你当防疫部长。”

司马琰也笑了：“不知道谁说的，连科举都不想考，就想当个官二代。”

王雱哼哼两声，不接话。

两个小娃娃再舍不得，该来的别离还是会来。元宵灯会看过之后，王安石便得由水路往东边出发，前往位于东海岸的明州。

王雱还好，到哪儿都活蹦乱跳，吴氏这回上船却有些不适，过了一段路就开始想吐。王雱顿时紧张了：“娘你不是有了吧？”

吴氏笑骂：“小孩子家家的，一天到晚在想些什么？”

自己有没有，吴氏心里还是有数的。在开封这段时间他们都与王雱睡一起，哪来的机会怀上？也就是小孩子什么都不懂才会瞎猜。

王雱也后知后觉地想起自己当了老久的电灯泡，住了嘴。熬到船在途中靠岸，王雱拉着王安石上岸洗了个澡，又去买些蜜饯，到药店切些含片之类的回船上给吴氏。

吴氏一看便知道，这肯定是王雱的主意。王安石这人不能说他不体贴，只是他心里一般没有这些东西，只有她儿子才会这么贴心。吴氏说：“你自己也留些，一天到晚蹦到甲板上去，小心晃晕了。”

王雱说：“才不会晕，您还是担心爹吧，他整天在船上看书！”王雱估摸着自己该开始琢磨怎么做眼镜了，毕竟他爹爱书如命，早晚会高度近视。

王雱的想法一堆堆的，背地里掏出磨尖的炭笔在司马琰送他的小本本上写写画画，记法很“理科”，大多只有个草图，即使王安石无耻地偷看儿子隐私也不可能看懂。

从开封到鄞县，花了差不多两个月的时间。正因路途遥远，接下来三年之内他们都不会再回京了，所以这段时间得把根扎在这里。县衙那边早得了消息，主簿和县尉恭恭敬敬地带着差役来迎接。

主簿，管文书的，相当于知县秘书，协助知县处理各项事务；县尉，管治安的，相当于派出所所长，负责抓盗匪贼人。主簿名叫郑荣，年纪三十五六，留着一把美须，照王雱看可以去和张方平比比，说不定还能赢呢！县尉叫武大兆，粗人一个，生得威武雄壮，别的不说，光是这身量就能震慑一方。

王雱等两人给王安石行过礼，也有模有样地上前朝他们作揖，甜甜地喊：

“两位叔父好。”

郑荣与武大兆乍然见到个粉雕玉琢的男孩跑到自己面前来还有些发愣，等他作揖问好后才恍然回神。这是知县家的小衙内啊！瞧瞧这玉雪可爱的小娃娃，可比县里所有男娃女娃都要好看，那眼睛乌溜溜的，多有神！

郑荣自诩读过些书，没好意思把马屁拍得太直白，武大兆可不同，他开口就夸了王雱一通，说什么从来没见过这么聪明可爱的小孩。王安石面上不显，心里却觉得这武大兆很有眼光。本来这时代文人大多瞧不起武人，这会儿王安石怎么看武大兆怎么顺眼，和气地与他们说了些话，让差役抬上箱笼往县衙而去。

到了县衙前，王雱心道“果然如此”。古人讲究“官不修衙”，一来县衙破破烂烂显得政府清廉，二来则是不想花自己的钱造福后人。他们年后出发，抵达鄞县是二月中旬，冬寒刚走，春寒料峭。吴氏看着破破烂烂的后衙，有些忧心春天来了雨水多，这屋顶会天天漏雨。

王安石对吃住倒是不太关心，他问郑主簿：“春耕安排下去了吗？”

“我们这边近海，春天比开封来得晚些，杏花还没开哩。”郑主簿笑道。

杏花开了耕好地，桃花开后正好播种，这是一代代传下来的经验。王安石听了点点头，当即就与郑主簿、武县尉商量起春耕事宜来。

春耕没过，王雱暂时不能招人来修府衙，倒是有几个年轻差役自告奋勇要帮忙，弄来梯子爬上屋顶把可能漏雨的瓦片都换了，暂且解决了吴氏的燃眉之急。

后衙虽然破，却比他们在开封租的房子要宽敞。有单独的厨房、澡房，晚上灶上生了火正好可以用余温烧热水洗澡。而且在院子里还有个水井，可以直接打水用，省了许多事！总的来说，这硬件设施还是很不错的，王雱非常满意。

王安石这人坐不住，到任没几天见县衙没什么事，便换上寻常衣物下乡考察去了。王安石刚走那天，王雱正儿八经地坐在书桌前读读写写，一次性把王安石留下的背诵任务完成了，顿时像鸟儿出笼似的到处玩耍。

郑主簿等人虽不住府衙，家却和府衙离得近很，王雱去串了几次门，成功把郑主簿和武县尉的长子勾搭出来玩儿。郑主簿的儿子叫郑思，和他爹一样文气，胳膊小腿儿也小，开口就是“夫子说这样不行”“爹说这样不对”；武县尉的儿子叫武兴，是个小霸王，平日里素来和郑思不对付，时常会抡起胳膊恐吓郑思。

两个人年纪都比王雱大，已是十岁。他们老爹暗地里都嘱咐过，让他们好好陪王家小衙内玩，因此哪怕他们都瞧对方不太顺眼也得好好相处。王雱也看出两人之间的不对付，不过他不太在意，小孩子嘛，哪有不爱较劲的？

读书人清高，嫌弃武人粗鄙；练武的人强健，嫌弃读书人弱鸡，这着实再正常不过了。王雱每天在两个新小伙伴的陪伴下这里走走那里逛逛，又去搜刮了不少医书和药材准备托人送去司马光家。过年借着“搭暖棚种东西”的由头，司马琰已经向司马光和张氏显露了一点点对医学的喜爱，他送这些过去也不会显得突兀。听司马琰说，鄞县这边产的贝母很不错，回头他可以看看能不能找个名头当特产推广出去。王雱在心里琢磨完了，又想到刚刚搬家什么都缺，花起钱来更是眼都不眨一下。

武兴看得羡慕不已，郑思却心惊肉跳。两个人帮王雱把砸钱买的东西都搬回后衙，回家后都与家里说了这事儿。

武大兆与郑荣的反应各不相同。武大兆说：“那敢情好，最怕遇到抠抠搜搜的家伙，做点小事都要算百八回钱。”

郑荣却有些忧心：“王大人一过来便到下面去走动，我还以为他是个勤俭爱民的好官，难道我看错人了？”

郑思疑惑：“难道花钱多就不爱民了？”

“花钱多，钱哪儿来的？”郑荣道，“王大人是从扬州调过来的，那可是扬州啊，多繁华的地方。都说由俭入奢易，由奢入俭难，王大人要是把鄞县当成扬州，那鄞县的日子可就难过了。”

“我看不像。”郑思年纪虽小，却是郑荣从小手把手教导的，在郑荣面前敢插话。

“哦？”郑荣来了兴趣，问道，“你怎么看的？”

“我看郎君教养极好，与谁都能说上话，买东西时虽然会砍砍价，却从不会搬出衙内身份压人。”郑思把自己这几天观察到的事都说了，“王家婶婶也是个极好的人，与差役说话都很和气，给他们搬东西、修屋顶的人都得了谢礼。我听大伙私底下都说，王知县一家不愧是京城派下来的，果真是不一样。”

这些小事，郑荣却是不知晓的，听郑思这么说来也觉得王知县一家都极好。他说：“那许是王大人家底本就殷实吧。”他叮嘱郑思不要把听到的话说出去，转而开始考校儿子的功课。

另一边，王雱带着亲自摘回来的一捧杏花噔噔噔地跑进后衙，美滋滋地去找他娘献宝：“娘，这送你了，新开的！”等他送完花，才注意到屋里有另一个胡子拉碴、裤腿上沾满泥的家伙——不是他爹又是谁。

爹，您下乡几天就变成山顶洞人了，像什么读书人啊！

王雱立刻跳起来，推起王安石往澡房那边走："洗澡！洗澡！洗澡！"

见丈夫一脸无奈地被儿子推着走，吴氏在后边笑着提醒："别给你爹冲冷水啊，大锅里的水已经烧热了。"

鄞县远不如开封繁华，到处都是破破烂烂的房子，王雱溜达了几天就基本溜达遍了。两个小伙伴的性情，王雱也基本摸清楚了，比如他要去干一件事，郑思肯定会说："我们再想想吧，要是出事儿了可咋办？"武兴却绝对会说："干干干！不干不是大宋人！"

这两小娃娃挺逗的，王雱不介意带着他们一块儿玩。

作为一个经验丰富的孩子王，王雱对于"诱拐"别人家小孩这件事可一点都不陌生，没多久就统治了鄞县两岁以上十岁以下的群体。再大一点，就不爱带他们这些小屁孩玩了。

王安石到底下走了一圈，又回县衙把需要自己处理的工作都做完了，才腾出手来检查王雱的功课。

郑思和武兴都没来得及离开，被迫在旁边看着王雱接受王安石严格的考校，头皮都麻了。

武兴还好，他不爱学文，从小就和他爹一样习武，准备长大后继承他爹的县尉之位。在他们这种小地方，他这种理想算是非常伟大的了，至少他还想当个县尉不是？别人只想当巡捕呢！

郑思就不一样了，郑思他爹对他寄予厚望，从小就手把手教他练字识文。虽说吧，他爹水平也就那样，但他很确定同龄人里头他书念得最好，连刚调走的那位知县家的衙内都比不上他。可现在听了王安石与王雱的对答，郑思觉得自己简直没学过他们说的那些句子！最要紧的是，王雱满打满算才四岁！

晚饭时间，郑思拖着沉重的步伐回家，整个人像是掉进水里再捞出来的小鸡一样，蔫头耷脑的，没半点精神。

郑主簿最着紧这儿子，不由关心地问："怎么了？出什么事了？"郑思把事情的来龙去脉一说，神色沮丧得很。郑主簿一听，也觉惊异。第二日谈完公务便和王安石讨教教子方法。

王安石谦虚地说："没什么方法，就是严厉一点罢了。"而后又把自己和王雱斗智斗勇的经历给郑主簿说了，简而言之就是从严抓起，定点定量给任务，不完成不许出去玩，绝对不给儿子半点偷奸耍滑的机会。

郑主簿听着觉得很有道理，回去后琢磨了一宿，琢磨出个从严教子的具体方案，白天就正式开始实行了。

早上用过早饭，王雱叫上武兴溜达去郑思家找人，郑思他娘出来说："思儿今天要写功课，不能和你们去玩了。"

王雱和武兴面面相觑，都觉得奇怪，不过小孩子听到"某某要学习不能去玩了"这种事的第一反应都是赶紧溜。当然得溜啊！要是多留一会儿被他们爹知道了，把他们也抓去学习怎么办？

王雱和武兴还是和平时一样到处溜达。

杏花开了，春耕开始了，街道上人少得很，至少沿街摆摊的农夫没了大半，王雱和武兴跟着巡逻的巡捕溜达出码头，看着一早出船回来的渔夫们在那儿叫卖河鲜海产。

郑思不在，王雱觉得可以干点坏事，他扭头问武兴："会生火不？"

武兴中气十足地应："会！当然会！"

王雱让武兴蹲下身叽里呱啦地耳语几句，武兴两眼一亮，便和王雱分头行动，王雱去买鱼虾，武兴去弄柴火。不一会儿，他们在河滩上弄起了个小火堆，拿东西戳起一只只虾架在火上烤了起来。王雱嘴巴甜，还向周围的渔家讨了些自家磨成细末的香料，烤得差不多了就撒一些上去，香得很！

两个人吃了一些解了馋，也没忘记郑思这个可怜的小伙伴，又烤了几只虾和一条鱼溜去找郑思。

郑思正沉迷功课，欲生欲死，忽然闻到一阵香味儿从外头钻进来。他探头一看，看到窗外探出两颗脑袋，一颗属于王雱，一颗属于武兴。他跑到窗边问："你们怎么过来啦？"

王雱踮起脚把手里攥着的烤鱼烤虾递给郑思："我们去烧烤了，留了几串你尝尝。"

郑思瞪圆了眼，忙问："你们生火了？火灭了吗？可别把周围烧了才好。"

瞧瞧，这就是典型的郑思式担忧。王雱说："灭啦，在河滩上生的火，到处都是沙子，烧不着的。"王雱怕晒伤，见太阳高高升起就不玩了，用沙子把火堆一捂，什么火都烧不起来了。

郑思这才安心，接过烤鱼烤虾，想了想，又分了两只虾给王雱和武兴，三个人一起咔呲咔呲地吃了起来。

王雱只是一时兴起才拉武兴烤鱼烤虾，玩过一次也就不再去了，可也不知谁家小孩远远瞧见了，便也领着其他小孩跑去河滩上生火玩，大多都是嘴馋馋的，自己抓鱼钓虾烤着吃。

这天，王安石走到码头巡视，远远看到几个小孩躲躲藏藏地在那儿烧火，溜达过去把人逮着一问，才知道这个“烧烤风潮”还是自己儿子带起来的。这臭小子，居然还敢玩火了！再一问，他儿子天天都到处溜达，大伙儿都悄悄看着他呢。他干什么，他们就跟着干什么！大家都觉得王家小衙内会玩得很，做什么都很有趣！

王安石板着一张脸回到家。王雱早对王安石装模作样地板着脸的模样习惯了，也没发现不对。他麻溜地跑上去给王安石捏肩捶背，问道：“爹你今天怎么这么早回来啊？”

王安石斜睨了王雱一眼，对王雱每次信誓旦旦说的“不能再多了，再多我记不住”“不能再多了，再多我写不完”这种话生出了几分怀疑。真要学不完了，怎么还有精力天天往外窜？吴氏肯定是管不住这儿子的，她太宠他了。王安石心里有了主意，对王雱说：“春耕开始了，你随我一起到外面去走走，也了解一下民间疾苦。”

王雱想到王安石上回“下乡考察”回来后的模样，一激灵，麻溜地说：“不去，我还小呢，我才四岁！”

王安石决定的事可不会轻易动摇。他说：“你不是一天到晚都往外跑？”

“没有的事，我天天在看书和练字，忙着呢。”王雱振振有词，“了解什么民间疾苦啊，我们家就很苦，爹你以前都没钱带我去洗澡呢。”

提到洗澡王安石就想踹他一脚，洗澡钱挤挤也不是没有，只是去澡堂又费钱又耗时的，还不如攒些钱多买几本书，至少书看完了学问肯定是自己的——洗个澡图什么呢？

王安石专横独断：“这事儿我已经决定了，你不去也得去。”

听罢，王雱只能跑去抱着吴氏的腿。王安石把王雱跑去玩火的事告诉吴氏，吴氏也不向着王雱了，连夜替王雱收拾个小包袱，让他自己背着跟王安石一起下乡去。

王雱现在无比痛恨封建社会，这要是换成现实生活中的21世纪，他这个岁数的小孩还不得当成小皇帝供着？带一个四岁小娃娃下乡考察，真亏他爹想得出来！

对于王安石这个爱下乡考察的领导，郑主簿已经有了初步的了解。领导要去体察民情，他只能留守县衙代为处理各项公务。

王安石前脚刚带着王雱离开县城，后脚就有邻县主簿过来商量水源分配的问题。水源是农户的命根，一个分配不好是要出事情的，相邻的乡县得提前商量好，免得到时你挖一个渠把水往这边引，我挖一个渠截断你的水源，分分钟能打起来！

鄞县这一带水网密布，矛盾也没有那些内陆乡县那么大，主簿之间相处非常和谐。要知道，知县一般三年一换，主簿、县尉不一样，他们都是从本地人里挑出来的，很有可能一干就是十几二十年，主簿与主簿之间也相熟。

这邻县过来的主簿和郑主簿就有十几年的交情，听说王安石下乡去了，邻县主簿便说："看来鄞县百姓有福了。"郑主簿捋着须笑道："我也这样觉得。"

邻县主簿羡慕得紧："你们新知县也信任你们哪，县中事务全都放心地交托给你们了。"不像他们，遇到新知县上任就得受一番磋磨，搞什么新官上任三把火，民生民情不去了解，上来就是发政令、捞政绩，把县里弄得乱七八糟之后拍拍屁股走人。气人！

郑主簿笑着送走邻县主簿，心里也觉得庆幸。一般上头派下来的知县都是来捞政绩的，混个资历就往上走，哪会把心思放在处理县务上？王安石别的不说，至少没有瞎指挥，愿意先亲眼看看百姓的生活。

郑主簿正想着，忽见武县尉急匆匆地找了过来，手里拿着张纸条，说："老郑，你给我瞅瞅这纸上写的什么？我家那浑小子也不知什么时候学了写字，留了个纸条不见人了，急得我婆娘直接找到府衙来了。"

郑主簿还没来得及细看，他妻子也找来了，手里也拿着张纸条。两张纸条放一起看，好了，两个都悄悄跟着王安石父子俩出去了。

武兴不用说，王雱这样那样地撺掇几句，他立刻收拾东西摩拳擦掌等天亮。郑思则是这几天被他爹安排的功课压迫狠了，咬咬牙答应和武兴一起尾随王雱父子俩出行。

王雱和他们说好了，他们先自己悄悄跟一段路，等出了城再追上来会合。到时他们都走出老远了，王安石这个注重效率的人肯定不会再折返送他们回城，他们就能跟着王安石到处玩去啦！至于回来后会不会挨打，那就等回来再说吧！

武县尉与郑主簿对视一眼，都看出了对方眼底藏着的想法：打，必须打，狠狠打！

王雱一点都没有拐跑人家儿子的自觉，见到郑思和武兴追上来之后假模假样地问："你们怎么来啦？"

王安石瞥了他一眼，又看了看两个十岁大的小孩，没把他们赶回去。带着三个小孩，王安石走得比原计划慢一些，不过也正因为领着小孩的缘故，沿途遇到的农户更愿意与他说话了。县城周围的农田都是良田，王安石一行人走了半天也没遇到太大的问题。

等走到一处村庄外，王雱的小眉头皱了起来，虽然宋朝已经会用堆肥来保持地力，但农村的卫生情况还是不容乐观。昨天夜里刚下过一场雨，王雱看着到处都是小水洼的土路以及这里一块那里一块的人粪牛粪，简直不知道该从哪里下脚。

王安石笑他："小小年纪穷讲究。"

武兴很实在，拍拍壮实的胸脯提议："要不我背你吧，我力气大得很，背着你走也不累！"

不，就不，男子汉大丈夫怎么能让人背。

王雱在王安石和两个小伙伴的注视下毅然往前迈出一步，鼓着稚气的小脸说："我自己走。"

许多年后，王雱亲自为他爹写了篇传记《我的老爹王安石》（后来，在方洪的强烈反对下改了个不怎么通俗易懂的名），传记开头是这样的：

我的老爹王安石是一个高尚的人，纯粹的人，脱离了低级趣味的人。比如说，会带儿子去看别家小孩抢牛粪。

是这样的，王雱刚毅然踏出一脚，就看到旁边蹿出个毛猴似的小孩，咻的一下把前头那坨黑不隆冬的牛粪铲起来，塞到自己背着的粪筐里。小孩才五六岁，脸黑，身板也小，但动作快得叫人吃惊。

其实王雱还不算震惊。他曾经去草原跟进一个工程。当时他们去当地的蒙古包做客，当地人在蒙古包外头堆了不少干牛粪，都是用来生火取暖的。干牛粪耐烧，工程队还曾经围在烧得火红的烧牛粪旁烤干粮吃。生产力发展程度越是原始的地方，牛粪的用处越多。可郑思和武兴却是真的震惊了，他们虽然只是鄞县里长大的，却也算是半个"城里人"，从小就没往田里去过，自然不知道这牛粪大有用处。

等另一个小孩蹿出来，和那捡到牛粪的小孩大打出手，口里嚷嚷着"说了不许你过来这边捡"，郑思两人才不可思议地回过神来。

王安石上前去调解了几句，从俩小孩口里得知他们小孩之间也是“划区捡粪”，各自在各自的地方捡的。最近各个乡都在忙春耕，耕牛到处借来借去的，捡到粪的机会也多了，他们每天都有任务的哩！

黑瘦小孩是张寡妇家的，一脸倔强，挡在粪筐面前一脸警惕地瞪着所有人。那个能说会道的小孩见状也没法子，只能说：“算了算了，捡了就捡了吧，他们家也怪可怜的。”说完一脸晦气地背着粪筐去别的地方找牛粪去了。黑瘦小孩看了那小孩的背影一眼，又看了看王安石一行人，也揣起粪筐跑了。

王安石扭头看王雱：“怎么样？看看人家的小孩，得到处找牛粪呢。”

王雱麻溜地拍马屁：“多亏了我爹厉害啊！”

接下来的小半天，他们碰上了好几次骂战，大多是你的水渠挖偏了，你的田埂堆歪了这种事。王雱发现鄞县这边虽然水网密布，大大小小的河都不少，但是水利工程搞得很糟糕，没有全面的规划，水都往海里流了，该不够浇还是不够浇，该闹干旱还是闹干旱，但凡发生打架斗殴事件，一准是因为引水不均！

王雱瞅了眼王安石，总觉得王安石这段时间天天往外跑，就是想搞搞这一块。搞工程，他的老本行啊！王雱琢磨着要不要给他爹小小地露一手。

算啦！等他爹开始筹划时他再瞅瞅这年代的工程师是什么水平！马上要见到同行了，想想有点儿小激动。

王安石可不知道自己儿子的小脑瓜里在想什么。这回还带了别人家的小孩，晌午之后王安石特地找了处佛寺吃饭、借宿。宋朝什么都不多，就是佛寺多，光是鄞县一处就有六七个，怪不得小宋官人要说什么“冗僧”了！

吴氏信佛，王雱常被带着去佛寺上香，僧人之中有诚心向佛的，也有浑水摸鱼的，王雱看多了，觉得他们大多也都是普通人。

换成上辈子，王雱心里绝对一丁点儿神佛概念都没有。不过入乡随俗，既然他娘信佛，他遇到佛寺也会礼貌性地拜一拜。来都来了，老天可得保佑他们这辈子平平安安、顺顺遂遂！

郑思和武兴见王雱小手合十，嘴里还念念有词，顿时也被感染了，闭起眼睛对着正殿的大佛拜了拜。

王安石看着三个小孩对着佛像胡乱拜，没说什么，向出来与他说话的主持简单地说明了借宿的意图。对方知道是知县亲临，当下便把最好的禅院腾出来给他们住。

晚饭吃的虽然是素菜，味道却不错。王雱正一本正经地解决着自己那份晚餐时，一个十五六岁的少年迈步入内，看着也是来这边用斋饭的。那少年讨了份斋饭，坐在离王安石一行人不远的一桌吃了起来，边吃手里还边拿着本书看。

王雱吃饱了，随意扫了一眼，顿时来了兴致。这少年看的好像是本医书。王雱看了看还在解决斋饭的王安石，自己跳下椅子跑去少年那边，问道："你的书可以借我看看吗？"

少年讶异地抬眼看向王雱。少年长相清秀，就是眼睛小，单眼皮，脸色也偏苍白，瞧着身体不大好。

他见王雱年纪虽小，说话却慢条斯理的，不像同龄小孩那样毫无章法，顿时点点头把书递给了他，口里提醒道："小心些，可别弄坏了。"

"我知道的。"王雱小脸严肃得很，翻回封面看了看，是医书没错。再翻翻内容，是自己没见过的医案，写得翔实又有趣。王雱不由追问："这书你哪儿买的啊？我也去买一本。"

少年这下真的惊讶了。他说："你真看得懂？"

王雱给他一个"你怎么这么笨"的眼神，说道："我看不懂干吗借来看啊？"

少年也觉得自己问了个傻问题，老实回答道："这不是买的，是我自己抄的。"他给王雱说起这医书的来历，原来离这不远的月湖一带有位隐士姓楼，单名郁，人称"西湖先生"，家中藏书破万卷，虽隐居不理世事，却对士子极好，允许士子免费到家中抄录书卷，偶尔求教的人多了还会开堂讲学，在士子之中颇有名望。

少年名叫沈括，家住杭州。他读完家中所藏之书，得知西湖先生这边藏书无数，慕名前来借阅。这一借，便借了两个多月，他把自己感兴趣的书都抄了下来，日夜捧读，如痴如醉，临近晚饭时间便匆匆赶回寺中吃些斋饭。

寺庙里都有给过往行客租住的空房，一般是从朝廷出租建造的澡堂里隔出的单间，沈括住的就是那地方。没错，僧人人数众多，朝廷还会拨出专项资金给僧人们修建澡堂——澡堂子占地之大、设施之好，足以租用给行客暂住。

例如，每年到了赶考的季节，开封大相国寺的澡堂就会住满前来参加春闱的读书人。这样既可以让读书人低价住在内城，也能让大相国寺多一份收入，双赢！

王雱听沈括介绍完这些事，看向沈括的眼神顿时不同了。沈括，字存中，一个在科学史上占据了一席之地的北宋文人。他天文地理什么都研究，拥有一个科学家最基本的素养——时刻拥有旺盛的好奇心！

沈括把他一生里头了解的技术、看到的八卦、学过的技巧全部写在一起，写成了一本书——《梦溪笔谈》。

比如说，有个叫王子野的人是素食主义者，一辈子不沾荤腥，过得很快乐，他听说后立刻写进书里；又比如说，学士院第三厅有一学士阁子，这阁子因门前有棵大槐树，俗称“槐厅”，据说以前住进槐厅的人大多当上了宰相，因此有学士们争相抢住槐厅的现象——他亲眼看到有人搬开别人的行李强抢，也立刻写进书里。

这还是其次，王雱记得科学史上写过，《梦溪笔谈》介绍了指南针的用法、三节压埽法（河工堵黄河缺口用的），王雱正是因为三节压埽法注意到这本书的，毕竟这是他的老本行。以前，他抽空把这书读过一遍，但现在也是忘得七七八八了，现在这位沈括先生一到他眼前，他又想起了大半。书里还记录了毕昇发明的活字印刷术。事实上，毕昇死后，他的儿女并没有把活字印刷术推广开，而活字印刷术的工具也一直被沈家收藏着。

王雱顿时来了精神，这可是活字印刷术啊！

虽然他不太懂具体怎么操作，不过他记得后来活字印刷术传到国外，就变成了“铅字”。从推广角度上来看，做铅活字应该是最佳选择了。可问题就在于中文和英文不一样，英文只要二十六个字母就可以了，中文常用字就几千个。所以，一套活字至少得备上几千个字模，要是有人写文章爱用生僻字，还得现场雕几个，麻烦！而且现在的字典特别难用，这些活字如何摆才方便排版也是个大问题。王雱琢磨着，还是再过几年吧，回头找个由头让方洪去找找我们伟大的发明家雕版工毕昇，然后摸索着弄套活字出来。

王雱在开封时看过朝廷刚让人编出来的新字典，名叫《集韵》，是按读音编排的，看着就叫人头大：一个字经常分正体、或体、俗体、古体，最多的居然有七八种写法！

这要是让雕版师傅对着排一套活字，难度得多高！都能认识这么多字了，干吗还去当刻工？刻工可苦了，往往雕刻五千字才拿一两银子，眼都雕瞎了才赚那么点钱！所以这技术想推广，要么方洪赚得盆满钵满，高薪养一批技术人员；要么朝廷重视起来，派官方匠人来搞。

不管哪一种，王雱暂时都做不来。王雱暂且搁下脑海里的种种想法，积极地和还是个少年的沈括套近乎。他对沈括提到的大澡堂很感兴趣：“沈哥，吃过饭你去洗澡不？”

沈括：“什么？”

他错过了什么吗？话题为什么忽然从医书变成洗澡了！

两边离得近，王雱和沈括的对话王安石他们都听得清清楚楚。王安石一听到大澡堂，便觉有些不妙，结果王雱下一句还真是约沈括一块儿去洗澡。

很快，王安石带着三个小孩、一个少年到了澡堂。现在正是洗澡的时间，澡堂里热气腾腾，往上看是光头，稍微往下点，是光溜溜的臂膀。

这寺里的僧人似乎长期坚持练武，肌肉都很壮实。相比之下，王安石脱了衣服的身板儿有些不够看。司马琰还告诉王雱，王安石好像有轻微哮喘。好在不算太严重，平日里注意一些不会有太大问题。

武兴自小习武，和武人厮混惯了，说话便口没遮拦。郑思瞬时想暴打武兴。

王雱又唱着他的洗澡歌，麻溜地给他爹搓澡。

沈括知道王安石是谁之后，对王安石和王雱父子俩的相处格外感兴趣，王雱给他爹搓澡时甚至感觉沈括的视线一直没挪开。

王雱心想，沈括不会把他给他爹搓澡的事写进《梦溪笔谈》里吧？没事，沈括要是敢写，他就写一本关于沈括的书，让方洪印出来，一准把沈括"黑"得体无完肤！

一行人洗过澡后，沈括的意图很快暴露了，他拿着一个厚厚的本子，跑过来向王安石请教。这家伙显然是那种求知欲旺盛的人，问到灯油都快烧没了才肯走。而这时的王雱早呼呼大睡了。

王安石送走好学的少年，转头见儿子四仰八叉地睡在床上，睡相要多香甜有多香甜，摇了摇头，也脱了外衫睡下。

第二天一早，王雱醒来听到外面传来"嘿哟嘿哟"的打拳声，洗漱后跑出去一看，原来是僧人们在练拳。这些僧人中还混了个长着头发的，不是武兴还有谁？

武兴也"嘿哟嘿哟"地打着拳，只不过练的是他爹教他的，旁边有个僧人热心地给了他一些指导，把拳法改得更适合他这个年纪的小孩。

王雱兴致勃勃地跑过去说："我也要学！"

僧人们知道他是知县家的小衙内，又见他年纪小小，模样粉嫩可爱，都逗他说："练拳可不仅仅要练拳，还得练基本功，你肯吃苦头吗？"

王雱干脆利落地回答："不肯！"

僧人："……"

王雱接着说道："不用真教会我的，我可不会偷学你们师门绝学，万一你们非要我出家怎么办？"他一脸忧心地说完，积极地提出自己的要求，"你们教我个花架子就成啦，让我每天活动活动拳脚，吓唬吓唬坏人就可以了！”

僧人们觉得这小衙内真有趣，也不介意带着他玩。

王雱如愿学了套寺里的拳法，小胳膊小腿儿嘿吼嘿吼地迈开，瞧着还真有点儿样子。

随后郑思和沈括起来了，也被王雱拉着一起强身健体。若是武兴叫的，郑思怎么都不会答应，可王雱不一样。听王雱说什么“身体是科举的本钱”，郑思马上觉得很有道理。

沈括觉得王安石学问好，而王雱却很有趣。他在心里默念着“身体是科举的本钱”这句话。这些话都是王安石教儿子的吗？沈括胡思乱想着，王雱“教官”煞有介事地用他那小短腿踱步到他身边，整整他的胳膊、拍拍他的背，虎着小脸说：“不对不对，你马步姿势没站对！”

没错，他一个小豆丁不用吃苦头，沈括三人却是要练点基本功的。王雱乐滋滋地过了把教官瘾，才和找过来的王安石一起去用早饭。

早饭还是斋饭，只是换了些新花样，王雱吃得很满足。吃饱喝足后，又该出发了，这回王安石没带他们往村里走，而是和沈括一起去了月湖一带，因为他这一次过来是为了请一些隐居大儒出山的。

前些天，王安石到鄞县县学里看过，发现鄞县县学教学质量奇差，甚至还有县学的夫子在应该讲课的时间聚众打牌。没错！这个大众娱乐活动已经从开封传到地方，没比王安石赴任的速度慢多少。

王安石打发王雱几人在月湖边上玩儿，自己则登门去拜访隐居大儒。

沈括自觉自己年纪大，有义务照顾三个小孩，难得地放弃了去楼先生家抄书的机会，带着王雱他们在月湖边上游玩。

到了晌午，王安石才出来。看他的表情，王雱就知道王安石没成功请出大儒。晚上他们继续宿在寺里，第二天又去了一趟，还是无功而返。

第三天，王雱一早起来就鼓励王安石：“以前刘备请诸葛亮出山，可不就得三顾茅庐吗？”

“哟，你还知道刘备诸葛亮？”王安石睨他。

“当然知道。”王雱这才想起《三国演义》这会儿还没写出来呢，三顾茅庐这个词还不算广为人知，为了“创造”三国杀这个盛极一时的卡牌游戏，王雱在司马光家特意拜读过《三国志》，扯起来也不慌，“我和阿琰妹妹读了《三国志》，里头就写了刘备找诸葛亮时‘凡三顾，乃往’。”

王安石还没说什么，一旁和他们坐一块儿喝稀粥的沈括已经惊讶地开口：

“你已经开始读史了？”

不仅读过，还能随便引用其中一句啊！而且这“三顾茅庐”总结得可真好，一听就能感受到刘玄德的求才若渴之心。

王雱一听沈括的话，立刻知道糟了，好像又露馅了。他紧闭着嘴巴，坚决不再往外蹦一个字。王安石似笑非笑地瞅了自家儿子一眼，想着：学了东西就不信你憋得住不用！

玩了三天，王雱几人把月湖一带都游遍了。

也许是因为王雱的嘴开过光，王安石第三次上门还真请动了几位大儒。其中一位就是沈括这段时间时常登门拜访的楼郁楼先生，他脾气最疏放豁达，答应过来之后当即把家里的事都交给儿子打理，收拾了几件衣裳跟着王安石一块儿来找王雱几人。王雱一见到这位楼先生，就有种不祥的预感。

楼先生年过半百，身体康健，头发花白，胡子也半黑不白。他有双锐利的眼睛，跟鹰隼似的，瞧得王雱心里发怵。

这位楼先生有点儿吓人啊！王雱一路装乖卖巧，绝不给这位看着就像教导主任的楼先生半点挑他刺的机会。武兴反倒坐不住，路上搞了两次事，被楼先生训得跟孙子似的。王雱与郑思对视一眼，都很感谢武兴先去蹚雷。

这天，郑思与王雱他们分别，偷偷摸摸地回到家，原想先找他娘的，结果被郑主簿当场逮着了，不由分说狠狠揍了一顿。

第二天郑主簿带着郑思登门，感谢王安石带他儿子出去长见识。路上他们父子俩与武县尉迎面碰上了，两个大人相互说着“知县贤明”，郑思和武兴对视一眼，都注意到对方古怪的走路姿势，便知道，彼此都是挨了揍！

大人就是虚伪！真觉得贤明，怎么打儿子啦！两个小孩齐齐腹诽着。

郑主簿这趟来，还有一件事要找王安石商量，那就是他也想把郑思送进县学里。以前他觉得自己教就行了，是因为县学夫子们的水平也就那样，还不如自己。现在不同了，所以他也想让郑思入县学。郑主簿说：“别看思儿年纪小，他学得一点都不比县学里的士子慢。”

都是当父母的人，王安石听到郑主簿这个要求自然不会不应允。他点头道：“这自然没问题，你让他去便是。”

王安石问起郑主簿、武县尉关于春耕的事宜，郑主簿与武县尉对视一眼，武县尉如实回答：“别的倒没什么，就是东乡因为水源打起来了，我抓了几个出头的，还在大牢里关着呢。”

郑主簿说：“正值春耕时节，总关着也不是事儿，我们还得管他们饭。这事儿，不好办！”

王安石皱起眉头：“我看县里水网密布，怎么会因为水源打起来？”

郑主簿叹息：“水网密布是一回事儿，能不能浇上水又是另一回事儿。在争水这件事上，谁都不会让步，要不接下来地旱了，日子就过不下去了。”

于是王安石问道：“你们都是鄞县人，可知道鄞县有没有精于水利的人？若是有，你们将他找来。”

王知县是打算兴修水利了！郑主簿与武县尉两眼一亮，连连应下。

农为天下本，对农户而言有什么比兴修水利更让他们欢喜的呢！有了水，就不愁庄稼种不活。庄稼种活了，来年的生活就有了盼头。百姓所求的很简单，吃饱穿暖而已！

王雱不知道王安石已经行动了起来。他这会儿正品尝着吴氏做的点心呢。

虽然王雱才离家四五天，可他娘还是觉得他饿瘦了，肯定受了不少苦，特地开小灶给他做了他爱吃的糕点。

王安石商量完正事回到后衙，看见的便是吴氏亲手将糕点喂到王雱嘴边，口里还殷殷叮咛：“慢点吃啊，别噎着了。”

王安石忍不住骂：“……慈母多败儿！”他瞪向王雱，“你自己没长手吗？”

王雱麻溜地把手放背后藏着，一口把吴氏喂来的糕点吃光了，乐滋滋地对王安石说：“没长。”

郑主簿急着让郑思进县学，原因很简单。这几位大儒是王安石请出山的，王安石是京城派下来的人，任期顶多三年，三年一过，王安石是要走的。到那时小小的鄞县还能留住几位大儒吗？

郑主簿免不了对郑思耳提面命一番，让他好好进学。王雱和武兴少了个小伙伴，颇为失望。虽然也有其他小孩，但是这段时间他们三个人结伴到处玩，早成了“铁三角”！当然，也不能因为少了个小伙伴就不玩了，王雱还是和武兴一起到处跑，教小孩子们唱“两只老虎两只老虎跑得快”或者“一个呀和尚挑呀嘛挑水喝”。

县学休沐这日，楼先生刚回到县衙给他安排的住处，便听到自己的孙儿在唱《三个和尚》。楼先生起初不以为意，再细细一听，便听出几分味道来。他喊来孙儿追问起出处。

“街上学的。”他孙子还小，奶声奶气地回答。

楼先生耐心问了挺久，才问出这歌竟是王知县之子唱出来的。他们几个被请出山的人相互交流过后，都觉得王知县学问广博，是当世难得之才，若不是王知县诚意相邀，他们也不会齐聚在这小小的县学中。

楼先生心道：王知县果然有心，想出这种教化之道。别看这歌是大白话，讲述的道理却很有用：一个和尚能挑水喝，两个和尚能抬水喝，三个和尚为什么反而没水喝？只是再听到孙儿唱那《两只老虎》，楼先生又迷茫了，这《两只老虎》到底是什么意思？楼先生是个执着之人，琢磨了半天没想明白，用过晚饭便散步去县衙那边找王安石，询问起《两只老虎》的意思来。

“《两只老虎》？”王安石听了觉得奇怪，再听楼先生一本正经地把词儿念出来，不由失笑，“这就是那小子随口唱的。”对儿子总随口哼哼些歌儿，王安石早就见怪不怪，没看到《洗澡歌》现在已经在开封各大澡堂中流传开了吗？

楼先生很吃惊，又问：“《三个和尚》难道也是他随口唱出来的？”

王安石老实回答：“对，我问过他，他说是梦里听来的。”小孩子说话总是比大人跳脱，王安石虽然觉得儿子在胡扯，但也没去深究。既然楼先生都送上门来了，王安石自然又免不了把自己儿子的学习进度给楼先生这样那样地说了一通，还把儿子进展飞速的练字成果拿出来给楼先生评判一番。

王雱从外面溜达回来，看到的便是王安石拿着他的“作业”在和楼先生指指点点。王雱刚要蹑手蹑脚绕去找他娘，王安石就扫见了他的身影。王安石招手：“又去哪里野了？过来和楼先生问好。”

王雱对这位颇有教导主任威严的楼先生很是忌惮，总觉得多和这位楼先生接触会很不妙。他乖乖巧巧地跑王安石身边，响亮地喊人：“楼先生好！”

楼先生仔细一看，只觉这小孩比上回见到时更俊了，每天往外跑也没晒黑。他问王雱：“《两只老虎》和《三个和尚》是你教其他人唱的？”

“对啊。”王雱一本正经地闲扯，“从我梦里听来的！”其实他还想哼个《一枝竹仔》凑够儿歌“一二三”，不过这首是粤语，改编难度太大，想想还是算了。

楼先生听他们父子俩都这么说，也就不再追问，夸了王雱几句便离开了。

王雱坐王安石身边发问：“爹，你要寄信给司马叔父吗？我想寄信给阿琰妹妹，还有寄点东西给方叔。”

王安石奇道：“你要寄给阿琰妹妹就算了，为什么还要寄给你方叔？”

王雱说：“沈哥不是刚回去嘛，他给我留了份稿子，我准备寄给方叔让他给印出来。”

沈括知道王安石把五位隐居大儒都请出山了，厚着脸皮跟到县里来一一拜见，孜孜不倦地请教问题。

王雱说是沈括留下的，实际上这稿子是他磨着沈括给画的。没错，画的。这是王雱让沈括给画的连环画，沈括才十六岁，画工不算特别精湛，不过作为大众读物已经很不错了。

这段连环画故事画的是《三顾茅庐》，前面有沈括写的小序，从他借读楼郁楼先生藏书时的所见所闻，引出刘玄德三顾茅庐的故事。

《三国志》里关于三顾茅庐的内容提及得少，除了王雱说的那句，剩下的便是《出师表》里的‘三顾臣于草庐之中’，于是整个故事全得靠王雱艺术加工了。

沈括听王雱说完整段被加工过的，矛盾冲突特别明显、特别刺激的《三顾茅庐》，顿时灵感爆发，迫不及待地按照王雱的意思把它画了出下来。

王雱得了一份稿子，拍着小胸脯给沈括保证："这书一定会大卖的。"

沈括到底是个少年，对于把自己的作品刊印成册这种事非常期待。不过他这人实诚，最开始还把创作过程也写了下来，表示这《三顾茅庐》由他与王雱一起完成，整个故事全由王雱口述！

王雱一脸严肃地反对："这不太好，我还小呢，不想出名。"他对沈括说，"再说了，你要是说这是我写的，别人还不得怀疑我在给我爹炒作？"

沈括好学不倦："什么叫炒作？"

王雱如此这般地给沈括解释了一番，沈括学完了新词，这才点头把这一部分删了。于是，他写的序里头只记录了王安石三请隐士的过程，说是这件事激发了他的创作灵感。

沈括把稿子给了王雱，留下家中地址后便回杭州去了。王安石这才知道王雱每天跑出去撺掇沈括做什么。他拿过稿子看后，也觉得这故事非常精彩，既体现了刘玄德诚意十足的求才之心，也体现了诸葛孔明的过人才华，情节更是环环相扣、一波三折、跌宕起伏。

王安石不由夸赞："没想到这沈家小郎君还有这样的才华，把这《三国志》里短短的一句话编得真够精彩。"

王雱心道：这可是经过千百年考验的精华片段，什么戏曲啊、评弹啊、影视剧啊，翻来覆去都不知道改编多少次了，想不精彩都难。

当然，王雱也跟着夸："对的，沈哥编故事真厉害！我和沈哥说好了，把这稿子送到方叔那儿印出来卖，要是能卖出很多本的话，沈哥就能攒不少钱买书啦。"

王安石对好学的后辈一直非常喜爱，听后点点头，把稿子收了起来，表示回头会连着写到开封的信一起送出去。

王雱见说动了王安石，心满意足地练字去了。经过这么久的勤学苦练，他悬腕写字时，手终于不会抖了，可喜可贺！

《三顾茅庐》第二天就随着驿马去了开封。王雱煞费苦心地借沈括的手画这段《三顾茅庐》，自然不是为了吹诸葛亮，故事不是重点，重点是沈括写的序中，他老爹为鄞县请动了五位隐居大儒。

文教，也是地方建设的重要部分。做了事怎么能不宣扬宣扬呢？做了好事一定要说出来让人知道！

他老爹这人不善交际，更不善说大话，是个干实事的人，而且想做什么就会一门心思往里扎，有时为了把事做成甚至还会变得极为专横。

王雱对他老爹要做的事不太了解，只知晓他老爹将来要走的路是“改革”。他不知道怎么改，可但凡改革，绝对没有不触动某些阶层利益的可能。王雱希望暗中把王安石的好名声树立起来，将来能有更多人站在王安石这边。

变法！变法！这变出来的新法肯定要有人去执行的！人才储备很重要啊！再好的新法，没选对负责人都会变成恶法！

要王雱自己去干，那是不可能的，专业不对口！不过他可以帮他老爹挑挑人，现在还早着呢，他老爹才二十六七岁，要当上宰相怎么都得三四十吧？屈指一算，至少还有十来年呢，那时可以开始着手搞人才培养计划！

比如说，可以先从鄞县里的基层——也就是本地招进来的胥吏开始培训。等培训方案摸索着完善了，可以找机会推广全国，到时不管地方官还是地方小吏，要上岗，统统先培训；花个几年把培训变成定例，往后要负责执行新法的，也统统先培训，能力和新法理解水平都及格了再说。

烦是烦了点，却也比任由他们“自由发挥”强。毕竟底层官吏的“自由发挥”，绝对是当地百姓的一大噩梦！

王雱边练字边瞎琢磨，字写得不怎么样。

他爹捧着本书看完了，扭头一瞧，不满意了，又开始对着他的字指指点点，继续搬出那套“你爹我小时候写得老好了”的瞎话唬他。

王雱哼了一声，把写砸的一张纸团成团扔纸篓子里，专心致志地开始写新的一张。反正时间还挺多，人才啊方案啊什么的，都慢慢来，不着急。

王雱不着急，王安石却有满脑子想法急于付诸实践。春耕结束之后，新粮没熟，旧粮又吃得差不多了，这段时间一般被形容为“青黄不接”。王安石想了个新法子，很快叫差役和胥吏出去宣讲：县粮仓里的粮食可以借出，要是有需要的可以来登记拿粮，等夏秋有收成了再还回来。

宋朝户籍制度很完善，每个村有多少户人家、每户人家有多少口人、每口人占多少田，这些都是有记录的，官府借出粮食不怕对方赖着不还。这样一来，百姓不怕熬不过这段青黄不接的时期，县粮仓里的陈粮也可以更替成新粮，一举两得。

此法一出，不少百姓都抱着试试的心态过来借粮。借的虽然不多，但也把粮仓里的一小半陈粮放了出去。一大设想成功实现，王安石颇有成就感，马上要把兴修水利也提上日程。

一直到借粮的事情执行下去，王雱才从王安石记录“变法灵感”的小本本里看到关于借粮这件事的规划，原来王安石把这称为“青苗法”，意思是在青黄不接的时候面向农民搞借贷，得收利息的那种。

王雱看到都呆住了，这是要靠借贷来充盈国库啊！没想到他爹这么早就开始琢磨变法了！借贷这事儿，搞好了赚是肯定能赚的，但是借贷得有标准，比方说绝对不能超过贷款者的还贷能力。超过了会有什么后果？

现实世界的借贷实例可不少：还不起贷款卖车卖房的、跳楼喝药的，还有一些信奉“超前消费”的国家，每年申报个人破产的、被追债到自杀的都不在少数。而这面向农户就更直观了，农户手里有什么？几亩薄田。要是他一年只能赚个几贯钱，你要他贷款十贯，缺口还不上怎么办？官府肯定说，拿你的田地来抵吧！没了田地，农户就成了流民。流民一多，地方就要乱！出了乱子谁的责任？肯定是这“青苗法”的责任。

王雱看他爹这规划，讲的都是借贷怎么去执行、怎么去落实，以及展望“每户农户都参与借贷可以为国库增加多少钱”的美好前景，至于怎么设限这方面完全没提及。这事儿，不成啊。

王雱记性好，看个一遍基本把他爹的构想记下来了。现在他还小，只能慢慢想办法影响他爹的想法。他悄然把“变法灵感”放回去，琢磨着改天想个法子给他爹提个醒。

王雱这才刚摸到新法的边儿，第二天还在心里想着这事儿呢，武兴就急匆匆跑了过来，和他说郑思在县学被人欺负了。

武兴平日里虽然总爱鄙视郑思，可别人要是欺负到郑思头上他肯定会出头。

武兴是个急性子，开了个话头就噼里啪啦地往外倒：“就是那姓鲍的，仗着家里有钱在县学里和其他人拉帮结派的，整天合伙欺负郑思。郑思也是个没出息的，谁都不说，连告诉夫子和他爹都不敢，一个人躲着哭，还是我见着了逼着他说，他才说出是怎么回事儿。”武兴嘴里骂郑思没出息，心里却挺气的，拉着王雱说，“要不我们帮帮他呗！”

第四章

共筑黄金国

郑思一直有点尿，习惯性瞻前顾后的那种。他读了些书，学了什么“君子耳不闻人之非，目不视人之短，口不言人之过”，告状这种事他做不来。他那姓鲍的同窗大概也看出了郑思这一点，所以他去了几天就欺负了他几天。

武兴就是听了郑思的大道理头疼，才会把王雱给搬来。这学文的家伙脑袋弯弯曲曲的，他着实不懂郑思的想法，只能让王雱过来想想办法。他总不能冲进县学去揍人吧？

王雱听完郑思一通道理，也懵了。君子就要不听、不看、不说吗？他严肃地瞅了郑思半晌，小脸蛋绷得紧紧的。小小年纪就学了邪门歪道长歪了，怎么办？

郑思被王雱看得心里发虚：“不对吗？”

王雱瞅着郑思：“君子五常，知道是哪五常吗？”

这个问题太基础了，郑思答得很快：“仁、义、礼、智、信。”

“他欺负你，你明明有能力制止他们却不制止，以后他肯定会变本加厉地欺负其他人——你等于当了害人的帮凶，不仁；你爹千托万请把你送进县学，先生每天督促你们向学，你们却把精力消耗在这些狗屁倒灶的事上，不义；不仁不义，就是无礼！”王雱说，“至于智和信，那就更不用说了，照你那套不听不看不说的理论，肯定是做不到的——你这仁义礼智信样样不行，早点转行吧，别读书了。”

王雱年纪小，说话虽然慢腾腾的，可每一句话都戳心得很，郑思越听越觉得自己做得不对，整个人都蔫了。

王雱把郑思说通了，又开始教郑思怎么告黑状，告状是有技巧的，首先绝对不能让夫子觉得你是个爱告状的小人；其次，告状不能零零散散，一定要逮住最大的黑点可着劲儿告，争取一击到位，免得对方反扑！

这下轮到郑思懵了！郑思是个老实孩子，老实孩子有什么好处？老师信任啊！郑思按照王雱的指示，对夫子恭恭敬敬，主动问要不要帮忙收作业、主动给夫子添茶水，王雱说这不是“狗腿”，这是对师长的尊敬。尊敬师长不对吗？看到这么博学的夫子，你不会打心眼里想多往他面前凑、天天请教问题吗？既然你想，那在夫子身边忙前忙后，给他斟茶倒水，难道有问题吗？你要是只在请教问题时才想起夫子，那才叫功利，那才叫市侩！

郑思被王雱一番话忽悠蒙了，鼓起勇气照做。他这人心诚，做什么都带着打心里透出来的尊敬，很快被几位夫子记住了。有的事不用郑思特意去告发，几位夫子稍稍分一些注意力在他身上就会发现。

换作以前，即便夫子问到了郑思也不一定会说。可现在不一样，王雱的“不仁不义”理论把他唬住了，夫子一问，他立刻把那个鲍伦欺辱同窗的事说了出来。脾气暴躁的楼先生当场发了火，让鲍伦回家去，以后不必再来了，县学不收这种品行不端的学生。

楼先生这一发火，点燃了不少学生的情绪。有几个一直被欺辱的学生在鲍伦走后也忍不住说出事实。郑思看到这个状况，并没有因为鲍伦被逐出县学而欣喜，反而在想王雱的话，王雱说的果然很对，若是他这样能阻止这种事的人都不敢开口的话，其他人就更加不敢开口了。

傍晚散学后，郑思麻溜地去找王雱和武兴，和他们分享起鲍伦被赶回家的事。郑思高兴地对王雱说：“阿雱你年纪虽然最小，却最聪明。”

面对小伙伴的夸奖，王雱一脸骄傲：“那当然。”

武兴哼哼两声，不屑地说：“可惜聪明在拳头面前可不管用。”

郑思的事情解决了，除了郑思上课的时间，三个小伙伴又恢复到结伴到处浪的状态。可王雱不知道的是，县学这次驱逐的鲍伦，家中可是鄞县豪强，他回到家之后气愤地找他爹哭诉。鲍伦他爹当即怒了，问清因由之后怒气冲冲地去找郑主簿理论。自家儿子不就欺负一下别的小孩吗？怎么就不能念书了？

郑主簿都不知道自己儿子被欺负了，听到鲍伦他爹登门质问才知道有这事儿。郑主簿冷静地问：“是我儿子告令郎的状了吗？”鲍伦他爹语塞，看向自己儿子。

鲍伦心道，郑思是没告状，可要不是郑思见天儿往夫子眼前跑，在夫子面前混了个眼熟，夫子也不可能注意到他欺负同窗的事。总之，肯定是郑思的错！鲍伦振振有词地把自己的想法都说了出来。

郑主簿冷笑：“我倒是好奇了，我儿子被欺负是他的错？我儿子尊敬夫子是他的错？”

鲍伦他爹被问得面红耳赤，来时的气势全没了。自家儿子的秉性自己是知道的，从小被惯坏了，不欺负别人就浑身不舒坦，目前看来也不是读书的料。为了这事儿得罪郑主簿、王知县，不值当。

鲍伦父子俩离开后，郑主簿才找郑思来问话，把事情始末问得明明白白。郑主簿听完郑思复述的一番话，看着儿子慨叹：“你要是有小衙内万分之一的聪明，爹也不用为你操心了。”

王雱那番话句句都往大道理上套，实际上就是拿准了郑思的性格，知道郑思最吃这套。

毕竟这事儿涉及县中豪强，楼先生与郑主簿都免不了要与王安石通个气。王安石对楼先生说：“先生您放手去管，县学一切事务都可以由楼先生你们来裁决。”至于后脚到的郑主簿，则在王安石兴趣浓郁的目光中把王雱对郑思说的所有话原原本本地复述了一遍。

郑思年纪小，容易被忽悠住。王安石可不同，他一听就知道王雱又给自己的歪理披上圣贤道理的外衣了。这种见人说人话、见鬼说鬼话的本事，王安石也不知道到底好不好。妻子性情爽直，他自己也不是巧言善辩的人，到底是怎么生出这么个儿子来的？不过有这本事也好，至少不会吃亏。

县学里的小风波就此揭过，有了鲍伦这个前车之鉴，豪强之家的小孩再也不敢欺侮同窗了，五位新夫子也真正树立了威严。

王雱这人可闲不住，和小孩子们玩腻了，悄悄去长着教导主任脸的楼先生家里撺掇：“身体是科举的本钱，我觉得县学应该增加体育课。”

楼先生奇了：“什么叫体育课？”

王雱一本正经地胡说八道：“体育体育，自然是体能教育。大夫和我说，人的身体可精明了，你要是偷懒不动脚，脚上的肉会退化，变得软趴趴；你要是偷懒不动手，手上的肉会退化，也变得软趴趴。您一看就是经常锻炼的人，五十多岁了身体也棒棒的，有的富贵人家的人年过五十，经常挺着个大肚子，怀胎十月还大！肉也软趴趴的，走几步就能喘粗气——您想想是不是这个理啊！”

楼先生说：“有几分道理。那你说的体育课该怎么搞？”

“爹去请您出山的时候我们天天住在寺里，寺里的僧人们在做早课之前就起来扎马步、练拳，我们可以请几个厉害僧人来当教练，教一些强身健体的技巧。”王雱把自己指导郑思完成的课程表翻出来，积极给楼先生提议，“下午我觉得也可以设置课外体育活动，比如蹴鞠啊，蹴鞠多好，又能锻炼身体，又能增进同窗之情。”

蹴鞠，足球的前身。作为一个男生，王雱或多或少也懂球，在这个娱乐极其匮乏的时代要是能看看蹴鞠比赛也可以解解乏。但鄞县这边好像不太流行蹴鞠，王雱都没听说哪儿有比赛。

临渊羡鱼，不如退而结网！王雱说干就干，立马来撺掇楼先生搞“体育活动”了。

楼先生一直注意着王雱，见他提到蹴鞠时眼睛格外亮，明白了！敢情这小孩绕这么大的圈子其实就是想看学生们蹴鞠，脑瓜果然好使。楼先生笑呵呵地说：“我先和其他先生商量商量。”

王雱总觉得楼先生目中金光闪闪。若不是自己想看看热闹，王雱还真不想往楼先生跟前凑。他给楼先生留下课程表，麻溜地跑了。

楼先生的妻子出来，见楼先生在看王雱拿来的“课程表”，笑着问：“那就是王知县家的孩子？”

“对。”楼先生也笑了，给妻子说起王雱的奇异之处，“别家小孩在他这么大的时候连话都说不利索，他说话却一套一套的，怪有趣。这次是想看人蹴鞠，就跑来撺掇我开什么体育课，体育体育，这说法倒是新鲜。”

就在楼先生把体育列入下一阶段教学计划、王雱摩拳擦掌准备欣赏蹴鞠比赛的时候，效率奇高的王安石已经凑齐了搞水利的班子，拍板决定趁着这青黄不接的时期动员农户积极参与水利工程建设。

王雱注意到这点后，立刻不往外跑了，天天仗着自己年纪小趴在桌边看着王安石他们对着鄞县舆图做规划。所谓的舆图，就是地图。王雱瞅了一会儿就看懂了，心里也明白这地图的比例尺，时不时用自己软趴趴的嗓子插一句嘴“为什么不往这边修”。刚开始，王安石的几个“半同行”还有些惊异和不喜，后来见王安石睁一只眼闭一只眼，也就没人开口让王雱闭嘴了。

经过一连几天的热烈讨论，王安石拍板敲定了具体方案，接下来就是选日子开工。鄞县的财政还算宽裕，哪怕王安石递上去申请专款的折子还没批复回来，也可以先从账上划出钱来，这事儿不能等，等夏秋农户忙起来之后可就没劳动力了！

关于这件事情，王雱又有新主意了。他暗暗给王安石提示道：“爹，是不是每年都有人要掏钱给家乡修路什么的？那这个水渠有没有人修啊？”

王安石睨了他一眼，说道：“你小子怎么对这事儿这么积极？这也有主意，那也有意见。”

王雱说：“这可是挖大沟啊，多好玩，比二狗子他们玩泥巴强多了！这挖好了是不是能用个一百年？”

“那是自然，修好了那是能造福百年的。”王安石若有所思地看着桌上的舆图，一下子出了神。他的头脑比一般人敏锐多了，王雱简简单单的两句提示迅速在他脑袋里发生复杂的化学反应，变成了一个了不得的大计划。

第二天，王安石让人在布告栏上贴出一张简易的水利规划图，图的上放是他亲笔书写的“百年大计”四个字，两边还文绉绉地贴了一副对联，赞扬这水利工程有多利国利民。

好处倒是“吹”出去了，正经内容还在后面，王安石把大大小小的水渠标上号，对外表示“这些水渠对外征集名字”“愿为家乡修渠的人可以踊跃参与”“哪怕没有采用你的名字也会把你的名字写在记录这次修渠的碑文里。”

一时间，整个鄞县都沸腾了，尤其是县中一些富户！要知道富户一旦赚足了钱，免不了想要个好名声——谁不想风光转身，跻身官宦门楣呢？可要转这个身，不仅得儿子孙子争气，还得摆脱身上的铜臭味！

农户们也格外激动，兴修水利，这对他们来说可是天大的好消息！

郑主簿当主簿十几年了，没见过王安石这种操作。王安石打开县粮仓借粮时他就见识了王安石的大胆，没想到竟还有这种令人大开眼界的奇思妙想。可这真的能成吗？

很快，郑主簿就知道了这事儿可行。王安石让人贴出告示后，再一次亲自下乡，想走王安石路子的人摸不到门路，只能去找郑主簿和武县尉。自从“百年大计”传开之后，提着礼物上门的人就没断过，都想抢先占个渠！

这回，王雱没被拎去下乡，他目睹了他爹的整套操作，不由感慨他爹不当大官谁当大官！

王雱心安理得地扔下兴修水利的事，专心跑去看楼先生发展体育教育了。

作为一个极有责任心的教导主任，楼先生充分动员了所有学生，第二天早上王雱就看到县学生员们绕着县学跑起圈来。走近一听，一开始还能听到有人暗暗嘀咕“哪个缺德玩意儿和夫子提这种意见”；后来则没人再说话了，都哼哧哼哧直喘气——累的！

王雱看得直摇头，这小身板儿不行啊！到时候省试锁院考三天，吃住条件都差，那可是体力活儿，他们肯定撑不住的。王雱想想就觉得自己劳苦功高、高瞻远瞩，宁愿背负骂名也毅然向楼先生提议让他们锻炼身体。

王雱抱着个烧饼坐在树荫下咔呲咔呲地啃，乖巧又可爱地欣赏着县学生员们累成狗的漫漫晨跑。

可武兴则没那么消停了，他看见郑思汗流浃背、气喘吁吁，乐得不行，居然在那儿捧腹大笑，引来了不少仇恨目光——其中就包括跑得很狼狈的郑思。

万事开头难。许是因为有武兴在旁边看热闹，郑思他们反而咬咬牙坚持到最后，没谁提出要提前结束。接下来的几天他们越跑越轻松，虽然汗还是会流、气还会喘，身上却松快多了，不会再有酸痛的感觉。跑完反倒能精神奕奕一整天，读起书来如有神助。莫非这就是体育的奇效？

不管是楼先生还是县学生员们，都对这结果又惊又喜。回家后又暗暗把这个“秘诀”告诉家里人，一时间鄞县里头流行起了体育运动，一早起来跑步的小孩如雨后春笋一般冒了出来，偶尔还夹带几个大人。

就连吴氏都听说了这件事，回到家后给王雱也说了，让他早上也起来锻炼锻炼。王雱有些无语，发现自己似乎低估了流行事物在古人间的传播速度和他们对先生的推崇程度。他娘发话了，他还能如何？跑呗。

楼先生在监督生员们晨跑时看见队伍后头缀了个小尾巴。这小尾巴胳膊短腿也短，别人跑完三圈他才跑完一圈，楼先生看着乐到不行，在王雱跑完两圈后走过去问：“哟，小神童也来跑步啊？”

王雱哼哼两声：“强身健体有什么不好？”在家，他娘就是权威，他能不听话吗？

楼先生要去给学生们上课，没再逗王雱。王雱噔噔噔地跑回家，扒光衣服冲了个澡。这时，王安石从外头回来了，王雱见他身上是干净的，颇为惊讶，绕着王安石转了一圈，还吸着鼻子在王安石身上嗅了嗅，没味道！他啧啧称奇：“爹居然自己去洗澡了！”

王安石一脸无奈道：“昨儿路上遇到两个老友，本来要秉烛夜谈，结果没聊几句他们都推我去洗澡。”

王雱乐滋滋地说：“应该的，应该的。”

王安石一拍他脑袋，问他：“这些天我不在，你又折腾了什么事儿？”

一回到县里王安石就发现有些不同，县里怎么到处有小孩在路上喊着“一二一——一二一——”瞎跑？

现在王安石已经养成了好习惯：但凡有什么新鲜事，往自己儿子身上想就对了！

王安石问得自然，王雱可不乐意了。什么叫折腾了什么事儿？他可是个正直人，从来不搞事情。王雱坚决否认：“我每天都认真练字和背书，什么都没干！”

王安石根本不相信他。不过他也不急，和儿子一起用过早饭之后就上衙去了。郑主簿和武县尉一直等着王安石回来，听到消息说王安石今天一早到家了，都早早等在县衙里。

一见到王安石，郑主簿两人立即把这几天发生的事像竹筒倒豆子般倒了出来。王安石在告示里已经讲得很明白了，大家可以自愿出钱给水渠、堤堰命名，谁的钱高谁署名字，这些天提着礼物找他们的人多不胜数，有的是想来走捷径的，有的是想探听别家底价的。郑主簿两人哪里能给人透底？他们自己都不知道其他人会出多少钱。总之，这些礼他们收得不踏实，每天都如坐针毡，只盼着王安石快些回来把“百年大计”搞完才好。

王安石也没让他们失望，下乡之后紧锣密鼓地做了安排，做了一溜箱子，把大小水渠按照标号排好，愿意出钱的可以把姓名、水渠和堤堰号数，以及报价投进箱子，全都投完之后立即统计和公布结果，公正又公开，绝对没有走后门暗箱操作的机会。

郑主簿主动提议：“我和武县尉商量过了，把我们家里人也叫上，要是一开始没人投，我们家里人先上。”

王安石点头允了。有时候找点“托儿”炒热气氛是必要的，毕竟不是谁都肯当第一个吃螃蟹的人。

事实上，他们太小看县中富户的财力了，这修渠、修堤堰其实不费多少钱，做好规划只要找人照着图修整堤堰、开挖水渠就行。等农忙时节一过，县里人力便宜得很，因为干的是修渠的活儿，农户积极性很高，根本花不了几个钱。

富户们在心里估过价，包吃包喝带薪水都要不了多少。再综合其他人可能会出稍高一些的价钱，富户们投给自己志在必得的水渠时还往上稍稍提了价。

一轮“竞标”下来，县衙收到的“买名钱”竟比预算要翻了两番，也就是说不用费一分一厘县衙就能把这被吹成“百年大计”的水利工程搞好，甚至还有盈余！

郑主簿都惊呆了。

王安石则显得很淡定。没办法，自从儿子每个月都能从方洪那分到一笔不小的钱，他在钱这方面就淡定了很多，甚至有种“本该如此”的感觉。

富户们手里有的是钱，缺的是让他们花钱的动力，这次小试牛刀让王安石摸到了点门道。要是这次运作顺利，鄞县的百姓很快会是周围几个县里头最富裕的，只要不是每个人都想着把钱攒起来给儿子娶媳妇，花钱的人就会变多，县里的经济状况应该会迎来一次小飞跃。今年修渠，明年就可以修路。总之不让钱闲下来，也不让人闲下来就不会有错了。这样既可以搞发展，又可以降低犯罪率，一举两得！

钱款陆续到位后，王安石紧锣密鼓地把任务安排下去：先是实地考察，修正规划图纸；然后是下乡宣讲，动员农户参与。农户们得知挖渠修堤不仅可以拿工钱，还管吃管喝，高兴得不得了，都踊跃地参与进来。连家中的女眷都被动员起来了，到河边架起大锅给修渠的男丁们做饭——这也是有钱拿的。

等农忙时节过去、梅雨季节进入尾声，整个鄞县一下子活了起来。

明州知州想起了王安石递上去的拨款申请，也派了专人下来考察，看看鄞县这边的准备工作做得如何。

上头的人才刚到鄞县境内，就看到有不少农户光着膀子干得热火朝天，竟已经动工了！向边上一个监工模样的人问了几句话这才得知，监工是某位富户派下来的。虽然富户出钱修了这段水渠，但他们这些当管事的人也捐了钱，到时名字会刻在渠碑里哩！

说起这些话时，监工脸上满是骄傲的神色。虽然他只是富户家里的管事，可碑上有名也足以让他在乡亲面前昂首挺胸了。钱给出去不肉疼，那肯定是假的，可衣锦不还乡有什么意义？赚了钱，就是要花在所有人都能看见的地方！

来人一路走到鄞县县城，已经和好几个一脸骄傲的监工说过话，心中的震惊与不敢置信难以言说。敢情县衙只要出钱刻个碑，这些人就心甘情愿掏钱啦？

见了郑主簿，明州那边派来的人免不了把疑问说出来。郑主簿恭恭敬敬地解释道："当然不止刻个碑，还会有王大人和县中有名的五位先生亲笔书写碑文，荣耀着哪！"

荣耀能换钱花吗？别说，还真能！

来人把一路的所见所闻记下来，回去明州这样那样一说，知州也吃了一惊，没想到还有这个方法。知州说："今年已经有些迟了，可以先让人去鄞县取取经，明年效仿一番。"这就是要发展成"鄞县经验"了。

虽说王安石已经想办法弄到修渠钱了，但知州还是帮他把拨款申请递了上去，王安石这种有能力有手腕还能付诸实践的人将来必然有大成就，多拨些钱过去也能让王安石摸索出更多治理地方的好方法。于公于私都没理由"卡"这个钱！

知州不仅决定让其他县学习"鄞县经验"，还给身在邓州那边的老友写了封信，把这令人耳目一新的事情告知好友。他这好友不是别人，正是前些年主持新政的范仲淹范公。范公主持新政时得罪了不少人，没几年便被罢免了参知政事一职贬谪到邓州。

文人之间也有张人脉网，王安石还未见着范公，便已这在范公这位变法先驱那边留下了一点印象。

去年刚刚结束一场科举大选，庆历七年没有秋闱，县学的学生们把旺盛的精力都投入到学习和体育活动之中。比如他们已经把蹴鞠练得非常棒了，在王雱看来非常有水平，踢的“校内比赛”都能让他频频喝彩了！

半年多时间足以让王雱把县里能玩的都玩遍了，他觉得日子少了点滋味，有心把魔爪伸向邻县。比方说，搞个什么跨县友谊赛就很不错！明州这边水路发达，坐船去哪个县城都要不了半天，方便得很，不搞搞联谊多可惜？最重要的是，空闲时间这么多，不搞搞事情多乏味啊！

王雱搞事的机会来得很快。因为知州对相邻几县下达学习“鄞县经验”的指示，相邻几县的主簿陆续来到了鄞县。

为了不重复讲课，王安石让郑主簿等人齐了再给他们统一讲解操作流程，还顺便把开仓借粮的经验也夹带在里头准备传授出去。

王雱一次性见到了相邻几县的所有主簿。他怂恿郑思当学生代表去问问主簿们有没有搞友谊赛的兴趣，郑思胆儿小，正好可以借机锻炼锻炼。可郑思太紧张了，只能拉上武兴陪他一起去，两个人对着各县主簿磕磕绊绊地把蹴鞠比赛的事说出来。

各县主簿时不时会来鄞县一趟，自然晓得郑思和武兴是谁的儿子。他们私底下一琢磨，觉得这说不定是郑主簿他们的想法——甚至是王知县的想法。于是，各县主簿当场给了郑思两人肯定的答复，说回头一定让县学也组织个蹴鞠队过来比赛。可等他们跟着郑思两人去县学现场观摩过后，就后悔了。各县县学的生员们虽然也玩蹴鞠，但都是在散学后随便玩玩而已，根本没有正儿八经地组织过比赛。

瞧瞧，他们居然还请武僧过来当什么“技术指导”！

见识了鄞县县学这么一群长期坚持锻炼的小狼崽子，他们都准备回去后第一时间让人督促县学生员们抽空练练，免得输得太惨丢人！

郑思和武兴把事情搞定后，王雱美滋滋地找王安石说起这件事，让王安石把县学的蹴鞠场地好好修修，最好修一些观众席位让大伙儿可以来观赛。

王雱给王安石算了笔账：“场地修好些，往后比赛就都在我们这边举行了。比赛这事儿多好啊，头一回人可能少些，要是成了定例，往后孩子比赛他爹娘得来看看吧？爹娘都出门了，身上总不会一文钱都不带，比赛期间不得喝些水吃些小食？来都来了，看到街上有好吃便宜的土产不得买些回去？孩子踢完球渴了饿了，不得吃饱喝足再回去？”

王安石斜睨他:“你就是想热闹点吧?就你能掰扯。”

王雱哼哼两声,不理王安石了。

王安石嘴上没说答不答应,转头却让人去修缮了县学一旁的蹴鞠场地,没几天就整得宽敞漂亮。观众席也设上了,还贴上了友谊赛的广告,先把县里的人鼓动过来看比赛。

这年头娱乐少,一件新鲜事能迅速传遍全县。得知县里要和邻县搞比赛,百姓们茶余饭后都在议论这件事,偶尔还有闲汉跑去看县学学生们练习,回去后和别人吹嘘:“那蹴鞠场地啊,老大了,草长得又齐又好,走上去比我家被褥还软哩!最要紧的是咱县学里的小郎君们踢得好极了,那鞠球飞得哟,我的心都跟着它一起上蹦下蹦。”

经闲汉这么一传播,百姓们对蹴鞠赛事更期待了。贩夫走卒们敏锐得很,早早准备好货物等着邻县县学的蹴鞠队过来。

第一个邻县友队过来时,着实被鄞县这边的架势吓到了:鄞县县学的家长们都被儿子邀请过来观赛,观众席上齐刷刷都是给鄞县学生加油的亲友。商贩们也闻风而至,蹴鞠场地四周卖小食的、卖水果的、卖花的、卖杂货的,都聚齐了。这么热闹,不知道的人会以为又过了一次中秋呢!

友队实力差了一截,鄞县这边赢得毫无悬念。好在王雱早有预料,准备了第二场精彩的比赛:武僧蹴鞠赛!

鄞县这边佛寺多,僧人大多从小练武,闲暇时也会蹴鞠放松。他们踢起球来那是真的气势汹汹,每一下都特别有劲。

王雱怂恿郑思他们去请武僧来做“技术指导”之后,早仗着人小嘴甜和武僧们混熟了,这回他让武僧们出来比一场武僧们也答应得很爽快。

王雱和郑思、武兴都在观众席上,郑思年纪偏小,没办法代表鄞县县学上场,只能正襟危坐地看比赛。王雱旁边还坐着个熟人,是一起洗过澡、一起遛过鸟的沈括。王雱一向喜欢将有一起洗澡情谊的人,归入“好朋友”行列,况且今天贴在门口的《武僧蹴鞠赛》宣传画就是沈括给画的。画上一群光头热血地追着鞠球跑,可以说非常夺人眼球了!当然,两县联谊赛也有宣传画,以表明县里对这场赛事的重视。

热闹的赛事结束之后,邻县友队的学生们失魂落魄地走了,带走的还有鄞县赠送的纪念品——一个相当可爱的鞠球小挂件。

回去之后,不少学生都抱着爹娘哇的一声哭了出来,说人家的爹娘都坐在观众席上给儿子加油鼓劲,他们孤零零的没人加油也没人喝彩,简直是爹不疼娘不爱的可怜小白菜，还是蔫不唧的那种！爹娘能怎么办，只能哄道：“下回我们也去！”

这场友谊赛闹出的事很快传到其他县，不少人暗暗骂王安石太能折腾，对上儿子期待的目光却没办法拒绝，只能在自己儿子比赛当天腾出空来一同去了鄞县。

王雱看了一个“赛季”的热闹，鄞县的商户和小贩们也赚得盆满钵满，甚至还有商户主动出资扩建蹴鞠场地、增加观众席位。

王安石接受新东西相当迅速，很快照着王雱贴宣传海报的思路给出资商户们打上了广告，放出一溜类似“鄞县神席，经久耐用”“鄞县贝母，清热润肺”的广告词。

沈括也在鄞县泡了一个赛季，一来是鄞县楼先生他们在，他可以请教很多问题；二来是《三顾茅庐》在开封那边的反响很好，方洪派人送钱过来了，和《五年科举三年模拟》一样按版税给的。沈括还是头一回靠自己赚那么多钱，一下子被钱砸晕了，糊里糊涂地答应给鄞县的蹴鞠赛也画了一篇。

这回不用王雱引导了，沈括自己就能找到很多素材。他把主角原型锁定在一个自幼失母的县学学生身上，跟踪了这位学生一个赛季，把他和他爹相依为命的细节深化，又加工了比赛过程，最后创作出了一个类似于《从被排挤的寒门穷小子到县学最强前锋》的“爽文”大纲。

沈括边看比赛边修正故事大纲和画稿，一个赛季结束之后他也完成了一个感人至深的成长故事。连王雱看完后都觉得非常感动，掉了一两滴宝贵的泪珠子。

这回，王雱不用把稿子送去京城了，因为方洪亲自来了一趟。方洪是来东边跑生意的，顺便来给王雱和王安石今年的利钱。得知沈括也在，方洪非常激动。要知道沈括搁在现实世界，就是一炮而红的畅销书作家啊！

看完沈括的新作之后，方洪拍着胸脯表示一定会趁着今年过年搞活动把它推出去，让它大卖特卖！方洪办事，王雱一直放心得很，也没和方洪客气什么。

方洪见识了鄞县的新风貌，越发确定自己登上王家这艘船是登对了。他把过来时就决定好的事告诉王雱：“我会派个管事的，在这边开书坊、造纸作坊和印刷作坊，到时候会有不少人手在这边，你有什么要捎给我的话，可以让他们跑一趟，有什么事要办也可以让他们去，尽管把他们当自家人差遣就好。”

方洪这么上道，王雱自然不会不领情，他开心地领着方洪去见王安石，表示县里要有一位开封来的投资商啦。而王安石对方洪这个坚持给自家儿子分利钱的商贾印象不坏，听了方洪的话后许了不少优惠政策。

方洪带管事过来认人后，便带着沈括的稿子回开封去了。他的办事效率很高，没过多久沈括的新作就在开封城流传开了，鄞县的新风潮也因此广为人知。

没办法，沈括的序依然是用来给王安石吹牛的。序中翔实地记录了鄞县一个赛季的精彩热闹。

司马光今年进了学士院，当上了馆阁校勘，住处却没换。这天他下衙回到家，看女儿拿着本书和妻子坐在一起看，不时还昂头给妻子讲解几遍。走过去一瞧，才知道妻女在看沈括的新作。

司马光脱了官帽放好，问道："好看吗？"这书他已看过了，当值时其他同僚也在议论鄞县这热热闹闹的"县级联赛"，还有书里透露出来的热闹繁荣。还有一些去过鄞县的人言之凿凿："这定是假的，我去的时候可不是这样的。"

司马琰老实回答："好看。"这书有"泪点"有"爽点"，画得也非常精彩，不火爆天理难容。

张氏也说："确实好看。看完之后我都想去这鄞县瞧一瞧了，要是能到那儿看一看他们比赛多好！"

司马光说："京城里的蹴鞠赛也不少。"

张氏辩道："这怎么能一样？不一样的。"

司马琰也跟着点头应和："对，不一样的。"这可是畅销作品里提到的地方，要是沈括影响力能再大些，分分钟变成热门景点！

可惜沈括现在还是个半大少年，影响力并不是特别广，新作《蹴鞠少年》也只是因为题材新颖、情节紧凑才在开封引起热潮。

这年头出书往往不仅不赚钱，还得自己掏钱付印刷费，像沈括这样一年之内就出两本绘本的还真不多。方洪现在已经有一套完整的营销手段：茶坊、酒楼讲书宣传，随书赠送小礼品，什么主题书签、主题挂件应有尽有，许多人甚至不是冲着书来的，而是冲着方氏书坊出品的小玩意儿来的。

比方说，最近勋贵的小孩之中又流行起《蹴鞠少年》里的鞠球挂件，鞠球还有各种不同的颜色，你要是能攒齐一套绝对能让别人羡慕死！

王雱也在过年前修缮完毕的方氏书坊分店里拿到一本《蹴鞠少年》，虽说沈括的分镜简单粗暴，一页就是一张图，但是印成书之后感觉还真棒。王雱决定了，以后多怂恿沈括产出，除了帮他爹吹牛之外也满足满足他的阅读欲。

沈括本来要随他父亲去任地，现在也不想去了，索性入了鄞县县学，直接到鄞县这边读书。课余时间，他随着王雱穿街走巷，见识鄞县的风土人情。

多了个十六七岁的人带着，王雱的活动范围更广了。有一天，他们天南海北地扯着蹴鞠赛的事，王雱不知怎么忽然蹦出一句“我们所在的地方也是个球”。

这句话引起了沈括极大的兴趣：“你也看过《浑天仪注》？这书里说‘浑天如鸡子，天体圆如弹丸，地如鸡中黄，孤居于内，天大而地小。天表里有水，天之包地，犹壳之裹黄’，你说的球是不是就是鸡蛋黄的形状？”

《浑天仪注》这书王雱还真没读过，不过听着不难懂，大意是天包着地，就像鸡蛋壳包着蛋黄。这说法虽然模模糊糊，但也已经摸到点边。王雱道：“要证明它是个球也不难，我们悄悄乘船去海边看一看就晓得了。”

沈括只看过汉时张衡写在《浑天仪注》里的猜测，还真不知道怎么证明他们所在的地方是个球。他与王雱约好休沐日去海边一趟，郑思和武兴自然也兴致勃勃地跟着。

有人看见他们上船，跑回去告诉郑主簿。郑主簿知晓是沈括带着的，谢过前来通风报信的人，心里却没多少担忧，只去知会了王安石一声。王安石说：“你们家郑思一向听话，肯定是我家那小子撺掇的。”对这个越来越活泼好动、一天不搞事就浑身不舒坦的儿子，王安石那是一点办法都没有，只能随王雱去了。

另一边，王雱蹦跶到甲板上吹风，小脸儿被北风冻得通红。入冬之后，鄞县的空气异常湿冷的，让人很不舒服，不过小孩子是天然的火炉，王雱一点都不觉得冷。

沈括到鄞县之后也跟着同窗一起锻炼身体，抗寒得很，和王雱一起站在前头赏玩沿岸徐徐倒退着的风景。

鄞县离海不远，王雱一行人很快便从客船上了岸。王雱这里走走那里看看，直至沈括按捺不住让他说说怎么证明“地球”这个说法，他才领着沈括三人到一处可以远眺海平面的地方，说：“往远处看，要是有海船回来了，我们先看到桅杆再看到船身，就可以证明‘地球’是‘地球’了。”

沈括平时就是个很爱思考的人，稍一思索便明白了王雱的意思：前面的海平面没有遮挡物，如果地是方的，你应该可以把水上所有部分都看得清清楚楚；如果你先看到的只有桅杆，船身随后慢慢出现，说明原处看上去很平坦的海平面不是方的，而是圆弧形的！明白了判断方法，沈括立刻目不转睛地盯着远处的海平面。

王雱没兴趣蹲着等船出现，他对沈括说：“你先在这里看着，我去码头上逛逛。”这边的码头比鄞县那边的码头大得多，停泊着不少南来北往的客船。

王雱带着郑思、武兴到处溜达，不时跑上前看人家卸货，用半吊子的江浙话和人搭话，小孩子说话软乎乎的，总是讨人喜欢，闲下来的船工不介意与他说上两句。

王雱对各种货物的兴趣不大，反而更喜欢南北各地的风土人情，有几个船工刚卸完货，错过了饭点，烧起火架了口大锅烫菜吃。

这种吃法还挺普遍的，船工们一天到晚在水上漂着，大冬天的天气冷，船还是得开，下了船搭伙吃个火锅，又暖和又省力。当然，这时候还不叫火锅，只能说是把肉烫熟了吃。王雱本来不觉得冷的，可看着他们吃得热乎，也馋了，跟着凑了几个钱拉郑思他们坐下尝尝鲜。

小孩子吃不了多少，船工们腾了个位置给他们坐下，继续操着各地口音天南地北地闲扯。武兴平日里就和武夫厮混在一块，这样吃东西也不觉得不习惯，倒是郑思有些不自在。瞄见王雱兴致勃勃地试图插入船工们的话题里，郑思对他真的佩服极了，天底下好像没有王雱交不了的朋友！想到这里，郑思老老实实地跟着夹菜，小口小口地吃那翻滚的汤水里烫熟的菜叶子。

王雱把身体吃暖和后，沈括满脸兴奋地找了过来，激动地给王雱看他刚才用炭笔画下来的画面。画画这法子他是和王雱学的，炭条磨尖之后可以随身携带，涂涂画画都很方便，自个儿裁一本小本本就能随时记录自己的所见所闻了！

沈括刚才看了好几艘船，都是先见桅杆，后见船身。他对王雱说：“你说的没错，果然是‘地球’。”他还沉浸在证明了一个新知识的喜悦之中，和王雱说起自己的新猜想，“如果我们把船一直往前开，是不是能绕地球一圈回到原处？”

“是这样没错。”王雱肯定了沈括的说法，“可惜我们造的船还走不了那么远。”

“现在不成，以后总可以的。”沈括对未来充满了各种想法，“要是可以的话，真想去看看。”

王雱心里咯噔一跳，感觉自己好像改变了什么。沈括不会从此沉迷探索环球航海之路吧？王雱是很赞成出海探索的，不过这条路太艰险，作为沈括的朋友，他不太希望沈括亲自出海。海上变数太多，容易出事儿啊！他还等着看沈括的产出呢！王雱一本正经地说：“父母在，不远游。”

沈括听了这话，收起了脸上的向往之情。他也知道自己刚才的想法很不切实际，且不说他没钱造可以支持跨海远航的大船，即便是有，他爹娘也绝不会同意他去涉险。

宋朝海上贸易虽然挺发达，但也仅限于贴着陆地航行，没人会不要命地把船往茫茫深海里开，迷失方向、遭遇海盗、卷入暴风雨，样样都会让人丧命。沈括遗憾地说："希望我的儿孙能见到那一天。"王雱这才稍稍放心。他越发明确了一件事：对于脑洞奇大的家伙来说，你随随便便一句话都会让他爆发出惊人想法，千万不要在他们面前提起超前的东西！

王雱拉着沈括他们去买海产，准备拿回去加菜用。郑思忍不住问："我们不是偷偷出来的吗？"

王雱说："你以为他们会不知道吗？"王雱就没想过能瞒着他爹跑出来，他爹耳目多着呢。

王雱买了一篓子海产踏上回程，回去的路上沈括还在发挥想象："我们这个地球到底有多大呢？海上是只有一片陆地，还是会有很多片陆地？如果不止我们这一片陆地，其他陆地上有什么东西呢？"

王雱被沈括烦得没办法，只能给沈括画了张大饼："大概是黄金国吧，遍地都是黄金，还有珍珠啊、宝石啊、香料啊什么的，一切宝贝应有尽有。"沈括听得出了神，没再烦着王雱，一个人沉浸在王雱描绘的"黄金国"里头。少年人总有一颗冒险之心，哪怕不能亲自去体验，在想象里过把瘾也是好的。

沈括一路上都在构思关于"黄金国"的故事，想着想着觉得自己的想象太空泛，决定接下来多往海边跑跑，好好了解一下船工们见识过的海上世界。

王雱怎么说来着，故事最要紧的是"虚中有实，实中有虚"，既让人觉得真实、有代入感，又让人能够体验现实中难以获得的舒畅感！

王雱不知道沈括的新作脑洞已经打开，他抱着一篓子海产回到家，兴冲冲地拿给他娘让他娘给做来吃，还夸口说："这可是最新鲜的，出海的人刚回来我就买下啦！"

吴氏听罢笑着拿去料理。王安石可没吴氏那么好脾气，他板着脸问王雱，坐船到哪儿去了。王雱老实回答："到海边去了。"他说着又兴致勃勃地给王安石说起码头上的见闻，"海边的船工们弄一口大锅，把菜夹着放入汤里去滚两下，烫熟了立刻能吃，又香又鲜，吃了身体还暖融融的！爹，要不我们也弄个小锅，冬天架在火炉子上烫菜吃！"

王安石不置可否："就你想法多。"

王雱知道他爹在吃喝方面不讲究，也不磨着他爹弄。反正他想做小火炉和小火锅也不用他爹同意，他爹只要吃就好了。

当然，对于不懂得享受的王安石，王雱还是忍不住多给他安利几句：“我听人说有种吃法叫‘拨霞供’，把新鲜的兔肉切成薄片，用调料腌制入味之后用筷子夹着放进汤锅里轻轻拨动几下，兔肉立刻会变幻出云霞的色泽，可漂亮了，听听这名字，多风雅啊！又好吃又好看，还好听！”他边说还边掏出小本本给王安石画了火炉子和火锅的模样。

王安石没理他。

不过几天之后，王雱发现家里多了个特制的小陶炉，上头摆着个同样特制的小圆锅，与现实世界的火锅已经十分相近了。这是口里说不要不要，身体却很诚实啊！

王雱噔噔噔地跑到他爹身边，整个人往他爹身上一扑，美滋滋地直夸：“我爹真是天底下最好的爹！”

王安石把他从自己身上扒拉下去，训道：“马上要五岁了，别一天到晚这么闹腾。”

王雱重新扑上去，环着王安石的脖子不撒手，毛茸茸的脑袋还在王安石脖子旁蹭来蹭去。

吴氏熬好汤底走出来，看到王安石浑身僵直地被儿子挂身上瞎蹭，乐得不行。她这丈夫内心重情，只是嘴拙不善言辞，自小就不大与人亲近。有这么个儿子在，也算是能治治他这毛病了。

红泥小火炉，喷香高汤底，冬天吃火锅，舒服赛神仙！鄞县近海，肉类大多以海味居多，知道王雱馋羊肉，吴氏还特意去割了一斤，用她那了得的刀工地给切成薄片。一家人蘸着姜末和自制酱料，边涮边吃美滋滋。

王安石从不贪图享受，可一家人坐下美美地涮火锅还是让他吃得开怀。第二日上衙，他难得地与郑主簿他们分享起涮火锅的乐趣来，还把王雱那套拨霞供的说辞给搬了过来，遗憾地说：“可惜冬天兔子难猎，羊肉又贵，不能常吃。”

郑主簿和武县尉都给王安石说馋了，回家便叫自己婆娘去和吴氏走“夫人外交”途径，问清楚火锅该怎么做。县里做火炉的和做铁锅的人，见县衙里的一把手、二把手、三把手接二连三地跑来做同样的东西，免不了问起这特制的炉子和锅到底有什么妙用。

武县尉是个大嘴巴，当下便把火锅的事传了出去，一时之间火锅的吃法在县里传扬开了。有钱的叫人做新炉子或新锅，没钱的拿别的替代，知道这事儿的人家都关起门来尝了鲜，心道王知县果然是京城派下来的，吃都能吃出新花样来。

传说中的拨霞供也成了不少人念念不忘的美味，近来出城进山逮兔子的人多了不少。武县尉就是其中之一，当他家的“火锅套装”做好时，他也揪着好几只长耳朵兔子从山上回来了，他让武兴给王雱家和郑主簿家都送了两只，说是让他们也尝尝冬天里的野味。

水井边，王雱蹲着看他爹杀兔子，好奇发问：“不是君子远庖厨吗？”

王安石睨他一眼，镇定自若地清兔子毛：“还偷摸着看《孟子》了？”

呸，这什么话！他才不会偷摸着看书！王雱哼哼两声，说：“没有，我听人说的，嗯——对，听沈哥说的。”

“知道君子远庖厨出自哪里吗？”王安石把可怜的被清了半边毛的兔子翻了个身，口里提问。

“您刚才说，出自《孟子》。”王雱回堵他。

“出自孟子与梁惠王的对话。”王安石给他解说，“梁惠王干过一件事，一次祭祀时他看到底下的人要杀一头牛当祭品，那头牛挣扎哀号，看起来非常痛苦，所以梁惠王下令把它放了。底下的人问，那是否就不用祭品了。梁惠王说，用羊代替它吧。”

王雱忍不住嘀咕：“羊真可怜，羊又做错了什么！”

王安石横了他一眼。王雱闭了嘴。

王安石说：“百姓都说梁惠王吝啬，用小的羊代替大的牛。孟子对梁惠王说，其实是因为牛在眼前，羊不在眼前。这就是君子的仁慈与不忍，所以这句话其实是这样的：‘君子之于禽兽也，见其生，不忍见其死；闻其声，不忍食其肉。是以君子远庖厨也。’君子远庖厨，不是因为这事儿低贱或者肮脏，而是因为会于心不忍。”

“我明白了！”王雱一脸的恍然大悟，“爹你不是君子，不会不忍心，看到它们长得肥肥嫩嫩只会想到红烧清蒸煎炸炖煮！哎，都说儿子随爹，我也是这样的。”

王安石一时语塞。

这儿子不想要了，打死算了。

吴氏最近身体不大爽利，父子俩抬杠归抬杠，还是麻利地配合着把拨霞供这道兔肉涮锅给准备好了。一家人开开心心地尝了个鲜，到收拾碗筷时吴氏却有些不舒服，撑着灶台想吐却吐不出来。

王雱最先发现不对，急忙把吴氏扶去坐下，关心地问：“娘，你怎么啦？”

吴氏摇摇头，她心里有个猜想，却没说出口。有过怀王雱的经验，再算算月事的日子，觉得自己十有八九又怀上了。老一辈的人说这事儿在头三个月不能张扬，张扬开了容易出事儿，她准备晚上再悄悄和王安石说说。

见王雱一脸焦急，吴氏说：“娘没事，休息休息就好。”

王雱让吴氏坐好，自告奋勇要去把碗洗了。他个子矮，又是小胳膊小腿儿的，蹲在盆子旁边哼哧哼哧地洗碗怪叫人心疼的，王安石只能跟着捋起袖子蹲过去，父子俩合力把碗三两下刷完。

王雱晚上自己睡一间房，吴氏总是不放心，每天都是先进王雱房间看看他、帮他掖好被子才回房睡觉。这天夜里，她从王雱房里回房，才与坐在灯下看书的王安石说起自己的猜测。

男人嘛，哪有不喜欢自己儿女多的？他听了高兴得很，摸着吴氏还很平坦的肚子说：“最好是个女儿，女儿省心些。”混世小魔王有一个就够了，可别再来一个，再来一个他可吃不消。

吴氏倒是觉得男孩女孩都好，女孩贴心，男孩可以相互帮扶。她横了王安石一眼：“雱儿哪里不省心了？”她觉得自己儿子哪儿都棒极了，没一处不好。

王安石不和她辩这个。王雱好是真的好，闹腾也是真闹腾。

吴氏和王安石商量：“现在家里也有余钱，不如到牙行雇两个人回来。雱儿也该开蒙了，他想法又多，身边该有个书童跟着。”她要是身子爽利，绝不会费这个钱，可她这一胎反应太大，才刚怀上身体就撑不住了，总不能天天让王安石做饭洗碗。

王安石想了想，同意了。第二天王安石正好休沐，带着王雱去牙行选人。

牙行，也就是宋朝的中介机构，手里有各种人力资源：用人、杂役、厨师、修园子的、赶车抬轿的……只要说出你的要求，牙人都可以给你介绍。

宋朝的奴仆已经不是终身制，而是聘用制，和现代生活中请用人差不多，签契约时写明每个月工钱多少、雇佣到什么时候。而且法律上规定，一家人雇佣某个用人最多只能雇佣十年，以免主家限制了用人的人身自由。

王雱觉得这年头的柜台对小孩真不友好，王安石和牙老说要求时他得踮起脚才能趴在柜台边上往里看。好在牙老很快认出王安石的身份，殷勤地从柜台后面走出来，亲自领着王安石去选人。

选人也不是站一排人让你挑，而是你提个要求，牙老或者牙人先把资料给你说道说道，要是觉得适合就把人叫来见个面，双方都同意了才签契约。

王雱甚至还看到了一摞厚厚的“个人档案”，上面详实地记录着姓名、性别、家庭住址、身世背景。王安石挑了对看着手脚勤快的中年夫妇，转头问王雱：“你娘说该给你挑个书童了，你想选什么样的？”

王雱问：“我要书童做什么？爹你小时候也要书童吗？”

王安石小时候自然没有，他母亲是续弦，前头有个异母哥哥，下头又有弟弟，母亲做事得一碗水端平，掏不了那么多钱请书童。可自己儿子不一样，不管后头再有几个小孩，这儿子都是他的心头肉。王安石对妻子都从不说肉麻话，自然更不可能对儿子说，只是训他：“让你选就选，哪儿那么多问题？”

王雱想到有个人帮自己跑跑腿也好，不由接过牙老递过来的“个人档案”翻了起来。牙老惊异地问王安石：“小衙内已经识字了？”

王安石说：“对，不过也只是能看懂，字写得不好。”

王雱忍不住嘟囔：“能写就不错了。”

牙老也夸：“是啊，小衙内这年纪能写已经很不错了。”不愧是知县家的小孩，小小年纪就这么不一般。再一问，王雱这才四岁多，还不够五岁，牙老更是觉得王雱哪儿都很了不得。

王安石不动声色地听着牙老夸王雱，时不时还补充个可夸的点，让牙老夸得更精准一些。

王雱却不是安分挑人的，看完书童们的“档案”后，这个问一下那个问一下，问得牙老都有点儿哑然，很多问题根本答不上来。牙老索性说：“我让人把他们都叫过来，小衙内你看着挑。”

王安石向来最不喜欢搞特殊，闻言问道：“这合规矩吗？”

“怎么会不合规矩？”牙老摸清了王安石的脾性，顺着往下说，“都是小孩子，也没钱念书，这个点没别的事，不碍事的。”

王安石选中的那对夫妇过来之后，书童候选人们也陆陆续续到了。王安石扫了一眼，自己选的那对夫妇忠厚老实，看着没问题；再看向那群小孩，总觉得缺了点什么，不够机灵。

书童这活儿，得机灵，可别反过来要他儿子教他们做事。王安石不大满意，王雱也不大满意。

王安石说：“都在这儿了？”

牙老一听，知道这事儿可能不成了。知县家这小衙内长得好，人也聪明，哪里看得上这些愚钝的家伙？牙老挥挥手让小孩们都散了，遗憾地说：“暂时没了，回头我再帮您和小衙内打听打听。”

王雱本来就觉得书童没什么用，也没在意，趴在一边看王安石和那对中年夫妇签契约。这还是他头一回看到这年头的契约呢，横看竖看都觉得很新鲜。

王雱正研究着契约上的字句，忽听有人在骂：“一点小事都做不好！”

王雱抬头看去，只见外头有个男人抡起木棍往一男孩身上打，打了几棍之后那男人才把棍子扔了，大步走进牙行。

王雱目光稍稍往下挪，对上了一双狼崽子一样的眼睛。那男孩本来正盯着男人的背影，注意到他的视线后把目光转向他，眼里冷冰冰的，瞧着阴沉又孤僻，扶着挨揍的肩膀慢慢地从地上站起来。

别的不说，这男孩的长相就比刚才那些书童候选人好，虽然脖子上刚被打出一段红印子，胳膊也因为受了伤而下垂着，但他还是咬着牙站了起来，走向牙行的马厩，似乎是要去喂马。

王雱觉得这小孩不一般，转头问牙老：“那孩子是谁啊？”

“那孩子……”牙老有些迟疑，“那孩子刚生下来，娘就没了；没过多久，北边又传来消息，说他父亲去了。他婶子怜他年幼，带在身边养着。可没几年，他婶子也因病没了……”

王安石一下子明白了牙老的未尽之意。这是在说这小孩命带不祥，亲近之人都会遭遇不测。王安石不大相信鬼神之说，可这是要给儿子选人，王安石心里免不了有顾虑。

王雱却觉得这小孩真可怜，刚才那家伙肯定是他叔父吧？不管哪个年代，妻子柔善、丈夫混账的情况都不会少。这小孩的婶婶一死，他肯定就没过过半天好日子。王雱不由问：“叫什么名字啊？”

牙老对上王雱澄澈明亮的眼睛，喉咙里藏着的话都咽了回去。

那小孩手脚勤快，愿意做事，小小年纪干起活儿来一个能顶两个。要是让牙老在这孩子和他叔父之间选一个，他可能会选这孩子，而不是他那个滥赌成性的叔父。若能遇到贵人，也算是这孩子的造化。

牙老缓声说道：“他叫曹立。”

“曹立啊。”王雱点点头，“爹，就他了，他看着腿脚好，平时能帮忙跑跑腿。”

王安石知道王雱一向有自己的主意，既然王雱开了口，他也没反对。王安石问牙老：“这曹立可以吗？”

牙老点头，喊来刚才那男人：“去，把你侄子叫来，知县家的小衙内要挑书童呢。”

那男人既惊又喜，搓着手说：“好，好，我这就去。”

曹立很快被带了过来。王安石这才看清曹立的模样，比起刚才那些小孩，这孩子确实俊秀许多，瞧着是个肯干活儿、会办事的人。

王安石心里那点疑虑消失了，温声询问曹立的年纪。

曹立没想到这种事会轮到自己头上，不过能出头谁不想出头？曹立老老实实地答了，牙老再问他愿不愿意和王安石签订契约，他也是一口答应，爽快地在契约上摁了个指印，算是自愿签下了契约。

轮到王安石这边，王安石对王雱说：“给你请的书童，要不要摁你的指印？”

王雱不乐意，麻溜哄道：“爹您是一家之主，当然是按您的！”开玩笑，那印泥红通通的，回去不知道得洗多久才能洗掉。

王安石别的不清楚，自己儿子什么性格还是清楚的。瞧瞧，光是提一句让他摁手印，这小子就皱着小眉头往自己手上瞅，显然是在嫌弃自己手上红通通、油乎乎的印泥脏。

这小子讲究着呢！

王安石收起三张契约，领着王雱和曹立他们回家。

这一请请了三人，吴氏免不了有些肉疼，不过契约都签下了，她还是把人都安排进后衙的空房子里。吴氏原想让他们坐下一同吃饭，张婶却说这不合规矩，主动表示他们在厨房里吃了就好。

吴氏想想平时都是他们一家人一起吃饭，多几个外人也不习惯，也就没坚持。只是这多了三张吃饭的嘴巴，光是米粮就要多费不少，吴氏晚上躺下一算账，还是觉得心疼。

王安石说：“方洪把我和君实的书卖到国子监、太学和各个学院去了，赚了不少钱，养得起。最近我也一直在和君实通信，琢磨着下一轮科举之后再弄一本新的。钱的事你别愁，再不济我们不还有个会赚钱的儿子？”

“有你这样当爹的吗？”吴氏说，“哪能惦记自己小孩的钱？我得给雱儿攒着以后娶媳妇用。”

王安石识趣地没再多说。

素来节俭的丈夫都支持雇人，吴氏也没再多说，她微微翻转了一下身体，很快进入梦乡。

张婶和张叔都是勤快人，一早起来把庭院打扫得干干净净。张叔在井边一桶一桶地往上打水，麻利地把屋里和院子里的缸子都挑满了。

王雱一觉醒来，曹立已候在自己房门外。

王雱看了看天色，发现自己没起晚，不由问曹立："起这么早做什么？"

曹立老实回答："我不知道书童该做什么，我没念过书。"

王雱说："不用拘着，我练字看书的时候你可以跟着看，想认什么字可以问我。要不想看也行，可以练练拳脚。"王雱其实也不知道书童具体要做什么，大概就是个陪读的，再帮忙跑跑腿吧。这曹立也还是个孩子，搁现实生活中也算是童工中的童工，他没准备让曹立干太多事。

曹立点了点头。

王雱很满意自己的眼光，觉得曹立不错，话少。他说："你以后想考科举还是想当武官？"

曹立一愣，他从来没想过这个问题。以前他跟着他叔父在牙行干活，工钱都归他叔父，包括这次他签下两年契约得的钱也归了他叔父。婶婶养育他的恩情他一辈子都不会忘，所以他没提出过反对意见。所以以后的事，他没机会去考虑。

科举？一般人哪有机会读书？武官，那也不是人人都能当的。想到这里曹立说道："我没想过。"

"那就赶紧好好想想。"王雱积极鼓励，"当过我的书童，以后连个一官半职都弄不到，说出去多丢人啊！"

王雱给曹立树立好一个远大目标，要带曹立去干一件大事：堵信差！鄞县有信差负责信件投递，王雱自给司马琰写了信便算着日子等回信。经过大半年的信件往来经验，王雱早能掐着点儿截信了！

没办法，在这时代长辈一点隐私都不给，拆了信就顺便把你的也看了。虽说他和司马琰写信时也没说什么见不得人的东西，可就是有点儿不爽，凭啥他的信老爹先看啊！

王雱领着新跟班曹立去堵人，那信差都认得他了，笑呵呵地喊："小衙内，又来帮县尊等信啦？"他掏出一叠厚厚的信，掂量着重量，感叹道，"县尊与他的朋友可真能写啊。"

王雱直点头："对的对的，他们在京城时说起话来就没完没了的，分隔两地也见天儿写信，感情可好了！"对这个现状，王雱和司马琰都很满意，可见他们的努力卓有成效。

王雱抱着信回到家，支使曹立在房门外给他望风，自己偷偷拆信。怎么啦，只许爹拆儿子信，不许儿子拆爹信吗？就拆，就拆！王雱胆大包天地拆了信，先把司马光写给王安石那封给看了。

原来王安石把司马光引为知交，在上次寄的信里把自己在鄞县的“改革经验”都和司马光说了。司马光对主持新政的范公也颇为敬服，只是新政无声无息被叫停让他有些担忧，免不了又在信里劝说了王安石一番。

司马光并没有全盘否定王安石的构想，只是理智地提出了不少可能出现的问题。虽说司马光地方经验不多，但司马光调任馆阁校勘之后便徜徉在馆阁藏书的海洋中，史籍典故信手拈来，说得头头是道。王雱发现自己的小脑瓜能想到的东西，司马光基本都能想到，虽说少了点前瞻性，但也把问题都说到点子上了！

王雱越看越觉得果然厉害。现在他爹的“变法灵感”还只是灵感，应该不会听不进意见才对，两个人一起参谋，肯定能有一加一大于二的效果！王雱正看得入神呢，外头就传来他爹的声音：“那小子在里头？”曹立老实回答：“在。”

这个不机灵的！

王雱麻溜地把被自己看过的信归拢在一起，两只小手放背后，乖乖巧巧地看向他爹，喊：“爹，你怎么回来啦？不是去上衙了吗？”

“我听说有人帮我收了信。”王安石看着王雱此地无银三百两地把手藏身后，抬手往他脑门上弹了一下，“我的信你也敢偷看，胆儿肥了。”

王雱手不藏了，得捂脑门呢。他哼哼两声，振振有词：“你偷看过我的，我当然得偷看回来。司马叔父写了好多字，没意思，还是阿琰妹妹的信好看。”

王安石也是算着日子等信。他有不少朋友，但聊得来的就那么点，对司马光的来信他心里期待得很。今天没等到信，着人去一问，才晓得信被王雱给截了。王安石急着看信，自然是直接杀了回来。

王雱偷看信，王安石也没在意，左右以他儿子这岁数肯定是看不懂的。不过该教育的还是要教育，他板着脸训了王雱一通才收起司马光写来的信，回了前衙。

见王安石这么迫不及待地想看信，王雱放心了。

有个故事叫智子疑邻，大意是土豪家里的墙破了个洞，儿子和邻居都提醒他可能会招小偷。第二天土豪家真被偷了，土豪觉得他儿子特别聪明，这都能料到；可对邻居，土豪怎么看怎么怀疑，觉得邻居说不定就是贼，要不然怎么知道会有人偷东西呢？这就是说，人容易把亲近者的劝诫听进去，把外人的话当成别有用心！

现在司马光之于他爹，是志同道合的知交，无话不谈的好友。司马光的话，他爹应该可以看进去！

偷看不了王安石的信，王雱才拆开那封司马琰写给自己的信。看开头时，王雱还是很镇定的。为了符合小孩子的年龄，他们通信时基本都在写“这几天发生了什么可好玩、可有趣的事”。

司马琰写，她见到了司马光的恩师庞籍，是个相当和气的老头儿，脾气和她爹差不多。

这庞籍又是一个名人，是包青天里面庞太师的原型——没错，包青天包拯大人也在这个时代。通过司马琰的描述，王雱“掐脚”一算，庞籍肯定又被话本传奇之类的“黑”了。没办法，故事总需要反派啊，你位高权重，你不当反派谁当反派！

王雱接着往下看，很快就坐不住了。司马琰在信里说，她见到狄青啦。朝廷和西夏达成和议，西夏国主和他们官家称臣了。这几年狄青在西边立下不少大功，这回是回京接受封赏的。

为了震慑一同前来的西夏使者，朝廷对这次封赏极其重视，还大搞宣传让大家都出去看。狄青回来那天，开封城万人空巷，到处都是人挤人。她爹带她出去茶坊二楼占了个好位置，正好可以看到狄青骑着高大的马进城。

狄青长得可帅呢，回京时他没戴面具，道路两旁挤着的小娘子们都忍不住发出尖叫。司马琰还听到邻桌有人说“第一次觉得刺青这么好看”。

狄青少时代兄受过，定了刺配之刑。所谓的刺配就是在你脸上刺个字，还给字染个色，然后把你发配到边远的地方去服役。这辈子不论你走到哪儿都能让人一眼看出你犯过罪！

狄青这是帅得让人觉得他的刺青都好看！

王雱了解司马琰的性格，知道她这人一向不会太关注别人的长相，她说那是个大帅哥，那一定就是个超级大帅哥。

王雱遗憾极了，那可是“面涅将军”狄青哎！打仗的一把好手！据说他会戴着面具打仗，是因为长得太好看了！

这次狄青在西夏那边立了功，回京受赏和调职，接下来应该是他一生中最辉煌的岁月了。可惜的是，宋朝向来重文轻武，狄青脸上还有个代表着罪犯身份的刺青，将来他越升越高，朝廷百官肯定不待见。

王雱对着司马琰的来信叹了口气。他这几年要是看不到狄青凯旋的风光，将来可能就再也没机会见到了。想着想着，王雱把目光转向自己新挑的书童，这身板和这脾性怎么看怎么像练武的材料。

曹立在一旁练习磨墨，余光时不时悄悄扫向王雱，见王雱时而叹气、时而惆怅，最后还目不转睛地看着自己，不由问:“衙内怎么了？”

王雱一脸严肃地说:“我在想你如果不是读书的料子就得当武官了。到时你到底是当大将军好，还是不当大将军好？”

衙内你是不是想太远了？

第五章

鄞县岁月长

王雱最近比较安分，一来是有个新书童要好好调教，二来是吴氏孕吐的次数多了。他终于发现了端倪，紧张地关注着吴氏的身体，没事就往附近的郭大夫家跑，请教孕妇胃口不好怎么办，孕妇情绪低落怎么办，孕妇要是不小心摔跤了、冷着了、热着了怎么办，问得郭大夫看到他就头疼。

混熟以后，王雱暗搓搓把司马琰给的经方、验方拿给郭大夫看，郭大夫极为惊讶，没病人时就看着药方琢磨得如痴如醉。

郭大夫投桃报李地教给王雱一套温和的锻炼方法和按摩方法，说可以让女人生产时更加顺利。

郭大夫说："生孩子是力气活，要是天天在房里躺着不动，生的时候会有诸多艰难。能活动的时候还是得多动动，要不然孩子生了，身子也废了。"他还给王雱介绍了几个经验丰富的稳婆，让王雱烦稳婆去。

稳婆们还是头一次遇上当儿子的这么紧张他娘，见王雱年纪小，又长得玉雪可爱，免不了要逗他几句。王雱一点都不害臊，问东问西。被王雱这么一闹腾，全县都晓得王知县家里要添丁进口了。王安石去前衙时不少人都对他说恭喜，弄得王安石不明所以，一问才知道自家儿子又干混账事了！

下衙后，王安石急匆匆回到家，见王雱在那儿做些古里古怪的动作给吴氏看，吴氏则笑着坐在一边。王安石走上去往王雱脑袋上拍了一记，扭头对吴氏说："你还说头三个月要瞒着，这小子闹得全县都知道了。"

吴氏心永远是偏的，儿子往外说什么都可以。吴氏说："算算也差不多三个月了，说出去有什么关系？"她看了儿子记的笔记，密密麻麻的全是大夫和稳婆说的话。有这样的儿子，她有什么不高兴的？

王安石拿他们母子俩没办法，只能摇摇头进屋去了。王雱还把衙役们家里的女眷集合起来，托了个稳婆给她们培训急救方法。这些急救方法里面有些是这个时代就有的，有些是王雱看完司马琰留给他的"医学秘籍"后夹带私货塞进去的，主要针对产妇和小孩。

一听是可以救命的方法女眷们都学得异常积极。别以为女人家都是娇滴滴的，又不是谁家里都家财万贯可以不干活儿，许多小娘子动起手来比男人还利落呢！

急救讲座开展得非常成功，都是女性，理论和实践可以一条龙地教。

讲座开完第二天，就有一户人家里的小孩被噎着了。他们家娘子关心则乱，一下子慌了手脚，还是邻居家爽利的刘大娘听到动静赶过来，上手就是一个“海姆立克急救法”，三两下把事情解决了。

有了这事儿，大伙就晓得这急救讲座的好处了。不仅自己学了，邻居也学了，有个什么事可以相互帮一帮，免得自己着急起来什么都忘光了。

那家人带着小孩、提着鸡蛋上门感谢王雱，说谢谢王雱救了他们家孩子一命。这事儿要不是王雱牵头，稳婆怎么会愿意把救命的法子全教给她们？自己藏着的话，别人有事都得去求她，赚钱着呢！

当然，等他们谢完了王雱，还是会去谢稳婆，毕竟不管稳婆心里愿意还是不愿意，她都出面教了，还教得细致又认真。

楼先生也听说了这事儿，因为他儿媳也去学了。他与同在县学任教的杨适闲谈，免不了聊起这次“急救讲座”和王雱。楼先生道：“这孩子行事不一般。”

杨适道：“瞧着贪玩爱闹，却每回都能闹出些新名堂。”

楼先生道：“他紧张母亲有孕，便想到让每家每户都学学怎么护着孕妇和小孩，让我想起一句话，‘老吾老以及人之老，幼吾幼以及人之幼’。”尊重自家的长辈，进而尊敬别家的长辈；爱护自家的孩子，进而爱护别人的孩子。这是孟子的“仁爱”思想。杨适点头。说实话，若不是王安石把王雱当眼珠子一样护着，每日都腾出空来亲自给王雱开蒙，压根儿没想过给儿子找老师，说不定他们早把王雱收下当学生了。

晚上，杨适回家跟妻子遗憾地说起这事儿，结果隔天楼先生直接去找王安石，光明正大地提及想收王雱当学生。

五位先生都是王安石请回来的，王安石对他们的学问和人品自然非常信任。一听楼先生要主动收王雱这个学生，王安石大喜过望，马上把王雱给喊了出来。王雱一看到楼先生，心里咯噔一下，老老实实地上前喊人。

楼先生越看王雱越喜欢，面上倒是不显。王安石对王雱说：“你年纪也不小了，该好好学点东西了。我和楼先生已经说定，往后你好好跟着楼先生学文。”说完他又转向楼先生，“今日没来得及准备束脩，明日我亲自带着雱儿登门拜师。”

楼先生捋着须说：“不急，不急。”说完就乐滋滋地回去了。

杨适几人转头知道了消息，都暗骂楼先生狡猾，居然主动去提这事儿。可他们还能怎么办？谁叫他们脸皮没楼先生厚呢？

王雱突然多了个老师，脑子都是懵的。再想到楼先生那钢铁一般的硬脾气，王雱觉得前路艰难，一整天都耷拉着脑袋。

知子莫若父，王安石一见那模样便晓得王雱的心思。本来他还觉得方才决定得有些草率，现在不了，看到王雱那蔫不唧的模样他心里就乐呵。让你皮，就该找个严厉些的先生治治你！

翌日，王安石早早撵王雱起床，喊他拜师。

王雱有什么办法，只能乖乖对楼先生行了拜师礼。拜了师，楼先生没让他跟着王安石走，而是留他下来考校他功课，还让他写字。

王雱的字现在还是不怎么样，毕竟他年纪还小，不能长期握笔，而且每天练习的时间也不长，所以只能保证字写得齐整。

楼先生非常满意，在这个年纪能认得这么多字已经很难得了，更别提写出来。至于考校的结果，楼先生更加满意，王雱能背出的东西比他预想中还多。

当然，作为这个时代的长辈，楼先生和王安石一样会装，面上一点“我非常开心，非常满意，甚至还有点儿得意”的表情都没显露出来，只点点头说：“还不错。”他摆摆手让王雱先回家，自己则去找杨适他们说话，话里话外都在暗示“我收了个天资卓绝的好学生”。

杨适几人想打死他。脸皮厚了不起啊？主动跑去提收学生了不起啊？隐居人士的脸都被你丢光了！楼先生才不管他们的愤怒和羡慕，今天他心里真呀真高兴。

王安石也很开心，终于有人能光明正大帮忙管着他儿子了。

唯一不高兴的只有王雱，他觉着自己还是个小孩，怎么就要上学了呢？他搬出孔子十五岁才开始学习的事和他爹理论，他爹却搬了一堆书放桌上：“过年期间把它给看完了，回头我让你楼先生考校你。”

不带这么坑儿子的！

王雱自己过得水深火热，回头便给曹立下了任务。曹立学了几天文，确定了一件事：自己确实不是读书的料。王雱又想了个主意，那就是让他去训练衙役。曹立天生冷脸，颇有气势，王雱觉得这就是优势。他给曹立写了个训练方案，又去找武县尉，这样那样地说了一通。

武县尉虽然觉得让个十岁小孩训练自己手底下的人是在胡闹，但抵不过王雱是县里人人夸赞的小衙内。现在县里那些妇人看到王雱比看见自家小孩还欢喜，一口一个“小衙内过来玩玩”“小衙内要不要尝尝我新做的炊饼”，人气高着呢。

要是他连王雱这点小要求都不答应，回去后一准被他婆娘罚跪搓衣板！自家小孩都没这么纵着的!

武县尉答应了,可过年当值的衙役们就遭了灾。别看曹立年纪小,冷起脸来还真镇得住那群平日里有些散漫的衙役。

那训练方案也寻常,就是站站岗、走走路,没什么稀奇。可武县尉在旁边看了几天,居然看出点门道来了:这训练简单是简单,可经过几天训练之后衙役们居然能做到令行禁止!

现在衙役们每天早上出来操练时,大街小巷都会有不少人探出头来悄悄张望。有些人家瞧见衙役里头没成亲的小伙子精气神十足,居然悄悄叫人上门问亲事去了。

衙役们原本叫苦不迭,后来听多了邻里们的夸赞,竟觉得这训练是件大好事,每天都积极参与。曹立跟进了一段时间,回去告诉王雱说这事儿已经不必他在旁了。

这时已经过了年,冬雪渐渐少了,天气也越来越暖和。王雱琢磨了一会儿,对曹立说:“我有个加强版训练方案,用来训练衙役们不好,我去和武县尉说说,让武县尉把苦役营的囚犯给你玩儿。那都是凶神恶煞的家伙,你敢去吗?”

曹立点头。

武兴早对曹立把人像孙子一样训的风光地位眼馋得不得了,听了王雱的新计划后踊跃表示“我也要去”“明明是我先认识你的,阿雱你怎么总把好事给曹立去干”。

王雱被他烦得没办法,只能说:“行行行,今天开始你就是副将了,协助我们曹将军训练一干士卒!”

春天,草长莺飞,天气渐暖。苦役营的囚犯们顺利熬过严冬,俱是松了口气,觉得自己不会死在苦役营中。

劳动改造,是华夏千百年来的优良传统。犯了罪把人关进大牢里好吃好喝地供着是不可能的,再过一万年都不可能,罪名落实之后,轻些的就地劳动改造,重些的则要发配到边疆和偏远地区去当苦力。

这鄞县的苦役营,关着的就是就地劳动改造的囚犯们,他们犯罪情节较轻,好好干活儿可以争取刑满释放开开心心回家去。

衙役们对曹立手里拿着的“魔鬼模式”训练计划很感兴趣,跟曹立说:“有什么计划冲着我们来,对那些囚犯费什么心思啊!”

曹立把训练计划递给识字的衙役瞅了瞅,那衙役瞬间把自己刚才说的话生生吞了回去，拍着胸脯保证：“放心吧，我们会在旁边把他们看好，保证让他们老老实实接受训练！”

囚犯等同于暂时被剥夺了人身权利，曹立折腾起来眼也不眨。什么负重长跑、水底闭气、铁砂掌，花样繁多，应有尽有。最要紧的是，曹立自己居然身先士卒跟着做，他忍耐力极强，比如这“铁砂掌”，初期用的是裹满硬邦邦豆子的沙袋，每轮击打两百下，逐步锻炼出拳、脚、手、肘、膝的力量，再把沙袋里的豆子换成铁屑！

武兴本来也想照做，后来发现自己跟不上曹立逆天的体能。他只能在旁当个监督，眼巴巴地望着训练得热火朝天的“军队”。

一天的锻炼结束之后，武兴蔫不唧地去找郑思：“唉，怪不得阿雱选曹立当将军。他最近还开了窍，每天跟着阿雱学几个字。”

武兴本来是大咧咧的性格，一直想着自己只要继承他爹的位置当个县尉就差不多了，现在看到曹立这么拼命，他顿时觉得自己被人比下去了。最近，王雱课业多，武兴不好意思去让王雱顺便把自己也教了，只好来磨郑思教他识字。

王雱说了，不识字等于半个瞎子，以后哪怕当个县尉都得事事经别人的手，更别提当大将军了。

郑思到底是和武兴一起长大的，哪怕平时有些不对付，见武兴这般失落还是心软了，答应教他认字。

小伙伴们都在努力，王雱也没落下，他每天除了腾出空来指导自己的“书童”，剩下的就是读楼先生给他挑的书。楼先生家中藏书丰富，是沈括的最爱，可这对王雱来说简直是天大的噩梦。

主要是，他不知道该读到什么程度，一不小心就会暴露自己已经把它们全背下来的事实。记忆力好得差不多过目不忘也不是他的错，对吧？

偏楼先生这人外表看着清正严直，实际上可狡猾了，表情永远跟他爹一样深沉莫测，压根儿瞅不出到底满意还是不满意。若不是王雱偶然听到楼先生在和杨适先生他们吹牛，他都不知道自己的表现又超前了。

王雱痛心疾首！

这世道到底怎么了，怎么一个两个都这么奸诈狡猾，诚实点、坦然点不好吗！简直世风日下，人心不古！

在王雱腹诽着完成课业的时候，过年回了趟家的沈括也回到了鄞县，恢复了时不时往海边跑、时不时和王雱探讨新作大纲的状态。

太宗时期朝廷一直“禁海贾”，也就是禁止民间私自搞海上贸易，不过太宗以后松缓了一些，虽然明面上还是不许，但海上往来还是有的。

沈括还是个半大少年，又整天拿着本子写写记记，船工们对他没有太多警惕心，大多时候都会满足他的好奇心。沈括把资料攒齐了，开始理顺故事大纲，创作了一部名叫《黄金国》的新作。

这故事的主角是个家产快要败光的败家子，他因为欠下一身赌债害怕债主上门，连夜跟着海船出了海，一路上遇到各种奇闻趣事，最终抵达了传说中的"黄金国"，满载黄金、珠宝、香料回国。

这还不是结局，结局是败家子又被赌坊骗光了家财，他的儿子却用他随手带回来的种子种出了新的粮食，其中一种粮食颗粒分明，莹泽如玉，众人见了大为惊奇，命名为"玉米"；还有一种粮食长在地上像绿油油的杂草，拔起根茎一看却能发现底下长着一大串瓜状物，掰开一看，肉质微红，还渗出些许乳白色汁液，因此有人将它称为"地瓜"，也有人将它称为"红薯"。这两种植物极易生长，山地与房前屋后都能轻松种植，很快成为大江南北的口粮之一，败家子的儿子也因此而名扬天下，甚至还被官家召见。

结局这一笔，是王雱给沈括提议的。沈括非常喜欢这两种粮食作物的设定——没错，他现在已经明白虚构的东西叫什么了，叫设定！

要是这两种粮食真的存在，那么许多荒田也可以变成良田了！沈括照着王雱的提议画了几个版本的玉米和地瓜，王雱暗搓搓地做了些纠正，非常写实的玉米和地瓜就跃然纸上。

沈括很有成就感，和王雱畅想未来："要是将来我们大宋的船真能到达其他大陆，是不是真的能找到这些吃的？其他大陆的东西不知道好不好吃，哎，真想尝尝看。"

对于中华民族的吃货本质，王雱早就见怪不怪。两个人凑在一起嘀嘀咕咕，进一步完善新粮食的口感和味道。王安石回来时看到沈括过来了，免不了询问几句他如今的课业。

沈括最近沉迷创作《黄金国》，学习却也没落下，应对起来很轻松。

王安石考校完了，才顺势问起他俩在叽叽咕咕什么。沈括对王安石崇敬得很，二话不说把《黄金国》的设定竹筒倒豆子一样往外倒。王安石取过沈括刚画出来的玉米和地瓜，心里也有个念头：这两种粮食会不会真的存在？

没办法，沈括的画工越来越好了，把玉米和地瓜画得十分真实，给王安石一种对着图去找可能真能找到的错觉。

王安石把沈括手头上的画稿都看完了，看了眼自己的儿子，才抽出几张稿子对沈括说："有些地方得改改，要不然会给人留话柄。"王安石精通律法，对于什么事情犯法、什么事情犯禁熟记于心，轻轻松松地给沈括指出了触及禁忌的地方。沈括得到王安石的指点，高兴不已，抱着画稿走了。

王安石睨向王雱："你小子又想干什么？"

《三顾茅庐》一出，曾巩来信夸他在鄞县搞文教搞得好，连胡先生都在讲学时夸过他；《蹴鞠少年》一出，"体育课"的概念风行各地，司马光在信中说国子监也开始开设"体育课"。

蹴鞠这事儿并不新鲜，开封城每逢节日也会有街头"蹴鞠表演"，但终究只是一种玩乐，现在冠以强身健体的名义学生们就可以光明正大地玩了。司马光也不赞同死读书，对于学生适当上上"体育课"也是认可的，至少能增进同窗友谊。

这《黄金国》，分明是在鼓吹远航探索。不管是"黄金国"里的黄金、珠宝、香料，还是故事末尾惠及天下百姓的新粮食，都足以鼓动不少人对那子虚乌有、遥不可及的"黄金国"动心。

天下熙熙，皆为利来，天下攘攘，皆为利往！这世道不要命的人常有，不要钱的人可不常有，只要诱惑足够，冒险远航的人肯定会有。别说那些被利益蒙了眼的商贾了，便是官家与朝中百官，看到玉米和地瓜怕也会心动！

换了别家小孩王安石不会想太多，搁到自家儿子身上王安石免不了会多想。毕竟他这儿子一天不搞事就浑身不舒坦，绝对不会闲着没事花时间陪沈括虚构这么一个"黄金国"。

王雱眨巴着眼，一脸无辜地看着王安石："爹你说什么？我听不懂。沈哥的想法太棒了，看得我都想出海看看了！"

王安石说："你敢去出海，我打断你的腿。"

王安石不是迂腐之人，若是海运对朝廷、对百姓有巨利，他是赞成出海远航的。可这事儿要搁在自己儿子身上，他绝对不会赞同。

谁知道这海船出去了什么时候能回来？指不定还会沉在半路，再也回不来。自古以来开疆辟土就没有不死人的，若是朝廷要他去，他愿意去；可他儿子要是想去，他还是先打断儿子的腿再说。

想到这里，王安石抬手敲王雱脑门："别一天到晚瞎琢磨，好好看书去。"

王雱对王安石这种家暴行为十分不满，噔噔噔地跑去找吴氏告状！

吴氏现在从杂活儿里抽了身，便有更多时间做针线活儿了，她给王安石和王雱都做了春衣和鞋子，又给肚子里的孩子做了小衣服。

听王雱噼里啪啦地把他爹的“恶行”说出来，吴氏心疼地摸了摸王雱红红的额头，免不了要说王安石两句：“说话就说话，你打雱儿脑门儿做什么？”

王安石辩解：“我就顺手敲了一下。”

吴氏说：“好啊，你不仅打了，还打顺手了？雱儿哪儿做错了，你倒是给我说道说道！”

王安石瞪向王雱。王雱麻溜地躲到吴氏身后，喜滋滋地朝王安石做鬼脸。

曹立已经养成良好习惯，每天训练完都来跟王雱习字。傍晚夕阳正好，王雱拿着笔在心里算了算日子，扭头问曹立：“坚持下来的有多少人？”

曹立自己跟着做了高强度训练，皮肤黑了不少，身体也健壮了不少。吴氏都悄悄问过王雱，平时都让曹立做什么去，怎么他吃饭得吃五大碗，鱼虾也能吃光一整锅。吴氏一开始看得心惊胆战，生怕曹立会把家里吃垮。后来，曹立发现自己的饭量太惊人，也不回来吃饭了，拿着王雱给的“餐补”跟着苦役营的人自行解决。

“魔鬼模式”的训练自然不可能人人都受得了，曹立每天淘汰点人，到现在满打满算只剩七个了。七个人能坚持这么久，曹立心里已经把他们真正当成自己的“兵”了。王雱给的“餐补”不够七个人吃饱，曹立就带着他们捞鱼打猎自行加餐，进一步加强训练强度。鄞县这临河近海的，倒也不愁食物跟不上。

现在王雱问起，曹立也就老老实实和他说了。

王雱仔细听完，发现曹立还真是领兵的料子。别的不说，光凭这与士兵共甘苦的“爱兵如子”做派就足以让他赢得士卒的爱戴。要换成武兴，早跑来嚷嚷说“阿雱我们不够吃咋办”。

两种性格各有各的好处，也各有各的坏处。

王雱问道：“这七个人家庭情况如何？”

曹立一愣。他回忆了一下，把平时“士卒”闲谈间透露出来的情况告诉王雱。这几个人犯的都不是大奸大恶的罪过，有些甚至算是见义勇为的游侠儿，那些真正人品低劣的早被曹立变着法儿折腾到淘汰了。他们有的家里有老有小，有的则是孤家寡人。

王雱只一听便知道曹立的喜恶，这还是个疾恶如仇的小少年呢，真坏的他都不要。

王雱问曹立：“养兵难不难？”

曹立没真正当过将军，可从这些天在苦役营挑兵、练兵的经历来看，养兵当然难，光是养一群普通的兵，每天只叫他们走走队列、站站军姿，他们就能没了半条命，饭量比平时翻一番；要养出真正的精锐强兵，不仅饭量得加，还得吃肉，用王雱的话来说就是用飞禽走兽的肉来补给、强化自己身上的肉。

钱是好东西，吃饭要钱，吃肉更要钱。可问题就是，他没钱。

听王雱说，当上将军也没钱，得和朝廷要。朝廷那边发下来了，一层层地分钱，分到将军手上只有那么一点，就够士兵填填肚子，再多的，就没有了。

这样养出来的兵肯定不顶用。曹立和武兴偷偷去鄞县兵营看过了，松松散散，没什么军营样，基本都是强征进去的杂役兵，和苦役营这边差不多——他把手下的七个兵训练一段时间，能打他们七十个！

曹立把自己的想法原原本本地给王雱讲了，又对王雱说了自己的见解："朝廷这钱，花得不值当。"花钱养这么多不中用的兵，还不如裁减一部分，养一批精锐。

王雱说："这些兵也不是全无用处，至少修路挖渠挺能干的。"

宋朝的厢兵说是兵，事实上除了马军能算地方军，剩下的基本只负责搞基建、做苦工、跑物流等等，和现代社会中的工程队或者苦力差不多。只是区别在于他们领的钱少，活儿又多又重，很多人不是死就是逃，特别可怜。

厢军制度的好处是，这些苦活儿都有人干了，百姓只需要服个兵役就好，其他各种名目的劳役都免了，只要能撑完这段苦日子便好。不像以前，你种着种着田，上头突然说这里要修路，你去修吧，那里要挖个河道，你去挖吧。各种突发任务强行摊派下来，庄稼哪里种得好？可种不好你也得交赋税啊！

交不上怎么办？卖田卖地！以后要么成为佃户帮人种地，要么流离失所成为流民，要么落草为寇投身绿林。所以说，这厢军制度还是有点儿用处的，一定程度上维护了社会安宁。

去年王安石大搞水利工程，厢兵就出力不少。王雱建议王安石给厢兵出点优惠政策，虽然不能明着给他们加军俸——那不归知县管，但要是谁家有在厢兵服役的，家里人可以优先获得一些做起来轻松、报酬又高的活儿。

王安石觉得这个提议很在理，宣讲的时候一并公布出去了。厢兵得知家里人得了好处，干起活儿来尽心尽力，今年开春鄞县境内已经用新渠浇灌农田，再不会为争水打起来了。

工程队的积极性，一定程度上决定了工程质量和工程进度。王雱觉得这厢兵制度还可以拯救一下，至少搞基建的时候很不错，哪怕农忙时期也不至于停工。就是他还小，现在手伸不进厢兵里头，只能迂回着影响一下。

将来他爹再厉害点，肯定是要把手伸到这一块的。曹立是个好苗子，现在多培养培养，以后就能直接用了。

王雱大方地给曹立拨了笔专款："你先拿你挑的人练练手，别怕花钱，好好攒点经验。"

曹立一向不爱说话，点头收下了王雱给的"练兵专款"。吴氏端着点心进来时正好见到曹立收起钱往外走，她笑着应了曹立无波无澜的问候，看着曹立走远了才把点心搁到王雱桌上，问王雱："别家的书童都跟着跑前跑后，你的书童怎么一天到晚在外头？"还那么费钱！

王雱眨巴一下眼，笑眯眯地说："娘你又心疼钱了是不是？赚了钱就是要花的，不花赚钱来做什么？"

儿子都明说了，吴氏也不藏着掖着了："我还想帮你把钱攒下来，将来好给你娶媳妇！"

王雱一本正经地胡扯："我这么厉害的人，就算没钱媳妇儿肯定也愿意跟我。"

"哪有你这么想的？"吴氏戳他脑门儿，"人家愿意跟你，你就真让人家跟着你吃苦？"

"当然不会。"王雱笑眯眯，"我会赚更多钱的。"等沈括把《黄金国》创作完，他可以拉着沈括一起搞《三国杀》，正好沈括博览群书，《三国志》看过了，《三顾茅庐》也画过了，推出《三国杀》一点都不突兀。最重要的是，目前来看沈括人品不错，将来不会因为钱的问题闹矛盾。

春季到来，江南水乡湿气重，容易得病。王雱拜了楼先生当老师，手可以伸得更长。他对楼先生说，开封国子监的胡瑗胡校长表示学生不能死读书，读万卷书不如行万里路，少年人该多出去走走，看看民生民情长长见识。不知民间疾苦的人一举跃入龙门，一路顺风顺水地当上大官，发布一系列想当然的政令，这是他的大运气，却是百姓们的厄难。所以，胡校长建议，国子监的生员们一定要出去游历几个月，回来后写几篇千八百字的心得。

楼先生深以为然。

王雱又提议，现在春天疾病多发，要有人下乡宣讲防疫知识，我们县学的学生们既识字，又身体康健活蹦乱跳，正好可以随同差吏下去宣讲，一来可以锻炼学生们，二来又可以帮助百姓远离疾病，是极好的事啊！

楼先生回去与杨适他们一商量，觉得可行，亲自去和王安石说了这事儿。

王安石稍一试探，便知道这事儿是王雱的主意，点点头同意了。

回到家看到王雱美滋滋地在那儿看闲书，王安石手又痒了，想弹他脑门儿。王雱警惕地抱着书噔噔噔地跑到吴氏旁边坐定，才向王安石问好："爹，你回来啦！"

这下，王安石连脚都痒了，想踹他一脚。

见过折腾的，没见过这么能折腾的。好不容易找了个能管他的先生，他竟还有法子找事情把人支开。

宣讲是好事，王安石也赞同，可学生要下乡宣讲，先生们总不能干坐着吧？先生们得着手安排各项事务、得及时跟进有没有意外事故发生，总之，也都忙碌得很，管不了王雱了。

要带他一起下乡去，他肯定会搬出吴氏来说："娘一个人在家我不放心。"

这小混账！王安石没办法，只能随他去了。

眼下最要紧的是春季防疫工作。去年王安石来得晚，没赶上乍暖还寒的时候，问了郭大夫才知道去年这个时节得病的人不少。

郭大夫很赞同王安石让人下去宣讲，教人辨识和采集药材、防治春季传染病的举措。郭大夫说："县尊说得极是，防疫和治疗同样重要，都要顾及。"他还由衷赞扬了王安石把防疫药方拿出来与县城中所有大夫共享的无私做法。

王安石一听，明白了，王雱又拿着鸡毛当令箭，把那些不知打哪儿来的防疫方法拿出来给郭大夫他们了。王安石在郭大夫这边了解完情况，带着宣讲方案去找郑主簿和楼先生他们。忙到晚饭时间，他才有空回家审问王雱。

王雱说："都是阿琰妹妹从书里找来的，说我们这一带气候潮湿，可能能用上这些方子。我不知道这些方子能不能用，所以让郭大夫找齐所有大夫开个研讨会分析分析呀！怎么了？郭大夫说不能用吗？"

王雱说得有理有据，王安石倒挑不出问题来。他斜睨着王雱："防疫和治疗同样重要，都要顾及，也是你对他们说的？"

王雱毫不犹豫地推锅："您说的呀！"

宣讲还是有用的，沈括那个小分队下乡不久，差吏们便抬着个病号回来。那是个瘦弱无比的壮年男子，肚子却挺得老高，跟怀孕了似的，一路上引来不少人围观。郭大夫平日里只在县城看病，也没见过这样的病号，人送来了他也一筹莫展。难道男的也能怀上小孩？这也太耸人听闻了吧？

王雱正在让曹立汇报近几天的情况，听到外头的动静后停了下来，带着曹立出去看看到底发生了什么事。

爱看热闹是人类的天性，这时郭大夫的店外已经里三重外三重的围满了群众。这个说“哇，真的，肚子老大了”，那个说“我看至少七个月了吧”，还有人煞有介事地讨论谁这么厉害都能让男的怀上。

王雱挤不进去，给曹立使了个眼色。曹立年纪虽小，个头儿却长得快。他强横地挤进最里头，冷着脸呵斥一声：“都回去，不要影响大夫给病人治疗！”

曹立是能把自己狠狠摔打几个月的狠人，身上有着一般人无法比拟的煞气，他一发话众人便不自觉地后退了几步。一旁的衙役也回过味来，帮着曹立开始赶人。很快地，郭大夫店外围观的人都散了，王雱才见到那个抱着肚子狂呕不已的中年男人。

那肚子果然很大，难怪会被人说怀了七个月！

沈括见着了王雱，凑过来说明情况：“我看他情况不对，叫人帮忙带回来给郭大夫看看，没想到会引来这么多人围观。”

这时王安石也赶过来了，见沈括在自己儿子身边站着，急忙问：“怎么回事儿？”

郭大夫没见过这样的病人，叫学徒去把县里其他大夫叫过来会诊。一听病征，其他大夫都陆续赶到。

王安石免了他们所有的虚礼与寒暄，让他们赶紧给病人看看。

几个人又是诊脉又是检查，很快有了结论：这不是怀孕，是肝脾出了问题，肚子里积了水。这农夫平日里性子就独，看自己肚子大起来之后更是不喜与人往来，觉得每个人都在嘲笑自己。今儿他下地干活儿时突然痛得浑身不适，在地上打滚，这才被沈适他们注意到。

几个大夫一合计，判断出这可能是“蛊胀”。

蛊，因为巫蛊而蒙上了奇异色彩，实际上在许多记录之中，蛊是一种寄生虫病。

比如《神农本草经》里面写着“治蛊毒以毒药”，《肘后方》里面写着“中蛊，令人腹内坚痛，面目青黄，淋露骨立，病变无常”，唐朝药王孙思邈更是在《千金方》里详细记录了蛊胀的症状和治疗方法：四肢浮肿，肌肤消索，咳逆腹大如水状，死后转易家人。

司马琰给王雱写防疫事项时，也特意提了这种病。说是“蛊”，其实是血吸虫。这种病极易传染，虫卵容易随着患者的粪便污染水源，随后在钉螺体内大量繁衍，通过各种方式侵入人体，感染有机会接触到这片水域的人。若是吃了没有煮熟的水产、喝了含有幼体的水，感染的概率也很大。以宋朝乡野这样的卫生状况，这种病一旦蔓延开会尤其危险。

郭大夫取来《千金方》，和其他大夫探讨这“蛊胀”的治疗方法。

王雱掏出小本本，给王安石看司马琰给他写的东西，司马琰说，一旦出现血吸虫病患者，必出派出足够人手去清理那一带的钉螺。钉螺长什么样，王雱也不知道，本子上只有司马琰给他画的图案。

王雱对王安石说：“这是阿琰妹妹在一本医书上看到的，书上说，这是肚子里长了虫子。虫子要是在这人的肚子里生了虫卵，虫卵会随着粪便排出来。要是粪便接触到水源，很快会孵化，在水里游啊游，找到这种螺子的话，它们就钻进里面去。这螺子就是蛊虫的房子，它们在里头拼命生孩子。生够了，就齐刷刷地跑出来祸害人了。这病可不能让它传染开，要不然以后男的女的全都挺着大肚子，多吓人啊！”

王安石被王雱讲得浑身发毛。他看向患者那大肚子，这要真是长了虫子，那得多少虫卵才能胀这么大！不过刚才听郭大夫他们说，这是腹水，不是虫卵。

王安石按住王雱脑袋，说：“我知道了，把螺子画给我，我叫人多画几张，等会儿让武县尉带人下去查查哪里有这些螺，都给灭了。”

如果王雱画当然画得不怎么样，好在沈括在旁边，轻轻松松把司马琰画的钉螺给“复印”了好几份。

这时郭大夫他们已经定好药方，听王安石问起去清理疫水、宣讲防疫要则需要注意什么时，他们都有些发愣。

毕竟王安石说出的传染途径在《千金方》里没有记载，而这传染途径也不知真假，所以郭大夫决定趁着病人排腹水这几天亲自带着学徒走一趟。

鄞县现在的风气大抵是被王安石带出来的，一个两个都喜欢实地考察。王雱还小，可不爱往外面跑。

沈括去的村子离得不太远，郭大夫一去一回，只用了小半天。他们还真带回了钉螺，一群人围着看了一会儿，还真有小小的虫儿从钉螺里面跑出来，一扭一扭地在水里扭动，看着怪瘆人。

郭大夫说，这村里的水域有很多这种螺，它们生命力顽强，什么脏水都能长，田里也时不时能看见。大概是因为经常看它长在脏兮兮的地方，许多人也不爱吃这个，倒是有时候牲畜会误吞。村里的耕牛就有拉痢和消瘦迹象。这个村的人脸色青黄，都有黄疸的征兆，这是肚子里长寄生虫的病征。郭大夫判断，村里怕是有不少人都感染了这个“蛊毒”，只是症状较轻，没这病人那么明显。

这事儿王雱帮不上什么忙，倒是沈括他们得忙了，下乡宣讲时尤其注重这一块，召集村民们查螺、灭螺，管理粪便和水源。可在乡野间喝生水是很普遍的事，毕竟不是谁都会费那么多柴火把水煮沸再喝，要杜绝这种情况很难，只能尽量避开可能有血吸虫繁殖的疫水。

王安石对这事儿十分重视，亲自指挥防疫工作。

郭大夫很快为染上“蛊毒”的病人对症开了方子。过去一年王安石鼓励群众多到山野采集药材，鄞县的药物储备还算充足，面对这种情况倒不算困窘。

县中豪强富户很快听说了这事儿，也听说了那耸人听闻的“大肚子病”，大家都是扎根在鄞县的人，谁家没个穷亲戚或者奴仆佃户在乡下的？顿时都第一时间派人往县衙或者郭大夫那边跑，想问问这病会不会传染。

王安石一听他们派人来问，马上动员他们也加入防疫工作里来。这些水田还有许多是豪强富户家里的呢，他们不行动谁行动？

一时间，一场堪称全县总动员的灭“蛊”行动在鄞县境内全面展开。邻县途经鄞县的商贾们第一个得知消息，也忙回去询问自家佃户有没有出现男人大肚子的事。

这事儿若只是发生在乡野之中，又或者病人的病征没那么引人注目，很可能不会引起任何重视。毕竟，一个普普通通的百姓，病死了也就病死了，或许他们到死都不会到县城去找大夫看病，顶多找路过的赤脚大夫瞧瞧——能不能碰上还得看缘分。

可鄞县县学那几个学生明晃晃地抬着个病人回县城，闹得鄞县满城皆知！“男人大肚子”着实太耸人听闻了，足以惊动鄞县的豪强富户。他们发现自己入口的东西很可能也会沾染虫卵或幼虫，自然非常紧张，主动协助鄞县县衙展开防疫工作。其他县的豪强富户自发加入，这才让“除蛊防疫”这事儿辐射般蔓延开。

明州知州得到消息的时候，已经有不少主簿主动跑鄞县取经去了。随着消息一同送上的还有王安石详细记录这次防疫安排的文书。

知州没敢耽搁，快马加鞭把这份防疫计划往上送。这个时候，连周围的婺州、越州、台州、杭州等地都听到了相关的消息，派人骑快马过来询问明州知州具体怎么操作。

长江下游流域的防疫工作如火如荼地展开着，王安石的文书也加盖了明州知州的印子，一路送往开封。

开封的春季也潮湿多雨，知府张尧佐一直紧张地关注着各项疫情，生怕在自己任开封知府期间出什么大问题。这天子脚下的天灾都不是天灾，是人祸，得有人背锅！

张尧佐忙完一天的工作回到家，妻子出来伺候他更衣之后，便把入宫见张家侄女的事情告诉张尧佐："侄女说，官家有意册封她为贵妃。这短短几年的，侄女就得如此恩宠，我心里总不太踏实。"

张尧佐道："我这侄女自幼在宫中长大，温柔娴美，能得官家喜欢挺好。"夫妻俩说了会儿话，便睡下了。

第二日官家却召张尧佐入宫，说有事要相商。

张尧佐急匆匆地赶过去，官家给他看了份防疫方案，说是从两浙路那边送过来的。

官家道："虽说京中没发现这蛊胀患者，你也可以拿去参详参详。"

这王安石年纪虽轻，写起文章来却犀利又清晰。官家宠爱张妃，对张尧佐也十分看重，他本就是仁厚的君主，得了这防疫方案自然想让张尧佐也依样画葫芦地推行下去。

张尧佐连忙应下，带着防疫方案回衙门安排任务去了。

司马光下衙后与同僚小聚，听茶坊里的人说开封府衙出了新的"防疫令"，觉得有些稀奇，细细问了具体章程，回到家后也和妻子张氏说了说。

司马琰在一旁越听越觉得熟悉，不由问："这是从鄞县那边传回来的吗？"

司马光奇道："为什么这么问？"

司马琰一听，明白了，司马光还不知道。她只能说："我觉得很新鲜。"许多新鲜的事都和鄞县那边有关。

司马光很快也知道了这套防疫方案的来源，因为他收到了王安石写来的长信。

王安石在信里先跟他道了歉，说最近忙得脚不沾地，没时间写信，心里也甚是想念。随后王安石才把这个春季做的事原原本本地在信里给司马光说了一遍，司马光虽然没去鄞县任职，却跟去了鄞县没两样！

司马光也任过知县，不过那是在他恩师庞籍手底下做事，没做两年就跟着恩师进京任职了，地方经验很少。听闻王安石在鄞县干得如火如荼，司马光竟也有种想到外边历练历练的冲动。有王安石摸索出的这一套经验在，他应该也可以做好吧？

司马光把信仔仔细细看完了，又把最近京中发生的事写在信中与王安石交流。

王安石忙完了，也有空料理这段时间天天偷奸耍滑的儿子了。他这儿子正事不干，歪脑筋倒是多，居然伙同沈括找了鄞县一群穷书生分批画什么卡牌。

纸牌的话年节时王安石也会玩，这东西有贵价有贱价，可以有彩头也可以没彩头，人人都玩得起。王安石一年从头忙到尾，不是在办公就是在看书，节假日自然得和家里人一块儿玩。但卡牌的门道，王安石就不太懂了，决定先暗中观察观察。

王雱不知道自家老爹又开始闲下来盯着他，他已经和沈括合力把《三国杀》游戏框架定好了，把卡牌分好类外包给鄞县的穷书生们，算是给他们找份外快。

没办法，眨眼又过了一年，沈括已经十七岁，他对家里说是来鄞县念书的，总不能天天不念书只顾着画画赚钱。

有沈括和王雱定好的基调在，收上来的稿子都挺不错。沈括有些吹毛求疵，精益求精地打回几份画稿要求返修，还揪出了两个抄袭的——论博闻强识，鄞县里头还真没几个人比得过沈括，你上哪个旮旯抄他都能给你扒出来。

沈括虽然年少，板起脸却有点儿凶残主策的模样："诚信交画，以后还有活儿给你们画，抄袭的，糊弄的，再没你们的事儿了！"

王雱美滋滋的，事都有人干了，他躲在背后赚点钱就好。察觉最近王安石忙完了，王雱收敛了不少，乖乖待在家里看书，瞅瞅书里有什么有趣的东西可以挖掘。

迈入七月的时候，书坊那边来了消息，说《黄金国》校印完毕，可以开始上架了。沈括不是第一次出书，但是听到这消息时还是非常期待，对王雱说："不知道这次能不能卖好。"

王雱说："正好赶上七夕，京城热闹着呢，方叔肯定能趁机炒作一波。"

沈括跟王雱混多了，对营销啊、炒作啊之类的手法也很熟悉了。他本来就是心思活泛的人，对这些倒没多大反感，心里反而还有种跃跃欲试的期待。

方洪不愧是商人，心思比谁都灵活。自从被王雱点亮了营销技能，他无师自通地掌握了不少炒作方法，比如这回沈括出了《黄金国》，他便去番巷找了些外邦人托他们到书坊门前进行一些表演。

在宋朝，外邦人的出现并不算稀奇，开封城的居民们更是见怪不怪。不过，这些外邦人齐聚在书坊外头就有些稀奇了。书坊不是卖书的吗？怎么会请外邦人过来表演？所以，哪怕这些表演都很业余，唱的歌开封城居民听不懂，做的东西开封城居民吃不惯，还是吸引了不少围观群众。这些围观群众中有一些是看过《三顾茅庐》和《蹴鞠少年》的，得知书坊又出了沈括的新书，不少沈括的书迷都第一时间抢购。

这就是免费的托儿了，有些原本不想买书的人见他们兴冲冲地去买，免不了要问上几句。

书迷们立刻自发地把《三顾茅庐》和《蹴鞠少年》介绍给他们，以前没买过的人，翻看了最薄的《三顾茅庐》，瞬间被精彩的故事和漂亮的画工吸引，一口气把三本都买了回去。

几天下来，看完《黄金国》的人回到书坊门口看那些外邦人，顿时感觉完全不一样了，甚至还有勇气尝一尝那个浑身黑漆漆的家伙做出来的手抓饼！书里写过的，这些昆仑奴人人都能养大象，打仗也骑着大象去打，十分粗犷，怪不得吃饭都用手抓！

七夕是妇人和女孩们的节日，街上到处都在卖乞巧有关的货物。这一天，小儿可以摆些笔墨纸砚“乞聪明”，女孩则可以摆些针线箱筒“乞巧”。

张氏也带着司马琰上街去买乞巧用的东西。司马琰在路上看到不少“磨喝乐”，这是一些憨态可掬的小佛像，泥塑的，颇为可爱。张氏见她多瞧了几眼，还问她要不要买一尊回去。

母女两人正在御街上逛着，忽听有人说城外有热闹可看，是昆仑奴在表演训象，要是胆子大又敢花钱的话还可以亲自骑一骑哩！张氏没见过大象，闻言也有些意动，回家叫了司马光一起到城外去看象。

司马光向来疼女儿，自然欣然应允，带着张氏和司马琰出了城。看象的地方离得不远，周围居然摆了书摊和座位，群众逛街走累了可以过去看外邦人表演，顺便买一本《黄金国》回家细细品读。

司马光一看，明白了，大象不过是噱头，这明摆着是想推广《黄金国》这本书，顺便带动其他图书的销量！

临时架起的方台上，方洪见人聚得足够多了，当场把年度消费最高的“书香客”挑出来，派人把《黄金国》《蹴鞠少年》《三顾茅庐》的原稿和特制精装本送给他们，在现场的直接给，不在的直接送上家门。这可把不少已经成为沈括忠实书迷的人眼红坏了，他们暗暗决定以后要买书都到方氏书坊去。消费不多也没关系，接下来还有抽奖活动，参与互动免费送新书！

司马光也抽中了问答机会，在自家女儿景仰的目光中拿下了一本崭新的《黄金国》。

回到家后司马光自己把书看了一遍，便把它拿给女儿看了。这年头娱乐少，司马琰虽不是爱玩的人，却也乐于看看沈括的新作。

张氏陪着女儿一起看书，断断续续看了两天才把《黄金国》看完，晚上睡觉时还和司马光念叨："不知这玉米是不是真那么好吃，据说放在锅里蒸一蒸就能吃，不费事，还甜嫩可口。还可以用来做饺子，"张氏翻了个身，看着司马光近在咫尺的侧脸说，"要是真有这个玉米就好了。"

司马光约莫是被张氏念久了，第二天下衙后竟找鸿胪寺的"外交官"好友结伴绕去番巷问了一圈。司马光不仅学了几句外语，还带回了一些种子：胡荽、胡豆和胡萝卜。

胡荽和胡豆，其实早就有了，又叫香菜、豌豆。这胡萝卜倒是很新鲜，长得和萝卜很像，叶子却细细的，长出的萝卜也小，颜色更是稀奇，橙红橙红的，瞧着很鲜艳。那些外邦人说，这是他们家乡爱吃的，新鲜时吃口感爽甜，味道最佳。

司马光知道女儿素来最爱侍弄花菜药草之类的，与好友分别后便带着种子和几根红通通的胡萝卜回了家。回到家，张氏和司马琰都围上来看司马光弄到的种子和胡萝卜，张氏有些犯愁："这胡萝卜怎么吃？"司马光早问过了，应答如流："据说用来煎蛋或者摊饼子都可以。"张氏麻利地拿去张罗。

晚饭时间，司马琰吃上了胡萝卜煎蛋和胡萝卜煎饼。

司马琰晚上给王雱写信，还往信里塞了些司马光给他弄来的种子。现在七八月了，很多东西不好种，不过鄞县那边气候好，搭个棚子应该能种活，拓宽一下食物种类也挺好。

连司马光家都如此，其他人更不必说。经方洪连番动作，《黄金国》爆发出比前两本书更高的热度。主角怎么样许多人都不关心，他们被那一次又一次的奇遇吸引了眼球，尤其是见过了那么多可以作为确凿证据的外邦人之后，他们感觉那个遍地黄金珠宝的"黄金国"是真正存在的。

还有，最后那两种粮食看起来真的很好吃啊！为什么要详细描述它们的吃法，为什么要描述它们的口感，为什么要把众人吃着烤地瓜的陶醉表情画得那么惟妙惟肖……

一时之间，到处都在议论玉米和地瓜，甚至还有士子因"玉米好吃还是地瓜好吃"这种子虚乌有的问题大打出手。国子监的胡瑗胡校长其实早早拿到了《黄金国》，不过他对这种书不太感兴趣，一直没看。直至国子监上下都开始讨论这书之后，胡校长才回家拿出书来从头到尾看了一遍。看完之后，胡校长盯着最后两幅玉米和地瓜的“全身照”，有些出神。他是从底下走过来的，最清楚粮食的产量对百姓来说意味着什么。

像江南这些地方是鱼米之乡，天灾再大也伤不了根本，别的地方可不一样，来点天灾人祸对许多人来说就是破家之痛。胡瑗记得自己曾在某地看到被亲生父母溺毙的婴儿——生下来养不起，如果执意要养，就是全家一起死。这种情况在许多穷困的地方并不少见。

若真能找到产量高、易栽种的新粮食，那真是造福百姓的大好事。朝廷的海船过去出海时不知有没有把异邦的粮种带回来试着种一种？哪怕找不到这传说般的玉米、红薯，找到有它们一半好的作物也行。

胡校长想着想着，猛地回过神来。他合上书，看了眼封面上的“黄金国”三个字，心中感叹：果然是黄金国啊，连他这种年近六旬的人看着都生出点想要扬帆远航的豪情壮志来，难怪那些年轻人看了会那么激动。

胡校长到底没给学生们下禁令，默许了让他们继续讨论这令人怦然心动的“黄金国”。大宋的未来，是属于这些年轻人的！

同是七夕，王雱无心准备什么“乞聪明”，因为吴氏要生了。王雱从进入预产期开始就急得团团转，恨不得寸步不离跟在吴氏身边。

真到了要生这天，王雱却一点办法都没有，才五岁的小豆丁，总不能跟进产房去吧？跟进去了他也帮不上什么忙啊！王雱怂恿他爹进去给他娘加加油，结果他爹才从进去没几秒就被吴氏和稳婆们赶了出来，说男的不能进产房。

父子俩只能一起在院子里团团转。好在这是二胎了，吴氏生产没遭什么罪。晌午用饭后临盆，天没黑就生出来了。孩子刚出生时没哭，被稳婆轻轻拍了两下屁股才哇的一声哭了出来，哭声还响亮得很。

王雱马上冲了过去，仗着个子小先挤到床边拉吴氏的手：“娘，你怎么样？还疼不疼啊？有没有哪里不舒服？”

吴氏刚生产完，哪有力气回答他这么多问题，只能虚弱地躺在床上，感受着儿子手上传来的温度，低声赶人：“产房污秽，你一个男孩子怎么能进来？”

“哪里污秽了，谁不是产房里出生的，难道人人都出生在污秽之地不成？”王雱才不信这些歪门邪说，他见吴氏精神还好，也没出现出血情况，这才转头问稳婆，“是弟弟还是妹妹啊？”

稳婆刚才都被突然蹿进来的王雱吓呆了，老半天缓不过神来。她们忙说：“小祖宗哟，你怎么进来啦？”

“我是我娘的儿子，我怎么不能进来见我娘了？”王雱哼哼两声，跑过去踮起脚要看弟弟妹妹。

稳婆能有什么办法，只能弯下身给王雱看，口里报喜：“是个妹妹，我觉得应该有六斤多。”这重量的小孩在宋朝算重了，亏得生产顺利，要不然还不知道吴氏要受多大罪。

王安石也按捺不住进来了，听到“是个妹妹”，也很开怀。虽然不少人都追求儿子多，但养过王雱这么个儿子之后，王安石觉得自己没有更多心力再教另一个这样的混世小魔王。女儿好，女儿多宠宠也不怕她娇气，女孩子娇气些多可爱。看看司马光吧，一天到晚在信里炫耀他女儿乖巧聪明。

王安石有过抱孩子的经验，伸手抱过女儿，坐到床沿让吴氏看看女儿。他们双方的长辈都远在别处，月子期间只能让张婶来照料，许多旁人避忌的事他们家自然不会在意那么多。

稳婆见王安石父子俩都没把自己前面的告诫当回事儿，想再说两句，看着他们一家人其乐融融的模样又把话咽了回去。算了算了，人家自己都不在意，她们这些外人又何必开口当恶人呢。说实话，自己当初也是一路生孩子生过来的，每回刚刚生完孩子，丈夫问的第一句永远是“男的女的”，哪会往床上看一眼？王知县不仅为政勤勉，当丈夫、当爹也是堪称楷模！稳婆退了出去，向一直忙前忙后的张婶叮嘱了一些月子期间应该注意的事情。

得了个妹妹，王雱像是多了个新玩具一样，每天起床第一件事就是跑去瞅瞅妹妹，妹妹稍稍有个脸红身子热，他马上紧张得不得了，直接跑去把郭大夫拉过来。

郭大夫自己都笑着调侃：“看来我以后不用做饭了，天天来县尊家蹭饭就好。”没办法，查不出毛病，诊金不好收，只能蹭顿饭了事。

王雱一点都没有不好意思。想要过得好，脸皮不能薄！想要混出头，脸皮必须厚！

妹妹还没出生，王雱就天天跑去找木匠们和铁匠们玩耍，准备给妹妹打造点东西。妹妹小的时候，自然得有婴儿床、小推车。

虽然王雱在现实世界中没有孩子，但他有个弟弟啊！小孩子什么阶段该准备点什么他还是知道的。而且知道是妹妹之后，王雱又把各种设计修改了修改，才叫人一件件地把东西搬回家。

小妹还小，但听话得很，每天除了吃就是睡，不闹腾。王雱让吴氏把小妹放进木匠精心帮他打造的婴儿床里，美滋滋地趴在旁边看妹妹吐泡泡玩。

王安石看王雱跟蚂蚁搬家似的，每天哼哧哼哧地往家里搬东西，不由背着王雱和吴氏说：“还以为家里有个小的他会消停些，我怎么觉得他更能闹腾了？”

吴氏横了他一眼，说：“雱儿怎么闹腾了？雱儿叫人做的这些东西我觉得都挺好，他疼妹妹还错了不成？”

王安石闭了嘴，默然地看吴氏给儿子女儿做手工绒毛小熊，非常大的两只，一只有儿子那么大，一只则有女儿那么大。也不知王雱从哪儿听来的，居然对吴氏说小孩子会喜欢熊娃娃。熊娃娃哪里可爱了？等它长大能一爪子能把人拍死！

直至收到司马琰的信，王雱才从“我有妹妹啦”的巨大喜悦里稍稍找回点理智。这个时候他已经着手给妹妹准备了一溜玩具设计图、启蒙绘本出版规划，他美滋滋地给司马琰列了个清单，想和司马琰讨论讨论有没有什么遗漏的地方。

忙活完宝贝妹妹的事，鄞县也迎来了丰收的季节。

自打春季组织学生下乡进行防疫宣讲之后，楼先生迷上了实践课，秋收季节特地带着沈括他们到学田里感受农夫的辛苦。而王雱则因为经常去骚扰妹妹，被王安石赶出家门玩儿，他只能熟门熟路地去到学田那边当看客。

所谓的学田，是朝廷分配给各地州学、县学用来供给学校运作用的，现在变成了楼先生十分喜爱的实践基地。

看着沈括好端端一个单眼皮薄嘴唇的花样美少年被晒黑了不少，一画百金的宝贝手掌被稻梗弄得发红，王雱诗兴大发，蹲在沈括旁边吟诗一首：“锄禾日当午，汗滴禾下土。谁知盘中餐，粒粒皆辛苦！”

沈括和他周围的同窗们简直想把没晒过几天太阳、把自己养得白白嫩嫩的王雱摁在泥地里摩擦摩擦。见过拉仇恨的，没见过这么爱拉仇恨的！你看热闹就看热闹，念什么《悯农》啊！还有，这是锄禾吗？这是收割啊！

偏偏楼先生还是个偏心的，踱着步子走过来听了王雱背诗，点着头夸赞：“不错，就是这个意思，感受感受耕作的辛苦，才不会心安理得地坐在高堂酒宴之上高谈阔论。”

真的好想把这小子摁到泥地里摩擦摩擦啊！

王雱拉够了仇恨，也学着楼先生的模样背着手踱着步子在田垄间走动，欣赏学子们挥汗如雨地辛苦劳作。

楼先生走了半圈，才觑见身后缀着的小尾巴。他扭头看了王雱一眼，笑着问：“今儿怎么不在家陪妹妹玩了？”

“我爹嫌我扰着妹妹睡觉，把我赶出来了。”王雱说得可委屈了。

“你叫人做的那些小玩意儿不错，你师兄的孩子也快出生了，你师娘也想让人做一套给你师兄的孩子。”楼先生既然是王雱的老师，两家自然没少走动。他家儿女不少，孙子、孙女、外孙、外孙女陆陆续续都会多起来，他妻子见王雱准备的东西又巧又好，自然动了心思。

王雱宝贝自己的妹妹，爱屋及乌地也喜欢别家小孩。他拍着小胸脯说：“没问题，包在我身上，回头我就叫人做一套送到老师家里去！”

王雱跟着楼先生巡视完学田，又跑去找木匠。

木匠姓李，是个老实人，干了一辈子的木工，家里有个七十多岁的老母亲。前些年，他娶了个老婆，生了个孩子，老婆虽然有些泼辣，但是心地好，懂持家，一家人也算圆圆满满。他觉得自己这一辈子就这样过下去也很好，没什么遗憾，也没什么不开心。

他做每一件东西都很认真，做工非常好。在王雱看来，他做的不是产品，是艺术品！换了别的木匠来做，做出来的婴儿床和玩具很可能会藏着倒刺什么的，根本不适合给小孩用。

听到王雱又给他拉来了个生意，李木匠憨憨地笑道：“多谢小衙内了，我会尽快帮楼先生做出来。”

王雱笑眯眯：“谢啦。”

李木匠和王雱提起另一件事。县尊家添丁进口，不少人都登门去祝贺。一些家境殷实的人见那婴儿床精巧漂亮，也想给刚出生或者即将出生的孩子做一张，都遣人来问李木匠能不能做。

这要是其他木匠那肯定直接给做了，李木匠不一样，他祖上就是做木匠的，最不耻那些仿做之人，所以王雱过来后他主动询问王雱这婴儿床能不能给别人做。

王雱听了爽快地说：“成，你给他们做吧。”李木匠这实诚人定价一向低廉，除去木料成本已经赚不了多少，王雱不介意送他几张图纸。事实上许多图样他早就让人送到了方洪那边，让方洪帮忙寻找合作对象。开封有钱人多，愿意在这些东西上花钱的人比鄞县多多了，勉勉强强能让他蹭点专利费吧！

这时郑思和武兴一个结束了“实践课”，一个结束了训练，齐刷刷跑到木匠铺外头找王雱。

小伙伴们找来了，王雱挥挥手和李木匠道别，生龙活虎地跑到外面玩去了。

进入官场之后，王安石的日常是这样的——

某个上官升迁了，写个贺文祝贺一下。

某个朋友来信探讨问题，写个回信答复一下。

某天读书读到个令他拍案叫绝的点子，立刻写封信给好友说道说道。

总之，给王安石送信的信差每天都很忙。

这天王安石收到一封特殊的来信：曾巩替王安石父亲写的墓志。

这年头，墓志是非常重要的。有点儿文化的人都会找相识的文化人给写一篇，吹吹亡者的功绩、吹吹亡者的品行、吹吹亡者一生的成就。

这墓志吹得好了，长眠地下的人面上有光，子孙后辈也面上有光！

王雱的祖父宝元二年就已去世，灵柩暂时浅葬在江宁府。王安石为官之后一直在往上打报告，申请回去葬父，但一直没被批准。去年入冬后，王安石又给上头打了报告，这回上头终于批复了，允许他今年秋季某天回江宁葬父！

可现在上头批复的日期到了，王雱妹妹却刚出生没两个月，吴氏才刚出月子啊！王安石有些发愁，上书时他不知道吴氏怀上了，自然不会预料到这样的情况。

吴氏道："要不你带雱儿回去一趟吧，家里有张婶她们在，肯定顾得过来。"

到底是朝廷批示的日期，总得回去挑个好地方、好日子把王雱祖父的灵柩下葬。

王安石点头道："那我带他回去见见他祖母。"

王雱刚和沈括最后一次复核完《三国杀》的卡面终稿，听说王安石要带他回江宁府，心里颇为不舍。王安石又暗中观察到王雱陀螺似的忙活：把收信、送信的事交代给曹立，把与书坊接洽的事交代给沈括，把蹴鞠赛事宣传交代给郑思和武兴。别看王雱人小，手上的事可多了，好在平时他也只需要出出主意，并没有参与太多，所以脱身并不难。

王雱最放心不下的自然是他妹妹，他把张叔张婶叮嘱了一遍，又把左邻右里都拜访了一遍，接着，还跑去找郭大夫拜托郭大夫定时上门给他妹妹做体检。

王安石取笑他："你可比我这个知县还忙。"

王雱才不理他。

父子俩轻装简行，没什么需要特别准备的，各自背了个小包裹就上路。倒是吴氏一直不放心，临行时还亲自烙了几块饼子让王雱带着路上吃。

沈括也跟着他们一起前往杭州。快年底了，县学一些士子刚考完秋闱，夫子们忙着给他们开最后的小灶，好让他们明年开春上京赶考去，其他学生的课都先停了。

已经是十月末，天气转凉，沿岸都是黄叶飘零，一派秋凉景致。哪怕是坐在客船上，王安石也手不释卷，他们的行李里头最重的就是书。

三个人在水路上走了一天多，便从鄞县到了杭州。到沈家用了顿饭，两父子便辞行继续往苏州走。

没了沈括这个外人在，王安石的书痴本性更加暴露无遗。他前段时间刚得了杜甫遗诗两百余篇，每日在船上捧读揣摩，颇有如痴如醉的势头。王雱悄悄凑过去读了几首，没读出太多滋味来，只能老老实实地继续看楼先生给他布置的“作业”。

王安石见他时不时往自己这边瞄几眼，不由教训：“不知道的人还以为你屁股底下藏了钉子，总那么坐不住。”

王雱矢口否认：“我没有。”

王安石斜眼看他。王雱只好积极向王安石请教杜甫诗的妙处。

提到自己喜欢的东西，王安石脾气好了不少，挑了几首特别喜欢的给王雱讲解。王安石和沈括一样喜欢看书，满肚子都是史籍经典，对杜甫的生平和每首诗的背景都烂熟于心，讲得那叫一个详尽精彩。

王雱以前只晓得杜甫是李白迷弟，一天到晚“呈李白”“赠李白”“梦李白”“忆李白”之类的，还真没仔细了解过杜甫的诗和他的生平。王安石仔仔细细一讲解，王雱就懂了。这也是一位常驻九年义务教育教材的文豪啊！

王雱蠢蠢欲动，悄咪咪地提议：“爹你给我讲的这些东西，可以写一本书了。”

王安石瞅了他一眼，没说话。

王雱乐滋滋地说：“爹你是不是已经开始写了？”他积极怂恿，“这么多好诗，这么厉害的人物，多值得写一本书好好夸啊！回头把稿子送到方叔那边去，一准能让更多像我这样不知晓这些诗、不知晓诗圣生平的人读完就了解他！”

王安石淡淡地说：“再说吧。”

父子俩一路乘船到了苏州，王安石领王雱去拜见苏州知州梅挚。这梅挚与王雱祖父是同年，王雱祖父生前与他交情还算不错，王安石这算是领着儿子去见长辈。

既然是晚辈拜见长辈，长辈当然是先关心王雱这个小孩。王雱表现得很乖巧，梅知州问什么他就答什么，顺利赢得了梅知州的喜爱。剩下的，就是大人的事了。

王雱在一旁美滋滋地吃着苏州特有的各种美味糕点，听他爹与梅知州先是回忆回忆他祖父，然后他爹吹捧吹捧梅知州的过去，梅知州夸赞了他爹治理鄞县的能耐，可套路了！

不过套路归套路，王雱还是从对话里听出了梅知州的秉性，这是个清正廉明的好官。梅知州在南方当官时那边瘴疠横行，百姓一旦染了疟疾就会死去；可当官的也容易染五种瘴气——好吃、好财、好色、好强加租赋、好滥用刑狱。这五种“瘴气”染任何一种，都会导致民不聊生、天怒人怨。

人的性格是很容易受环境影响的，比如王雱以前从小被寄予厚望，他的一生几乎都是按照父母的期望去成长的，几乎连他自己都忘了自己的本性；而他爹显然也一样，从小接触的都是梅知州这样的人，免不了也会向清正刚直、疾恶如仇的性格靠拢。每回他爹尝试新手段，出发点都是为了百姓和朝廷。

王雱到这个时代来的时间也不短了，他陆陆续续听说了前些年开展的“新政”是什么结果：主持者、参与者全都被外放了，新政无声无息地被全部废除。

主持者范仲淹，现在已经被调到邓州当知州去了！可想而知，他爹未来的变法也不会轻松。尤其是他爹想法那么多又那么超前，结果可能会比范仲淹还惨烈。可以他爹的脾气，想拦着他别搞变法肯定是不可能的。

王雱正对着一片桂花糖糕发愁，梅知州恰好给王安石提了一件事：“今年我也要到别处去了，接任我位置的是杭州知州蒋堂。我听说，范公会从邓州调任杭州。”

王安石听了，精神一振：“兴许我和雱儿回鄞县时能见范公一面。”

王雱祖父生前在江宁任职，宅院也置办在江宁，王雱祖母一直住在那儿，由王安石几个弟弟在身边侍奉。既然回了江宁，自然得陪王雱祖母过个年。

明年开春他们父子俩回鄞县时，范公应该就从邓州迁到杭州了！

王雱听到这事儿也觉得很棒。范仲淹哎！范仲淹主持新政的时候可牛了，他试图把官吏的“铁饭碗”变成考核淘汰制——

冬天来了，又到了朝廷考核的严冬季节，范仲淹一手拿着本官吏生死册，一手拿着朱红判官笔打叉叉。看一眼，这个不及格，画掉！再看一眼，那个也不及格，画掉！画掉画掉，统统画掉！革职，除名，开除你啦！不管你是十年寒窗苦读考来的功名，还是跑关系走后门进来的，能力不达标全都淘汰！

这可真是捅了马蜂窝，一下子闹得群情汹涌，新政根本搞不下去了。毕竟这些官吏都是千百个家庭辛苦供养出来的，是他们全家人的希望，你把人家全家人升官发财的希望给掐了，人家能不闹吗？

对于这位敢于捅马蜂窝的大人物，王雱是十分敬佩的，也完全相信九年义务教育里要背的那句“先天下之忧而忧，后天下之乐而乐”绝不虚假。这样的大人物，见一见绝对能升华一下他庸俗又污浊的思想！

王雱带着期待和王安石一起回到江宁府。还没进家门，他们就看到有大夫行色匆匆地往王家走。王安石心中一紧，见领着大夫的是弟弟王安国，忙上前问：“平甫，怎么了？”

王安国转头见是兄长归来，又惊又喜，如实说道：“母亲与兄长都病了，我寻大夫来给他们瞧瞧。”

这母亲自然是王雱祖母。他们母亲吴氏，乃是王雱母亲的姑母。而这兄长王安仁却是他们的异母兄弟。王安仁母亲徐氏早逝，王雱祖父续娶了王雱祖母。

他们这兄长性格直烈，平日里不苟言笑，学问极好，江淮一带不少人慕名来向他求教。今年秋闱王安仁名次很不错，开春便可入京参加春闱，春闱若再中了，便是进士了！

听说母亲和兄长齐齐病倒，王安石心中担忧，急忙领着王雱入内去见他祖母，并让大夫快些看诊。王雱记事以后还是头一回与江宁这边的亲人见面，可惜阖家上下都有些兵荒马乱，压根儿来不及让他好好认人。王雱向病倒的祖母问了好，目光便落在屋里的两个小女孩身上。

两个小女孩中年长些的约莫十岁，年幼些的七八岁，都比他年长一些，长得眉清目秀，一看就和他一样长相随娘（毕竟他爹和他几位叔父脸都偏方，想来大伯肯定也一样）！

王安国给王雱介绍：“这是你大伯家的元娘和二娘，你要喊她们大姐姐和二姐姐。”

漂亮的小娘子看着就让人开心！王雱两眼一亮，乖乖巧巧地喊人。元娘和二娘对王雱这个小堂弟印象也颇好，上前拉王雱去找其他堂弟堂妹玩。

王雱认了好几个大大小小的兄弟姐妹，本来想摸出初始版的《三国杀》来热闹热闹，可一试探兄弟姐妹们的认字水平，放弃了。他决定舍命陪君子，陪兄弟姐妹们玩简单好玩的五子棋去！

他真是个体贴入微的好兄弟啊！

第六章

师从范希文

家里病倒了两个人，自然不好为王雱祖父迁葬，长兄倒下，长嫂性格怯懦，吴氏又不在，王安石自然成了家里做主的人，过年的迎来送往都得他来张罗。

王雱在几个兄弟姐妹之中不算最小的。虽然其他人都一块儿长大，可所有人都围着他转，他这个堂兄弟倒像是外客了。而王雱也不费吹灰之力又成了孩子王，每天领着人爬树下塘、上房揭瓦，闹腾得不得了。他最出名的还是下得一手厉害无比的五子棋，方圆十里的小孩没一个人能赢他！

江淮之地关扑之风盛行，所谓的关扑就是有事没事下个注赌一把，比如走在路上手痒了，你可以掏出几个铜钱，拉几个人来赌是正面还是反面！为了遏制这种好赌风气，朝廷还立法规定以财物赌博的按偷盗罪论罚，你压了多少钱就算你偷了多少钱！好在法理不外乎人情，几个重大节日，如春节、寒食、清明等都是开放赌博许可的，这些日子朝廷大臣们也都休假，可以约在一起打叶子牌（类似麻将），合法赌博，文明联谊。

腊月初至，江宁府飘起了雪。碰上大寒这节气，照例开放关扑三天，江淮的孩子们都裹得跟圆球似的，聚在一处小亭子下棋，而且还是五子棋。王雱照例大杀四方，一点都没有欺负小孩的愧疚感，反而还美滋滋。

这段时间王雱和元娘她们混熟了，大致也摸清了江宁府小屁孩们的食物链构造：其中有两个小屁孩特别皮，见元娘和二娘长得好，便时不时想法子来欺负元娘和二娘。其实元娘和二娘也是有护花使者的，只是年纪都小，奈何不了这两个小混账。

王雱今天设这场关扑，就是冲着其中一个小混账来的。这小混账已经上钩了，狠输了一场。

小混账还有点儿气节，哼哼着说："说吧，你要我做什么？"

王雱把小混账领到僻静处，这样那样地说了一通，从口袋里掏出前几天从别人成亲放的鞭炮堆里捡来的几个小炮仗，使出激将法："怎么？不敢就算了，你现在去冲着所有人喊一句，你是小狗汪汪汪就可以了！"

天大地大，面子最大！小混账说："谁说我不敢了？你等着，我保证做到！"

两个小混账是好朋友，连对方什么时候上厕所、上厕所时爱蹲哪个坑都知道。

王雱让其他人趴在矮墙上远远地观察，只见另一个小混账如期来上茅厕，这茅厕的构造很简单，上头两根宽木横着，底下是粪坑，周围都是悬空的。赌输的小混账小心翼翼地靠近，趁着里头的家伙没注意，点着一把炮仗冷不丁地往里一扔。这炮仗引子短，几个炮仗一起点绝对是作死！小混账手抖得不行，扔完立刻拔腿就跑！

砰砰砰砰砰！几声闷响从茅坑里头传来，看来炮仗还是扔到位了！

等里面跑出个光屁股的家伙，王雱就立刻拉着元娘她们跑了，口里说："不能看，不能看，看了会长针眼！"元娘和二娘都笑了起来。她们这小堂弟鬼点子可真多！

王雱替元娘她们出了口气，神清气爽得很，回到家还拉着他爹、他叔、他大伯一起来下五子棋。

他大伯是个非常严肃的人，脸皮绷得比他爹还紧，下五子棋的姿势都笔挺如松，每下一步还得考虑许久。别的小孩都怕他，可王雱不怕。王雱特别喜欢用五子棋把他大伯逼得开口说："这下法有辱斯文！我们来下正经的。"可王雱头摇得跟拨浪鼓似的："不下，不下，我还是个孩子，我不懂下棋。"最后气得大伯王安仁病都好了。

王安仁去找王安石说他们这侄子天资聪颖，就是没放在正路上，得好好管教。王安石还想着怎么找机会教育教育王雱呢，恰巧有人带着孩子过来告状，说王雱撺掇人往茅厕里头扔炮仗。

王雱一脸无辜地被喊出来，看到两个小孩咬牙切齿地瞪着自己，一个扭来扭去好像觉得自己身上臭臭的，一个也扭来扭去看着就像挨过揍。

王雱眨巴着眼，满脸开心地望向那扔炮仗到粪坑的小孩，仿佛看到了最好的玩伴："是你啊，我们接着玩吗？"

"就是他，就是他让我扔的！"小混账挨了一通揍，心里委屈极了，他只是愿赌服输，凭什么只揍他。另一个小混账抡起拳头要冲上来揍王雱。

王雱麻利地躲到大伯王安仁身后，没办法，他着实不太信任他爹，很怀疑他爹会借这个机会让别人揍揍他。王雱弱小可怜又无助地攥着王安仁的衣角，仰望着一身正气的王安仁说："大伯，他们怎么一来就想打人啊？"

领着小孩来告状的家长把事情的原委给王安石兄弟俩说了，齐齐看向表情依然很无辜的王雱。

王雱对王安仁说："我们当时赌的是赢了的可以让输了的做一件事，要是不愿意做，说一句'我是小狗汪汪汪'就过去了，是他自己愿意做的啊！当时可多人在场了，不信可以把其他人喊来问问。"王雱一脸唏嘘地煽风点火，"我以为他们关系这么好，他肯定不会答应炸茅坑的，没想到他宁愿炸自己好朋友一身粪也不愿意丢点面子，可能他心里一直都看不惯他朋友，又不好意思说出口吧！”

王安仁也知道这两个小混账平时欺负自己女儿的事，他板着脸说：“你们都听到了，阿雱还小，虽然他提出的赌注不对，但你的孩子又不是没得选，他自己不想做阿雱还能押着他去做不成？”

听罢两家人灰溜溜地走了。才走到门口，两个小混账就已扭打到一块儿，你一拳我一拳地往对方身上招呼，根本顾不上自家家长在场。

王雱也被王安石拎去书房抄书。王雱抄完，就在书房里翻翻找找，找出祖母存放着的王安石练字“遗迹”。他噔噔噔地跑去找祖母，问祖母这是他爹几岁练习的。

等他爹从外面回来，王雱就把“遗迹”摆到桌上，又把自己字写到一边，一脸骄傲地说：“爹你骗人，你十岁的时候写的字还没我写得好！”

见王安石一脸想揍他的表情，王雱麻溜地躲到祖母身边找靠山。

王雱祖母是吴氏的姑母，对王雱自然分外喜爱，每天被王雱过来闹腾一会儿，病也渐渐好了起来。只是这都腊月了，迁葬的事不好再办，只能等下回再回来选日子了。

王雱祖母对王安石说：“雱儿还小，你别老逼着他写字背书，小孩子嘛，多玩玩挺好。”王安石无奈地说：“他这小子，三天不打上房揭瓦。”王雱可一点都不在意王安石的评价，殷勤地给祖母捏肩捶背，坚决不给王安石揍他的机会。

第二天，所有小孩都听说了那混账二人组打起来的事，两个混账拆伙啦，简直“普大喜奔”！

王雱还教元娘她们学成语：“所谓的普大喜奔，就是普天同庆、大快人心、喜闻乐见、奔走相告，都是好词儿！”几个小屁孩很快掌握了新词的用法。

过年了，好日子多，放鞭炮的人家渐渐多了起来，炸茅坑的玩法在小孩子间早传开了，大家都第一时间赶到鞭炮燃放现场，七手八脚地挑拣没点着的鞭炮，都准备暗搓搓地炸看不顺眼的家伙。

这件事逼得大伙不得不用木板把茅房能扔炮仗的空隙都堵了起来，毕竟谁都不想光着屁股往外跑！

作为整个炸茅坑事件的始作俑者，王雱一点负罪感都没有。他乖巧、听话、聪明伶俐，小孩们都爱和他玩，长辈们都对他赞许有加！

年节近了，王安石带上王雱访亲寻友，分外繁忙。王雱还跟着王安石到江宁府官衙溜达了一圈。

这地方以前是南唐的宫殿所在地，可今年年初被一场大火烧光了，现在的府衙是新知府奉旨过来规划重建的，亭台楼阁、廊子飞檐全都是簇新的。

王雱都没法诗兴大发地背几句“雕栏玉砌应犹在，只是朱颜改”“问君能有几多愁，恰似一江春水向东流”！

拜访完知府，王雱觉得机不可失，缠着王安石要去看秦淮河。王安石睨了他一眼，带他去秦淮河溜达。

入夜后的秦淮河畔虽不如开封热闹，却也商家林立，尤其是夫子庙一带，卖书的、卖字画的、卖文玩的，应有尽有。当然，还有各种糖糕、果子和烤炸类的小吃。

这和王雱想象中的秦淮河不太一样，说好的什么金陵十二钗啊、秦淮八艳啊，连影子都没见着，更别提什么遍地秦楼楚馆、满楼红袖乱招了！

王雱随意挑了些香喷喷的炸肝边逛边吃，王安石则沉迷于挑书大业。这书想买，那书也想买，几个书摊和书坊逛下来手上已经拎了沉甸甸一摞书。

王雱正觉得没趣，忽然看到前面有个熟悉的招牌，竟是方氏书坊的江宁府“分店”！方式书坊的招牌之下，居然有人在搞皮影戏。

夜幕掩映之下，一场精彩的《三顾茅庐》正在上演。从王雱父子俩的方向看去，能看见演皮影戏的是个上了年纪的老者。

这老者口技极好，张口一个哈欠，便按着话本念出一首诗来：“大梦谁先觉？平生我自知。草堂春睡足，窗外日迟迟。”这是刘备久候、诸葛亮初醒时念的诗。明明老者已是耄耋之年，声音却恰似正当壮年的诸葛亮！

王雱两眼一亮。高手在民间啊！

拎着一摞书的王安石也注意到前面的热闹，领着王雱绕到正面去看这场《三顾茅庐》。

这种街头皮影戏，现实生活中已经不多见，是需要复兴的传统文化，在宋朝演皮影戏也是一种稀罕手艺，能赚个吆喝、挣口饭吃。

书坊请来这老者，自然不仅是为了给《三顾茅庐》打广告，看旁边的宣传，接下来还会有关于三国的新书《草船借箭》推出，一并推出的还有一套全新的卡牌《三国杀》。这《草船借箭》创作者自然是沈括，为的是给《三国杀》造势。往后，沈括会把重心摆在学习上，所以他只会当主策划，和王雱负责串联这套“三国系列”。

按王雱的想法就是，把基础的大纲列出来，按卡面相关的内容分好模块，到时候可以举办一系列活动，哪个人物人气高，就可以先推出哪个人物相关的剧情。有大纲在，有沈括把关，质量总不会差到哪里去。一本本单行本全部发行完毕，可以再按照时间线串联起来发个典藏版，搞个大活动。沈括心里还是有造大船的想法，毫不惧怕这个庞大的计划，甚至还有些跃跃欲试。

王雱心里乐滋滋，认真欣赏起眼前的皮影戏来。对于没有电视、没有电脑、没有电影院的时代来说，这皮影戏是非常吸引人的，书坊外围里三重外三重都是人。

王安石带着王雱完完整整地看完一出戏，在一旁看着王雱拿出方洪给他的章子上去弄了套《三国杀》和《草船借箭》过来。王雱手里也有这套卡牌，不过和正式版有点儿小差别，还是玩正式版比较开心！

父子俩回到家，王雱不许王安石去看书，拉着大伯王安仁、叔父王安国等等一起玩《三国杀》。

王家没有不读书的男丁，规则和卡面代表的意思都是一看就懂，左右已经快过年了，也没人扫兴说不玩，都坐下摸索着开始厮杀。

很快地，几个长辈都投入进去了，王雱和元娘她们坐在各自的老爹身边给自家老爹加油鼓劲，看起来比真正下场的人还激动。

王雱祖母身体恢复得不错，早已能下床走动。她听到前头的动静，走到门外看了眼，发现几个儿子和孙子孙女齐聚一堂，连最不苟言笑的王安仁都露出几分笑意，不由得也笑了起来。随后在儿媳地搀扶下回了房，看了看灯花，朝儿媳笑道：“这才是过年啊，多热闹。”

以前王安石不在家，王安仁虽然是长子，但却是王雱祖父第一任妻子留下来的，到底隔着一重，一家人处着总有些隔阂。今年却不一样，还没过年就能觉出那其乐融融的感觉来。王安国的妻子也笑了起来：“今年最不同的，就是阿雱了。”

提起王雱，还得提起最近闹起来的“炸茅坑”。乖巧的小孩永远乖巧，皮孩子永远皮，得知有这玩法，那些平日里就顽皮的小子们居然纷纷效仿。最后连知州都惊动了，叫衙役佯作把这批熊孩子都逮起来，抓去衙门“一日游”，吓得这批熊孩子现在安分多了，都不敢出来欺负其他小孩了！

江宁府热闹，开封府也热闹。开封作为大宋最繁华的都城，每日人流量远远高于江宁府，搞事情自然也更容易。方氏书坊多管齐下，营销搞得飞起，《三国杀》这个既要动脑又能增长见闻的游戏很快在它的忠实客户群里激起巨大浪花。

最先流行开的人群自然是国子监、太学的学生们。放假了，同窗之间要聚会吧？以前的朋友也要联络吧？除了作作诗、叫个美人助助兴，《三国杀》是个大俗又大雅的好消遣。

要雅，里头有不少精彩的“锦囊妙计”；要俗，它本质上又是一种博戏。而且卡面上的人物各有各的帅，各有各的美，瞬间征服了不少人：这么好看的卡面，哪怕不能玩，买回家收藏也是好的！一时之间，如果不会玩《三国杀》都不好意出来聚会了！

方洪还极其狡猾，他随机在每盒卡牌里面放一两张“精装版”卡牌，不管做工还是材质都远超其他卡牌。这可把一些有钱又有强迫症的家伙给逼死了，为了凑齐一盒“精装版”卡牌买百八十套也是有的。

这天宰相文彦博下衙回到家见儿子们在玩牌，牌面还挺新鲜，不由也加入其中。玩完一轮，文彦博便道：“这方氏书坊近两年可真能折腾，闹腾出来的新鲜事物多得很。”

宋朝出版行业本就兴盛，可像方氏书坊这样出一本书炒一波热度的还真不多，关键是他们还真给炒成功了！这纸牌和《三国杀》，也是从方氏书坊出来的。

见文彦博感兴趣，他那已经是方氏书坊忠实客户的小儿子便滔滔不绝地给他科普起方氏书坊的种种妙处来。反正，他现在想买书肯定先考虑方氏书坊！

方洪到底只是个商贾，文彦博虽然觉得稀奇，却也没再关注。临过年了，文彦博也约了几个好友前来相聚。

这年头，同一年考取进士的一般都称为“同年”，文彦博的同年就不少：韩琦、包拯、陈旭、吴奎等等。韩琦现在在河北练兵，来不了，文彦博便约了包拯他们一起聚聚。酒过三巡，文彦博要他们一起玩玩新出的纸牌博戏。

包拯这人天生皮肤比旁人黑，偏又长着张正气凛然的脸，没人敢拿这个取笑他。瞧见文彦博取出的纸牌，包拯便说：“我儿也在玩这个，不想宽夫也在玩。”

文彦博道：“要过年了，消遣消遣。”

于是，几个人便围坐一起玩了起来，文彦博虽因为平乱有功升为宰相，包拯几人却也没有太多的敬畏之心，只以同年论交。真要说起来，包拯比文彦博还要大上几岁！

几个人都不算太年轻，对胜负不甚执着，边出牌边闲谈着。牌桌交际是千万年不变的传统，牌桌上一交流，包拯几人都知晓了新的一年要做什么准备和大概的人事变动。

今年河北闹水灾，官家决定改元：改庆历为皇佑。也就是说，明年将是皇佑元年。一开春，朝廷官员就会有大变动，春闱也要如期展开！

与此同时，司马光也在与同年相聚。同年之中与他最要好的是范镇，他们都听到了风声，开春他们将要担任贡院点检试卷官。也就是说，他们要负责阅卷工作，有资格决定考生的分数——决定考生的生死！

范镇私底下取笑司马光："这消息要是传出去，你和介甫兄合写的那本《五年科举三年模拟》怕是又要大卖了。"

司马光道："写这书只是为了让考生们少走弯路，岂是为了卖书。"他让范镇守口如瓶，千万不能把这事儿外传。

司马光不愿意外传，方洪那边也没大肆宣传，这消息却还是不胫而走。毕竟知道这消息的不止他们本人，不少人也能从别处知晓这消息。这些人回到家都让自家子弟把书赶紧找出来好好研读，没买的立刻去买。

这口口相传的，倒比方洪打广告要可信多了，一时让《五年科举三年模拟》本来已经有些下降的销量大幅度回升，一下子卖断货了！这可是考官出的书啊，不买是不想考上科举了吗？！

司马光去拜见恩师庞籍，庞籍也提了这事儿，笑道："听说你们那本书卖得极好。"

司马光自认书中没有泄题，也没有掺杂过多的个人偏好，更多的是讲授一些破题方法。这些东西司马光在国子监内讲学时也提及过，不算什么秘而不宣的秘诀，心里自然是坦荡的。他老实说道："他们愿意认真看、愿意认真练习，肯定会有所获益，买了不会亏。"

庞籍道："你这直性子啊，容易吃亏。"

不管是喜是愁，皇佑元年如期而至。

过了年，领了一波压岁钱，王雱算是又长了一岁，成功成了六岁的男子汉！要回去时，元娘她们都很舍不得王雱，元娘年纪最大，已经会做些针线活了，她从王雱来后不久就开始动手，临分别时终于给王雱做完一个漂亮的荷包。

王雱欢欢喜喜地把小荷包揣在身上，和元娘她们一一道别。他好久没看妹妹啦，得回去哄哄妹妹，免得妹妹把他给忘了！

王安石早已动手写了封信送到杭州沈家，托沈括等范公赴任后帮忙送上去。若是赶巧了，他们指不定真的能见一见范公！

沈括那边收到信也很雀跃，他也听说过范公做过的事，前两年出的《岳阳楼记》他更是拜读了许多遍，对范公的胸襟颇为钦服！

正月还没过，沈括便听说范公到了，第一时间把王安石的信递了上去。范公刚从邓州过来，得完成各项交接才有时间处理私人信件，于是等王安石父子俩抵达杭州时沈括正巧接到范公的回信！

王安石三人都颇为欢喜，寻了个好时机登门拜访范公。

正好是正月末，二月将至，冰消雪融，垂柳吐绿。杭州街头开着不少梅花，街头巷尾都能嗅见幽幽暗香。沈括在前领路，王雱跟着王安石一同前往杭州府衙的后衙。

门人听说是来寻知州的，姓王，便爽快地放他们入内。还没走近，王雱便听到一阵琴声从梅花掩映处传来。

王雱循声看去，只见稀疏的梅树之后有个亭子，亭子里坐着个年近六旬的老者，他须发已花白，身形却清瘦修长，脸庞也略显清癯。王雱只看了一眼，便看出这老者年轻时也是个长得贼好的人，贼帅贼帅的那种！

这清正脸庞、这抚琴风姿，再加上这疏梅与小亭，何等风雅！谁要能照着画下来，过个千八百年没准能拍出亿万天价！

王雱与沈括对视一眼，乖乖站在王安石身后，耐心地听老者弹完这一曲。

一曲终了，王安石上前向老者见礼。老者自然是范公范仲淹，看见晚辈，范仲淹眉目和善，朝他们露出笑容："来多久了？"

"刚到。"王安石答道。

范仲淹的目光落到王雱和沈括身上，一个少年、一个小孩，看着都很精神。王安石给范仲淹介绍："这是沈括，就是杭州沈家的；这是我儿王雱，这回跟着我回江宁。"

范仲淹点头。他邀王安石坐下，叫人送上些茶点。王雱乖乖巧巧地在旁边坐着，听范仲淹和他爹寒暄。

范仲淹会腾出时间来见他们，显然是从好友那儿听说过他爹在鄞县的做法。

这两人一讨论起民生民情，说起话来便滔滔不绝，王雱听着听着目光顿时落到桌上的糕点上，戳了戳正襟危坐的沈括问："你杭州人来着，哪种比较好吃啊？"一样一样尝过去太考验运气也太失礼，王雱自认是个乖巧懂事的小孩，绝对不干这种事！

沈括无奈地看了他一眼，压低声音给他指了两样。

王安石听到王雱和沈括窃窃私语，转头横了眼王雱。王雱一脸无辜地看着他，迈开小短腿用他那小胳膊给王安石和范仲淹续了些茶汤，口齿伶俐得很：

“范爷爷您和爹说这么久了，多喝些水解解渴！”

范仲淹笑道：“谢了。”

王安石早被王雱磨得没脾气，对范仲淹道：“这小子从小好动，一天到晚都闲不住、坐不住，范公莫怪。”

范仲淹道：“哪家小孩不是这样的？”他把刚才沈括说的糕点之一推到王雱面前，招呼王雱尝尝看。

沈括面上一臊，给王雱一个“让你再闹腾”的眼神。王雱当作没看见，他才六岁呢，六岁贪吃贪玩多正常，范仲淹说得多有道理，哪家小孩都是这样的。

王雱美滋滋地拿起糕点尝鲜。被王雱这么一闹，气氛倒是没了刚才那种死沉死沉的感觉了，王安石也比一开始放得更开。

临去时，王雱忽然像想到了什么，噔噔噔地跑回范公身边，要范仲淹俯下身来，他有悄悄话要和范仲淹说。

范仲淹觉得稀奇，也不觉得被冒犯，笑着俯身听王雱说话。王雱附在范仲淹耳边嘀嘀咕咕几句，在范仲淹没回过神来之前已跑回王安石身边。

天色已不早了，王安石决定在杭州再多留两天，好寻访寻访友人。不想第二日一早，便有仆人找了过来，对王安石道：“范知州让我过来接令郎到府里玩，说是昨日说好的。”

王安石不由瞧向捧着本书摇头晃脑、装模作样的王雱。王雱两眼一亮，看向他爹：“爹你出去玩吧，我去范爷爷府里玩。”

王安石板起脸问：“你昨天和范公说了什么？”

“没说什么啊。”王雱依然无辜，“就是说爹你还要多留两日，问范爷爷能不能让我去他那儿玩。我才不要和你一起出去，你们又是爬山又是作诗，可没趣了。”

王安石半信半疑地瞅着他，可范仲淹遣来的人还候在一旁，他不能继续盘问下去。王安石道：“成，你去吧，我回头去接你。”

王雱乐滋滋地跟着人走了。

能让范仲淹派人过来接他，王雱自然不可能只说了“无聊想去玩儿”。王雱有个长处，耳朵特别灵。他不会任何乐器，看不懂五线谱，可给他一段曲子，他能轻松听出哪里好、哪里不好。昨天他附在范仲淹耳边说的自然是范仲淹那首曲子哪一段有问题。

范仲淹喜好不多，琴恰好是其中一样。昨天，王雱走后他又试着弹了一遍，发现王雱说得对，这一段还可以再改进。对于机灵的小孩范仲淹一向极为喜爱，更何况王雱的天赋还很不错。

王雱被领到范仲淹那儿，范仲淹正在调整琴弦。见王雱来了，范仲淹招手让他上前，问他："学过琴？"

王雱老老实实地摇头。

他爹没学过琴，楼先生他们也不爱琴，倒是沈括琴艺还不错。

可惜他这人别的优点没有，就是爱说实话，每次都跑去和沈括说"你这段没弹好""你这段可以更激昂一点"，气得沈括都不在他面前弹琴了！

范仲淹就不同了，范仲淹不仅把他的话听了进去，还特意让人把他接过来继续探讨。

王雱嘴甜得很，张口就夸："范爷爷真是胸襟广阔的人！"说着还在范仲淹面前黑了沈括一把。

范仲淹失笑摇头，让王雱在琴前坐下。他想指点王雱学琴。这正是他让人把王雱带来的原因，王雱没学过都能听出门道来，学起来应该很快能上手才是。人到了他这个年纪，看见聪颖些的后辈便忍不住想要点拨点拨。

王雱见范仲淹要亲自教自己，自然积极学习。

范仲淹得去处理公务，王雱一早上都在后衙叮叮咚咚地练基本功，练得他自己都发愁了：对别人指指点点那么容易，自己学起来咋这么难？

范仲淹忙完所有事再回到后衙，便见王雱一张脸皱成了包子，盯着那几根琴弦像盯着杀父仇人似的。

范仲淹上前问："练习得怎么样？"

王雱苦着脸摇头。他连"一闪一闪亮晶晶，满天都是小星星"都弹不出来！

范仲淹揉揉他脑袋，笑道："饭要一口口吃，路要一步步走，做什么都不能急。"

主持新法的时候范仲淹也"急"过，不过那是因为他必须当一把锋利的刀，不够快、不够利，只会功亏一篑——可惜他们确实还不够锋利。

看着王安石年轻而充满锐气的脸庞，范仲淹想到了许多年前的自己，对王安石这个年轻人、对年幼的王雱，他都颇为喜爱。

王雱感受不到范仲淹目光中深沉的思绪，他比较关心自己的垃圾琴技。这么糟糕可怎么办才好哟！

哪怕只见了两回，相处了半日，范仲淹也摸清了王雱的性子。他让王雱给他展示一段，耐心地点拨起来。

王安石过来接王雱回去时，看到的便是王雱在那儿叮叮咚咚地乱弹，范仲淹还一脸赞许地坐在一旁听。

他朝范仲淹见了礼，范仲淹还对他夸："阿雱很有天赋。"王安石有些怀疑自己的耳朵。

王雱一看他爹那神色，就知道他爹对他的水平很是不屑。他愤愤地替自己辩解："范爷爷说我能弹成这样已经很不错了！"

王雱自个儿上前和范仲淹约定明日再来，跟着王安石回去了。回到落脚处，王安石免不了又是一番盘问，王雱信誓旦旦："范爷爷见我天赋异禀，非要教我学琴，长者要教，我怎么能不学呢！"

王安石有什么办法，只能在第二日用过早饭后亲自送王雱去范仲淹那儿。

王雱又学了一天，央着范仲淹用过晚饭后陪他去挑琴，还给范仲淹展示他的小金库。明日，他就该回鄞县看妹妹去了，得挑把好琴回去好好练习啊！

王雱这人有点儿拧，不学还好，学了他就想学到最好。

范仲淹答应下来，在王安石过来接人时留他们父子俩在府中用饭。

饭后，华灯初上，范仲淹穿上便服领他们外出挑琴。苏杭之地向来富庶，入夜之后自然到处都张灯结彩，热闹非凡。

范仲淹是行家，很快帮王雱挑好了琴。王雱伸手去抱那和自己差不多高的大家伙，他个头儿还小，一把琴都快把他整个人挡住了，抱起来格外费劲。

王安石睨了他一眼，伸手轻轻松松把琴拿了过去。父子俩先恭敬地送范仲淹回府，依依不舍地在大门前道了别，才带着琴回落脚处。

王雱对王安石展望未来："等我把琴练好了，可以教妹妹练。"

王安石讥笑："等你能把《两只老虎》弹出来再说大话。"

王雱不想理他了。

第二日一早，沈括来与王雱父子俩会合。得知王雱跑去跟范仲淹学琴，沈括羡慕不已，埋怨道："你怎么不叫上我？"

沈括在乐理方面也很有天赋，比王雱这个没有丝毫基本功的人强多了。他也想跟着范公学学琴！

"怎么能叫上你？"王雱理直气壮，"你是学过的，叫上你岂不是显得我很差劲。"

沈括说："你才六岁，弹成什么样都不会有人说你。"

王雱直摇头："不一样，有对照组和没有对照组，完全不一样！"

沈括气闷不已，王雱还刺激他说自己要回去好好练，回头再来杭州时一定还得继续请教范仲淹，这是自己和范仲淹约好了的！

两个小孩在旁边嘀嘀咕咕，王安石已经整理好行囊。

三人一同上了船，一段水路、一段陆路换着走，最后在傍晚时分从水路回到鄞县。

王安石路上写信回家报平安，但没说哪天能到，吴氏一直盼着他们回来呢。

口上说着放心，可儿子头一回离开自己身边那么久，吴氏心里还是担忧的。她刚给女儿喂完奶，忽听武兴那小孩的声音在外头响起：“婶婶！婶婶！阿雱他们回来了，船已经靠岸了！”

吴氏整理好衣裳，抱着女儿往外走，高兴地问武兴：“真的？”

“自然是真的！”武兴咧开嘴笑，“我远远见着就立刻过来和您说了！”他边说还边在面前领路，说要带吴氏和王家妹妹去码头那边。

吴氏早出了月子，身体也养得极好，抱着孩子也走得不慢，三步并两步地跟着武兴往码头方向走。还没走到码头，吴氏便看到王安石父子俩的身影，她心里明明是高兴的，鼻子却莫名有些发酸。

王雱远远见到吴氏，立刻挣开王安石的手跑了过去，一把抱住吴氏：“娘，我可想你啦！”

王安石在一旁看得心里泛酸，男子汉大丈夫的，搂搂抱抱还带撒娇，像什么样！他迈步上前，从吴氏怀里接过女儿，胳膊肘有些僵硬，小心翼翼地抱着女儿哄了哄，对吴氏说：“重了些，脸也圆了。”

王雱听了直摇头：“怎么能这么夸女孩子？等妹妹再长大些一准生你的气！”

年龄和体重，那可是女孩子们的禁忌话题——怎么可以说人家女孩子脸变圆了！

王安石手痒了，想敲他脑门儿。自己怎么生了个这么欠揍的儿子？

王雱得了把琴，曹立这个书童总算有用了，每天醒来先帮王雱把琴搬到半山腰，免得王雱叮叮咚咚乱弹太扰民。王雱哼哧哼哧跑一趟山腰，也算是坚持了晨跑。

坚持不懈地练习了小半个月，王雱自觉小有成就，能给妹妹弹《小星星》逗她玩啦！

于是，王雱开始写信给范仲淹吹牛，顺便把托方洪搜集来的琴谱手抄一份让人给范仲淹送去，一来他可以练字，二来能表心意。

范仲淹头一回收到王雱厚厚的信，有些惊讶，小小年纪竟能写这么多字了！王雱写信还逗趣得很，这是给司马琰写信练出来的，小孩装久了行文都皮皮的，范仲淹读了都忍不住发笑，忙碌了一天的疲惫消散无踪。

范仲淹妻子张氏带着幼子过来，见范仲淹少有地面带笑容，便问道："是纯礼来信了吗？"当初范仲淹为了支持太学搞改革，让儿子范纯礼也入了太学。范纯礼今年堪堪十八，还在开封求学呢。范仲淹向来疼爱这个儿子，是以张氏猜测是范纯礼的信。

范仲淹道："不是纯礼的信。记得上回到我们府上来的那孩子吗？王家那个。"

"记得，跟你学琴的吧，长得可俊了。"张氏揉揉幼子的脑袋，口里说道，"口齿也伶俐得很，要是纯粹长个两岁有他那么机灵多好。"

"这信便是他写来的，才六岁，字已经写得很端正，识的字也多，一封信能写好几页纸。"范仲淹道，"这孩子还有心，从我这学了琴，知我好琴，便抄了些曲谱一并寄来。"

范仲淹没怀疑过这是王安石让王雱做的，自己与王安石也有通信，王安石字里行间透出来的性情显示他绝对做不出这种七弯八绕的事。人家小孩子一片心意，妄加猜测多伤人心！

范仲淹前几年刚娶了续弦、得了幼子，这幼子今年才四岁，对只长了两岁的王雱便有了爱屋及乌之心。

范仲淹逗弄了一会儿幼子，回到书桌前给王雱回信。过些天他要到明州走一趟，他让王雱看看到时候能不能去明州一趟，他要亲自检验检验王雱的练习成果。

王雱收到范仲淹回信，马上跑去找他爹。他爹听说范仲淹相邀，淡淡地问王雱："你准备和谁去？"

"沈哥可以。"王雱掰着手指数，"要是沈哥赶不上休沐日，我与曹立去一趟就成了，我们都这么大个人了，总不会连去明州的路都不会走。"

对范公，王安石心里一直极为景仰，这种敢为天下先的人他向来非常佩服，甚至也想成为这样的人。王安石心里挺想去，可王雱没数到他，他也没好意思说。到晚上才跟吴氏嘀咕这件事："儿子翅膀越来越硬了。"这出门去州府都不用爹跟着了。

吴氏也没想到王安石身上去，她笑道："曹立长得可真快，一点都看不出才刚十一二岁。听说他和衙役们对练，一个能打十个，厉害得很，雱儿和他一起出门你有什么不放心的？"

放心是放心，就是我也想去。王安石没把话说出口，一个人闷声不响地憋闷去了。

临近约定日期，沈括居然正好碰上月考，去不了。王雱幸灾乐祸地拍拍沈括的肩膀，佯作叹息："看来沈哥你注定和范爷爷有缘无分啊！"

曹立抱着琴，王雱骑着驴，两小孩按着约定的日子抵达明州。范仲淹有正事要忙，这两州知州见面相当于现实世界的两个市长见面，肯定是有重大议题要讨论的。

王雱乖巧得很，没去打扰大人物开会，领着曹立在街上瞎逛，还差遣曹立路见不平、见义勇为三次，抓了三个小毛贼扭送官府。他估算着范仲淹该谈完事情了，才麻溜地让人去通禀。

范仲淹听说王雱来了，马上让人带进落脚处，先问他吃过了没，知道他吃过了才让他弹一曲。

范仲淹说什么都是王雱正儿八经的琴技启蒙老师，王雱没敢皮，规规矩矩地弹了一曲入门级别的曲子。范仲淹目露赞赏，夸道："很不错，看来回去后练得很勤快。"琴技和书法一样，有天赋是前提，可具体能把天赋发挥到什么程度还得看你花了多少工夫在上面。

王安石和楼先生都是那种"你做得好我也不夸你"的臭脾气，弄得王雱特别喜欢听范仲淹这种肯定的夸赞，感觉心里美滋滋的，因而更加认真地听范仲淹的指点。

范仲淹在明州留几天，王雱就留几天，到范仲淹要回去那天，王雱才依依不舍地离开。真想天天听范仲淹夸自己啊！

明州知州与范仲淹交情不错，待范仲淹送走王雱后，免不了与范仲淹谈起这王家父子。

见识了范仲淹对王雱的喜爱，明州知州对王雱也是一通夸赞。只不过谈到王安石时，明州知州就有了别的看法："这介甫啊，胆子有点儿大。去年开始，他就在青黄不接的时候把县粮仓的存粮放了出去，说是借贷给百姓收些利息。"

范仲淹道："这想法挺好的。"

作为庆历新政的主持者，范仲淹知道朝廷财政的困难：养官需要大笔大笔的钱，养兵需要大笔大笔的钱，搞建设需要大笔大笔的钱，还有朝廷要给辽国岁币、要给西夏"赏赐"！

算一算吧，光是朝廷科举，每轮都要录取几百甚至上千人，只要他们考上了，就是官员，得发俸禄，得给福利！再加上关系户、基层胥吏、军队自上而下的一大批武官——这些人每一年都得花一大笔钱养着！

能想些新办法生财，范仲淹觉得很不错。

听范仲淹赞同王安石的做法，明州知州也不再多说。江浙一带土地肥沃，这么折腾也不会出什么问题，自己多盯着就好。年轻人嘛，初生牛犊不怕虎，让他们多尝试尝试去。

范仲淹回了杭州，带回的还有王安石在鄞县的种种举措。这些事以前他也有所耳闻，只是不知晓具体的施行方案，现在可以好好琢磨琢磨！

另一边，王雱写给司马琰的信也到了开封。因为回临川过年，王雱很多时候都在路上，所以他们通信不太方便。

王雱攒了许多事想写给司马琰乐乐，所以洋洋洒洒地写了一堆，什么忽悠熊孩子炸茅坑啦，什么用五子棋征服他大伯啦，还特别写了大伯家俩姐姐，臭屁地夸元娘人温柔，针线活儿还好，分别前给他送了个小荷包，现在他揣在身边用来装铜板了。

司马琰收到信，先是正儿八经地回了段“论炸茅坑的危害”，劝说王雱别再干这样的事。随后才把过年期间攒的信拿出来叠在一起，准备让司马光一并寄出去。她把信封好，重新拿起王雱的信看了看，想了想，拆开信把其中一些拿了出来，揉成一团扔进废纸篓里。

相比说起什么都兴致勃勃的王雱，她写的信实在太无趣了。司马琰心里闷闷的，把剔除了一半的信再一次封口，去看张氏做针线活儿。

张氏见她在旁目不转睛地看着，笑着问：“怎么？想学吗？”

司马琰一顿，闷闷地说：“想做荷包。”做荷包有什么难的，看王雱在信里花百来字大夸特夸他那小荷包的样子。她自己也能做，想做什么花样就做什么花样！

这年头女孩子都得学会针线，自己的一些贴身东西、未来家里人的贴身东西，总不好叫别人帮忙做。张氏听司马琰有兴趣学，立刻手把手地教她穿针引线。

司马琰在现实世界是做实验的好手，别的不说，操作精确度那是一等一的好，穿针引线对她而言再简单不过，普通的针法张氏教一遍她就能用得规规整整。

张氏喜出望外，夜里免不了和司马光说起这事儿：“我们阿琰可真有天分。”

司马光道：“又不去人家绣房做事，没必要花太多心思。”换了平时，司马光肯定挺高兴，觉得女儿认字读书强，种花种草强，针线女红也强。

可王雱那厚厚一沓信，司马光也是看过的，听张氏说女儿想学做荷包，司马光一下子想到了王雱夸他堂姐给他做的那荷包。司马光心里憋闷得紧，有些怀疑王雱是不是故意这么夸的，好暗示他女儿也去学！

有个女儿可真不踏实！反正司马光每天都提心吊胆的，总觉得周围那些个混账小子都可能在打他女儿主意。他女儿这么聪明又这么可爱，万一被那些个小混账给骗走了可怎么办？

一干混账小子里头，嫌疑最大的就是这见天儿给他女儿写信，信还写得贼长贼详细的王小雱！

这小子还在信封的封口上写什么“司马叔父你人这么好肯定不会偷看”。

不看才怪，不看谁知道你会写什么玩意儿？！

看看这次写的吧，都什么东西？！别的不说，最前面那一段，这王家小子居然写“我趴在矮墙上看着，熊孩子果真把鞭炮往茅坑里扔去，炸出个白花花的屁股来”，有这么给女孩子写信的吗？！

司马光简直气得肝疼，都想写信和王安石断交了！

相比司马光，王安石对王雱的顽皮接受良好，还真没拆看过人家女孩子写给王雱的信。

看到司马光信里有点儿隐晦但又明显很想不隐晦的提醒，王安石找王雱来谈话。

王安石虎着脸：“你给你阿琰妹妹写了什么？”

王雱老实回答：“没啥啊，就写干了什么，吃了什么，见了什么人！”

王安石不太信任地扫了他一眼，怕王雱看的闲书太多，学了些坏词。他严肃要求王雱以后把写的信先给他看一遍，不然不给送京里去。王雱很是惊讶地看了他爹，对他爹的道德水平有了极高的评价：没想到他爹还真没偷看啊！

“你那是什么眼神？”王安石瞪他。

“没，就是觉得爹您太棒了！”王雱吹捧的话信口就来，“司马叔父就不同了，我都在封口那儿拍马屁说‘司马叔父你人这么好肯定不会偷看’，他还拆开看！虽然吧，我没阿琰妹妹那么听话，没阿琰妹妹那么聪明，可我爹比她爹好！”

王安石敲他光溜溜的脑门儿：“有你这么编排长辈的吗？”

王雱捂住自己脑门儿，深感拍马屁不容易，自己还得再修炼修炼。王雱噔噔噔地跑去找他娘，口里喊道：“娘，热水还有吗？爹说他想洗澡啦！”

吴氏笑道："有的呀，你妹妹洗澡只用了一点儿，够你们爷儿俩洗澡的！等着啊，我这就去给你们准备换洗的衣服。"

王安石："……"

王安石日常想揍儿子。

转眼到了三月多，春闱放榜了。开封那边传来喜报，王安仁会试名次很不错，殿试发挥也没问题，高中进士！

一切尘埃落定后，王安仁才写信给家里、给王安石报喜，也按照王安石的意思去拜访司马光、曾巩等人，接下来一年里他都得在开封接受"官员上岗培训"，认识几个人总是好的。

司马琰也和王安仁见了面。她不是喜欢和人打交道的性格，但她隐隐看出王安仁身体不大好，在王安仁第二次上门前做了个铺垫：学诊脉。

司马琰现在年纪还小，给同辈、给长辈诊脉，别人都只当她是闹着玩。她在王安仁上门前积极地给每个人把脉，在国子监的"宿舍区"算是小小地出了把名。到王安仁第二次上门，她爹已经会主动挤对她："琰儿，要不要给王叔父也诊诊脉？"

王安仁很是好奇地询问一番，司马琰也就顺势给王安仁把脉。探明王安仁的脉象之后，司马琰眉头直跳。

这是雀啄脉，特点是像鸟喙啄食，脉象连续跳动数下之后会有一次较长的停歇，反复发作，短促而不规则！出现这脉象，要么是妇人孕产，要么是脾衰。王安仁是男子，不可能是孕胎或者欲产，那就很可能是心脏出了问题！

这年头没有仪器、没有各种检验方法，要进一步确认到底是什么毛病很难，至少凭司马琰现在的水平还做不到。司马琰沉默下来，王安仁才三十来岁，心脏要是有问题，一旦病发很可能就是大问题了。

在医疗水平落后的年代，排在心血管疾病第一位的是风湿性心脏病，而且这病一般集中在中青年阶段。从王安仁脉象来看，很可能是风湿性心脏病。对这样的重病，司马琰也没办法，即便她敢做手术，也没有做手术所需要的各种条件。

司马琰收回手，不吭声了。王安仁见司马琰年纪小小，小脸却绷得跟个小大人似的，不由说起了过年前那场大病："年前刚病过一场，差点儿以为好不起来了，结果被阿雱回到家一闹腾竟好了七八分。"

司马琰说："王叔父平日里需要休息好些，凡事放宽心。"

王安仁点头应道："大夫也这么说。"他向司马光夸了司马琰好些话才起身辞去。

司马光送走王安仁，折返屋里问司马琰："怎么了？王叔父的脉象有什么不对吗？"

司马琰犹豫了一会儿，才对司马光说："王叔父可能有心疾。"

风湿性心脏病一般是后天感染导致的，会对心脏造成不可逆转的损伤，前期没有太明显的症状，一旦发病就会出现各种并发症。按照这个时代的医疗水平，这种病根本没法治，只能好好养着。王安仁年前的一场大病，应该是因为秋闱考好了，日夜思虑着来年的会试和殿试，心脏负荷不起。

司马琰把王雱给她送的书搬出来，指着其中一个脉象给司马光解说。她平日里和司马光交流都会做到有理有据，为的就是在有需要的时候可以和大人平等交流。

司马光看着司马琰认真的小脸，揉揉她脑袋，说道："我回头给你王叔父找个好大夫好好瞧瞧。"照理说他与王安仁不算亲近，对人家说"你有病得好好治"这种话很失礼，不过他与王安石交情好，不能坐视不管。

司马光把这事儿也给王安石写到信里，让人加急送给王安石。王安石得了信，有些焦急，王安仁自幼丧母，是他母亲养大的，与他们感情颇深，若王安仁真得了心疾，王安石也不知该如何是好。

王安石和吴氏商量过后，托人送了些钱到京城去，让王安仁一定莫要太劳心，好好听大夫怎么说。王安仁已在生死边缘走过一趟，在司马光的带领下看过几个大夫之后很快接受了事实，回信让王安石安心。

王安仁妻子得知此事，二话不说辞了王雱祖母，带着两个女儿上京城。夫妻一团聚，王安仁妻子徐氏先把大夫的叮嘱都问了个遍，也不曾落泪，只体贴地张罗一家人的衣食。七月时，元娘、二娘被王安仁带去见司马琰。

司马琰一看到元娘，马上想起来了，这就是王雱说的"绣荷包极好看的姐姐"。元娘不仅针线好，模样也好，脾气更是温柔软和。

司马琰与元娘、二娘很快成了好朋友，元娘两人得知司马琰能和她们阿雱弟弟通信，羡慕得不得了。她们虽然也识得几个字，但写得不好，更不可能让父亲、叔父同意她们和别人书信往来。

司马琰性子独，王雱在开封时还好，会跟着王雱到处闹，王雱走后她又天天泡在书里了。眼下来了两个小伙伴，司马琰的小闺房总算热闹多了，时不时能多两个娇客。

元娘和二娘想习字，司马琰便挑了些适合她们的字帖让她们照着写，纸她这儿也不缺，她爹在朝廷做事，总能拿些废弃公文回来给她们涂涂画画。

相处久了，司马琰便发现元娘在画画上很有天赋。趁着元娘年纪还小，还有好几年可以闹腾，司马琰便给她和二娘讲些新鲜故事，先让元娘对“怎么构建一个故事”有点儿概念，回头披个马甲和沈括一样卖卖书，也算是一件很有意义的事了！

至于故事材料，司马琰也不缺。倒不是司马琰现实世界博览群书，而是王雱这厮明显是个显性妹控，见天儿在信里和她交流“这个故事可不可以和我妹讲”“你觉得这篇课文的教育意义在哪里”“你看过啥童话故事给我讲一个”。

两边互通有无之后，司马琰随口就能说出一堆堆有趣又有教育意义的故事。

以元娘的年纪画什么风花雪月不太适合，但练个一两年画点小孩子的绘本绝对成。这时代商业发达得很，司马琰觉得她们能做的事挺多，有点儿追求挺好的，至少不必把心思都摆在后宅杂务上。

元娘和二娘也很积极，看过沈括的几本绘本和那些可爱逗趣的布偶小挂件之后，她们感觉打开了新世界，每天不是画新样子就是练字学画。

王安仁见两个女儿乖巧听话，还都跟着司马琰写写画画，心里很欣慰，感觉心情通泰，哪怕马上要闭眼都不觉得遗憾了。

王雱不久之后收到元娘的“习作”，非常高兴，他上回回去只知道元娘针线好，却不知道元娘有这天赋。

所以啊，这年头的人就是太谦虚了，有这本领也不拿出来秀一秀！

王雱给司马琰回信大谢特谢一通，怂恿司马琰多给元娘灌输些鸡汤，千万要把她带上畅销绘本作家的康庄大道。

才华这东西，你愿意秀出来就是才华，你不愿意秀出来就是“内秀”，“内秀”这玩意儿别人都瞧不见，多浪费！

时间不知不觉又晃过一年，王安石在鄞县的工作已经陆陆续续进行交接，毕竟这一年开春他便要任满，该离开了。上回回江宁迁葬不成，这回他得再去一趟。不过这回路程更远，得先带妻儿回临川老家一趟，而后再转去江宁为王雱祖父迁葬。这路途周折，起码给花个小半年！

王安石忙交接，王雱也忙，忙着和小伙伴们道别，忙着把各个“小事业”转交给郑思他们。

曹立已经去坟前拜别父母与婶婶，收拾好包袱准备跟王雱一起走，哪怕他与王雱一家的契书已经到期。而郑思和武兴与家里抗争不果，去不了京城，每天都蔫了吧唧的。

即便有人欢喜有人愁，分别的日子终归还是如期而至。

临别那天，天飘着雨。王雱做主把带不走的东西都给了张叔张婶，让他们给带回家去。张叔张婶很舍不得这宽仁又大方的主家，一路送他们出门。

王安石选的还是水路，刚走出县衙，他便看到路的两旁站满了人，从后衙出入的大门一直延伸到码头那边，乌泱泱的全是人头。王安石脚步一顿，抬头看向两旁站着的百姓。

这里头，有的是这两三年来一直和他斗智斗勇的乡绅豪强，有的是他在田间有过一面之缘的农夫，有的是曾笑嘻嘻让他关照生意的商贩。

王安石不能说每一个面孔都认得、每个人的名字都能说出来，可一眼望去，每个人都是那么熟悉。前些年在扬州做事的时候，他与上官韩琦不和，不管做什么总不得劲，有种满腔抱负得不到施展的憋闷感。

到了鄞县，一切都完全不同。王安石第一次尝试到把各种设想付诸实现的快感，财政上的宽裕、百姓们的配合，让他这个头一回当“一把手”的人做起事来如有神助。王安石看着沿途等候的百姓们，拱手朝他们行了一礼：“多谢乡亲们来为王某送行。”

百姓们何曾被人这样礼待过，想想过去三年发生的种种，所有人眼眶都湿润了，哪怕天飘起了小雨也没让他们退却。自从王安石一家来到鄞县之后，鄞县多热闹啊，仿佛一下子活了过来，他们再也不愁没水浇庄稼，不愁路不好走，每天只想着今天有什么乐子好玩，明天又有什么好戏可看，日子那是越过越好啦。

现在，王县尊一家要走了。

带雨的空气之中响起了压抑的哭声。

王安石受了县中老者送上的“万民伞”，所谓的“万民伞”，就是在官员离任时乡绅组织百姓为官员送伞，寓意官员像伞一样庇护一方，送的伞越多代表着官员越受爱戴。

王安石任满离开的消息传开后，本来许多人都想亲自送一把伞，后来王雱暗暗叫人去给众人说了，伞不用那么多，要不然用不完也是浪费，合送一把留个几年就好。

此时，王安石拿到的万民伞上密密麻麻地写满了名字，有些不会写字的还沾了印油在上头摁个指印。王安石看着那大小不一的名字、错落不齐的指印，眼泪再也忍不住，簌簌地落了下来。他再次朝围在码头替他送行的百姓行了一礼，哽咽着道：“多谢诸位乡亲！”

王雱起初没多少离情别绪，见此情景心头也有些触动，学着王安石的模样朝鄞县百姓们行礼。武兴大哭出声，上前拉着王雱的手说：“阿雱阿雱，我们很快会去找你的！”

王雱看看武兴，又看看一旁的郑思，认真地点头。

三年之前，武兴还只想着接任他爹的县尉之职就好，再不济当个衙役也成。这一刻，他站在郑思身边看着王雱一家人上了船，曹立也跟着去了，心里难受之余又生出了远志来：他们阿雱肯定会和王县尊一样当大官的，到时候他们也一定要出人头地，才可以像过去三年那样和阿雱开开心心地玩！

等船走远了，武兴转头对郑思说：“我先去练练刀。”拳脚练出来之后，他爹终于让他摸刀了！

郑思一顿，点头：“我去看书。”

归临川的路上王安石父子俩依然忙碌。临川县在江南西路，他们一路回去要穿过两浙路、江南东路。还没出发，王安石已经去信一个个相约，每到一个地方就和朋友登临游玩，作点小诗。

王雱捏着鼻子跟在一旁，古往今来的父母和亲朋好友都是一样的，带着孩子出去场面非常一致：“会什么呀？表演一个呗！”

王雱作为王安石的孩子，还被人点名作诗。作诗作诗，七岁小孩作个什么诗！

王雱连连摇头，敬谢不敏：“我还是个孩子！”现实世界还是个理科生呢！和我比画图样试试看！

偶尔被逼急了，王雱才会挤出几句打油诗来，水平很有理科生的风范，比如解释自然现象、阐述结构问题之类的，画风和其他人的一干小酸诗很是不一致。如此三四次，王雱再不乐意跟王安石去和那些个文人应和了。

直至到了杭州，因着要等叔父王安国过来与他们会合，得多留几天，王雱开开心心地去找范仲淹学琴。范仲淹长子范纯仁恰好也在，他那两日便和王安石兄弟俩在杭州游玩。

学琴一年多，王雱的琴技进步飞速，主要是王雱这人有点儿强迫症，总想把事情做到最好，每天练习得可勤了，几乎从不中断！王雱让曹立收起琴，对范仲淹说：“范爷爷，等我再长大一些就自己来杭州找您玩儿！”

范仲淹笑道：“等你回了京，离杭州就远了。”他叹了口气，“到那时我也不一定还在杭州。”

王雱与范仲淹往来多了，对范仲淹的前半生已有所了解。

范仲淹生父早逝，幼年跟着母亲改嫁，一度改姓朱，后来朱家生活艰难，本就看他不顺眼的继兄将他的身世说了出来。范仲淹从此离开朱家，一天一顿白水送硬馒头熬出头，改回父姓把他母亲接回来奉养。

范仲淹虽然金榜题名，仕途却不是一路顺遂，而是一波三折：太后垂帘听政时，他上书请太后还政；官家厌烦郭皇后要废后时，他上书劝阻反对；宰相吕夷简当权时，他上书弹劾。即便一次次得罪不同的人，范仲淹也从来没有后悔过，就像他对朋友所说的那样："宁鸣而死，不默而生。"

这也正是官家想要施行新政的时候让他出来主持的原因。新政这事儿，就需要范仲淹这种不怕得罪人的硬骨头。

他爹被选中去主持那一场"王安石变法"，也是因为他爹那一身硬骨头吗？

天气晴好，时候也还早，王雱跟着范仲淹到后山散步，沿着春意盎然的山路前行，两旁开着些梨花、桃花，有点儿香。王雱仰头看向范仲淹，发现范仲淹两鬓花白。

范仲淹今年已经六十一岁了，于古人而言这已经算是高龄。他依然身板挺直，面容峻肃，似乎永远都不会放松自己。只有提到琴的时候，他才会稍稍露出些笑容来。

他们这样的人不在意自己住的是什么地方，不在意自己吃的是什么，不在意自己穿的是什么，不爱华车美人，不爱财帛美酒，不爱高官厚禄。他们在意的，只有能不能实现心中所想所念的事。

像他爹。

范仲淹感觉到王雱的视线，也转头看他。范仲淹一语道出事实："你心里有很多疑惑。"

"很多事，我不明白。"王雱说。在现实世界，他努力达到父母和其他人的期望，成为一个所有人希望他成为的人。毫无疑问，他是成功的，只是心里总有些说不清道不明的遗憾。在游戏世界中，他从小泡在甜滋滋的蜜罐里，每天都过得有滋有味。父母对他好，他自然也想加倍地对父母好，这正是他踟蹰的地方。吴氏的期望很简单，只要一家人和和美美地过日子就好；王安石不一样，哪怕王安石很疼爱他这个儿子，心里还是装着更多东西，王安石想做的事比任何人都多，有满腔的抱负想要去施展。

作为王安石的儿子，王雱明知道变法极有可能会失败，却不能拦着王安石不让他去做那些事。范仲淹说："宁鸣而死，不默而生。"搁在王安石身上也是一样的，让王安石什么都不做，安安稳稳活到一百岁，对王安石来说比死了更痛苦！

“你还小。”见王雱神色纠结，范仲淹揉揉他的脑袋，“等你长大了就明白了，现在不用想那么多，高高兴兴地玩吧。”

别了范仲淹，王雱跟着王安石、王安国一路回了临川，见过临川王家的族人们。

随后他们折返江宁府，正式将王雱祖父下葬。这一回没有太多周折，一切都顺顺利利。

眨眼已经是五月多，王安石领着王雱抵达开封。再一次来到开封，王雱总算抓住了春夏交接的好时节，可以赏玩官道两侧的好风光。

与三年前相同，王安石又收到了馆职试的通知，当京官还是地方官是一个非常重要的问题。

这事曾巩没经验，王安石只能去找司马光商量商量。司马光早考了馆职，算是时人口中所说的“清要之臣”。以前王安石的顾虑之一是“开封居，大不易”，如今其实已经没了这方面的烦恼。只是若留在京城，能做的事便少了。王安石犹豫不定，只能问问司马光的意见。

两人交情匪浅，司马光沉吟片刻，说道：“以你现在的资历，再次外放恐怕不会再当知县。知县之上，知州之下，最有可能的是通判之职。”

通判一般是辅佐知州做事的，有提议权，没有决策权。

王安石点头。

“同样是当通判，在不同人手下做事，可能会有不同的遭遇。”司马光娓娓道来，“若是你能先考了馆职，当个一两年京官，到时寻个时机与你敬慕之人说定之后再寻求外放，会比眼下直接分下去要好很多。”按照律例，京官外放到底下当通判是可以自己选地方的。

司马光这个建议很现实，王安石被他说动了。

没办法，司马光所说的是大实话，王安石这样的性格很多人都看不惯，当初在韩琦手底下做事时就很不得劲，他提建议韩琦不采用，韩琦提点他，他也不乐意听从，可谓是相看两相厌。

王安石驾轻就熟地把一家安顿好。这一回他们租用的房子比上一回要好很多，离王安仁的“公租房”也很近。两家人相聚，王雱格外关心王安仁的身体，听王安仁说大夫表示情况很不错，只要不受太大刺激应该不会有大问题。

王雱领着元娘、二娘还有自己家小妹去找司马琰玩。夏天了，是吃西瓜的好季节，王雱和司马琰买了两个小西瓜，他俩一人分半个，用汤匙挖着吃，另一个元娘她们分着吃。

吃饱喝足，元娘带着二娘和小妹画画，小妹在家中小娘子里排行第六，家里人都唤她六娘，王雱则喜欢叫她小妹。

小妹对元娘她们做的事很感兴趣，趴着一旁睁着圆溜溜的眼睛看她们画图。她长得和王雱小时候很像，眉目清秀，白白嫩嫩，看着就叫人喜欢。更难得的是，王雱是外乖内皮，她是里里外外都乖，跟着王雱出门从不闹腾！

元娘她们在书桌那边写写画画，王雱和司马琰则背着她们嘀嘀咕咕地说话。得知王安仁虽然是"心疾"，但发现得早，病情控制得挺好，王雱才稍稍安心。

王雱免不了摇头："在江宁时大夫也给看了，不过我看大夫给大伯开的药和给我祖母开的药一模一样，也没提什么心疾！"

司马琰慢条斯理地说："不同时期的病征不一样，某个时期查不出病因来也是可能的。我与你大伯见面时他刚金榜题名，情绪难免起伏不定，这才碰巧能看出问题来。"

王雱知道司马琰性格认真，便也不和她开玩笑。元娘和二娘都在一边画画呢，他们不好窃窃私语太久。

大家都聚在开封了，王雱可以第一时间欣赏到元娘的"习作"，而二娘也边给元娘当"助手"边入门，两个人都颇有天赋，已经能把人物画得很不错了，故事也能编圆满。

王雱假模假样地品鉴一番，直夸："姐姐真厉害，画得可真好！"

小妹说话虽然还不太连贯，却也能准确地往外蹦词儿。她奶声奶气地跟着夸："厉害，好！"

所有人都笑了。

王雱把其中一些画稿整理出来，叫曹立带去方氏书坊那边交给方洪。曹立一直在外头练武，听到王雱的话后点点头，默不作声地接过画稿领命去了。元娘有些担忧："这真的能成吗？我画得不好，总觉得印出来会亏。"

"放心，亏不了。"王雱说，"故事新鲜着呢。"

人的创造力是最让人惊喜的东西。元娘听司马琰讲过一系列的童话故事之后，自己衍生创作出了不少新故事，其中一些只在自己脑内想象过，一些则都画在了纸上。

虽然元娘画工不算顶好顶好的那种，但是那令人眼前一亮的剧情就是最大的卖点。再加上方洪过人的包装能力，王雱一点都不愁元娘的书卖不好。

王雱把元娘往后的事情都安排好了："我们平时也在玩《三国杀》，等你出名之后，可以把其中某个人物的个传给你画，到时候你们可以相互带动作品人气。"

王雱年纪小，说出的话却让元娘和二娘信服不已，最后欢欢喜喜地辞别司马琰，把王雱兄妹俩送到门口去才回自己家。

王雱才一进家门就被王安石训斥："一天到晚上哪儿野去了？你楼先生不在就没别人能管你了是不是？"

王雱麻溜解释："我和姐姐她们去找阿琰妹妹玩呢。"他把小妹往王安石怀里一塞，指使他妹，"小妹你快嗅嗅看，爹爹身上臭不臭？要不要去澡堂洗澡？"

小团子似的小妹最听哥哥话，闻言还真往王安石身上凑了过去，皱着小鼻子嗅了嗅，"哇"的一声，扭头对他哥说："爹爹臭臭的，得洗澡！"说完，小妹手脚并用地从王安石怀里爬了下去，噔噔噔地跑去喊吴氏，"娘，洗澡！洗澡啦！"

王雱得意地朝王安石笑。

第七章

开封居不易

进士出身的人每逢一任满便有资格考馆职，考试内容很简单：作诗赋各一篇上送即可。王安石在鄞县政绩斐然，参加馆职试是手到擒来的事，考完没多久便来了消息，说他得了史馆修撰的职位，要他按时入职。

这职位司马光也干过，给王安石传授了不少经验。王安石虽然不太喜欢干这种清闲活儿，却对崇文院浩瀚的藏书非常感兴趣，一头扎进了庞大的“国家图书馆”里头。

爹当上了京官，王雱日子美得很，每天不是在家逗妹妹玩，就是带着曹立出去外头晃悠。当然，每天吃过晚饭，他会散步去找司马琰嘀嘀咕咕说几句话，两个人虽然都七岁了，但他们自小亲近，也没人提出让他们少见面。

傍晚时分，王雱跟着司马琰在院子里学习“广播体操”，哦不，强身健体的太极拳。

司马光和张氏看了也不知两个小孩到底是谁教谁，反正司马琰时不时指正一下王雱的动作，王雱也时不时装模作样地过去拍拍司马琰的肩膀、托托司马琰的胳膊，两个人玩得不亦乐乎。

王雱和司马琰可不是在玩，他们是在考虑养生问题。王安仁的心疾和张氏的产后虚弱都让他们意识到生命的脆弱和医学落后的无力，若是他们不从小锻炼好身体，指不定活不了几岁呢。毕竟这时代一个感冒都能死人。等他们摸索出一套养生门法，自然要捎带上父母叔伯、兄弟姐妹之类的。张氏虽然不能再生育，但司马琰也有叔伯家的兄弟姐妹。

两个人练出了一身汗，一屁股坐在台阶上。王雱继续和司马琰嘀咕：“我觉得还得弄个定时体检。”病向浅中医啊！

这可是司马琰的专业，王雱没法越俎代庖。

司马琰沉吟片刻，跟王雱一起列体检清单，年纪大点的，必须特别注意心血管疾病；年纪轻点的，得特别注意视力、牙齿等。虽然没有各种检测仪器，有经验的大夫还是可以从各种表征看出有没有某方面的疾病。哦，还有心理问题。

司马琰压低声音和王雱交流情报：“我记得有研究说，赵氏皇室有精神病病史。”

宋朝是个特殊的时代，北宋众多皇帝都子息单薄，比如目前在位的仁宗皇帝生了三个儿子，三个都死了；女儿也早夭数个，最后竟要从宗室之中择立英宗为太子。仁宗之后，英宗继位，英宗却在继位数天之后突然发病，怀疑有人要杀他并大呼“救命”，没几年就早早去了。

由此可见，当皇帝压力也大。皇帝压力大，朝臣压力大，考生们压力也大，心理问题必须重视啊。

王雱问司马琰：“心理测定表能写出来吗？”

司马琰点头：“可以的。”其实在来到这个时代之前，司马琰挺想叫王雱测试测试心理状况。王雱少年时出了意外，在许多人眼里成了“废人”，可是他却装上义肢天南海北地跑，比许多四肢健全的人走过的地方还多，得到的成就更大。当时，司马琰就在想，这个人一定有着常人无法比拟的坚韧心智以及潜藏在心底的、与温和表现截然不同的另一面。来到这边之后，王雱倒是真的把另一面表现出来了，有点儿……活泼，在司马光、王安石他们眼里甚至活泼过头。

司马琰却知道，这应当是王雱在现实世界压抑太久的结果。司马琰每天和王雱对着“体检方案”修修改改，日子过得很舒坦。

没过多久，方洪那边来了消息，说元娘的处女作印刷完毕，可以上架了。王雱第一时间拿到样书，领着妹妹带去给元娘看。元娘性情素来温柔软和，乍然看到自己的习作变成了一本书却还是满心激动。

元娘把书看了又看，和二娘一起又惊又喜地等着王安仁培训回来。

王安仁傍晚回到家，看到两个如花似玉的女儿小心翼翼地把印出来的书送到他面前，心像是坠入了煮沸的水里似的，滚烫得很，又夹着几分欢喜、几分酸涩。他的两个女儿都听话又乖巧，自从知晓他得了心疾便处处帮着妻子徐氏忙里忙外。

元娘抓着王安仁的手，说道：“爹，我以后还会画很多很多本，您要给我的每一本书都写一篇序。”这处女作绘本正是王安仁给写的序。

王安仁点头答应：“行，往后爹给你的每本书写序。等到你嫁人了，我再把这事儿让给你的未来夫婿去做。”

这年纪的女孩哪好意思提什么夫婿？元娘面上一红，不愿意和王安仁说话，抱着书跑回书桌前和妹妹一起看。

晚上睡觉时，徐氏对王安仁说：“要不，我们再给元娘和二娘生个弟弟吧？”眼下两个女儿还未及笄，没到嫁娶的时候，若是他这几年有个好歹，往后她们连个能帮衬的兄弟都没有，日子会很艰难。

王安仁摇头。徐氏年纪不算大，若他真没撑过去，等女儿嫁了她还可以找个好人家再嫁，若是再生个儿子，徐氏怎么办？一个人把儿子拉扯大吗？

王雱不知晓伯父一家的计议。他最近又怂恿方洪搞了个大热闹：从水路运了大龟壳回来。这大龟壳是渔船出海时拖回来的，有好几个人合抱那么大。只要放大个百八十倍，再普通的东西都会变得稀奇，大龟壳一运到码头上，不少人就慕名前来观赏。

海上贸易目前是禁止的，可朝廷没说不能捡这种大壳子！有出海的人好奇地把它拖到岸上，不少人还嘲笑他费那么大劲拖个王八壳。方洪听说了，和王雱闲聊时免不了提一句。

王雱贼心不死，还是想继续给《黄金国》刷一波存在感，便让方洪去打听这壳子有没有被人买走，没买就买回来，归来时沿路让说书人坐在龟壳上给人讲讲《黄金国》的故事。

这一路讲到开封，本来只在开封热过一波的《黄金国》已经在大江南北传开了。回到开封，说书人已经即兴发挥给《黄金国》加了段跌宕起伏的“龟壳变奇珍”。

《黄金国》顿时再一次卖断货。

十二岁的元娘，悄无声息地混在人群里看自己刚刚上架的新书。王安仁这天正好休沐，一手牵着一个女儿，看着人们花钱买了元娘的书、看着一些人边看边议论着书里的内容说要拿回去给孩子读，心里油然生出一种自豪来。

王安石与兄长一家吃饭，饭桌上王安仁免不了要和王安石夸耀夸耀这件事。虽然说小孩子不能夸，夸多了他们容易骄傲，可王安仁真的很高兴。

自从得知自己可能陪不了妻女多少年，王安仁刻板的性格改变了不少。没有经历过生死的人，不会体会到这种感觉：原本平平无奇的一切，一下子变得弥足珍贵，恨不得细细品味吃的每一口饭、看的每一页书。

王安石从兄长家离开，面色有些不大好，看向儿子的眼神更是带着明显的不满。明明儿子学什么都快，书背得好，字写得好，小小年纪能作诗，画画很不错，琴艺更是越来越精湛，可那有什么用，全都夸过了，不新鲜了。

人比人，气死人！看看兄长的女儿，十一二岁已经出书了，听王安仁说还卖得很不错。自己儿子怎么就不能出本书呢？王安石心里郁闷，牵着儿子、抱着女儿回了家。

王雱和王安石斗法多年，一瞅王安石那神情，心里便生出点不妙的感觉来。

他爹心情好像不大好啊。

王雱还琢磨着要不要彩衣娱亲一番，王安石已经开口教训："你看看你大姊都出书了，你东搞搞西搞搞，什么都倒腾一下，怎么一本都整不出来？"

王雱没想到他爹在想这事儿呢。他才七岁，出个什么书啊，比起出书他还是更喜欢躲在背后闷声发大财。没办法，谁叫遇到的是实诚人方洪？方洪看重他后续带来的各种新点子，给他的"点子费"永远源源不断，他年纪这么小，出这个风头做什么？

王雱语重心长地劝他爹："做人呢，最重要的是开心。千万不要和人攀比，攀比是最要不得的，妒忌使你内心丑陋，妒忌使你面目狰狞。"

王安石："……"

吴氏刚给小妹换下被汗浸湿的衣服呢，就看到王安石拿着根竹鞭子在院子里追着王雱跑，明明只有他们父子俩，愣是闹出了鸡飞狗跳的架势来。

吴氏怒冲冲地叫喝："王介甫你做什么？动不动就抄起你那破竹鞭子，有你这么教儿子的吗！"

小妹一脸大义凛然地挡到王雱面前，一个词儿一个词儿往外蹦："我，保护，哥哥。"

王安石："……"

这家不能待了，还是回崇文院当图书管理员去吧。

王雱欺负完他爹，美滋滋地睡了一觉。第二天一早，王雱熟门熟路地跑去敲司马琰家的门，招呼司马琰："我们该去看热闹了！"

《黄金国》新炒起来的热度马上要过去，王雱和方洪说好要弄点新鲜玩意儿出来热闹热闹。正巧他和司马琰琢磨出来的"体检方案"已经快要收尾了，王雱觉得可以稍稍对外抛出一部分。

这不，方洪今天就要开始搞事情了。

这一天，工部尚书兼知开封府刘沆一早醒来，时间有些紧，没在家中用膳，牵了匹代步矮马出门，胡乱在家门口附近的烧饼摊子买了个烧饼，一手抓缰绳，一手拿烧饼，边走边吃。

沿途遇上不少同样赶着上朝的同僚，刘沆也不局促，笑笑算是打过招呼。大伙都是赶时间的人，谁都别笑谁。

宋朝的朝会定在每月朔望日，也就是初一和十五上朝。这日正逢朔日，官员们都陆陆续续地抵达紫宸殿外等着官家到来，没有人敢迟到。

刘沆下了马，悄悄拍掉身上的芝麻碎，昂步列入朝班，聆听大臣们讨论政务。

刘沆这人性格疏豪，不拘礼仪，嘴还毒，不说话还好，说话能噎死人。很多时候他都不说话，不是他不敢说，而是为了同僚们的身心健康着想。

朔日朝会无波无澜地过去，刘沆给自己今天的冷静理智打了个高分。回到当值的地方处理完公务，便听底下的人来报："刘尚书，大相国寺那边又有热闹了，要不要多派些人过去？"

前头说过，刘沆这个工部尚书兼着开封府的知府之位，开封府的大小事务也是归他管的。

刘沆听到"大相国寺又有热闹"的这个消息，眉心突突直跳。

大相国寺那一带，人多又杂，难管。偏偏还有人一天到晚在搞事情，打从两个月前他从钱明逸手里接了知府之任，那边都不知闹腾出多少事儿了。

远的不说，前些天那商贾自汴河运了个大龟壳过来，搬在大相国寺一带讲什么《黄金国》续编，直接把周围的大人小孩都吸引过去了，每日讲书时大龟壳周围里三层外三层全是人。

"又有什么热闹？"刘沆问。

"还是那方氏书坊弄的。"底下的人细细回禀，"今儿一早，方氏书坊便在门前张贴了几张什么'视力检测表'，还请来几个人在旁边吆喝，让往来路人上前测一测视力。"

视力这词儿虽然新鲜，但也不难理解，明显就是视物之力。刘沆本要细问一下何谓视力检测表，转念一想，新出的东西三言两语是说不清的，当下说道："行，你多派些人手过去。"

刘沆行事不拘小节，去休息用的里屋脱下官服，换上一身便服出了开封府往大相国寺那边走去。

两边相隔不过两坊，近得很，刘沆步行而去也费不了多少时间。大相国寺再过不远，便能见到一大群人热热闹闹地围在那儿。

刘沆也年过半百了，自认身子骨不算硬朗，没打算挤上前去。

左右看了看，刘沆选了对街一处茶坊，走上二楼准备寻个临窗的好位置瞧个仔细。

很快地，刘沆注意到最好的位置上坐着两个小童，还有个看着有十四五岁的少年默不作声地守在两小童身后。

谁家竟让两个小孩往外跑？两小童瞧着衣着倒是普通，可都长得粉雕玉琢，他们家里人竟不怕他们遇上拍花子？

刘沆迈步走上前，开口询问：“你们对面的位子空着吗？能不能让我坐下歇歇腿？”

王雱把司马琰拐出来看热闹，乍一听有人上前搭话还挺警惕的。他转头看去，只见刘沆一身儒生打扮，长得也不甚壮硕，显然是个手无缚鸡之力的读书人。

还成，不像坏人！王雱点点头，很是乖巧地说：“您坐！”

司马琰也把视线从外面收回来，规规矩矩地问好：“您好。”

刘沆把王雱方才那一闪而过的戒备尽收眼底，心中不由夸了一句“好机灵的小子”。他笑呵呵地问：“这一大早的，都在看什么热闹呢？”

王雱一脸懵懂和无辜：“看方氏书坊的热闹啊。”他如此这般地把“视力检测”的大致过程给刘沆讲解了一遍，看了看刘沆脸上皱巴巴的皱纹，积极怂恿，“您也可以去试试，听说还可以试戴一下店里的‘护目宝镜’来着！”

司马琰：“……”

刘沆奇道：“护目宝镜又是什么？”

王雱脸上写满了“这你都不知道”的嘚瑟，给刘沆科普：“就是往镜架上嵌入用晶石磨成的镜片，镜片冰冰凉凉的，戴着可舒服了。要是你远的东西看不清，就用凹镜；要是你近的东西看不清，就用凸镜；要是你近的远的都能看清，只是想试试护目宝镜，也可以用平镜。”

这护目宝镜，自然是眼镜。这时代也有少量玻璃产出，只不过玻璃的配方不对，产出的玻璃都是不透明的，要倒腾出适合的玻璃还需要人力、物力、财力的投入。

王雱暂时没那个财力，方洪则是没这个想法，前两年方洪派人南下找商机，最终在边远的琼州买下了一处矿藏，那矿藏里的矿石十分奇异，雪白皎洁，光亮照人，偶尔还能找着粉色的“桃花水精”。

方洪给王雱看了这“水精矿”，王雱当即建议方洪就地培养一批制镜师傅，那边地处偏僻，人力便宜得很。这“水精”作为镜片需要精挑细选，从色泽到杂质都需要考虑，加工起来也比较困难。

但，这是个淳朴的时代，你愿意出钱，自然有人愿意勤勤恳恳地给你干活儿。只要给钱足，制镜师傅们可以花上小半个月给你磨出两片完美的镜片来，绝对的精工细活出精品。

经过一整年的“秘密准备”，方洪手底下已经有纯熟的“配镜团队”。前些天方洪还来跟他合计，什么时候把这护目宝镜推出去。

由于成本的高昂，这护目宝镜注定不可能面对大众市场，事实上需要它的人范围也很有限：首先得是读书人，然后得是位高权重、极其有钱的读书人！

没办法，穷人根本没机会识字，更没机会看书看到近视眼——书老贵老贵了！

方洪准备先炒一波，再带着配镜团队找几个“活广告”，把这护目宝镜往高端市场卖去。广告的良好效应，方洪现在已经熟悉得不能再熟悉了！

王雱会积极地给刘沆推销，自然是因为这“护目宝镜”生意他也投了钱，最终收益和方洪是五五分成的——他把《三国杀》自己那份分成都投了进去，一点都不心疼。反正吧，方洪把钱送到他家也不归他管，还不如扔出去让它生点钱。

这刘沆气度不凡，显然是个有钱人，说不定是个潜在客户啊！

刘沆不晓得王雱的小心思，只觉得王雱的说法很稀奇。这什么凹镜、凸镜、平镜，他还是头一次听，不过他在恩师那儿看过一个“取火镜”，那镜片就是水精磨成的，镜面莹泽透亮，十分雅致，轻轻抚上去，可以感受到它并非平整的，而是两面凸起。在取火镜下放一张纸，对着太阳照久了便能让纸烧起来！

这想来便是这小童所说的“凸镜”了。

刘沆道：“这护目宝镜真有那么厉害，能让眼睛看不清的人把东西看清楚？”

“那当然。”王雱锲而不舍地卖起了瓜，“人上了年纪之后，看书定然模糊得很，很难把字瞧清楚，眼睛也容易累。戴上这护目宝镜，看起书来就清清楚楚啦！”

刘沆和公文打了半辈子交道，年过五十之后确实越来越感到吃力。听了王雱这话后刘沆竟真有些意动了，问王雱：“那你可知道这护目宝镜上哪儿买？”

王雱麻溜地道：“对面方氏书坊可以预定，到时会有专业的团队给您检验视力、测定眉间距，为您量身定做一副护目宝镜，服务可周到啦！”

刘沆听着王雱顺溜地卖广告，心里便有了点猜测。他不动声色地询问王雱更多问题，最后终于摸清一件事：这小子和那方氏书坊关系匪浅，想他去买那护目宝镜呢！

光听王雱这么说，刘沆已听出那护目宝镜肯定不便宜。专人上门配镜、半个月手工制作，这样光是人工就很不得了了，更别提那镜面是以水精磨成的，价钱哪可能低？

刘沆笑了笑，把自己叫的那壶茶喝完了，招来个一桌桌兜售果子香药的小厮买了份果脯送给王雱三人，起身和他们辞别。

王雱拿起个果脯尝了口，眉毛鼻子都皱一块儿了，酸！王雱麻利地收起被酸倒牙的表情，一本正经地把它推给司马琰：“挺好吃的，你尝尝。”

司马琰瞪他。刚才她一直看着他呢，以为她没看到他刚才被酸得皱鼻子挤眼睛吗？

王雱阴谋没得逞，哼哼两声，编排起刘沆来：“你说这位老爷爷给我们买这酸果子是什么意思啊？”

“不知道人家什么意思你还敢吃？”司马琰觉得王雱警惕心太弱了。

“买都买了，人也走了，不吃多浪费。”王雱说，“谁知盘中餐，粒粒皆辛苦啊！”

司马琰说：“我看你那小心思人家全看清楚了，特意挑酸果子送你。”

王雱拒不承认：“我什么小心思？”

司马琰实话实说：“推销‘护目宝镜’的心思。”

王雱摸摸鼻头，继续哼哼：“我亲自给他推销呢，这可是别人求都求不来的事儿！”

不得不说，王雱的推销还是很成功的。刘沆越过人群，按照王雱说的去书坊里找人登记，小厮立刻毕恭毕敬地把配镜流程给他讲了一遍，服务到家地请他到雅室里进行视力检测。雅室不像外面那么喧嚷，可以让刘沆从从容容地体味这项新事物。

测定好各项数据，有人取来一副崭新的护目宝镜给刘沆试戴。刘沆走到书架前取下一本书，翻开一看，发现自己的目力果然大有不同，可以毫不吃力地把书上的字看得清清楚楚了！

对效果满意了，配镜师傅又拿出画着眼镜框样子的“宣传册”给刘沆挑。刘沆拿过宣传册一翻，发现这方氏书坊果然周到，竟还配上个半身的人像，给购买者显示不同场合、不同脸型、不同轻重的眼镜框搭配起来是什么效果。

摸着那顺滑漂亮的宣传册，刘沆不由想，自己出的文集纸张都没这么好！他甚至有些意动，准备下回要出书时就找这方氏书坊。

刘沆薪酬不错，无不良嗜好，家底还算丰厚，当下便给了定金，回家等方氏书坊给他送这“护目宝镜”。

另一边，王雱和司马琰趴在茶坊二楼的栏杆上瞧够了热闹，招呼曹立一同回家去。大相国寺一带鱼龙混杂，曹立紧跟在王雱两人身后警惕着过往的所有人，哪怕看到有偷儿在偷别人荷包他都没挪动半步。

保护王雱和司马琰才是最重要的。

王雱倒挺想支使曹立去见义勇为，可惜曹立现在大了，有自己的主意了，吴氏叮嘱说要寸步不离地跟着，他就寸步不离地跟着，茅厕都不带上的！

安然无恙地把司马琰送回家，王雱有了新主意："我们在京城也安顿下来了，曹立你总跟着我多没趣，不如我们找点事干。"

曹立点头听命。到京城后他的职责就是护着王雱到处玩，确实把他给闷坏了。

王雱道："我听说京城有个地方叫'无忧洞'，你听过没？"

曹立老实回答："听外面的人提过，说那是盗贼聚集的地方，住着许多'江湖人士'。"事实上这些三教九流的人也不全都是盗贼，他们偶尔也会做点正经事：跑跑腿、卖卖果子、传传口信、拉拉皮条。

"你想办法混进去，拉拢一些能用的人，到时候我们把他们干的活计全盘接下来，好好规划规划。"王雱大言不惭，"你性子太直，与他们打打交道，对你往后领兵打仗有好处。"

一开始王雱笃定地说什么"你以后要当大将军"，曹立心里还挺别扭，现在曹立已经能面不改色地听着了。他应下王雱的话，拿着王雱给的"活动经费"想法子寻那无忧洞去了。

曹立离家半个月，方氏书坊的护目宝镜正式在朝中官员之中传开了。因为望日这一天，刘沆戴着他刚拿到手的护目宝镜上朝去了。

望日这天，刘沆依然骑着矮马，啃着撒了芝麻的烧饼，踩着点赶朝会。到紫宸殿外，衣袖上落的碎芝麻已经拍干净了，他取出了上朝用的笏板。

这笏板是百官上朝时记事用的，好记性不如烂笔头，要紧事全先打好草稿记在上面，免得上朝时殿前失仪，忘事或者磕磕绊绊。

像刘沆这样的老臣，上朝经验丰富得很，基本不需要往上面写什么，比如刘沆从前就只在上头写"忍住不要瞎说话""忍无可忍也得再忍忍""不要轻易放出毒舌这一终极武器"等箴言。

没办法，上了年纪写再多也看不清不是？索性拿着充样子。

今儿刘沆找到自己的位置站定，腾出手扶了扶自己花了大价钱买的眼镜，左右一打量，周围人笏板上的"小抄"尽收眼底。

大部分人都明敞敞地亮在那儿，不怕谁瞧见；那些个藏着掖着的，等会儿一准要搞事情。

刘沆气定神闲地扫了一圈，不出意外地瞧见御史台的几个家伙面孔紧绷，笏板死藏，一看就是要骂人了。

御史台的官员专职骂人，上至官家、宰辅，下至文武百官，他们都能瞅准机会弹劾几句。今日也没出乎刘沆的预料，官家议完大事，御史台官员立刻出列："臣有本要奏！"

刘沆正准备看戏，对方的话却让刘沆的好心情消失无踪。

这一次，御史台骂的是他！

前不久，张贵妃母亲的娘家一个家仆犯了事，刘沆这个开封知府依法判处了那家仆。御史台的意见是"你处理了家仆，怎么不处理曹家？这是包庇，这是想讨好后妃"！

说起这张贵妃，那是圣眷极浓的，去年刚被破格封为贵妃，可谓是宠冠后宫。官家因为对张贵妃的喜爱，还给了张贵妃的伯父张尧佐好些个肥缺——若是能讨好张贵妃让她吹吹耳边风，绝对是个了不得的晋身之阶。

刘沆觉得自己挺冤，哪有家仆犯事就要"除恶必尽"把主家也连根拔起的？他忍了忍，没回呛，默不作声地等官家裁决。

张贵妃眼下是官家的心头肉，官家哪能容忍御史把这帽子往张贵妃头上扣，他不仅没责备刘沆，还夸了刘沆处事公允，绝无讨好之意。

御史一听，晓得了，官家心偏。

御史们齐刷刷看向刘沆，觉得这人颇有奸诈之相，决定以后多找找他的碴儿。可细看之下，他们又注意到刘沆脸上戴着个古怪玩意儿，有资格参加朝会的人大多有儿有女，依稀也听儿女说起过这么个叫"护目宝镜"的新事物。只是京城每日稀奇事那么多，他们也就听听罢了。

于是，又有御史上前一步，举起笏板弹劾起刘沆殿前失仪来：上朝的着装是有规定的，你怎么自己戴了个所谓的"护目宝镜"？！

刘沆本就因为被弹劾心里不爽，再听御史继续找碴儿，没忍住呛了回去："敢问你身上是不是连个荷包都没带？我戴这护目宝镜，与你带荷包有何不同？我年过五旬，目力减弱，如今有了这护目宝镜，视物轻松多了！"

刘沆与御史唇枪舌剑起来，吵得不可开交，最终还是官家在中间和了和稀泥才终止互呛。

一场朝会不欢而散，刘沆的护目宝镜倒是出了名。不少与他交好的同僚都过来问他："护目宝镜当真这般神奇？"

刘沆也不吝啬，借给几个有同样困扰的人试戴，那几人一戴，眼前果真一亮，原本模糊的书文都变得清晰起来。众人便骂道："得了如此好物，你也不与我们说说。"

"我那日也是听说大相国寺那边很热闹才过去瞧瞧，"刘沆道，"光是这小小的宝镜，那边的人就来了几回，把镜片磨来磨去，中间还废了好几片，最终才挑出这大小、厚薄都适合的。价钱贵是贵了些，却也值得。"

刘沆的同僚们官职都不低，自然不差钱，一听人家服务这般周到，做起宝镜来精益求精，便都起了去做一副的心思。

方氏书坊这半个月来一直在展开"护眼宣传"，在门口贴上一些用眼注意事项，什么不能伏案久读啦，什么看书久了最好远眺远眺啦，什么每天坚持做眼保健操啦。

这些宣传话里话外透出一个意思：你眼睛不好，是读书读多了，用眼太勤伤了眼；如果你兜里有钱，视物又不清晰，不要害羞，不要担心自己特立独行，戴眼镜是读书人的标志啊！

可惜这护目宝镜是新鲜事物，价格又极其高昂，宣传来宣传去都只有方氏书坊的一批老客户愿意预定，堪堪让方洪的前期投入回了点血。

方洪没怀疑过王雱的主意，因而也没太着急，不急不缓地铺展着宣传工作。

这一天书坊负责登记护目宝镜订购名单的人却匆匆赶来，告诉方洪这天忽然多了好些个订单，来人都是仆从，报出的名儿非富即贵。

方洪精神一振。

来了，终于来了！风潮这事儿，一般是从上而下的，用王雱的说法就是上头流行什么，下边很快会流行什么。只要能撬开朝中大臣这个高端市场，一切就好办了！每个大臣家里都有读书人吧？每个大臣总会收几个门生吧？年纪大点的门生又会收门生。只要是个大臣，肯定会桃李满天下啊！

方洪叮嘱："预定的人再多、身份再高，也要按顺序来、按程序走，每一个环节都不能轻忽！"大臣们的光没那么好沾，一旦出了什么岔子，他一个小商贾肯定扛不住。

方洪把管事打发走，马上去找王雱说起这事儿。

王雱笑眯眯："挺好的，市场打开了，剩下的就看你的了。"

哪怕得知即将会有巨额进项，王雱还是一副镇定从容的模样。在王雱面前，方洪总觉得自己才是七岁的那个。方洪在心里感慨一番，把要紧事务挑拣出来与王雱商量完了才离去。

方洪前脚刚走，王安石下衙回来了。自从当了兼职修书的国家图书馆管理员，王安石每天都泡在书堆里，自在得不得了。

今日他回来时面色却不大对，王雱掐指一算，有事儿。他麻溜地跑上去给王安石捏肩膀，乖乖巧巧地问：“爹，您遇到啥烦心事了？说来听听！”

小妹见状也立刻搁下新得的绘本，迈着小短腿跑过去。她个头儿矮小，堪堪比王安石膝盖高些，抬起短胳膊积极地给王安石捶膝盖，还学她哥讲话：“说，听听。”

王安石把小妹抱起来，教育她：“别老学你哥，迟早学坏了。”

小妹不高兴了，撇撇嘴反驳王安石：“哥哥，不坏。”

王雱得意地笑。

王安石从怀里掏出王雱让人给他做的“护目宝镜”。自从得了这护目宝镜，他看人竟奇异地清晰多了，看书也轻松了许多。王雱说他是看书看多了，以前还总爱通宵读书，看坏了眼睛，算是什么“近视”。王安石让王雱给他把凹透镜凸透镜的原理讲了一遍，没听太懂，况且别人都没这玩意儿，他自己戴出去太突兀，免不了被人问东问西。王安石最烦那些没用处的寒暄，因此都只在独自看书的时候戴上，知晓这事儿的只有三两个相熟的同僚。

不想今日朝会居然因为“护目宝镜”吵了起来！

王安石还不够格上朝议事，这事儿是同僚听说后过来给他讲的。听说不少朝中大员都去刘沆那儿试戴“护目宝镜”，大约是要去定做了。

王安石问王雱：“这东西是你想出来的？”

“哪能啊？”王雱一脸无辜，“不早说了吗，方叔琢磨出来的，书坊那边正在往外卖呢。爹看到同僚戴了吗？那多好啊，你不用藏着掖着了。”

王安石不太信任王雱，自从纸牌分来的“个人所得”被要求上交以后，王雱看着就消停多了，竟没有再倒腾别的东西。上回和沈括搞的那个《三国杀》现在还流行着呢，这小子却说那全是沈括搞的，和他一点关系都没有；眼下这个护目宝镜卖到了朝会上头，王雱也说和他无关。王安石不得不怀疑王雱是想悄悄藏个小金库。

时人讲究“父母在不有私财”，意思是只要双亲还在，你的俸禄、田产都得交给父母打理，各项支出都得从大家分到小家。王雱年纪小小，小金库却比很多大人都殷实得多，若是他自己再私藏更多钱就过线了，对他往后很不利。若是将来他金榜题名、步入仕途，旁人知晓了这事儿少不得会用来攻讦他。

王雱见他的一脸严肃地看着自己，立刻指天发誓：“我一个铜板都没碰。”

王雱和方洪没签契书，也没收半点真金白银，方洪诚信待他，他也以诚待方洪，有什么好想法自会捎带上方洪。

反正钱拿到手他花不了多少，他爹也不是好奢华的人，更花不了多少，所以王雱的想法是砸钱买人才，各行各业的人才都先培养出一批来，搞搞研究搞搞发明。只要运气够，砸出一样能推广的东西，前期的投入就能彻底回本。

来到宋朝七年多，王雱早看清楚了：宰相这活儿就是轮流当的，开封城内随随便便拉个人将来都有可能当宰相。所以他爹将来能当宰相，那也只是短短几年、一两个任期而已，结束了就结束了。若是变法失败，下场更惨，像韩琦、富弼、范仲淹都在新政失败之后被扔到外地搞基建了。到那时候，王安石要去的地方可不一定能像两浙路那么富裕，想要发展起来艰难得很呢！

搞基建，搞经济，哪样不要钱？王雱准备先攒攒本钱和人才，以备将来不时之需。他可是要当纨绔衙内的人，绝对不能穷困潦倒啃窝窝头！

王雱自觉自己情怀高尚，即便对上他爹狐疑的目光还是一脸坦荡。

王安石斜睨着他，淡淡道："且信你一回。"

王雱成功蒙混过关，警惕心极强，接下来几天都在装乖，没事就带着妹妹，叫上元娘、二娘去找司马琰玩。三个姊妹认真在桌前涂涂画画，王雱又悄悄拉着司马琰嘀嘀咕咕地说他爹眼睛太毒辣，一点蛛丝马迹都能看出端倪来。

司马琰从来都没把她爹和王雱他爹当好忽悠的人，看王雱一脸唏嘘地叹气，只能说："你以为他们那么好骗吗？"

眼镜因地制宜的改良和研发，司马琰也是出了大力气的，毕竟她对眼睛这个构造的了解十个王雱也比不过。可从一开始司马琰就提出自己不会出面也不参与分成。

没办法，她爹是个想法十分保守的人，允许她与王雱书信往来、每日见面，掺和什么纸牌的"创作"，完全是得益于他们认识时年纪足够小。相比王雱，她将来肯定会受到更大的限制。

王雱见司马琰被自己的叹气弄得情绪有些低落，立刻转开话题："以后你还打算当医生吗？"

司马琰说："不容易。我了解过了，这年头的女医有两种，一种是官府挑选无夫无子女的官婢去学医，主要给贵人女眷诊病；另一种是出家，方外之人自然不受拘束。"

不管哪一种，于司马琰来说都不可能。她算是官宦子女，哪能做那女婢之事？出家更不可能，她爹娘只得她一女，她要是出家了他们还不得哭瞎眼睛？

“这万恶的封建制度啊！”王雱对司马琰说，“别怕，你还小呢，我会给你搭桥铺路的。你只管好好钻研，多学些看家本领。等你长大了一定能成为名扬天下的厉害医生，等着挂你号的人会排个十年二十年。”

司马琰有些忧心：“你还是不要做出太标新立异的事。”

与众不同又表现突出的人最容易招来横祸。哪怕她再不愿意在后宅里过一辈子，也不想王雱冒天下大不韪去做那些会让他变成活靶子的事。

王雱没心没肺地说：“没事，有我标新立异的老爹在前面顶着呢。”

司马琰瞪他：“有你这么编排自己爹的吗？”

王雱理直气壮：“才不是编排，我是实话实说。你不知道，前两年我看我爹的手稿，上头写的是搞贷款赚利钱；前不久他稿子里又出了新东西，这次搞的是宏观调控。”

他爹的想法是，物价时贵时贱，价格波动太大，遇到荒年极可能对百姓造成破家灭门的打击。所以，可以对物价实施宏观调控。简单来说，就是商品滞销时官府统一买入货物给囤起来，高价时把东西放出去平价卖掉，这样可以把物价维持在稳定状态，还可以把商贾们的利益收归朝廷所有。

这想法是挺不错的，钱来得多，也来得快。可惜就是打击面太广了，一棒子打下去后商人们全都赚不了钱。工商业、零售业大面积被打击，商贾统统破产，失业人口急剧上升，造成的社会问题绝对不会小。哪怕失业问题先不考虑，朝中官员也不会乐意的，眼下的商贾哪个不是背靠大山？官员们虽然自己不能经商，可不妨碍商贾给他们送钱啊。一般来说这不叫行贿，这叫孝敬，晚辈要孝敬长辈，天经地义的事。所以他爹想出的这“宏观调控”，也会大大地得罪人。

王雱嘀嘀咕咕地把自己偷看来的新法给司马琰讲了一遍。

司马琰也没话说了，只能说王安石思维灵活，脑洞奇大，每个想法都比这个时代超前太多了。

王雱老气横秋地直摇头：“步子迈太大，容易扯到蛋啊！”

司马琰：“……”

有他这么说自己老爹的吗？

王雱在司马琰家玩耍够了，带着妹妹回了家。这一回他们有钱了，租的地方是带院子的。一进门，王雱便嗅到了炖肉的香气，美滋滋地领着妹妹去找他娘：“今晚炖肉吃吗？老香了！”

妹妹也跟着说：“老香！”

吴氏戳王雱脑门儿：“别把你妹妹也带成小馋鬼了。”她笑着提了另一件事，

“方才曹立回来了，家里木柴不够，我让他出门买柴去了。”

王雱看了看锅里分量十足的炖肉，点头说：“怪不得你炖这么一大锅。”

曹立那饭量，这一大锅肉他自己能吃光光！

吴氏说：“你天天支使人家在外面跑动，还不想给人吃点好的不成？”一开始吴氏被曹立吃得挺心疼，后来相处久了，又见识过曹立叔父对他的恶劣态度，吴氏早把曹立当自家人看待。

王雱上前踮起脚给吴氏捏肩膀，哄道：“有的人看起来凶凶的，实际上人可好了，比如我娘！”

吴氏笑骂：“你说谁凶？”

小妹年纪小，不畏权威敢于直言，奶声奶气地应和她哥：“娘，凶凶的！”

宋朝吃肉，体面的不便宜，便宜的不体面。比如说牛肉，牛向来是禁宰的，得留作耕地用，朝廷颁布了许多次禁令严禁民间宰杀。

当然，为了满足富贵人家的口腹之欲，宋朝的笨牛特别多，有的撞树撞死，有的跳悬崖摔死，还有的平地摔崴了四只脚。总之，死都死啦，不吃多浪费。

是以市面上还是会有牛肉供应，就是贵。比牛肉更贵的还有羊肉、鹿肉、獐肉，没办法，数量少。宋朝疆域太小，适合养羊的地方都被少数民族把控，冬天想涮个羊肉都得数着片来吃，太可怜了。

家中只有四口人，厨房也小，吴氏强拉着曹立坐下一起吃饭。曹立推辞不过，只能坐下。

王雱给他妹妹卖安利：“猪肉吃多了有点儿腻，回头换点别的给你尝尝。去年你还小，吃不得羊肉，今年冬天我叫方叔弄点新鲜羊肉来，烧开汤底烫熟就吃，有点儿膻，可特别鲜，保准你吃了还想吃。”

小妹立刻吃了这安利，眼睛闪闪亮亮，迫不及待地说：“想吃！”

王雱继续发表高论：“照我说，收复燕云十六州算什么，打几片草原下来才好，那草原虽不能产出多少粮食，可是牧草鲜美，养出来的牛羊可好吃了。”王雱豪气干云地在饭桌上点将，“曹立，等你进了军中呢，先拿回那燕云十六州鼓舞鼓舞士气，回头再北上把上头那一大片草原打下来，咱一起吃个烤全羊！对了，还有大兴安岭，据说那儿‘锦鳞在水，香菌在林，珍禽在天，奇兽在山’，一听就遍地好吃的，必须得打下来啊知道不？”

小妹也一脸期待地望向端着贼大的大碗吃饭的曹立：“打下来！”

曹立：“……”

王安石虽则已经习惯自家儿子不着调的性格，却还是被他的大言不惭弄得手痒痒，想好好揍揍他。别说北上了，光是燕云十六州就足够让人头疼！

当初太祖皇帝在宫中特别设立一个“封桩库”，说等攒够了钱就把燕云十六州赎回来或者养兵打回来。可惜到了神宗时期，这封桩库被挥霍得差不多了，到官家继位之后朝廷财政紧张，冗兵、冗员问题加剧，每年官家都必须从内藏库取出钱绢补给军需军储。比如说，今年二月需要犒赏河北、陕西、河东三路大军，官家就从内藏库取出了五十万绢。

没有钱，没有猛将能兵，想要开疆扩土谈何容易？更何况朝中百官大多不喜言战，在许多人看来安安稳稳守住边防就挺好，真要打起来的话牵一发而动全身，变数太多！

王安石道：“这些话你在自家饭桌上说说便好，到外面可别说了。”

王雱望向他爹：“为什么？”

对上儿子乌溜溜的眼睛，王安石一下子没了话。他自己就不是谨言慎行的人，很难要求儿子闭上嘴。再有，男人大丈夫哪有不想建功立业的。若是能碰上满腔壮志的雄主，朝廷当真如儿子所说的那样去开疆扩土，那他哪怕是得罪天下人也乐意去做。

“哪有那么轻松？”王安石说，“你要打仗，首先得朝廷有钱；朝廷有了钱，你得让朝廷上下齐心迎战；朝廷上下愿意支持了，你还得有好兵好将——我说的三件事，不管哪一样都很难办到。”

王雱给王安石背书：“虽我之死，有子存焉；子又生孙，孙又生子；子又有子，子又有孙；子子孙孙无穷匮也！”

王安石敲他脑袋：“行吧，我活久点，看你给生些子子孙孙为大宋开疆扩土去。”

“曹立你可别听他的那些丧气话，”王雱殷殷地嘱托曹立，“为了让我们的子子孙孙吃上涮羊肉，你千万要迎难而上啊！”

王小妹也学着王雱的语气：“迎难，上！”

晚上睡觉时，王安石和吴氏嘀咕：“小妹整天和她哥腻一块儿，早晚会被她哥教坏。”

“哪里教坏了？”吴氏觉得挺好，“男儿志在四方，雱儿能说出那样的话，我挺高兴的。难道你喜欢那些个唯唯诺诺的傻小子？”

王安石听了，没再多说。主要是连他都不敢多想的事，他儿子却轻轻松松地在饭桌上说出来逗妹妹。瞧王雱说得跟玩似的，真做起来能有那么轻松吗？

一将功成万骨枯，且不提战场凶险、刀剑无眼，军中纷争和朝廷纷争就不是寻常人能卷入的。可是人活一世，若是连想一想都不敢，活着又有什么意思？

王安石这一整夜的睡眠都极浅，梦里翻来覆去地浮现“收复燕云”“打下草原”两句话，早上醒来前，他已经坐在草原烧起的篝火旁吃起了烤全羊。

梦醒之后，王安石翻身坐了起来，摇摇头晃去脑海里还没完全散去的美好画面。

吴氏也醒了，她起身收拾收拾，替王安石整理好衣襟与腰带，口里问道：“官人夜里梦见什么了，又是打打杀杀，又是哈哈大笑的，听着怪吓人。”

王安石面上一臊，绷着脸说：“没什么，醒来就不记得了。”王安石早早用过早饭去上衙。

崇文院有弘文馆、史馆、昭文馆三馆，王安石这个史馆修撰工作很轻松，看看书，修修病句、错句就可以了，偶尔接到上头的编书任务才会忙起来。

他把自己的任务做完了，在“国家图书馆”内找舆图看，舆图版本颇多，画得都挺粗糙。

王安石作为一个实打实的文科生，还真没仔仔细细看过舆图。许多读书人都在喊收复燕云，实际上很多人连燕云在哪里都不晓得！王安石也是第一次认真地在地图上找燕云十六州，找到之后他在心里给它画了个圈，又去找王雱所说的“产出大量牛羊”的草原。一看之下，王安石不得不承认儿子说的是对的，草原都在别人手上呢，辽国、西夏都占了好地方，牛羊能吃到腻！

“介甫在看什么？”一个熟悉的声音传入王安石耳中。

王安石下意识道：“想牛羊。”说完，他才意识到自己的失言，抬起头一看，来的不是司马光又是谁？

在好友面前，王安石自是不会觉得窘迫的，坦然问道：“君实你怎么来了？”

司马光道：“我如今在太常礼院任职，九月将有一场大祭，有些事我需要过来知会一下史馆的人。”忙完了正事，司马光自然想寻王安石说说话，一问其他人才晓得王安石自己躲着看书！司马光问，“你刚才说想牛羊是怎么回事儿？”

王安石也不隐瞒，把王雱在饭桌上的戏语给说了出来。

王安石道：“那小子是初生牛犊不怕虎，什么话都敢说。偏偏我听了晚上还做了个梦，我梦见我与君实，还有子固他们在草原上吃烤全羊。真不知该说什么好！”

司马光听了，默然片刻，也被王安石所说的场景勾了去。他比王安石虚长几岁，王安石能想到的种种难处他自然也能想到，叹息着说：“也只有年纪小才敢畅所欲言。”年纪越大越是瞻前顾后，再老个十几二十岁怕是连做梦都不敢做了。

王安石道：“君实你这话就有些丧气了，我们不过而立之年，能做的事多得很。我儿说得对，‘子又有子，孙又有孙，子子孙孙无穷匮’，若是他们真有那等雄心壮志，我们给他们垫垫脚又何妨？国穷则富国，兵弱则强兵，世事总有千难万险，一步一步往前迈总是不会有错。”

富国强兵……

司马光道：“谈何容易？”

王安石道：“若是容易早有旁人做了，何须等到你我来做？人生一世，须得迎难而上才不算白活。”王安石对司马光诉完衷肠，又想到自家混账儿子尾巴随时能翘上天的德性，他赶紧补了句，“这些话你切莫与我家那混账小子提起，那混账小子本就胆大包天，决不能再助长他的嚣张气焰。”

司马光笑了起来，若说王安石什么时候才像个尘俗中人，那肯定得是提及他一双儿女时了。

司马光道：“我正要与你说这事儿。你在鄞县给阿雱找了个先生，如今离了鄞县，先生不在这边，你在家又难管束他，不如让阿雱跟我学文好了。”

王雱没事就往他家跑，别人不注意他就拉着司马琰坐一旁嘀嘀咕咕。司马光横看竖看，觉得这小子必然是功课太少、过于清闲了！司马光这番来寻王安石，正是想找个光明正大的理由治治这小子。

王安石听司马光说“你在家难管束他”，不由老脸一红。论起家中地位，他确实是挺低的，那混账小子最会搬救星，不是躲他娘身后就是躲他妹妹身后，想揍他都难。

王安石诚挚谢道：“君实你若愿意收下那顽劣小子，我自然求之不得。”

王安石傍晚回到家，马上提着束脩、拎着王雱去司马光家，生怕去晚了司马光会后悔。王雱脑子还是蒙的，想再挣扎一下：“我不是拜了楼先生为师吗？”

王安石道：“换了地儿读书，不得换人教你？等将来你金榜题名了，你还是‘天子门生’呢。”

为了防止拉帮结派搞党争，宋朝把参加殿试被录用的士子都归为“天子门生”，意思是别惦记帮你老师和别人撕了，你的老师是天子，以后好好给天子做事才是正道。

王雱一脸生无可恋。虽说吧，司马光是司马琰他爹，不仅很牛，还长得挺帅，并且写出了现实世界的皇帝、官员们都爱摆在书架上装相的鸿篇巨著《资治通鉴》……可是，他还是不想沉迷学习啊！

王安石瞅见王雱那小模样，越发觉得自己的决定非常正确。楼先生不在就可以天天到处溜达玩耍？做梦！

王安石亲自领着王雱上门，司马光也正儿八经地整装相迎。

瞧见王雱站在王安石身边装乖巧，司马光露出和气的笑容收下束脩："介甫何必如此客气？"

王雱知道自己没法违抗两个长辈的决定，只能乖乖行了拜师礼，喊司马光一声"老师"。

司马光一脸镇定地还了礼，当场考校了王雱一番。

王雱以为自己读的书已经够多了，没想到司马光博览群书，考校完以后精准无误地给他列了长长一张单子，淡淡道："这些书我的书房里就有，你过来时可以到我书房里读一读。"

王雱拿过单子一看，两眼一黑。这都是从哪个旮旯找出来的书啊，他居然一本都没看过。

王雱能怎么办，只能乖乖把"扩展书单"给收好。司马光与王安石还有话要聊，打发他去找司马琰玩。

王雱一见到司马琰立即叽里呱啦地把两个狼狈为奸的大人控诉了一番，唏嘘感叹："减负说了多少年，我们这些可怜孩子的书包还是那么重啊！"

司马琰被王雱的理直气壮弄得有点儿无语，这家伙到底哪儿来的脸说自己是"可怜孩子"？她只能宽慰："多看点书没坏处。"

王雱自然也知道没坏处，可他就是想搞搞事。王雱和司马琰说起另一件事："我今天和曹立出去了一趟，见了个人，这人你肯定也认识。"

司马琰问："谁？"

"你猜猜看。"王雱卖关子，"我给你点提示，'杨柳岸，晓风残月'。"

这是一首高中必背的词。

司马琰记忆力不差，立刻报出一个名字："柳永？"

王雱点头。给司马琰说起柳永的情况，柳永老啦，长得已经不那么帅了，而且生了重病暂居旅舍里，听说住店的钱还是某个女伎帮付的，店家怕他病死在店里，一直想方设法催促他搬出去。

这半个月以来，曹立一直在和"无忧洞"的人打交道，已经顺利让一部分人归拢。所谓的无忧洞，其实就是开封府下水道。这开封府下水道又宽敞又曲折，不少无家可归的人以及盗贼之流都躲在里头苟且生活。

有人和曹立提起了这位“柳先生”，说他没喝醉时会教在无忧洞外玩耍的小孩们几个字，是个好人。曹立考虑过后，便掏钱给这位柳先生请了大夫，途中曹立碰到心慕柳先生的女伎，才晓得柳先生非常有名。想到自家衙内热爱搞事的性格，曹立自然是立刻回家找王雱。

王雱对这种上青楼不必花钱的风流人物十分敬佩，屁颠屁颠地让曹立领他去见见柳永。

柳永果然病得挺重，一脸的病容让王雱看不出他曾是个风流才子。不过不要紧，这可是传说中的“奉旨填词柳三变”，据说柳先生出名到“凡有井水饮处，皆能歌柳词”。

王雱积极怂恿柳永到方氏书坊出个书，赚一笔稿费改善改善生活。被王雱拉着打了场《三国杀》，柳永精神好了不少，还给王雱指出卡面上的美人图缺了点“媚骨”。

论品鉴美人，柳大大绝对是专业的！

王雱说：“媚骨不能有，会被说有辱斯文。”

柳永沉默片刻，点头表示王雱说得对。他写的词就一直被那些个正直儒生说是“淫词艳曲”“轻浮浪荡”“不堪入耳”。

柳永笑着看向王雱，戏谑道：“想不到小友你年纪小小竟懂媚骨是什么。”

当然，这些对话王雱没敢给司马琰说，只和司马琰说自己和柳永进行了一番亲切友好的交谈。作为一个聪明伶俐、善解人意的男孩，王雱的求生欲还是很强的。

司马琰对柳永的了解不多，更不知道柳永是青楼常客——还是可以不花钱的那种。听王雱说柳永病倒在旅舍，日子过得穷困潦倒，便说：“你给他牵牵线也好。”

王雱听司马琰这么说就放心了。他又开始凑到司马琰旁边瞎扯起来：“现在，你爹是我老师了，这么算来你就是我师妹啦。师妹赶紧叫声师兄来听听！”

王雱刚把话说完就被重重地拍了下后脑勺。王雱转头一看，他爹和他“新鲜出炉”的老师司马光都在后头呢，他赶紧认㞞：“爹，你和老师说完话啦？”

自己儿子调戏人家女儿被逮了现行，王安石哪里还待得住，对司马光说：“我先带着混账小子回去了。”

司马光维持着一贯的良好风度：“我送送你们。”司马光从书架上抽出两本厚厚的书，送王安石父子俩到门口后把书给了王雱，殷殷叮嘱，“把这两本书看完再过来，到时候我会抽些内容考校你。”

王雱：……叫你嘴贱！

王雱乖乖把两本厚重的书抱在怀里，老老实实地跟着王安石往回走。

王安石见儿子一脸憋闷，心里乐得很，领着王雱回到家脸上还是笑着的。

吴氏见儿子怏怏不乐，丈夫倒是乐呵呵，不由关切地问：“雱儿怎么了？”

小妹噔噔噔跑过来，昂起小脑袋、睁着乌溜溜的眼睛学她娘问王雱：“怎么了？”

王雱感受到母亲和妹妹对自己的关心，顿觉自己应该坚强点振作起来。不就是区区两本书吗？有什么难的！

王雱豪气干云地说：“没事，我要开始看书了！”

小妹跟着王雱坐到书桌前，也摊开自己没看完的绘本：“看书！”

吴氏看着他们兄妹俩有模有样地坐一块儿挑灯夜读，脸上不由带上了笑，转去厨房给他们煮甜汤去。

第二日王安石去上衙，王雱一副乖巧伶俐的模样带着妹妹看书。等王安石走远了，他把妹妹交给他娘，堂而皇之地跟着曹立出门去了。他与柳三变约好了，今儿再去陪他玩局三国杀。

到了旅舍，王雱便见到个娉娉袅袅的女子在给柳永喂汤药。王雱眨巴一下眼，看向精神好了不少的柳永。柳永招呼他坐下，三两下喝完汤药，笑着说：“小友果然守信。”

柳永邀那女子一同来玩三国杀，女子显然是时下很受士子们欢迎的女伎。

宋人风雅得很，但凡好友相聚，总免不了要下帖子唤几个女伎过来相陪，受欢迎的女伎琴艺好、唱腔好，还能识文断字。了解完规则，女子便轻轻松松地与两人玩了起来。到三局杀完，柳永才取出一份文稿，让女子拿好离去。人一动，屋里掀起一阵香风。王雱忍不住打了个喷嚏，摸着鼻子目送女子离开。

柳永斜睨着王雱：“怎么？头一次见着女伎，挪不开眼了？”

王雱直摇头：“这香有点儿呛人。”

他没有瞧不起这些女伎，因为她们往往是身不由己，要么是家中犯事被发卖，要么是自小被拐卖。

只不过王雱是个相当洁身自好的人，再怎么口花花，他还是非常渴望拥有一个温馨稳定的家庭，不会因为这个时代允许纳妾、以招伎为雅事而动摇。人要是连自己的下半身都管不住，还指望能管住什么呢？

柳永见王雱年纪小小，脸蛋上的神情却严肃得紧，顿时笑了起来：“等你再大些，晓得了其中滋味，肯定不会这样说了。”

王雱才不接这话。

柳永取笑完王雱，正了正脸色，与王雱说起正事：“我听说你让人在外城租了处宅子，准备找夫子给‘无忧洞’里的小孩们开蒙？”

王雱望向柳永：“先生认为不妥？”

“当然不妥，无忧洞多是鸡鸣狗盗之辈，三教九流皆有，鱼龙混杂。都说江山易改，本性难移，你便是能稳住他们三两个月，要不了多久他们还是会故态复萌。”柳永道，“你何必白白费这个钱？”

“若先生真这么想，又何必教他们识字？”王雱亦正色道，“稚子无辜。若他们诚心向学，多费些银钱也无妨。”

柳永摇头：“初时我见了你还道是遇上了同道中人，不想我却是看走眼了。走吧走吧，你别再来了，看到你们这些人就烦。”

王雱笑了起来，脸颊上露出两个浅浅的酒窝：“那我就不来了！等蒙学修好我会让曹立来请先生，到时您可别偷偷跑啦，您还欠着我药钱呢。”

外城屋宅租金比内城便宜，但也不是人人都租得起。曹立相中一地儿，是居养院旁的宅子。

所谓的居养院，是每年入冬后定时收养鳏寡孤独者的福利机构，里头住着些无家可归的老人和弃婴。

此宅独居一老翁，无妻无子，不与旁人往来，也不参与科举，一生与书相伴。每逢日子过不下去了，他便张贴告示表示可以把半个宅子租出去，换些租钱买书和吃喝。

曹立见了老翁的告示，当即上门去与老翁相商。老翁听他一半大少年说要办蒙学，讥笑道：“叫你主家来谈吧。”

于是，老翁见着了小豆丁似的王雱。

老翁：“……”

许是因为王雱年纪着实太小，再多的不合常理也让老翁无话可说。

两边一商量，老翁不仅答应租出大半个宅院，还表示可以开放自己的一屋子书当“蒙学图书馆”。

王雱欢喜得很，老翁却又提了个建议：隔壁居养院有不少弃儿，若是能让他们一起入学他愿意参一分子。

原来老翁年轻时不屑情爱，老来倒觉寂寞，听旁边小孩欢声笑语少不了心生喜爱，平日里会买些吃食过去逗小孩们玩，时日久了，心中自是多了几分挂念。见王雱这半大小孩还敢提出租房办蒙学，老翁也动了帮小孩们开蒙的念头。

王雱听了，一口应承下来。左右不是他负责教，管束一群熊孩子的事就让这老先生和柳先生烦恼去吧！

于是，两边交换了姓名，老翁与司马光他们一样喊王雱一声“阿雱”，王雱则喊老翁“常爷爷”。

常老头儿要参一分子，这改造工作自然进行得非常顺利。

王雱挑了三间采光好的大房子当教室，又挑了间小房子当“教谕办公室”。大体定下来了，陆陆续续跑了几个木匠店，定做了一批适合蒙学使用的桌椅。

其中一个教室不是蒙学专用的，是王雱准备用来开夜校的。

在鄞县时，地方小，丁口简单，街头巷尾都能说出彼此姓名，因而王雱要开什么“专题讲座”的时候大伙都很捧场。两三年下来，王雱对于这种专业培训班已经非常有经验。

普通百姓入夜后娱乐不多，有些穷人家里为了省灯油会早早睡下，“日出而作，日入而息”就是许多老百姓的生活写照。王雱准备把这段时间利用起来，定期给百姓搞搞培训，哪怕是干农活儿，也能学个更科学、更高效的堆肥法子！

当然，方洪那边还会提供一些就业岗位，比如识字的提供图书校对岗位、雕版工岗位，给会算术的提供主店、分店及各工坊的会计岗位，给愿意学制镜的提供配镜团队岗位，给愿意到工坊干活的提供工人职位……薪酬优渥、福利健全。

这些都是王雱的初步规划，具体能不能实现还得先实践实践。王雱一点都不着急，若是前期培训出来的人都能有个好差使，不愁没人来参加。只要这些培训班教授的方法比当前通用的方法先进那么一点点，那么这个“夜校”的影响就会轻松辐射到各行各业，甚至成为各行各业的风向标。

王雱伸着圆短指头比比画画，指挥漆工把磨得光滑平整的“板面”涂上黑漆。

瞅见这横在正中的新事物，常老头儿决定不耻下问：“这块黑漆漆的玩意儿有什么用？”

“这叫黑板。”王雱给常老头儿解释，“它的小伙伴叫粉笔，黑板黑，粉笔白，写上去非常显眼。夫子讲课时遇到生字，当场用粉笔写到黑板上，这样就不用一个个教过去了。”

这也是王雱答应让居养院的小孩一起过来上课的原因，有了黑板和粉笔之后给小孩开蒙就跟赶鸭子似的，赶一只是赶，赶一群也是赶。

常老头儿问明白了，每日便搬张椅子坐在一旁监工，等工匠表示黑板能用了他第一个冲上去写了几个字。

看着黑板上显现出清晰漂亮的字迹，常老头儿激动不已。有了这黑板与粉笔，只要有人愿意去教，哪怕在山野乡间都可以让人认字学文！

待王雱再过来，常老头儿免不了要问起粉笔是怎么做成的、造价几何。

王雱笑眯眯给常老头儿介绍："这东西取些白垩、石膏和别的一些材料，按照一定的比例混合搅拌，再将浆液倒入模子里等它成型就成了，方便得很。"

常老头儿遍览群书，也听说过白垩和石膏，知晓它们都不是多金贵的东西，顿时更为高兴："那敢情好！"

蒙学修整完毕，王雱果然让曹立去请柳永。柳永口里让王雱别再去找他，心里却挺想念王雱这位"小友"，曹立一请便施施然地应邀来了。

柳永早年屡试不第，仕途十分不顺，直至五十来岁才真正高中。

高中之后，上头看他不顺眼，第一任官职任满后迟迟不让他改官，让他在京城苦等两年。

今年他已经六十六岁，仕途依然无甚建树，京官当了几年，也外放了几年，最终朝廷怜他年迈体弱，给了他一个七品的屯田员外郎，只是个空领俸禄的虚职，并不需要做些什么。

柳永第一任妻子十五岁嫁他，他与妻子有了龃龉，离家到处游历，不久之后妻子便病逝了。许多年后，柳永才再娶，三十多岁方得一子。

儿子柳涚四年前早早登科，今年任满改官著作郎。二十五岁高中、二十七八岁改官，柳永心里是有些羡慕的，相比之下，他五十六七岁才当上著作郎，比儿子晚了不止一点半点。

柳涚刚改官时，他们父子俩还是住在一块儿的，可柳永为人不羁，与家人生活在一起难免会有种种摩擦。共住不到两个月，柳永便自己搬了出来客居旅店，连病重也不让人知会家里半句。

柳永这一生最不爱受拘束，唯一能拘住他的便是害他蹉跎了一辈子的科举。和儿子这一杠，就杠了半年有余。

步入被修整一新的小小"蒙学"，柳永看见一老叟在那儿拉动屋檐上垂下来的绳索，绳索上头挂着个悬钟，一拉绳，叮叮当当的声响轻松打破四周的寂静。

老叟见了柳永，松开了手里的绳索朝他笑：“你便是柳先生吧？”

这老叟自然是常老头儿。

两边互换姓名，柳永跟着常老头儿在这新修整出来的蒙学走了一圈，等看见那窗明几净的环境与新鲜的黑板粉笔，恍然觉得自己走到了另一个世界。

蒙学正式开学。

无忧洞中有家有儿的人也顺利被曹立收编，这些人本来就包揽了京城一些跑腿活儿，曹立给他们做了名册，按照王雱的指示，男的给配上统一服饰，负责城中送快递、送外卖的活计，把人训练好再扩展其他业务。女人能做的也不少，培训上岗之后可以从方洪那儿接一些精细活儿帮补家用。

虽不能给他们人手一套房子，可他们的孩子都坐到了干净整洁的教室里，接受常老头儿和柳先生的启蒙教育。每日一早，曹立把人领到蒙学外站好，听蒙学里响起孩童们的琅琅读书声。

即便他们还要辛苦地为温饱奔波，过着有上顿没下顿的生活，随时有可能会被人驱赶出栖身的“无忧洞”，但生活总算有了些许希望。他们的孩子将学会识字断句，以后说不定能成为了不起的读书人——万般皆下品，唯有读书高！

曹立选人的目光还是很可靠的，一直到九月大祭开始，整个编整过程都没有出岔子。

事实上没被曹立编入名册的人也不少，都是些奸猾狡诈之辈，只是大祭将近，所有躲在无忧洞的人都得夹着尾巴做人，这些家伙才没开始反扑。

司马光、王安石都随同朝中百官参加了九月大祭，这场折腾人的祭礼结束之后，公租房一带到处喜气洋洋。

王雱一打听，才晓得是官家大赦天下并且给朝中百官升职加薪了，每人工资都升一级。自古以来有什么比加工资更令人开心的呢？连向来正直又内敛的王安仁都很欢喜，割了三斤羊肉邀请王雱一家去吃。

王安仁身体不好，得好好养着，不能吃羊肉这腥膻上火的东西，王安石又不喝酒，是以兄弟俩只一边饮茶一边闲谈。王雱吃得挺欢，耳朵却一直竖得高高的，听王安石与王安仁聊朝廷之事。在他们的交谈之中，王雱听到了一个名儿：包知谏。

知谏是个官名，全名知谏院，听名儿就是个言官。所谓的言官，自然得积极对朝中众人指指点点，参这个一本参那个一本，可谓是专管朝野不平事。

这位包知谏胆大包天，一连参了张贵妃的伯父张尧佐好几本，见到官家就喷官家任人唯亲，把张尧佐这外戚给放到肥缺上。官家被他和其他言官喷得免了张尧佐的三司使（国家最高财政长官），回头想给张尧佐别的肥缺，又被这位包知谏喷了个狗血淋头。

王雱听得津津有味，心里却暗暗嘀咕：怎么感觉这画风有点儿熟悉？

第八章

柳三变写书

既然蒙学顺利开学，王雱也就没再往那边跑，而是专心读书。比起出去“抛头露面”，他还是更喜欢躲在后面当个清闲人。

司马光给的两本书他早看完了，不过为了不表现得太突出，王雱憋了好些天没去找司马琰，只让元娘帮忙“鸿雁传书”，写信和司马琰聊人生，聊理想，聊今天吃什么好。

因着是元娘帮忙带的信，司马光没理由再拦下来看，只能眼睁睁看着王雱在自己眼皮底下堂而皇之地和他女儿书信往来。

王雱到底是个闲不住的，憋了一段时间就憋不住了，乖乖带着书去找司马光。

一见着人，王雱马上嘴甜地喊了声“老师”，然后大诉苦水：“您给我的两本书太难了，我这段时间日夜苦读，灯油都比往常多耗了不少！我看哪，要是我再多读两本就要和我爹一样戴个护目宝镜啦！”说完，他又问司马光眼睛好不好使，需不需要配个护目宝镜。

司马光向来是个严肃正经的人，听了他这番油嘴滑舌额头青筋直突，板着脸让他坐好再说话。司马光虽然博览群书，但家里从来不缺钱，自然不会像王安石那样熬夜看书把自己弄到近视，暂时不需要什么护目宝镜。

司马光拒绝了王雱的提议，正儿八经地考校起王雱来。一考之下，司马光才发现王雱把书读得比他想象中透彻，不管是整本书的内容框架，还是书中的细枝末节王雱都掌握得极好。

若说前头起意让王雱拜师是想光明正大管束这家伙，让他别整天缠着自己女儿，那么司马光现在已是见猎心喜，真心想把王雱收入自己门下好好教导。

司马光拥有和王安石、楼先生相同的绝技：我心里很满意，我偏就不告诉你。

司马光平和地点点头，问王雱：“这段时间你果真都在看书？”

从司马光的表情上看不出自己到底过关了没，王雱只能满脸无辜地与司马光对视：“那是当然，要不然我还能做什么啊？”

司马光道：“最近，我家的饭桌上可时常多出些新菜色啊。”

这小子极其险恶，虽然没让他女儿去学做菜，却在信里天天列菜谱，大夸一顿“这菜贼香贼好吃，不信你试试看”。

司马光绷着脸让女儿拿信给他看过一段，这小子写别的不行，写吃的倒是头头是道，连他看了都觉得食指大动，恨不得立刻尝个鲜！会这么想的显然不是他一个，没过两天他女儿就拿着信在一边教她娘怎么做了。

王雱更无辜了："尝到了好吃的东西，不是该和好朋友分享吗？"他对朋友多好啊。

司马光见王雱脸色坦荡荡，一点都不像有什么不良企图的模样（比方说，骗他女儿学做菜），也觉得自己可能太敏感了。

两小孩才多大啊，能懂什么？

司马光揭过了这事儿，领王雱去书房给他上课。学生收了，总不能天天让他自己看书。王雱听司马光给他讲了半小时课，许多读书时一知半解的东西顿时豁然开朗。

与他爹不同，司马光讲课中正平和，没有过多尖锐的观点。但这不代表司马光讲课枯燥。事实上，司马光旁征博引起来连他爹都稍逊一筹，讲得那叫一个好。

王雱听到精彩处，在他爹面前养出来的老习惯又犯了，自动自发把椅子往司马光那边挪，又是给司马光倒水，又是给司马光捏肩……不要太狗腿！

司马光没好气地拍掉王雱乱捏的爪子，训道："坐好，听个课都不安生。"他就没见过比这小子更活跃的学生。

王雱振振有词："都说'台上十分钟，台下十年功'，老师您给我讲课多累啊，得把你多年所学捋得清清楚楚再给我讲，费的功夫老大了。我琢磨着您讲久了肯定会口干，才会给您倒水；您坐久了肩膀肯定会酸，我才给您捏肩！这都是学生应该为老师做的，怎么能说是不安生呢？"

"就你油腔滑调！"能把狗腿说得这般冠冕堂皇，司马光还挺佩服他的，司马光道，"这些小意讨好终归只是小道，你若是真想让我和你爹高兴，应当把心思都放在正事上。将来你学有所成、金榜题名，能踏踏实实做些为国为民的事，我与你爹才会真正觉得开怀。"

王雱颇不以为然："连小道都做不好，谈什么大道！"

在王雱眼里，为国为民是挺遥远的事，司马光的学问能让他服气，他就乖乖跟司马光学；他爹想干什么事，他就坚定不移地站在他爹那边。至于更高尚的情怀，他暂时还不能领会。

司马光也知道给半大小孩灌输这些思想为时过早，也就不再多说。左右有他和王安石在旁看着，这根好苗子绝没有长歪的机会。

王雱表现良好，被允许去见司马琰。哪怕是通过元娘传信，许多事也不便在信上多提。见了面，王雱拉着司马琰坐在雕花的窗户前，就着院子里那金黄的秋色闲扯。

王雱给司马琰讲了蒙学的事及那位“包知谏”的丰功伟绩。

司马琰显然也在她爹那儿听说过包知谏的丰功伟绩，肯定了王雱的猜想：“他就是你想的那个人没错。”

王雱当场给司马琰唱了起来：“开封有个包青天。铁面无私，辨忠奸！江湖豪杰，来相助！王朝和马汉，在身边！”

司马琰乐得不行。

外头天色还早，天气也极好，秋光晴好，微风徐徐。作为一座国家级示范性高等学府，国子监怎么可能没种桂花？王雱在屋里待不住，便拉着司马琰出去扫荡了一番。

王雱让司马琰拎着个布兜一路找过去，他负责摘，司马琰负责收着。国子监东边有株桂花树龄颇高，上头花开得最好，可以说是香飘十里。王雱两眼一亮，觉得这花香，无论泡茶还是做桂花糕定然都是极好的，当即让司马琰在树下望风，自己手脚并用地往树上爬去，小身板儿十分灵巧。

司马琰在树下往上看，王雱已经爬到挺高的地方了，兴致勃勃地采摘着手能够得到的桂花。

别人都是赏花的，王雱这家伙最俗气，就想做点桂花酱送馒头、晒点桂花泡茶喝，还有什么桂花糕啦、桂花饼啦、桂花夹心小汤圆啦。

司马琰正想着，忽听有交谈声从拱门处传来。司马琰忙紧张地提醒：“有人来了！”

王雱说：“你说错了，应该说‘风紧，扯呼！’，你真是没点望风技巧！”他边纠正司马琰边把自己藏在枝叶深处，假装自己不在。

司马琰：“……”

那她怎么藏？

司马琰只能躲到树后去，等那几个说话的文士穿过拱门往另一边走去，她才松了口气，抬头瞪向坐在树上直笑的王雱。

王雱见司马琰气鼓鼓的，顿时笑得更乐了：“以前没干过坏事吧？感觉怎么样？要不要爬到树上来看看？树上风景可好啦！”

司马琰才不遂他的意：“桂花已经够多了，我们回去吧。”

王雱也不强求，笑嘻嘻地从树上爬下去，跟着司马琰回她家分桂花。张氏见他们两人摘了这么多桂花回来，王雱身上还一身碎叶碎枝的，一下子看穿他干了什么坏事：“爬树去了，对不对？”

王雱说：“这都被师娘你看出来了！”他拉着张氏的手讨好，“小孩子要是连树都不能爬，当小孩还有什么意思啊？师娘你可千万别告诉老师和我爹，要不然他们又要吹胡子瞪眼了。”

张氏见司马琰身上齐齐整整，知晓她没跟着胡闹，对王雱便纵容了许多：“行，我不说。”

王雱又是嘴巴抹蜜猛夸张氏一顿，和司马琰分了桂花美滋滋地回家去，磨着他娘做桂花糕和桂花酱。

小妹对于王雱背着她跑去摘桂花的事很不高兴，吃桂花糕时还气鼓鼓的。于是，第二天吃过早饭，王雱便带着小妹去敲司马琰的窗，喊司马琰再去摘桂花。

最大的那株桂花树又遭了殃，被王雱爬到上头作威作福。

小妹还是头一回见识到自家哥哥爬树，一双眼睛睁得老圆，哇哇哇哇地直叫，还拿着个小布兜在下头奶声奶气地喊：“哥哥，这里，扔这里！”时不时又觉得自己不能太自私，肉疼地绷着小脸说，“琰姐姐，也要！”

王雱麻利地把满树桂花胡乱糟蹋了个遍。

三个人正玩得起劲，一声咳嗽声在拱门处传来。

王雱立刻抱着树干贴在上头，一动不动地装死。

司马琰和小妹刚才是玩得太乐呵，压根儿没注意到拱门那边有人过来。这会儿抱着布兜往拱门那边一瞧，来的不是王安石和司马光又是谁？

司马琰这会儿也想起来，司马光和王安石的休沐日是凑一块儿的，今儿可不就得空了吗？司马琰忙乖乖巧巧地朝司马光两人问好。

小妹也有模有样地跟着问好。

王安石看了眼自家女儿，问：“你哥哥呢？”

小妹想起王雱的叮嘱，立刻积极帮她哥打掩护：“哥哥，不在树上！”

王安石无语片刻，朗声朝树上喝道：“混账小子，还不快下来！”

王雱无奈地从树上滑落到地面，还指责起他爹的不是来：“爹，你明知道我在树上还这么大声吼，万一吓着我让我从上头摔下来了怎么办？这么高的树丫子，一准会把我摔傻！”

王安石骂道：“摔傻了正好，没那么闹腾。”

王雱还想叫司马光给自己评评理，一对上司马光那写着“你怎么可以做这种有辱斯文的事”的眼神立刻㞞了，乖乖在两人面前认错，要多诚恳有多诚恳，要多爽快有多爽快。

王安石和司马光对视一眼，都想把他揪到书房好好揍一顿。认错认得这么溜，显见是明知故犯。

好在两人还赶着去修新一轮的《五年科举三年模拟》，暂时没空认真修理他，你一句我一句地训了他一通就抓他到书房看书去了。

司马琰领着小妹走在后头，小妹还懵懵懂懂。她明明说哥哥不在树上，为什么爹还是知道哥哥在上面呢？她想来想去，最后只得出一个结论：爹爹厉害呀！

王雱这边被妹妹卖得有苦难言，柳永那边也遇到点难题：有人半夜破窗而入，毁坏了蒙学的大半桌椅。大祭已过，京城不再是戒严状态，一些偷鸡摸狗的家伙又开始冒头了。

这显然是对曹立收编了无忧洞部分成员、抢走了大半的快递和外卖市场很是不满，蓄意报复来了。

即便已经不管事了，柳永好歹还是官身，二话不说捋起袖子告官去。钱财事小，小孩子不能继续上学事大。

知府刘沆一直没注意到还有这新开的蒙学呢，听柳永义愤填膺地来告也没放在心上，只表示晚上会派人去守着。

蒙学收的学生还不算多，几间教室里躲过一劫的桌椅凑起来还勉强够用，学生们过来后摆好桌椅，挤到一间教室里上了一天课。

入夜之后，刘沆派了几个人悄无声息地守在外围，曹立则领着自己收编的人借夜色掩映躲在院子里，瞧瞧能不能来个守株待兔。

无忧洞，一直是开封府一大难题。刘沆接任开封知府一职以来，大大小小的案子就没断过，尤其是大相国寺那些可恶的三只手。

初听柳永这蒙学的由来，刘沆不怎么上心。真凭小小的蒙学就能招安无忧洞那群乌合之众，未免也太天真了！不过再天真，这到底也是个办法，总比那些什么都不愿意做的人来得好。

是以刘沆还是派人过来伏守。昨天夜里常老头儿和柳永听到动静后起来了，这才保住了小半桌椅。白天蒙学没有按照那些人的意愿关闭，入夜之后他们很有可能会再来！

曹立抿着唇等候在月光照不到的地方。这差事是王雱给他的，比起以前单纯地死训苦役营那些人，和无忧洞的人打交道要费更多脑筋。原以为蒙学顺利开学，各种送餐、送货业务也顺利开展，他算是圆满完成了王雱给的任务，结果事情在这里等着。哪怕接下来一整个月都不眠不休，他也会把这些人逮出来！

什么东西对猫的存在最敏感？自然是老鼠，毕竟它们要是不够警惕肯定就活不下去。暗中捣乱的这些人就是一群生活在下水道的老鼠，他们对衙役的出没最为警觉，刘沆派出的人连守了几夜都没看到半个人影，纷纷打着哈欠回去向刘沆汇报情况：一点动静都没有，报假案的吧？

衙役们身上都有巡逻任务，也都有家有室，总不能不眠不休天天守着这小破蒙学。刘沆只能让人登门转告柳永，说逮不到作案的人，没法子了。

柳永气闷不已，却也不能怪刘沆不尽心。曹立这几天也睡得少，刘沆派人过来通知之后，他反而大白天去空余的卧房里睡了一大觉，养足精神等着夜色降临。

这一晚月黑风高，四周黑得几乎看不见人影。曹立早早躲到房梁上，等待着不速之客到来。

开封城的夜市开到极晚，直至四更天外头才彻底安静下来。

曹立已经伏在房梁上两个时辰，他正要伸展了一下手脚，却听外头传来撬窗的动静。他双目一凝，屏息等着外头晃动的人影翻窗进屋。

一个，两个，三个，四个，五个，六个，七个。

一共是七个。曹立竖耳听清了，见外头再没有动静，便从房梁一跃而下，三下并两下地挪过靠墙摆着的书柜把被撬开的窗户挡起来，把七个人堵在屋里来个瓮中捉鳖！

那七人被从天而降的曹立吓了一跳，清醒过来见只有曹立一人，便晃起手中的铁锤等物要和曹立拼个高低。

曹立对付七个人，虽有些吃力，但还不至于落于下风，他惊人的怪力在这一刻发挥得淋漓尽致，竟把七个不速之客一个一个摔到地上，还用大活人叠起了罗汉。

常老头儿和柳永听到动静点了灯找过来，见此情景当场愣住。

曹立一敛刚才的冷厉与好战，面色平静地对常老头儿道：“有绳子吗？我把他们捆起来绑到大门外，等明儿府衙开门了再去叫衙役把他们带回去。”

常老头儿忙去找来一大捆麻绳，都是修整教室时捆各种木材用的，结实得很。

曹立说："计算一下他们砸坏了多少东西，到时让他们赔。"若赔不起，那就签契书替蒙学干活儿，白干的那种。无忧洞内有家有室的毕竟只是少数，更多的是漂泊无根的亡命之徒。只抓住有家有室这一部分人还远远不够。

曹立垂眸看向叠成人肉罗汉的七个家伙，这些人虽然獐头鼠目、心术不正，但也未必一无是处，收拾收拾当牲口来驱使还是可以的。到底是人，总比畜生好驯养不是吗？

曹立把人捆好扔在门口，默不作声地杵在一边守着。

次日一大早，街坊邻里们早早醒来，便听到外头传来阵阵哀号与惨叫。爱看热闹的百姓们顿时围拢在常老头儿宅院外，对着门口高高的人肉罗汉指指点点。

常老头儿和柳永睡了个踏实觉，醒来后常老头儿便接替曹立的位置守在一边，把这七个歹人的恶行给周围的人讲了一遍。得知这蒙学是好心人开给居养院的孩子们启蒙的，围拢过来的百姓都对七人唾弃不已。

围在四周看"人肉罗汉"的人越来越多，七个歹人做的事也口口相传，很快在整条街上传开了。谁家若是有什么烂菜、烂果子、臭鸡蛋的，都毫不吝啬地拿出来往这七个人身上砸。

虽说平时这七人也被人鄙夷，可明晃晃地在阳光下被人捆起来指着骂还是头一回，一时都恨不得面前有个地洞让他们钻。

还是负责巡逻这一带的衙役们听到动静赶过来，围在周围的人才冷静了些，腾出空让衙役走进人圈里。

这案子一点都不复杂，无忧洞勤劳肯干的人都讨着了老婆——且不论出身和长相，到底都有妻有儿了。这几个人则无家无业，一天到晚游手好闲，脏事苦事都不愿干。眼见被曹立"招安"的人日子要好起来了，这些人便心生妒忌想要搞搞破坏。他们还说，想这么干的人不止他们，挺多人都准备动手来着。

曹立处理完所有事才去找王雱汇报。

王雱把曹立遣去收编无忧洞，本就是看这地方鱼龙混杂，能锻炼锻炼曹立的处事能力。听完曹立的汇报，王雱点头说："这招杀鸡儆猴用得不错。"

曹立对自己的表现并不满意："我应该早些料到这种情况。"

王雱笑着宽慰："谁也不是生来就什么都会的。"

曹立不作声。跟在王雱身边越久，他越觉得王雱身体里住着的并不是个小孩，若是世上当真有生而知之者，王雱肯定算一个。

曹立到底还只是个十几岁的少年，好胜心强，免不了会在心里比较：若是王雱来办这事儿，会不会处理得更周全一些？

王雱了解曹立的性情，也没多劝，放他走了。

吴氏正要张罗晚饭呢，见曹立又匆匆离开，进王雱的书房问："曹立最近在忙什么？怎么连留下吃顿饭的工夫都没有？"

王雱笑眯眯："忙要紧事。"

柳涚，目前任著作郎。所谓的著作郎，是负责编著"日历"的官员。日历并不是一天一撕的那种日历，而是把朝中诸事按照日期编整好。说是编著，实际上只是将其他人写下的记录整理整理而已，好处就是可以看看官家及朝中大臣每天都说了什么。

朔日这日是著作郎相对忙碌的日子，毕竟朔望日要开朝会，需要记录的东西多得很。柳涚过完忙碌的一天，一同僚忽然拉住他，一副要与他说悄悄话的架势。

柳涚忙问："有什么事吗？"

"今日我去了开封府衙一趟，听到了你爹的消息。"那同僚道，"听说他和人合开了个蒙学，不知怎的招惹了无忧洞的人，那蒙学遭了袭击，上百套桌椅被砸得稀巴烂呢！"

柳涚虽与他爹置气，却也不至于不管不顾，听了这话忙问："人怎么样？有事吗？"

"那些人不过是想让蒙学开不下去罢了，倒没有伤人。"同僚说道，"可听审问结果，要是他们这蒙学继续开下去，怕还会招来更多祸患，你还是去劝劝他吧！"

柳涚心事重重地回到家，与妻子说了这事儿。

妻子不乐意与柳永同住，不满地嘟囔："你爹一天到晚招惹的都是什么人？不是烟花之地的女伎，就是无忧洞那些个渣滓，若你把他接回来了还不得扰得家无宁日？"

"总不能让爹一直住在外头吧？"柳涚难得强硬了一回，"这事儿要是传到御史台去，他们非参我一本不可。"

柳涚妻子想到丈夫的仕途，脾气没了，倒反过来劝柳涚说话软和些，别没把人劝回来又闹新矛盾。

柳涚点点头，换下官服出门寻那新开的蒙学去了。

因着同僚提到过蒙学开在居养院旁，柳涚找起来不难，很快到了蒙学门外。

甫一走近，柳涚便听叮当叮当的钟声从那不起眼的宅院里头传来，接着一群半大小孩排着队从里头鱼贯而出。出了大门后，这群小孩又齐齐回头，朝门内一个白发老叟道了别才回旁边的居养院去。接着，另一批小孩也排着队走了出来，这回在门内相送的是另一个老叟，身形消瘦，脸庞也清减了不少，不过双目灼灼，瞧着精神矍铄，竟是他爹柳永。

柳永送走自己教的那群小孩，正要回屋，却见儿子柳涚立在不远处定定地看着他。柳永有些恍惚，竟想不起自己离家前和儿子吵过什么。也许许多争吵本意并不在吵的东西，而在于谁都希望对方先服软。

柳永最近挺忙碌，又是教小孩又是告官的，没一天是清闲的，也就没时间去回想自己与儿子之间的破事。

他一生自负才高，哪怕屡试不第，也说什么“才子词人，自是白衣卿相”。他自己蹉跎了大半辈子，与儿子相处时少不了想把各种要求强加于对方，事事要对方遵循自己的意愿行事，让儿子变得“有出息”，好让自己吐气扬眉。这样的父亲，哪个儿子会喜欢？

细思过去种种，柳永竟能数出自己的许多错处。究其所以然，无非是他老来无事，日日只盯着儿子看。

如今不同了。在知晓了王雱那小儿的诸多计划之后，他忽然想好好再活个许多年，好看看那豆丁般大的狂妄小子到底能做成几分。

柳永笑了起来，心情少有地平和，开口邀请柳涚进屋坐下说话。

面对这样的柳永，柳涚忽然有种感觉：他请不回他的父亲了。

如果有人问王雱为什么那么多人愿意陪他搞东搞西，王雱一定会反问他：“搞事情这么开心，怎么会有人不爱搞事情呢？”

柳涚劝说柳永回家不得，当即想要见见办这蒙学之人，希望能曲线救国接柳永回去。他先是见了曹立，见曹立还是个半大少年，便对曹立说想见他主家。

曹立思索片刻，领着柳涚去找王雱。

王雱刚吃过晚饭，当时正准备饭后散步消消食，见了曹立先问“吃了吗”，听曹立说吃了，才和曹立出去见柳涚。

柳涚见到王雱，第一感觉是这样的：你在逗我？接着，他莫名其妙和王雱在外城散起了步。

王雱年纪虽小，与邻里却都挺熟悉，一路上不少人见了他都招手打招呼。走出一段路，王雱才转头看向还恍恍惚惚的柳涚，这年轻人长得挺像柳永，眉眼是一个模子印出来的，一瞅就知道他和柳永是什么关系。

王雱主动开口：“柳先生这人啊，别扭，你说话得顺着他的意他才听得进去。您是不是有媳妇了？”

柳涚见王雱小脸微绷，一副人生导师的模样，心里颇觉古怪。他只能点头说：“早几年已经娶了妻。”

“我猜你们夫妻恩爱，您还有点儿怕媳妇。”王雱笃定地说。明明是个半大小孩，提起什么“夫妻”“媳妇”却一点都不害臊。

柳涚不吭声了。怕媳妇什么的，能算是怕吗？那叫尊重！

王雱老气横秋地点明来意：“相处易，共住难。与其左右为难，不如保持点距离。既然柳先生乐意在蒙学那边住，你又何必强行将他请回家？”

柳涚已经不把王雱当小孩看待，他把自己的疑虑说了出来：“可这蒙学招惹了无忧洞的人，肯定不会安宁。”

王雱说：“若这蒙学是个安宁的地方，柳先生也不会甘愿留下。”有的人哪怕垂垂老矣，依然不会甘于平淡。若是一个普普通通的蒙学，哪能请得动柳三变当教谕？柳三变永远都有一颗漂泊不定的心，不受拘束，喜欢美酒，喜欢美人，喜欢挑战，喜欢一切新鲜的事物。

柳涚沉默下来。他总觉得眼前这个只有七八岁的小孩比他更了解他的父亲，而他的父亲也更喜欢眼前这个小孩。

柳涚道：“我哪能让父亲一个人住在外面？”

王雱顺势忽悠：“你若不想你父亲一个人在外面，往后休沐日可以抽出半天到蒙学兼任一下教谕，教孩子们习字也好、读书也好，也算是好好陪伴柳先生了。换一种方式相处，你们父子之间的关系也许能缓和不少。”

柳涚听了觉得有道理，可又感觉有哪里不太对。他想不出个所以然来，只能表示回去后一定好好准备准备，休沐日一定会过去。说完，他便与王雱话别，回家与妻子说说这事儿。

王雱顺利拐到个免费的进士级别教谕，优哉游哉地在曹立陪伴下溜达到蒙学那边，美滋滋地与柳永说，往后他每到儿子休沐日都能见着儿子了。

柳永何等聪明，一听便明白自家傻儿子也被王雱给忽悠了。他直摇头：“我这儿子要有你一半机灵，我以前就不用为他的仕途发愁了。”

王雱欣然接受夸奖。

第二日一早，府衙那边把七个歹人送过来了，再三和曹立确认：“当真要他们以工抵债？”

曹立平静地点头。这群歹人犯起罪来非常专业，只打砸，不偷窃，也不伤人，犯罪程度很轻，只要交得起罚款连牢都不用坐。可惜这几个家伙都穷得响叮当，口袋空空如也，很光棍地说：“抓我们去蹲大牢吧，正好让我们吃吃牢饭。”

结果曹立这个原告方代表却提出让他们以工抵债，并且当场让他们签订三年契书。这不，今天衙役就把这群死不悔改的家伙扭送过来了。

见到曹立，七个人都不由自主地缩了缩脖子，想起了这人凶残的战斗力。

曹立接收了七个人，有条不紊地展开自己的“犯罪分子驯养计划”。被砸掉的桌椅那可都是真金白银买的，换句话说就是，这七个人是真金白银买来的“牲口”，总得派上点用场才不亏。

位于外城的小小蒙学在经历过几波来自无忧洞的反扑之后，“保镖”数目大大增加。白天学生们在上课，曹立便带他们去码头干苦活儿，让他们靠体力吃个饱饭。到傍晚，曹立又领着他们去掏水渠、清垃圾，为京城环保工作做贡献。夜里，他们还得轮流在蒙学当值，给蒙学的学生们撑起一片天。

一番折腾下来，这些签了三年契书的家伙不仅把脏活儿累活儿全干了个遍，出门还得被街头巷尾的老阿伯夸：“小伙子，多谢你啊。”

这都什么跟什么啊！他们可是个个都身怀绝技的，什么坑蒙拐骗啦，什么偷鸡摸狗啦，他们比谁都擅长，为什么要苦哈哈地干体力活儿？身为三教九流人士的尊严何在？！

可是第一次喝到独居老妪端出来的鱼汤的那一刻，一辈子没做过好事、没被人正眼看过的“神偷”蔡老九居然控制不住地落下泪来。

蔡老九，家中有九个兄弟，他继母刚生了个弟弟，又逢上旱年，便悄悄把他带到荒郊野外扔了。他跟着流民来到京城时年纪还小，有个老偷儿见他机灵，便带他“入了行”。

这老偷儿不仅善偷，还好赌，教会他偷东西之后每日都叫他出去“赚钱养家”，若是他偷少了，便对他拳打脚踢。在外面挨打，回到无忧洞也挨打，想要回家吧，又不记得自己是哪边人士——更别提家在何方，只依稀记得自己在家也不被待见，九个兄弟之中只有他年幼体弱不能帮忙干活儿，总被继母骂“光吃不做的小赖子”。

老偷儿死后，他也练出了“神偷”本领，随随便便去大相国寺晃一圈便能拿下许多鼓鼓囊囊的荷包，一整个月不愁吃喝。可他这一辈子，从来没喝过一口家里人端来的热汤，从有记忆以来，他就是饥一顿饱一顿。

蔡老九抹了一把泪，把老妪端来的热汤喝掉，主动提出帮老妪把水缸挑满。老妪慈爱地看着蔡老九笑，连声说：“好好好，谢了啊。”

临到皇佑二年年末，开封下起了鹅毛大雪，不出几日雪便积得颇深。这批义工已经成为外城扫雪的主力，还兼了上门修瓦、帮抓窃贼之类的服务，每家每户几乎都认得了他们的面孔。

蔡老九还给曹立爆了个料，说无忧洞深处藏了个“鬼樊楼”，专门干那拐卖妇女的缺德事。

樊楼是京城最大的酒楼，据说登到樊楼最高处甚至可以看见皇城内部的情况。樊楼最初叫“白矾楼”，专营白矾生意，这是朝廷垄断的行当之一。可想而知，樊楼定然背景雄厚。

而这鬼樊楼，正是无忧洞中最穷凶极恶之处。当初他们这些人到蒙学捣乱，实际上也是受鬼樊楼的所有者指使，那边给他们钱，他们前仆后继地来破坏蒙学。

蔡老九道：“他们不仅拐卖妇孺，还会控制一些卖不出去的小孩出去偷窃。”因着自己就有被驱赶着出去偷东西的经历，蔡老九在见识过曹立的实力之后决定将这些事和盘托出。

曹立听了蔡老九的话，面上并没有太多表情，只点点头表示自己知道了。打发蔡老九去监督其他人参加每天的“魔鬼集训”，曹立带着蔡老九给的消息去找王雱。

王雱早猜出会有这样的事。有人的地方就有江湖，更何况是无忧洞这种三教九流人士的聚集地。他们建立蒙学、收编人手，抢走的不仅是各种就业机会，还有廉价劳动力。

王雱掏出一张特殊的舆图，这是他按照曹立的口述、借司马光和王安石的便利查阅相关营造记录之后画出来的开封下水道图纸。作为一个享誉盛名的工程师，复原这种小图纸根本不在话下！

王雱耐心教曹立辨认舆图，等曹立能够分辨出鬼樊楼的老巢之后，他才给曹立下指示：“养兵千日，用在一时。你训练了他们那么久，是时候练练手了。你觉得手底下的人都可靠吗？”

曹立想了想，摇头。无忧洞到底是鱼龙混杂的地方，虽然他有把握把其中大部分人驯服，却还是有一部分心怀叵测的家伙混在其中。

于是，王雱又给曹立讲了些关于“谍中谍”“将计就计”之类的案例，教给曹立兵不厌诈的道理。别人想放暗棋就让他们放，到时候谁中招还不一定呢。

曹立认真听完，感觉眼前豁然开朗，又打开了一扇新的大门。不过他看向王雱的目光就有些不同了：这小小年纪的，怎么就这么奸猾狡诈。

王雱一看曹立那眼神，马上晓得曹立在想什么了。他板着小脸教育：“先皇作过一首劝学诗，大致是说‘书中自有黄金屋’‘书中自有颜如玉’‘书里头什么都有啊，你们赶紧去读书’。”王雱语重心长，“我说的这些东西呢，都是书里讲的，你平时别光顾着练武，也多看看书啊。”

书里还讲这些吗？曹立半信半疑，点头应了下来。

王雱也没想过真正让曹立涉险，他对曹立说：“记住，从你们进无忧洞到捣掉他们老巢只有半个时辰的时限，过了半个时辰，官府的人就会进入无忧洞。要是中途遇到伏击，你千万不要恋战，安全最要紧。”

曹立“嗯”一声，虽然对这个安排不太满意，却还是老实服从。

自打被王雱拐带到蒙学，柳永便成了开封府府衙的常客。这日刘沆见到柳永再次找过来，眉头一跳，叹着气问道：“柳公这回又是何事？”

柳永丝毫不觉得自己讨人嫌，直接从怀里掏出一张舆图给刘沆如此这般地一说，大力渲染鬼樊楼拐卖妇孺的恶行，又拿出百户丢失过男孩、女孩家庭的联名诉状。

柳永一生写过不少风花雪月的词儿，本人就是个极其容易被感染的人，这回看过曹立带人去走访后记录下来的种种失儿丧女的惨事，不由心生触动，写了篇声情并茂的《讨恶赋》。这篇《讨恶赋》感情真挚，言语动人，连刘沆读了也很没出息地掉了两滴老泪。

待回过神来，刘沆才赶忙答应了柳永一定会倾尽全力捣了这鬼樊楼，又劝说柳永先别外传这篇《讨恶赋》以免打草惊蛇。

柳永爽快答应。

送走柳永之后，刘沆擦了把额上的虚汗，心道好歹先把人给安抚住了，要是柳永把这篇赋文发了出去，他这个开封知府肯定被参得很惨：底下的百姓都这么痛苦了，你怎么还是没作为？

刘沆拿起柳永带来的舆图，上面已经标记出进入路线和撤退路线，以及哪个“洞”中有人可以接应。有了这地下舆图，也许真的能把那鬼樊楼给捣了。

下定决心后，刘沆立刻叫来心腹把事情安排下去。快过年了，捣了这贼窝倒也是件大快人心的好事，可以借此过个开心年。

临近年底，游荡在大相国寺四周的三教九流人士更多了。

光凭蔡老九所说并不能真正确定鬼樊楼所在，曹立盯着几个鬼头鬼脑的家伙好些天，确定了他们的行动路线。这个过程中还有点儿意外发现：不仅他手底下的人中有鬼樊楼派来的“细作”，衙役中也有被他们收买的。

曹立将与他们有暗中往来的衙役记录下来，又托柳永跑了开封府衙一趟，把名单交给刘沆，让刘沆想法子让这些细作传个假消息。

刘沆看完曹立详尽的记录，额头登时渗出冷汗来。衙役捞油水是自古以来的惯例，可连这种油水都敢捞，那是真的丧尽天良。

刘沆也是混了官场大半辈子的人精，什么反间计之类的他也能玩得很溜，当下便领会曹立的意思，暗暗让这些人传消息说过年闹出大动静不好，府衙准备年后再动手。他左思右想，手书一封命亲信亲自送到三衙管军狄青那边。

所谓的三衙，是殿前司、侍卫步兵师、侍卫马兵师三衙，统管天下禁兵、厢兵。“管军”则是三衙最高将领的俗称。庆历新政以前，管军位置大多被些无用小人把持，直至庆历改政之后才开始从有边功、有德行的将领之中挑选。如今任三军管军的便是在西夏之战中屡屡立下战功的狄青。

刘沆虽为开封知府，能调动的禁军却只有很小一撮儿，还得通过三衙管军的首肯。这禁军之中，总没有鬼樊楼能伸手的地方！

狄青戍边那几年蒙受范仲淹教导，是武官之中能识字断文、熟读兵书的异类。他是最疾恶如仇的，从刘沆的信中知晓原委，又读了柳永那情真意切的《讨恶赋》，当场拍案而起，叫来亲信让底下的人伺机行动。

刘沆和曹立散出去的消息还挺有用，鬼樊楼那边知晓他们年前不可能寻来之后顿时没了动作。曹立再三修正行动路线，寻了个月黑风高的夜晚摸进了无忧洞里。

开封城下水道四通八达，行走其间也丝毫不觉逼仄。曹立按照脑中的舆图走入无忧洞深处，他脚程快，也在约莫小半个时辰之后才见到一处灯火通明的“花楼”。曹立隐在暗处，只见那地方传来嘈嘈切切的丝竹声，正厅装点得俗不可言，有些衣着暴露的舞娘在翩然起舞，只是这些女孩一个个神情木然，仿佛被抽干了所有生机。

那些看舞的看客似乎也不甚满意，一个两个高声喝出一句句污言秽语，大骂舞娘扫兴。还有些脾气暴烈的，起身冲上去往那舞娘身上狠踹一脚，大骂：“哭丧着脸给谁看？还有你们这些弹琴的、唱歌的，给谁号丧呢！”

曹立守在暗处一动不动，直至蔡老九来报说四面八方的出口都有禁军进来了，他才一跃而出，捣了里头的一室热闹。

除了这花楼，周围许多通道都被鬼樊楼控制，其中一个洞窟之中白骨森森，都是些妇孺的骸骨。除却一些落单的本地妇孺，鬼樊楼大多寻那外来客的妻儿拐带，这些人从外地而来，丢了妻女往往求告无门，只能含泪回去。过个一两年甚至几个月，他们便会另娶新妇，再不惦记着丢失的妻儿。

而这些被拐到鬼樊楼来的妇孺都会被带到白骨洞前走一遭，先调教过再发卖，或者留在鬼樊楼之中当低廉的妓子供无忧洞中人取乐。许多女子的一生便葬送在这暗无天日的鬼樊楼之中，再无重获自由的可能。

即便重获自由，她们和和满满的一生也早已被毁。女孩清誉尽毁，一辈子被人指指点点；妇人归家，夫家亦有新妇，谁愿意再要个千人骑、万人枕的妓子？是以这些被拐到鬼樊楼的女子都行尸走肉般活着。

曹立与禁军破开女子们的“房门”时，里头是一排通铺，听禁军们说她们可以领些安身立命的银钱回家去，低低的哭声便在昏暗的屋中响起。

曹立冷着一张脸，提着灯在屋里走了一圈，揪出了两个假哭的女子。那两女子被扔到地上，衣衫敞开一道口，露出雪白的胸脯，楚楚可怜地哀叫：“官人，您这是做什么？”

曹立目光毫无波澜，对已经与他们会合的禁军道：“劳烦你们把这两个贼人抓起来。”好坏无分男女，这两个女人身上齐齐整整，露出的里衣衣料昂贵，哪怕匆匆忙忙穿上与其他女子相同的衣物，也掩不住她们养尊处优的事实。

曹立这一举动终于让一些女子放声大哭，压抑不住地上前对那两个女人拳脚相加：“就是她们，就是她们佯作好心人把我们骗来的！”还有更多的女子木然地流着泪，不知前路何在。

饶是曹立铁石心肠，也不忍再多留。出了狭长封闭的洞窟，曹立一顿，看见个玉面将军站在那儿，叹息般的目光落在前头留着污水的沟渠上。曹立福至心灵，认出了这位玉面将军便是王雱提过的狄青。他上前朝狄青见了礼，报出自己的姓名。

狄青道：“我刚才听底下的人说起你，你本领很强。”以曹立的身量压根儿看不出年方十三四岁，狄青很是欣赏地打量了他一番。这样的事本来不需要狄青亲临，但亲信说有个少年收编了无忧洞的人——还训练得很不错，他才会亲自来一趟。

曹立认真道："不强。"他所会的很多东西都是王雱教他的。

狄青拍拍他的肩膀："等你再长大些，便到军中来建功立业吧。"曹立不管是武力还是智谋，都绝不下于他带过的那些将领。这样的少年成长起来会是什么模样？狄青非常期待。

曹立点头。这边有狄青在，曹立觉得没自己什么事了，便干脆利落地与狄青道别。他没有丝毫兴趣搜罗鬼樊楼中的财富——那些金银珠宝都带血。

曹立回到蒙学，处理完一身污秽，正要去找王雱，柳永却寻过来了，要问他鬼樊楼的事。

曹立叙述深入贼窟的语气颇平静，柳永却听得涕泪滂沱，他一生浪荡，在秦楼楚馆之中多有相好，知晓其中就有不少被拐卖的良家子。

柳永边以袖抹泪边骂道："这些人着实可恨！"说着竟是又回书房处挥毫创作去了。

曹立能在狄青面前镇定自若，自是因为他性情与旁人不同，他遇到苦楚之事不会像柳永这样伤心之情溢于言表，遇到险境也永远能镇定自若、不失方寸。曹立看了眼柳永的书房门，转身出门去找王雱复命。

听曹立说完贼窟内的情况，王雱叹了口气，骂道："这些杀千刀的人贩子。"自古以来买卖人口都能得巨利，人，到处都是。只有千日做贼的，没有千日防贼的，父母一个松懈便会让这些家伙有机可乘！

曹立也默默点头。

王雱叮嘱曹立："这段时间可能还会有些余党反扑，你注意好蒙学那边的安全。"

曹立无声无息地来，无声无息地走，吴氏他们都没有察觉。过了两日，吴氏才紧张地把王雱和小妹叫到身边，殷殷叮嘱他们平日里一定不能乱跑，以免被人贩子盯上。

王雱一琢磨，明白了，这是鬼樊楼的事传开了。许久没上门的方洪也再一次登门，这回他带来的稿子不仅是沈括创作的《黄金国》《三国杀》后续，还有一份来自柳永的稿件。

作为一个青楼常客，柳永写起秦楼楚馆之事来简直头头是道，在这份稿子之中他虚构了三个美人，各有各的出身，各有各的长处，最终却都因为命运的捉弄死于非命。红颜化枯骨，多么令人唏嘘！这是三个美人的厄运，却也是一个个不幸家庭的厄运。

王雱只翻了一段，便明白柳永这是因鬼樊楼之事大为触动才笔耕不辍，一口气写出的《秦楼三美》。

京城的鬼樊楼被捣了，还是有不少流窜在外的人贩子，这种事永远难以杜绝。王雱稍一思索，便道："我们可以请城中女伎出演这《秦楼三美》，扩大影响。"

这些女子的凄惨命运越是为人所知，痛恨人贩子的人就会越多。只有做到人人喊打、人人警惕，这样的惨剧才会尽可能少发生。

这年头有些档次的女伎大多"卖艺不卖身"，只有门前悬挂着红栀子灯，且不论晴雨都在灯上盖着箬赣的地方才会提供皮肉服务。

大部分女伎只在官员、士子聚会时唱唱歌、跳跳舞和陪陪酒，或者到酒楼去当负责招揽客人的服务员。每逢节假日，有才华的女伎还会被邀请到瓦舍的勾栏、乐棚中演出。

开封城内就有十余座瓦舍，其中大小勾栏五十余处。所谓的勾栏就是民间商业演出场所，每天都有不同的节目在其中演出，其中最大的一处勾栏可以容纳数千人，开个演唱会都可以了。

这些事都是曹立给王雱打探的。王安石休沐时王雱也缠着他去瓦舍那边看过，什么唱戏的、耍杂的、吹弹的，只有你想不到，没有你找不到的！这些地方，都可以好好地利用利用。

王雱让方洪凑近些，与他嘀嘀咕咕一番，方洪两眼一亮，辞了王雱回去做准备。

王安石回来时正好撞见方洪，眉头一跳。

方洪恭恭敬敬地朝王安石见了礼，没有多留。

王安石走到王雱书房、卧房二合一的房间里，撩袍坐下，问他儿子："你又在倒腾什么？"

"没倒腾什么。"虽说这年头士子多与女伎往来，可他爹是异类，出去应酬连酒都不喝，更别提召妓了。要是让王安石知晓他给方洪出主意搞什么《秦楼三美》演出，王安石一准会追着他揍。父子之间嘛，还是需要善意谎言的。

王安石一看王雱那贼溜溜的模样，立刻知道这小子又要搞事了，免不了问出一句小孩子永远痛恨的话："你司马叔父给你布置的功课都做完了？"

王雱顿时蔫了，像颗失了水的小白菜，再没了水灵灵的模样。他默默回到自己书桌前，惨兮兮地和他爹抱怨："我还是个七岁小孩，哪里看得懂这么多书？”

王安石冷酷无情：“过了年，你就八岁了。”

哦，蛇鼠一窝！

王雱不理他爹了。

饭后，王雱教他妹弹琴。王雱觉着自己这么有天赋，妹妹一定也是天纵奇才，坚定不移地每天带妹妹叮叮咚咚地乱弹。

小妹不知道自己弹得是好是坏，听哥哥夸她弹得好，立刻叮叮咚咚弹得更卖力了。

黄昏金黄的夕光之中，兄妹俩一个教一个学，画面十分温馨，吴氏做针线活儿的空当会停下来含笑看着他们。

王安石看着吴氏一脸高兴，有点儿怀疑自己的耳朵出了问题。他问吴氏：“你真觉得六娘弹得好听？”

吴氏嗔道：“小妹才那么小一丁点，弹成啥样有什么要紧的？”

王安石点头。这才对，幸好吴氏没有夸女儿弹得好，要不然他真的要觉得自己耳朵有问题！

王安石抄起一本书和一叠手稿，无奈地对吴氏说：“我去君实那儿读书。”这乱弹一气的琴声绝对算是噪音了。

没过多久，司马光也给司马琰买了把琴。他原想着请个女夫子上门教司马琰，结果王雱见缝插针地表示自己可以教，积极揽下了这活儿。

从此之后，王安石的另一片净土没了，连带司马光也被扰到不得安宁——毕竟王雱和两个“学生”的琴声交替响起，时而动听，时而嘈杂，比纯粹的叮咚乱弹更加扰人。

司马光也很无奈，只能亲自帮他们把琴扛到远处一处临水的亭子里，等他们练够了琴才帮他们扛回来。

王雱这边舒舒坦坦地教妹妹和司马琰弹琴，方洪那边却紧锣密鼓地推出了柳永写的《秦楼三美》。原本冲着香艳戏来的人看完后直接萎了，再翻开细看，都潸然泪下，为书中三美的命运而揪心。

趁着新书大卖，方洪抛出一个大饵：接下来要在女伎中选出“三美”，分别代表书中三位命途多舛的薄命美人。被选为三美者可得丰厚赏金或者柳永词一首。这柳永词，是为三美而作，柳永本已写在书里，但方洪可以把它扣留下来用来做最终奖励。

柳永词在女伎之中十分受欢迎，消息一出，不少收到帖子的女伎都欣然答应。没办法，如今的秦楼楚馆就像现实世界的娱乐圈，出名的永远是那么几个，底下无数女伎想要出头，想要成名。

要是能独得一首柳永词，绝对可以让自己接下来一段时间名气大盛！哪怕最终未能中选，参加这次“三美海选”也算是让她们露了露脸。名气大小，才情高低，决定了她们往后受邀的待遇。女伎本就是吃青春饭的行当，谁会拒绝这种能拔高自己人气，顺便给自己镀镀金的邀请？

一时之间，《秦楼三美》在京城中卖得火热，女伎们几乎都人手一本细细品读，想看看自己能应选哪一美。不少女伎们或多或少都有自己的“粉丝”，粉丝们得知自己喜欢的女伎要去参选，都掏钱买了本《秦楼三美》回去研读，摩拳擦掌准备给美人出主意。便是朝廷官员们，闲暇之余也会议论几句这场闹得整个京城沸沸扬扬的三美海选。

刘沆因着鬼樊楼的事顺利解决，这段日子过得好不舒心，想想这事儿好歹也有自己一部分功劳，心里要多开怀有多开怀。等他听到底下的人来报说柳永出了本《秦楼三美》，要趁着过年这段时间搞什么三美海选，刘沆脸都绿了。

怎么又是这柳永？！都快七十岁的人了，好好在家里含饴弄孙不好吗？！

方洪大方得很，直接将皇城之东最大的勾栏——就是可以容纳数千观众的那个盘了半个月。这处瓦舍邻近大相国寺，过年前后最是热闹，租金可不便宜。

评委阵容也颇为强大，非专业的有从“书香会”挑选出来的死忠“书香客”数位，个个都是土豪；专业的则有方洪手底下的几个“专职编辑”，个个都把《秦楼三美》读得老熟。

本来王雱还想多忽悠几个人过来，结果司马琰给他念律法，说这年代当官的人可以和大家在公务场合一起“嗨皮”，但不能私下召妓淫乐，违者得杖八十！

王雱屈指一算，自己还真不认识几个不当官的人，只能勉强接受这样的评委阵容。

三美海选如期开始，这段时间青楼中精通化妆的女伎都忙得脚不沾地，帮忙按照书中描述给参选者设计妆容。

海选现场十分热闹，王雱还小，不管吴氏还是王安石都不会带他去，他没法子，只能派曹立去瞧瞧，再让曹立给自己说道说道。

曹立不喜热闹，但还是照办。他有独特的观察视角，回来后给王雱汇报：

“人很多，一大早就有几百闲汉在那儿等着看‘三美’，临近中午时人更多了，后排的人得踮着脚伸着脖子往前看。”顿了顿，曹立又给王雱介绍女伎们的情况。

这些女伎们个个都化着精致的妆容、穿着贴合“三美”角色的衣裳，有的是少女时期的“三美”，有些是年长些的“三美”。曹立告诉王雱，有的人的妆浓得很，能把耳朵边的痦子都挡住；有的人嫌弃自己胸太小，往胸口塞了东西；有的人觉得自己太矮，特意把鞋底做高了；有的人不喜欢自己的眉型，把眉毛剃光重画。

王雱起初还听得兴致勃勃，听到后面就萎了。有他这么评价美人的吗？看人要看优点！人家辛辛苦苦化好妆，你就给人家这样的评价？什么叫长了痦子、眉毛不好、胸太小、人太矮！

王雱语重心长地教育曹立：“曹立，你这样是娶不到媳妇的。”

曹立有些疑惑地看向王雱，不明白自己照实汇报有什么不对。

王雱打发曹立回蒙学去，自己溜达去司马琰家找司马琰分享这事儿。王雱唉声叹气：“像曹立这样的，以后可咋讨老婆？”

司马琰无语：“你才多大？还关心别人能不能讨到老婆！”对这“三美海选”的主意，司马琰倒没有太大排斥，虽然她和王雱都没法出去见识这年头的“女明星”们，但是听别人聊聊过过耳瘾也不错。

王雱拉着司马琰去琴前说话：“我最近得了本新琴谱，你来听听看好不好，好的话我给范爷爷寄去。”哪怕他爹当了京官，王雱和范仲淹的联系也没中断。

今年两浙路天灾频发，到处闹饥荒，范仲淹想了个法子：以工代赈。意思是朝廷不直接赈济灾民，而是掏钱搞基建，雇佣灾民来做工。这样一来等同于花同样的钱，既稳住了灾民的心，又能搞好杭州的基建工程。

王雱觉得范仲淹的思路实在太牛了，他这小菜鸡也就配当个天天吃喝玩乐的小纨绔。

对于王雱借着自己年纪小，不要脸抱大腿这件事，司马琰没法做出任何评价。她耳朵不如王雱灵，不过好歹也是从那个信息爆炸的时代过来的，基本的品鉴能力不算差。王雱坐下一曲一曲地给她弹，司马琰一曲一曲地和他讨论适合还是不适合，不知不觉便弹到了司马光下衙回家。

司马光还没进门就听到自家院子里传出琴声，推门一看，王雱坐在院子里弹琴，司马琰在一旁听着。一曲终了，司马琰给王雱说了什么，王雱拿起琴谱在上面写写画画地做标记。

两个小孩一样年纪，坐在一起瞧着也一般大小，看着就是两小无猜的青梅竹马。

司马光轻咳一声，引得司马琰与王雱都抬头看向他。司马琰和王雱齐齐起身朝司马光问好。

司马光问："在做什么？"

王雱如实相告。

听到王雱说要寄琴谱给范仲淹，司马光有些沉默。

王雱何等敏锐，一下子察觉了司马光的静默。王雱马上问："是不是范爷爷出什么事了？"

"朝堂中的事，你不必管。"司马光叹息。

王雱哪能不管，麻溜地跟着司马光进屋，等司马光坐下后又是捏肩又是捶背，口里还甜滋滋地奉承着，弄得司马光无奈地骂道："你这小子将来要是入了朝堂，一准进佞臣传！"

王雱不仅不反省，反而还美滋滋："佞臣传那不都得当大官才有资格进？看来老师您很看好我。"

司马光算是明白王安石为什么对这儿子又爱又恨了，这要是他儿子，他也会天天想揍人。司马光还是没扛过王雱的拍马屁招数，把范仲淹的事给王雱讲了：哪怕范仲淹已经被调到外地去，有的人还是觉得范仲淹离京城太近了，尤其是范仲淹在邓州、杭州两地任职时都声名大噪，那些人的奏疏更是上个不停。

现在，上面扛不住要下旨把范仲淹调到青州去。

青州这地方，从舆图上看起来倒是比杭州近，只是路不好走，经济也不如杭州好，算是落后地区——哦不，欠发达地区。从好的地方平调到差的地方，可以说是贬谪了。

王雱听了安静下来。

国家财政扛不住，最着急的肯定是皇帝。皇帝想要推行新政，手里需要有刀，范仲淹是被挑中的那把刀，锋利而又锐气。

背后一起执行的，其实还有整个宰执班子：晏殊、韩琦、富弼等。这些人现在都在外面按部就班地历练着，只要能做出成绩，他们都会再次被重用。

可是作为主持者、作为出头鸟，范仲淹无疑是反对者们的集火对象。只要他稍有重新被重用的迹象，马上会被反对者们集火攻讦。

皇帝对这把刀，到底是爱重还是利用？

王雱不知道。他没见过当今皇帝，对历史上用“仁”之一字评价的仁宗没有太直观的印象。他只知道许多年后他爹王安石会成为另一把刀。范仲淹如今的遭遇，让他看到了他爹的未来。

王雱顿了顿，起身对司马光说：“我先回去了。”

司马光叹气：“回去吧。”小孩子的感情是最纯粹的，爱憎分明，喜欢的人遇到了好事他会跟着高兴，遇到了不好的事他会跟着难过。

王雱跑回家，却在家中见到了范仲淹的儿子范纯礼。当初范仲淹支持胡瑗在太学搞改革，把自己的儿子也放到太学念书去了。今年范纯礼年方十九，依然在太学读书，算是“考试教育”教出来的第一批人。

范纯礼显然也听说了范仲淹调任青州的事，他把范仲淹寄给王雱的信带了过来，眼睛隐约有些发红。

王雱跟范仲淹学琴，也算是范仲淹的半个学生，他向来最会攀关系，每回见面便“师兄师兄”地喊。这回见范纯礼眼眶泛红，王雱心里也觉难过，和往常一样喊了声“师兄”。

王雱回来了，范纯礼也就把来意说了出来：“我这次是来和阿雱你辞行的，父亲要启程去青州了，我不放心。读书嘛，有心的话在哪里读都一样。”虽然他父亲身边有继母跟着，可继母所出的弟弟比王雱还小几岁，正是最闹腾的年纪，范纯礼决定跟着一同到青州去。

王雱没拦着，他回忆着青州在舆图上的位置，那地方是未来的山东，入冬之后大雪纷飞，冷得很。王雱对范纯礼道：“师兄你什么时候出发？到时我给你送行，顺便给你些东西带给师父。”

范纯礼想要推拒，对上王雱坚定的目光之后却把话咽了回去。多些行李就多些行李吧，谁叫这是他父亲最喜欢的小孩。

接下来几天，王雱时而跑司马琰家和司马琰讨些御寒汤药的方子；时而领着曹立出去各个酒楼溜达，拉住报菜名的小二让他报些鲁菜菜名来听听；时而跑去拜访山东籍的大小官员，和人家聊那边的风土人情；更多的时候则是把自己锁在房间里写写画画。

王安石有些纳罕，想瞧瞧他在忙活什么，王雱却藏着不让他看。到范纯礼出发那天，王安石亲自领着王雱去给范纯礼送行。

范纯礼受宠若惊。

王雱把准备了好些天的册子交给范纯礼。

范纯礼本以为王雱是要他捎带些什么，不想居然是这么一本小册子。他和王安石一样好奇里头写的是什么，不由问：“这是什么？我可以翻开看看吗？”

王雱还没回答，王安石已经镇定地接话：“没事，看看吧。”

王雱：……这是还不死心哪！

当着别人的面，王雱哪能下王安石面子，只能说：“当然可以。”

王安石瞅了他一眼，意思是“不是一直藏着不让看吗”。

王雱哼哼两声，不理他。

范纯礼打开一看，第一页居然是京东东路的舆图，青州是京东东路的一个州，王雱把它用红点标注出来了。接下来好几页是青州各地的风土人情还有附近州县值得游玩的地方、值得品尝的美味，吃喝玩乐应有尽有。

王雱建议范仲淹多邀请些朋友去吃吃喝喝玩玩，兴致来了作几首好诗到处传唱。这样一来，一个旅游胜地又打造成功啦！至于其他的，王雱就没指手画脚了，范仲淹肯定比他懂。

最后一部分，是给范仲淹自个儿用的。那边天气冷，范仲淹又上了年纪，受不得寒，王雱给范仲淹画了个盘炕流程，让范仲淹一到那边一定要盘个炕，不管严冬时节还是春寒时候都用得着。要是非得冒着天寒地冻出门，一定得用些御寒汤药，还要用外用的药酒擦擦腰和腿，可别把自己给冻坏了。

这洋洋洒洒的一通叮嘱，看得范纯礼眼眶又开始发热。范纯礼对王雱说：“多谢师弟了。”

王雱绷着小脸，一副小大人模样：“师兄路上可要小心。”

范纯礼见他这做派，心中的酸涩散了大半，脸庞上露出了一丝笑意：“行，我会小心的，一定毫发无损地把你这册子带给父亲。”

王雱和王安石站在冬日的冷风中看着范纯礼走远。

直至再也见不着范纯礼的身影，王安石才呵出一口白气，牵起王雱的手说：“走吧，回去了。”

王雱“嗯”了一声，和王安石一步一个脚印地踏踏实实往回走。

走出一段路后，王安石忽然问：“要是我也去青州了，你愿意跟着去吗？”

王雱仰头看向王安石。

王安石也看着他。

雪花无声无息地飘落，掩盖了他们方才留下的足印。许多人的一生都是如此，生便生，死便死，不曾犯过什么错，不曾做过什么重要决定，不曾为什么东西挣扎徘徊，所过之处毫无痕迹。可有的人注定会走最难的路、做最难的事，即便茫茫历史长河中落了再多的雪，也无法真正掩盖他们所做的一切。

“当然了。”王雱嘟囔，“我才七岁，不跟着去能怎么办？上回您还说父母在不置私产呢，我肯定不能自己弄个房子住京城啊！”

王安石：“……”

行吧，自己生的，受着吧。

第九章

知子莫若父

范纯礼赶在年前与范仲淹会合。

范仲淹在杭州不过一年多，任期未满，接到调令后却很平静。他见到范纯礼先不是高兴，而是板起脸：“不好好在京城念书，跑来做什么？”

范纯礼道：“父亲与母亲身边总要有个能跑前跑后的人。”他为了不让范仲淹动气，赶紧把一路护住的册子取出来交给范仲淹，“这是阿雱托我带来的。”

范仲淹见了果真忘了斥责，接过册子坐下细看起来。

王雱写起东西来还是一样逗趣，仿佛天下没有不好玩的地方、天下没有不有趣的事。范仲淹看着那一页页的“吃喝玩乐地图”，唇角忍不住溢出一丝笑意。人开怀起来，命都能长久一些。范仲淹噙着笑看到最后，眼眶却有些湿润。这孩子，贴心啊。

范仲淹合起册子，对范纯礼说：“也好，你跟着一起去，你也不小了，该学着做事了。”

范纯礼心里泛酸，心道王雱那小子到底给他爹下了什么迷药，这看册子前和看册子后的心情和态度简直是天壤之别。不过，范仲淹松口了，范纯礼自然高兴：“儿子一定好好学！”

另一边，王安石等王安仁外调的任命下来了，把一些经验给王安仁仔仔细细地讲了，又殷殷叮嘱王安仁：“身体要紧，莫要强来。”说完，又叮嘱徐氏、元娘和二娘要看好王安仁，万莫让他熬坏了身体。

王安仁如今也能开玩笑了：“介甫，不知道的人还以为你才是兄长。”

王安石有些欢喜又有些怅然，离了家，便回家挥毫疾书，写下洋洋洒洒数千言的谏言，表示官家把范仲淹贬到青州这一决定不对，希望官家能收回成命。

王安石没机会朝见天颜，不过和朝中大小官员一样，上书的资格还有的，只是一般人不会用这个渠道来提谏言，更没胆子狂喷官家的决定。

即便这洋洋洒洒数千言的谏言不一定能传达到官家面前，王安石还是决定递上去。他把这份折子写好，又写了另一份需要递交上去的文书。他知道自己人微言轻，定然改变不了官家的决定，所以这份文书是准备递上去申请外调的。身为京官，他有资格自己挑选担任哪儿的通判——虽然他只当了不到一年的京官。

这件事，王安石没有与任何人商量。他知道所有人都会劝说他不要冲动，让他好好当个京官，顺顺利利地往上升，但他从来没想过要顺顺利利。

王安石把两份折子压在书案上，安然睡了一觉。第二日一早，他便把两份折子一同递了上去，正式开启了宋朝刺头接班人的崎岖路。

傍晚，王雱正在教司马琰弹琴，便看到司马光面色不好地回来了。

王雱一问才知道，他爹的折子居然顺顺利利传了上去。官家以前看过王安石从鄞县那边递来的折子，每回看了总觉心旷神怡、妙趣横生。这回他看累了各种杂事，打开王安石的折子准备放松放松，结果被王安石兜头喷了一脸。

王安石这人读书多，文辞佳，条理还清晰，开始提了范仲淹左迁青州之事，中间列一二三四五点引经据典地狂喷，收尾又表示：官家你这么圣明，肯定会认识自己的错误，承认自己的错误，改正自己的错误，对不对啊？

官家本来是个好脾气的人，可他对这折子的期待和它的实际内容落差太大，气得他当场摔了折子。

这些折子宰执那边也是传阅过的，宰相宋庠也知晓能让官家怒摔折子的人是谁。说起来这人还曾与他弟弟有些缘法：前些年对方年幼的儿子向衙役指出了拍花子的行迹，救回了他弟弟家险些被拐卖的孩子。不过，他弟弟宴请过对方之后，对方就未再登门，也未再有书信往来。如今看来，对方怕是早就知晓了一个道理：道不同，不相为谋。

当初要求处置范仲淹的，除了当时的宰相吕夷简，便是他这个“副相”了。现在他当了宰相，自然不愿意看到范仲淹再受重用。吕夷简已死，吕夷简一系的人内部并不平和，他可以伺机搅搅浑水，收拢其中一部分人。这些人，祖上都是官宦世家，与范仲淹主持的各项新政有着天然的冲突！比如说，范仲淹想堵住往朝廷里塞关系户的路，想截了大商户和军中诸人的钱。

所以宋庠的立场不会变：把范仲淹一贬到底。

王安石这愣头青突然冒出来喷皇帝，宋庠是乐见其成的，看看，范仲淹的支持者连皇帝都这么喷，你们还敢让他们冒头吗？

于是，王安石这刺头气得官家摔折子的事经宋庠的默许在朝廷百官之中传开了。台谏之人都忍不住嘀咕：这愣头青官儿不大，本领倒强，还抢起台谏的活儿来了。

司马光自然也听说了这事儿。他简单地把事情给王雱说了，却注意到王雱神色很平静，似乎一点都不觉得惊讶。

司马光问王雱：“你爹早与你们商量过了？”

“没有。”王雱老实回答，他老气横秋地学司马光叹气，“知父莫若子，我早看出我爹想做什么了。他肯定不止写了这封折子，一准还有第二封。”

司马光电光石火间想到自己劝说王安石当京官时说过的话。司马光说：“你是说，你爹想去青州？”

王雱一脸“我能拿他怎么办，我也很无奈啊”的表情，正儿八经地朝司马光行了个弟子礼：“我觉得是。老师你可要多给我写写信，给我布置些功课。”顺便帮他和阿琰妹妹传个信，顺便，顺便的嘛。

司马光一看王雱那贼溜溜的眼睛，立刻明白他的心思。他笑骂：“行，我会多给你布置功课的。”

王雱在跟前时，司马光总想骂他、揍他，可一想到这小子要走，这大半年来热热闹闹的日子又要归于平静，司马光还真有些怅然。他大方地允许王雱去与司马琰说说话再回家，没和平时一样刁难王雱。

王雱与司马琰聊过了，回家吃饭。吴氏和小妹都不知晓朝堂中发生的事，一顿饭吃得风平浪静。饭后，王雱带小妹一起看书，等小妹累了歇下后，王雱才放下手里的书，重新拆开放在抽屉里的一封信看了起来。

这是范纯礼离开前带给他的那封，那时候范仲淹已收到消息，准备启程前往青州。

范仲淹在信上说，王安石性子直，又固执，若是知道自己左迁青州肯定会上书提反对意见，让王雱多劝劝。王雱没有劝，不是他劝不下来，而是他也不想劝。都重活一回了，王雱只想畅畅快快地活着，想做什么就做什么。他希望他爹也一样：想怎么做就怎么做，不必在意任何人的目光，不会被任何障碍阻挡住脚步。

天地广阔，浩瀚无垠；世事如云，变幻莫测。人置身凡世如蜉蝣般渺小，唯有痛痛快快地活一场才不枉此生。

王雱把信重看了一遍，正要把它收好，他房间的门被推开了。王雱抬头看去，看到了他爹。

王安石迈步进屋，也不多问，取过王雱手里的信看了起来。看完信，王安石睨着王雱：“这信里的话你一句都没提。”

王雱没躲着王安石的目光，定定地与王安石对视片刻，才道：“我不想提。”

父子之间从来都不必多言，所思所想总是一点就通。

王安石朗笑道：“好！”他眼神中满是骄傲和欢喜，“不愧是我王安石的儿子。”

父子俩就外调青州的事商量起来，准备明日一早再与吴氏好好谈谈。到灯油快用完了，王雱才暗搓搓地向王安石提要求：“爹，我们又快要离京了，你能不能带我去看看‘秦楼三美’啊！”

“秦楼三美”的海选进行得很顺利，只是期间出现过不少大大小小的意外，什么后台着火啦、女伎们毫无形象地对骂啦、粉丝们拉票期间互殴啦，把开封知府刘沆的头发都愁白了不少。不过临近过年了，大伙都想热闹热闹，倒是没人出来叫停。

海选小半个月，“秦楼三美”已经各选出三位候选人。由于选票便宜，买了门票入内即可投票，有钱的还可以花钱加票，所以这九位候选人之间的战况十分激烈，都使出浑身解数争取胜出，甚至还组织落选的姐妹陪同演出，争取把这些姐妹的粉丝也拉过来给自己投一票。

候选人范围越小，战况越激烈，勾栏之外甚至还出现了炒票的黄牛党。

王雱现在最爱热闹了，可一直得不到王安石的首肯，他也不敢领着曹立过去玩儿，怕被打断腿。

王安石瞪了王雱许久，才道：“成，明晚我带你去看一回，就一回，不能再多了。”

王雱美滋滋地答应下来，亲亲热热地把他爹送出房门。

王安石抬手往他额头上弹了一下，骂道：“这又不是出门，你送什么送？还不赶紧去睡觉！”

王雱哼哼两声，关上房门不理他了。

王安石瞧了会眼前关紧的门，不苟言笑的脸上有了几分笑容，一转头，却见吴氏站在他们房门的门框旁望着他。

王安石忙问：“怎么起来了？”

吴氏道：“妹妹睡着了，我想起来看看雱儿睡下没。”刚才乍然看到王安石朝着儿子房门笑，吴氏隐隐有了些不明不白的预感，她上前问王安石，“大半夜的，你和雱儿在商量什么？”

王安石原想明天再与吴氏说，听吴氏问起了也没再隐瞒，把自己早就盘算好的事告诉吴氏。

吴氏听了安静下来。过了好一会儿，吴氏才说：“朝廷的事，我不懂。你和雱儿若觉得这样做是对的，尽管去做便是了。”嫁给王安石之前，她便清楚自己要嫁的是怎样一个人。不管是在扬州、在鄞县，还是在江宁、在开封，只要一家人齐齐整整地在一起，到哪儿都一样。

王安石心中感动，却更为口拙，只能握住吴氏的手道：“辛苦娘子了。”

吴氏嗔骂："一家人说这个做什么？"

王安石又与吴氏说了要与王雱去看那"秦楼三美"的事。因为《秦楼三美》瞧着就不是适合儿子、女儿读的，所以吴氏也没拿来看过，只从其他人的闲谈之中了解过一点，知晓这《秦楼三美》说的不尽是那风月之事，更多的是揭露贩卖人口的黑幕，诉说三个薄命佳人的不幸遭遇。佳人越美丽、越招人爱怜，自然越能体现那些拐卖妇孺之人的可恨之处。

知道儿子一直想去看看，吴氏便大方地说："你且带他去看看好了，那是勾栏，又不是那种地方。"

夫妻俩执手说了会儿话，也歇下了。

第二日，王安石被上头找去谈话，大意是让他再考虑考虑，王安石坚定地表示自己已经想清楚了，与他谈话的人便说"开春他可以随其他外放的人一起出发"，完全只是走个程序意思意思。

王安石很满意。下午那一顿，王安石一家一起到司马光家用饭，宾主尽欢。饭后聊到入夜，王安石邀请司马光一起领着王雱出去散散步。

司马光出了门才知晓王安石是要带王雱去看那"秦楼三美"，也不好直接调头回去，只能笑骂王安石不仗义，回头要和张氏她们告他一状，说都是他领着去的。

同是怕老婆的君子，王安石一脸镇定，丝毫不觉害臊："我昨天夜里已经和内人说过了。"

司马光拿他没办法，只能瞅了王雱一眼，觉得这小子小小年纪不学好，才七八岁就想着去看美人了。好在这"秦楼三美"还有着控诉"鬼樊楼"恶行、警醒世人需要警惕拐子的用处在，倒也不算什么风月之事。

今夜是三选一的重要日子，皇城之东最大的瓦舍之中灯火通明，行人如织。王雱三人来晚了，没买着票。王雱可怜巴巴地跟着王安石、司马光挤出人群，左顾右盼，到对面的茶坊亮出方洪给他的章子。

这茶坊有方洪的份子，一看那章子便晓得是主家看重之人，当下着人引他们上楼腾了视野最好的桌椅出来。

为了应对这种进不了场且不想和人挤的情况，王雱早有准备，只见他从兜里掏出个木制的"盒子"，把盖在两端的盖子打开，对着勾栏那边调整起角度来。

司马光与王安石本来对那"秦楼三美"都不甚感兴趣，坐下便叫了壶茶闲谈起来。等注意到王雱拿着个木盒子在那儿捣弄，王安石停了下来，虎着脸问王雱："你那是什么玩意儿？"

王雱一点都不怕他爹："不告诉你。"

王安石瞪他。

司马光听他们父子俩一问一答，也看向王雱手里的木盒子。那木盒子一端对着远处的勾栏台子，一端凑在王雱眼睛前，看着用处似乎和那护目宝镜差不多。

司马光道："给我瞧瞧。"

王雱还是很尊师重道的，听司马光这么一说便把木盒子递了过去。

王安石继续瞪他。这臭小子真是皮痒了！

王雱一点都不尿，积极给司马光解释："这是我叫人把部件做好自己组装的，叫望远镜。哪怕茶坊这儿离对面的勾栏台子有点儿远，还是能把台上的美人看得清清楚楚！"

王安石想揍他。

司马光已经看到了王雱所说的画面：明明隔着宽敞的街道、隔着可容纳数千人的场子，那勾栏台子上的一切却像近在眼前。

虽然已有护目宝镜在前，司马光还是颇为惊奇。这木盒子镶嵌几块透镜，竟还有如此用处？

司马光犹自出神，手中的望远镜已被王安石拿了过去。王安石本来不信王雱的话，亲自用望远镜看了一会儿，目光落到了王雱身上。

王雱被他爹看得毛毛的，立刻装乖问他爹："是不是很好玩？"

不知道为什么，王安石总觉得不管什么东西搁到自己儿子手里都是暴殄天物。这望远镜可用的地方不少，这小子却只拿来看美人。王安石问："你没让人把这玩意儿拿去卖吧？"

"没有。"王雱一脸正直，恬不知耻地溜须拍马兼自夸，"这东西我可不往外卖，我是叫人帮我做好零件自己装起来的！这世上像爹、像老师，还有像我这样品行端方的人可不多，要是有人拿这东西偷看小娘子洗澡可咋办？"

王安石没忍住，抬手往他脑袋上敲了一下："你说的都是什么话？"

王雱捂住脑袋嘀咕："世风日下，人心不古，说实话还要挨打，这日子不能过了。"

王安石："……"

司马光和王安石都不是喜好玩乐的人，很快把望远镜还给王雱让王雱自个儿看美人去。虽然透镜有点儿杂质，画面并不算高清，王雱还是好好地过了一把眼瘾。

果然，不管什么时代人的潜力都是无限的，经过几轮淘汰之后留下来的美人和节目都是精品，她们演的都是《秦楼三美》中的选段，或精彩绝伦或凄惶催泪，观众们反应热烈，时而高声喝彩、掌声如雷，时而潸然泪下、一片泣声。

王雱正看得津津有味，楼梯处传来了由下而上的交谈声，最先钻进王雱耳朵的是个属于十三四岁少年的声音："哥哥，早劝你早些出来了，你不听，看看，这会儿根本什么都看不到了。"

另一个声音稍稍年长些，不过约莫也才到弱冠年纪。他语气认真，透出由衷的不赞同："我们出来本就不合规矩，何况你把大郎也抱了出来，还凑这种热闹就更不适合了。"

王雱转头看去，只见一个眉目清正的青年自楼梯拐角处走上来，身后跟着个十三四岁的少年，面容与青年相仿，只是更清秀一些。清秀少年怀中还抱着个粉雕玉琢的小孩，约莫两岁，一双乌溜溜的眼睛到处乱转，看起来机灵得很。

二楼临窗的好位置就那么几个，引路的小厮忙把三人领到王雱旁边的空位上。那乐呵呵抱着小孩的少年见着王雱，只觉这小孩长得真俊，哪怕他入京后见的人都堪称人中龙凤，竟也觉得再没有比这更好看的小孩了。

少年对王雱心生好奇与好感，多看了几眼，一下子便注意到王雱手里拿着的"木盒子"。少年把怀中抱着的孩子塞到青年手里，凑过去与王雱搭讪："你这木盒子是什么啊？"

王雱大方地和这个看起来眉清目秀的少年分享新玩具，如此这般地解说一番。少年兴致更浓，凑到王雱身边，和他挤在一块儿摆弄起来。等感受到了望远镜的妙处，少年惊叫起来，忙叫兄长和侄儿也过来看。

青年本来不欲上前搭话，见弟弟如此行状，不得不起身朝王安石和司马光致歉："舍弟顽劣，扰着两位先生了。"

王安石和司马光都不是在意这点小事的人，听青年一口京城口音，且身上衣着、佩饰皆不是凡品，也就没阻拦几个小孩凑在一块儿玩。

两三岁的小男孩已经能走，迈着小短腿不甚稳当地跑到他小叔父身边奶声奶气地喊："叔，叔。"

少年把小男孩抱在怀里，教他用望远镜，引得小男孩哇哇直叫。

王雱家里有个年龄相仿的妹妹，还挺喜欢逗这年纪的小孩玩的，等小男孩看腻了望远镜便哄他玩什么变戏法啦、绕口令啦，给他讲故事啦，小男孩哪里遇到过这么有趣的人，当场从满口喊叔变成满口喊哥，黏着王雱不愿意走了。他爹和他小叔叔要带他回家时，他还死死抱住王雱大腿，哭着喊着说不要回去。

少年心里酸溜溜的，却得承认王雱哄小孩很有一套，他蒙骗侄子："明天我再带你找哥哥玩啊。"

侄子眼里含着一泡泪，想了半天才依依不舍地松开了手，怪可怜地跟着他爹和他小叔叔走了。

等三人的身影从楼梯处消失了，王雱才不赞同地直摇头，对王安石和司马光说："他们这么骗小孩，明天一准哄不住。"

司马光道："你怎么知道他们在骗小孩？"

王雱说："他又没和我们约好明天见面，又没和我们通过姓名，明儿上哪儿找我们去？唉，要是长辈对晚辈都不守信，怎么能教导晚辈守信呢？"他一脸自然地给他爹拍马屁，"我爹就不同了，说带我出来玩就带我出来玩！古时有曾子为子杀猪，今有我爹带我逛勾栏，都是品行高洁、为人清正、信守承诺的人啊！"

司马光："……"

王安石："……"

不如寻个拍花子把这小子拐了去吧！

第二日傍晚，宗室入京时的落脚处中一片喧嚷。年幼的小童吃过饭后没见着小叔叔，他爹又表示不会带他出门，顿时伤心得哇哇大哭。他母亲高氏又心疼又是气怒。

高氏骂丈夫："你就不能带他去一趟？"

"这不合规矩。"小童他爹叹着气说。

小童他爹名叫赵宗实，身世有些曲折。真宗皇帝因为数个儿子接连夭亡，把他爹赵允让抱到宫中养着准备择个时机立为太子，不想如今的官家出生了，他爹自然被送走了。

如今的官家也接连丧子，朝臣便提议官家从他爹膝下抱养一个。他爹儿子众多，到现在一共二十二个，当时排行十三的他被挑中送到曹皇后膝下养着。过了没几年，官家的幼子出生，他也和他爹一样被送回亲爹身边。可惜没过几年，官家的幼子又夭折了。

现在赵宗实担任岳州团练使，但只是挂名，并不需要到任，这回进京是想给官家及皇后娘娘贺岁。近年听说朝中许多人都想旧事重提，让官家从宗室之中选立太子。赵宗实性格中正平和，不喜与人争高低。昨天晚上遇到的那两位文士谈吐不凡，看着皆是栋梁之材，是以赵宗实才失礼地连姓名都没交换，不想被人误会结交朝臣，更不想连累那两位文士。

高氏见丈夫叹气，也不再多说，把儿子抱在怀里哄。

王雱不晓得自己昨晚碰到了两个了不得的人物，他正在安排蒙学的事。

王雱找到柳永，与他说起自己要和王安石一起去青州的事。他诚挚地道："有先生在，蒙学这边已经没什么可担忧，先生你若想继续留下，有什么事可以找我方叔；先生若是不想留下，这边要请别的夫子也容易，先生不必心怀愧疚，想做什么便做什么。"

柳永瞧着他直摇头："小小年纪的，说话怎么跟七老八十差不多？我自然是想留就留，想走就走，哪用你来说？"

王雱也就没与他多说了。

柳涚就像王雱所说的那样，休沐日来蒙学兼职，果真与柳永关系缓和了不少。临近过年，蒙学的小孩们拿着蒙学的散学奖励回家过年，柳永也被柳涚请回家过年。

都说远香近臭，这话不是假的，柳永表明了不会与儿子住一块儿，柳涚妻子对柳永和气了许多，一家人和和美美地过了个年。

年后，王雱与开封城中的小伙伴们一一辞别，还给司马琰留了副望远镜，让她平时留着玩。

出发那日，他们竟又遇到了赵宗实父子俩。小屁孩赵仲针本来坐在马车上的，撩起帘子见到王雱他们正在与司马光一家话别，立刻撒泼打滚要求下车。抱着他的高氏抵不过混世小魔王的挣扎，松了手让赵宗实把他抱下车。

小屁孩一落地，立刻噔噔噔地往王雱那边跑去，扯住王雱衣角奶声奶气地喊人："哥，哥哥。"

小妹一听，瞪圆了眼，上前气鼓鼓地拍掉小屁孩的手："哥哥，是我的。"

小屁孩看到小妹，也瞪圆了眼。

小妹的衣服是王雱给吴氏画的。小孩子嘛，怎么穿都可以，王雱就给她设计了一身可爱至极的小裙子，梳起的小包包头上还系着雪白雪白的绒毛小球，走出去不知羡煞了多少小女娃。

小屁孩直愣愣地夸："这个妹妹好可爱。"

王雱眉头一跳，赶紧把小妹拉到身后不让小屁孩看见。这一刻，他算是明白司马光为啥总阻挠他见司马琰了，自家粉雕玉琢的妹妹凭什么让这些小屁孩看了去！这些小屁孩往后说不定还会哄骗他妹妹呢，都滚远点，滚远点！

王雱面上很和气，镇定自若地兴师问罪："上回我们约好要再见的，你怎么没来啊？"

小屁孩想到自己上回没能出门，嘴巴一扁，委屈得眼睛里又含上了一泡泪，可怜巴巴地转头指着他爹说："爹爹，不带去！"

小妹悄悄从王雱身后探出一双乌溜溜的眼睛，好奇地看向那小屁孩。

王雱捏了捏小妹包包头上的小毛球，悄然把小妹的脑袋按回去。他对小屁孩说："男子汉大丈夫要坚强，不能哭，你爹娘都在等着你，回去吧。"他想了想，抽出一本册子递给小屁孩，可着劲忽悠，"这本填字游戏很难的，只有世上最聪明的孩子才能填出来，你回去以后可以让你爹娘先教你认字，然后我再和你一起玩。"

知道自己肯定不能多留了，小屁孩只能乖乖接过填字游戏，脑袋里满满的都是"男子汉大丈夫""最聪明的孩子"，雄赳赳气昂昂地往回跑。赵宗实还是只和他们问了好，始终没上前攀谈。

赵宗实跟着儿子走回车前，正要伸手抱儿子上去，小屁孩却不乐意，嘟囔着"男子汉大丈夫"，手脚并用地爬上车，再拿回刚才让赵宗实帮忙拿着的册子，珍而重之地抱在怀里。

赵宗实觉得有些稀奇，这个儿子虽然不怕生，与谁都肯亲近，可还是第一次这么听一个人的话，那半大小孩可真会哄小孩。

这时候的赵宗实还不知道，接下来的很长一段时间里，他都会沦陷在王雱给他儿子留的小册子里，吃饭想，睡觉想，有事没事都得想一想。要不然的话，严父威严随时不保！

而始作俑者王雱，这会儿正可着劲在外头和他儿子挥手道别，一副很不舍的模样。

司马光和王安石说着话，余光却时不时地扫向王雱。见赵宗实一家人的马车走远了，司马光才问："你给人家什么东西？"

王雱一脸无辜："没什么啊，就是一些益智小游戏。益智您知道的吧，就是开发智力，让人变聪明的，所以要多用用脑子。"

这些年来王雱和司马琰闲着无聊会相互出题，每次回信时都附上自己的答案和新出的题目。本来王雱整合起来想印本书玩玩，好歹也算是出了本书，满足满足王安石的炫耀欲。可惜司马琰一语惊醒梦中人："你以为谁都玩得了？"

所以吧，王雱就只让方洪先印几本留底，将来再把他和小妹玩的"入门版"整出来。给赵宗实父子俩的那本，除了开头一两局是入门级，剩下的都是他和司马琰玩的“地狱难度”！

哪怕王雱的表情再怎么无辜，司马光还是能看出点贼溜溜的感觉来。他刚才听到王雱对那小孩说是“填字游戏”，马上想到王雱和司马琰往来信件背后的那些方格子。这东西他起初没在意，后来看见它们的次数多了也就上了心。上心之后可就有点儿煎熬了，小孩子的想法天马行空，有时候他根本跟不上他们的思路——反正司马光是这样对自己说的。所以有时他得抓耳挠腮地等待俩小孩给对方回信，要不然就不知道答案了。

王安石回京之后，司马光试图与他讨论起俩小孩的那些填字游戏，但王安石这人居然异常正直，根本没怎么检查过两个小孩的往来信件，自然陷得没他深。

司马光问道：“就是你平时与阿琰玩的那些‘填字游戏’？”

王雱老实点头，甚至还积极推荐：“阿琰妹妹手边也有两本样书，您可以问阿琰妹妹拿去玩玩啊！”

王安石斜睨着王雱。

王雱乐滋滋地拉他爹入坑：“爹我给你也留了一本呢，等您到了青州就可以和范爷爷一起玩啦！”

王安石一想到自己要和范公朝夕相对，心里欢喜得很。不仅可以随时向范公讨教，还可以和范公玩玩填字，日子简直美极了！不过他面皮还是绷得紧紧的，绝不在儿子面前泄露半点喜悦情绪：“你以为谁都和你一样闲吗？”

再舍不得，该走的还是得走。曹立把无忧洞的事交给蔡老九，让他早些带着其他人走出无忧洞。他们人虽然离了京城，许多种子却已经悄然埋下，只等它将来生根发芽。

自从知晓范仲淹要调往青州，王雱便恶补了一番关于青州的知识。

宋朝的州级机构分为府、州、军、监四类。府分为京府和次府，京府有东京开封府、西京河南府、北京大名府、南京应天府；剩下带府字的地方就是次府，相当于现实世界的直辖市。

比如说，范仲淹前头所在的杭州府就是个直辖市。

若按照从低到高的军事州、团练州、防御州、节度州等级来划分，青州理当属于其中的节度州，算得上是宋朝重镇，寇准、夏竦、富弼之流都曾先后知青州。而青州下头所辖的益都、寿光、临朐、博兴、千乘、临淄不乏文教兴盛之地，古建筑也不少，很适合拾掇拾掇登临作诗，炒出个旅游胜地。这么看来，这地方其实还算是个挺不错的任地，只不过比不上杭州府这样的鱼米之乡、富裕之地罢了。

王雱正要跟他娘一起钻进车里，忽见一行人从城门处走来，模样很熟悉，正是曾在鄞县给方洪打理“分店”，经常与王雱打交道的胡管事。

胡管事长着张圆圆胖胖的脸，看着很有福相。他的小眼睛笑眯起来，恭恭敬敬地与王安石与吴氏见了礼，接着对王雱道：“老方又让我出去开分店了，小衙内可要多照看照看小的。”

王雱笑眯眯地应了下来。

方洪是个实诚人，也是个好人。

胡管事领着的小商队缀到了王安石一家人尾巴后面。一行人没走出多远，又听后头有人驾着车赶上来。曹立倒回去探明情况之后，掀开车帘对王雱道：“是柳先生。”

王雱吃了一惊，让人先停下车，他跳下地，跑去截停了柳永所乘的那辆车，手脚并用地爬进车里头，问柳永：“您怎么来啦？”

柳永道：“怎么？就许你们去青州，不许我去？”

王雱说：“这不是怕路途太远，您身体吃不消嘛！”柳永已经六十六七岁了，古人都说“人生七十古来稀”，哪能受这样的颠簸？

柳永满不在乎地道：“便是在家里躺着什么都不做，人也是会老死的。”京城虽然热闹，柳永却觉得有王雱的地方会更有意思。柳永催促王雱赶紧回他爹娘那边去，要不然等会儿可能走不了了。

王雱还纳闷怎么会走不了呢，另一边的司马琰一行人已经看到了追着出城给柳永送行的女伎们。这些女伎个个带着三两婢子，很没形象地往送行处疾走，面色都很急切。

“奉楼三美”的海选以及公演活动都已完美落幕，花落三家的三首柳永词也成为这段时间开封府中传唱最广的三首新词。这三首词和柳永以前的词一样感人至深，只是传达的感情比以前的词更丰盈、更富有层次，简直无一处不好！用王雱的话来说，这都可以写一篇几万字的论文，探讨柳永“义骨”之变化！当然，往后柳永可以写入课本的词可能会更多……

柳永这人，别的事情上都挺靠谱，就是过不了美人这道坎。他要走的事连儿子都没告诉，结果昨天与几个美貌女伎相聚，聊星星、聊月亮、聊人生理想的时候，不小心说漏了嘴——于是，今日城中大半女伎们都要出城相送！

王雱很快也看到了这“美娇娘送行大队”，连忙跑回王安石和吴氏那边，麻利地上了车，催促赶车的人：“快走快走，咱赶紧走，再不走就走不了啦！”

抵达青州时，王雱刚刚迈过八岁的大关，离长大成人又近了一大步。地方城镇平日里城门把守不严，进出城都很自由，不过王雱这浩浩荡荡一行人还是引起了不少人的注意，连守城门的士兵都跑过来询问他们是什么人。

王雱一行人自然被引到了府衙那边。范仲淹早得了朝廷那边的消息，前几天也收到王安石遣人送来的信，信上大略说了抵达的日期。

听衙役来报说王通判到了，范仲淹起身出门，目光带着叹息。他会给王雱写那么一封信，心里其实早料到王安石会做些什么。只是没想到王安石会直接上书，旗帜鲜明地表明态度，还自请调任到青州来。

看着走在最前头的王安石和他身后的王雱等人，范仲淹心中一暖，笑着迎他们进屋。

都是老熟人啦，王雱一点都不拘束，刚来就问府衙或者府衙周遭有没有他们可以住的地方。听说府衙旁也有给通判准备的院子，王雱麻利地叫曹立跟人去把东西都放好，积极发问："范爷爷，这不早不晚的，自家肯定没备着热水，你晓不晓得这附近有没有什么宽敞的澡堂子啊？我们一路来得匆忙，好好洗澡的机会太少了。"

王安石："……"

王安石光荣地获得了与范仲淹一起去澡堂子搓澡的成就。虽则王安石对洗澡这事儿一直有些排斥，但和崇拜之人一起洗澡是不一样的，反正这一澡王安石洗得很痛快！

每个人都很满意。

王雱寻思着范仲淹和柳永都是六十多岁的人了，身体容易出问题，立刻马不停蹄地搞起事来，领着曹立边在外面溜达边在府衙附近寻找合适的"培训基地"。

不管什么时候，急救方法都是要科普的，谁家没个容易出事儿的老弱妇孺？王雱还准备再挑些人培训好，免费替青州上了年纪的长者进行体检。当然，其他人自然也可以来体检，不过人力物力有限，没满一定岁数的人就得收钱啦。

王雱瞅了一圈，转去与胡管事商量："这边的书坊索性把地方盘大一点，正面的铺面还是当书坊，里面改造改造可以作为宣讲场地和体检场地，若是没课程、没体检的时候，还可以开放给士子们进去读书，也算一桩美事。"

胡管事笑眯眯地应下："没问题，老方说一切都听小衙内的安排。"

王雱没和胡管事客气来客气去，那不是他擅长的。方洪乐意和他一起干，他有好事时自然会带上方洪，这是双赢的事。

王雱把看中的宅子告诉胡管事，胡管事便紧锣密鼓地招人改建宅子去了。

王雱又给曹立找了个差使：“这边虽然没有无忧洞，但是我看街上无所事事的闲汉挺多，你和在京城一样把这些人编整编整。”

青州虽不如京城繁华，可什么外卖业务、快递物流的需求还是挺大的。王雱始终信奉一个标准：人是不能闲下来的，一旦闲下来就会整点幺蛾子。

王雱把人都差遣出去，踱着步子优哉游哉地回到家。

小妹已经换上轻薄的春衫，包包头上别着青油油的叶子发饰，很适合暖阳煦煦、生机勃勃的春日。见王雱从外面回来了，小妹高高兴兴地蹦到王雱面前喊：“哥哥！”

王雱变戏法一样摸出个糖人，笑眯眯地在小妹面前晃了晃。

小妹睁大了眼，吃惊地看着王雱手上的糖人，惊奇地问：“哥哥，长一样，和我长一样。”小妹虽然已经能说出比较长的句子，语序有时候却还是有点儿混乱，只有经常和她相处的人才能轻松跟她交流。

王雱说：“我看有人在街上卖糖人，就借他的工具自己吹了一个。”王雱说得轻轻松松，仿佛不费吹灰之力，实际上他早前在糖人摊子旁观察了好一会儿，接着先拿自己和司马琰的形象练了手！不过，吃掉了的失败品能算失败品吗？自然是不算的。

小妹高兴地拿着糖人，左看右看舍不得吃，兴冲冲地跑到吴氏身边献宝去了。

直到听王雱说不吃会坏掉，小妹才小心翼翼地舔了一口，想了想，又举高高递到吴氏面前，奶声奶气地说：“娘，甜，娘也吃。”

吴氏哪会和小妹抢糖吃，笑着抱起小妹说：“娘不爱吃甜的，你吃。”

小妹乖乖坐在吴氏膝上舔糖。

傍晚吃过饭，曹立才从外头回来。吴氏忙问：“忙什么去了？吃过饭没？”

曹立一一作答：“去办点事，吃过了。”

吴氏嗔怪地看了王雱一眼，意思是“才刚过来你就差遣曹立做这做那”。

王雱装傻。他让曹立跟着他散步去范仲淹那边学琴，路上问起曹立青州城中的情况。

曹立还真发现了点问题：“城里有些人似乎会秘密往外跑，应该是和城外某些人有联系。”他这一整天没有贸然接触任何人，而是隐匿在城中各处观察那些闲汉的行迹，准备先摸个底，所以很快发现不对劲。

王雱说：“先盯着，不要贸然涉险。”

曹立点头。

曹立帮王雱把琴抱到范仲淹那边，便又无声无息地出去了。王雱见范仲淹的书房亮着灯，从映在纸窗上的倒影看到范仲淹还在忙碌，他没进去喊人，而是坐在琴亭中弹了起来。

随意弹出的曲调悠扬宁定，入耳仿佛能驱散疲惫与烦忧。范仲淹本来正伏案疾书，听王雱琴声一起便停了下来。这几年来一再地左迁，若说范仲淹一点都不在意那肯定是假的，只是路是他自己选的，是以也不会有后悔的感觉。

只是，有些累了。许多回他都感觉到很疲惫，那种疲惫并不仅仅在他日渐衰老的躯体里蔓延开，还侵蚀着他曾经坚定不移的心。有一个声音在对他说："停下来吧，该停下来了，你已经很累了。"

可他怎么能停下来呢？人生如逆水行舟，不进则退，他是不能停下的。他已经六十多岁了，再熬几年过了七十，便到了致仕的年纪。留给他的时间不多了，他想要抓紧这最后的、无比珍贵的光阴，尽量多做一些事。

范仲淹起身打开书房门，抬眼望去，只见那半大孩子坐在琴亭中轻松抚琴，那琴音像是一只无形的手似的，仔仔细细把他心中种种思绪梳理得条理分明，积攒在心头的烦恼与愁苦一扫而空。

范仲淹等一曲终了，才走近坐下，夸王雱："你已经练得很好，我没什么可教你的了。"他心里藏有太多的事，哪怕年长王雱几十岁也没法弹出这种澄明透亮的感觉。

王雱说："一日为师，终身为师，您可别想甩掉我。我还想借着师弟的身份差遣师兄替我办事呢！"王雱这人不要脸得很，亲近起来喊范爷爷，有事又喊老师，一点都不觉得乱了辈分。

范仲淹熟知他的性情，指着他笑骂了两句，又说："你师兄左右也没什么事，你有什么事要办便差遣去他做吧。"

王雱一点都没客气，第二天就喜滋滋地找上范纯礼，说范仲淹已经把儿子卖他了，要范纯礼帮忙做这做那。

范仲淹好歹是当过宰执的人，家底挺丰厚，范纯礼身边有书童兼小厮跟着，买一送一，人手大增！

王雱让范纯礼帮忙搞好宣传动员大会，接着仿着鄞县和开封那边的先例，拿着已经宣讲过许多回的稿子开急救技巧讲座。

作为一个寒窗苦读过十年的士子，范纯礼不是没见过世面的人，每回同窗聚会可不都得轮流吹吹牛？范纯礼一点都不怂，大大方方地接下这个任务，照例先利用衙内身份让衙役们全部聚集起来听讲座、练实操。

王雱把事情都扔给其他人去干，自己伙同几个同龄的小孩躲在养鸡的人家外头，盯着里面一只只雄赳赳气昂昂的肥鸡。

王雱怂恿左右的小孩："去吧，把那几只最肥的公鸡的尾巴毛给我拔来！分散点拔，不要逮着一只鸡去伤害它！"

这个年纪的小孩本就是人憎狗嫌的捣蛋鬼，一点都不㞞，爬过院墙就去残害别人家的公鸡。很快地，王雱收获了一堆的公鸡尾羽，长长的，亮亮的，色泽鲜艳，手感顺滑。

王雱非常满意，随手把几个木陀螺分给小伙伴们。这玩意儿好做，他特意拿来引诱小伙伴们干坏事。

一群捣蛋精在鸡主人抡起扫帚追出来之前一哄而散。

王雱拿着一大把尾巴毛回到家，把收集好的材料一样样摆整齐，在小妹期待的目光中麻利地倒腾起来。

王雱想做的自然是毽子，踢毽子可是随时随地都能玩耍的健身活动。毽子的前身其实是蹴鞠，是以很多花样玩起来和蹴鞠差不多，王雱不愁这年头的熊孩子学不会。

毽子很好做，拿一撮鸡尾巴毛、拿个铜钱，再加上其他杂七杂八的绳子、碎布之类的倒腾倒腾，差不多就可以了。王雱动手能力不差，三两下便做出一大一小两个毽子来。

王雱麻溜地领着小妹出去，找了处软绵绵的青草地教小妹踢。小妹才三岁出头，身子还不平衡，总急着去追毽子，一个不小心摔草地上了，扁着嘴想要哭。

王雱一点同情心都没有，朝着她哈哈一笑，气得小妹金豆子簌簌地往下掉。王雱赶紧一屁股坐旁边，把小妹从草地上扶起来坐好，边帮小妹擦眼泪边劝说："女孩子不能随便哭，女孩子的眼泪是很珍贵的，要用到刀刃上才行！"

小妹被王雱说得有点儿茫然，连哭都忘记了，奇怪地问："眼泪，用刀上做什么？"

"不是刀，这叫比喻。"王雱给小妹科普，"有句话叫'好钢用在刀刃上'，刀见过吧，刀有刀刃和刀背，刀背是钝的，刀刃是利的，平时要砍什么东西一般是用刀刃，所以好的钢材要用到刀刃上去。眼泪也一样，要是你随随便便就哭，眼泪就不值钱了，眼泪要在关键时刻掉，比如你要跟娘告状了，最好就噙着两泡眼泪去。”

王雱正在对妹妹谆谆教导，忽见小妹睁圆眼睛往他背后看。

王雱还没来得及依靠强烈的求生欲想出扭转乾坤的说辞，屁股已经被人踹了一下。他捂着屁股转头一看，来的不是王安石又是谁！王雱麻利地躲到小妹那边去，不让王安石再有家暴的机会。

堂堂一代名相，怎么能揍儿子！

王安石道：“有你这么教妹妹的吗？六娘早晚被你给教坏！”

王雱才不承认自己在教坏妹妹：“我在给小妹讲人生道理呢，哪里教坏了？”眼看王安石又要揍人，王雱连忙对小妹说，“爹年纪最大，踢毽子一定也很厉害，让爹给你示范示范，你一定能学会的！”

小妹觉得王雱说得很有道理，眨巴着眼看向王安石，亮澄澄的眼睛里全是期待。

王安石虎着脸瞪了王雱一眼。

王雱站起来给王安石示范：“爹你看，非常简单。”他每天都坚持锻炼，区区踢毽子根本不在话下，在妹妹亮亮的目光中玩了几个花样，然后把毽子塞到王安石手里。

王安石，未来的堂堂宰相，在一双儿女的注视之下接过毽子。

女儿这么期待，自己怎么可以认㞞？上，必须上。

于是，王安石很快在儿女面前暴露了自己的运动废材本质，一连踢空好几次。

王雱：“……”

小妹：“……”

小妹怜悯地拉拉王安石的衣角，安慰王安石说：“爹爹不难过，六娘也学不会。”

王雱转开脸，偷偷憋笑。他爹王安石身体虽然锻炼得很不错，跋山涉水到处考察都不成问题，可平衡性显然不好，这种需要运动神经的健身活动不适合他爹！

王安石把毽子扔给王雱，拎着俩小孩回家去了。

吴氏正在做清蒸鳜鱼。还是春末，鳜鱼美肥得很，不需要太复杂的做法都很好吃。菜一上桌，王雱不管三七二十一直接先夸：“好香，娘你是不是又和别人学了一手啊！”

吴氏道：“就你鼻子灵，是隔壁苏婶教的。”这年头，许多菜谱都是家传的，很少会教给外人，不过这清蒸鳜鱼也不是什么罕见的菜，平常聊天时就可以交流交流不同的用料和做法。

王雱尝了一口，鱼肉鲜甜，吃不出半点腥味，味道棒极了。春夏之际鱼肚子最肥，王雱把鱼肚子朝向小妹，方便小妹吃软乎乎的鱼肚肉。

兄妹俩津津有味地吃饱了，小妹开始给吴氏说起踢毽子的事，兴高采烈地将王安石也学不会的事情说了出来。

王安石："……"

这个女儿也不想要了。

吴氏见王安石一脸憋闷，也有些忍俊不禁，借口收拾碗筷背着王安石笑去了。

王雱倒腾出这么个玩意儿，青州的公鸡遭了殃，一个两个丢了尾巴毛，再也没法神气活现地炫耀自己的漂亮羽毛，瞧着都蔫不唧，可怜得很！

有人瞧见商机，便到处去收杀鸡留下的鸡毛，仿着做出毽子开始往外卖。

胡管事看着街上各种店铺都开始卖毽子，肉疼地对王雱说："我们书坊也可以卖！"

王雱拍拍胡管事的肩膀，说道："钱是赚不完的。"毽子的材料便宜得很，也好找，哪怕家里买不起也能自己做。这挺好，独乐乐不如众乐乐！

柳永这一趟过来，其实也有差使在身。不过他年纪比范仲淹还大，没人真让他做事，柳永入城没几天，便被邀请去登山临水。邀请他的人自然也是美貌女伎，还不止一个！

柳永留词数首，在红颜知己们的簇拥下翩然归来，却见街头巷尾的小孩都在踢那鸡毛做成的新鲜玩意儿。

女伎们也觉稀奇，对柳永道："从前我们这儿可没这东西。"

柳永便道："一准是王家那小子弄的。"

女伎们都笑了起来。柳永自己有个儿子，却开口王家小子闭口王家小子，可见与那王家小子很是要好。

柳永把女伎们一一送了回去，自己骑着小驴回落脚处。还没进门，就听有人叫了一声："哟，柳先生回来了？"

柳永转头一看，不是那王家小子又是谁？柳永笑道："我出去几天，你又闹腾了许多事吧？"

"哪有？"王雱一脸正经，看着像个再乖巧不过的乖孩子，"您才是到哪儿都这般风流潇洒！"

“承蒙美人们抬爱下了帖子，我怎么能推拒，索性约了个时间一起出游。”柳永是个感性之人，感动地对王雱说，“我们一路也算是没怎么耽搁，结果她们已用自己的门路抄录了只在京中售卖的《秦楼三美》，还为我的三首新词作了新曲儿。如此盛情，我受之有愧，却之不恭。”

王雱在脑袋里自动转换了一下柳永的话，大概就是这样的：我的书虽然只在京城卖，但是外地的粉丝哪怕手抄都要收藏一份，还给我的词写了同人歌广为传唱，粉丝这么喜欢我，我能怎么办？我自然要安排个粉丝见面会！

这位就是女偶像们的精神偶像啊！还是实力宠粉的那种！

王雱十分钦佩，然后对柳永说：“您来得正好，明日开始府衙上下要进行体检，我还想差人去找您呢！”

柳永没听说过这体检的事，有些纳罕，追问起是怎么回事儿。

王雱也不瞒着，仔仔细细给柳永说了。

范纯礼是堂堂知州之子，为人又温和端方，从不做那欺行霸市之事，有他出马一切都水到渠成。除了组织老一套的“急救技巧讲座”，范纯礼还负责领着人分别走访城中各大医馆，把体检计划的每个环节落实到各个医馆头上，让他们抽派人手先替府衙上下完成第一轮体检。

这次体检主要针对一些常见疾病，负责每个环节的医馆分到的也是他们擅长的部分，若是查出什么问题可以到相关医馆进行进一步的诊治。

这事儿对各大医馆来说是好事，有些病很多人平时不注意，熬着熬着也就把命熬没了，要是能把体检普及开去，医馆兴许能多许多生意！

总之，体检安排算是落实了。

胡管事那边已经清整好新店，也盘下了印坊。新印坊接的第一个活儿就是给府衙上下印体检表格，上头每个项目列得清清楚楚，有什么问题对症治疗就好！

王雱拿着表格跑去找范仲淹和他爹，他俩正在玩填字游戏呢，两个人反应速度不相上下，竟快把地狱级难度的某轮游戏玩完了。

还说什么“你以为谁都像你一样闲”，这不挺闲的吗！

王雱乖巧地跑上去，等他们玩完一局才往他们手里分别塞了张体检表。

范仲淹把王雱送他的护目宝镜戴上，拿起体检表瞧了瞧，一下子明白了这张薄纸的用处。范仲淹说：“你和你师兄这段时间忙前忙后，就是为了这事儿”

王安石纠正：“这小子确实是忙前忙后，他忙着揪人家鸡尾巴毛。”

王雱振振有词：“不是我揪的，是别人非要帮我揪，青州的小伙伴们真是太热情了！”

王安石瞪他。这会儿青州街上不是踢毽子的就是玩陀螺的，一看就知道这小子干了啥。最气人的是同僚聚会时玩的纸牌或者《三国杀》，这小子都有份！

范仲淹却摇头，拿起手里的体检表说：“他师兄不通医理，哪弄得出这样的东西来？”

王雱恬不知耻地吹牛：“这可是我和阿琰妹妹一起弄出来的，阿琰妹妹可聪明了，有机会我一定带她见见您！”

王安石很庆幸司马光不在这儿，要不司马光真能打死这小子。什么叫“带她来见见您”，你是人家什么人啊？

范仲淹见他们父子俩相处起来亲密无间，笑了起来，问王雱希望他们怎么做。

王雱自然是要让府衙上下先做个示范，摸索摸索经验。当然，最重要的是给范仲淹和柳永这两个重点保护对象检查检查身体。

范仲淹听王雱把各个检查项目的重要针对对象介绍完之后，一下子明白了，这小孩是要给他们这些上了年纪的人做一次全面的“体检”。

可人老了不是有这样的问题，就是有那样的问题，身体的衰老是谁都不能避开的，哪怕再在意都无济于事。

范仲淹摸摸王雱的脑袋，点头说：“我明天定个时间让你和你师兄去张罗。”

王安石也很支持。

第二天，青州领导班子开了个会，很快把体检表下发到府衙上下所有人手上。范纯礼从早上忙到傍晚，到晚饭时间才有机会询问范仲淹的体检结果。

范纯礼一问，继母张氏便红了眼。

范纯礼把体检表讨过来仔细一看，眼眶也开始泛红。

他的父亲今年六十二岁，身体却由里到外都是问题，五脏六腑无一处是康健的，便是看着健实有力的腿脚也因多年寒气入骨，稍遇阴雨天气就会疼痛难忍。而他的父亲却拖着这样的躯体，连年辗转在各个州县之间！

范仲淹和柳永的体检报告一出来，王安石更忙碌了，几乎把事情都往自己身上揽，一天到晚不着家。王雱每天一早，先去敲柳永家的门，拉着柳永去找范仲淹一起练太极拳。

王雱说服起人来很有一套：“像您这样受病痛困扰的老人家，天底下不知道有多少，您先学会了，坚持下来了，觉得有效，那就可以推广给更多的人。”

小妹也在一边鼓劲："坚持！"

小妹在京城时也跟着王雱、司马琰学过，虽然腿短胳膊小，做起来还真有几分架势。范仲淹小儿子范纯粹今年六岁了，也跟在小妹旁边耍了起来。范仲淹和柳永见他们小孩子玩得欢，心情也好得很，便也乖乖在王雱的指导下练了起来。

范纯礼这个做儿子的还去学了些推拿按摩手法，帮助范仲淹缓解腿脚的疼痛。范纯礼的继母也不甘落后，按照大夫的嘱咐调整着饮食结构，每天带上小儿子盯着范仲淹喝药调理身体。

王雱也负责盯着柳永。柳永是特意跟着他们过来的，他自然不能让柳永出问题！柳永被王雱烦得没办法，只能和红颜知己们抱怨："早知道这小子这么烦人，我就不过来了。"说归说，提起王雱时他眼底还是藏着笑。

经过一番多方合力、多管齐下的折腾之后，范仲淹和柳永的身体可算渐渐好转了。

这时城中的豪强富户也听说了府衙上下接受体检，许多人检查出不少问题。虽说他们不缺钱，可以请大夫上门，可各家大夫总是有专精的方面，有时候可能发现不了全部毛病。有渠道的人都看过府衙那份体检表，什么病都能给查一查！

病向浅中医！

于是不少人想办法拜见知州范仲淹，提出他们也想要体检，并委婉表示要组织这样一次体检肯定不容易，钱不是问题，他们愿意出。

事关自己能不能长命百岁，掏点钱算什么？

这样的拜帖范仲淹收多了，便找王雱过去商量。

王雱早有所料，见这些豪强富户这么积极主动，自然满意地说："体检每年最好至少进行一次，我让胡管事那边列出大夫和其他人的劳务费、场地租用费、仪器使用费等等，给报个价，将来可以形成定例。"

范仲淹听王雱说得头头是道，想是早有准备，也就叫人去公布可以报名参与下月体检的事。

王雱一点都没想着要管这事儿，直接把事情扔给了范纯礼。有了上回的经验，范纯礼也没那么手忙脚乱了，办事竟开始有了点与他父亲相似的从容。

王雱抱着枸杞泡的水去府衙看望他忙得连轴转的爹，顺便和他爹夸范纯礼："现在师兄办事已经很有一套了，可见人就是得多锻炼锻炼！"

王安石从公文堆里抬眼睨王雱。这小子年纪不大，可说起大话来都不带喘气的，人家范纯礼年长他十来岁！

王雱见王安石都多了点黑眼圈，忙把枸杞水递给王安石：“爹您也三十多啦，喝点枸杞泡的水养养生吧！这一天到晚盯着这些公文看，早晚你的护目宝镜要换镜片！”

王安石面上没什么表情，接过还热乎的枸杞水喝了口，赶王雱走。王雱见他爹忙，没多留，送完热水就跑了。

王安石和左右说：“这小子就是爱胡闹，非说什么枸杞能清肝明目，要我多喝点这个，也不知是从哪儿听来的。”

其他人立刻很给面子地夸了起来：“枸杞确实很不错。”“小衙内真孝顺。”“要是我儿子有这么懂事就好了。”

王安石听了觉得浑身舒泰，再喝一口枸杞水，感觉甜滋滋，心脾具净，疲惫全消，再一次投入到忙碌的工作之中。

回到家，王雱收到了司马琰的来信。以前都是他写好吃的馋司马琰，这回报复来了，司马琰说她做出了“樱桃酪”。所谓的樱桃酪，其实和樱桃味冰激凌很像，把新鲜樱桃倒腾倒腾，加上新做的奶油，再用冰镇一下，在这春末夏初的好时节吃着不要太棒。

王雱瞪着信，想打人，当下便让人去弄些能喝的鲜奶回来，自己带上曹立、领着小妹出城采樱桃去。青州樱桃不少，这季节也都熟透了，红通通的非常好看。要是司马琰的信再晚到一些，可就要过季了，简直用心险恶！

有曹立这个负责搬运的人在，王雱塞给树主人一把碎银子，挑了棵樱桃又大又甜的树，麻利地摘了满满一箩筐，带回城里分了大半给各家。剩下的，王雱带回家搞司马琰说的樱桃酪去了。王雱负责去给樱桃去核，曹立这个身强力壮的人则负责……打蛋。小妹拉过小板凳，跟着王雱一起去樱桃核，可积极了——因为王雱说要给他做个好吃的东西。

吴氏见几个小孩在厨房里倒腾，不由问他们要做什么。得知王雱要做冰镇樱桃酪，吴氏也坐到一旁给樱桃去核，口里问王雱：“这都快夏天了，哪儿来的冰？”富贵之家家中会挖冰窖，冬天时把冰削成块藏进去，夏天取出来用。可他们这样的小门小户哪里有这种讲究？

王雱说：“我自然有办法。”樱桃有人处理了，王雱也就撒手不管了，摩拳擦掌要去给吴氏她们表演一下现场制冰绝活。

关于制冰这事儿，他和司马琰也探讨过，在宋代医书里其实有过“土法制冰”的记载，其中需要一种材料：硝石。

只要有足够多的硝石，想要制冰就很容易了：硝石溶于水时会吸收大量热量！所以只需要在一个大盆里盛适量的水放入硝石，再在大盆中放置一个盛着水的小盆。待硝石溶解之后，小盆里的水便能凝结成冰！

硝石这东西好找，毕竟烟花爆竹都有了，这材料绝对不缺。王雱要用，胡管事便叫人送了一批过来，可供王雱好好倒腾。王雱哼哧哼哧地把东西都搬到院子里，开始正儿八经地琢磨硝石制冰。一开始大盆里的硝石放少了，小盆里的水只是有些凉，没结冰的迹象，王雱只能再往里放硝石，辛辛苦苦捣鼓半天，终于得到了冰！

这时，曹立也全凭手打把陆续加进去的蛋、奶、糖给捣成了奶油，颜色不算雪白，不过看起来味道很不错。吴氏也带着小妹把樱桃腌制好了，出来一看，王雱还真弄出了一小盆冰！

王雱把吴氏做好的樱桃泥放进冰里冰镇，然后分成几小碗，领着小妹往上面混奶油，最后往每碗樱桃酪上放上两颗莹润可爱的红樱桃。王雱先给吴氏和小妹各分了一碗，然后支使曹立给王安石他送去尝尝。

范仲淹和柳永上了年纪，王雱分给他们的分量比较少。范仲淹这边是王雱亲自送的，送到之后王雱犯懒，也坐下陪范仲淹一起吃。

范仲淹不贪口腹之欲，但见王雱吃得津津有味，他也跟着尝了尝，夸道：“与宫中那些冰镇甜品也差不了多少了。这样的天气，你哪儿弄来的冰？”

王雱便把自己和司马琰从书上翻到的制冰法子告知范仲淹。他还拍了拍真宗皇帝的马屁：“先皇那首诗写得好，书中自有黄金屋！看看，书里连制冰的法子都教！”

范仲淹听王雱连各种杂书都开始看了，有些忧心王雱会走了歪路，当场考校起王雱的学问来。

王雱：……您的思考角度还真是刁钻，不谈学习我们还是好朋友！

王雱艰难地虎口逃生，蔫不唧地回家。

小妹远远见他回来了，噔噔噔地跑到桌边，捧起还用冰镇着的一碗凉冰冰的樱桃酪递给王雱：“哥哥，吃！”

王雱揉揉小妹脑袋，化悲愤为食欲毫不客气地又吃了一碗。樱桃酪既带着樱桃的鲜甜，还带着奶油的淡香，口感比现实世界许多冰激凌都要好。见小妹在一旁眼巴巴地看着，王雱笑眯眯地朝她亮出空碗，说道：“吃完啦。”

小妹委屈地撇撇嘴，但还是乖乖地没吵没闹，只趴在一边看着盆里要化掉的冰，忧心忡忡地说：“爹爹再不回来，冰都要化了！”

正说着，王安石就从外头回来了。小妹马上打起精神，捧着樱桃酪去给王安石尝："爹，我们做的！做了很久！"

王安石没接樱桃酪，只揉揉她脑袋，说："爹吃过了，你吃。"

小妹看向王雱。

王雱说："下不为例，吃太多冰会闹肚子。"

小妹乖乖点头，开开心心地捧着樱桃酪吃去了。

王安石见女儿得了自己首肯还要看儿子的意思，真担心女儿会被儿子教坏，又把王雱拎去书房教训一番，教育他有时间倒腾这倒腾那还不如多看点书。

王雱决定下次弄了好吃的就自己悄悄吃光，再也不给王安石和范仲淹送了！他这好心好意给他们送吃的，怎么就被他们又是考校，又是教训？看看人家柳先生多爽快，直接地问了做法，说回头叫家仆做了请女伎们吃！

王雱这边在祸害着青州最后的樱桃，另一边范仲淹派下去做防疫宣讲工作的人却连夜赶了回来，急急敲开范仲淹家的门，带回一份急报：春季防疫工作做得还行，驱虫汤方已经派发到各家各户，基本没出大规模的寄生虫病，但是有个县里出现了另一种传染病，得病者眼睛奇痒无比，还会出现水肿、疼痛等等症状，有的人很快就好了，有的人却渐渐无法视物！

在乡野之中，许多人都是靠耕作养活一家老小的，眼睛不能用了等同于丧失了劳动力，这事儿可就严重了！

出了这样的事，范仲淹哪里坐得住，第二日便想下乡去了解情况。王雱得了消息，一琢磨，觉得这病显然是现实世界所说的"红眼病"，这病一般来得急，去得也快，但具有比较强的传染性。

关于传染病的种种预防方法，当初他们在鄞县时已经完善起来，朝廷也印刷成宣传手册年年派人下去宣讲了，应该能减少大规模扩散的情况。至于治疗，红眼病的病因多种多样，哪怕王雱写信给司马琰详尽地描述症状，等收到司马琰回信时也晚了。

王雱找久居青州的衙役问："以前这边出现过这种病吗？"

衙役道："每年都有这样的情况上报。"

王雱又问了些问题，谢过衙役，麻溜地赶在范仲淹出发之前拦下人："这病传染性强，您身体还没好全，容易被感染，还是让我爹领着师兄去吧。"

范纯礼本就在劝阻范仲淹，听王雱这么建议之后一口应承："对，让我们去便好，爹您得留在府衙里处理公务。"

范仲淹看看王雱，又看看儿子，叹息着答应了。

王雱给范纯礼提了一些需要注意的点，首先他们自己要注意别感染了，其次这病不是头一回出现，当地应该有大夫擅长治疗，对他们晓之以理，动之以情，实在不行再砸点钱，请求他们把对症的治疗方案公开出来。

范纯礼早不把王雱当小孩看了，认真记下了王雱的话，和王安石一起出发。王雱送他们到城外，叮嘱王安石千万要勤洗手、多洗澡，别把红眼病带回来传染给小妹。

王安石只能说："……好。"

王雱也没心情倒腾什么樱桃酪了，叹着气回家陪妹妹认字、玩游戏去。

另一边，司马琰正与张氏回娘家为外祖父贺寿，结识了不少表哥、表姐、表弟、表妹。司马琰年纪小，心智却比同龄人要成熟，瞧着乖巧又听话，很快赢得一干兄弟姐妹的好感，成功混入了小孩之中。

张氏带了些冰镇着的樱桃酪回娘家给司马琰外祖母她们尝鲜，顺便暗夸一把女儿的心灵手巧。众人吃了这又好看又好吃的甜点，都觉得是从未尝过的美味，对张氏自是羡慕得很。不管是张氏想出来往女儿身上贴金的，还是真由司马琰自己想的，这份巧思都很了不得了！

只是樱桃快下了，夏天一到冰更不便宜，倒也没谁张口向张氏讨问怎么做这冰凉可口的樱桃酪。

吃饭时司马琰坐在张氏身边，听着司马光他们闲聊。男人们的饭桌上永远少不了高谈阔论，古今中外的事都要扯一扯。这两个月来朝野上下议论最多的是这么一件事：包知谏又开喷了，喷宋庠占着相位不干事！

包知谏这一喷，把宋庠给喷得外放去了。原本的工部尚书、开封知府刘沆上位成了参知政事。

所谓的参知政事就是副相，宰相的预备役，可以同时有好几个，只要没犯太大错误是可以轮流到宰相位置或者枢密使位置坐几年玩玩的。

还有另一件事也为人乐道：侬智高想要依附朝廷，派人训了几只大象，满载金银想要献给朝廷。

侬智高这人年轻时曾立志考科举，落第了，一气之下去广西搞了个国家。等招兵买马建好自己的国家，侬智高感觉自己一个小国立足不易，一拍大腿叫人到开封去表示愿意依附大宋。朝廷根本不承认他这国家，怎么会答应让他依附？自然是拒绝了！

司马琰听到这名字，顿时想到了狄青成名的一战：昆仑关之战。狄青昆仑关之战的作战对象，似乎就是这个侬智高。司马琰回家之后把寿宴上听到的种种消息都写给了王雱。

远在青州的王雱还心急地等着王安石回来呢，没想到先等到了司马琰的第二封信。看完司马琰讲述的侬智高生平，王雱顿时对这位反贼报以十二分的同情：这位饱读诗书的反贼肯定是觉得“我本将心向明月，奈何明月照沟渠”，一怒之下才反的。

按历史发展，侬智高肯定会败在狄青手下，要不然狄青不会因为功高盖世引得百官群起而攻之！王雱琢磨了一会儿，把曹立给找了回来。

眼下，侬智高刚刚惨遭拒绝，应该没有立刻反宋，也没到狄青领兵的时候。王雱准备让曹立去投奔狄青，花个一年半载在狄青手底下混个脸熟，到时也好蹭点汤喝。

王雱和曹立商量：“你要是觉得自己年纪还小不想那么早去打仗，晚些再去也不迟。”这也是因为年前曹立与狄青碰过面、在狄青面前刷过脸，王雱才会有这个想法。

曹立顿了顿，开口说：“我想去。”

王雱拍拍他的肩膀说：“想去就去，我让范爷爷给你写封推荐信，你带着去开封。”范仲淹曾经守过边关，狄青、种世衡都受过他提拔，在他们面前还是说得上话的。

王雱给曹立讨好推荐信，才把这事儿告诉吴氏。吴氏很舍不得曹立：“曹立不过才十四五岁，怎么就要去军中了？”

王雱也舍不得一个人能顶十个人用的曹立，可跑腿干活儿的人到处都有，何必拘着曹立不放？一匹良驹若是总困在马厩之中，岂不是浪费了它一日千里的才能？

王雱说通了吴氏，便让曹立带着信回开封去了。

这时王安石也从底下回来了，给范仲淹带回了找到治眼疾良方的好消息。

第十章

百年青州计

王雱得知他爹回来了，先拉着人上上下下地打量，瞅瞅他眼睛有没有发红，甚至还想让他爹张开嘴巴给他看扁桃体发炎没。遭王安石拒绝之后，他改为拉王安石先去搓个澡，口里自有一套说法："你刚从疫区回来，身上肯定不干净，得先洗过澡才能去见范爷爷和妹妹她们。"

那老的老、小的小，免疫力可都不强！

王安石被王雱给说服了，爷俩一起洗过澡才去寻范仲淹说话。王安石面对范仲淹时总是一本正经，汇报公事时更是严谨得很，王雱搬了张凳子坐在一边，仔仔细细地听他爹和范仲淹一来一往地讨论着这次疫情。

王安石走访乡野的经验不少，很快和底下的人拉近了关系，没下去多久便得知一位隐居山野的大夫治疗这眼疾很有一套。王安石再次发挥"三顾茅庐"的毅力，可算是打动了那位大夫。

那大夫虽然无官无职，态度却专横得很，他把王安石带到一处古井处，说这泉水名甘泉，以甘泉之水配药能药到病除，只是他年纪老迈，体力不支，汲不动水。

王安石二话不说便接过井绳，一桶一桶地往上汲水。但凡有人要上前替换王安石，那大夫便表示今天不治了，改日再来。是以这些天来有多少病人需要药，王安石便汲了多少水。

到今日那大夫才对王安石说："你走吧，剩下的病人我自会治好。"

王安石还不放心："您年老体弱，岂能让您劳累？"

大夫道："自有人替我汲水，用不着你操心。"

王安石这才得以回来禀报疫情。

王雱听王安石说完这么一段，不由上前扒拉开王安石的手查看。

王雱心里既庆幸又心疼，庆幸的是若去的是范仲淹，那古怪大夫怕也会这样刁难，范仲淹的身体哪经得起这样的折腾；心疼的是他爹这双手本是用来拿笔的，如今掌中却有几道井绳磨出的印记，可见这几日王安石汲了多少水。

王安石抬手拍拍王雱的脑袋，示意他坐回一边去，别妨碍他与范仲淹说正事。

王雱哼哼两声，正事什么的他才不爱听！

王雱一溜烟跑了出去，找药堂寻大夫讨药去。虽然是男儿大丈夫，手不必娇养着，可王安石一回来肯定又该化身工作狂魔，天天拿着笔杆子批公文了，不上药哪行！

王雱讨到了药，回家与吴氏说了这事儿。吴氏心疼极了，等王安石忙完后立刻拉他坐下，带上小妹给王安石上药。

王安石没干过多少粗活儿，回来后拿笔都有点儿抖，可他是堂堂男儿哪里能因为这点小事就喊疼，所以他本来准备忍忍就算了。被吴氏强拉着要上药，旁边还有个女儿噙着眼泪给他手掌吹气，安慰说什么“吹吹就不疼啦”，王安石没奈何，只能瞪向在一边笑得乐呵的儿子。

王雱一点都不怕他。这叫什么，这就叫以柔克刚啊！

吴氏给王安石上完药，和王安石提起曹立去了开封的事。吴氏道：“那孩子还那么小，我真不放心。”

王安石看了王雱一眼，说：“那孩子心志坚定，进退有度，往后肯定会有大出息。”

吴氏点头，又和王安石商量起找新书童和随从的事来。如今他们家中宽裕了，不仅王雱身边该跟人，王安石身边也该有个人跟着，帮着处理一些杂务。王安石想了想，便道：“行，你拿主意。”

青州牙行的人比当初鄞县牙行要活泛多了，第二日一听说王安石家要雇人的消息便带了人上门，一溜排开，男的女的都有。吴氏留了个厨娘，又把厨娘的男人也雇了，还和在鄞县时一样。小妹也能到处跑了，吴氏还挑了个十三四岁的小丫鬟跟在小妹身边伺候。

至于王雱身边的人，吴氏准备挑两个，可挑来挑去都觉得不适合，不是年纪太小就是年纪太大，不是长得太胖就是长得太瘦，不是太会来事儿就是太木讷。

王安石回来时，青州牙行带来的人都换了三批了，擦着汗询问吴氏到底想要什么样的。

王安石无奈道：“有你这么折腾人的吗？又不是挑媳妇，你还要求高矮肥瘦全按着你想的长？”

吴氏说：“总不如曹立好。”

王安石道：“曹立刚来时你也不满意。”吴氏什么都好，就是对王雱这个儿子太溺爱。这大概也是天底下许多慈母的通病，还是治不好的那种。

王安石叫牙行把最能打的两个挑过来，合同一签了事。听王安石这么一提要求，牙行那边立刻懂了，麻溜地给王安石带来一对兄弟，都是十四五岁的年纪，身家清白，只因家中母亲有重疾才想出来赚些药钱。若论能打，十里八乡的人都比不得这两兄弟，最要紧的是还有孝心，品行端正，就是兄长有些结巴，弟弟又好说好动了些。

王雱去范仲淹那儿野了一天，还不晓得吴氏给家里挑了好些人呢，回到家一看，自己书房门前杵了俩少年，都生得挺不错，一眼看去挺顺眼的。

王雱脑子稍稍一转，便知道这两个长相相仿的少年是吴氏挑来给他当随从的。他笑着邀请两人进了书房，问过他们的姓名，才知看起来老成些的是兄长周文，看起来活泼些的是弟弟周武，名字倒是起得挺响亮。

王雱问周文周武："读过书吗？"

周文周武对视一眼，摇了摇头。县里的县学也收学生，只是他们一来没钱去蒙学开蒙，二来只由病弱寡母养大，能下地干活儿之后便下地干活儿去了，哪有闲工夫去读书识字？若不是急着要钱，牙行那边又说这家人是府衙中的，给钱十分爽快也十分公道，他们也不会把田地留给长兄耕作，相携出来"应聘"。

王雱点点头，又问了些问题，摸清了这兄弟俩的底。第二日，王雱一早起来，周文周武已在门后候着了，王雱带他们去寻了柳永，又和柳永一块儿去找范仲淹耍太极拳。

周文周武冷不丁见着了知州，诚惶诚恐地跪了下去。对这年头的百姓而言，县令就已经是天大的大官了，更别提知州！

范仲淹摆摆手说："既是跟着阿雱的，往后不必行如此大礼。"

王雱领着两个老的、两个小的晨练完毕，将小妹和新来的小丫鬟送回家，自己则领着周文周武去城中一处医馆寻大夫去周家。

大夫知晓王雱是王通判之子，又很得范知州的喜欢，断没有推拒的道理，爽快地答应出诊。

见周家兄弟有些发愣，王雱道："你们要跟着我做事，自然要了了你们心里的牵挂。"

周家兄弟对视一眼，把王雱和大夫领到家中。周家兄弟的兄长比他们大几岁，已经娶妻了，妻子有些泼辣，但心地还不错，伺候起周母来也尽心。

当初他们父亲早逝，周母艰难生下一双双生儿，是周家长兄又当父亲又当兄长辛苦地与周母一起将两个弟弟拉扯大。两个弟弟要出去找活儿干，周家兄长起初一直反对，直至去年遇到水灾，家里越发吃紧，周家兄长见家中几口薄田根本养不活一家老小，母亲又日益病重，才松了口——到城里做活好歹能填饱肚子。

周家兄长是个敦厚的青年，又黑又瘦，气度却不差。见两个弟弟回来，他忙问："怎么回来了？是不是办错了什么差事？"质问完了，周家兄长的目光又落到两个生面孔身上，"这两位是？"

周武口齿利索，简单地介绍了王雱的身份，说这是他的新主家，又告诉他兄长另一位是大夫，王雱出钱给请来的。

周家兄长道："你们才刚签了契书，什么活儿都没干，哪儿能让你们主家帮忙请大夫？"

王雱没等周文周武辩驳，先开口道："人命要紧，不必计较那么多，就当是从他们的月俸里扣的好了。"

周家兄长也记挂着母亲的病，当下便引着大夫入内。

周母的病搁在城里，其实没甚要紧的，不过是本身体质虚弱，又染了些风寒。可惜村中没好大夫，病了只晓得按土方煮些药草喝，那些土方不对症，越吃病越重，这才导致周母卧病不起，甚至有了性命之忧。

大夫开了药方，又给周母做了针灸，没多久周母便有了吐意，被周家兄弟扶着去大吐一场，把积在身体里的秽物都吐干净了，身体便通畅多了。

大夫又叮嘱周家嫂子让她这几日给周母吃些清淡的。

周家嫂子是个爽利人，一口应道："大夫您放心，咱家里便是想吃荤的也荤不起来。"

大夫无言以对。

王雱正在周武的陪伴下溜达着看牛看鸡，还闲着无聊抓了把草料喂羊圈里养着的羊。转悠了一圈回来得知周母无碍，便差遣周武跟着大夫回去抓周母这几天要喝的药，自己慢腾腾地在田埂上挑拣着干净的地方落脚。

周文谨记着吴氏的话，一步不离地紧跟在王雱身后。

走出一段路，王雱见路况平坦多了，也没什么泥泞，转头与周文闲聊起来："你有个很好的嫂子。"有个重病的母亲，家里上下却收拾得妥妥帖帖，耕牛养得很健壮，还养了羊和鸡，这些光凭周家兄弟是做不到的。

周文道："嫂、嫂子很好。"他脸长得比周武方正一些，偏却有口吃的毛病，若非王雱是他们主家，又刚请了大夫到他们家替他们母亲看病，他可能根本不会开口说话。

王雱一路上有一搭没一搭地和周文聊着，周文说的话多了，虽然还是结巴，听着却自然了不少。

两个人回到城里，王雱打发周文去校场和那些差役们一起训练，自己则去范仲淹那边读书。下午周武红着眼回来了，二话不说跪到王雱面前重重一拜，才说他母亲喝过药后好多了，已经能自己坐起来了，说着眼泪便簌簌落下，想是想起了这些年他们一家孤儿寡母相依为命的日子。

王雱搁下书把周武扶了起来，等周武哭够了才让他去校场找他哥。兄弟俩一见面，又是抱头哭得稀里哗啦。

范纯礼也和王雱一起读书，等周武走远了，他才细问王雱是怎么回事儿。听完周家的情况，范纯礼叹气："天底下这样的家庭不知凡几，我们帮得了一家，帮不了千千万万家。"

在城中做事，范纯礼事事顺遂，感觉做什么都很容易。可前些天跟着王安石到底下走了一遭，范纯礼才知道父亲少年时虽也艰苦，但到底有机会读书、有机会科举，而底下许多人一辈子大字不识，天天面朝黄土背朝天，生病了忍一忍便好，忍不过便随便挖个坑埋了。

范纯礼越发觉得自己能做的事太少。

王雱说道："看见一家便帮一家，看见两家便帮两家，尽力做力所能及的事，自认问心无愧就好。"

范纯礼听了，点头认同王雱的话。他埋头看了一会儿书，没看进去，又忍不住问王雱："那你觉得我眼下可以做些什么？"

面对范纯礼这只迷茫的小羔羊，王雱怎么忍心让他失望呢？王雱拉着范纯礼这般如此地说了一通，范纯礼眼前豁然开朗，合上书对王雱说："那我这就去州学那边一趟。"

傍晚王雱回到家，打发周文周武去冲个澡，自己也领着小妹洗手等吃饭。虽说家中请了厨娘和小丫鬟，但两个小孩还是习惯分工，王雱负责端菜，小妹负责端饭，把饭桌摆得满满当当等王安石回来。

王安石一到家，被王雱推着去洗了手，坐定，睨了王雱一眼，说道："你又撺掇你师兄去做什么了？"

"没啊。"王雱一脸无辜，"我早上去了趟周家，回来后认认真真在范爷爷那边看书呢。"

王安石才不信他。

要不是王雱撺掇，范纯礼无缘无故怎么会跑去和州学学官说什么"做学问不能埋头苦读，要多出去走动走动，了解了解民生民情，落笔才不至于贫乏空泛"。

范纯礼是范仲淹之子，学官一听便觉得这是范仲淹的意思，连忙主动写了个方案上来，说要安排生员们下乡，让他们都去村学磨炼磨炼。

各县县学还好，师资跟得上，村里就不一样了，有时候几个村合用一个村学。真正有学问的人也不会长留在村中，留下的大多是只粗识几个字、囫囵着读了几本书的“读书人”，想随便混口饭吃而已。

王安石一看到这“下乡计划”，立刻想到了自家儿子。范纯礼那孩子他是知道的，老实，没那么多花花肠子。

王雱死不承认，王安石也没法子。第二日他拿着这“下乡计划”去与范仲淹讨论，范仲淹觉得可行，当初胡瑗改革太学时，其中一个变革之处就是让学生出去游历一段时间。

王安石说：“只是不知道这些生员愿不愿意下去。”州学生员都是天之骄子，个个都是冲着科举去的，信奉“万般皆下品，唯有读书高”。

范仲淹说：“这一点阿雱也想了个主意，让我们分别到州学、县学里面开‘动员会’。”范仲淹已经开始构思演讲稿了，尽可能地鼓动那些今年不必参加秋闱的人都行动起来。范仲淹自己就是带过学生、搞过学院的人，也曾经在边关直面西夏战局，不管煽情还是讲道理都很在行。

王安石骂道：“昨天我说是那小子出的主意他还不承认，到你面前倒是老实了。”

“也是因为我对纯礼比较了解，纯礼瞒不过我。”范仲淹笑道，“州学这样办，下头的县学也这样办。我准备过一阵子贴出公告，往后县学州学招生优先招收曾在村学任教的，最好能逐渐形成定例。”

这些小年轻天天埋首书堆，也不一定能读出什么大才能来，还不如多利用起来，尽量提高各村的“开蒙率”。

王安石点头。

现在学官这么做，只是看在范仲淹的面子上，只有形成定例才能长久地实施下去。

王安石认真拜读了范仲淹的“演讲稿”，启发颇大，也按照自己的风格写了篇请范仲淹斧正。两人你来我往地交流，算是确定了动员会上要说什么。

王雱悄悄窥看了两份“演讲稿”，摇了摇头，对现实世界的孩子们感到忧心：看来这九年义务教育又多了两篇相映成趣的新课文，还是得背诵全文的那种，可怜啊！

接下来范仲淹与王安石分头到州学、县学激情演讲，王雱又让胡管事准备好“施工队”，准备到州学、县学、村学里头搞黑板。在方洪的努力下开封那边的大小学院都普及了黑板粉笔，粉笔的生产也已经进入正轨，多供给青州一州不算难。

范仲淹曾去“培训班”那边体验过黑板粉笔的好处，拨了专款让胡管事负责搞好这一块。自己人归自己人，该给的钱还是得给的，青州也不算穷，为了教育给得起！

王雱把能管着自己的人都支去忙了，自己逍逍遥遥地玩耍了好些天。这天一早，周家嫂子就领着周母前来拜见吴氏，说要多谢王雱请大夫救周母。

吴氏这才晓得儿子还曾带着大夫到周家去。儿子心善，吴氏自然是高兴的，忙免了周家嫂子与周母的礼，邀她们坐下说起家常来。

王雱才从柳永那边回来，见了周家嫂子与周母，也正正经经地坐下，对她们道：“我正想让周武回去寻你们呢。”与周文周武熟悉之后，王雱才晓得周家兄长也是读过村学的，后来为了养活两个弟弟才没接着读书。周文周武知晓兄长为自己放弃读书，便也都不愿入村学。

去年他们家那点薄田遭了灾，本就不怎么好的田地变得愈发贫瘠，今年栽下去的庄稼长得也不怎么好。王雱给她们想了个营生，只是不知道他们愿不愿意做，若是能做成，一个夏天赚的钱便够他们几年收入了。

这营生也简单：卖冰棒。

王雱琢磨了一下，弄个模子，搞个简单包装，她们沿街兜售一下，不费什么事。那硝石制冰的方法上回他们试过了，能用。硝石还可以循环利用，原料就是点水和糖，不贵。要是她们觉得有赚头，想扩大经营，盘个铺面研发更多口味，兼卖些冰镇酸梅汤什么的都不成问题。到时赚够了钱，周家兄长想念书也行，想多买些田地也成。

周家嫂子听了王雱的安排，红着眼起身要给王雱磕头，几乎要喜极而泣。

吴氏忙拦住她，说道：“你可别跪他，他还小，你年长他许多岁，受不得的。这小子什么都不多，就是鬼点子多！”

周家嫂子擦掉眼角的泪：“点子再多，也没人会白拿出来给别人。”

吴氏劝了几句，才把周家嫂子和周母劝回去。等人走了，吴氏问王雱：“这冰棒真能卖得好？可别让人赔了本钱才好。”

王雱笑眯眯道：“我让柳先生撺掇他那些个红颜知己多到勾栏唱唱曲儿、弹弹琴，顶着大太阳出来看表演的人多了，买冰棒的自然也多。放心吧，一准能成。”

炎炎夏日如期而至，范仲淹和王安石跑完几场演讲，与各县名流雅士开完几场文会回来，发现青州城内的勾栏变得极其热闹，大热的天还有一堆人围着。再走出一段路，王安石两人都发现有些不对：往来的男女老少怎么都拿着根棒状的东西在舔食？

烈日当空，天气酷热，那棒状的东西却白得像雪、莹亮如冰，还冒着丝丝凉气！

男人们口一张，咔嚓咔嚓咬两口，表情十分舒爽；妇人以手帕掩着，斯斯文文地小口舔咬；小孩子们则没那么多讲究，舌头直接伸出来，一下一下地舔着那雪白的冰棍，眼睛半眯着，一脸的开心。

王安石与范仲淹对视一眼，都看懂了对方眼底的意思：那小子又趁着他们不在搞事了！

接下来的一段时间里，州学、县学的生员们受到范仲淹、王安石鼓舞，雄赳赳气昂昂地下乡去了。有些原本就从乡下熬出来的生员们还好，吃得好、睡得香，想到考评能拿个优等，还能在乡亲面前刷一波好名声，感觉不要太开心！

那些城里的生员可就受苦受难了，乡下地方，哪怕拿出最好的东西来招待他们，还是让他们吃不习惯、睡不着觉。

想想吧，入夜之后蚊虫乱飞，群蛙乱叫，白天到处脏乱差，茅厕里面是两块横木悬在粪坑上，粪坑里……粪坑里就不说了，提起来根本吃不下饭。这样的环境，叫他们怎么坚持得住？

可一想到范仲淹、王安石的一番劝言，生员们只能红着眼眶坚持下来。

当第一批下乡的“城里人”生员们顶着蚊虫叮咬的满身红包和瘦削黝黑的脸庞回到家，那些个把儿子送去州学、县学的豪强富户全都心疼坏了，直劝儿子：“别去了吧，太辛苦了！”

这批生员却都连连摇头，在家待了一天之后又再一次下乡。

王安石忙完一天的工作回到家，发现儿子的日子过得非常逍遥：小小的书房里放着冰，可见一整天都沁凉得很。妻子坐在软榻上做针线活儿，女儿坐在儿子旁边画画，而儿子则拿着本闲书在那儿翻着看，书桌上还摆着吃了几口的冰沙，显然是婢子刚给他送上来的。

王安石在心里算了算，一点冰可以让妻子、儿子、女儿享受一天的冰凉，应当不算太奢豪。

左右家里的钱不是归他管，王安石在心里嘀咕过后也就迈步走进去，考校起王雱的功课来。

王雱老实得很，不管是谁给的任务他都一丝不苟地做完。王安石考教了一番，心里免不了一阵疑惑：这小子明明老老实实的，怎么就有那么多工夫瞎倒腾？

王安石没找到能找碴儿的点，只能捏着鼻子放王雱一马。

王雱倒是很孝顺，麻利地拉王安石坐下吃点冰消消暑。自从周家兄嫂把制冰棒的生意做大做强，又有周文周武帮他跑腿，每天往家里供应点冰块压根儿不是事儿。

王雱总算摆脱了酷暑的折磨，享用上大户人家的消暑待遇了。

王雱摸出两个冰镇过的蜜桃，拿刀子给王安石削桃子，边削边说：“爹，青州这儿的蜜桃可真甜，个头儿又大，您也尝尝看。”

王安石睨他。

王雱给王安石说了说自己的想法：“今年蜜桃长得很好，青州境内销不完，价钱也卖不高，爹你不如组织个文会，邀请大伙一起来品尝这新鲜可口的青州蜜桃。”

文人开文会嘛，你来都来了，总得作首诗不是？你得夸夸主办方对不对？到时候把诗文汇总起来，印成小册子到处派发，要是有一两首撑得住场子的诗文，这册子立刻就火了，青州也跟着火了！

王雱娓娓说完自己的想法，卖力忽悠王安石：“这边有把果子做成果脯的习惯，我琢磨着让人搞个统一包装、统一名号，把青州果脯的品牌打响了，往后青州这些果子都能卖个好价钱。若有人想吃新鲜的，也能趁着好季节亲自来吃。”

王安石道：“就你歪点子多。”开个文会叫人家过来吃蜜桃，然后把人家的诗文当广告用，也就这满眼只看得到钱的小子能想得出来！

王雱知道王安石的臭脾气，没再多说，将削好的蜜桃往王安石口里送了一块：“您尝尝，童叟无欺，汁多肉甜！”

小妹在一旁巴巴地望着，等王雱喂完王安石了，也“啊”的一下张开嘴，意思是“我要，我要”。

王雱往小妹嘴巴里也送了一块。

小妹高高兴兴地吃了，也学她哥说话：“汁多肉甜！”

吃过晚饭，王安石和王雱一起散步去范仲淹那边，王雱在琴亭里练琴，王安石则和范仲淹说话。范仲淹当了一辈子事必躬亲的人，老来遇到脾气比自己还要执拗几分的王安石，想做事竟抢不过他。

范仲淹听王安石把王雱提的建议说了一遍，笑道："这小子还是不死心。"他赴任之初王雱就给他写了个小册子，要他多组织组织文会，聚集文人一起来青州吹吹牛，把青州吹成风景名胜区。

王雱和这年代的文人最大的不同，就是他对许多东西没有敬畏之心，不管是王圣先贤还是达官贵人，在他眼里都不甚重要。

这一点范仲淹看得出来，王安石更看得出来。王安石叹了口气，表示自己也不知道该拿这个儿子怎么办，希望范仲淹能帮忙好好教导。

范仲淹沉吟良久，才道："未必不好。"

这样的孩子，他心里爱惜多于爱重，他自己儿女不少，门生也多，可若论哪一个最让范仲淹觉得贴心，那肯定是王雱。

范仲淹看向王安石，这年轻人有能力，也有魄力，肯做事、敢做事。只一点让他忧心——用人。

若说王雱用人是先收人心，那王安石绝对是"唯才是用"，只要有人能帮他做某件事，王安石就会让对方去做那件事，而不会考察德行和为人。

若是像在鄞县那样周围都是君子，那王安石做起事来肯定事半功倍，顺畅无比；可若是周围君子小人皆有，甚至周围皆是小人，王安石免不了会招来祸患！

王安石见范仲淹注视着自己，心中不免有些紧张，忙问："怎么了？"

范仲淹缓声将自己的忧虑说了出来。照理说，他不该对旁人这么指手画脚，可随着他与王安石相处的时日增多，他能感受到这个年轻人的不一般。

范仲淹道："你这人长于识君子，短于识小人，我怕你将来为小人所害。"

王安石听了范仲淹这话，静静地在心里琢磨起来。

他入仕头几年在扬州当签书淮南判官，只负责签署一些公文，没甚有建树的事可做；到鄞县之后他放开了手脚，什么大胆的想法都敢去尝试，也都给他做成了。因此自请调任青州之后，他做起事来从不瞻前顾后。一来是在鄞县的成功尝试给了他底气，二来则是因为他知道范公和韩琦不一样，范公肯定会支持他的这些想法。

现在范公都和他说起心里话来了！若不是喜爱他这个后辈，范公怎么会这样告诫他？

王安石心中欢喜，面上更是认真又诚挚："范公的教诲我必定牢记于心。"

王安石领了王雱回家，入睡前还真翻来覆去地琢磨起范仲淹给他的那句话：

长于识君子，短于识小人。

以前他还真没想过这方面的问题，可范公给他分析：同样一个政令，落到不同的官员手里可能发挥出不同的作用。若是有小人贪名图利趁机作乱，到时候就不仅仅是个人的得失问题，还会导致良法变恶法，成为人人唾骂的存在。这样的话，他的初衷就无法达成了。

王安石的初衷是什么？富国强兵。范公这番劝说还真抓住了他的要害，他的种种想法都在绕着这个目标转，绝不愿意任何人阻挠他去实现它。

但要识别小人谈何容易。

白居易写过这样的诗：“周公恐惧流言日，王莽谦恭未篡时。向使当初身便死，一生真伪谁复知？”在小人没干那些个小人行径之前，谁又知道他藏有祸心？

王安石一晚上没睡好。

第二天，王雱见他爹精神不大好，拉着他爹谈心，没一会儿就从他爹口里套出了范仲淹那句评价。

王雱心里给范仲淹点了个赞。不愧是变法先锋，果然有经验，一下子看出他爹的大问题！

王雱麻溜地增油添火：“范爷爷这话说得对啊！若是把您那些想法交给一些无耻小人去执行，简直相当于您十月怀胎艰难生下孩子，却把孩子交给个无德之人去教养，不出几年必然会把孩子给养歪！你往后就把您那些想法当孩子看，挑到了适合的人才让他们上，没适合的人选宁愿不施行！”

王安石瞪他。这是什么乱七八糟的比喻？瞪完了，王安石又觉得有哪里不对。他眯起眼看自家儿子：“你是不是偷看我东西了？”

王雱一脸无辜：“没有没有，你在说什么？我才没看过你写的什么青苗法啦，免役法啦，我不晓得我不晓得！”见王安石脸色越来越不好看，王雱当机立断地跑去找他娘，口里叫嚷，“娘，早饭好了没？爹说他饿了。”

王安石：“……”

这样的儿子，还是扔给别人养算了！

吃过早饭，王雱就捧着王安石给他安排的一堆功课去找范仲淹告状了：“我还是个孩子，怎么可以让一个孩子做这么多功课呢？像我这么大的小孩，不该开开心心地和小伙伴们踢踢毽子、掏掏鸟窝吗？还气我看他写的东西，写出来不就给人看的吗？又不是闺女，得养在深闺不让人看！”

范仲淹笑骂他：“你就别老气你爹了。”

王雱可不会轻轻松松认输，既然他爹都知道他偷看了，他索性把王安石的手稿按照大体意思给范仲淹写了出来，让范仲淹这个拥有变法经验的人给王安石参详参详。

范仲淹看完后久久不语，直至察觉王雱还坐在一旁等着他发表意见，才说：“法是良法，只是要推行开并不容易。远的不说，就说这青州与杭州施行起来便大不相同，更别提举国有三百余州，州州情况不一。”

范仲淹说着说着，忽地意识到王雱不过是个八岁孩童，当即收了话头让他自己玩去，说回头会和王安石细细商量。

王雱得了范仲淹这话就放心了。王安石现在的方案是和司马光书信讨论过后才定下来的，再和范仲淹讨论讨论肯定更加完善。这些大事还是他们比较擅长，他就不瞎指手画脚了。

王雱一身轻松地去找柳永玩耍。要王安石他们开文会不容易，还是柳永比较好说服！

王雱和柳永凑一起嘀嘀咕咕，很快定下文会的基调，要风雅，要高端，要能吃好玩好，要正经之中带一点点骚操作，哄文人雅士们开开心心留下墨宝。

柳永最喜欢热闹，自然不会拒绝王雱的建议，二话不说答应去张罗。

青州文会热热闹闹召开之际，青州新出的柳词也传到了京城，一同传回去的还有青州街头的热闹。

比如说，一些曾途经青州的人把“咏冰棒”之类的打油诗传到了京城，说什么偌大开封还不如青州，连个又便宜又能消暑的冰棒都买不到！

刚升任参知政事不久的刘沆也听到了关于青州的消息，摆在他案头的还有范仲淹夸王安石亲自替百姓汲水治眼疾的奏表。

只是比起这传出爱民如子好名声的王安石，更让刘沆在意的是在他任开封知府期间天天搞事的柳永。

听说柳永到那边后没搞什么事，每天修身养性好不安分，气得刘沆肝疼：敢情是专挑他在任时闹腾啊？

当然，在朝中引起最大反响的还是青州那已经施行的体检制度。

太医院那边听说青州搞体检不仅没有亏本，还小小地赚了一笔，负责这一块的人甚至收到了几块表彰牌匾，弄得他们也心动不已，想领头组织这事儿。现成的体检表有了，京城又不缺大夫，组织起来并不难，就是需要上头同意！

宰相文彦博觉着这事儿不错，自己也可以趁机做个全身检查，他与其他宰执商量过后正式向官家提了这事儿。

范仲淹和王安石的名字再一次来到官家面前。

看到范仲淹三个字，官家心里是愧疚的。等再看到王安石三个字，官家却想起了王安石去年喷他的几千字，不由搁下手里的折子揉了揉额头。

大宋不罪上书言事之人，喷皇帝这事儿是允许的，可许多人都还想好好晋升，很少放开手脚开喷。

这王安石性情耿直，难得的是言行如一，喷了他以后又自请去青州，算是用行动表明自己的意志。单凭这一点，就已胜过许多人。

对于这种棱角分明的朝堂新丁，官家还是有心想用的，爽快地批复了自己的意见：成，大伙体检一下吧。

官家点了头，大宋第一次官方体检便热热闹闹地展开了。

已是酷夏，百官衣衫比冬日里要薄一些，体检起来倒更方便。方洪专业的配镜团队也获得了参与视力检测环节的殊荣，骄傲地替朝中众臣进行视力检测，并成功获得了一批新订单。

司马光拿着体检结果回到家，与张氏、司马琰细说了这事儿。

司马琰拿过那体检表，发现体检表标题下方有个漂亮花纹，细细分辨竟是她那极具医生特色的签名——一般人根本看不出写的是什么。

王雱设计体检表的时候，竟把这悄悄插入体检表一角。更了不得的是，这层层上送又层层下发，居然没有人发现王雱往里头夹带了私货！

司马琰不知该不该佩服王雱的胆大包天。她默不作声地把体检表还给司马光，跟着司马光到书房看医书去。

看到王雱在体检表上做的手脚，司马琰就想起王雱那天说的话。王雱说，如果她还想做医生，他一定会让她成为名扬天下的名医。

青州的体检之风才刚吹到开封，王雱撺掇柳永开的文会终于如期举行，还出了好几首不错的诗词。

王雱亲自当策划搞装帧，把这青州文会的文刊弄得精美无比，里头不仅有诗文，还有登临图、美人图，雅俗共享，美哉美哉。

文人雅士们离开时，王雱给他们送了几本样刊，让他们回去分送亲友，有空可以叫上朋友再过来聚聚。

文人雅士们乘兴而来，尽兴而归，回去的路上都对新鲜印出的文刊爱不释手，觉得倍儿有面子。

这种互吹文会多开点好，有益身心健康！

范仲淹和王安石起初不想把文会搞得像王雱说的那么市侩，好歹他们是正经读书人，不要面子的吗？可拿到王雱设计的文刊之后，王安石直接扔给王雱一份稿子让王雱做封设和排版。

王雱回去和他娘嘀咕："有的人嘴上说不要，身体却很诚实呢！"

吴氏戳他脑门儿："有你这么说自己爹的吗？"

王安石让王雱排版的是他写了很久的《杜甫诗选》，王雱听王安石讲过诗，排起版来得心应手，封设也做得很轻松。他捏着鼻子认了王安石这平平无奇的书名，把《杜甫诗选》给搞定了，就让周武给送到胡管事那儿印样书。王雱忙活了几天，可算是把样书拿到王安石面前了。

王安石拿过一看，封皮漂亮，纸张顺滑，字迹清晰。满意，非常满意。他翻了一页又一页，等翻到底了他才回过神来，端起一贯的冷静表情对王雱表示"不错，还可以"。

王雱觉得再也不要给王安石搞封设和排版了。

王雱不理他爹，去范仲淹那儿玩耍。

范仲淹正好收到了定州的来信，写信人是韩琦。

韩琦！老熟人！在扬州那会儿给过他压岁钱的好人！

王雱悄悄挪到范仲淹身边偷看韩琦写了什么，看完之后却有些晕乎。

韩琦与范仲淹一起主持新法，这几年也被外放了，眼下在更北边的定州任职。韩琦正极力促成朝廷重新施行"见钱法"，这是一个和茶政有关的法令。

以前战事起时，边境粮食紧缺，朝廷经常会用到"三说法"，凡是往边境送粮食的人都可以按一定比例获得钱、香料以及朝廷印发的"茶叶交引"，然后拿着这茶叶交引去淮南十三山场换取茶叶。

茶叶是禁榷商品，也就是禁止民间商贾私自贩卖，是朝廷的垄断生意。拥有茶叶交引，才能够做这茶叶买卖。边境官员为了完成任务以及分红利，往往会拔高某些大商贾送来的粮食价钱，和大商贾平分好处。开封城中就有不少交引铺，专门做这交引生意。

通俗点来说，这茶叶交引就像朝廷发行的证券，商人们把它的价钱炒起来后一抛售，可以轻轻松松赚大钱，根本不用辛辛苦苦地买茶、运茶、卖茶，就能坐收红利。

边关对粮食的需求越紧迫，经手官员对粮食的估价越高，朝廷需要发给商贾们的茶叶交引就越多。

可是，茶叶的产量是有限的。茶叶交引过量发行会导致拿着茶叶交引的人等个三五年才能拿到茶，这样下去茶叶市场迟早会崩溃。

现在定州这边战事少，韩琦就提议实行见钱法，改回现钱交易，逐步回收市面上过量发行的茶叶交引。想法是不错的，就是会被“炒交引”的大商贾和他们背后的靠山视为眼中钉。

王雱觉得大宋的牛人们真会玩，连炒股都会了。韩琦也厉害，想把人家的证券交易所整破产！

范仲淹见王雱的小脑袋跟着自己转来转去，不由放下信瞅他：“怎么？你也看得懂？”

王雱连连摇头，跟个拨浪鼓似的。他还是个孩子！

范仲淹没再多问，也没看着王雱，接着往下看。

接下来的内容轻松多了，韩琦说他在定州建了个阅古堂，吹了一百字阅古堂格局，三百字“阅古”二字的寓意，最后表示不能与你们在里面聊天真是太可惜了。

王雱积极发表意见：“这个我看懂了！范爷爷你看人家，建了个堂子就晓得来信通知你，要你写诗写文帮他好好夸一夸，您也一定不能落后，回头我们也造个亭子给他说道说道！”

范仲淹无言地看向王雱。怎么什么事经王雱一说都变了味？

王雱一点都不觉得自己有什么问题，他凑到范仲淹身边堂而皇之地又往下瞧了几眼，意外发现韩琦居然还提到了他！

韩琦说才知道他也到了青州，要范仲淹提防着他点，要不然他能把书房搬空。

王雱生气了，义愤填膺地控诉：“堂堂朝廷命官，怎么能在背后说小话？我是那样的人吗？也就向他讨了块砚台，要了几张纸、几支笔，什么时候搬空了他的书房！”

有王雱这小子在，似乎什么事都可以变成乐子。范仲淹笑道：“原来他最爱的那方端砚是让你给要走的。”

范纯礼最近忙得很。

王雱撺掇他几句，剩下的都甩手不管。

范纯礼要负责给下乡的生员们集体培训，准备开蒙讲义；要负责统筹规划，确定每个学生分别到哪个村学去；等人下去了，又得及时关注有没有意外发生。

这些学生大部分是十五岁到十九岁的年纪，相当于大一学生，今年都不参加科举。这样的少年，最不缺的就是精力和热血，最想要的是认同，也最愿意负起责任。王安石和范仲淹一鼓舞，这些少年们都积极响应！

这事儿是范纯礼牵的头，范纯礼怎么能不上心？范纯礼自己也下乡去了，正好碰上青州蜜桃大卖，邻州邻县的人都涌到青州西南方向买蜜桃、贩蜜桃，范纯礼捋起袖子帮忙赶收了不少桃子，现在他闭上眼周围都是蜜桃的甜味！

由于他在卖桃过程中表现出来的超凡算术能力，不少村民还主动央求他开个算学课，教教他们怎么算术。

范纯礼对上一双双求知若渴的眼睛能怎么办？捋起袖子加油干呗。

范纯礼这一忙，忙到蜜桃季节过去，秋收农忙时节到来。

这短短几个月时间，他没有太多的时间看新书，却对以前看过的每一个文字了解得比任何时候都要透彻；他没有写出“谁知盘中餐，粒粒皆辛苦”那样的诗，却终于知道一颗种子长成累累稻穗、麦穗需要费多少工夫；他发现坐在家里推算得再怎么轻松自若，都不如多和蜜桃贩子们唇枪舌剑几回能锻炼自己的算术能力！

对于范纯礼而言，这是一段终他一生都不会忘记的日子。

第一批下乡的其他学生，情况也与范纯礼差不多。学官们都注意到，这批下乡历练过的学生与其他生员相比有了大不相同的感觉。只是时日还短，谁都看不出这点改变会对青州造成什么样的影响。

秋收来临，也到了山楂成熟的季节，漫山遍野的红果子十分养眼。王雱看了，又撺掇柳永开诗会去。

这次诗会开在玲珑山脚，到处都是红通通的山楂果子。玲珑山上岩洞交错，风光优美，还有个白驹谷，一听这名字就很有文化，能想到什么“白驹过隙”“时光易逝”，妥妥的怀古伤今之地。

王雱领着周文、小妹她们过去溜达了一圈，采点红山楂回去吃，顺便瞧瞧这勉强可以称为名胜古迹的地方有没有炒作余地。

亲自绕了一圈，王雱对白驹谷很是喜爱，回头便让周武领着人去把白驹谷两边的山壁给清理出来，把上头的古人遗迹打理得光可鉴人，以供文人骚客们细细品玩。

风景这么好，这山壁这么空、这么平整漂亮，还有前人的墨宝在前——保留得那么好，百八十年过去了都还焕然一新，看着是不是很叫人心痒呢？是不是蠢蠢欲动想把自己的诗文也刻上去呢？想要，就大大方方地说出口，不必害臊，青州刻工时刻为您服务！

王雱把自己的文会计划如此这般给柳永一说，柳永斜睨他一眼，说：“俗，太俗了！你把我当什么人了？”不过闲着也是闲着，柳永还真骑着马儿去白驹谷赏玩了一番前人诗文。回来之后，柳永感觉灵感涌动，大笔一挥写了不少帖子邀请本州、邻州的文友们过来游玩。

王雱把人支得团团转，自己却在琢磨山楂怎么吃。糖葫芦不错，霜糖山楂也不错，山楂片、山楂糕、山楂果脯都是开胃消食的好东西！

夏天过去，冰饮的生意没那么好做了，周家嫂子正好歇一歇。她在城里盘了个铺面，做些吃食往外卖，赚得不如夏天多，却也比埋头耕种要有赚头。

周家兄长手头宽裕了，也可以重新把书本捡起来念了。两个弟弟平日里住在王雱那边，等他们回来，周家兄长忍不住提了句：“你们年纪也还小，如今家里不缺钱了，不如你们也别做了，赎了契书与我一同念书。”

周家嫂子做好饭端进来，听周家兄长这么一说顿时把饭菜搁下，骂道：“好你个周良材，我们能有如今的好日子不都仰仗人家出的主意？你契书签得好好的，说不干就不干？便是我大字不识一个，也知晓‘人无信不立’的道理！”

周文本就口吃，听周家嫂子发了怒，也道：“哥，科、科举之途，我、我走不通。”

周武更干脆，掏掏耳朵说：“哥你知道的，我从小最看不得书了，你让我读书还不如让我打大虫去。何况嫂子说得有理，我和二哥已和衙内签了契书，岂能出尔反尔？”

见妻子和两个弟弟都这么说，周家兄长只能作罢。

周文周武回到王雱身边时都默契地没与王雱提这事儿，一门心思跟在王雱身边做事。王雱待身边的人向来不错，给他们报了个范纯礼开的“扫盲班”，等他们学成之后自己看书时也扔给他们一本书，让他们练武之余也学点别的。

别看周文口吃，说话笨拙，实际上他的计算能力很不错，王雱试着教他一些计算方法，他很快能融会贯通。王雱非常满意，挑了些算学方面的书先让周文打基础，接下来再寻些机会让他锻炼锻炼。

至于周武的话，脑子活，出去跑什么事情都能轻松完成。

王雱逐渐摸清了自己两个新随从的长处，又收到开封那边来的信。信自然是司马琰给写的，司马琰说转季了，秋高气燥，需要清肺润喉，给他写了些精细的食谱。

王雱把它们交给吴氏去琢磨，自己呼朋唤友出了城，准备投桃报李亲自摘一箩筐山楂让人给司马琰送去。王雱现在爬树功夫一流，山楂树大多矮矮的，完全不够他发挥，很快让他摘满了一箩筐。

身为通判爱子、知州爱徒，又倒腾出了毽子、陀螺等小孩子最喜欢的玩意儿，王小衙内在青州可出名了，山楂树的主人都表示要把山楂白送他。

王雱立场非常坚定：“不成，我爹会揍我。您不知道啊，我爹看起来是个平平无奇的文人，追着我揍的时候腿脚可快了，我怀疑他悄悄去练了个飞毛腿什么的！”他还顺便给山民和小伙伴们瞎扯了一下什么叫飞毛腿，就是跑得非常快，腿毛都迎风起舞的意思！

接下来几天，王安石在外头走动时总感觉有人在观察自己的腿。直至有人隐晦地把他儿子造的谣告诉他，王安石才知晓自己有了个“飞毛腿”的名号。

于是，王安石回家揍儿子去了。

王安石刚找儿子算完账，府衙就收到底下的急报：黄河下游闹灾，数以千计的灾民都朝青州这边过来了。

这灾民之所以大规模朝青州这边涌来，得追溯到富弼这个前任上头。富弼在青州任职时也闹灾了，大批灾民路过青州时富弼说服了城中富户开仓放粮、救济灾民。这些灾民熬过一场灾劫，呼啦啦地来，呼啦啦地走，没留多少在青州。

这一次，灾民又熟门熟路地找过来了，还积极地给同样受灾的人科普青州人是大好人，来青州这边有饭吃。

王安石眉头一跳，忙去找范仲淹商量这事儿。范仲淹去年才处理完杭州的饥荒，遇到这事儿也没慌，叫王安石坐下再说话。富弼已经当过好人了，城中的豪强富户可不是傻子，上回放了一次粮，这次还让人家放吗？人家凭什么给你放，效仿佛祖普度众生？

范仲淹道：“今年青州收成也不好，粮价被抬得很高，许多人都屯着粮等着高价卖出，肯定是不愿意拿出来白白送人的。”他揉了揉眉心，先和王安石商量另一件事，是关于缴皇粮的，“我们这边粮价高，博州那边粮价低，我准备让人直接带钱款去博州就地买粮，这样一来免了运输途中的耗损，二来也能留些粮食在青州。这件事不如你去办？”

王安石本想反对，可这又是正事，他没理由推辞。事关一州的皇粮，不是小事，要是有人动了这钱，谁都补不上。王安石只能答应下来，回头与吴氏说了这事儿，又找王雱叮嘱：“看紧些，别让你范爷爷太辛苦了。”

王雱点头：“我知道的。”他又给王安石推销周文，“周文可以保护你，他算术也厉害，有他帮忙你会轻松很多。”老实说，他对他爹的数学是不太放心的，毕竟他爹是实打实的文科生！

王安石没拒绝，下午便带上钱款，领带上周文和另外几个衙役出发前往博州交皇粮。

王安石一走，王雱立刻谨遵王安石吩咐搬了张小板凳坐到范仲淹身边。范仲淹正拿着舆图在琢磨，王雱是知道他那以工代赈的思想的，只是这雇工搞基建也需要钱，不能拍脑袋做决定。

王雱和王安石其实早琢磨过这事儿了。作为一个农耕大国，搞基建最重要的自然是修路和修渠，王安石在鄞县那边有过经验啊。范纯礼负责州学、县学生员们的下乡支教事宜，还按照王雱的意思让生员们实地调查各县各村的浇灌问题、道路问题，这段时间王雱正把这些资料汇总呢！

他爹王安石，曾享受过搞基建的快感，准基建狂魔一个，早琢磨着要修这修那。这不是正赶上农忙时节不好下手吗？

要是人力资源充足，钱根本不是问题。鄞县的豪强富户们能踊跃参与，青州的豪强富户们肯定也乐于投点钱，毕竟这可是能流芳百年的好事！

所以说，眼下真是瞌睡有人送枕头。灾民好，灾民越多越好，正愁没人干活儿呢！既然他们今年地里没收成，过来干干活儿，赚点钱、买点粮度过荒年，多好啊！

王雱把椅子挪到范仲淹身边，对着舆图指指点点，表示这里要挖个渠，那里要修条路。您觉得能有多少灾民过来呢？您这么有经验快给算算够不够使？能不能叫他们回去多领点人过来？

范仲淹：……真当其他州的知州都是死人吗？

范仲淹把王安石支走，也是准备做这件事。

这些灾民没有以工代赈的观念，要整合好他们并不是易事，更别提让他们留下完成工作；与豪强富户们打交道也不容易，稍有不慎就会得罪人，往后工作更难展开。

范仲淹不准备让王安石啃这块骨头。王安石还太年轻，性格又太刚硬，还得再好好磨炼磨炼。

瞧着王雱对着舆图指指点点，范仲淹有些默然。

这小子和他爹要是能中和中和，他倒是不用操心那么多了，放手让他们去做便是。他都六十多岁了，给年轻人让让路没什么不好。

范仲淹考校王雱："前些年彦国在这边的时候曾经放粮赈灾，灾民不习惯以工代赈，要是他们不愿意怎么办？”

王雱不上当：“您不是在杭州搞过吗？您有经验！”他还是个孩子呢！他才不给出主意！要是以后他们经常叫他出主意，他是出还是不出好呢？

这小滑头！范仲淹揉着太阳穴，一脸疲惫地说：“我老了，记不太清了。”

王雱瞠目结舌。还有这样耍赖的啊！

不过见范仲淹确实疲惫，王雱麻溜地过去替他按摩太阳穴，口里说道：“这个简单，我们青州地少，粮不够啊，施粥什么的当然只能给飘着几粒米的稀粥。好好饿他们两天，同时派几个托儿混进去吹吹风，让他们知道接下来会有许多青州百姓抢着干的好差使，又能吃饱又能拿钱，可棒了！反正，托儿很重要。”

反正灾民来自不同的地方，混几个人进去也没人能发现。到安排工作时再派一批托儿去抢着做，有人抢的东西吃着才香啊！

范仲淹没想到王雱还真给出了个主意。托儿这词他没怎么听过，不过听王雱这么说大致也明白是什么意思。

范仲淹说：“听着倒是可行，可上哪找托儿去？”

王雱道：“这您放心，好找得很。刚到青州时我就让曹立盯着城中的一干闲汉，后来曹立发现他们许多人把家小安置在城外的山神庙，那儿环境差，地方小，一下雨有人生病了，满屋子老人小孩就七连八带全病了。我让曹立盘了个庄子安置了这些人，让他们从胡管事那边接些轻松活计养家糊口。”

这依然是他们在开封做的那一套，安顿好这批人的家小自然能差遣动这批人，曹立安排起来非常从容。

曹立离开后，王雱便把这事儿交给周武去办。

范仲淹听王雱细细把事情说完，没说话。

许多人没了田、没了房，努力一辈子可能也没办法给家中父母、妻儿一个安身之地，做起事来自然没什么劲头。

古往今来百姓要的其实都是那么简单，有一个安身立命之所，吃得饱穿得暖，没别的了。

王雱倒是没范仲淹那么多感触，他接着说道：“您要是觉得可行，我就趁着灾民还没到城外让周武去做准备。这些人常年混迹酒楼茶坊，最是机灵，不会露馅的。就是露馅也不碍事，我们给的钱是真的，给的粮也是真的，又没坑他们。”

范仲淹仔细端详着王雱。

与王雱接触多了，范仲淹大致能摸清王雱的性情，这小孩机灵，跳脱，鬼主意一堆。说他胡闹吧，他又能胡闹出好结果来；说他乖吧，他和乖字是绝不沾边的。

更重要的是，他年纪虽小，做事却理性多于感性，比方说安顿那些老弱妇孺，明明做的是好事，从他口里说出来的却是“这件事应该这样做”“这样做能带来什么好处”。

换了别的小孩，说起来肯定是“他们这么可怜，我们得帮帮他们”；换了别的儒生文士，还能写个千八百字的赋文表达自己的痛心与不忍。

这小子不同，这小子就那么悄无声息地干完了。

这样的性情，也不知好还是坏。

总归是好事一桩，范仲淹还是夸了王雱一通，让王雱把托儿安排下去，到时候他也会亲自鼓动灾民踊跃参与基建工作。

王雱被夸得美滋滋，和人讨了笔墨，范仲淹在那儿思索怎么说动青州富户们投钱进来，他则在一旁把自己刚才给范仲淹说的那些大小工程给画了出来。

这可是他的老本行，画起来不要太轻松，在他的图纸上青州道路四通八达，农田水利遍布各县。

细分起来，还可以从图中的颜色深浅、线条粗细分辨出其中的一期工程、二期工程、三期工程。

一期工程，主干道全部给修大修好，重要浇灌渠也给挖好。

二期工程，村村通路，村村通渠。

三期工程……最后，王雱还大笔一挥，熟门熟路地在空出来的标题栏写下四个大字：百年青州。

牛嘛，当然要往大里吹！

范仲淹正处理着公文，抽空瞄了王雱一眼，顿住了，拿起墨汁未干的图纸认真看了起来。

刚才王雱也对着舆图给他指指点点，说要修这修那，可光靠嘴说和拿出实实在在的规划图感觉完全不一样。

王雱趁热打铁给范仲淹说出自己的构想：“我让胡管事印一批小册子出来，您把青州里头有头有脸的人聚到一起喝喝茶、聊聊天，人手分一本，等他们挑好路挑好渠就可以竞标了！”这事儿王安石在鄞县做过，只是规模小一些，内容没太大区别，王雱一点都不虚。

范仲淹见墨迹渐渐干了，抬手抚上那清晰明了的规划图。这规划图若是真做成了，又何止能让青州受益百年。

范仲淹说道：“行，我叫人去下帖子。”要是真能做到，豁出他这张老脸去又如何？

另一边，王安石带着钱款去博州购粮。周文在算术上确实很有天赋，虽然说话有些口吃，算术却比许多粮行的账房先生都要快，几天跑下来很快帮王安石买够皇粮。

既然要改变惯常做法，范仲淹自然要先写信和博州知州商量。

博州知州得知王安石已经交完皇粮后亲自见了王安石，问起范仲淹的身体情况，知道范仲淹还算康健，便夸起这就地购粮的主意来："这应变之法也只有范公才能想得出来。"

王安石和博州知州互吹一番，又在博州多住了一夜，才领着人回青州。

回去途中王安石看到不少灾民在往青州方向走，心中不免忧心出民乱，催促其他人加快步伐。

不想回到青州，范仲淹已经开完竞标会，把"百年青州"的规划图贴得满大街都是了。每处布告下，还有些闲汉唾沫横飞地解说着这规划图是什么意思，告诉所有人接下来青州有多少好活儿可以干——

先吹给钱的是什么有钱大老爷，待人仁善、家底丰厚，城里哪些铺子是他们家的。

再吹这活儿待遇多么优渥，一天两顿管饱，没肉也能喝肉汤！

反正，工作机会有的是，要钱有钱，要粮有粮，就看你们愿不愿意干了。

什么？你说你不愿意干？你就犹豫吧，你就拖着吧，等青州本地人忙完秋收，你们想干都没机会了！

王安石进城之后看到几个报名点都排满了想要找工作的人，长长的队伍井然有序，若不是他们衣衫褴褛，倒真看不出他们是逃灾来的。

想到范仲淹身体不好，王安石打发走其他人，快步前去见范仲淹。

结果一到范仲淹当值的地方，王安石便看到自己儿子在给范仲淹捏肩，瞧着要多狗腿有多狗腿。他还没来得及进去呢，就又看到家中的小丫鬟端着两盅冰糖雪梨过来了。

见了王安石，小丫鬟慌忙问好，说是吴氏让送过来的。

王安石领着她一起进去。

范仲淹见王安石归来，立刻让他坐下说话。

小丫鬟端着冰糖雪梨，不知该摆到谁面前好。

王雱接过小丫鬟手里的托盘，叫她先回去，自己麻利地把两盅冰糖雪梨分别端到范仲淹和王安石手边。

范仲淹打发他:“行了，你一步不离跟着我这么些天，该闷坏了，回去吧。”

对范仲淹这种过河拆桥的可耻行径，王雱非常不满。不过想想接下来范仲淹和王安石肯定要聊正事，没他插嘴的地方，王雱也没再多留。

本来灾民都往青州去，邻州许多人还等着看好戏，结果看着看着感觉不太对味:怎么这些灾民去了就没动静了？青州上下一片祥和，这么多灾民一拥而入也没闹出什么乱子，真是奇了怪了。

有些人手伸得长些，光明正大地派人去青州一探究竟。派去的人到青州走了一圈，直接被人塞了本宣传册子，封皮上写着“百年青州”四个大字。

得了，人家这是要把灾事变成政绩了!

不服气的人也有，可不服气能怎么办？他们又不像青州那样早有准备，当场变出张《百年青州》规划图来。

与此同时，王雱让人送去开封的山楂也到了。

司马光收到一大箩筐山楂，摇了摇头，暗道王雱这小子越来越大胆了，以前还装模作样把信和王安石的信合在一起送来，现在居然敢直接让人送这么大一箩筐东西过来!

司马光气归气，还是没截下这筐山楂，直接让人抬去给司马琰。王雱写的信自然给司马光截下了，他拿着信到书房，光明正大地拆开信看内容。

王雱这厮写起信来，洋洋洒洒几千字都打不住。这次他花了好几百字和司马琰表功:这山楂都是我亲手从树上摘下来的，每一颗都经过我精心挑选，挑的是向阳长的，颗粒饱满，色泽漂亮，保准好吃!

接着，王雱又给司马琰介绍吃法，周家嫂子做的霜糖山楂在青州限量供应，不少人排着队买，生意可好了!一路运输可能有些会磕坏，记得挑出来扔掉，剩下的要是吃不完可以做成果脯或者山楂酱，可以放很久，以后胃口不好就拿出来吃吃，开胃消食的。

说完，王雱又开始感谢司马琰给他写的秋季食谱，表示吴氏都给他和妹妹做过了，好吃得很。青州入秋后海鲜肥美，“真希望阿琰妹妹你也能过来尝尝”。

真是岂有此理!司马光觉得这信可以扣着不给女儿送去了。

司马光把那厚厚的信收起来压到一边，才慢腾腾地看起王雱写的另一封信——是向他汇报功课的。

司马光这边扣下了信，司马琰见到那一箩筐山楂却猜出是王雱让人送来的，理了理衣裳去和司马光讨信。

司马光瞅着女儿秀丽可爱的眉眼，叹了口气，把信给了她，又和她说起青州那边的事:“听说京东东路那一带遭了灾，不知道青州情况如何。”

司马琰倒是不太担心，大方说出自己的见解:“有范爷爷他们在，有灾情也可以解决的。”范仲淹经验丰富，什么灾荒没见过?

司马光听女儿这么一说，也觉得对。他点点头，放司马琰回去看信。

等女儿走远了，司马光免不了去和张氏说上几句，说那王家小子越发不像样，他马上要写信给那小子多安排点功课，让那小子没空给他女儿写信。写给他女儿的信足足那么厚，给他的却只有薄薄两三页，像话吗?

张氏听司马光骂王雱，都给听得乐了。她这夫君一向是谦谦君子，鲜少与人动气，总被王雱气得开骂也不容易。

张氏道:“那孩子有什么好吃好玩的都惦记着阿琰，自然会多写点。”

司马光才不管这些:“总之不能让他过得太逍遥。”

张氏心道，也是够懂事才照着你的信去做，别家小孩你写封信给他们安排功课试试看，听你的才怪!张氏聪明地没把话说出口，而是笑着劝说:“你可别把阿雱累坏了才好。”

司马光绷着脸道:“看几本书，写几篇文章，累不坏他。”说完，他就回书房给王雱写信去了。

KUWEI
酷威文化
图书 影视

玩字

下册

春溪笛晓 著

江苏凤凰文艺出版社
JIANGSU PHOENIX LITERATURE AND ART PUBLISHING

目录

第一章

票选大诗人

司马光怕王雱的小日子过得太逍遥，远在青州的范仲淹和王安石也正琢磨着该怎么把王雱给拴一拴，免得他天天闲着没事瞎捣乱。

王雱书读得够多了，字也练得不差，一手画图功夫更是比许多人都要出色。底子已经打好了，该写文章了。范仲淹在中秋节这天，派人到方氏书坊的青州分店买了套《五年科举三年模拟》，作为礼物赠送给王雱。

王雱：……我还是个孩子！

一家人在范仲淹的琴亭里赏完月，王雱苦着脸抱着他爹和司马光联合编写的科举辅导书回家，长吁短叹地掰着手指数："孔子十五岁才开始学习，为什么我八岁就要学写文章啦？这可比孔子早七年啊！"

王安石抬手敲他脑袋，轻轻松松地推锅："这可不是我让你学的，是你范爷爷给你买的。"

王雱道："您这位编写人就在这儿，何苦花这冤枉钱？好好找找的话，咱家里还能找到手稿呢。"

王安石没好气地骂他："哪来那么多话，让你学你就去学。"

王雱没办法，只能唉声叹气地练习文章去了。

这年头的作文不仅有命题，还要规定句式，纵使你再天赋卓绝也得按照规定好的壳子来写，难发挥得很。王雱把范文都读了一遍，把脑海里的词汇都按照范文的语法逐一归类，也不写文章，回头做了个小玩具去玩给他爹看。

这小玩具的原理很简单，木匣子里头有一卷儿词汇可以随机乱转，随手就能转出一句句胡拼乱凑、语意不通的四六文。王雱给王安石解释他的伟大发明："爹您看，这样写起文章来就轻松了，随机抽几个词儿凑凑就行了"模板作文写起来多简单啊。

王安石有点儿手痒，想揍儿子。

写这四六文确实很难写出花样来，写来写去也就是那样了。当初太祖、太宗时期出过不少"快枪手"，就是在殿试时也不看文章好坏，谁先写完三道题谁就是状元。

太祖时期还出过这样一件事：殿试时有两个举子陈识、王嗣宗同时交卷，太祖让两个"状元候选人"当堂打了一架，打赢的王嗣宗成了状元——人称"手搏状元"。这事儿虽是流传在文人之间的趣事，却也说明四六文只要破题无误、文法通畅、用典不犯忌，换谁来写都差不多。

王安石也知道这科举文章写起来很无趣，可那不是为了考试吗！他说道：“对于改制之事，朝廷里有人在提，但现在还没改，你还是得学。”

曾巩就是因为不擅长写四六文才一直没考上，这几年又在家服丧，眼看着马上蹉跎到三十来岁了。王安石可不想王雱耽搁那么久。

王雱这人吃软不吃硬，王安石要是强硬地逼他去写，他肯定不乐意。可王安石给他讲事实、摆道理，把正例反例都给他举了，他只能乖乖让王安石把他制作的小玩具给没收了。

王安石打发走王雱，拿起王雱做的小玩意儿摆弄了一会儿，猛地发现不对。立刻拿着王雱那“四六文生成器”去找范仲淹，摆弄了几下给范仲淹看。

虽则语句往往有不通的地方，但是涉及的典故、文法并没有太大问题，修改一下其实真的还可以用。这表明什么？这表明这小子书没白看，写文章肯定难不倒他！那小子的苦瓜脸一准是装的！这个小混账，又想蒙混过关！

范仲淹说：“罢了，你也别拘着他了，由着他玩去吧。”

王安石也没什么好法子，只能板着脸和王雱约法三章：往后他和州学的学生们一起考试，考试及格了就由着他玩，没及格就跟着州学的学生们念书去。

王雱有什么办法？考就考吧，反正他上辈子从小到大都在考试，不带怕的。

当然，该抱怨的还是得抱怨。他给司马琰写回信，先控诉王安石和司马光逼迫他用功，然后表示自己才八岁就要考虑考状元的事，多么弱小、可怜又无助……都说木秀于林，风必摧之，他小小年纪这么厉害，还长得这么英俊可爱，这可怎么办才好哟。

王雱多了个考试任务，一点都没着急。他在忙活他爹的《杜甫诗选》，他爹极其吹毛求疵，样书弄了几回都不满意，要他翻来覆去地换设计和排版。

偶像的力量是无穷的，王雱也是在这时候才发现他爹不仅是个文手，还是个画手，竟亲自给书画插图，给杜甫画画像。

这一拖，发行的日子就拖到了九月九。这日子不错，适合文人雅士们登高望远。王安石坚决拒绝在青州搞事情，他是要面子的，不搞自我吹嘘那套，要吹也是互吹或者别人吹他，自己吹自己算什么事？王雱也不介意，他很照顾他爹的脸面，把搞事情的任务转交给方洪。

这可是王安石的新书啊，方洪自然是大力支持，错过了七夕，错过了中秋，这不还有个重阳吗？

方洪提前派人占据了几个“重阳登高热门地点”的山脚和山顶，沿途搞些杜甫诗谜竞猜游戏，派送些《杜甫诗选》周边。因为宣发搞得非常到位，书的封面又是王安石要求修改了多次的版本，所以光是重阳这天就把印刷出来的第一批书给卖了大半。

这书虽然不如《黄金国》《蹴鞠少年》通俗易懂，但胜在装帧优美、文学性强，不少文人拿在手上感觉这就是自己的“梦中情书”，幻想着要是自己写的书也能印成这样该多好。

当然，也有人喷这书是迷弟视角——不客观，不高端，心思全花在装帧上，压根儿没把杜甫忧国忧民的形象写出来。有趣的是，这些人喷完之后原本对这书没什么兴趣的人都来了兴致，纷纷掏钱买了一本回去品读。

方洪让胡管事传消息给王雱，说书快卖断货了，要不要再多印些。一同送过来的还有王安石的高额版税。

王安石看都没看一眼那些银子，直接把它交给了吴氏，自己则抱着一箱子的“读者来信”回书房去了。

王雱给方洪写了封回信，继续和方洪密谋搞事情。

一枝独秀不是春，百花齐放春满园。唐朝诗坛优秀选手那么多，怎么能只红杜甫一个？李白大大这个诗仙不帅气吗？王维大大这个佛系美男子不吸引人吗？还有什么白居易、元稹、李商隐、杜牧……

写诗这事儿过了这么多年还没被踢出科举行列，可见它在文人心中的地位还是很高的，每个人心里大多都会像王安石一样有个喜欢的诗人。王雱的信一到，方洪马上开始张罗新活动：选出你最喜欢的诗人——唐朝限定。

只要有人投票，诗人就会进入候选栏，但凡某位诗人票数达到一千，就会有专人绘制诗人画像印刷成海报，投票者可以免费领取一张。最终，按票数选出唐朝三大诗人。

活动开始当天，方氏书房门口就竖起了三个等身高度的背影立牌，旁边还有活动宣传：“希望你喜爱的诗人为你转身吗？快来投出你重要的一票吧！”

这唐朝三大诗人投票活动，很快在开封城文人之间掀起了腥风血雨。而刚出版《杜甫诗选》，又为杜甫狠狠拉了一波票的王安石却对此一无所知。

司马光最近心情不大好，尤其是听到同僚们都在议论唐朝三大诗人活动的时候。文无第一，武无第二，诗文上的事怎么选得出排行？王安石的《杜甫诗选》他也买了，内容很不错，与他读过的众多史籍没有出入，却又深入浅出、简单易懂。可好是好，司马光喜欢的诗人是杜牧，人称“小李杜”中的小杜。

小杜写的诗气俊思活，既有晚唐独有的轻倩艳丽，如“春风十里扬州路，卷上珠帘总不如”“二十四桥明月夜，玉人何处教吹箫”；又有针砭时弊的俊爽豪迈，如“商女不知亡国恨，隔江犹唱后庭花”“一骑红尘妃子笑，无人知是荔枝来”；时常还会有别具情致的佳作，如“天阶夜色凉如水，卧看牵牛织女星”“借问酒家何处有，牧童遥指杏花村”……

要是王雱知晓，一定会评价说：“这是一个许多诗文都被选入了九年义务教育教材的诗人。”

司马光不是个好面子的文人，觉得哪怕杜牧的票数不高，自己也不用给杜牧拉票。因此，司马光又憋了几天，可是就是念头不通达，心情不舒畅。他是一个有原则的人，绝不能为了自己的偏好和人争执，这样有辱斯文。可当听到有人评价说“杜牧忆妓多于忆民”的时候，司马光终于憋不住了，对同在京城的好友范镇说：“我要写《杜牧选集》！”

读书人的风流，能叫风流吗？人家写出忧国忧民的《阿房宫赋》时，你还没出生呢。

范镇对司马光的想法非常支持，左右他们现在没什么要事，著书是件不错的消遣。

司马光闭门搞创作，其他人也差不多，都对杜甫一骑绝尘的票数很是不满，决定也给自己喜欢的唐朝诗坛优秀选手写书正名。

有些本来就经常写这方面的文章并把稿子保存得很好的人，直接把文稿整理整理，找到方洪表示自己也要出书，唯一的要求就是排版得照着《杜甫诗选》来。

收到不少优质稿件的方洪算是明白王雱为什么这么搞了，这投票完全是在拉仇恨啊。作为一个立志成为大宋第一书商的有志青年，方洪自然不会放过这个好机会。他卖力拉拢各方优质文手、优质画手，拍着胸脯保证绝对会让他们的书大卖特卖。

而始作俑者王雱，这会儿正背着他娘给做的小挎包，乖乖巧巧地去州学考试。

秋闱过去，今年青州考得很不错，就是有一点比较特别：青州士子们所写的诗文都有一股土味。

事情是这样的，州学的准毕业生们十年寒窗苦读，终于要上考场，自然十分紧张，一个个压力巨大。学官们怕他们发挥失常，就领他们去乡下小住了几天，帮着农户们秋收。准毕业生的师弟们也跟着过去，他们都是下乡支教过的，有经验得很，把农耕事宜讲解得头头是道。

学官们表示今年考不上的话，明年也要一起来下乡，好好体验农家疾苦。苦了几天回到州学，准毕业生们全都扑到书本上，哪怕被麦秆、稻秆割得通红的手微微地发着抖，他们也坚持苦读不懈。

不行，一定要顺利考上举人，一定要顺利毕业！瞧瞧他们的师弟们吧，都被祸害成什么样了！

短短数天的苦日子，在士子们心里留下了难以磨灭的印记。比起考不上被扔去种田，读读书、写写文章算什么！

秋闱结果一出来，青州考生们的通过率简直高得吓人。

只可惜每州的录取名额是有限的，依然有一批人被刷掉。接下来，中了举人的毕业生庆祝过后便收拾东西，包袱款款地准备进京去备考，剩下的则要留下来复读，等待下一轮科举开考。

秋闱期间，其他学生休沐了几天，学官们怕他们回来后会松懈，组织了一场突击的期中考试。王雱也很不幸地被王安石强塞进去参加这场考试。

自从前段时间被范仲淹和王安石察觉他已经具备写文章的能力，王雱的生活就陷入水深火热之中。他写完司马光留的命题作文，又得写楼先生留的命题作文；写完楼先生留的命题作文，还得写范仲淹留的命题作文；好不容易把范仲淹留的命题作文也给写了吧，他爹更残忍，直接说最近太忙了，让他给代笔写两份调查报告。总之，王雱感觉自己看到稿纸就要吐了，他明明是个理科生，为什么要让他天天写作文！写作文就算了，现在他爹还让他去州学参加期中考，写写州学出的命题作文。背地里让他写写就算了，居然还要搞公开处刑！要是考砸了，他的面子往哪儿搁？要是考好了，其他人的面子往哪儿搁？这事儿啊，不好办。

王雱唉声叹气地走进最后一间考场，里头坐的大多是州学里的学渣，看到个不到十岁的小豆丁蔫不唧地走进来，学渣们都对他投以注目礼。

今天早上上早课时，先生们已经给王雱拉过仇恨：“今天有个八岁小童要来与你们一起考试，你们要是连他都考不过，就收拾收拾东西下乡种地去吧！”

王雱平日里爱躲在背后暗搓搓出主意，与州学这边的交集比较少，有事都是范纯礼出面去办，州学里认得他的人并不多。一听说有个八岁小童要过来打他们脸，学渣们都目露凶光，等着看是个什么样的小神童呢。可见到王雱蔫得跟霜后茄子似的，学渣们顿时心生几分同情：同是天涯沦落人，要不是家中父母逼得紧，谁想考试？是蹴鞠不好玩，还是街上的小娘子不好看？

王雱依靠着无辜无害的长相成功获得了学渣们的谅解，坐下之后旁边有个胖乎乎的圆胖小子还凑近对王雱说："别怕，便是垫底也无妨，左右就是罚罚抄书，告知父母。"他显然垫底经验丰富，相当热心地开解王雱，"安心吧，不妨事的，自家爹娘还不知道儿子的能耐吗？"

王雱对这"心宽体胖"的胖小子很有好感，双方交换姓名，他知晓了这胖小子叫冯茂，家里是经商的。宋朝不禁商贾子弟参加科举，因此冯小胖子这个学渣也能靠高额赞助费挤进州学念书——只不过州学这地方大多是学霸，瞧不起冯茂这个商贾出身的学渣。冯茂出手阔绰，为人爽利，狐朋狗友交了不少，整个州学的学渣都和他好。听听人家这话，当学渣当得多坦荡。

王雱这边和冯茂嘀嘀咕咕，先生已夹着卷子进来了。这先生天生一脸凶相，眉毛粗，眼睛大，瞪起人来跟铜铃似的，怪吓人的。一干学渣显然很怕他，一下子静了下来，等着先生发卷子。

王雱个头儿小，隐匿在一群学渣之中本来不应该太惹眼，可他实在太小了，又坐在圆圆胖胖的冯茂身边，先生一眼瞧过去，他那位置等同于凹下去一块。于是，先生发完卷子后搬了张椅子坐在讲台上，目光直直地落到王雱身上。

王雱乖乖摊开考卷，摆出稿纸，开始审题。就像冯胖子说的那样，自家爹娘肯定知道自己儿子的水平，他要是敢胡编乱写，王安石还真能让他到州学当旁听生。

那么现在问题来了，他要考几分好呢？这次期中考题目的难度是高呢，还是低呢，还是适中呢？

宋朝的考题，首先是经义。

所谓的经义就是找本书切一句话出来，让你联系上下文解释这话啥意思，然后讲讲你的见解。上下文在卷子上是不存在的，它存在于你的脑子里。王雱扫了几道经义题，发现自己脑子还算好使，几句话都能看懂。

其次是诗赋，诗歌体命题作文。

这个对王雱来说有点儿难，毕竟以他的文学水平，写写打油诗还差不多，不过他还小，诗写得不好不要紧。他爹让他学写诗时还拿曾叔父举例，说他曾叔父就是不会写诗吃了亏。

王雱听了更加心安理得了，看看，曾叔父不会写诗都成了"唐宋八大家之一"，那要是会写诗还得了？得给别人留点后路！

还有个对许多人来说比较难的就是策论了。

策和论其实是两种东西，策是针对考官提出的某个问题提出建设性的意见，论则是针对考官给出的某个典故或者某个人物发表自己的观点。这种议论文最容易看出考生的政治倾向，所以策论考核的除了文化水平，还有考生的立场。这意味着考生们在埋头苦读之外，还得把握朝廷风向，看看这科考官看重什么，别在破题的时候取了与考官相反的立意。

王雱愁眉苦脸，瞅着题目犹豫着要不要开始答题。他的烦恼是，这些题目他好像都能答，根本摸不清它们对正常学生来说难不难啊。

王雱抬头环视一周，周围的学渣们或银牙紧咬，或悄悄抠脚，或仰头灌水，总之一个两个都急得抓耳挠腮，显见这题目对他们而言是挺难的。不过，这可是学渣班，几乎都是走后门进来的高价生。

王雱眼睛转了一圈，冷不丁地对上先生凶气腾腾的鹰目，他一激灵，乖乖开始答题。

王雱答题答得溜，刷刷刷地把经义题完成了，这场期中考没考作诗，剩下的就是策论。王雱看了看题目，发现这次考的是试论，要写议论文，简单得很。先破题，后立意，然后绕着立意列一二三条论点，最好能旁征博引，化用一些名人名言。

王雱想了想，捏着鼻子慢腾腾地对着题目写自己的第一篇应试议论文。他不想表现得太突出，所以等其他人都陆陆续续交卷了，才把自己的卷子交上去。

小胖子冯茂考完试立刻放飞了，呼朋唤友地要一起去吃顿好的庆祝庆祝，王雱也被他拉了过去，毕竟“同是天涯沦落人”。

周文一直候在外面，见王雱和一群看着就不怎么靠谱的州学学渣走出来，默不作声地上前，跟在王雱身后。

冯茂自己身边也有俩随从跟着，因此也没在意周文的出现，拉着王雱就往青州最好的酒楼走。

宋朝饮食行业非常发达，开封就有七十二正店。所谓的“正店”，就是挂牌经营的正经酒楼，有资格自己酿酒的那种。其他的店叫“脚店”，得从正店买酒去卖。

青州虽不如开封繁华，正店也有许多家，冯茂一行人到了酒楼，叫了不少好菜上来。

因为还没到休沐日，明儿还是得去上学的，冯茂没敢要酒。他把蔫不唧的小白菜王雱当成学渣同道，一坐下就把王雱引荐给其他人，还豪气地对王雱说：“这酒楼是我家开的，你不必与我客气，想吃什么尽管点。”

出来吃饭当然是人多好，人多嘛，能点的菜就多。王雱也没推辞，差遣周文回家去和吴氏说一声，他与州学的学生们在外面吃饭。

饭菜还没上，学渣们就这噩梦般的期中考对起了答案，结果发现几乎所有人都没记住考题出自哪本书，大家一起全军覆没。

冯茂读书天赋不高，打探情报的本领一流，喝了口茶就开始吐槽："听说这月试之风是从太学那边传开的，国子监随后效仿，近年来各地州学县学也跟着学了。"他压低声音和座上的同窗们分享自己的第一手消息，"知道当初大力推行这事儿的是谁吗？"

王雱心里咯噔一跳，觉得这话题有点儿不妙。

其他人则摇头表示不知晓。

冯茂揭露谜底："是咱们知州！"

冯茂又起了另一个话题："让我们到各个村学给那些个小孩开蒙的也是咱们知州！范师兄就是知州的儿子！哦，还有另一个人也出了力，就是咱们的王通判！哎，要换了别人我肯定不服气，可我爹说人家王通判都已经这么厉害了，还经常亲自下乡去。上回不是有个地方闹眼疾吗？我爹说王通判为了帮那边的百姓治病，亲自汲了好几天水给神医做药引！"

其他学渣听了，都表示很服气王通判这做法，人家不是坐在府衙里说"你们给我下乡去"，人家自己也去呢！

王雱听着他们吹王安石，心里美滋滋的。不过吹归吹，这群走后门进州学的小纨绔对下乡这事儿还是心有余悸，都觉得范仲淹和王安石给他们留下了不小的心理阴影。按冯茂的说法那就是，苦得让他足足掉了好几斤肉。

听着他们开始交流起下乡时遇到的种种苦事、难事、奇葩事，王雱聪明地决定先不告诉他们王安石是他爹，以及这件事还是他撺掇范纯礼去牵的头。毕竟说了，这饭可能就蹭不成啦。

王雱蹭了顿饭，感觉很不错。他本就是会玩的人，冯茂他们的许多话题他都插得上话，一顿饭下来已经和学渣们打成一片。冯小胖子为人热情，一个劲地劝他吃菜，临别前还殷殷地抓着他的手让他有空多来找他们玩。

等和王雱分开走了，才有人犹豫着对冯茂说："我怎么觉得王雱这名儿好像在哪儿听过？"其他人也表示有同感。唯有冯茂一如王雱想的那样心宽体胖，丝毫没在意这点小事，带着小伙伴们就回州学了。

这州学的住宿制度也从太学那边学来的，只不过地方上管得宽松一些，放学之后可以允许学生到外面晃荡。

冯茂几人才刚走进州学，便见一群人迎面走来，正是冯茂深恶痛绝的学霸团体。这群人吧，出身比他们高些，脑筋比他们好使些，平时整日用鼻孔看人，牛气得很。

冯茂极其讨厌这个学霸团体。当然，他还不知道有学霸和学渣两个词，只是单纯觉得这几个人很讨厌。

对面的学霸团体显然也很讨厌冯茂，为首那人见他们吃得肚子滚圆从外面回来，与左右嘲讽起来："酒囊饭袋的囊字怎么写来着？我好像忘了。"

"我也忘了。"另一人也高声问，"酒囊饭袋的囊字会写吗？"

冯茂狠瞪着他们，捏紧拳头想要冲上去揍人，脑中却忽然闪过他父亲的身影。

他父亲一辈子只想当个富贵闲人，安安乐乐地过日子，可有了他这个儿子之后就一直在求人。求别人给他开蒙，求别人让他进州学。他娘对他说，在他出生之前，她从来没见过他爹向别人弯过腰。

比嘴皮子比不过，打又不能打。冯小胖子咬咬牙，带着其他小纨绔绕开那几个家伙走了。几个学霸团体成员见他认㞞，不屑地撇撇嘴，讨论起夫子们所说的那个"八岁小神童"来。

虽则夫子们把那八岁小神童安排在学渣那边参加考试，但是夫子们可是对他们说过的，这小孩不一般，他们要是不认真，点小心被人家小孩比下去。

为首的人说："怕什么，今天不是有人看见那小孩和冯茂那群人一起出去了吗？小孩子是最经不得诱惑的，总和这些酒囊饭袋凑一块儿，神童迟早也变蠢人。"

"我听说那小孩是王通判之子，又得知州喜爱，厉害着呢。"这些人对青州府衙的了解显然比冯茂要强一些，因此已经有人知晓王雱的身份。

"通判又如何？"为首那人冷哼，"便是知州，过个两三年也是要走的。"

另一边，王雱吃饱喝足回到家，吴氏免不了关切地问："去哪儿吃的？一起去的都有谁？吃得惯吗？要不要我再给你热点吃的？"

王雱一一作答了，和吴氏细说起自己新认识的几个朋友。

冯茂一行人虽不是根基深厚的地方豪强，家底却都颇为殷实。人呢，说不上才华绝伦，品性却都很不错，与人往来非常诚挚，都是值得相交的人。

吴氏不懂太多大道理，听王雱这么说也就安心了。

小妹很关心王雱："哥哥，考试难吗？"

“可难了。”王雱说，“要写老多老多字，足足好几页纸，你说难不难？”

小妹正在练字，想到要写完好几页纸就觉得害怕，点点头说：“可难了。”

王安石在旁边听王雱一一回完吴氏和小妹的话，才板着脸把王雱拎到书房问他考得怎么样。

王雱摇头说：“又不是科举，能考成什么样啊？一般一般，题目感觉不难。”

在考完后，王安石去州学讨过题目，对于即将参加秋闱的生员而言，这次突击考试的题目不算难，但是对于刚入州学不久的生员而言肯定很难。毕竟他们没有经历过书山题海的磨炼，只是粗浅地把“科举必读书目”勉强读完了。

听王雱说不难，王安石也不提醒，扔给王雱几份资料强制征调童工：“给我整理整理。”

王雱感觉他爹越来越过分了。他那君子端方的爹呢？看看这可耻的压榨者嘴脸，简直没点君子样儿！

可腹诽归腹诽，王雱还是很乐意帮他爹干点活儿的。越早能在他爹面前说上话，以后能伸手的地方也就越多，不亏！

王雱这边哼哧哼哧地出卖劳动力，州学的先生们也在连夜批阅考卷。生员们今天考了试，他们都觉得最好明天就能把卷子发下去，趁着学生还有印象第一时间给学生查漏补缺。

一点油灯，照亮整个州学直舍。先生们批改着自己面前的一张张卷子，时而相互讨论，时而拍案直夸，时而破口大骂——热闹得很。

这也不是什么要紧考试，卷子没糊名，骂人的时候可以点名批评。

面相最凶悍的先生姓屠，教学渣班。屠先生改起卷子时反倒最心平气和，都是学渣，直接给末等，很方便，还不需要动气——反正气不气都一样。

有人见屠先生这么安静，不由问：“王通判不是让他儿子到你那儿和你的生员一起考吗？你改了那小衙内的卷子没？”

对于那位名气很大的王通判，众人还是颇为敬慕的，听有人提了这事儿，便都让屠先生把那卷子翻出来看看。

屠先生想起王雱那乌溜溜的眼睛就觉得这小子是个爱搞事的。可同僚们这么想看，屠先生也不会扫他们兴，翻出最底下那张卷子说：“我本来打算留到最后改，既然你们要看，那就先看看吧。”其他人都凑到屠先生桌边，屠先生也低头看向手里的卷子。

粗略一看，那字是能入眼的，至少比起他教的那群学渣来，简直说得上是赏心悦目。仔细看经义题，出处清楚、条理清晰，再挑剔的夫子都没法挑出毛病来！一干先生都惊了，有人伸手把后面两张稿纸抽出来，细细看起王雱的文章。看了过半，他就一拍大腿，夸道："当得甲等！"其他先生被他抢了先，忙催促他快些看。那先生看完之后怅然若失地坐回自己座位上，看着剩下的考卷叹气："吃过了山珍，哪咽得下糠菜？"

王雱的第一篇应试作文在先生之间来回传阅，最后才传回屠先生手里。

屠先生已经把王雱前面的答卷都看完了，没找着可以挑刺的地方，等再看完王雱的那篇文章，屠先生目露喜色，捋着不算长的胡须欣慰地说："既然他在我们这边考试，那他也算是我的学生了。"

其他先生齐刷刷瞪他，怒目骂道："做梦！""你也是个读书人，怎么就这般厚颜无耻！""你教过人家半天吗？这就算你的学生了，你这个先生当得还真是轻松！"

屠先生岿然不动，泰然自若地在王雱的卷子上写下甲等判词，还提出要把这卷子选为优秀答卷张贴出来，供其他生员学习。面对屠先生这种死猪不怕开水烫的可耻行径，其他人都觉得无计可施。

听说王雱喊范纯礼师兄，算是范知州的学生，他们抢来抢去也没用。毕竟，谁能和范知州抢啊？他们自己都想投入范知州门下呢！既然没法把这学生变成自己的，那就好好利用起来好了。

所有先生都默契地给自己学生的卷子挑刺，不是把经义部分评为乙等就是把策论部分评为乙等，有志一同把王雱的卷子排到第一去。年轻人嘛，最喜争强好胜了，结果一出来肯定不会服气，到时候肯定想和王雱争个高低。要的就是这股争高低的劲儿。

第二日一早，学生们才到学堂门前，便见布告处已经张贴出优秀答卷。学霸们十分欢喜，推搡着其中一人表示要好好观摩他的考卷。

这人名叫李元东，是青州李家的嫡长孙，自幼聪明过人，身边的也都是颇受重视的出色子弟。李元东的答卷经常被张贴出来，早不再引以为傲，听了众人说话还劝道："我觉得我这次写得也不算很好，大家还是莫要看了。"

小胖子冯茂经过时听了李元东这话，感觉假惺惺的，转头学着李元东的口吻和小伙伴们说："我看那如意楼的姑娘也不算特别好，下回还是莫要请她们了。"学霸团体顿时对冯茂怒目以对——这商贾出身的小子，果然粗鄙！

李元东有些愠怒，却又不愿在学堂外发作。这时，忽听有人小声说："这，这上面贴的不是李兄的卷子！"

李元东眉头一跳，挤到前面一看，上面贴着的答卷字迹陌生，绝非出自他的手。冯茂虽不知道谁把李元东挤了下去，可听到这话还是乐得不行。他哈哈直笑："看来李大才子这次确实写得不好！"他也挤到前面，想看看是谁干了这么大快人心的事，竟能把李元东比下去。

等答卷上的名字映入眼帘，冯茂眼睛瞪圆了，不敢置信地死盯着上面写得清清楚楚、明明白白的两个字："王……方？"

李元东心中虽是气极，却仍不忘纠正冯茂："王雱，上雨下方的雱，不念方。"

冯茂也怒了："他竟能考头名，亏我昨日还拉他一起去吃饭！"

身为学渣，冯小胖子是很有原则的，学霸不爱和他玩，他也不爱和学霸玩，泾渭分明，井水不犯河水。结果呢，昨天和他们一起吃饭、一起聊天的准学渣小伙伴，居然把他们的李大学霸比了下去，一举夺下考试桂冠！冯小胖子的愤怒传到他的学渣伙伴们之中，布告栏前顿时成了愤怒的海洋。

李元东觉得自己不该和这些人计较，这些家伙的脑回路和其他人不太一样。

李元东站在布告栏前把王雱的文章仔仔细细看了一遍，再回想一下自己的文章，感觉虽然相差无几，但总归还是少了点一气呵成的畅快感，便也不再纠结自己的头名被人夺取的事，走回学堂等待先生过来上课。

冯茂这边让随从去打听，也清楚王雱到底什么来头了，原来王雱不仅能考赢李元东，还是王通判的爱子、范知州的爱徒！

这个浑小子，昨天听他们夸范知州和王通判时不仅不说，还笑吟吟地听着！有时他们不夸了，他还下个钩子让他们多说点！狡猾如斯，着实可恶！

散学之后，冯茂便领着人去府衙旁的院子前堵人："出来！王家小子，你出来！"这小胖子人长得胖，声音也洪亮，一扯嗓子周围全听见了。

王雱正教小妹做风筝呢，趁着天气还好，不冷不热，风高物爽，正适合多去外头秋游。小妹对出去秋游很是期待，积极地按照王雱的指示给风筝涂色。听到外头的叫喊声，小妹有些疑惑地转向王雱："哥哥，'王家小子'是在喊你吗？"

王雱一听这声音，有点儿熟悉，好像是那冯家小胖子。再想想州学先生们的效率，卷子应该改完发下去了，冯茂他们难道发现他昨天蹭吃蹭喝了？

王雱一脸正经地逗他妹："我觉得不是，他们可能是来找爹的吧。"

小妹疑惑："爹也能叫'王家小子'吗？"

王雱还准备胡说八道，他房间的门帘已经被人撩了起来，他爹刚正不阿的脸庞随之出现在他面前。王雱瞬间满脸堆笑："爹，你回来了！"

小妹乖乖跟着喊：“爹！”

王安石心情还不错，看到王雱一脸狗腿笑容却气不打一处来。明明是自己的儿子，明明学问也不差，可不知怎的，他横看竖看都觉得儿子很有奸臣相，能遗臭万年的那种！

王安石没好气地说：“有人在外头喊你，你还不快出去和人说说话。”

王雱正气凛然：“我不和这种当街大喊大喝的人往来，没点读书人的样子。”

王安石想踹他一脚。

老爹发话了，王雱只能唉声叹气地出门去见冯茂一行人。

冯茂几人见到王雱，顿时横眉竖目地谴责：“骗子！”“叛徒！”“混账小子！”接着，冯茂把王雱拉到树后，小声和王雱嘀咕，“下次考试能给我抄一抄吗？”

王雱很瞧不起冯茂这道德水准，他指责：“昨天看你说得坦荡，我才与你交朋友，没想到你骨子里还是这种拘泥于成绩的俗人！你什么水平，你爹娘不知道吗？”

冯茂一听，蔫了。是啊，他爹娘哪会不知道？冯茂蔫不唧地说：“下次考试之后马上就是过年了，我是想考好点过个好年嘛。”

王雱还挺喜欢这小胖子的，当冯茂质问他“你昨天为什么装模作样”时他还老老实实回答了：“没事让你去考个试你乐意吗？何况我是真的苦恼，你说我要是考砸了，我爹会让我去州学上学；我要是考好了吧，我爹又会觉得我可以学更多东西给我加功课，我也很痛苦的好吗！”他又把他暴露自己会写文章以后的种种遭遇告诉冯茂他们。冯茂一行人听了，感觉真是家家有本难念的经，学渣日子不好过，学霸日子也不好过！他们和王雱聊得来本来就不是因为成绩好坏。话都说开了，冯茂几人又决定和王雱重归于好。

王雱喜欢热闹，当即邀请他们休沐日一起去郊游，他们不搞以文会友那一套，就开开心心地吃喝玩乐。冯茂很是心动，一口答应下来，还表示不管是野炊，还是烧烤他都可以出人出力！

王雱与冯茂几人约好了，各自回了家。

王安石早从底下的人口里得知王雱考得如何，见王雱回来了，绷着脸教导：“这次的考题比较简单，你考得好也别太骄傲。”王雱才没有骄傲，这种考试充其量也就是一次月考，连期末考都算不上，有什么可骄傲的？愉悦值还不如他们自己做的风筝能成功飞起来高。

州学里许多人期待的学渣与王雱内讧没出现，学霸与学霸的针锋相对也没出现，王雱趁着休沐日让冯茂他们陪小妹去郊游。

人多了，能玩的也多，王雱和冯茂他们搭了烧烤架，架了锅煮汤，砍了竹子煮竹筒饭。除了冯茂偷竹子时被农户追着打这点小意外，一伙人玩得非常尽兴。

回到城里后他们就分开走。冯茂回到家，与他父亲说起郊游的趣事，而后又夸起了王雱。

王雱虽是通判之子，学问又好，可感觉和州学那些家伙完全不一样。他也说不出到底有什么不同，但就是觉得值得一交，相处起来也很舒服。冯父自然很支持冯茂和王雱交朋友。

另一边，王雱与小妹到家时发现家门前站着个陌生少年。这少年看着和冯茂他们差不多大，瞧着却正经得很，一看就是那种品行正直的好学生。

王雱也端出好学生的面孔："你候在我们门外有事吗？"

这少年正是这回月考排到了第二名的李元东。

乍见王雱兄妹二人，李元东有些发愣，感觉老天果然格外优待一些人，这王小衙内不仅出身好、脑筋好，长得也好。

李元东彬彬有礼地道："我乃李元东，今年刚入州学。前些天拜读了你的答卷，一直有些问题想向你讨教讨教，今日逢上休沐冒昧前来，望莫见怪。"

王雱被斯斯文文的李元东弄得眉头直跳，只能邀请李元东入内探讨学习问题。

这李元东是个较真的人，带着问题而来，轻易打发不了，硬生生和王雱讨论到晚饭时间。

李元东拒绝了吴氏的留饭，欢喜地离开了，看起来是很高兴找到了这么个能够尽情讨论学习问题的小伙伴。

吴氏进书房喊王雱吃饭，发现王雱又跟脱了水的小白菜一样蔫了，不由问："这是怎么了？我看李家大郎走的时候挺高兴的，你怎么这模样？"

王雱一脸沉痛地摇头，说："没什么。"

他活了这么久，最讨厌的就是较真的人，给这些人一个"一加一等于二"的等式，他们都得探讨百八十万字，分析为什么一加一等于二。而这个李元东，恰好就是这样的人才啊。只要别来找他探讨问题，这就是个顶级的人才。

王雱才不会和吴氏说这事儿，要是吴氏转头告诉王安石，他这唯恐儿子过得太开心的老爹一准会去鼓励李元东多来找他。

这个时候，京城的唐朝三大诗人投票活动如火如荼地进行。

司马光的书虽然还没有写出来，可方氏书坊和其他书坊都陆续推出了《李白诗选》《李太白传》《青莲居士谪仙人》等同类型的新书，趁着这一波热度卖书的卖书，拉票的拉票，好不热闹。

投票栏中，李白和杜甫遥遥领先，李白是群众基础广阔，杜甫则是有王安石的新书拉票。剩下的一个位置却厮杀得十分惨烈。

唐朝前后二百八十九年，诗坛前前后后涌现了多少天才人物啊。许多人强烈要求方氏书坊把三大改成十大，方洪装作没看见这些书香客的来信。就是要选三个才撕得起来，真要选十个，位置充足，还有什么看头?

方氏书坊这边岿然不动，战火终于烧了起来，粉的黑的，夸的喷的，渐渐地都多了起来。

入冬后有不少外邦人前来朝贺。看到开封处处在讨论诗文，还有人跟店家争议“为什么挂小李诗，不挂小杜诗”，外邦人都是蒙的。这是什么跟什么?挂谁的诗还能吵起来?

而作为《五年科举三年模拟》及《杜甫诗选》的作者，王安石现在也算是畅销书作者了。就是其他诗人的支持者对王安石有点儿怨言：有本事选三大诗人，有本事你别偷跑啊!

远在青州的王安石，这时候才听说开封搞起了唐朝三大诗人的投票活动。他拧眉回到家，逮着王雱问：“这事儿又是你搞出来的？”

王雱一脸无辜，拒不承认。

不是我，我不知道，和我没关系。傻子才把事情揽上身，现在不知道多少人想活活撕了提出选唐朝三大诗人的人呢。

可惜王雱否认也没用，父子斗法这么多年，王安石用脚指头想都知道这是谁的主意。想到司马光在信里说他的《杜甫诗选》偷跑，王安石有些庆幸司马光不知道这评选唐朝三大诗人的主意是王雱出的，要不然司马光非和他断交不可。

王安石隐晦地提示王雱：“你司马叔父喜欢杜牧之。”该怎么办，让他儿子自己斟酌着来吧。

王雱听了王安石透露的内幕消息，懂了，麻利地让胡管事给方洪托信，加大对杜牧的宣传，编个什么说书段子、皮影戏之类的，给杜牧拉拉票，告诉大家：司马光很快要给杜牧写书啦，做好准备买书去!

方洪那边得了消息，马上紧锣密鼓地暗中安排拉票事宜。随着活动宣传铺展开，参与投票的人越来越多，还有人开文会讨论，想要拉偏票并不容易，只能暗搓搓地多给杜牧刷存在感。

方洪这边忙着搞事情，王雱那边也没闲着。冯茂这群学渣们和他往来多了，学问居然大有进益，至少写文章都很有一手，懂得套个模板，写得有板有眼。至于其他的，得靠勤学苦练才行，没有捷径。

以前冯茂几人要是能勤学苦练，就不会被人指着鼻子骂酒囊饭袋了。现在不一样，现在他们认识了王雱，王雱脑瓜聪明，家世又好，而且王雱每天的学习任务安排得满满当当的，随便抽本书指一页让他背出来他都能背。

王雱还忽悠他们："学习这事儿是越学越轻松的，你们现在努力努力把基础打牢就等于把路修好了，往后可以在这路上瞎跑，一点都不费劲。"

冯茂信了，不仅每天早起晨跑兼背书，还做了件以前他绝不会做的事：拿着书去请教夫子或者学霸——这里的学霸专指李元东，因为王雱在冯茂他们面前狠夸了李元东一番，还把李元东拉出来让他们面对面，完成学霸和学渣的握手言和。

李元东本不愿与冯茂这样的纨绔富家子往来，后来王雱把他拉去恳切而真挚地私聊一番，把李元东给忽悠瘸了，认认真真地给冯茂他们答疑解惑。

屠先生很满意，李元东的先生也很满意，都是州学的学生，竞争是好事，互助互利也是好事，都能提高乡试通过率。王雱也非常满意，李元东被冯茂他们缠住了，自然没时间来找他探讨学习问题了，美哉美哉。

抓住秋天的尾巴，王雱让周武带着收编的人手开始着手做一件事：给范仲淹盘炕。

王雱以前亲眼见识过盘炕这活儿，而且还是号称"建设美丽新农村的新型暖炕"，所以对于盘炕的具体流程，他还是很了解的。不过要把暖炕搬到大宋来王雱心里挺没底，派周武领着人在庄子里拆了装、装了拆，总算练出一支身强体壮的盘炕小队。

本来这事儿入秋后就该办，可前段时间灾民涌入青州，王雱不得不先让周武停了庄子那边的"盘炕研究项目"。

最近周武来报说盘炕活儿已经练熟了，王雱麻溜地跑去找范仲淹安利盘炕的好处："搞这个，可不光是为了自己冬日里暖和，范爷爷您是知州，您盘了炕，手里有余钱的人看着觉得好，就想学着盘一个。他们要盘炕，肯定不会自己动手盘，所以肯定得请人对吧？这样一来，学会盘炕的百姓就能赚上一笔。你盘了炕，冬日里肯定要多烧柴火，那么卖柴火的百姓又可以有更多进项。总之，让有钱的人多花钱挺好。等府衙有钱了，可以给居养院也盘上炕，免得入冬又冻死人；百姓手里有钱了，也能买上厚衣服过冬。”

范仲淹听王雱这么一说，终于应了下来。周武把几个盘炕小队领过来，哼哧哼哧忙活起来，给后衙修了两个，给王安石家修了两个，给柳永家也修了一个。

王雱还没让范仲淹以炕待客，打打广告呢，柳永就给他带来了好几桩生意。时下有不少女伎是独居幽巷，不在某某楼里干的，有自己的房子，有自己的婢女。

柳永命人烧热了炕，邀她们趁着秋凉过来聊星星、聊月亮、聊人生理想，女伎们看到了这炕的好处，纷纷提出想要请盘炕小队到她们居处帮忙盘一个。她们名气都不差，手里余钱也多，不差这点钱。王雱便让周武挨个儿帮她们登记了，按顺序择日登门盘炕。

柳永这边发力之后，范仲淹终于也邀人登门一起坐在炕上把酒言欢，顺道聊聊这炕床的好处。入冬之后，许多富贵人家家中陆陆续续用起了火炕，过上了难得的暖冬。

王雱把盘炕流程归整归整，让范纯礼开个盘炕培训班，可以让百姓学一门手艺，不管是帮人盘炕也好，给自家盘一个也好，都能让这个冬日变得好过些。即便城里的生意被他们揽下了，县里也还有人需要这个——哪怕青州不需要了，邻州也许需要呢？

范纯礼早被王雱支使习惯了，拿到活儿埋头就干，绝无半句抱怨。事实上，现在要是让他闲着，他反而觉得浑身难受。王雱很欣赏这种充满干劲的年轻人。

天上下着雨夹雪，王雱打着伞慢腾腾地前往冯家赴约。冯茂约他们到他家玩，说他家弄了个大宝贝，下雪天贼舒服。王雱掐指一算，猜出冯茂说的很可能是炕床，因此欣然赴约，准备去听冯茂吹吹自己的杰作。

人活在世上，若是连几句吹捧都听不到还有什么意思？

王雱厚颜无耻地抵达冯宅，正巧在门口碰上学霸李元东。王雱顿时热情地迎上前，抢先把李元东那一通文绉绉的问好给说出了口。看着李元东只能干巴巴地应几个字，王雱心里十分舒坦，愉快地与李元东一起去找冯茂。

冯茂果然带他们去炕上坐着，兴致勃勃地给他们介绍这炕床的妙处，表示自己冬日里看书再不怕腿冷了。

李元东这人实诚，不会说谎，老实地说道：“我家也盘了。”他还补了一句，“上回我去阿雱家看到的，回家与我爹说了，我爹便让人盘了一个。”

冯茂想要和他们绝交。有好东西不分享，还在他分享的时候说“我们都已经有了”。太坏了！简直不是人！

当然，绝交是不可能绝交的，少年人的气愤来得快去得也快，三个人很快又在李元东倔强的坚持下开始探讨经义。

冯母端着点心进来，看到儿子认识了两个这么俊的小孩，心中就欢喜得很；再听他们讨论的都是正经学问，冯母更是开心不已，转头去与冯父说：“认识了小衙内之后，我们大郎可上进多了。”

王雱这边愉快交游，州学的其他生员却不怎么开心，尤其是那些看不起冯茂这群学渣、时刻想贬他们几句的豪强子弟。这些人最不高兴的是，本来他们都寄望于李元东，让他期末考把王雱给比下去，结果李元东根本不理会他们，还频频与王雱、冯茂往来。

这些豪强子弟愤怒得很，又奈何不了李元东和冯茂，更逮不着根本不是州学生员的王雱，只能化悲愤为动力埋头学习，决心要亲自把王雱从第一的位置上拉下来——这一切都在照着先生们的期望进行。

期末考如期而至，王雱又背着他的小挎包迈入州学学堂，这一回，其他学渣们看向他的目光友善多了，屠先生也一脸期许地看着他，仿佛他是自己他最出色的学生。

这一回期末考，下面六个县学约好了一起搞全州统考，试题都是一样的，题目循序渐进，越来越难，经义的最后两道题就是拉开差距的地狱级难题。

幸运的是，王雱给冯茂他们划重点的时候恰好划到了这些考点，要是冯茂他们用心背了的话应该可以做出来。

考完之后，王雱又被冯茂拉出去聚餐。

明天领完卷子，听完先生讲解就可以放假了，一行人吃饱喝足各自回家，冯茂心里美得很，一路想着过年这段时间该怎么玩。回到家门口，却听有人喊：“先生。”

冯茂一听，觉得有点儿耳熟，转头一看，是个猎户带着个小孩。

猎户身板瘦小，身上却带着点常年和兽类打交道的凛然。见冯茂望过来，猎户局促一笑，露出与黝黑皮肤反差极大的白牙。他亮出自己手里提着的山兔，磕磕绊绊地替儿子开口：“这两天，我进山逮了不少野味进城来卖，这只兔子很肥，大郎想把它送来给您，谢谢您教他读书写字。”

送的人紧张，接的人也紧张。冯茂邀请猎户和小孩进屋，猎户父子俩却齐齐摇头，表示不进去了，免得脏了大宅子的地。冯茂低头看去，他们脚上都穿着打满补丁的鞋，一路上踩着雪过来，鞋面湿漉漉的，穿着肯定很不好受。

等冯茂拿了兔子，猎户父子俩转身就走了，死活不肯要冯茂给的钱，说自己刚卖了不少野味，钱够过冬的。冯茂拎着肥兔子进了家门，心里感觉有一万只兔子在翻腾，闹得他晚上都没睡好。

第二天傍晚正式放假，冯茂又邀请一起支教过的好友们聚在一起，吃王雱所说的“拨霞供”。

肥兔子的肉被片得极薄，几个少年围坐在一起涮着吃，还喝了点小酒。不过，这年头酒的度数都很低，喝了也醉不了，冯茂吃够以后，和其他人说起这兔子的来处。

接下来，冯茂便和他的朋友们趁着假期再一次下乡，烧暖了村学的学堂，让小孩们趁着农闲时期再多学点东西。

上一次过来，他学问稀疏，有时候甚至会被问倒，好几次恼羞成怒想要转头走人。这一次，他准备得很充足，恨不得把自己会的东西全都教出去。

冯茂他们这次“下乡支教”是自发的，李元东听闻之后非常惭愧，也与好友们商量着再走一趟。

两拨人一走，王雱就清静了。他抱着书去蹭范仲淹的暖炕，与范仲淹说起冯茂他们的事：“没想到他们还愿意去。”冯茂明显是典型的富二代，最爱和狐朋狗友一起吃喝玩乐，现在居然变得这么正能量。

范仲淹对王雱了解得很，知道他是闲得慌，笑道：“人家在的时候嫌弃人家烦着你，这会儿人都走了，你又觉得冷清了吧。”

王雱才不会承认。简直滑天下之大稽：他如果想要搞事，还愁没有小伙伴吗？王雱道：“大冬天的，外面那么冷，我可不要出门，窝在炕上看看书挺好。”

王雱在书堆里偷懒，开封城的唐朝三大诗人活动已经进入白热化阶段。在方洪的积极安排之下，司马光的《杜牧选集》也正式发行，给杜牧狠狠地拉了一票：这位选手既能忧国忧民，又能风花雪月，太厉害了！

别家虽然也拉票，可终归没方洪这铺天盖地的宣传手段，票数难免落后。后来，有人看自己喜欢的诗人没机会选上，又看大杜、小杜都要“转身”了，竟抱团支持起了小李！小李粉丝还试图捆绑大李，要求大李粉丝也分一票给小李！

紧接着，支持初唐诗人的抱团了，支持晚唐诗人的也抱团了，还有山水田园诗派、边塞诗派、元白诗派等等也抱作一团。一时间粉黑乱舞，战况激烈，堪称腥风血雨！

连司马光上衙时都有同僚过来对他说：“想不到你居然喜欢杜牧之。”司马光不知该如何回应是好，只能回答“是啊，确实喜欢”。

在群众基础同等薄弱的情况下，没水军的永远比不过有水军的，方洪正月里就让人公布了投票结果：李白、杜甫、杜牧。

方洪表示已经让人开始赶制立像，上元灯节那天他们将在方氏书坊前与大家见面，到时其他参选诗人的画像和诗作也会以各种方式随机地出现在上元灯会上，欢迎大家自行找寻。对于其他人的落选，书坊这边也深表遗憾，不服气的话，要不我们明年再选一次！

不服气的自然大有人在，不过听到上元灯会有偶像周边（主要是灯笼）随机掉落，众人还是非常开心。

对这个时代的男男女女来说，上元灯会是非常重要的节日，这一天女孩们被允许出来赏灯，各家男女会相看相看好定亲。有些已经定亲的，还能借此机会光明正大地见上一面，一起猜猜灯谜、看看灯，度过一次难得的浪漫约会。

有家室的，也会带上妻儿出来走走。司马光也带着张氏和司马琰出行，御街上时而车马辚辚，时而游人如织，十分热闹。

一路上司马光遇到不少同僚，他们对司马光都热情了不少——这并不是因为他们也喜欢杜牧，比起选唐朝三大诗人，同僚们更上心的还是朝堂中事。去年年底，朝廷经历了一场猛烈的互喷，这事儿还是得从官家最宠爱的张贵妃说起。

包知谏把张贵妃叔父张尧佐京中的肥差喷没了之后，官家暗搓搓给张尧佐安排了一个外放肥差。

谏院头头吴奎和喷得官家一脸唾沫的包知谏见事不可为，都偃旗息鼓了，御史台另一个强力喷手唐介却不肯罢手，穷追死咬地一喷到底，骂官家爱听枕头风。他还可着劲喷了宰相文彦博一把，表示文彦博当初为了升官悄悄给张贵妃送了金丝织成的名贵锦缎。官家被他喷得勃然大怒，但是强力喷手唐介还没停止，他把矛头对准文彦博之后，又顺势把谏院的吴奎和包拯也给喷了，说他们阴结文彦博。

事实上，文彦博、包拯、吴奎确实关系很好，他们是同一年中的进士——所谓的“同年”就是逢年过节能光明正大坐在一块儿喝个小酒的那种。

这场互喷影响颇大，牵涉颇广，官家不得不各打五十大板：文彦博罢相，吴奎外放，唐介贬英州。包拯因为到谏院还不满两年，上书要求外放自证清白也没被批准。

可这与司马光有什么关系呢？关系大得很。文彦博罢相，上去的便是他的恩师庞籍，是以同僚们如今待他格外热情——他可是庞籍最看重的门生。

司马光不是好交游之人，交友更看重志同道合，不太喜欢这些官面上的热情，索性带着妻女转去清静些的街道散步赏灯。

与此同时，曹立正在狄青麾下操练。曹立是作为狄青亲卫进入军中的，平日里又没少展露骁勇能战的一面，很快成了狄青最看重的新人。

当初大宋以武立国，怀揣着“今天你们能给我黄袍加身，明天也能给别人黄袍加身”的思想，宋朝历代帝王对武将都十分防备，各路的将军调动频繁，力求做到“兵不识将，将不识兵”。不过，调到他处时，带上几个亲卫还是允许的。

狄青的亲卫都是曾随他出生入死的兄弟，起初对曹立这毛都没长齐的小子很不屑，后来一个个被曹立撂翻之后才终于改观，勉强承认这是个不错的好小伙儿。

曹立自始至终都没什么表情，其他亲卫排斥他也好，接纳他也好，他始终没有任何不同。过年这段时间士兵们可以收到家书，曹立除了一个滥赌成性的叔父已经没有亲人，但他收到的家书比别人的都要厚，其中包括王雱写的信、小妹写的信、吴氏口述王雱代笔写的信。曹立一一看完了，都好好地收着。

十五月圆，没轮到曹立当值，他拿了本兵书在亲卫共住的大通铺上翻看。狄青踏着远处的烟花爆竹声寻来，却见曹立丝毫听不见外头的热闹，一个人安安静静地捧着书坐在那儿。狄青走上前拍拍曹立的肩膀，说道：“怎么不出去看看烟火？整天不是闷在练武场操练，就是闷在帐中看书，早晚闷出毛病来。”

曹立摇头，对狄青道：“看过了。”去年王雱他们还在开封，自然拉上他一起去看。既然去年已经看过一遍，今年没什么必要去凑那个热闹。

狄青也没勉强，坐下讨来曹立手里的兵书看，翻了几页便与曹立回忆起往昔来：“以前我读书少，行军打仗全靠一股蛮劲，多亏了当初范公给我指点。”他问曹立，“你收到那边的来信，信中可有说范公近况如何？”

曹立道：“信中说范公最近身体康健，入冬后他们请人盘了暖炕，范公房中也用上了。”他又给狄青解释了何谓暖炕。这事儿本来该是他负责的，后来王雱要他来投奔狄青，这事儿便交给其他人去办了，因而曹立很清楚内情。

狄青听曹立说完，点点头，放心了。至于暖炕，他们这些整天行军打仗的人根本用不上，狄青压根儿没太在意。

上元节后，又下了一场大雪。官家是个颇为勤勉的皇帝，年后第一场朝会如期举行。哪怕殿内暖烘烘的，一来一回还是把官家冷得够呛，等进了暖阁，官家又觉得太闷，浑身不舒坦。他坚持着把要批阅的奏折都看完了，召了秘书班子里的翰林学士过来聊聊文坛近况，想听听最近有什么新鲜事。

翰林学士奉命过来陪聊，一路上也灌了不少风，冷得直哆嗦。他毕恭毕敬地给官家说起最近评选出来的唐朝三大诗人，还有上元灯节一群诗人迷弟在灯会上寻找偶像灯笼周边的趣闻。接着，他又不无咬牙切齿地给官家念了首最近传得很广的柳永新词。

这首新词写得极其出色，叫人在冬日里头读了觉得心里暖洋洋的，明明是歌咏青州的一样新鲜事物——暖炕，全文却无一字提到暖炕，只说自己与朋友由心到身都感到十分温暖，每日炕上把酒言欢十分快活。

明明是吹牛的咏物词，偏叫他写得一点都不俗，不仅不俗，还写得雅致又鲜活，让人读了便想在自己家里也弄个暖炕——炕上会友，促膝长谈，堪称人间美事！

可问题就出在这儿。京城里谁知道这炕怎么盘啊？！便是知道了，最冷的时候都快过去了，今年冬天哪还用得上？我们这边寒风凛凛冻成狗，你在那儿吹牛说自己天天温暖如春、快活似神仙，这是人干的事吗？！

柳永狠狠地拉了一波仇恨值，许多人也对青州投以关注目光。

明明青州以前也不算什么出名的地方，这一年来却出名得很，不少人意外地发现自己居然能说得出青州这地儿的许多特色：春末吃樱桃，入夏吃蜜桃，秋季山楂红通通，入冬据说流行吃什么拨霞供——拿个锅浇上汤底烧热，把各种海鲜和肉类拿下去烫一烫，亲朋好友齐聚一堂围炉狂吃，很是不雅，但很是热闹。现在，还出了个暖炕。

究其原因，那就是柳永跑去青州了，这人压根儿不是去当官的，而是去吃喝玩乐的，看看他这一年下来开的文会吧，樱桃红了开一个，蜜桃熟了开一个，逢年过节也开一个，自己写诗文夸了一通不算，还让别人也跟着夸。别人跟着夸不算，还要歌女传唱，甚至印成文刊到处卖。

这过的都是什么神仙日子啊？柳永之子柳涚，今年依然在京中任职，临近下衙便有同僚过来问他：“令尊来信可曾说过那暖炕的事？”

柳涚面无表情地摇摇头，这段时间已经有不少同僚跑来问他了。

同僚又问：“你爹可有给你寄新文刊？若是寄了，一定要拿来借我先睹为快。”

柳涚只好答应：“一定一定。”

回到家，柳涚妻子喊他：“爹来信了。”

柳涚听了依然面无表情，往桌上一看，是一封薄薄的信和一本崭新的文刊。很显然，他爹又开了个文会，上面是这场文会的文萃精选。

柳涚开了信一看，里面龙飞凤舞地写了短短一段话，大意是“你爹我做了什么，你看看文刊就知晓了。身体很好，日子过得很快活，不必挂念”，后面还补了一句“要是钱不够花，去方氏书坊找方老板，让他给你支些我的稿酬”。

柳涚无话可说，只能默默把家书收起来，然后第一时间看那本文刊。明日一拿去借给同僚，一准拿不回来了。

入春之后，江宁府一片祥和。王安仁因着身体问题，上头特别照顾，将他的任地安排在江宁府，如今他在江宁府盐院任职。

如今元娘已经十五岁，除了自家人，旁人都不知晓如今方氏书坊最受欢迎的绘本作者是女儿身。

王安仁与徐氏近来在给元娘相看亲事，准备过些日子给她定亲，挑来选去，最终选的是徐家子侄，准备亲上加亲。两家商定先把亲事定下，等过两三年再成亲，王安仁也好把女儿留在身边多养几年。王安仁母亲就是徐家人，妻子也是徐家的，徐家子侄他都熟，挑的准女婿虽不能说是什么天纵奇才，为人却仁厚热心、进退有度，品行信得过，能力也出众。

这一晚，王安仁伏案写信，把选定的女婿告知弟弟王安石，想到机灵可爱的侄子，免不了又多问几句。封好信后王安仁躺到床上，没过多久便进入梦乡。

酣睡到半夜，王安仁忽地从梦中醒来，坐起身捂住自己的胸口。在他手掌之下，心脏依然有力地跳动着。

“怎么了？”徐氏关切地询问着，人也起身下床，急匆匆地把灯点上。见王安仁满头虚汗，徐氏忙道，“是不是心口疼？我去给你找大夫！”

“没事。”王安仁忙制止徐氏，“我就是做了个梦。”

徐氏拿起手绢给王安仁拭汗，关切地问：“什么梦呢？怎么弄得一头都是汗？背上湿了没有？”

王安仁道：“这梦前头挺长，但我都不记得了，只记得最后我迈过了一道坎。”哪怕已经从梦中醒来，王安仁还是能清晰地记得那种感觉，“本来我听到你和元娘他们在哭，等我迈过那道坎就听不见了，你说稀奇不稀奇？”

“你可把我吓得够呛，我才不和你说什么稀奇不稀奇的。”徐氏道，“没事就好，没事就好，过几日我陪娘去寺里上香，你也跟着一起去吧。”

王安仁知道妻子是真的被吓着了，当下便应了下来。

过了几日，王家一家老小一块去佛寺上香，王安仁遇到个衣衫褴褛的老和尚。老和尚一见他，吃了一惊，口中怪道："怪哉怪哉！"二娘还小，也不嫌老和尚穿得寒酸，奇怪地问："您说什么怪哉？"老和尚直摇头，口里还是念着那句"怪哉怪哉"，别的什么都没说，大摇大摆地走了。徐氏可被二娘吓了一跳，摸着她的脑袋道："别乱和生人搭话，小心遇到拐子。"

却说这老和尚化了顿斋饭，离了江宁府，一路往北去了。这一路走走停停，到五月下旬终于走到一处山脚下。这山名叫沂山，乃是沂州与青州交界之地，过了一个山头，便是青州境内了。

老和尚过了沂山，又找佛寺蹭了顿斋饭，拄着杖走在田间看着沿途风光，见一农户迎面走来，又是一阵惊异，口中仍是念叨"怪哉怪哉"。

这一路怪哉到青州城外，老和尚仰头看着那巍巍城墙，更觉稀奇，这青州何时成了那文气交汇之地？老和尚拄着杖进城，城内道路通畅，车马如龙，十分热闹。老和尚找了处佛寺住下，听着众僧说起青州的稀奇事。

自打范知州他们过来之后，青州不仅文教兴旺，热闹事也多了许多。开春之后，州学生员们先是举办了蹴鞠赛，又下乡帮助农户们春耕，一个个晒得皮肤黝黑、身体精壮，一顿饭能吃十个八个烙饼。当然，最了不得的是王通判家的小衙内，这位小衙内年方八岁——哦，如今已经年方九岁了，却已能在州学里考头名，不愧是范知州与王通判亲自教出来的。

这一夜，范仲淹早早歇下，到了半夜竟也如王安仁一般从梦中惊醒。妻子还在睡，范仲淹没惊动她，第二日才与她说道："昨天夜里我梦见自己迈过了一道坎，迈过之后身体感觉松快多了。"范仲淹妻子便劝说范仲淹去寺里走一趟，上一炷香图个心安。

范仲淹少年时常年住在佛寺中苦读，也颇为崇尚佛理。等王雱过来练琴，范仲淹也与他说了这事儿。王雱左右也没事，自告奋勇要陪同他们去上香。

这是中国人的优良传统：看到道观，进去拜拜；看到佛寺，进去拜拜；看到孔庙，进去拜拜；看到妈祖像，拜拜；看到关公像，拜拜……反正，管它什么信仰不信仰，管它们到底负不负责保佑自己，先诚心诚意地许个愿再说——万一真有用呢。

王雱练完琴回到家把这事儿给吴氏她们一说，吴氏也表示她们很久没上香了，索性等府衙休沐跟着范仲淹他们一起去。

于是，本来轻轻松松一来一回的事儿，变成了范王两家集体活动。小妹和范仲淹那比王雱小两岁的小儿子范纯粹兴奋极了，简直把这事儿当郊游看。

知州来上香，哪怕只是微服过来的，住持也十分慎重，派了两个伶俐的僧人一路接引。范仲淹摆摆手向殷勤的小僧说道："不必如此，只当是寻常香客便好。"可即便范仲淹这样说了，他们一行人还是获得了最高规格的接待。等女眷与小孩走累了去后面的禅院歇脚，王雱跟着范仲淹、王安石在寺中散步，听着接引僧人介绍寺中景致。

三人走到一处院墙外，忽听墙内有琴声传来，那琴声酣畅淋漓，范仲淹与王雱听了都顿住脚步。王安石也懂琴，一听便知弹琴之人十分不凡。他们默契地站在墙外，等里头弹完一曲才迈步走入那禅院。

范仲淹口中道了声"打扰"，抬眼看去，只见一衣衫褴褛的老和尚坐在琴前，旁边摆着根木杖。范仲淹在看他，他也在看范仲淹。

细细看了范仲淹许久，老和尚又道："怪哉怪哉！"他的目光转到王安石身上，没说什么，直至看见了王雱，他才恍然道，"原来如此，原来如此！"

这老和尚似乎无意与他们说话，打了个哈欠，大摇大摆地回禅房睡大觉去了。接引僧人解释："这位前辈平日便是如此，最爱说'怪哉'二字，年纪小些的孩子都喊他'怪哉和尚'。"这话说得有些含蓄，实际上他的意思是这老前辈有些疯疯癫癫，若不是刚才他还说了句"原来如此"，他们都以为这老前辈只会说"怪哉"二字呢。

接引僧人简单把老和尚的情况给王雱三人说了，范仲淹惋惜道："可惜了，他的琴弹得真好。"

王雱点头："曲子也好。"

事实上，王雱还真惦记上那怪哉和尚的曲子了，这次是两家人一起过来，王雱不好去讨教，唯有暗暗记下禅院位置准备回头再过来。

第二日，王雱领着周文出门，径直去寻那怪哉和尚。这天，怪哉和尚又在弹琴，曲子仍是王雱没听过的。王雱耐心听完一曲，走进院中朝怪哉和尚问好，他长得好，模样瞧着又乖巧，看着就是个听话的乖小孩。

怪哉和尚看着他。

王雱厚着脸皮上前坐下，和怪哉和尚套近乎："这曲子我没听过，是您自己写的吗？"这位老和尚弹的两首曲子都是王雱没听过的，如果真的是自己写的，那绝对是个了不得的人才啊！

怪哉和尚一口承认："对，我自己写的。"

王雱态度更为热络。柳永的词为什么传唱度那么广？就是因为传唱里的

“唱”字，不过眼下的曲风都偏柔了些。若是能把这位琴技一流还会作曲的怪哉和尚拉拢过来，一定能引领乐坛新潮流！

接下来一段时间里，王雱找上冯茂让酒楼师傅研究各式斋饭，变着法儿地给怪哉和尚弄吃的，终于把怪哉和尚留了下来。事实上，王雱有种感觉：这怪哉和尚本来也想留下。

怪哉和尚法号义海，辈分似乎挺高，其他僧人对他很是恭敬。王雱也问过怪哉和尚那天说的“原来如此”是什么意思，怪哉和尚却没告诉他。王雱没深究。谁没个小秘密？只要留住了人才，一切都好说。

六月伊始，青州城南一处封门闭户修整了小半年的建筑终于再次对外开放了。这一天，范知州与王通判要亲自到场进行开业致辞，百姓们都对这新建筑好奇极了，纷纷翘首以盼等待范知州他们到来。

第二章

两地各自忙

这建筑之前修了个宽阔漂亮的广场。广场正东方是个高高的看台，修得和勾栏差不多，却比勾栏要宽阔许多。广场修整得平坦而漂亮，可供上万人列队其中。

前来看热闹的百姓们便聚集在这广场之中。王雱也带着小妹出来看热闹，小妹被他和吴氏一左一右地牵着，周文时刻守在他们左右，严防偷儿和拐子。

小妹好奇地看着牌匾上裹着的红绸，扭头问王雱："哥，底下藏着什么字啊？"

王雱笑眯眯地说道："等会范爷爷揭开了红绸，你就能看见了，到时候你自己认。"

小妹现在认了不少字，听了王雱的话后兴奋点头，很高兴自己刚学的东西有了用武之地。随着广场中挤着的人逐渐增多，王雱这些有内幕消息的家伙所在的位置很快成了人人艳羡的风水宝地。

府衙领导班子今天全到了，先出场的是柳永，他是出来热场子的。柳永衣袂飘飘地往那儿一站，被他早早透了消息的女伎们马上激动起来：有些名气大些的非常矜持，只叫随侍左右的婢子拍掌欢迎；名气小些的可没那么多顾忌，当场就喊起"柳先生"来。

柳永非常友好地朝她们一笑，又让气氛更上一层楼。百姓们平时接触府衙班子的机会本不多，可见了柳永便感觉颇为亲切。

接着是王安石到场。百姓们一看，这不是他们那个裤腿上经常沾着泥的王通判吗？

百姓们不懂什么百年规划，只知道这官没有官架子，甚至还经常在田间与他们闲谈，于是许多人向左右炫耀完"我和王通判说过话"后也不甘落后地喊起"王通判"来。

王安石意思一下地讲了些话，分量最重的范仲淹终于出现在人前。他脚步健朗，精神矍铄，一双曾经锐利无比的眼睛像是狂风巨浪平息过后的海面，平静而又深沉。范仲淹露出笑容，表示欢迎各方人士到来云云，随后便与王安石、柳永一起拉开大门牌匾上的红绸。

"齐鲁博物馆"五个大字显现在所有人面前。王安石代替范仲淹开始宣讲参观规则：由于博物馆每日可容纳的客流量有限，今日只能抽取一批百姓入内，大家若想进入参观便列队领号，没有抽到的可以留在广场参加即将开始的互动节目。

所谓博物馆者，博物洽谈，通达古今。

齐鲁博物馆里设有“士农工商”四馆，其中“士”这一馆最为丰富，总览百家之学，其中最具特色的便是齐鲁孔圣文化和齐鲁兵家文化。这里不仅单纯展示某些书籍或者字画，还展示些有代表性的器物或者模型。

若是游览期间文兴大发，想要留诗一首，还可以去文馆的长廊之中，向人讨要笔墨尽情创作——若有佳作，文馆会誊写出来，张贴于长廊之上供人阅览。哪怕不是佳作，写在“留诗册”空白处的作品也会放置在阅览架上供人品读。要是你想以文会友，还能在诗作旁写上自己的通信地址，将来有人看了你的诗作，觉得自己找到了灵魂挚友，说不定会给你写信。

另外三馆也同样丰富：农馆展示了各种农耕器具、作物标本，游览者还可以上手尝试一下农具该如何使用；工馆则包括各种时兴的发明、日常用到的各种工具器械的发展历程图以及一些可以上手操作的器械；商馆，展示的是陆上丝绸之路沙盘和海上商路沙盘。

这四个分馆内的大部分器物，都是由有经验的农户、工匠提供的，或者由州学、县学的生员亲手制作。

州学的生员们穿着儒生袍充当“志愿者”，有条不紊地接引着入内的百姓，一开始讲解起来还有些生涩，后来被百姓们提问得多了，解说与解答起来便利落多了，脸上的笑容也变得非常自然。

由于都亲自参与了展馆的布置，州学生员们全程都带着点小骄傲，看到小孩子们哇哇惊叫也不觉得烦躁，只适时地提醒他们不要破坏展馆内的展品。

柳永又下帖子请了一群文人并给了他们“黑箱门票”，让他们在文馆内的亭子里开文会。

拿到黑箱票的文人雅士们欣赏完百家文化展，心潮澎湃，灵感涌动，一边喝着冰镇美酒一边吟诗作赋，几个书童负责在一旁拿笔记录着每个人吟诵出的佳作，偶有不足之处还悄然修饰修饰——反正喝多了以后飘飘然，大伙都不太记得自己写了什么。

王雱为了凑趣，领着小妹去抽了奖，结果没抽到门票。真是岂有此理！王雱麻利地亮出衙内身份，同样拿到了黑箱门票，带着小妹他们入内参观。

小孩子们对文馆的兴致不大，倒是在农馆、工馆看得津津有味，看到商馆硕大的丝绸之路沙盘之后更是哇哇惊叹，兴奋得不得了。

由于博物馆对客流量有限制，馆外的百姓眼巴巴地在盼着里头的人早些出来，好让他们知晓里面有什么。若是他们出来得早，还能让他们也进去看看。

可惜的是，一直到外头的各种互动活动结束，晚饭时间来临，里面都没出来几个人。直至博物馆宣布要闭馆了，第一批参观者们才恋恋不舍地走出展馆，表示回头还要叫上朋友一起来，收费也来。

还有些想要以文会友的，已决定回去之后立刻闭关写诗文，非要憋出篇绝世佳作来一鸣惊人不可。

博物馆顺利闭馆，王安石又代表府衙班子宣布了另一件事：今晚将会有第一届“齐鲁文化节联欢晚会”，节目由青州州学、青州瓦舍、青州各佛寺道观联合筹备，入夜后再开始，大家可以吃过饭之后再来欣赏。

这消息一出，不管是参观了一天展馆的，还是等候了一天的，都感觉疲惫尽消。离家近的人带着妻儿回家吃饭，离家远的就近找个店或者摊子吃点东西，急切地等待晚会开始。

事实上，为了这次晚会，范纯礼忙得可谓脚不沾地，各个节目的表演者来自不同阶层，彩排起来难免会有种种摩擦，连节目排前排后都要撕一轮。好在范纯礼上头有他爹在，还算镇得住场子，几次彩排下来大伙已经配合得非常好，只等入夜后把灯光、配乐、服饰妆容之类的准备到位就可以来个“万民同乐”了。

结果齐鲁文化节开始的前几天，王雱还临时推了个节目上来，说是作为开场很有气势，可把范纯礼气哭了。

你说用来开场就用来开场，知道这几个月来为了开场和压轴的位置，出节目的各个单位明里暗里撕了多少回吗?

范纯礼表示自己很想撂担子不干。可在看过王雱推过来的开场节目后，范纯礼马上改变了主意。没办法，这开场曲实在太有气势了，简直让人感觉置身于铁血战场，心潮激荡，热血沸腾，士兵听了想打仗，士子听了想背书。

范纯礼当场就问：“这曲子叫什么？我怎么没听过？”这一声声、一段段，仿佛直直地敲打在听者心中。如此好曲，正应了博物馆搞的齐鲁兵家文化主题，说不定以后还能入选军队出征必备曲目，用来鼓舞士气。

王雱告诉他，这是一个很厉害的作曲人写的，笔名怪哉和尚，法号义海，平时大家可以叫他义海大师。等将来怪哉和尚这个笔名红了，千金一曲不是难事，现在人家免费给你用，你就偷着乐吧。

被王雱这么一忽悠，范纯礼还真感觉自己占了大便宜，毫无怨言地去调整节目安排、稳定各方情绪。

这天傍晚，王雱家来了个风尘仆仆的客人，乍一看，蓬头垢面，辨不清模样；再一看，是个熟人。这不是没了王雱之后只能独自搞创作的沈括吗？一别两年，沈括已经十八岁，是个成年人了。

作为一个声名远扬的畅销书作家，沈括做了件非常幼稚的事：离家出走。

沈括咕噜咕噜地灌了几口水，对王雱说："我爹和我的叔伯们都反对我继续写书，说这于我科举无益。我一生气，就决定出发来找你了，结果走到半路，我被山贼劫道了，带的银子都没了。好在看我是个读书人，那群贼人没杀我。"说起这些事，沈括抹了一把辛酸泪。

王雱一阵无语，叫人热了些饭菜送上来给沈括。这也不是小孩子了，怎么想得出离家出走这种傻事来？果然好日子过久了，容易变成傻白甜。

来都来了，王雱只能让人快马加鞭去杭州给沈家送信，免得沈家那边被吓死。忙活完了，他嫌弃地让沈括先冲个澡、换身衣裳，再与他们一起去齐鲁博物馆那边看联欢晚会。

沈括博览群书，知晓这京东东路正是古时的齐鲁两国所在地，出过孔子、孟子、墨子、吴起、孙武、孙膑等能人，自成一个文化圈子，只是有些纳闷："这不是青州吗？怎么会叫齐鲁博物馆？"

来了个可以一起吹牛的老友，王雱心情颇为不错，热心给沈括解答疑惑："牛——当然要往大里吹，青州难道不算齐鲁之地？稷下学宫还在咱们的临淄县里呢。我跟你说，临淄县许多热心人士还准备修复稷下学宫旧址，搞个大书院。"

沈括嘀咕："哪来那么多'热心人士'？"

王雱面不改色地说："等他们看到齐鲁博物馆的成功，自然就热心了，绝对火热火热的。"

入夜之后，一家人就领着小妹散步去看晚会。多了个关系户，王雱又叫人多留了个黑籍前排座位。一行人到场时，广场上已经人山人海，都等着晚会开始。

沈括刚历尽艰难曲折来到青州，只冲了个澡、吃了个饭就被拉出门，到演出台前坐下后脑子还有点儿蒙。然后，他就被王雱大力推荐的开场曲震清醒了。

这曲子气势豪迈，曲调高昂，听得人浑身血液沸腾。上场表演的人个个孔武有力，按着曲调昂扬踏步挥拳，拳脚舞得虎虎生风。配上灯光、布景与壮士们的复古装扮，感觉一下子踏入了刀来箭往、血肉横飞的古战场，感受到了那“将军百战死，壮士十年归”的豪迈气势。这直接导致不少人看着看着就从自己带来的长凳、短凳上站了起来，奋臂高呼，场面一度失控。

沈括从不知道歌舞能这样玩。这，这也太震撼人心了！痛快啊，真痛快！男儿就该听这样的曲子。

开场曲结束，许多人还意犹未尽，不过台上很快又开始了不少精彩节目，迅速吸引了百姓们的注意力。到所有节目都上完了，百姓们还依依不舍地留在原处，想看看接下来还有没有别的可看。

小妹玩了一天，看完最后一个节目之后终于忍不住揉了揉眼睛，拉着王雱的衣角说："哥，我困了。"王雱才九岁，还背不动五岁大的小妹，王安石蹲下身让小妹到他背上趴好，一家人走路回家。

接下来的日子里，青州操办的第一届“齐鲁文化节”正式拉开序幕，柳永写了词来吹齐鲁博物馆，沈括也写了文章来吹齐鲁博物馆。

王雱还怂恿范仲淹、王安石写信给好朋友们分享“齐鲁文化节”这一盛事，他们平时没少帮好朋友们写诗文吹来捧去，现在是考验友谊的时候了：有去有回，再吹不难；有去无回，下次不吹。

胡管事那边也相当积极，打过申请之后就在大广场上举办《三国杀》现场活动，来的人可以玩《三国杀》，不会玩也不要紧，可以来了解了解《三国杀》里的兵家文化。

本来《三国杀》在齐鲁一带不算特别普及，经过胡管事这么一操作，又吸引来一批新涌入的《三国杀》爱好者。这又能学知识又能玩尽兴的卡牌游戏，当然要好好玩。

不管青州本地人还是外来游客，都不觉得一个“节”持续一个月有什么不对，反正天天有热闹看、天天有新鲜东西可玩，这样一来去茶坊聊天的时候谈资都多了呢。

随着齐鲁文化节的噱头传开，涌向青州的游客多了不少，客流量有了，商贩们也都活跃起来，到处都呈现热火朝天的热闹景象。

齐鲁博物馆还推出了各个展馆的拓展项目，喜欢文馆的，可以给你定制青州文化旅游路线；喜欢农馆的，可以给你推荐农馆合作的农家乐，让你好好体验一下农家野趣；喜欢工馆的，可以让你亲自到合作作坊玩陶艺、玩木雕、玩编织，带走亲手制作的纪念品……

整个青州上下忙得热火朝天，数着每日新增的进账，百姓脸上堆满了笑，自己花钱也爽快多了，舍得多买根冰棒吃吃。

而王雱呢，嫌弃天气热，躲在书房里优哉游哉地陪小妹练字学画。方氏书坊在这边也收稿，沈括进了州学念书，平时自己写写稿子，休沐便带上胡管事那边收到的稿子，到王家书房里蹭凉顺便审稿，兼任王雱曾经担任的主编之职。

沈括见王雱一派悠闲地对着他妹的画作一通夸赞，走过去一看，发现小妹画的是只圆圆胖胖的猪，瞧着还有几分可爱——可爱归可爱，王雱也不用吹上天吧。

王雱兄妹俩察觉沈括过来了，齐齐抬起头看向他，王雱眼神里写着“你懂的”，小妹亮晶晶的眼睛里满是期待。沈括能怎么办？沈括只能发挥自己的才华很是夸赞了一通，表示小妹天赋卓绝，十分了不得，以后一定会成为厉害的大画家。

小妹很开心，拿着自己的新作蹦蹦跳跳地去给吴氏也看看。

沈括暗暗摸了摸自己的良心，不错，还在，甚至还活蹦乱跳，他看了看自己桌上堆得满满当当的稿子，又看了看窝回椅子里喝冰镇酸梅汁的王雱，忍不住谴责：“这么多稿子，你也不帮忙把把关！”

沈括有点儿怀疑自己离家出走的正确性了，总觉得自己好像是跑来给王雱当免费劳动力的。

王雱听沈括这么一问，发现现在的人都贼精贼精的，一点都不好骗了，真是令人痛心。看看人家范纯礼，多淳朴，多可爱，和沈括一点都不一样。王雱面不改色地接着忽悠：“等你看完稿子，我们一起去拜访写出开场曲的怪哉和尚。”

王雱抛出这么个香饵，沈括立刻精神百倍，飞快地把稿子给扫完，挑出三两份爆点十足的让周武去交给胡管事，剩下的都放回收稿处让作者取回。

沈括辛苦出力，王雱当然得实现诺言。他领着沈括去找老和尚，老和尚瞅了沈括一眼，没说话，坐下弹琴。沈括听完大师亲自弹奏一曲，顿时心悦诚服，回去的路上一直问王雱：“大师怎么不说话？是不是不喜欢我？要怎样才能和大师拉近关系？”

作为《三国杀》的总策划之一，沈括也清楚《三国杀》目前画完的许多场景若是有适合的配乐，演出时肯定会更打动人；还有《黄金国》也一样，要是能配上激昂的海上进行曲，那演起来该多激动人心！

王雱见沈括急得抓耳挠腮，善良地给沈括传授秘诀：首先，你得不要脸；然后，你得臭不要脸；最后，你得持之以恒地不要脸。

沈括也好琴，当初没得到范仲淹的指点悔得捶胸顿足，这回不愿再错过义海这位大师。他想来想去没想出别的法子，只能依葫芦画瓢搬了王雱那一套：平时送吃的，转季送僧衣，好琴、好谱接连送上，可谓是诚意十足。义海大师没说什么，在穿上沈括送的崭新僧衣之后终于和沈括讨论起乐理来。当然，说是讨论，实际上主要是义海大师负责讲，沈括负责呈上崇拜的目光。

有沈括这及时雨过来了，王雱心安理得地带着小妹窝在家里避暑。等到入秋，天气渐渐转凉，王雱才再次开始活跃起来，积极出门撩撩猫逗逗狗，顺便让周文帮忙抱着琴去范仲淹那边弹弹，去义海大师那边坐坐。

义海大师换了套行头，如今看起来还真有点儿高人样。王雱以琴会友给义海大师弹了一首新曲子，便坐下与义海大师喝茶聊天。

这聊天主要是王雱在说，义海大师负责听。王雱一点都没把自己当外人，恬不知耻地和义海大师胡扯："虽说沈哥他的天赋不如我，但他还是很刻苦的，您可得多指点指点他。"

义海大师斜了他一眼。他会留在青州自然是因为王雱。他发现和这小孩离得近了，他自小所学所见的一些东西便没了用处，周围时时刻刻充满变数，纵使他天赋异禀也已窥不见任何天机。这样的日子让义海大师很轻松，很自在，很快乐。想想看，只要看上一眼就能知道这人什么时候要死，感觉其实真不那么好。

现在，这见鬼的能力终于离他而去了。就是这小子着实有些臭不要脸。比如说，现在他不接腔，王雱也一点都不觉得尴尬，反而兴致勃勃地询问起他除了豪放派曲子，还会不会写别的，比方说什么田园风、流行风或者摇滚风之类的。

对于这种显而易见的试探，义海大师坚定地回答："不会，一个都不会，别再问了。"他用脚指头掐算都知道，要是回答会的话，这小子绝对又会派沈括过来磨他帮忙作曲。

王雱和义海大师叨叨完，领着周文从寺里离开，怀里还揣着本从义海大师那儿顺来的，准备带回去向范仲淹献宝的琴谱。他老气横秋地和周文感慨："唉，现在的人越来越精明啦，想骗他们帮点小忙都那么警觉。真是世风日下，人心不古啊。"

周文：……敢情你想骗人家还有理了？

入秋之后，今年又有秋闱，州学中除了冯茂这些年纪尚轻、学问尚浅的生员，个个都磨枪上阵，在秋闱考场上写起了最近极具青州特色的土味四六文。

本来按照惯例秋闱是三年一轮，皇祐年间却改为两年一轮，广纳人才，都有人暗暗吐槽“《五年科举三年模拟》该改名《五年科举两年模拟》了”。

王雱臭不要脸，碾压完冯茂这一批，又去碾压州学的新晋生员，一点都没有跟着往上升的意愿。他现在与屠先生熟悉了，偶尔找屠先生嘀嘀咕咕，商议怎么帮助生员们德智体美劳全面发展。

这天州学月考刚结束，学霸李元东早早到外头等着王雱。

李元东又勤学苦练一年，学问颇有进益，平时也能抽出更多时间参与志愿活动，齐鲁博物馆中的丝绸之路模型就是他领头弄的，这个考据党拉着王雱考据了无数史料，才把这丝绸之路复原出来。

王雱现在一见到李元东，头就有点儿疼。不过，大家算是同窗好友，王雱也不能转头就走，那太明显了，会被打。王雱也学着李元东的模样斯斯文文地与他问好:“文清怎么在这里候着？”

王雱见人说人话、见鬼说鬼话的技能运用得十分纯熟，李元东一直认为王雱是他的同道中人，并觉得王雱比他机敏，比他更善交游，心里隐隐有些羡慕。

李元东找王雱也是为了这事儿，他一脸惭愧地说明来意:他族中一位叔父来了，还带来个八岁的堂弟。他叔父和他爹要去游览，把小堂弟扔给他带。他从小与书做伴，着实不知道怎么哄小孩，怕冷场，想邀上王雱和冯茂一起带堂弟去逛逛博物馆。

齐鲁文化节过去后，博物馆的门票倒是好买多了，州学的生员们因为曾经参与博物馆建设还可以买半票，因此不少读书人闲暇时都喜欢到博物馆里“以文会友”。

难得李元东找自己不是为了讨论学术问题，王雱心里十分欣慰，一口答应下来。第二日一早用过早饭，他们便在南城门前会合。

李元东的小堂弟叫李格非，长得眉清目秀，和李元东还有那么一点点相似。王雱听到这名字，总觉得有点儿耳熟，好像在哪儿听过。不过，眼前这小孩比他还小，讨论对方日后的成就还为时尚早，他和冯茂热情地带着李格非到博物馆里溜达。

正值州学休沐，博物馆里能看到不少熟悉的身影。乖小孩李格非听说他堂哥参与了商馆的设计，第一个要参观的就是商馆。看着小孩趴在巨大的丝绸之路地理沙盘前看得目不转睛，时不时转头问他们沙盘上某个位置是什么地方，王雱顿时发现小孩子的偏好果然差不多。

沙盘之上，丝绸之路蜿蜒跨越千万里，时而出现沙漠古国，时而出现异域城市，每一个位置后方的墙壁上还有对应展品，展示着当年汉唐使者与胡商如何通过这条商路往来各地，完成跨域国界的兴旺贸易。

海上商路也是孩子的最爱，尤其是上面那些按照比例缩小的精致船模，通过船模的外形和停靠的位置，可以看出海上商路的发展和海船的进化。

得知商馆还有船模可以买，参观者可以买回去组装或者现场组装好带走，李格非开心得不得了，兴冲冲地掏出钱包表示自己有钱，也要动手试一试。很少有小孩子能抗拒模型的魅力，王雱也不例外，见李格非捋起袖子要开始玩，他也掏钱买了个高难度的船模和李格非一起兴致勃勃地玩了起来。其实，李元东也挺想玩，不过他已经十六七岁，不能再那么幼稚了。

李元东在一边站定想和冯茂说说话转移注意力——毕竟冯茂是他的同龄人，应该也不会玩这个才对。不料他转头一看，冯茂已经冲上去兴高采烈地加入了王雱和李格非，出手还十分阔绰，一口气挑了几个模型。李元东能怎么办？只能在冯茂的热情召唤下欣然加入。

几个人过足了组装瘾，王雱又忽悠李格非一起玩玩商馆的算术游戏。李格非毫无防备地答应了，结果各种数字陷阱、语言陷阱层出不穷，丝毫没有怜惜李格非这个真弱小、可怜又无助的小孩，直接把李格非给弄蒙了。李格非忍不住说："当商人也不容易啊。"

冯茂也跟着玩了几把，结论就是如果他爹把酒楼交给他管，要不了两年他就能让酒楼倒闭。李元东比他们都要好一点，不过他很谦虚地表示自己比不过王雱。李格非转头一看，王雱的出错率居然是零！李格非看向王雱的目光顿时多了几分崇拜。

王雱幼稚地碾压了小伙伴们一把，愉快地带李格非去另外三馆晃悠。一天时间还是太短了，只够他们粗略地逛一逛展馆，不能再和在商馆那边一样动手参与。

李格非跟着李元东回家时还意犹未尽，晚上躺在他爹身边时不住地央求："爹，我们多留几日吧，我还想去那个农家乐，秋天了，可以自己去摘山楂，还能自己动手做糖葫芦呢。"

李父被儿子缠得没办法，第二日只能带着李格非去体验了一把农家野趣。到了那里，李父偶尔能见到些熟悉的身影，都是趁着有闲暇来青州游玩，结果和他一样被儿子缠着不让走的可怜人。

这次王雱没陪着一起去，不过王雱还是从冯茂那儿听说了李格非父子俩接下来的行程。这就是他想要的效果，古往今来许多家长都是一样的，再穷不能穷孩子，再苦也不能苦孩子，抓住了孩子的心，就等于抓住了父母的钱袋子。

可怜天下父母心啊！

王雱非常满意，和小伙伴们玩了半天，愉快地回家看书去了。一到家，小妹就噔噔噔地跑了出来，告诉王雱京城那边来信了。小妹开开心心地说："有阿琰姐姐写来的！"

王雱点头，拉着小妹到书房里看信。王安石也下衙了，换下了官服坐在那儿拆司马光给他写的信。

王雱也不急着拆自己的信，堂而皇之地拉椅子坐到一边，准备蹭王安石的信看。王安石瞪他："你自己的信捂得严严实实，怎么老爱看我的？"

"爹你怎么这么小气？"王雱振振有词，"范爷爷看信从不避着我。至于我的信，那可是阿琰妹妹给我写的，阿琰妹妹是女孩子来着，信怎么好给你看！"

王安石知道自己儿子歪理一堆，也不和他分辩了。这小子也知道人家是女孩，回头人家司马光不让他们通信了看他哭不哭！

王安石想到儿子吃瘪，通体舒畅，默许了王雱坐旁边和他一起看信。

司马光信中大半内容都是在讨论上次王安石信中写的一些想法，作为一个泼冷水好手，司马光又找出了不少可能出现的问题。换了别人这样挑毛病，王安石一准拉黑了，不过司马光是他的好友，他能看进去，并且时不时就停下来思考思考。

当然，王安石思考的结果王雱就不得而知了，要他猜的话大概是"虽然你说的都挺对，不过我还是坚持我的意见"。拗相公与司马牛的本质，从这些你来我往、辩来辩去的信件就能看出一二。

据司马琰给王雱吐槽，这两年司马光和他另一个好朋友范镇针对"大乐"来回讨论了几万字。

所谓的"大乐"，指的是礼乐制度中"乐"里头比较高大上的类型，随着时间发展，大乐已经从一个文字概念变成了具有具体形式和特定内容的音乐形态，主要用于从朝廷到民间的各种重要场合——比如祭祀、丧葬和嫁娶。

光是这个"大乐"他们就来回用书信洋洋洒洒辩论了几万字，可见司马光和他的好朋友显然是加强版的李元东，可怕得很啊。

王雱想起在开封时司马光给他当老师的日子，顿时头皮发麻。他赶紧停止回忆，跟着王安石一起往下看。比起司马琰只能边用美食伤害他，边夹带点京城近况，司马光可以光明正大地给王安石传达很多消息。

今年开春，有心考状元结果落榜，收拢了一堆部属想依附大宋又惨遭拒绝的侬智高果然反了。

自四月起，侬智高占领广南西路重镇，杀死知州，建立大南国，紧接着便率兵一路打过去，把贵州、梧州、端州等等全都收归己有。南边久无战事，各州毫无防备，反贼未到城中守将已闻风弃城而逃，侬智高仅仅一个月就连克九州，直接围了广州城。广州城设有市舶司，是南方贸易重地，侬智高围城两月久攻不下，直至七月末才撤离。

朝廷百官得了消息都震动不已，这西夏才平了没几年，怎么广南那边又出事了？朝廷先后派去两员大将清剿侬智高，第一位大将死在侬智高手下，至于那第二位，日前刚传回消息，也因为轻敌而战败了。

两位钦将先后战死，极大地打击了士气，朝廷上下也一筹莫展，不知还能派谁过去平乱。司马光在信中告知王安石，枢密副使狄青有意自请出征，他恩师庞籍也打算举荐狄青前往广南。

如今已是九月末，想来朝廷应该已经有了决断。

王安石放下信，思索起其中的种种关联。

狄青曾经在西夏之战里立下赫赫战功，前些年来范仲淹、韩琦、庞籍陆续当过狄青的上官，都对狄青推崇有加，官家也对狄青十分爱重，让他年纪轻轻就当上了枢密副使——这已经是宋朝武官能拿到的最高职位了，枢密使一般只能由文官担任，严防武官坐大。

广南事态如此严重，狄青此去若是平了侬智高，归来之后必然会有封赏。不知到时会如何。

王雱也看完了司马光的信，得知狄青自请出征广南，王雱不得不承认历史的车轮是强横的，不管发生了多少改变，该来的还是会来。上回曹立来信说狄青对他很不错，这次前往广南应该会带上他吧。

哪怕知道历史上狄青是最终获胜方，王雱还是站起来在屋里转悠了两圈。他不知道让曹立这么早去军中到底对不对，战场刀剑无眼，也不知道曹立会不会因此而丧命。到底是曾经朝夕相处过几年的好友，真到了这一刻，王雱心里还是不太安稳。

王安石见王雱在那瞎转悠，一下子知道了王雱在担心什么：“现在知道着急了，让人去军中的时候怎么没想到这个？”到军中去真不是什么好出路，军中出头难，军中士卒也容易被人看轻。若不是曹立有志于此，王安石也不会赞同他去——毕竟曹立在很多方面都非常出色，这是他和吴氏都看在眼里的。

王雱唉声叹气："道理都懂，事到临头哪能一样？"对王安石这种冷酷无情、不但宽慰儿子还要落井下石的糟糕老爹，王雱十分不满，摇着头叹着气跑一边躲着看司马琰给他写的信去了。

王安石心道：别人家的儿子都那么贴心又省心，怎么到了他这儿就完全不一样了？

王雱和司马琰现在持之以恒地进行着"来啊，相互伤害啊"的较劲，出给对方的填字游戏越来越难，描写起自己最近品尝的美食来也越发出彩。

王雱看完司马琰的来信，顿感痛心疾首：为什么他们现在都能文采斐然地描述一盘家常菜肴并让对方真切地感受到"哪怕你学着做一遍也尝不到这样的美味"？生活到底对他们这两个理科生做了什么呢？

痛心归痛心，王雱还是抄下菜谱去磨吴氏给他做。一家人刚吃完新菜，就听到有人敲门，原来是周家嫂子。

周家嫂子得了王雱的制冰之法，手头宽裕多了，在城中盘了个铺面做各种新鲜小食。虽说制冰之法很快有人模仿，但周家嫂子的食坊还是越做越好，旁人根本比不上。

今天秋闱放榜。周家大兄此前试着去考，没考上。他本就不喜周家嫂子抛头露面做食坊营生，看完榜后回到家发了好大一通脾气，非叫她把食坊关了，好让他安心读书。周家嫂子拿不定主意，这才过来和吴氏讨个意见。

私心里，周家嫂子是不愿意关掉食坊的，一来丈夫和两个小叔子以后若要走科举之路，钱肯定不可能少花；二来婆婆的病得用药吊命，要是关了食坊，短了药钱，婆婆再病重的话上哪儿凑钱去？

可这种家务事，吴氏怎么能插手？她只能温言劝说几句，让周家嫂子回家好好和周家大兄谈谈。偏偏王雱没那么客气，从听到周家大兄回去发脾气，他就拧起眉头。

这种自己没考好就回家朝老婆发飙的男人，若真给他考好了，他怕是会更嫌弃老婆曾经抛头露面，赚钱养家。等他手里有了两个余钱，再当个小官，说不定会开始搞家里红旗不倒、外头彩旗飘飘那一套。在现实世界中，王雱可没少见过这样的男人，有些劣根千百年都不会变。毕竟有时候无耻的人反而活得更滋润、更长久。

王雱道："又没让他干活儿，他怎么就不能专心读书了？"他看向周家嫂子，问道，"周家嫂子，你不喜欢开食坊吗？你做的那些小食都好吃得很，在城里多受欢迎。每日一早就有人在你的食坊外排队等着，若不是你每日限量卖，你一个月就能赚别人一年的钱。这代表你做的食物有很多人喜欢。一件你喜欢做、又能让别人喜欢——还能赚钱的好事，为什么不能继续做？”

由于宋朝科举不禁商贾子弟，宋朝的商业还是非常发达的，女子做生意的也不少，尤其是饮食行当，不管是开酒肆的、卖饼的、卖粥的，都有女性的身影；至于出身农户，那就更不用说了，不管男女都是要干活的。可贫穷的时候要妻子出来赚钱养家，等到日子好过了又嫌弃妻子抛头露面，哪有这样的道理？更何况经济基础决定上层建筑。你攥着钱袋子，在家里才有话语权，地位才不至于被一压再压，压到尘埃里去。

周家嫂子听了王雱的话，也觉有理。她本就不是那种习惯忍气吞声的人，回去就与周家大兄说开了，食坊肯定不会关，若是他嫌丢脸，她少些露脸便是，反正店里也请了些帮工。不过，后厨肯定还是要去，她爱钻研各种美味食物。

周家大兄生了好大一阵闷气，却也没办法，他既不算能言善辩，也不敢对妻子动手（何况根本打不过），只能由着周家嫂子去了。

周文兄弟俩听王雱说起这事儿，告了假好生说了兄长一通。周文兄弟俩跟着王雱久了，眼界也宽了，男的女的都能做很多事，为什么非得让女的关在家里不出门？那得浪费多少劳动力。

王雱没把周家的家务事放在心上，给司马琰写信时只提了那么几句，话题就转到了李格非身上。

王雱给司马琰写自己与李格非在博物馆玩这玩那，事实上就是在向司马琰发问：这名字好生眼熟，是不是在哪里见过？

这信花了大半个月跑到开封，司马光先拆开看了，看到王雱对周家兄长的评价与对周家嫂子的劝说，皱了皱眉。

司马光是个相当传统的人，坚持男女大防，认为新妇与小叔子平时不能多聊天，出嫁女回娘家最好都不要跟兄弟坐在一块儿的那种。虽然司马光也知道很多女子会出去做生意、干农活儿，可那也是为生计所迫。若是生活无忧，女子最好还是在家相夫教子，否则成何体统。因而面对王雱这种有悖他认知的言论，司马光眉头紧锁。再往后看完，司马光的眉头才舒展一些，主要是他对齐鲁博物馆很感兴趣，王雱从小孩游客的角度写了写，他便更能弄懂为什么齐鲁文化节能大获成功，以及齐鲁博物馆成为众人津津乐道的新去处的原因。有着这么多勾着小孩玩的新鲜玩意儿，怪不得能那么受欢迎。司马光看完信，想了想，还是把信给司马琰送去了。

男女七岁不同席，不过王雱是他学生，信又经他过目，让他们通通信也没什么。司马光这样说服自己。

司马琰想得没司马光多。她拿到信一看，就知道司马光又拆看过了，这年代儿女连私产都不能多藏，更别提什么隐私权。司马琰也没办法，只能坐到窗边看起信来。

看到王雱着重强调李格非的名字，司马琰眉头一跳，稍一思索，便在脑海里挖出了与这个名字相关的消息。她读研时，室友是个宋词爱好者，宋词之中又最爱易安词，经常给司马琰说起李易安的词作与生平。

其中说得最多的就是李易安那首《声声慢》的背景了。李清照，号易安居士，写《声声慢》时，金兵南下，焚了她与丈夫一屋藏书，她带着剩余藏书去与归家奔母丧的丈夫会合，丈夫却在两年后溘然病逝。遭了这国破家亡之痛，李清照才会写出“寻寻觅觅，冷冷清清，凄凄惨惨戚戚”这样的诗句。

当时，室友还给司马琰说起李清照和她丈夫的爱情故事，纳兰性德那句“被酒莫惊春睡重，赌书消得泼茶香”用的就是李清照夫妇的典故。李清照自己为某书写序时提到自己记性好，夫妻二人家中藏书无数，两人平时煮了茶，随手指着一堆书说某件事记录在某书某卷某页某行，说中了就先喝茶。

还有一点就是，李清照的父亲与她丈夫的父亲政见不合，算起来一个属于新党，一个属于旧党，但是两家儿女志趣相投，仍是结为夫妻。而李清照父亲的名字，似乎就是李格非。再仔细一回忆，李清照好像确实是济南人，和信里说的齐州正好能对上。

时间过去太久，从司马琰开始工作到来到这里，满打满算也有十几年了，司马琰当时又只是个听众，对这个一晃而过的名字印象不是特别深刻。好在司马琰记性也不错，虽然不能像李清照那样准确无误地说出某句话出现在第几页第几行，但把记忆翻出来梳理梳理还是能确认的。司马琰在回信上给王雱画了幅简单的背景图，取的意境是“争渡，争渡，惊起一滩鸥鹭”。至于王雱能不能看懂，那就得看他的九年义务教育学得好不好了。

与此同时，官家也已经下定决心让狄青到广南平定侬智高之乱。

第二日，官家任命狄青为宣徽南院使、宣抚荆湖南北路、经制盗贼事，并亲自在垂拱殿摆宴为狄青践行。狄青深感君恩，践行宴过后便领着早早挑选好的亲兵往广南出发，踏向了他一生最辉煌的时光。

这一幕王雱无缘得见，他收到司马琰的信时，狄青一行人已经远离开封，李格非也已经随他父亲回了齐州。

王雱拆了信，一眼便瞧见司马琰在信上一角画的画。司马琰好歹是能把人体（还是解剖后的人体）画得惟妙惟肖的人，画画基本功不差，寥寥数笔便让王雱看出她画的是什么：一叶小舟误入藕花深处，惊起了藏在其中的鸟儿。

这不就是那首《如梦令》吗？王雱把司马琰的信看完，发现一个父字停在信笺上一只鸟儿头顶，一下子明白了，前段时间他刚遇上的八岁小屁孩是李清照她爹！这么看来，这小屁孩以后会是个开明的家长，还许女儿和人喝个小酒，到傍晚才优哉游哉乘小船回家——还是喝得“沉醉不知归路”的那种。

这大宋真是人才济济，他这随便跟着他爹到外头晃荡一圈，遇到的人不是名人吧，就是名人他爹，一点都不给他们这些普通人活路啊！王小雱唉声叹气地感叹完，又溜达去府衙那边找范仲淹并怂恿他晚上一起涮羊肉吃。

立冬那天，范仲淹带着百姓们在城郊搞了搞封建迷信活动（冬祀），青州就正式进入了吃羊肉的好季节。

王雱一早让厨娘帮忙把涮锅找出来洗洗刷刷，又把小火炉翻出来打理打理，做好了万全的涮羊肉准备。唯一的遗憾是曹立不在，如何把羊肉片成厚薄均匀的薄片成了一大难题，王雱只能让周文兄弟俩勉强一试。

王雱这人臭毛病一堆，看着厚薄如一、垒放得齐齐整整的羊肉片才觉得浑身舒坦。

如此这般吃过几次之后，计算天赋过人的周文成功出任小肥羊火锅专用刀工，比较大手大脚的周武则被淘汰了。

溜进府衙，王雱才发现有邻州的人过来找范仲淹商量事儿，来的是各州的通判，和他爹一样属于州里的二把手。

王雱乖巧地摸到范仲淹旁边，悄然把蜜饯糕点挪到自己面前边吃边偷听。

其实这些人都是过来取经的，青州如今发展得红红火火，其他州坐不住了，想来向范仲淹讨教经验。没办法，青州这边的发展不走寻常路，豪强富户们赚得盆满钵满，普通百姓也赚得盆满钵满，政绩刷个不停，府衙财政还十分宽裕。

这看着看着简直让人想哭啊！这么好的事儿，怎么就只发生在青州呢！

范仲淹不是自私的人，邻州诚心来求教，自然一口答应了下来。他表示，先让这批过来学习的基层官员们感受一下青州的各项新兴产业，等青州这边准备准备就给他们讲讲经验，谈谈实践。

培训这事儿一向是范纯礼负责的，范仲淹这回也把这事儿交给他干。

这次培训的可不是目不识丁的老农、毕恭毕敬的商贩，而是一批邻州过来的府衙要员，范纯礼听到时有点儿小紧张，差点儿把夹着的羊肉掉回涮锅里。

范仲淹绷着脸让他稳重点，别一点小事就大惊小怪，实在不行还有他们在。王安石也很赞同多培养培养年轻人，让范纯礼好好历练历练，早些独当一面。

眼下范纯礼想要陪侍在范仲淹身边尽孝，那是孝心，值得鼓励。但范纯礼已过了弱冠之年，早晚得去赴考或荫官，多接触些事务锻炼锻炼不是坏事。

王雱也非常赞同，坐在一旁卖力鼓吹："师兄啊，爹和师父都这么看好你，你可得好好准备。我们既然扯了齐鲁的大旗，那么就要站得高点、望得远点，带着整个齐鲁之地好好发展！"

范仲淹觉得王雱这话说得古里古怪，不过话糙理不糙，听着确实是这样。一州之地发展好了，可以谋一路的发展，青州有青州的长处，齐州也有齐州的长处，每一个地方都有可以挖掘的地方。

范仲淹顺着王雱的话提点了范纯礼几句，让他宣讲时抓住重点，必须要让他们知人善任、因地制宜地搞开发，别盲目照办青州这一套。

范纯礼有些食不知味，草草涮了几片羊肉便觉得饱了，回去准备演讲稿去了。剩下的三个爷们儿——一个年纪大，一个酒精过敏，一个才九岁，都喝不得酒——围着小火炉，就着酱料在亭子里涮羊肉吃。吃饱喝足，王雱亲自送范仲淹回去，又回到亭子里找他爹。

天空升着一轮圆月，地上铺着薄薄的雪，衬得夜色更加寒凉。

小火炉里的炭火快熄灭了，这样的天气坐在外头其实有点儿冷，王雱见王安石没那么快回去的意思，便舍命陪君子地坐下陪他爹喝茶。

斜睨着殷勤地给自己续茶的儿子，王安石道："你这小子总把别人支得团团转，自己躲在背后躲懒。"

别以为他不知道，这小子天天不是给这个出出主意就是给那个出出主意。也不知这小子哪来的能耐，连州学那些先生都全听他的，卖力忽悠州学生员们积极参加"实践活动"。虽然累是累了点，成效却颇为显著，今年秋闱的文章一传开，不少人都夸青州这边的考生"言之有物"。

事实上，想要做到真正的言之有物，这些生员还差太远，但是至少他们脚步迈出去了，迈出了第一步，以后他们就会走得更远，而不会和许多读书人一样闭门造车，丝毫不关心民生如何、民情如何。

王雱见王安石睨着自己，觉得自己可委屈了，决定抖王安石的黑历史："我才九岁，上次伯父在信里说，爹你九岁时写的诗……"

"闭嘴！"王安石绷着脸摆出身为父亲的威严，不让王雱这小混账开始念诗。

谁还没个黑历史，九岁就能写诗已经很不错了，还指望能写成什么样？你翻开自己九岁时写的东西念念看，看你羞耻不羞耻！

王雱乖乖闭嘴，在心里偷笑。

自从他和伯父打好关系，顺利掌握了更多他爹的黑历史。现在，他除了从祖母那儿顺来“老爹练字遗迹”，还熟记了数首他爹幼年写的诗，专门用来在他爹说“我跟你这么大的时候已经怎么怎么样”的时候甩他爹一脸。看你还怎么炫！

王安石着实拿这儿子没办法。

天色不早了，王安石一手提起火炉，一手拎着其他家伙回家去，王雱则端着涮锅、迈着小短腿跟在王安石身后往回走。

如今，哪怕家中雇了人，有些事王安石还是更习惯亲力亲为，不太习惯差遣别人去做。

小妹她们也在家吃涮锅，一顿饭吃下来感觉浑身暖烘烘的。小妹缠着王雱要王雱陪她玩《三国杀》，她认得的字不太多，更不懂什么计谋，但是她觉得卡面很漂亮，兴致勃勃地瞎玩一通，开心！

入了冬，天气越发冷了起来。狄青一行人一路南行，都冻得直哆嗦，好在两员大将的死已经引起朝廷震动，军中物资倒是供给充足。

狄青要平广南之乱，曹立自然随行。

虽然曹立从未到过南方，不过方洪让人送来了南方的舆图以及一些防瘴疠的方子。方洪的生意遍布各地，护目宝镜的水精矿就在南方，他对那边比寻常人要熟悉，也比寻常人要看重。

曹立得了方洪送来的东西，没瞒着狄青，全都呈了上去。

狄青知晓前面两员大将都是因轻敌而死于阵前，并未看轻侬智高的乱军，行军之余每日与一众亲兵对着舆图商讨作战方案。不知不觉间，曹立已成了狄青的左膀右臂，议事时被狄青安排在近前的位置，发表的意见也能让大部分人听进心里。当然，还是有一撮人觉得曹立嘴上无毛，是个乳臭未干的无知小子。可曹立并不在意，只要有机会上场作战，他便不会输给任何人，不必做这些无谓的争执。

狄青很欣赏曹立的脾性，平日里更加爱重他。一行人快马加鞭，直奔广南。

越往南走，风越是冷得能渗入骨缝里，一些随行之人因为不适应南方的湿冷气候而病倒数日。算算日子已过了腊月，来到皇祐五年正月。狄青一行人终于到了目的地，开始紧锣密鼓地接手南边的部属，他们都不准备休息太久，只等修整好便一举夺回广南各州。

过去一年是多事之秋，不是这里淹了，就是那里旱了，这没淹没旱吧，又有人要造反。因着广南起了战事，官家早早着人向百姓宣布今年的上元节灯会取消。

官家要大伙低调过年，为广南战事祈福，方洪也不好趁着过年搞活动了，只能默默按照胡管事捎回来的地理沙盘制作方法，暗中叫人着手准备，回头做个《三国杀》对战沙盘和《黄金国》航线，正月之后给同好们一个能够愉快聚会的好地方。

方洪是一个有理想的人。目前他坚持不懈地用各种方式做大《三国杀》这个招牌，为的就是发展各种周边产品，包括且不限于相关传记、画集、文房用品，就等着赚大钱。有了源源不断地进项，他就可以投资所有自己感兴趣的行业，如造船。现在，他造造小船，先练练手，要是将来海禁开了，全民都能出海经商，他就造大船遣人出海探索。

自从跟王雱搭上线，每一次投资都能给方洪带来极大的收益。这收益除了黄金白银，还有难以言喻的快乐。这种快乐，对于一个已经不缺钱的人来说就像是毒药一样，有着致命的吸引力。

总之，方洪并不打算留多少家财给自己的子孙后代，他准备紧跟王安石父子俩的脚步，继续一次又一次地进行豪赌般的投资。至于子孙后代，要是他们自己没本事，给他们留再多东西也只会招来祸患。

开春是乍暖还寒的天，还淅淅沥沥地下雨，王雱懒得出门，窝在家中躲闲。冯茂这厮去博物馆当完志愿者，找过来和王雱说起自己当值时遇到的新鲜事：“阿雱我跟你说，今儿博物馆那边来了个奇怪的客人，看着海上商路的航线沙盘便哭了。”

志愿者们都是年轻人，很有恻隐心，冯茂尤甚，他当场上前询问对方怎么哭成那样。

许是压抑了一路，那客人就把自己的身世给冯茂说了。

那客人叫钱乙，早早没了母亲，父亲是个擅长针灸、爱寻仙问道的大夫，在他三岁那年一声不吭地离家出海远游去了。钱乙当时年幼，没到记事年龄，他姑母把他收为养子后嫁给一个吕姓的山野大夫，他便以为自己是姑父的儿子，一心跟着姑父学医要继承姑父衣钵。结果今年年初，姑父病重，临去前将他的身世告知于他。钱乙这才知晓自己的身世，披麻戴孝为姑父下葬后便与姑母辞别，要出来寻他亲生父亲归家奉养。

途经青州时听闻齐鲁博物馆有海上舆图，钱乙不由掏了门票进商馆看那海上航线。看到墙上图文并茂地描述着海上航行之艰险，描述着历来出海航队遭遇的海难，钱乙顿时悲从心来，感觉自己的父亲也许早已葬身海底。

冯茂向来热心，听钱乙抹着泪说完这事儿自己眼眶也湿润了，当场极力邀请钱乙先到自家开的旅舍里安心住着，找人的事他可以帮忙想办法。王雱听完冯茂讲的事儿，不知该说什么好。这钱乙的父亲抛下年近三岁的儿子出去远游，硬生生把儿子变成孤儿被姑母收养，照王雱的想法是：还找这爹做啥，好好过自己的日子吧！

可惜古人重孝道，知晓生父在世而不寻会被说不孝；相反，若是去寻回生父诚心奉养，则可以落个好名声。经过长年累月的洗脑教育，钱乙会为知道生父远游在外而伤心落泪也就无可厚非了。

算起来范仲淹与钱乙也是差不多，都是在晓事之后才知道自己的生父另有其人。范仲淹少年时独居寺中埋头苦读，为的就是考上功名从继父家接母亲出来奉养。

王雱问冯茂："那你想了什么法子帮人家找爹？"

冯茂眼睛亮晶晶，目光灼灼地看着王雱："我想到的法子就是来找你啊！你的主意最多了，你说说这事儿该怎么办吧，不用你做什么，你出主意，我去办。"

王雱横看竖看，发现在冯茂脸上只能看到"厚颜无耻"四个字，一点不好意思的迹象都没有！敢情这家伙压根儿没去想怎么帮人找爹，竟就大包大揽地把事情揽上身。自己交的朋友，捏着鼻子认了吧。王雱已因为下个不停的绵绵细雨在家里躲了许多天，感觉有点儿闷，索性取了伞和冯茂一起出门去会会那钱乙。毕竟那人好歹是司马琰的同行，认识认识也好，人品不错就帮忙出出主意找找人。

钱乙正坐在房里看医书，他自幼跟着姑父学医，姑父病重后更是开始替姑父接诊治病，理论扎实，实践经验也有一点。青州这边的博物馆中，医书相当齐全，今日钱乙在文馆连抄了几本带出来，如今正借着余晖认真研读。

见冯茂领着个生面孔过来，钱乙急忙搁下抄写稿起身相迎。两边一认识，冯茂又在钱乙面前大肆吹捧了王雱一把，什么八岁就力压州学群雄占据榜首，什么消息灵通人品一流，吹得向来自诩脸皮其厚的王雱都有些不好意思了。

冯茂这么一吹还是很有效果的，钱乙听完后便对年纪比自己小十岁的王雱另眼相看。这年头，读书人永远受人尊重，王雱这样小的年纪就能让年长他好几岁的冯茂心悦诚服，将来的成就显然不会低。

钱乙知晓冯茂和王雱是真心相助，便把姑父告诉他的事和盘托出：他爹叫钱颢，在他三岁的时候离家，当时他爹提过是想出海寻仙去。

王雱听后爽快说道："若是真出过海，我先让人帮你在各个港口问问，免得你多走冤枉路。这段时间你不妨先在青州住下等消息，看医书也好，找名医学点新东西也好，都成。我与方氏书坊的人相熟，这些年也帮我一好友收集过不少医书，你若有什么感兴趣的我可以给你找。"

一个年纪轻轻的专业人才，若是能留下来自然最好。

医学这一块王雱虽然时不时插手一把，让城中大夫们开个研讨会、搞个宣讲活动啥的，但终归没有自己的专业人才，很多事情不好展开。这钱乙看着是个踏实人，学医也认真，若是能把他忽悠过来好好培养，肯定也能像范纯礼一样扛起一片天。

钱乙并不知道王雱已经盘算着把他变成未来劳动力，听王雱说可以帮他到各个港口打听，顿时感激不尽。说是要找生父，但天下那么大，他也不知道自己要花多少年才能找到，姑母身体不算好，表妹又还年幼，钱乙也不能离开太久，时不时得回去照看姑母与表妹。他已经做好边云游行医边寻个十年八年的准备了。若王雱真能替他找着生父的下落，那他可以尽快接回生父，不必来回奔波了。

钱乙写了封信将自己在青州暂住的事情告知姑母，安心在青州钻研起医术来。

入春之后气候反复，容易发生疫情，王雱麻溜地找上钱乙和他说起春季防疫事宜。王雱还给钱乙提示，某县里有个神医，去年青州爆发眼疾就是靠这位神医妙手回春给解决的，暗示钱乙可以去拜访拜访，学上几手。

钱乙也不知听懂王雱的暗示没，反正是对王雱所说的防疫工作非常看重。虽然他是第一次接触这些工作，但也知道预防的重要性，当下便拍着胸脯保证自己会积极参与，拿着王雱给的资料埋头研读去了。

王雱非常欣慰，和沈括感慨："你看看人家，多积极，多上进。"潜台词是"你看看你，越来越懒了，让你帮点小忙总推三阻四"。

沈括面无表情地拍了拍自己面前的一堆稿件，然后面无表情地看向王雱。王雱一琢磨，沈括好像也还算勤快，自己还是不要挑刺了，麻溜地说："我还有事，先走了！"

青州这边的眼疾，入春之后更容易复发，钱乙下乡宣讲时敏锐地发现了疑似病例，当即按照王雱留的提示去拜访神医。这神医似乎特别爱让人帮忙汲水，上回王安石找过来，他让王安石汲水好几天，这回钱乙过来，他也让钱乙哼哧哼哧地拉井绳汲水。

钱乙年轻，身体好，天天拉井绳也不喊累，任劳任怨地干了好几天，神医终于开始给他解说如何治疗这眼疾。这口古井的水和别处不一样，喝着甘甜宜人，天然含有某些药用物质，可以用来做治疗眼疾的药引，外敷内用它都是关键引子。

钱乙认认真真地拿着小本本记录神医给他解说的治疗方法，本子和炭笔都是王雱给他的，非常好用，方便他及时写医案，记录突发状况。

钱乙这边忙得连轴转，王雱那边则舒舒坦坦地给司马琰写信。他把挖掘到新专业人才的消息写在信里告诉司马琰，还强调这专业人才和她是同行，叫钱乙，可能干了，还很踏实，将来肯定会发光发热。

信走到开封时，开封也在开展春季防疫工作，开封有汴河横穿全城，外头多水环绕，春涨时还得防洪防涝，城中差役都忙碌得很。司马琰得了信一看：钱乙，这不是宋朝那专治小儿科的名医吗？一直到现代社会，钱乙的很多理论和实践经验都仍影响着被称为“哑科”的小儿科。

给大人看病时可以问诊，了解病人吃过什么、有何感受、哪儿不舒服等等，小儿科却不行，小孩说不出来，更说不准，医生很难判定。再就是给小孩看病容易出意外，大人能忍痛忍苦，小孩不能。所以，愿意专治小儿科的，都是很有能耐、很有耐心的牛人。

钱乙有一味药很有名，叫六味地黄丸，是由张仲景的八味丸按照小儿情况化裁而成，用来治疗小儿发育迟缓，在现代被用来“滋阴补肾”，但是还是应该对症才行，不该滥用。

也就是说，王雱这随手一捞，又捞着个医学界的厉害人物。司马琰不知该感叹王雱的运气，还是该夸王雱这博物馆弄得好。有这么个极具噱头的地标式建筑在，王雱根本不必费心去找什么齐鲁名人，安坐青州就能见到能人异士——毕竟自古以来，群众都热衷于到著名景点打卡，谁也逃不出这个心理。

此时，一封捷报正快马加鞭地从广南传回。狄青一行人正月里抵达广南，守将趁狄青未到私自袭击昆仑关，大败而归，军心不稳。狄青连斩三十大小将领，命亲兵与西北线过来支援的番兵迅速接手控场，一下子齐了军心。

到了广南，狄青已戴上了狰狞的青铜面具，严严实实地遮挡住了他那过于俊秀的脸庞。

狄青的雷霆手段震住了所有士卒，清整数日他便率兵奇袭，使计将侬智高逼至平原地带，再用西北线骑兵冲杀。

广南多山地，侬智高手中没有骑兵，步兵在毫无遮挡的平原地带对上骑兵只会迅速溃逃。狄青乘胜追击，途中击杀一个身穿黄龙衣袍的男人，许多人都认为这就是侬智高，欢呼雀跃地让狄青往开封报喜。

狄青语气冷淡："或许这是金蝉脱壳之计。"他一向谨慎处事，绝不授人以柄。派人收拢了那身着黄龙衣袍的尸首，清点杀敌数、俘虏数，向京中报捷。

一轮弯月自连绵的山头升起，悄然退离老巢、往交趾逃亡的侬智高等人正在熟悉的山间赶路。他们神色仓皇、警惕无比，一路上根本不敢停歇。

去年轻松连下数城，前不久又大败宋军守将，给了侬智高一种宋军不堪一击的错觉，等真正面对大宋的精兵强将时，他才发现自己这些人才是不堪一击的存在。可侬智高不知道的是，暗处有许多双眼睛正无声无息地盯着他们。

曹立算准侬智高会败，分析过舆图之后早早带人绕路候在此处，专门等侬智高从此出逃。事实证明曹立的判断没有出错，他们果然等到了侬智高一行人。

这几年，曹立接触三教九流的人多了，相人很有一手，一眼看出为首那相当狼狈的汉子便是侬智高，此人杀戮多，身上自带一种草莽气势。曹立年纪虽轻，但行事稳重，等侬智高一行人完全入瓮他才下令围杀。

这段时间，曹立已上场杀过敌，见了血也很冷静，他向来勇武能战，与侬智高交手之后，不出十回便割下了侬智高的头颅。曹立拧了拧眉头，把头颅扔给身旁的小兵拎着，着几个人带回去交给狄青。

这可是贼首！

几人对视一眼，看向曹立和他身边仿佛历经百战、杀气凛凛的凶勇士卒，一激灵，立刻领命带着侬智高的头颅连夜奔回去回禀狄青。

狄青刚让人把捷报往京中送去，见了这贼首后眉头直跳，立刻询问是什么情况。

曹立素有威名，几个兵卒不敢贪功，原封不动地把设伏围杀侬智高一行人的过程给狄青说了一遍，又将曹立搜罗出来的证物交给狄青。狄青相信曹立的判断，收下信物后又问："曹立呢？"

前来回禀的兵卒迟疑片刻，才把曹立的打算告知狄青。

前不久，交趾那边派来使者说要帮忙清剿侬智高，要求朝廷给他们物资支援，狄青觉得交趾居心不良，怕到时来个腹背受敌，拒绝了交趾的援助提议。

曹立也是这么认为的，他见设伏之处离交趾已经不远，决定带着手底下的人潜入交趾探明情况。若是交趾当真有异心，进入交趾境内一探便知。当然，这只是曹立的目的之一，曹立的另一个目的是王雱说的“来都来了，一定得带点纪念品回家，自己人不好抢最好抢交趾去”。

倘若交趾当真磨刀霍霍向广南，那曹立可以光明正大地弄点好东西回去，如交趾沉香什么的。而且广南这一年来久经战事，粮草供应也不是很足，他们挺久没吃肉了，弄批耕牛回去开开荤挺不错。

曹立说干就干，二话不说领着人潜入交趾。不潜入还好，一潜入曹立还真靠着随行“翻译”探听到交趾的一些算盘：他们还不知道狄青已经击溃侬智高，正得意扬扬地表示要等宋军再次溃败，上书叫大宋朝廷给他们送粮来养他们的兵。连交趾边境的百姓都表示大宋广南的驻兵不堪一击，将来他们也要去广南那边掳掠一番。随行的人都义愤填膺，感觉交趾这些家伙真是一群白眼狼，明面上依附于大宋，自称“大宋属国”，结果从军到民都对大宋满怀恶意。

曹立很平静，他遣人潜入交趾城镇取了些交趾文人言论做物证，堂而皇之地带着人以宋军使者的身份与交趾守将谈判。仗着狄青大胜的势头，曹立威逼利诱了一番。对方狠狠割了肉、放了血，还得毕恭毕敬地派人护送那些个钱粮香料、耕牛矮马送到邕州献给狄青。

这些事曹立做得得心应手，方洪在琼州岛有水精矿，广南这边也有生意与交趾往来，可以给他提供一些便利。

见曹立带着手底下一批人毫发无损地回来，还带回一批不小的物资，狄青十分快慰，拉曹立坐下细问具体是如何施行的。得知交趾境内的言论，狄青拧紧眉头，一点都不觉得曹立敲这一笔敲得太狠。明明是大宋属国，民间的言论却对大宋充满恶意，显见交趾国君怀着什么心思。

狄青曾长期与西夏交手，对这种明为属国，实则摇摆不定的“盟友”最为警惕，因为你不知道什么时候就可能腹背受敌。最可恨的是，哪怕你知道它首鼠两端，却也奈何不了它，要是你带人把它灭了，不少人都要跳出来喷你一脸唾沫——无缘无故让人破家灭国，于礼不合。

狄青让人把东西都清点完毕，连着曹立杀贼酋的功劳一并报了上去。

曹立并无出使交趾的明旨，若是交趾守将当时反应过来把他们给杀了，狄青也奈何不了他们。可惜交趾那边猜不出曹立如此胆大，敢带着那么一点人进入交趾境内，又被曹立甩了一脸“反宋证据”，慌乱之下答应送了这么一批物资过来。这可就等同于亲自把罪证送来了。你要不是做贼心虚，干吗巴巴地送这么多东西过来？以前都是朝廷送物资过去“援助”交趾，交趾何曾这般热心？

交趾守将这一决定，完全坐实了他们有反宋之心。

到底是两国之事，狄青没有傻到自己拿主意，只把东西齐齐整整地送到开封去，让朝中百官讨论此事。

狄青看向曹立，正色说道：“下回别再这样贸然行事，若是你此行折在交趾，于大宋而言完全是得不偿失。”

狄青本来就十分爱重曹立，这一战中曹立带人设伏诛杀贼首更是证明了他的眼光没出错，他着实不愿曹立因为贪功冒进而出事。

曹立点头，平静地应下狄青的话。可惜要是再有下回，曹立还是会见机行事。

曹立天生爱兵行险招，要是他愿意舒舒坦坦地活着，跟在王雱身边自然能吃好喝好前程大好。但他不愿意。他享受战场上的步步惊险，享受在生死边缘徘徊的愉悦，这是做其他事时他完全感受不到的快乐。王雱也说，他天生就适合上战场。

狄青向来细心，见曹立目光平静无澜，便知曹立并没有真正把话听进去。他在心里叹息了一声，对曹立道：“此次你诛杀贼酋，立下大功，朝廷应该会对你大加封赏。”

曹立认真道：“大家都有功劳。”

狄青道：“这事儿你算首功。”

两封捷报快马加鞭地送到开封，前后脚送进宫里，官家本来正在午歇，听到广南有捷报传来后惊坐而起，快慰地下了龙塌去看南边传来的奏报。

广南大捷！

烦扰了朝廷将近一年的广南之乱，短短一月就在狄青的雷霆手段下平定了。官家龙颜大悦，展容而笑，召来宰执一起商讨将士们的封赏与抚恤事宜。

第三章

师恩不可忘

广南大捷要转到青州还有一段时间，王雱暂时还不知晓曹立干了两件大事，入春之后他跟着吴氏去寺里搞封建迷信活动，认真地拜了拜佛像祈祷一切顺利。

参拜结束了，王雱又溜达去找义海和尚，看看有没有新琴谱可以顺走给范仲淹弹着玩。

义海和尚在青州住得很习惯，光头还是那个光头，看起来却光亮了许多，堪称光可鉴人。再仔细一瞧，还有点儿发福。王雱忧心忡忡地劝说："您可不能再胖下去啦，再胖下去弹琴就不好看了，没有那种飘然出尘的感觉，蒙不了人了。"

义海和尚想把他赶走。

王雱又问义海和尚，能不能夜观星象，掐指一算，算出广南那边的战事现在如何了。义海和尚斜觑他一眼，正义凛然地告诉王雱：我们要相信科学，不能搞封建迷信。

当然，这话是王雱自己翻译过来的，义海和尚说话引经据典，这里夹一句佛法，那里夹一句警句，听着玄之又玄，但大体就是这么个意思。

王雱在心里嘀咕，自己就是个和尚，还劝别人别搞封建迷信。

义海和尚看出王雱在腹诽他，又绷着脸纠正他："夜观星象、掐指一算根本不关和尚的事儿。"

王雱说："……大概是这个意思，意会就好！"

义海和尚："我算不出来。"

王雱没能从义海和尚口里套出话来，只能安安心心等南边的消息。好在广南大捷的事传得很快，还没入夏王雱就知晓了狄青大胜回朝的事儿。胡管事还殷勤地过来道喜，说曹立在广南之战中也立下奇功，朝廷肯定会有封赏。小伙伴未及弱冠就名达四方，王雱非常开心，美滋滋地让胡管事帮忙打听具体情况。

这时钱乙也在青州待了两个月，参加了几次青州医学研讨会，深深地爱上了青州热烈的学术氛围。因着帮忙跑腿干了很多活儿，钱乙还拿了不少工钱，他亲自带着钱回了郓州一趟，告诉姑母一切都好，又回青州等待父亲的消息。

王雱本就托方洪在各处港口探听各方消息，多打探一个人并不难，方洪那边把各处港口传回的消息归整归整，很快找着了钱乙父亲的下落，派人快马加鞭送来给王雱。

这钱颢也是个奇人，真给他混上官船出海去了，这些年在海上跟着官船飘来泊去，某年在某个海岸病倒了，便在那里住下，没再回来过，据说在那边研究异域药草。

这么个人在船员之间还是有些名气的，一打听便能知晓这些消息。

一把年纪了，有个儿子还能这么潇洒，王雱也不知该不该佩服。他谢过帮方洪带消息的人，拿着方洪的来信去找钱乙。钱乙当场泪下如雨，再三谢过王雱，当场就想找船出海去寻父亲，早些把父亲接回来奉养。

这可是未来名医，医学界的瑰宝，王雱可不放心他随便寻个私船。他给钱乙出主意："我带你去见范爷爷，让范爷爷给你写个条子，你到时候随官船出海。既然你父亲曾经随官船出航，跟着官船走应该更容易找到你父亲。海上风雨无情，你不能太心急。"

钱乙听了大为感动，得知父亲还在世，而且似乎过得还挺不错，钱乙便听了王雱的劝说留在青州，等官船出海时再随行。

王雱知晓钱乙和那隐居的神医处得不错，又怂恿钱乙去向神医辞行，"顺便"提一嘴自己要跟着出海的事。

钱乙从神医那儿学了不少东西，听王雱这么一说也觉得自己该向神医辞行，便下乡寻那神医隐居之所。神医不喜与人往来，却也爱惜钱乙这个踏实肯学的年轻人，听他说要出海后，示意他坐下说话，与他说了许多海上航行需要注意的事。

神医说，钱乙记。等走出神医隐居之地时，钱乙感觉出海一趟可能自己的心肝脾肺肾都不能用了，还得防着船停在某地时染上那个地方的恶性疾病。钱乙的小本本上写满了注意事项和需要准备的备用药物，回去后给王雱也抄了一份。

听完神医全套可以编成《航海船员医疗手册》的理论，钱乙也明白了王雱为什么特意强调，要他告诉神医他准备出海。这些东西若不是因为他要出海，脾气古怪的神医绝不会主动与人说起——神医也从不著书，很可能会默默地将它们带进棺材里。而王雱让他过去，就是想让他从神医那得到这些指点。

王雱拿到钱乙带回来的笔记，心中对这古怪神医更感兴趣，术业有专攻，哪怕司马琰以前也算是个很不错的好医生，在这远航医疗方面的知识上，怕也没有这位神医全面。比对一下司马琰曾给他写的一些航海注意事项，司马琰能想到的多带些能长久保存的块茎类食物——胡萝卜、白萝卜等，这位神医也想到了，只是没写明用来补充维生素而已。更重要的是，他与司马琰都没有出海经验，手里有类似的主意也不好拿出来，只能提示沈括在《黄金国》续作里科普一下。

看来大宋明面上的名士多，隐姓埋名不曾名留青史的名士也很多啊。

看着这份足以编写《航海船员医疗手册》的笔记，王雱脸皮再厚也不好意思直接拿了人家的东西献上去。他琢磨了一晚上，把稿子整理好，叫上“代理主编”沈括与钱乙一同前去拜访神医。

神医是个怪老头儿，又瘦又小，眼睛微凸，看着面带凶相。怪老头儿见钱乙领着两个生人过来，眉头直皱，开口就赶人：“回去，回去，别来烦我。”王雱一向能靠装乖卖巧讨不少好，还是头一回没开口就被赶。他麻溜地上前问好，硬是在怪老头儿砰地关上门之前挤进了屋。

屋子不大，但收拾得井井有条，由轻微强迫症患者王雱来评分的话，屋里的摆设可以给九十九分。很显然，这怪老头儿也有点儿强迫症。

王雱年纪小，脸皮厚，被怪老头儿冷眼睨过来也丝毫不害臊，恭恭敬敬地朝怪老头儿行了一礼，提起他爹去年在这儿汲水的事，又表示自己与钱乙是好友，看了钱乙带回的笔记非缠着钱乙带他来。

怪老头儿虽然脾气怪，却也做不出把个半大小孩往外推的事，何况这小孩还挺有礼貌。他绷着脸坐下和王雱说话，问王雱过来做什么。

王雱打蛇随棍上，直接把来意告诉怪老头儿：“我想把这些文稿整理整理献上去，让朝廷的海船都做好这些准备。”

遇到海上暴风雨这种天灾没法子避免，医疗方面还是可以提高一下保障的，这《航海船员医疗手册》由范仲淹献上去，最容易被朝廷采纳并尽早全面推行。

怪老头儿冷冷道：“与我何干？”

王雱一点都不怕怪老头儿的冷脸，诚恳道：“这是您的心血，自然要记在您的名下。”他麻利地让沈括拿出文稿，在怪老头儿再次赶人之前，以“我年纪小整理的时候不知道有没有出错”为由要给怪老头儿念稿子。听到可能会出错，怪老头儿的强迫症立刻犯了，虎着一张脸听王雱给他逐项地念，时不时还增补些内容。

两个人一个念、一个纠正，还有沈括和钱乙在旁记录，进展飞速，很快把《航海船员医疗手册》校对完了。

王雱恭恭敬敬地感谢完怪老头儿，讨了对方的姓名写在署名处，带着稿子回去整理整理，直接上交给范仲淹。

范仲淹已知晓钱乙想要出海寻父的事，得知稿子的来处后感叹：“民间多高人，可惜这位高人不愿入世。”

王雱信心满满地给范仲淹打包票：“您放心，我已经想好让高人入世的办法了。”

范仲淹奇道：“你有什么办法？”

王雱凑到范仲淹耳边如此这般地把自己的计划说出来，范仲淹听得直摇头：“就你主意多。”却也没阻止王雱冒坏水。

接下来，王雱每日同钱乙溜达去怪老头儿家里，拿方家书坊最畅销的医书给怪老头儿念。这年头医书虽然不少，毫无问题的却不多，连王雱这个外行人都能看出三两处相互矛盾的错误来，更别提他还认得个搞医学的司马琰。

王雱先给怪老头儿报销量，然后又把本书自相矛盾之处或者与其他书相互矛盾之处给怪老头儿念了一遍。怪老头儿听第一处的时候还面无表情，听到第二处便眉头紧皱，再听第三处，太阳穴都开始轻轻鼓动起来，给气得不轻。

这种谬误百出的医书，竟也敢卖！若是有些庸医完完全全照本宣科给人治病，岂不是白白害了人命！最重要的是，不知道还好，一旦知道有这样的错误刊印在医书上，怪老头儿就觉得浑身不舒坦。不过怪老头儿能学得一身高明医术，绝对不是个笨人，岂会看不出王雱打的什么算盘！

怪老头儿绷着脸听王雱念完了，摆摆手赶人，冷冰冰地说：“这事儿和我没关系。”

王雱没气馁，第二天又拿着本著名药典过来给怪老头儿念，又是先报销量，然后才念有问题的地方，时不时还摊开里面的插图指给怪老头儿看，一派天真地问：“是不是照着这个找就能找到药了呢？”

怪老头儿一看，险些没气晕过去，这画的都是什么药草啊！简直是误人！

王雱这样跑了几天，第五天一早来到怪老头儿家中，怪老头儿已然收拾好包袱，一脸不悦地对王雱说：“行了行了，我跟你走。”王雱美滋滋地领着怪老头儿回去，殷勤备至地将怪老头儿带到早就腾出来的住处。

人都拐出来了，还怕他不入世不成？王雱准备先把市面上的畅销医书都弄回来给怪老头儿修正修正，再拉一群大夫让怪老头儿培训，绝不给这种牛人闲下来的机会。

因为还没到出海的日子，钱乙被王雱怂恿着每天陪在怪老头儿身边忙前忙后，争取学到更多。

钱乙本就是个天赋奇高的好苗子，怪老头儿舍不得赶他走，也就半推半就都依了王雱的意思，该教的教，该修的修，脾气还是怪得很，但至少不是与世隔绝地隐居山野了。

王雱这边得了个隐士，十分欢喜，第一时间写信给司马琰嘚瑟，告诉司马琰有什么不会的尽管放马过来，他去让这位能人给她解答。

隔着信纸，司马琰都能看出王雱有多嘚瑟。司马琰还真整理了一批疑问，写在信里让王雱去找怪老头儿问问。司马光虽然会检查他俩的往来信件，但司马光是外行人，看到司马琰列的那些问题也看不出难易，没起疑，放心地把信寄了出去。

怪老头儿姓曹，无家无室，无师无徒，一辈子没什么相熟的人；不好赌，不嗜酒，也没读过书，不怎么识字。据说，他某次被大夫们灌醉后露了口风，他从小到处漂泊，走遍各地，还出过海、随过军，一身医术是这里学一点、那里学一点，他也不知道自己到底和谁学的，大抵是练手练多了就会了。

曹老头儿不怎么认识字，王雱请专人给他念书、写稿，努力要从曹老头儿这里掏出更多东西。得了司马琰的信，王雱便拿着满满几页纸的问题去找曹老头儿，问他能不能给解答一下。其实王雱这么问完全是意思意思，他问完之后直接把问题也给曹老头儿念了。曹老头儿还来不及赶人，就已经被王雱提的问题吸引住了。

得益于王雱够不要脸，司马琰的所有问题都得到了令人满意的答复，王雱把答案整理整理，准备给司马琰寄回去。曹老头儿见王雱问完就要跑，可还是憋不住提出疑问："这些问题都是谁让你问的？"

"我的一个朋友。"王雱没有立刻把司马琰的存在告诉曹老头儿。没有到冲突真正出现的时候，你不会知道你面对的到底是不是一个老顽固。在古代，这个概率太高了，王雱不能不慎重点——要是曹老头儿知晓司马琰是个女孩，不知还会不会这么心平气和地和司马琰探讨医学问题。王雱笑嘻嘻地说："她说要等她想出能难倒你的问题，才告诉你她是谁。"

曹老头儿道："既然这样，我也给她提几个问题，你给写下来一并寄过去。"

王雱精神一振，欢欢喜喜地掏出随身携带的小本本和炭笔："好啊，您说，我保证一字不漏给记下来。"

曹老头儿提了同样数量的问题，王雱一一记下，回去认认真真整理好。司马琰现在着重理论研究，曹老头儿是临床经验丰富，双方多多结合，可以解答许多大夫行医时的难题。

王雱以前是外行，现在和司马琰混多了，看到什么大病小病都和司马琰说道说道，算起来也是半个内行了。等司马琰和曹老头儿之间的问答多攒一点，王雱准备整理出来让方洪印出来发行，借机圈一波杏林高手读者，并在书后表示欢迎来信参与讨论。

聚集的杏林高手多了，可以搞些主题定期研讨，攻克许多目前医疗水平其实可以解决的疫病，并接受各方投稿。简单来说，就是搞个医学核心期刊，时不时组织一下大宋医学峰会。

这事儿王雱一直在暗搓搓地筹备，比如在鄞县、青州都会时不时召集大夫们开个研讨会或者开个防疫培训班，只是这些都是小打小闹，缺个引子。要是这本书能出成，经方洪营销一下扩大影响，引子就有了，还能按着王雱的小算盘先把司马琰的“笔名”先给打响。将来司马琰马甲一掀，表明自己是核心期刊创始人和医学峰会创始人，多刺激！

王雱算盘打得噼啪响，麻溜地给司马琰写信把计划和盘托出，让司马琰把问题提得更有水平一点。这封信，自然还是先落到司马光手里。对王雱这种天天密谋搞事情的家伙，司马光都不知该夸好还是该骂好。

司马光沉默地看着王雱写来的那叠信。

按照司马光从小到大接受的教育，女儿家是不该干这种事的，和王雱这个“师兄”通信已经是有悖纲常了，现在王雱还撺掇着他女儿与一大群人通信探讨医学问题，这怎么得了？可是想到乖巧懂事的女儿，司马光却做不了决定。他女儿聪慧过人，许多回他都暗暗惋惜女儿不是男孩，否则将来肯定能金榜题名、光宗耀祖。

不过，这小子虽然说得轻松，能不能做成却是另一回事，现在就担心这些未免为时过早。司马光这样一想，安心地把信收回信封之内，拿去转交给司马琰。

司马琰见司马光神色有些复杂，等司马光前脚一走便迫不及待地看信。看完之后，司马琰不得不佩服王雱的大胆，居然连这种想法都敢堂而皇之地写到信里。怪不得她爹怪怪的。这种天马行空的想法，一般人根本不敢去想，更别提去实现。

司马琰平静下来，拿出曹老头儿让王雱转交给她的问题开始分析起来。

王雱专注筹备崭新的医学期刊，朝廷仍然陷在一场为时数月的辩论之中：官家有意提拔狄青为枢密使。

提到这一点，就得提一提宋朝的枢密院。枢密院是管军事一块的，从军队里升上来的武将最高只能升到枢密副使位置，而枢密使位置得由文官兼任。但归根到底，还是因为宋朝以武开国，格外防备武官。而对于文官而言，“枢相”这个位置历来也是属于文官的，没你武官什么事。

现在，官家想要破格提拔武官出身的狄青为枢密使，这可就让不少人不乐意了：不成，怎么能让武官当枢相，这事儿不行。就连一开始极力支持狄青前往广南的庞籍也反对官家这一决定。

朝廷中开始了一场漫长的扯皮，一直到这一年五月才争论出结果：由狄青出任枢密使。

这一场争论说不清谁输谁赢，反正从五月开始，每月朔望日狄青都要以枢密使的身份跟着百官一起上朝，戳戳其中一些人的心。而曹立也得了丰厚的赏赐与军中的职位。广南之战尘埃落定后，他被允许回乡探亲，随后直接前往驻地报到，往后也是能自己带点兵的人了。

曹立没回鄞县，去的是青州。曹立的归来没有引起太多人的注意，只有王家上下欢欢喜喜地买了鱼虾和羊肉回来庆贺。吴氏在曹立离家期间给他纳了几双鞋，见他平安归来，便让王雱把鞋拿给曹立试试看能不能穿。

曹立心中感动，仔仔细细地把鞋子收好，与王雱他们一同吃了顿饭，才说起自己在广南的见闻。

听曹立说到交趾的情况，连王安石都拧起眉头。这些属国自古以来都是这个做派，谁强他们就倒向谁，这回看到广南东、西两路的守备薄弱，免不了会生出异心。虽然狄青解决了侬智高，可广南两路要是不加强军备，交趾恐怕会效仿侬智高北上。

王雱说道：“你接下来会留驻广南吗？”

“对。”曹立点头，把自己的驻地告诉王雱。

王雱心里有大致的大宋舆图，一听便知道那是临近桂州的地方，算是接近省会城市，对于一个刚入军中不久的新丁而言算是非常不错。

王雱道：“这地方还行。”他又问起狄青现在如何。

曹立把官家提拔狄青为枢密使的事说了出来。

王安石道：“朝中有很多人反对吧？”

曹立点头。

王雱现在已经不是对宋朝一无所知的人了，自然知道这事儿会引起多大的争议。可以说正是因为被破格提拔到枢密使的位置，狄青后来才会成为众矢之的。

枢密使属于“枢相”，但凡坐上和“相”沾边的位置，在朝中又有对头的话，那就要注意了：地龙醒了，你的错；水淹了，你的错；干旱、蝗灾，你的错。要不是你干得不好，上天怎么会降下这样的警示？！这个锅你就乖乖背着吧，你不背难道想官家给你背？简直不忠不义！像狄青这样的，那就是个天然靶子，谁往他身上扣锅都属于天然正义。就像曹立带回来的消息一样，连庞籍这个极力促成重用狄青的人都反对把狄青提拔成枢密使。

狄青还有个更致命的地方，他长得帅，人气高。这年头的人气是什么？是民心。狄青不比柳永，柳永他相当于娱乐圈明星，狄青可是个将军。将军人气高，上头的人能不警惕吗？

王雱看了眼越长越出色、同样姿容不凡的曹立，想了想，问道：“狄将军待你如何？”

曹立道：“极好。”

能让曹立给这么个评价是非常不容易的，可见这一年多来狄青确实对曹立很好。

王雱认真望着曹立：“那你想不想给他分担点火力？”

王安石瞪王雱，感觉这小子又要闹幺蛾子。

王雱对他爹的凶狠目光视而不见，凑过去和曹立嘀嘀咕咕地密谋。

王雱安分挺久，搞事之心饥渴难耐，再三和曹立确定过“你要不要脸”“你能做到什么程度的不要脸”“你能不能一直保持这么不要脸”等问题的肯定答案之后，王雱开始亲自操刀写剧本。

这剧本是可以多元化发展的，囊括了说书先生剧本、戏剧剧本、皮影戏剧本等，主题内容是曹立击杀贼酋，夸张部分是曹立如何用帅气的外表、如何用潇洒的身姿让经行之处的少女深深地惦记一辈子。

这种英雄模板，王雱脑子里能拉出一百个模型，随便发挥发挥就能打造出一个全民偶像、少年英豪。

王雱还让曹立穿上朝廷发的战甲给他画了画像一幅。经王雱妙手一改，英姿勃发的少年将军形象立刻跃然纸上，随后就是全方位地给特写、给镜头。

灯光，全都给照到曹立脸上。

曹立拿着王雱的成稿看了几页，浑身鸡皮疙瘩直冒，有种想打死书里那个家伙或者打死王雱的冲动。他果断地放下稿子，和王雱一家辞行，往驻地出发。

王雱送他离开，殷殷叮嘱他好好享受最后的平静时光，以后他的日子会越来越热闹，出门可能会被人扔一车果子、鲜花、小手帕。

曹立："……"

王雱这厮把这无脑吹的剧本给画完了，暗搓搓地找上沈括，厚颜无耻地要借沈括马甲一用。沈括一听是要给曹立画传记，很是不满地嘀咕："我也想试试战争题材，你怎么不叫我画？"等他把王雱的成稿看完，顿时陷入了长久的沉默之中。不得不说，王雱画得比他好，人物栩栩如生，情节跌宕起伏、扣人心弦。就是……就是太不要脸了。沈括何等敏锐，粗粗扫完一遍就看出王雱这完全是在捧曹立，还不是普通的捧，瞧瞧这一张张特写，都快能出一系列精装《三国杀》卡面了！

沈括说："你可以用自己的名字出。"

王雱理所当然地说："我没名气，借你的名气用一用。沈哥你不会这么小气，这都不肯借吧？"他都没让沈括操刀呢，多有节操啊。

沈括是很讲义气的人，王雱都开了这个口，他自然爽快地答应下来。作为方氏书坊的金牌畅销书作者，沈括的新书是有绿色通道可走的，一交到胡管事那边便紧锣密鼓地排上日程，一边马上开始在青州这儿印刷、排戏，一边派人快马加鞭把稿子送到京城去。

一同带去的还有王雱写给方洪的一封信。方洪收到信和文稿，当天便把所有安排推后，第一时间把这本专门为曹立造势的书，按照王雱的封设和排版给印了出来，平日里散布在各处的"水军"也麻利地开始行动起来。

于是，在狄青出任枢密使后不久，京城里议论最多的武官竟从他变成了另一个名不见经传的"少年勇士"。

狄青下衙后回到家中，便有亲兵上前对他说起关于曹立的事："文人真是能写，他不过乘胜追击，侥幸杀了侬智高而已，看这些人把他吹得天上有地下无的。"狄青知晓这亲兵素来与曹立不对付，闻言摇头笑道："这种虚名，有什么好在意的？"

曹立是狄青一手提拔上来的人，为人到底如何他比谁都清楚。哪怕狄青是行伍出身，也很清楚自己被破格提拔为枢密使之后有多招人恨。这个时候若是百姓对他交口称赞，各书坊像给曹立著书一样替他扬名，那他的处境才更加堪忧。

狄青无意在朝堂上争个高低，他的心在战场上。不管把他放到广南，还是西线、北线他都甘之如饴。方氏书坊在这个节骨眼上大肆宣扬曹立斩杀侬智高的功绩，倒是把盯在他身上的视线转移走不少。

方洪的炒作功力一流，曹立的威名很快传扬开了。不久之后连宫中的张贵妃都听说了有这么个勇武少年，好奇地问官家这少年是不是真那么英勇无双。

官家看过狄青写的奏报，知晓斩杀贼酋的功劳确实属于曹立。事实上，还有一件事民间百姓并不知晓，那就是狄青趁着大胜侬智高，命曹立为使者入交趾，好生敲打了不怎么安分的交趾一通。

对这些小得不能再小的属国，朝中百官和官家都是不怎么在意的，得知交趾境内从官到民都有异心，自然觉得曹立敲打得对。每年朝廷给你不少赏赐，你倒好，看见侬智高轻松连下数州就想效仿。打你就打你，就算只是个军中新丁打你，你也得受着，要不然你还能怎么着？

不过曹立敢带着手底下那么点人深入交趾境内，三言两语把交趾守将弄得哑口无言，乖乖送上牛马与香料，胆量着实大得很，当得上英雄少年这个赞誉。

官家把这事儿给张贵妃说了，也夸了曹立几句。那曹立他也是见过的，年纪虽小，身量却极出众，相貌也周正，再磨炼十年八年，说不定又能成就一员猛将。

官家这边一夸完，张贵妃转头又给自己娘家人说了。张贵妃宠冠后宫，向来是众人盯梢的对象，风声一传开，大家都知晓这曹立不知使了什么法子把名声传到后宫里去了。这像什么样！无耻小武官，勾连后宫，蛊惑民心！连他们都没这个脸去著书夸耀自己，这小武官哪来的脸搞这种阵势！

狄青也成为不少人的同情对象，因为他有个亲兵在外头喝醉了，不小心向同座的人泄露了自己的怨言，说什么“那小子明明是狄将军带出来的，不过是捡漏杀了个贼酋，就把功劳全揽自己身上了”。

这言论自然是不胫而走，飞快在京城内外传开，有的人站狄青，有的人站“少年英雄”，双方在茶余饭后你来我往地争论，说到激动处直接动起手来，硬生生给开封知府增添了不少打架斗殴案件。

沈括到秋天时才得知京城的激烈战况，不由问王雱：“你是不是早料到会变成这样？”

“这还用想吗？”王雱十分镇定，“有吹就有黑，这是亘古不变的真理。你想想看，要是你一直看一种人不大顺眼，偏有人跑你面前大吹特吹，说他有多帅、多牛、多了不起，你能忍吗？”

沈括非常无欲无求：“能忍。”

王雱看了眼沈括，开始展开攻击：“你看看，我眼睛多大，又大又亮。都说眼睛是心灵的窗户，一看我这眼睛，就知晓我这人又纯洁、又善良、又坦荡。”

他说完还煞有介事地瞅着沈括的单眼皮小眼睛，“咦，你怎么瞪我？你这其实也不差，窗户嘛，开小点也没关系。”

沈括抄起一卷书开始追着王雱满院子跑，要打死王雱这个小混账。

王雱腿脚灵活，经常锻炼，轻轻松松跑赢整天沉迷看书的沈括。直到沈括气喘吁吁地扶着柱子不动了，王雱才一派悠闲自在地停下来朝他感慨：“你看看，这就是现实啊。”

不得不说，沈括大致能理解王雱那一通狂吹为什么能拉那么多仇恨了。瞧瞧人家曹立，长得好，武艺高强，有勇有谋，最要紧的是年纪轻轻就立下大功劳，不出几年指不定会比狄青还受欢迎！

许多人到中年还一事无成，看见这么个少年郎一举成为各家小娘子口中倾慕之人，哪能喜欢得起来？只能想方设法踩他出身低、踩他是个行伍之人、踩他有勇无谋没脑子。看看人家狄青，立下的功劳比他多了去了，什么时候曾经这么不要脸地吹嘘过自己？

沈括和王雱打闹完就放下了这事儿，过了好几天也没反应过来自己“沈括”这个马甲也可能被迁怒。直至他爹写了封信过来大骂一通，说他吹什么不好，跑去吹个小武官。以前也是，不是吹蹋蹴鞠的，就是吹航海的，简直不务正业。

沈括离家出走就是因为家里人不理解，收到这信后更不开心了。他唉声叹气地找王雱说自己挨训的事。王雱听了以后很诧异，十分愉快地宽慰沈括：“你爹只是骂骂你，很开明了啊。要是换了我爹，一准打死我。”

要不他怎么要借用沈括的马甲呢！别看他爹表面挺开明，本质上其实还是和司马光差不多的，在儿女教育问题上抓得可严了，绝对不允许他干真正离经叛道的事。

沈括不语，只有想打死王雱的心。敢情这小子是知道这是个坑，专门引他往里跳！

王雱还振振有词地对沈括说：“我早说了，出书最好起个笔名，你看看人家汀兰客，到现在都没露过脸，默默发财，多沉得住气。你就是太年轻了，好出名！”

汀兰客，元娘的马甲，王雱帮忙起的，取自《岳阳楼记》的“岸芷汀兰”一句，意思是水岸边的兰花，多美好，还能蹭他老师范仲淹的热度博一波路人好感。

沈括被王雱塞了一通歪理，讨说法无门，只能继续把王雱塞给他的锅牢牢背好。

王雱给曹立造了一番势、刷了刷存在感，顺便给狄青分散了一点仇恨值，正式开始筹备司马琰与曹老头儿合著的医学专著。好酒也怕巷子深，他得先给这书找几个爆点，把群众的目光都吸引过来。

为着这事儿，王雱见天儿泡在曹老头儿那边，试图从曹老头儿口里挖出点传奇故事。不那么传奇也行，他可以帮忙加工加工。曹立的戏演了挺久了，是时候上点新奇劲爆的医学故事了。

曹老头儿起初不太配合，后来王雱开始使坏，拿着自己瞎编的医案缠着曹老头儿要他听故事。王雱把故事讲得那叫一个跌宕起伏，就是治起病来压根儿不讲基本法，听得曹老头儿火冒三丈："这都是哪来的庸医？！这么治是想把人治死！"

王雱的新剧本顿时得到了医学专家曹老头儿的倾力指导。

王雱这边忙于搞事情，司马琰那边却横生变故。司马光已经当了好几年的京官，官路十分平顺，名声也很不错，许多人都表示他将来一准能顺顺当当地入主中枢，成为宰辅。

七夕刚过，司马光的恩师庞籍却遭到了台谏的弹劾。弹劾的引子是他的一个亲戚卷入贪腐案。这案子案情简单、证据清晰，庞籍这亲戚很快被判了流放，并没有太大的问题。可问题出在后面：庞籍这亲戚在流放途中死了。言官们认为庞籍是怕朝廷深入调查牵连到他头上，特意杀人灭口。

五月初，朝廷刚把广南一路那些被侬智高占领的州县清理了一遍，斩的斩、撤的撤、流放的流放，朝中百官都夹起尾巴做人，台谏的言官们挺久没出手了。

庞籍身为宰相，居然卷入了这样的事情，不弹劾你弹劾谁？

言官来势汹汹，即便官家立即派人去彻查，弹劾奏疏还是雪花似的往宫里递，大有不掐走庞籍不罢休的势头。

这一掐一查，就是大半个月。最后真相大白，事情和庞籍没什么关系，庞籍这亲戚就是受不了流放之苦意外死在半途中的。但是，有的时候真相并不怎么重要，台谏的言官们你方唱罢我登场，目的只有一个：要让庞籍滚蛋。你都当三年宰相了，没错都该下去了，有错更该下！

官家扛不住压力，决定要罢庞籍相位，改知郓州。

司马光与张氏商量过后，上书表示要跟随恩师外调，出任郓州通判。

郓州这地儿，跟齐州挨着，和青州挺近。齐州有个众所周知的地方——济南。

济南所在的齐州，南边是青州，西边是郓州，大概就是这么个距离。

钱乙他姑姑就住在郓州，得知司马琰他们要过来，王雱十分积极，磨着王安石表示要跟钱乙去郓州看看。

范仲淹将《远航船员医疗手册》递了上去，也拿到了几条航线出航的时间，适合钱乙随行的航线在十二月，钱乙得提前出发去与官船会合。钱乙这边估摸着差不多要出发去随船出海了，正巧想回家一趟与姑姑辞行。

王雱才十岁，换了别家肯定不会让他自己出行，但王安石这边也记挂着司马光外调之事，稍做考虑便允了王雱带着周文一同前往郓州。一来呢，周文为人最老实，肯定能跟紧王雱；二来，王安石一点都不担心王雱被人卖了，反倒更担心他们途中遇到的人会被王雱拐了去。

王雱得了王安石许可，数着日子准备去跟司马琰见上一面。

临到要出发了，沈括不知怎么知道了消息，也说要跟着王雱一起过去。他听说司马光阅书无数，按王雱的说法那就是个“活动的百科全书”，早想见一见了！

王雱笑眯眯道：“你就不怕再遇上盗贼？”

沈括想到自己独身一人来青州时的惨况，颇有些痛苦。他拍拍周文的肩膀道：“这次不是有周文一块儿吗？我看过他指导蹴鞠队训练，他可能打了，只比曹立差一点点。”

周文不是第一次听他们说起曹立，上回曹立回来时他们也见过，周武还拉着他一起挑战过曹立，结果输得惨不忍睹。

对沈括这个评价，周文是不太赞同的，他老实地说：“差，很多。”

最近周文在练习王雱教给他的“把口吃变成高冷的特殊技巧”，说起话来虽然还是有些磕绊，给人的感觉却和他冷峻的外表贴合多了。

人齐了，吃过早饭准备出发。小妹得知哥哥要远行，两行泪又涌了上来，依依不舍地送王雱出门，等王雱走远后才抱着吴氏哇地哭了出来。吴氏好说歹说才把人哄好，心道真不知道儿子到底给小妹下了什么迷药，送他走的时候一直忍着不掉泪，等人走了才哭成泪人。

王雱愉快地从青州出发，走水路一路带着小伙伴往郓州去。两州之间直线距离其实不过三百多公里，现代生活中开车几个小时就到了，只是这年头路不好走，山林间又有盗寇出没，还是行水路安全些。

王雱不晕船，一路上和沈括三人玩玩《三国杀》，设计设计医学期刊的未来发展路线。中途王雱还计算了去泰山要坐多远的船，打算回头撺掇王安石他们一起去登临望远，写几首诗感慨感慨。

一行人在水上晃晃悠悠几天才终于抵达目的地，王雱先随钱乙去他姑姑家探访，买了些羊肉和米粮之类的。

钱乙姑姑家里还算殷实，邻里也都很不错。见了钱乙，他姑姑先是含着泪握着他的手细细打量，而后才察觉钱乙还带了人回来，忙请王雱几人坐下，再三感谢他们对钱乙的关照。

王雱和钱乙约好会合的时间，便与沈括两人一起去郓州府衙。王安石已经派人过来送过信，王雱一报姓名，立即有人把他们往后衙领。

王雱这人正经起来还有模有样的，见了司马光后恭恭敬敬地行了个弟子礼，殷勤地问司马光可收拾好住处了，到郓州来饮食可还习惯。

王雱这么规规矩矩、正正经经，司马光反倒有些不大习惯。司马光打断了王雱说个不停的问候，接受了沈括和周文的见礼，才对王雱说：“亏得你爹放心你跑出来。”这生了儿子就是好，放着到处跑都不怕。

王雱道：“我爹嫌我烦，巴不得我多往外跑呢。”

司马光瞧了王雱一眼，知晓这小子很可能是冲着自己女儿来的，不动声色地先把王雱领去见庞籍。

庞籍比范仲淹还要年长一岁，不过精神矍铄，看上去比范仲淹要健康得多。

见到王雱三人，庞籍眉目十分慈和，不过眼神依然有着优秀人士特有的锐利。王雱一见到大人物，立刻麻溜地上前向庞籍见礼，张口就喊：“师祖。”

理论上来说，王雱喊庞籍师祖倒也没错，毕竟他对司马光行过拜师礼——只是这小子张口就来，一点都不害臊，听着总觉得有那么一点不要脸。

庞籍六十五六了，对王雱这年纪的小孩是爱惜多于严苛，笑着应了他这声“师祖”，让他们都坐下说话，顺势考校了王雱和沈括的功课。

遇晚辈问成绩，这是古往今来的长辈标配，王雱早就熟门熟路啦，还积极地和沈括抢答起来。沈括本来有点儿小紧张，被王雱在旁边抢答几次后感觉面子挂不住，顿时也不管什么紧张不紧张了，使出浑身解数和王雱较起劲来。

司马光偶尔也会加入庞籍阵营，给王雱和沈括出一两道题。他俩回答得太出色，这问答游戏不知不觉便进行到张氏派人过来询问王雱到底到了没。

张氏是极喜欢王雱的，听说他要来，早备着糕点之类的，左等右等等不着人，这才派人来催。

庞籍见张氏身边的人找来了，也不再留着王雱，笑着让司马光带王雱去与张氏、司马琰相见。王雱嘴甜地与庞籍道了别，欢欢喜喜地跟着司马光回住处去了。

司马光住得很近，没走几步就到了，王雱跟着司马光入内，不多时便走到正厅，看见了正坐在那儿与张氏说话的司马琰。

两年多不见，司马琰长高了不少，五官汇聚了张氏与司马光的优点，说是眉目如画也不为过。

王雱不是颜控，可美好的事物谁不爱欣赏。大宋的水土真是养人，他家阿琰妹妹出落得越发水灵了——原来十岁的司马琰长这样。

想想上次见到长大后的司马琰还是十年前，王雱感觉印象都有些模糊了，不知不觉多看了几眼。

沈括暗示性地朝他咳嗽了两声。司马光很是不满地瞪了王雱一眼。见都见到了，他也不能当场让司马琰回房里去避着，只能看着司马琰与王雱、沈括相互见礼。

王雱一点都不见外，上前就拆开小包袱给司马琰塞见面礼，都是些小玩意儿和稿子。司马光真后悔把王雱这小子给带回家。张氏却很是欢喜，拉着王雱坐下说话，问起吴氏和小妹的情况。

王雱一一作答了，还告诉张氏元娘已经定亲了，订的是舅家的表哥，亲上加亲。

这次来的可是三个半大小子，家中空客房又不少，司马光总不好把人赶出去住店，只能捏着鼻子让王雱在家中住下。

吃过晚饭，为防止王雱溜去找他女儿，司马光把人拎到书房讲经义和分析文章。

王雱现在时不时会去州学考个试，写起文章来驾轻就熟，行文用典什么的都很熟稔了。等他熟门熟路地写出一篇四六文，司马光才慢悠悠地告诉他最新的内幕消息："等你到了参加发解试的年纪，朝廷就要废掉四六文这个限制了，接下来你要多练习练习别的写法。"

……这大概就是对他多看了阿琰妹妹几眼的报复吧。明明都知道以后要换个文体来考，竟还让他白写一回。

王雱叹了声气，感觉现在的大人越来越没有大人的样子了，居然来为难他这个十岁的孩子。

王雱没被打击到，第二天又早早起来，偷偷跑去偷敲司马琰窗户，召唤司马琰一起起来晨练。

司马光起床时天色微亮，洗漱完走到院子里一看，王雱已经领着他女儿在院子里耍太极了，两个人动作整齐划一，自然流畅。王雱那小子还有闲暇抬起头来朝他露出灿烂笑容，让人很想把他捆起来揍一顿。

晨练完毕，王雱又堂而皇之地叫上司马琰一起去占领司马光的书房，摊开他辛辛苦苦背过来的稿子和司马琰一起研究排版够不够完美，内容有没有缺漏，爆点够不够巧妙和直观。

司马光在书房盯到他们去用早饭，马上要去上衙了。他叮嘱张氏要守在书房别离开。见司马光防王雱比防贼防得还紧，张氏笑道："你可放心吧，阿雱这孩子是什么样的人我最清楚了。"

司马光放心才怪，强调道："一步都别离开。"

张氏笑着应了下来，带上针线活儿去书房守着凑在一起嘀嘀咕咕的两个孩子。

沈括本来是来拜会司马光和庞籍的，人已经见过了，人家上衙时又不好去请教打扰。再看王雱，完全进入了有了妹子忘了朋友的状态，旁若无人地和司马琰腻在一块儿，压根儿没打算带他一起玩——他也不好意思和人家女孩子凑一块儿玩，毕竟他没有王雱脸皮厚。

沈括没法子，只能和周文一块儿到外面溜达，看看郓州有什么新鲜的事物，好带些礼物回去给相熟的友人。

王雱和司马琰两年多不见，虽然信没断，可想说的话却还是多得很，毕竟他们往来的信每次都要通过司马光检查，有些事着实不好往信里写。

两个人说够了话，已经是晌午，王雱见好就收，没拉着司马琰赖在书房，而是乖巧地和张氏讨了些好吃又好看的茶点，拎着垒得齐齐整整、漂漂亮亮的食盒去府衙那边找司马光和庞籍。

司马光今天一直惦记着自己女儿会不会着了王雱这小子的道呢，乍然听到王雱过来时还有些愣神。等王雱拎着食盒跑进来给他和庞籍张罗，司马光才教训："你当府衙是什么地方，还带这么多吃的过来！"

王雱道："老师和师祖也是人，怎么可以一天到晚连轴转，晌午了，该歇一歇，吃点东西垫垫肚子了。"王雱还熟门熟路地给他们煮了热茶，一人送了一碗。

庞籍笑道："看来君实这学生收得好，够贴心。"

司马光道："他看着乖巧，鬼主意多着呢。"对王雱这油腔滑调的小子，司马光总是不怎么看得惯，和王安石一样老觉得这小子往后会变成很会钻营的那种大奸臣。

庞籍倒是很喜欢机灵的王雱，边用茶点边询问王雱青州的一些情况。

昨天夜里王雱已经得知司马光兼管郓州州学，便重点忽悠庞籍和司马光要用好州学的生员们。这些人都是大好的官员苗子，必须好好培养，有什么能历练的事一定要交给他们去办。要不然，过个几年他们参加科举，啥经验没有直接考上官走马上任，很容易两眼抓瞎祸害一方啊。

司马光还是头一回接触州级事务，比之王安石到底少了点经验。他早从王安石的信中知道了他们在青州的种种举措，本就和庞籍商量着要照搬一些经验。信上写的总不如听王雱说的详尽，王雱思路清晰、观点独到，三两下就让司马光不再把他当无知小孩，而是认真听他的意见。

几个人边吃茶点边说话，把王雱带来的食物都消灭光了，也到了下衙的时候。司马光本来打算安顿好后就到底下各县去看看，王雱突然过来拜访等同于打乱了他的计划。

和王雱聊了一下午，司马光改变主意了：该下去走动还是得下去走动，不过不必把这小子留在家里祸害他女儿，带着一起下乡去正好可以解解乏。

到了饭桌上，司马光把这个决定说了出来，王雱和沈括同时开口——

“我也想一起去！”这是沈括说的。

“我不去！”这是王雱说的。

司马光睨着王雱，意思是“你看看人家这觉悟”。王雱能有什么办法，只能叹着气答应跟着到郓州各县去走一圈，回味回味当年和他爹一起看过的乡野美景与牛粪。

王雱晚上和沈括挤一床上，强烈谴责了沈括不合时宜瞎起哄的行为。沈括和王雱翻起旧账：“你小子在鄞县时就撺掇楼先生他们让我们去搞什么‘实践活动’，自己天天窝家里躲懒，就该让你多跑跑。在青州这边也是，别以为我不知道你时不时跑去和屠先生他们嘀嘀咕咕是在说什么，每次你找完他们，我们都有新活儿干……”

王雱不再搭话，决定使出最基础的终止话题技能——装睡。

吃过早饭，王雱没来得及好好和司马琰道别，已经被司马光拎走了。

司马光出行可以骑马，王雱几人各自租了头驴踢踏踢踏地跟在司马光的瘦马后头，感觉比跟王安石出行时高档多了。

王雱驱着自家矮驴凑到司马光身边，和司马光感慨起王安石当初的穷困来，下乡都全靠步行的，到村头还能看到小孩们背着粪篓抢牛粪。

司马光出身官宦之家，平日里只与诗书打交道，听王雱说牛粪啊、泥泞啊，心里也不大舒坦。

当然，既然决定要下乡去看看，司马光自然不会因为这点困难而退缩，他对王雱说：“牛粪有什么？又不臭，晒干了还能点火。”这一点，司马光是从王安石的信上看来的。

王雱见司马光眉头都不皱一下，知道自己道行太浅没法刺激到他，只能乖乖跟在司马光后头前进。王雱明明是过来看阿琰妹妹的，怎么就跟着司马光下乡踏青来了呢？

不管王雱心里怎么嘀咕，司马光还是照着原定计划走走停停，时不时下马与田间老农聊聊天。

本来司马光穿得好，气质佳，长得还帅，给农户们的感觉是非常有距离感的，不过他后面带着三个小子，其中两个小子还挺能闹腾——主要表现在他们看到什么新鲜东西就问东问西。

郓州的农户们不比青州那些这两年见惯世面的百姓，他们很少有被官老爷和小衙内们问话的机会。听王雱和沈括好奇心旺盛地朝他们求教，他们都受宠若惊地把知道的一切竹筒倒豆子似的往外倒。

郓州治所在须城，天禧三年黄河决堤淹了一次，附近的湖泊吞了不少良田，这湖延延绵绵、时断时续数十里，能连到兖州大野泽去。

王雱听着农户们闲谈，大致知晓宋朝立国以来，京东路这边已经经历了十数次黄河水患。看来黄河这只猛兽不管什么时候都凶狠难驯，温和时哺乳万民，凶残时良田尽没。连千百年后都没人能治住黄河水患问题，以宋朝如今的科技水平自然也没法让它乖乖听从指挥。

王雱也奈何不了它。他跟着司马光走了大半天，行到了寿张县。这县也曾被淹过，不过百姓们在灾后又勤勤恳恳地将土地收拾停妥，继续安生地在上头过日子。

离寿张县不远处便有肥沃的水泽，河岸周围的湿地保持得很不错，据说它会“吞人”，所以上头要求大规模开辟耕地时，没有人敢把它圈到自己家。

王雱跟着司马光一同进了寿张县，县令早在外头候着了，毕恭毕敬地上前迎接王雱等人。王雱听着司马光与寿张县令你一句我一句地客套，悄悄戳了戳沈括的腰，挤眉弄眼几下，忽悠着沈括与他绑好驴到外头溜达去。

司马光留了个眼梢看他呢，见王雱要溜，冷不丁地叮嘱了一句：“别乱跑，半个时辰内回来。”

“好嘞，知道了。”王雱爽快答应。

县令早知道上头派了知州和通判下来，也试图打听过他们家中的情况，但却不清楚司马光到底有没有儿子。看到两人这般相处，县令顿时找到了切入口：“令郎可真是机灵可爱。”

“这小孩可不是我家的。”司马光一脸否认，却还是把自己和王雱的关系说了出来，“这是青州王通判的长子，也是我的学生，他与友人过来这边游历，我带他出来走走。”

虽说司马光脸上有些嫌弃，可语气却是亲近而又骄傲，显然很满意这个学生，且与青州那边的王通判交情也极好。若非如此，王通判那边怎么放心把儿子送过来？县令心中暗暗计较了一番，试着与司马光聊起青州那边的各项变革来。

比起寒暄和互吹，司马光显然更喜欢这个话题，欣然与县令入内坐下细谈。没了司马光，王雱可自在多了，和沈括一起在寿张县瞎溜达。

沈括研读过齐鲁一带的风俗志，带着王雱去寻县中一处名胜：“寿张县有个百忍义门，相传是唐高宗建的，夸赞了这边一个九世同堂的仁义家族。”

王雱跟着沈括往当地人指引的方向走去，很快看到沈括说的百忍义门和百忍堂。沈括给王雱科普：当年唐高宗前往泰山封禅时途经此地，召见了当地八十八岁高龄的张氏族老，了解到他们家做到了“九世同堂”，全族近千人聚居在一起而无纷争，十分赞许。

当时张氏族老亲自给唐高宗书写了一百个忍字，告诉唐高宗这一百个忍代表什么：父子之间要忍，兄弟之间要忍，妯娌之间要忍，婆媳之间要忍……人和人之间的相处要诀就是忍，不忍就要完。王雱听了，点点头表示记下了，看来这百忍堂和百忍义门有点儿搞头，就是不知道张家人还在不在这里聚居。

三人继续溜达。和周围的人聊了聊，才知道张家还是当地大族，不过有许多分支已经搬到别的地方去。

夸起自家当年的事情，沾着张姓的住户比沈括更在行，还煞有介事地给王雱讲了个野史八卦：据说张家人养了一百只狗，这一百只狗也极为忠义，一百只缺了一只就不吃饭，非等齐了才开始吃。这连狗都这么讲仁义，张家家训之严自不必说。

王雱听了在心里嘀咕：亲，你们听过条件反射吗？不过这是人家自豪的事，王雱自然不好泼冷水，只和人打听寿张县这边什么好吃。

提起吃的，对方更有精神了，当即给王雱介绍：“若说吃的，那自然是东头胡婆婆家的炊饼最好吃，皮酥脆，馅料香，还舍得撒芝麻，咬上一口那叫一个美。对了，她们家配的五香咸菜也很好吃，就着炊饼吃最适合。”

王雱麻溜地领着沈括、周文去尝鲜。齐鲁这边的炊饼一直很有名，现实生活中卖得到处都是的武大郎烧饼就是从这炊饼演变而来的，只是花样变了不少，不如这边的正宗。

王雱很快找到胡婆婆家的店，要了四个炊饼，本来想要点五香咸菜的，结果胡婆婆说直接送，不必买，可实诚了。

王雱走进店里坐下候着，环顾一周，发现胡婆婆口碑好不是偶然，这店里店外打理得干干净净，不会出现倒人胃口的脏东西和苍蝇。而且胡婆婆做炊饼时衣着打理得整整齐齐，双手洗得干干净净，做饼过程全程透明，客人可以轻松看到胡婆婆怎么用料。

这是一家有前途的店啊。

炊饼没做好，王雱与沈括、周文随意地闲聊着，主要是王雱和沈括在聊，周文并没有聊天这个技能。

三个人等候期间陆陆续续有几拨客人过来，有的也进店坐下等炊饼，有的则爽朗地和胡婆婆预定了几个，说先去忙别的事情等会儿再过来取。胡婆婆笑呵呵地应下，接着做饼，很快便把四个炊饼送到王雱三人面前，其中一个还用纸包妥帖地打包着，方便王雱外带。

五香咸菜也送了上来，王雱夹了几根尝鲜，感觉滋味很特别，又按照邻桌本县人的热心教导就着炊饼吃，入口就觉得香到不得了。王雱和邻桌的热心人士竖起大拇指夸好吃。

连外来的都认可县里的美味，热心人士十分开心，见胡婆婆在火灶前忙碌，又免不了和王雱三人说起胡婆婆的过往。

胡婆婆的丈夫服劳役时死了，她的五个儿子早年饿死了两个，剩下三个，一个病死了，一个死在厢军里头，就剩一个在家里撑着几亩薄田过日子。仅剩的儿子身体也不好，干不得重活儿，田又不肥，日子过得很艰难。好在胡婆婆这炊饼做得好，可以赚些钱给儿子娶媳妇，如今也算是有两个孙儿了。

旁边有人插话：“有了孙儿又如何，还不是得去服徭役？田赋又重，种出东西来还不够往上缴的。”

沈括听着，感觉入嘴的炊饼都不那么香了。徭役、赋税，是自古以来压在百姓头上的两座大山。他跟着青州州学的同窗们下过几次乡，知晓百姓的日子过得有多艰难：他们家中只有那么一点田地，那点田就是他们的命根。稍微有点儿天灾人祸，对他们而言就是破家之灾。

胡婆婆自己有做炊饼的本领还算好的，更多的人遇到灾祸只能变卖田地，把自己变成租户。

各地都有豪强富户借着各种天灾人祸寻机兼并土地的事情发生，沈括就看过相关的记录：真宗在位期间青州临淄有个致仕官员叫麻希梦，他回到老家之后占良田数千顷，当地官员又和他蛇鼠一窝，令麻氏家族迅速坐大成当地豪强。到了他孙子麻士瑶一代，更是成了当地土皇帝，还是上头派了个硬茬子下来动了刀剑才把人治服帖。

这么一个致仕官员就能勾连官府、军队占地数千顷，其他地方的土地兼并情况更不必说。一州良田本就只有那么多，他占了数千顷必然有人失了数千顷，不知多少百姓因此而失去了赖以为生的田地！而且这些豪强还会干另一件事——隐田。

这年头，丈量技术不先进，底下的官员、胥吏又多与豪强眉来眼去，占有大片良田的豪强会瞒报土地数，并且把上等良田报成下下等。隐田多了，这一州的赋税任务就摊派到许多守着几亩薄田的普通百姓身上，逼得他们卖掉田地才能把日子过下去。

周围人不少，沈括没好当场把这些说给王雱听。等王雱慢条斯理地把炊饼吃完了，沈括才在回去路上和王雱科普土地兼并带来的严重问题。王雱听了，摇了摇头。

这大概就是所谓的“兴，百姓苦；亡，百姓苦”。大宋有一定的“自由经济”苗头，不抑制土地兼并，你有钱就能买地，自由又公平。但问题就是，百姓没钱。土地都集中到豪强手里之后，他们就等同于任人宰割的羔羊，没有任何反抗的余地。豪强决定分他们几口饭，他们就只能吃几口饭。没了田地，百姓就没了根，没根的人容易造反。这就是“水浒传”出现在宋朝的原因。

虽说宋朝没有《水浒传》中所描写的那么多难，但是盗患频发是真的。朝廷想的办法是，每到荒年把这些失地流民都招进军队里，朝廷拨军资养着。这种办法可以在一定程度上遏制盗寇作乱，但也带来不少问题，如冗兵。为了养着这支庞大到尾大不掉的军队，朝廷每年都要花大半的财政收入投喂他们。

真宗时期还有前面积攒的财富可以挥霍挥霍，到现在已经要不断地靠内藏库补空缺。财政窟窿像滚雪球一样越滚越大。这就是上头时不时在变法边缘试探的原因。朝廷，缺钱了。

这个问题，王安石也是发现了的。麻希梦的事连沈括都知道，王安石怎么可能不知道？王雱在王安石隐藏的稿子里发现了相关的“变法纲要”。

按照他和司马琰这两天一起琢磨的结果，他爹这新法应该就是在现实世界中出名的“方田均税法”。

大意就是把各地的田地都好好量一量，再每年重新核定属于哪一等田，评定出来之后每年该收多少赋税就收多少赋税，坚决杜绝偷税漏税行为。这事儿对百姓而言是好事，虽然可能还是没法帮他们拿回田地，但是偷税漏税的情况少了，摊到他们头上的赋税肯定少了。

法是好法，能好好治治隐田的情况。可惜的是农家无隐田，隐田的都是当地豪强富户，而但凡豪强富户，又有能耐供养出一批批人才，这些人才为他们驱使利用，逐年编织成一张张组织严密、关系交错的保护网。

这方田均税法，就是要从这些躲在保护网下捞好处的人口袋里掏钱。可这钱不好掏。

王雱看了眼长着双小眼睛的沈括，对沈括此刻的忧国忧民很是满意，老气横秋地宽慰沈括：“将来总会有办法的。”

沈括总觉得这话由王雱来说怪怪的，不过他也是个天性乐观的人，点点头。他很想用这个题材画个故事，可是考虑到画出来可能会有的后果又退缩了。他现在还小，哪怕能靠方氏书坊的推广打造几本畅销书也影响不了太多东西，真要把各地豪强得罪狠了，不仅对他没好处，对方氏书坊也没好处。

两人溜达了一圈，半个时辰很快过去，王雱麻溜地回去和司马光会合。

见到司马光，王雱捎回来的胡婆婆炊饼还热着，他把炊饼递给司马光，让司马光尝尝鲜。司马光与县令聊完，早早把县令打发走，边看县令取来的一些文书边等王雱回来。冷不丁被王雱塞了个炊饼，司马光斥道：“多大的人了，还这么咋咋呼呼的。”可教训归教训，司马光还是把王雱带给他的炊饼吃了，并且给了很不错的评价。

王雱顺势把听了一耳朵的胡婆婆家事给司马光说了，怂恿司马光去胡婆婆儿子所在的村子里走走看。司马光瞧了王雱一眼，没反对。不过，天色也不早了，司马光决定先带着他们在县中歇下。

第二天一早，王雱精神抖擞地洗漱完毕，用过早饭之后便跟着司马光牵马、牵驴离了寿张县衙。

寿张县令毕恭毕敬地赶出来送司马光一行人，等司马光几人走远了才擦了把汗，叫人赶紧暗中跟着，免得司马光在寿张境内遇到什么意外。

王雱骑着驴踢踏踢踏地跟在司马光后面，时不时和沈括闲唠几句。王雱不必特意引导，司马光也从沿途的佃户口里听说了这边的情况。

都说“遍身罗绮者，不是养蚕人”，这一带也差不多，佃户大多失了祖上传下来的良田，靠替主家耕种为生，一年收成留在手里的少之又少，每年都得拿新粮去外头换些糙粮和陈粮来维持温饱，若是不幸遇上灾年交不起租赋，就只能沦为流民了。

司马光从小不愁吃喝，整日以书为伴，这些日子以来见到的百姓疾苦已经刷新了他不少认知。

这些事司马光以前不是不知道，只是他安坐在舒适的学堂与直舍，极少面对面地与这些百姓交谈，很多事对他而言只是一个概念，每年出现的流民数目也仅仅是一些数字，没有实质意义。可是这一路走来，看见那些碰到他们后或激动或欢喜的百姓，看见他们满含忐忑和不敢置信的笑脸，司马光忽然意识到这些百姓也都是活生生的人。

司马光看了眼牵着驴跟在自己身后的王雱，忽然想到王雱所提议的“让州学生员多参加‘实践活动’”的意义所在。这些东西他本来早该看到的，只是他这么多年来始终端着读书人的清高，没有放下架子到田野之间稍稍走一走。

司马光摸了摸跟在自己身侧的矮马，对王雱和沈括说：“前面就是梁山了，你们打听到那胡婆婆家就是住在梁山这一带？”

打听这事儿是沈括的专长，他点头：“对，就在这一带。”他转头指着一旁浩瀚无边的水泽，和王雱、司马光说起自己探听来的事，“天禧三年黄河决堤，水灌到这边来了，直接把郓州原来的小湖冲出这么大一片水泽——周围的人都把这儿称为‘梁山泊’。”

第四章

梁山有水泊

梁山泊这地名，王雱昨晚听沈括提到时有些吃惊。

白天他还想“水浒”的背景是宋朝，晚上就听沈括提起这湖以前叫大野泽，梁山底下淹了以后，众人称呼起来就成了“梁山泊”，也就是现实世界时常出现在影视剧里的“水泊梁山”。

王雱牵着驴看向一望无际的浩渺水泽，又往梁山那边瞅了瞅，在心里数着“水浒一百零八将”。那都是北宋末年的事了，倘若这一百零八将真有其人，现在水浒好大哥宋江大概还没出生。

这一带左看右看，也看不出凶横能人辈出的样子，就是很普通的村庄。不过上回黄河决口水往这边冲，下回难保不会再冲过来。这水泊看着就不安全，要是黄河水又灌进来毁掉大片良田，确实会滋生盗匪。到时朝廷亏空更严重，很可能连军饷都发不出，把流民招进军队这招很可能就不好使了。这样一来，大宋内忧连连，外头又有强敌虎视眈眈，靖康之难的到来根本不难预料！

按照范仲淹现在不受待见的程度来看，王雱可以轻松想象出靖康之难后大伙会怎么扣锅：都怪王安石变法祸乱纲常，导致国运衰弱、外敌横肆。想想就心疼。这锅真重啊。他爹一个人怎么背得起？

王雱在心里唉声叹气，牵着驴跟在司马光身后，沿着窄窄的乡间小路走向梁山脚下的小村庄。

这的确是个很普通的村子，村里大半农户已经转成了佃户，合家租种着几亩地维持生计。他们慢腾腾地从村头走到村尾，抵达了胡婆婆的儿子家。胡婆婆的儿子身体不太好，人却长得斯文俊秀，看着不像个农户，倒像个读书人。

司马光领着王雱上前闲谈，才知道胡婆婆的儿子确实读过书，因着身体问题与天资有限，识了字、学了几本经义便未再往下学了。

农户与农户之间也可以租借田地，胡婆婆儿子成亲前因为家中老的老、弱的弱，都直接把田地租出去给人种，每年收一点点佃租度日。娶了妻后，他妻子把其中一些地要了回来，种些果蔬米粮供自己吃，两个孩子也由他亲自启蒙，日子倒是过得很安稳。

司马光正听着胡婆婆儿子说话，胡家媳妇便从外面回来了，一看就是个非常能干的女子，肩上挑了两大捆木柴从大门外往里走，身后还跟着两个半大小子，也一人背了一小捆柴。

胡家媳妇见家中有生人，忙放下木柴道："家里有客人？"

胡婆婆的儿子道："先生路过此地，过来讨些茶水喝，顺便与我说说话。"

得知王雱几人是须城来的，胡家媳妇更为热络，把家中能拿得出手的吃食都端了出来，又让两个孩子朝司马光见礼。

司马光这两天处处都受到这种分外热情的招待，心中又是感动，又是惭愧，感动的是他并未表明身份，只是穿着一身文人衣饰便让他们这样敬畏和优待；惭愧的是他其实根本没有为他们做些什么，有些愧对他们淳朴的好意。

离开胡婆婆儿子家，司马光带着王雱往下一个县走去，还是不慢不紧地走着，心情却与来时有些不一样。

王雱叫嚷着不想跟着来，真来了却适应得挺不错，把各县的美味都美滋滋地尝了一边，还撺掇沈括开脑洞，以梁山泊为原型创作一番——

比如说，有个什么卢俊义，擀面杖使得天下无双，能擀出天底下最美味的面条，好吃得不得了；什么鲁智深，三拳打死一头牛，犯法了，躲到寺里当和尚，匠心独具地做出了连佛祖闻到都点头的素肉，江湖人称"肉和尚"；还有个什么李逵，绰号"黑旋风"，皮肤黝黑，最善抓野猪，煮的野猪肉一点都不腥膻，贼好吃。

王雱对沈括说："你看，是不是很有意思？这故事发生在水边，我们给它起个气派的名字，就叫《水浒传》吧。"

沈括有过被王雱坑去做《三国杀》的经验，又见过王雱吹曹立时的画工，警醒地说："要弄我们就一起弄，我差不多要考发解试了，可不能让我一个人来。"

王雱对沈括的机警很是惆怅，这年头忽悠个人来干活儿真不容易啊。

司马光在旁听着王雱的构思，回忆青州的经验，大致想到王雱接下来要怎么做了。他瞅向王雱："你准备让郓州这边也弄那个什么农家乐？"

"不，范爷爷说过，我们要因地制宜地搞发展。"王雱给司马光背范仲淹的话，"您看看这地方，地少水多，我们可以发展船上经济。多弄几个船厂造船，一些造得灵便些，用来捕鱼；一些造得气派些，改造成酒楼茶舍。想想看，天高水远，乘船在浩浩水泽上泛游，吃着各种特色美味，聊聊天谈谈心，感觉多美啊。"

司马光摇头道："想得倒美，哪有那么容易？"

王雱道："很容易的，您想想看，您可是在国子监讲学过的，门下得多少学生啊；现在，您又搞州学，那就更多了。您还有那么多同僚、同年什么的，总有人要路过一下；就算不路过，你也可以写信给他们说说这事儿，他们肯定会回你信礼貌地吹捧一下。”

王雱又给司马光举例，举的还是韩琦，说韩琦在定州搞了个阅古堂，特意写信给范仲淹说道说道。

司马光心想，韩琦知道你成天拿这事儿来举例吗？同样的语境，他已经在王安石给他写的信里看过了，这家伙连举例对象都不带换的。这小子要是再长大些，恐怕会有更多人听说韩琦“建个阅古堂就到处让人写诗文和他商业互吹”这件事。当然，王雱没黑到他头上，司马光也没制止。

他领着王雱回城。王雱把租借的驴子还回去了，跟着司马光去须城的澡堂子好好搓了个澡。自己搓澡也就算了，王雱还和司马光感慨：“唉，我离家这么多天了，不知道我爹有没有好好洗澡，真担心他长虱子啊。”

司马光：……没黑我，不管。

沈括也算王安石迷弟（虽然他是很多人的迷弟），听到王雱这话顿时替王安石抱不平：“叔父现在已经很自觉地洗澡了！”

王雱语重心长地说：“养成一个好习惯很难，废掉一个好习惯很容易。”

几乎是同一时间，远在青州的王安石打了个喷嚏。王安石擦了擦鼻头，忽然记起儿子说过“打喷嚏是有人在想你”，顿时停顿下来，挂念起带着沈括和周文跑去郓州的儿子。他下衙回到家，边脱官服边和吴氏说：“那小子是个小没良心的，跑到外面就没影了，连封信都不捎回来。”正说着，就有人来报说郓州那边有信过来了。王安石拿到信一看，有两封，一封是司马光写来的，另一封则是王雱给他们写的。

吴氏不由催促：“快看看雱儿写了什么。”

王安石也正有此意，拆了王雱的信念给吴氏和小妹听。王雱在信里控诉了司马光把他带去下乡的恶行，重点描述底下的路有多难走，驴背有多硌屁股，写了半天没看到点什么有用的东西，倒是把小妹逗得直发笑。

王安石把信念完了，吴氏便担心起王雱跟着下乡会遇到什么意外：“我听说郓州那边不怎么太平，雱儿可千万要小心才行，你要在信里写写这个。”担忧完了，吴氏又惆怅地说，“雱儿也没说什么时候回来，是不是在那边玩得不愿意回家了？他打小就喜欢和他阿琰妹妹凑一块儿。”

王安石道：“他跟着君实下乡去了，怎么凑一块儿？”

吴氏免不了又埋怨起来：“雱儿才那么小，他怎么就把雱儿也带去了？骑驴子多颠簸，在外头又不知道吃得好不好、睡得惯不惯。”

“你看看，你这就是慈母多败儿。他堂堂男儿，将来得当家里的顶梁柱，出去锻炼锻炼不是正好？”王安石把吴氏劝完了，心里却免不了也有些怅然。哪怕是父母儿女，也不可能一辈子拴在一块儿，女儿长大了要嫁人，儿子长大了要自己成家立业，一年到头可能只能见上三两面。像他这样任地离家稍远些的，可能还得等个两三年才能回家见见母亲，倒是比远嫁的女儿更难侍奉在母亲身边。

道理都懂，可他们都觉得儿女还小，这些事得很久以后才会到来。现在王雱离家好些天，他们都提前感受到儿女从身边离开的感觉。平时他总爱骂王雱那小子，如今见不着了却真的有些想念了。

王安石宽慰了妻女几句，回房去给司马光和王雱回信，信里却只字未提希望王雱早点回家的想法，还让司马光多帮忙管教管教王雱，千万别让他在郓州那边也野上天去。

王安石的信送到郓州时，王雱正和沈括忙着创作《水浒传》呢。沈括如今熟知市场风向，还和王雱提议：“某某传听起来太严肃了，不如我们改成《水浒食神》或者《食遍水浒》吧。”反正故事讲的是一百零八个各具特色的好汉争当水浒最强食神的故事。

对于沈括这种毫无节操的建议，王雱当然是——当然是欣然应允啦。

两人正嘀嘀咕咕地商量着《水浒食神》的创作分工，胡管事就带着王安石的两封回信过来和王雱会合了。都是合作惯的老熟人了，王雱一点都没和胡管事客气，邀请胡管事坐下一起商量怎么在郓州搞事情。

首先，把郓州的造船厂给盘下来，开始招聘人手造船，然后招聘厨子钻研《水浒食谱》、打造水浒特色菜，将来司马光那边讨论出优惠扶持政策了，他们可以抢先占领上层市场，带动其他大户和散户进场。

胡管事拍着胸脯表示这事包在他身上。

王雱借着《水浒食神》的创作需要，光明正大地拉上司马琰加入搞事情行列。

司马光把王雱的小算盘看得清清楚楚，不过他忙着处理各项工作，小小地管束了几天就由着王雱去了。

庞籍听司马光说起王雱提出的“水浒计划”，夸道：“真是长江后浪推前浪，怪不得这小孩一过来你就带他来见我。”不过庞籍觉得司马光就这点不好：爱藏事，什么都不外露。瞧瞧，这家伙看着很嫌弃人家，实际上心里稀罕得不得了。

司马光的想法和王安石很一致：这小子夸不得，不夸他他都把尾巴翘得高高的，再夸他的话还不得蹿上天去？再说了，这事儿能不能成还不一定，先看看他们能捣鼓出什么好计划来吧。

王雱要常住，自然不能一直和沈括挤在司马光家，他在周围找了处公租房让司马光帮忙租下，一日两餐溜达去司马光那边吃，搞事情也直接挪用司马光的书房，小日子过得很快活。

真正回郓州没几天就走的只有钱乙。王雱对钱乙这个未来名医很是看重的，时不时借司马光家的仆妇送些东西过去给钱乙的妹妹玩，都是些小玩意儿，不算值钱，只算友人表表心意。

仆妇从司马光家出去，许多人都能探听出她受雇于新来的司马通判家。知晓钱乙家还有这么一重关系，平日里有些看轻他们一家孤儿寡母的竟都另眼相待起来，甚至还有几户好人家请媒人上门和钱乙姑姑说亲。

钱乙与姑姑挑拣了几日，赶着好日子把表妹的婚事定了下来，先定亲，其他的等成亲再说。表妹的亲事有了着落，钱乙才安心地拜别王雱回青州去。

钱乙一走，王雱就一心扑在《水浒食神》上了。他主要负责拟定大纲和部分核心人设，其他的也和《三国杀》一样雇人来完成。郓州这边读书人还挺多，会画画的更不少，沈括招收了几天，人手就十分充足了。

王雱在现实世界应酬时也登过几次船，对这些游船的内部设计很有些心得，刷刷刷地画了些图纸，让胡管事找人琢磨着做。等王雱把能忙活的都忙活完了，王安石催促他的书信终于按捺不住地送来了，王安石洋洋洒洒地写了千八百字，大意很简单：你个小兔崽子是不是不准备回来了！

王雱暗暗一喜，拿着信和司马琰嘀咕：“瞧瞧，有的人嘴里说我爱玩多久玩多久，实际上心里可想我了。”司马琰对王雱这幼稚的较劲无话可说。

距离《水浒食神》能完工还有挺长一段时间，庞籍和司马光也要花点时间才能完全掌控一州事务，短期内没王雱什么事了。

王雱把“水浒计划”收收尾，将沈括和胡管事打包给司马光，还特别和司马光强调：“沈哥他可有经验了，当初《三国杀》就是他给整出来的，您放心让他把《水浒食神》做出来吧。”

司马光不太放心，也有点儿不舍：“只你和周文回去行吗？”

王雱很放心，顺势黑了小伙伴一把：“行的，您想想看，沈哥这人一看就手无缚鸡之力，钱哥看起来也差不多。来时捎带上他们等于多了两个拖后腿的，这不也没事吗？”

司马光点头答应放他回去。这都要走了，司马光也不拦着王雱和司马琰见面，由着他们腻在一起泡了一整天。

次日一早，王雱用过早饭就在沈括、司马琰的相送下启程回青州。冬天水路窄了不少，客船都少了，王雱由方洪家造的船往回送，一路上清静极了，遇到结冰的地方还能停船和周文到冰上晃荡一圈，感受一下“战战兢兢、如履薄冰”的刺激。

王雱闲着没事找完刺激，回头一看，周文拿着支炭笔在那写写记记。他走过去瞅了几眼，发现周文居然在记录他一路上干了什么——图文并茂，十分清晰。王雱纳闷地道：“你记这个做什么？”

周文老实回答：“主家让记的。”他说的主家自然是王安石。

这就厉害了，王雱都不知道自己带了个细作出门。

得知周文还奉命监视自己，王雱安分多了。郓州这边的“水浒计划”他已经起了头，定下大致走向，剩下的自有司马光他们把控，用不着他操心，只要暗中分点钱就好。有钱，才能想办法生更多钱。

王雱与周文回到青州，没通知任何人，悄无声息地回了家。还未入内，王雱就听到吴氏在询问管事的今年的木炭备够了没，小妹在旁边拿着本书在翻动，一双乌溜溜的眼睛左瞧右瞧，显然没把心思放在书里。

小妹的目光一转到门口，立刻从椅子上跳了下去，扔下书高高兴兴地喊：“哥哥！”王雱笑眯眯地张手把扑向自己的小妹抱了起来，朝吴氏喊了声娘。

吴氏哪还有心思管什么木炭，打发走管事拉王雱坐下，细细地询问他在郓州那边过得怎么样。

王雱挑拣着在郓州碰上的趣事给吴氏和小妹讲，逗得吴氏和小妹开心不已。他正说得眉飞色舞，王安石从外面走了进来。王雱麻溜地站起来喊爹，顺势拉着王安石坐下，甜言蜜语不要钱地往外倒，什么“爹，我可想你了”“我吃到好吃的就想，要是爹也在就好啦”，肉麻得很。

王安石被王雱说得受不了，脸色都快绷不住了，只能板着脸教训：“多大的人了，还这么说话，也不怕人笑话！”

“我就是七老八十了，您也还是我爹啊！”王雱理直气壮，“我这么和我爹说话有什么不对？”

王安石面上没吭声，心里却很受用，当下便不追究王雱一跑就是一两个月的事儿。

回到自家地盘，王雱也得知朝廷准备给范仲淹一项新任命：京东路转运使。

京东路就是指他们现在这一边，因着位于京城的东边而得名。所谓路呢，相当于现代社会的一个省；转运使相当于一个省的行政长官。

这显然是因为范仲淹这三年干得很不错，每年都能拿出新政绩，朝廷才决定给范仲淹升官的！不过范仲淹拒绝了这项差使，上书表示自己身体老迈，当不得转运使之责；接着又大力推荐了王安石，全方位夸赞王安石一通。于是，他爹升官了，破格当上了京东路提点刑狱，也就是俗称的大宋“提刑官”。

这职位的设置主要是因为上头觉得转运使权利太大，所以把一部分职权分出来给提点刑狱司负责。

之所以说破格，是因为这职位一般只有曾任知州以上职位的人才能出任，但他爹这几年表现非常突出，展现出来的各方面能力都很出色，于是上头就把这位置安排给他了。

有了这职位，他爹可以在本路的各个州到处溜达了！可惜的是因为他有监察职能，到了底下是不能迎送聚会的——当然，这对王安石来说不是坏事，王安石既不会喝酒，又不擅长和人进行“亲切、友好、礼貌、客气”的虚伪交际，干这个正适合。

在完成通判职务的交接之后，王安石可以带着家小回老家一趟，见见母亲、见见族人。

王雱抱着琴去找范仲淹弹了两首曲子、交流完最近的琴技心得，才和范仲淹聊起自己在郓州想出来的新点子。范仲淹也去过郓州，对那片浩瀚无边的水泽有些印象，点头夸道：“若是能做成，倒是能给当地百姓多一些出路。”

正所谓靠山吃山、靠水吃水，既然有梁山泊这一大片水泽，多搞些水上营生的确很不错。这些水上营生真要能发展起来，耕种的、捕鱼的、造船的、当厨子的、水上杂耍的，都能找到干活儿的好去处。

王雱积极怂恿：“等他们那边搞成了，我们悄悄过去尝个鲜。”

范仲淹笑道：“这哪用悄悄，我们光明正大受邀过去就成了。”他与庞籍年纪相当，也有些交情，郓州那边真要把“梁山水泊”开发好了，不可能不邀请他过去。

王雱回到青州没多久，又跟着王安石一道回江宁府见祖母，小住几日，舟车劳顿地回临川祭祖。这是祖上传下来的规矩：升官了，告诉祖宗一声；发财了，告诉祖宗一声；儿子出生了，告诉祖宗一声。

这次的远路太累人，小妹被折腾得病了一场，可把王雱心疼坏了，找到落脚点后带着周文、周武满城跑，寻最好的大夫给小妹诊病。没办法，这可是个连感冒都可能死人的朝代。

一路走到临近过年，王安石才带着他们回到临川老家，与族中叔伯、兄弟们相见。

王雱年纪小、脸皮厚，到哪儿都能迅速找到一群小伙伴一起搞事情。今年王雱自觉已经长大了，没有再怂恿小伙伴们炸茅坑，而是带着小伙伴在雪地里捕鸟。可惜由于操作不太熟练，他们浪费了一地粮食也没抓到半只鸟。王雱气得不行，索性找年纪大点的堂哥们教自己练弹弓，准备开春就把这些不肯入套的鸟儿一个个用弹弓打下来。

王雱这边正无忧无虑地过年，方洪在京城正式将由司马琰和曹老头儿合著、王雱校对和排版的《医学问答录》给印了出来，还按照王雱的意思加了引人注目的腰封。

腰封上，赫然印着几行大字——

“你知道吗，你也可以当神医！”

“有史以来最通俗易懂的医书，解答你日常生活中一切病痛问题，不看可惜！”

“天才与天才的碰撞，两位杏林圣手为你带来一场颠覆你所有认知的头脑风暴！”

这些字句还会配上精美漂亮的宣传海报，张贴到方氏书坊各个分店外头打广告。

方洪不得不承认，在不要脸这方面他远远输给了王雱这个后辈。真不知道王雱怎么能想出这些又俗又白又吸引人眼球——听着还特别欠打的耸动宣传语。

过了上元，所有人的日子又渐渐恢复如常。眉州眉山城有一户姓苏的人家，衣食无忧，乐善好施，名声极佳。

论起来，这家的老大苏澹、老二苏涣都是进士及第，只有老三苏洵玩了二十几年，到二十七岁才决心读书向学，读书两年开始应试，蹉跎十年未中举，又居丧在家，索性歇了心思专心教两个儿子读书。

这两儿子都聪明伶俐，年长的叫苏轼，今年已十九岁，家中正在为他议亲；年幼些的叫苏辙，比苏轼小两岁，今年十七。

苏轼眉目英朗，一双星目天生灼亮，旁人见了免不得赞上一句“好个俊秀少年郎”。他悄然与弟弟商量：“母亲近来精神好些了，我们这就去与她商量到成都府游玩的事。”

弟弟苏辙性格比较老成，迟疑地道：“哥，要不我们不去了吧？”

去年是个多事之秋，不仅仅是南边有战乱，朝廷上下兵荒马乱，他们家也出了乱子：他们的姐姐嫁到母亲娘家的侄子家中，过了一年便郁郁而终，生前显见是受了苛待。本是亲上加亲的亲事，这下加出仇来了。他们老爹气不过，聚齐了所有人当众和程家撕破脸，写了诗文大肆讽刺程家家风，还叫苏轼和苏辙往后决不能与那害死他们姐姐的表兄往来。夫家和娘家闹成这样，程氏自然是最煎熬的，入冬后便是大病小病连着来，到过年时才稍稍好些。

苏轼自有自己的一套道理：“我们就是要闹腾点，让娘多惦记惦记我们。”父亲与母亲的娘家当众撕破脸，母亲一天比一天消沉。父亲那边肯定是劝不住的，苏轼也不想劝。程家比他们富裕，比他们有脸面，可那又如何？遭罪的是他的姐姐，死的也是他的姐姐。母亲这边，他得让她转移转移注意力，比方说让她想起她还有两个不省心的儿子。

苏轼瞅着弟弟：“你若不去，我就自己去了。”

苏辙正是年少好玩的年纪，听苏轼说要撇下自己哪里愿意？他立刻说：“不成，我也一起去。”

兄弟俩便齐齐去寻程氏。苏轼脑筋灵活，要找理由可比旁人会多了：“听闻过几日方氏书坊要出新书，我们两个都想去看看，好第一时间买到手。”在同龄人之中，若是没看方氏书坊出的新书，那可是要被排挤的。当然，他们对程氏说的新书是指《五年科举三年模拟》，而不是他们颇为喜爱的闲书。

苏轼怕程氏不答应，又把从京城回来的人提起的太学变革给程氏说了，说连太学、国子监都鼓励学子外出游历，他们年纪也不小啦，该让他们出门走走，否则一直闭门造车，文章肯定写不好。

提到写文章，程氏松动了，帮儿子去问苏洵的意见。

苏洵年少时爱交游，时常会出去游玩，见两个儿子一脸期盼地望着自己，便道：“成，你们去吧，最好多找几个伴，别半道上迷路了。”苏轼与苏辙大喜过望，再三保证路上不会乱跑。

儿子要出门游玩，程氏怎么都不放心，亲自替儿子收拾包袱，把要用的东西齐齐整整地摆进去。忙活了一通，程氏倒觉得浑身舒坦多了，没了这小半年的病容。她不舍地送儿子，细细叮嘱他们兄弟俩路上小心。等目送儿子的背影消失，程氏一转头，看到丈夫苏洵目光有些闪躲地转身走开，心中渐渐软了。

这是她的丈夫，哪怕对方是豪门大户，哪怕对方是姻亲熟识，为了他们的女儿他也能强横地表明立场。宣扬程家家风不正，他无愧于心；对她，他是有愧的，所以闪躲，所以避让。相反，若是娘家真的在意她这个出嫁女，怎么会那样苛待她的女儿？

另一边，苏轼和苏辙叫上三两好友，一同出发去成都府游玩。

随着生意做大，方式书坊在各个“直辖市”都铺设了书坊与印坊，收到样书后便可以直接按照上头的指示做雕版准备铺货，免了长途运书的麻烦。

成都府就有这样的“方氏分店”，整个成都府路的士子到了成都府都得去逛一逛，挑拣几本新书回去看看。

苏轼一行人都是年轻力壮的少年人，精力旺盛得很，一整天骑着驴子朝成都府走也不嫌颠簸，踢踏踢踏地走到傍晚才觉得又累又饿，在路过的县里吃了些东西宿了一宿。

第二日晌午，苏轼几人终于走到了成都府。看着高高的城墙、川流不息的车马与人群，苏轼竟觉得这乍暖还寒的天气有些热了起来。苏辙也感叹：“哥，成都比我们眉山热闹多了。”“那是自然，这可是我们这一路的治所。”苏轼说得头头是道。

方氏书坊一向是城中人潮最密集的地方，说是书坊，外头却总有些勾人的新奇表演。

苏轼带着弟弟和小伙伴们挤进书坊内，里头可比外面安静多了，像是从沸水里进入了冰天雪地的世界，清凉又舒适，让人很有想要阅读的感觉。

苏轼也不自觉地静了下来，目的明确地取了沈括的两本新书，又取了汀兰客的两本新绘本，接着才意思意思地拿了本《五年科举三年模拟》。倒是苏辙什么都没拿。他是个非常实在的人：“哥，你看完我就可以看了。”苏轼觉得自家弟弟平时笨笨的，到这种要花钱的时刻倒是很精明。

等看到最显眼处挂着的“广告”，苏轼顿住了脚步，上头赫然写着极其显眼的一句宣传语：大宋人都应该读一读的精彩医书！

苏轼对他弟弟道：“这些商户为了卖书简直越来越没有底线了。还好我们是有计划的，早就想好要买什么书，不然还真会被他们骗到！”

苏轼说完一转头，发现他弟不见了，再往左右一看，他弟竟在报名要参加劳什子测评，做什么心理测试！

苏辙填完个人信息，还坐在那儿朝苏轼招手：“哥，这个很有趣，你也来填填看吧。”

书坊里的小厮训练有素地朝苏轼露出笑容，热情地取出另一张心理测评表给苏东坡填写，说是能简单测试他的心理状况，有利于自行进行情绪调节。当然，这只是免费的测试，不全面的，如果想要做完整版的测试，可以购买书坊推出的《医学问答录》。

苏轼觉得，这正常无比的书名可能是作者和书坊最后的良心，其他的推广都是照着不要脸的标准来的。可既然是免费的，苏轼也没拒绝，和小伙伴们一起坐下刷刷刷地填起表来。

心理测试永远有种奇异的魔力，叫人欲罢不能。

苏轼飞快地浏览着一个个问题，偶尔还真有被戳中内心所思所想的感觉。真要形容的话，那就是让你一件一件地把自己的衣服脱掉、裤子脱掉、鞋袜脱掉，最后还给个镜子让你照一照，看看你脱成什么样子。有点儿刺激！

苏轼最后开始填，却是最快填完，在旁给他们做测试的小厮飞快帮他把问题统计出来，给他取出一个小锦囊，让他看里面的结果。

苏轼一看，里面写的是他的性格特质和相关建议，细细琢磨还真有些道理。测试不用钱，看结果也不用钱，但是如果想要带走这锦囊还是要花点钱。不过如果买了书，锦囊是可以随书附赠的。当然，数量有限，送完即止。得了，还是玩不过奸商，不管怎么样最后他们都能把事情绕到让你掏钱的地方去。

最终，所有人的购书清单上都多了一本据说看了就能当神医的《医学问答录》。

王雱在临川过了个年，年后又赶路到开封办手续，接着他爹便走马上任，成了传说中的大宋提刑官。

王雱还没来得及享受老爹升官的好滋味，他爹就扔给他几本刑律典籍，要他认真看、仔细看，回头要用相关律例和案例问他。

“我才十一岁！”王雱严词抗议。王安石表示抗议无效，无情驳回。

其实宋朝司法机构很先进，比较有名的是“鞫谳分司”和“翻异别勘”。

所谓的鞫谳分司指的是审、判由不同的人负责，实现审问取证、判决罪名两相分离；翻异别勘则是如果对案子有异议想翻案，得转移到别处审议。要是争议非常大，还可以启动“台省杂议”，也就是找台省官员们做决断。

王安石这个提刑官需要负责的是普通案件的复核、重大案件的参判，但凡京东路出现需要判流放之刑或更重的刑罚的案件他都得好好把关。

王雱没想到他刚正不阿的老爹竟还学会奴役儿子了！可他是个孝顺儿子，

老爹的话怎么能不听？王雱在回青州的路上就抱着刑律典籍苦啃去了。

小妹蹲在一边陪王雱看书，好奇地问："哥，看这个做什么？"

"人要是连律法都不懂，那是非常危险的！"王雱语重心长，"读法才能知法懂法，知法懂法才能钻律法空子，知道怎么干坏事才不会被人抓去坐牢，懂吗？"

小妹眼睛乌溜溜，认真听着王雱说话，等王雱说完了，她觉得很有道理，又认真点头："懂了！"

兄妹俩正聊着，王安石从外面进来了，说是要不了多久就会到青州。见王雱兄妹俩在那儿嘀嘀咕咕，王安石感觉王雱又在给妹妹灌输乱七八糟的东西，绷着脸坐下问小妹："你们在聊什么？"

小妹老实得很，一五一十地把王雱的话学给王安石听，一点都不带隐瞒的。

王雱见势不妙，扔下一句："啊，外面天气真好，我先出去透透气！"求生欲极强的王小雱边说边溜之大吉。

王安石挺想追出去揍这小子一顿。什么叫作知法才能钻空子？敢情你还想在犯罪边缘试探试探。

"雱儿他也就说着玩。"吴氏在旁拉着王安石劝，"他比谁都有分寸，谁家小孩有雱儿懂事？"

王安石没好气地道："你就纵着他吧，看你把他惯成什么样了！"

回临川过个年，他儿子又成了临川孩子王，带着王家那群半大小子横行霸道，十里八乡没哪个不绕着他们走的。

瞧瞧吧，这才跟着学了几天弹弓，这小子就玩得好极了，弹了好些个偷看小娘子洗澡的大小流氓的屁股，打光了没来得及飞走的野鸟，还把某些人家的窗纸给弹坏了，让人家找上门来理论。现在你给他找点事做，他还能给你歪曲成"学学怎么钻空子"。这小子分明憋了满肚子坏水，吴氏还说他比谁都懂事。

另一头，王雱在船舱外吹了吹冷风，觉着有点儿冻人，又灰溜溜地转回船舱。

好在有他娘和他妹在，刚才的"钻空子事件"已经揭过，王雱可以安然无事地继续和小妹闲扯。

一家人回到青州，已是春寒料峭的天气，青州上下都在筹备春耕，城中也一片热火朝天的景象。

王雱抱着典籍去找范仲淹，那情形，就像小白菜找着亲人似的，和范仲淹控诉王安石想要征用童工的恶行。范仲淹反倒说："你书也读得差不多了，文章也写得不错，待在家里念书太浪费，跟着你爹出去走走正好可以开开眼界。”

王雱感觉这个世界对他很不友好，要放在现实生活的21世纪，小孩子是祖国未来的花朵，奴役小孩子是犯法的。要是他这花朵还没盛开，就被蹂躏到凋零了可咋办？可范仲淹明摆着不准备帮忙出头，王雱也只能憋着。

他已经了解过了，他爹这是让他提前做好全面准备。参加完科举还得参加上岗培训。一般培训完了得参加类似司法考试之类的专业考核，考过了才给你安排去哪儿当官。

比如说，他爹当年就是考试成绩牛，一下子被派到扬州那样的富裕之地去当签书淮南判官。也就是说，他爹一上任就当市委办公室主任了。那会儿他爹还给他弄了不少公文废纸回家练字呢。

想到这里，王雱又想起当年他爹的顶头上司韩琦。那可是他爹的头一个上司，还总和他爹不对付，连他向韩琦骗压岁钱他爹都没骂他。多令人怀念啊！

王雱和范仲淹打听起韩琦最近的动向。范仲淹道：“他前年去并州后来信少了，不过前些天倒是有一封信来过，说是去年冬天开始他身体便不大好，想要改知相州，官家已经恩准了，算算日子，约莫已经到相州了。”

王雱又从脑海里扒拉出舆图，在心里头计算计算，对范仲淹说：“相州离得近，通信方便了。”

“相州还是稚圭老家。”稚圭是韩琦的字。

王雱乖乖听着。对于能力出众、简在帝心的官员，朝廷处理起来还是很人性化的，像范仲淹说他年纪大了不想再加活儿，上头没有勉强；韩琦说他生病了要回老家休养，朝廷就安排他回老家。即便把范仲淹安贬到这齐鲁之地，其中也是有些因缘的：范仲淹父亲早逝，母亲带着他改嫁，便是嫁到了齐鲁这一带。可以说这儿相当于范仲淹的第二个老家。

任何一个时代大概都是这样的：永远不缺少它冷酷一面的同时，也永远不缺少它温情的一面。

王雱和范仲淹叨叨过后，又搬出琴给范仲淹弹了两首曲子，陪够了范仲淹才回家。

到了家中，王雱就看见找过来的胡管事。胡管事一张无害的脸堆满笑容，把郓州那边的进展告诉王雱：第一批船是用郓州原来的旧船改的，如今已经下水了。有了司马光的大力支持，生意很不错，船厂正造新船准备扩大规模。

《水浒食神》的第一册稿子沈括也已经写了出来，写得非常精彩，马上要铺货到各个“直辖市”进行宣传，想必到时水浒菜会大绽异彩。

王雱问：“沈哥回家过年了吧？”

胡管事道：“早回去了，跟着商队一起回的，一家人哪有隔夜的仇。”

沈括这一回去，想再偷跑出来肯定不容易，王雱扼腕不已：这等同于少了个好帮手啊。不过书坊自有一套班底，倒也不用王雱来操心。

王雱说道：“那就得多辛苦辛苦胡管事您了。”

胡管事眯起笑眼：“不辛苦，不辛苦，我们一大家子都乐呵着呢。”有钱赚，谁会嫌弃钱太多呢？

聊完郓州的事，胡管事又将《医学问答录》大获成功的事告诉了王雱。

《医学问答录》的读者来信王雱让胡管事专门组织了一批粗通医理的书生进行审核，把一些有讨论价值的信挑出来送到司马琰那儿，要不然司马琰的工作量太大了，王雱怕司马光会把他打死。

还有一批信是送到曹老头儿这边的，王雱也专门搞了个“秘书班子”给曹老头儿念信写信，这秘书班子是由识字的药堂学徒、医馆学徒组成的，便宜好用，学成还能继续压榨。

对此王雱很满意，曹老头儿也很满意，解决问题对他来说就像按气泡袋的泡泡一样——嗯，很爽，很开心。

如果说里面的医学问答内容只能让业内人士如获至宝，那么王雱和司马琰琢磨着加进去的心理测评部分，则在各个分店所在地掀起了不小的热潮。

字太多不想看也不要紧，里面还有一些简易测试，描述几个生动有趣的情景就能判断你某些方面的倾向。

这就跟看手相、聊星座一样，是个很好的互动话题——见了朋友不知道聊什么怎么办？一起做个心理测试，做完还能继续聊结果、聊书里介绍的疏导方法科不科学，有益身心健康！和心上人见面了不知道聊什么怎么办？和对方一起做个趣味心理测试吧。

总之，这书火了。

看完之后，你就能头头是道地分析一下什么心理、情绪、态度啦，简直和它宣传的一样：你也可以当神医。

王雱刚检验完搞事情成果，就被他爹提溜着出了门，随行的还是周文。

这回走的是陆路，驴子驮着一袋子书，随时供王雱捧读。

当初范仲淹要调任青州，王雱便对这边的州县做了些了解，舆图早已烂熟于心。由于他爹这提刑官禁止“迎送聚会”，也就是不允许公款吃喝，所以王雱堂而皇之地搜罗起各地的“美食坐标”，拉着他爹一起去品尝。

王安石这人最不喜欢折腾，照他看来饭菜能吃饱就行了，讲究那么多做什么？可王雱给他掰扯了一通道理：“了解各地的优点，才能因地制宜地搞发展啊，这话是范爷爷说的呢。”虽说不是原话，不过归纳归纳、总结总结就是这个意思！

王安石品着这话，总觉得掺了些自家儿子的意思在里面。不过一切都有王雱去张罗，还有周文这个最会精打细算的孩子在，吃好点也不费什么事，王安石也没阻止。

入夜后，王安石点着灯给司马光写信，先是写写白天遇到的案子，而后就开始写自己吃了什么：一路走来，先是碰到有小店在摘榆钱，鲜嫩可爱，果真像一枚枚莹绿的铜钱，那一带都好吃榆钱，吃法很多，生吃鲜甜，榆钱饭香，还有榆钱发面蒸的饼；再行一处，又有吃香椿的，味道嗅着有些古怪，就着蛋炒好，吃着却挺香；近来槐花开了，那槐花香得很，槐花糕、槐花馒头都好吃……

因为要去各地巡查，王安石把信攒在一起，到需要落脚久一些的地方才让人将信送去郓州。司马光收到王安石的信时，槐花已经快谢了。要命的是，王雱给司马琰写的信他也得看，王雱这小子别的天赋没有，写起吃的来却一套一套的，看得司马光都有些饥肠辘辘。

司马光把信收好，去见庞籍。

庞籍到郓州后精神一直很不错，他也在读信，京城里的好友给他写来的。

虽然远离了开封，庞籍却不至于眼瞎目盲，京城发生的事他还是有办法知晓。这好友告诉庞籍，韩琦从并州调回相州养病，官家本来准备把他调过去补缺，结果看完他呈上的“梁山水泊”计划便改变了主意，要他在郓州接着干。

此事一成，惠泽的不仅是郓州百姓，别的地方也可以效仿。比如齐鲁博物馆，王安石拿出的章程多翔实、多具体啊，只要依章办事，别的地方也可以把博物馆开起来，以点带面地振兴文教、拉动经济。

庞籍把信也给司马光看了，他这好友是官家秘书班子的组成成员，这封信说是好友写给他的，实际上还暗含官家的授意。官家是个重感情的人，以前他在京城就很倚重他，去年因为弹劾他的人太多不得不把他下放，如今却已有些后悔了。

这封信的意思是，只要庞籍在郓州这边干出点别人无法辩驳的实绩来，很快就能再回到宰执之位。可庞籍已经年逾古稀，再过几年都该致仕了，对此已没多大念想。他出身寒微，能数度位至宰执已是意外之喜，如今他倒真想退下来颐养天年。他现在别无他想，就想给自己最出色的门生把路铺好。

庞籍看向司马光，叹息道："你本不用跟着我过来，却还是跟来了。"

司马光说："身为学生，自当追随老师。"

庞籍叹了口气，与司马光商议起正事来。到下衙后，司马光才带着王安石与王雱的来信归家。

今日庞籍的孙女过来找司马琰玩，一直留在司马琰房中。庞家小娘子出落得白净可爱，一双杏眼圆溜溜的，像只对什么都好奇的猫，看到什么稀奇玩意儿都要问问司马琰那是什么。司马琰没有藏私，大方地和庞家小娘子分享各种玩法，也没想着避讳它们的来处，都老实说是王雱送来的。

庞家小娘子也不大，只比司马琰大两三岁，却已渐渐到了有男女意识的年纪，她拉着司马琰说悄悄话："我过年才过来，没见过你的阿雱哥哥，他是个什么样的人啊？"这小女孩边说还边鼓着她那双杏眼，眼里写满了好奇。

司马琰说："这怎么说得清楚？"哪怕她和王雱已经认识十余年，她也没办法具体说出王雱是个什么样的人。王雱现在玩得很开心，一些隐藏已久的天性也渐渐冒头，越发显得初见时那个温和有度的青年曾经压抑本性到什么程度。

司马琰是唯一一个知道王雱那一段过去的人，所以现在看到王雱活得肆意又自在，她也觉得很高兴。

庞家小娘子见司马琰语气虽然还是和平时一样平平静静，神色瞧着却有些出神，更觉自己猜中了司马琰的心事。她也是出身官宦之家的女孩，在这方面向来非常含蓄，打趣也点到即止，当即把话题转到了别的方向。

直到天色不早，庞家小娘子才依依不舍地和司马琰道别，回自己家用饭去。

司马琰年纪渐长，不时也能结识些闺中密友，司马光从不干涉。待庞家小娘子离开，司马光才把王雱写的信拿给司马琰。

现在方氏书坊那边时常会派个嬷嬷过来送信，司马光每回都先粗略地检查后才拿给司马琰，自然也知晓司马琰就是现在当红的医书作者之一。这种事显然于理不合，但面对张氏的袒护、司马琰的祈求，司马光怎么都说不出阻拦的话。

每到这时，司马光就对王安石格外羡慕：生儿子多好，生儿子不用考虑那么多，只管让他胡闹去。

他这女儿聪慧、懂事，比同龄人都要早熟，在医学方面还有着过人天赋，年纪虽小，却已经通晓不少药膳的做法。别的不说，光凭从她娘那儿学到的一手好厨艺就足以嫁个好人家。可现在问题来了：什么样的臭小子才配得上他女儿，不让他女儿受委屈呢？

司马光听说成都府路出了事，一户是当地富户，家中子弟都颇有出息，为官者不在少数；一户也是积善人家，姓苏，到这一代一门已出了两位进士。

这两家都是当地有头有脸的人家，本身还有姻亲关系，结果那苏家人把女儿嫁给娘家内侄，两年没到就收到女儿香消玉殒的消息。听说苏家人当着所有人的面和亲家撕破脸，大骂亲家家风不正，写了诗文把对方满门上下都骂了个遍。

就这事儿，还有不少人觉得苏家人不顾两家脸面。若是没有一个自小被当成掌上明珠养大的女儿，司马光也会觉得这苏家人过于冲动、不考虑后果，但司马光代入自己想一想，也觉得脸面什么的都是虚的，谁要敢动他女儿，他能捋起袖子打人去！而且不只他可以，张氏也可以。别看张氏平日里脾气好，面上总是带着笑，但她也算是出自“将门世家”，自小耳濡目染之下也是上得了厅堂、挥得起菜刀的。

司马光把司马琰有可能接触到的混账小子默数了一圈，又把自己认识的适龄的混账小子默数了一圈，最后又绕回到原点，在王家那混账小子身上画了个大大的红圈。

这混账小子就目前看来表现还算及格，不光不介意司马琰的聪明过人，还积极鼓动司马琰多多接触新鲜事物、积极拉司马琰一起搞事情。不过女儿和那混账小子都还小，这几年内还不必考虑这些。但是，该防的还是得防。司马光绷着脸把王雱的信拿给了司马琰。

司马琰不知道司马光内心已经进行了一场涉及所有适龄对象的评分，接了信就拆开来看。王雱的信写得比王安石生动多了，还搞成解谜模式，把一份份案卷捯饬成解谜故事，让司马琰看信找线索，看看这些重大刑事案件该怎么勘破。

王雱这厮满肚子坏水，只给谜面没给谜底，表示要她发挥发挥自己的聪明才智好好破案，要是笨得解不开呢，就等他下回来信再给她揭开谜底。

除了新增的“大家一起来破案”游戏环节，剩下的就是基础的相互伤害内容。司马琰本就没用饭，看完之后胃口都好了不少，晚饭时多吃了好些菜。

司马光也一样。

张氏看着经历了“光盘行动”的菜碟子，笑问：“是不是阿雱他们又来信了？都写了什么吃的？”

于是，第二日张氏祸害了府衙周围快要凋谢的槐花，司马光和司马琰尝到了被王雱夸上天的槐花包子，香喷喷，特别好吃。

这一年入夏，郓州连绵的春雨停了。柳永从青州乘舟而来，由他亲手写的帖子发往四面八方，邀请同样闲居的朋友们到梁山水泊来开文会。郓州治所在须城，须城出了城不远就有水泊渡口，交通十分方便。

经过大半年的整顿，须城市容市貌焕然一新，给游客们的感觉非常棒。最近方氏书坊在层层铺垫后隆重推出新作《水浒食神》，其情节之跌宕起伏，其人物之鲜明，瞬间引爆了新的热潮！毕竟医生不是谁都能当，可吃是谁都能吃啊。

《水浒食神》里面的美食描写，融汇了王雱与司马琰多年相互伤害的通信精华，又汇聚了中华上下五千年的美食精髓，再配上沈括出色的画工，直接把所有买书的人看馋了，所有人看完后的想法都是：啊——这都是什么神仙食物？啊——这么好吃的东西哪里可以吃？

当然，也还有些倔强的剧情党没有屈服于美食诱惑，三五成群地聚众讨论：感觉及时雨宋江不像是送菜的那么简单，他会不会也是个厨艺高手？要不然为什么他总是能给每个食神候选人挑来合适的食材呢？感觉这个人未来会很牛啊！

总之，买了书看完以后，第一感觉就是：不行，不能我一个人跳坑，必须拉其他人入坑！

有些离郓州近的人——或者索性就是郓州本地人的，自然是直接到梁山水泊实地走一遭，看看能不能吃上书中那些好吃到天上有地下无的“水浒菜”。

柳永也是为着这个来的，不同的是他走了后门，可以带文友们品尝游船上最新研发的水浒菜。

司马光与柳永虽然没什么交情，但柳永是过来给梁山水泊打广告的，又与王雱是忘年交，他自然亲自相迎，并表示到时可以一同出席文会。柳永却明晃晃地婉拒他：“怕你来了很多人会放不开。”

司马光：……行吧，不去，反正也不大擅长这种交际。

梁山水泊上推出的水浒菜与《水浒食神》目前的进度是同步的，柳永一行人到了船上还能看到跑堂的穿着梁山好汉的衣服在旁候着。一行人坐定，茶叶上来了，这是取梁山周围上好的野茶精心炮制的茶团，茶香悠久。这茶团不光泡出来香，包装也雅致得很，取来时像朵盛开的雪白花儿，甫一出现便吸引了不少人的目光。王雱舌头毒辣，下乡时抿了一口就相中这茶，长这些野茶的那个小山头已经叫胡管事提前盘下，好生包装了一番，又在《水浒食神》第一册里无声无息地植入广告，给了这茶一个高端大气的出处，命名为“水浒义茶”。

《水浒食神》虽然讲的是食神争霸的故事，但是其中的食神候选人个个都身怀奇技，他们讲义气、重感情，虽都是些小人物，可他们的言行举止也暗合儒家经义。

王雱的广告显然植入得非常成功，此茶一出，座中人都议论起这水浒义茶的出处来。到香茶上桌，每个人端起来尝了一口，便觉口有余甘，十分不错。接下来，一盘盘水浒菜上桌，所有人都吃得很满足，边吃还边说起每道菜的典故。

饭饱酒足后，自然又到了品茶作诗的阶段，许多人为了上那文会文刊，都早有准备，提前写好了自觉不错的佳作。吃饭过程中，不少人又在脑内把自己的佳作修改得更应景了一些。

江上烟波浩渺，夹岸青山如画。随着船往前驶去，游鱼迎船而散，岸上水鸟迎风而起，走到哪儿都是看不完的美景。柳永在场，怎么能没有美貌女伎相随？船上有女伎抚琴献唱，其他游船上也有女伎隔船相望，隔着朦胧轻纱，远远看去美人如花，娇不可言，连那原本只有五分好的嗓儿也变成十分。

好茶好景配美人，可把柳永的创作欲都给勾起来了。唯一有些遗憾的是王雱给他下了禁酒令，还把他身边伺候的仆从给换了，换成个不知变通、敢上前抢酒樽的横人。面对其他人的劝酒，柳永只能无奈叹气：“不成，喝不得了，有个混账小子不让我喝。”

相熟的人都知道他口里的混账小子是谁，只有几个头一回来参加这类文会的人不知晓，又让柳永逮着机会吐了次苦水，把王雱的恶行公之于众。柳永抱怨归抱怨，可谁要敢说一句“你和他非亲非故，他凭什么管你”，柳永一准跟他翻脸。好在到场的都有一颗玲珑心，一听便知柳永明面上是抱怨，实则稀罕得不得了，都凑趣地夸王雱是关心长辈。柳永非常满意，也跟着回吹了对方几句，说他们的儿女也不差云云。

柳永文会开完了，暂歇在郓州休养休养，准备先把郓州这边玩遍了再回去。胡管事那边得了文会里抄录下来的稿子，当即紧锣密鼓地拿去排版印刷，同时还让把柳永的新作特别挑出来，快马送去京城给方洪。

开封也入夏了，汴河穿城而过，为京城百姓带来无数的蔬果、米粮、珍奇，也为京城百姓送来一丝清凉。沿着汴河的河岸与桥梁望去，到处都是攒动的人头，热闹非凡。京城的街头，如今也已经有了冰棒售卖，京城人有钱，除了街头可见的冰棒之外还有各个酒楼研发的冰品。

参知政事刘沆，一个因为权知开封府而与柳永结下不解之缘的副相，今年在京中也能够轻轻松松地喝上甘甜可口的梅子汁。柳永现在不仅写得一手好词，写文章也很不错，尤其是写吃的。喝冰镇梅子汁就喝冰镇梅子汁吧，还要把它的色香味统统夸一遍，颜色怎么怎么漂亮，滋味怎么怎么甘甜，还要描述沁凉的梅子汁怎么从口中、从喉中流入腹中，写得看到的人口舌生津，恨不得自己也来一杯。

天气渐渐炎热，刘沆心道，今年柳永总不能再靠诗文迷惑他人了，青州能有的东西，京城绝对只多不少。正想着，已有同僚拿着本封面十分眼熟的文刊过来，上前与刘沆道："冲之，你可看了这最新的文刊？"

刘沆心里咯噔一跳："柳三变又开文会了？"

同僚道："对的，刚有人给我捎来一本，我看完了，想起你与那'柳三变'有些交情，特地拿来让你也能早些看到。"对柳永这三天两头冒出来的文会，众人早已见怪不怪，要是哪几个月没拿到柳三变新出的文刊他们都会感觉少了点什么，浑身不自在。

刘沆脸皮抽了抽。这样的坑，他已经跳过几次了，每回这些同僚都以这样或那样的理由把书塞给他，实际上是自己被柳永祸害了，也想拉他下水。可即使心中警惕，刘沆面上也没表露出来。久居官场，他们这些老油条最擅长的就是泰山崩于前而色不变，刘沆笑呵呵地收下文刊，等同僚离去后才拿出来翻阅。

这一看，又被卷首页的柳永词弄得牙痒。这词写的是江上风景美，乘舟遨游于山水之间，身边既有美人又有知己，还不用干活儿，心里不知道多舒爽。下阕还假惺惺地回忆一下寒窗苦读、仕途坎坷的辛酸，运用对比手法凸显眼前景好人好的潇洒生活。

简单来说，整首词的意思就是，你每天苦哈哈埋首案牍，累得不行，好辛苦啊！我就不同了，我老了，干不了正事了，只能携三两好友吃吃喝喝、到处游玩，真是老而无用啊，令人唏嘘！虽然我过得挺开心哈哈哈……

整个文刊的排版也很有意思，入选的诗文虽然都是万中挑一的佳作，但编排时恶意地按照"怎么吃""怎么喝""怎么玩"来归类，还选了几篇诗文总结出整本文刊的中心思想：我们玩得真开心，真快乐！当然，最后还是强行拔高主题，来了一首诗总结：希望天下人都能这样快乐！

刘沆木着脸看完整本文刊，感觉手边的冰镇梅子汁不冰了，窗外吹来的风不凉了，他的一颗心被这本文刊伤得千疮百孔。

自从坐上宰辅之位，刘沆有多久没有和朋友一起出游了？每天忙得要命，还要提防着自己会不会被人弹劾。背地里还有不少人说他坏话，说什么他最擅长挖人阴私攻讦别人，最好不要和他往来——他这不也是被逼的？

看看庞籍吧，够正直，够无私，什么雷都敢去踩，连裁减士卒、削减军费的提议都敢当庭提出来。这不，宰相没当几年又被踢下去了，要不是到郓州后突然整出点新花样，那些人还要按头让他去守并州。

并州是什么地方？那是边关，对面随时打仗的那种。

庞籍都快致仕了，还要人去并州那边琢磨着怎么提防北边过来抢掠，要是再有人透点风声对那些兵将们提一提“就是他要裁减军费，顺便把你们之中的老兵弱兵踢走”，庞籍在那边能好过吗？怕是连说话都不管用了。

刘沆从不否认自己拿住别人把柄让他们不敢吱声的做法有点儿阴损，但他更清楚：要是他不阴损点，就轮到别人对他用损招了。

身居朝堂，永远如逆水行舟——不进则退。

刘沆合上手中的文刊，摇头在心里叹气：这柳三变求了一辈子功名，老来倒是自在逍遥，真正活得潇洒自如了。只可惜他们这些人身在此中，一时半会儿怕是脱不了身了。

读到这文刊的不仅是刘沆，官家这两年也很喜欢听柳永的新作。柳永的词还是清隽秀丽，只是比从前多了几分洒脱，读来叫人酣畅淋漓，堪比酷暑夏日喝了一碗清凉茶水，浑身上下每一个毛孔都通畅了。

从翰林学士那边听到柳永新词，官家都免不了夸上一句：“柳三变的词写得越来越好了。”

与此同时，王雱竟在读者来信里收到一个惊喜。那是一封成都府的来信，写得十分出色，先是夸了《水浒食神》一番，然后开始和王雱交流一个问题：猪阉了真的会好吃很多吗？

《水浒食神》中写：黑旋风李逵擅长抓野猪，抓到野猪后并不立刻宰杀，而是统统抓起来。他还干了一件非常威风的事，他刀快如旋风，能让野猪们并排站在猪棚之中“成排阉去”！去了那根儿喂养起来，野猪不仅能长个头儿，还不腥膻！这就是黑旋风能将猪肉烹饪成无上美味的秘诀。

这封信，夸人的时候夸得文采斐然，一看就是人才。方洪那边得了王雱的叮嘱，发现潜藏人才后要把信转给他，是以王雱几乎是第一时间就拿到了这封来自成都府眉山城的信。

一看到信上的落款，王雱心里就乐开了花，绝对没弄错，就是心跳加速的感觉。要说大宋众多名人里头，哪个人最让人耳熟能详，那必然是这写这封信的人无疑。

苏轼，东坡居士。

不愧是东坡肉的发明者，这封来信竟是冲着《水浒食神》里的猪肉来的。

这年头交朋友不容易，随便一个任命就能让你们天各一方。王雱除了和司马琰长期通信之外，其他时候还真没和人书信往来的习惯，都是对方有事相询他才回上一封。

当然，这约莫和他的年龄有关。王雱收起苏轼写来的信，决定去找专业交笔友、时常写信和朋友相互吹捧的王安石咨询经验，务必要把苏轼这尊大佛给稳住，建立良好的友谊关系——这样一来，以后岂不是能让他时常帮忙？

王雱怀揣着一颗纯洁的、活蹦乱跳的搞事之心，找他爹询问该怎么亲切友好地和笔友交流。

王安石还是头一回听到王雱这么问，他理所当然地说："他们看了我的文章，来信与我议论，一来二去也就熟悉了。"王安石这还是有点儿谦虚的，大多时候是友人们看了他的文章觉得很是不错，来信夸他写得好。

王雱拒绝再交谈，王安石却来了兴致，问王雱想和谁交朋友。别看王雱这人和谁都玩得挺好，实际上他性子也挺独，且有点儿傲，即便是面对范仲淹、庞籍他们也只是敬慕而没有畏惧。范仲淹就曾和王安石谈过王雱这点，说王雱太过"无惧无畏"，不知是好事还是坏事。

自家老爹问起，王雱自然没瞒着，把苏轼的来信掏出来给王安石看。王安石一瞅，确实文采斐然，好几处行文都酣畅淋漓，叫人看得拍案叫绝。只不过通篇看下来，王安石看出了点端倪：来信这人年纪不大，和他儿子一样爱吃爱玩，瞧着肯定也是个爱搞事的性格。怪不得他儿子想和对方做朋友。

王安石把信还给王雱，内心感觉自己儿子也不输给对方，但他向来秉承着"当面能不夸就不夸，能打击就打击"的基本原则，点头说："这年轻人文章写得确实好，你多和人家学学。"

王雱一点都不觉得这话不中听，反而还觉得美滋滋。这是谁啊？这可是写出"明月几时有"的苏东坡大大，风靡了多少年、穿越了多少个时空！对王安石一如既往的训导，王雱这回难得地积极表示："会的会的。"

王安石：……算了，就让他们这些小年轻自己玩儿去吧。

王雱积极地给苏轼写信，先是表明《水浒食神》的创作有自己一份，故事大纲是他和沈括一并整理出来的，里头的种种美食都是他们发挥想象创作的，方氏书坊那边在按照书中菜谱进行研发，有的成功了，有的仍需努力。

比如说，这养猪，自从知道黑旋风的秘法之后，胡管事还真带着个屠夫去给猪切蛋蛋，屠夫经验丰富，刀法精准得很，猪儿们没有丝毫痛苦，当晚睡得很安详。接下来，这几只猪花了钱放在几户佃户家寄养，咻咻咻地长膘，和佃户家养的其他猪一对比，猪肉多了一圈都不止！他现在不在郓州，没有亲自尝过这批猪肉，不过好友反馈说还不错。但是想大规模推广还得再摸索摸索。

王雱详尽地描述完，又把司马琰写给他的相互伤害部分摘抄出来给苏轼感受一番。末了，王雱还羡慕了苏轼一番：听说北边猪的毛太长，南边猪的毛太硬，唯有川猪毛软硬适中、色泽柔美、富有光泽，做成牙刷刷牙最舒服了。他顺手在背后给苏轼画了个牙刷制作流程，好让苏轼也享受享受寻找雪白猪鬃动手的乐趣。相信苏轼这么讲义气的人，找到合适的猪鬃后一定会和他分享的。

这边离成都府太远，送信山长水远的，王雱把信发出去后就抛诸脑后，专心跟他爹查案。

小案子不用王安石管，到王安石手里的都是性质比较严重的案子，王雱一路上见识了不少跌宕起伏的故事，有豪门内斗的，有贫家杀亲的，有乡村械斗的……大部分案情都简单分明，王安石只要复核一下、确定证据链是否清晰有力就好。至于那些案情稍微有些复杂的，对王安石来说也不算什么事。

王雱沉迷于给司马琰编故事，编完他还要去给王安石念一遍，问问王安石有没有错处，有没有可以把坑挖得更深的办法。王雱还和他爹说："听说我写的信每回都是要给司马叔父先过目的，爹你给他写信的时候可先别露底，我们也坑坑他。"

王安石不赞同地道："有你这么戏弄长辈的吗？你还行过拜师礼！"

虽然嘴上是这么说，可王安石的行动却很诚实，积极地帮王雱把陷阱挖得更深，并且在信中巧妙地避开王雱写的案子，力求把司马光父女俩坑得更彻底。

有王安石把关，王雱创作得更得心应手，连连坑了司马琰好几回。司马琰很不开心，写信给王雱建议："不如把这些谜案整理整理，印成书让其他人也玩玩，记得等三五个月才给他们公布答案。"

这真是——最毒妹子心啊！王雱对司马琰如此狠毒的建议十分"鄙夷"，暗搓搓在心里盘算：在齐鲁这边搞事不太好，可能有人会早早猜出答案，不如拿到开封那边给人挖坑。

开封那地方可是聚集了大批熟读律法的厉害人物。坑人，就该坑那样的。专业人士也跳坑，多爽！

王雱把案件从易到难编排编排，又即兴编出一批百字刑侦谜题给方洪宣传用，准备借机搞搞普法教育，提升提升百姓的法律意识。他把稿子整理好了，找人直接给送到京城去。

第五章

知己遥相闻

开封这边，方洪手底下已经分出多个业务分支，有专门负责搞文会文刊的，有专门筹划医学期刊的，还有负责绘本、话本等出版和营销的。其中文会文刊和医学期刊都已经收获了一批长期读者，在专业领域已经有了一定的影响力。

尤其是医学期刊，每期都会针对特定疾病进行研讨，刊登出相关的治疗方法、养护方法。一开始还有人敝帚自珍，不愿意把自己的看家本领公布出来，后来他们发现有些对头学派居然夹带私货，把自己的破理论给放出来误导别人，是可忍孰不可忍！

在方洪有心造势之下，这本最开始就一炮而红的医学期刊如今成了权威的“擂台”，各家争论到高潮都会忘记藏私，唰唰唰地把看家本领掏出来论战。曹老头儿和司马琰现在负责给稿件把关，顺便科普一些安全无副作用的治疗方法，再夹带私货宣传时刻体检的重要性。

体检这事儿对各地的大夫都有益，是以大夫们都积极推动，大大提高了各项重大疾病的发现率，在各地豪强富户之中早已普及开——有钱有权的人家往往是最惜命的。

得知创刊人中的“玉圭居士”正是体检的最初推动者之一，不少人都对这本医学期刊很有好感，即便不通医理也当成科普读物买回家学习，以免家里有人生病时两眼抓瞎。

有过炒热这么多书的经验，方洪收到王雱的稿子后只看过一遍就知道怎么运作。

这回，王雱把书挂到了王安石名下。除了和苏轼通信时小小展露过自己的“才华”，王雱的原则一向是能躲背后就躲背后，能暗中搞事就暗中搞事，他还是棵可怜巴巴的小树苗，长太大被人拔了怎么办？还是低调点好！何况这么坑人的书，要是有人给他寄刀片怎么办？他还是个孩子。

方洪对于挂在王安石名下也没意见，王安石好歹是编纂过《五年科举三年模拟》，写出过《杜甫诗选》的畅销书作者。

随着这本探案兼普法的书正式开始在各地铺货，“一起来破案吧”成了继心理测试之后的议论新热点。玩过几个入门级的百字推理游戏之后，不少人都迅速入了坑，纷纷买上一本和小伙伴们一起去开动脑筋。

买了书的人们津津有味地看完一个个悬而未决的案子，争论来争论去，好不热闹。这书的坑人之处在于，前面那些简单的案子都能在书中翻找到答案，而后面那些真正棘手、真正引起热议的案子是没有答案的，答案页面上写着这么一句话：欲知真相如何，请听下回分解！

买了书的人把书翻回封皮，死死瞪着上头的作者名，一同发出愤怒的咆哮：王安石，我记住你了！还有些前两年为偶像票选“唐朝三大诗人”落败的人更是新仇旧恨涌上心头：王介甫，居然又是你！

不过坑人这事儿是会传染的，一个人不小心掉了坑，就会坐在坑底给没掉坑的人卖安利：“坑底真舒服啊，坑里的风景多么好，小伙伴也很多，我们每天都过得很开心，你们快下来一起享受掉坑的快乐吧！”就这样，掉坑的人越来越多，王安石的仇恨也拉得越来越多、越来越稳。

王安石知道王雱要出书，但他不知道王雱挂的是他的名，还准备等书开始刊行后寄一本给王安仁炫耀炫耀：你女儿出书了吗？我儿子也出书了，比你女儿出书时年纪更小！

王安石还没等到王雱的样书了，王安仁的信就写过来了，信的大意很简单：弟啊，你知道现在你让多少人咬牙切齿吗？你准备什么时候出第二本公布答案？能不能提前给我透个底？你两个侄女都跳坑了！放心吧，我保证不会外传的！对了，听说已经有御史要弹劾你不务正业了，你记得提前写好申辩折子，被他们盯上你会很麻烦！

王安石：……

王安石拿着书信去找王雱算账。

王雱一脸无辜：“这不都是爹您查的案子，您挖的坑吗？”为了证明自己的话，王雱不知从哪儿抽出本样书，指给王安石看，有理有据地表示这坑是王安石让挖的、那坑也是王安石让挖的。

哇，阴险，太阴险了，简直令人发指！王安石抄起家伙追得王雱嚷嚷着“小杖则受，大杖则走，我不让您揍都是孝顺您啊”满院子跑，直至吴氏吼得王安石收了家伙才恢复安宁。

另一边，苏轼已收到王雱的回信。他是一个非常有搞事精神的人，看了王雱的信后他又热情地回了信，表示能得到作者的回应非常高兴，没想到《水浒食神》背后还有另一位神秘人。他对文字十分敏感，看完王雱对阉猪过程妙趣横生的描述后福至心灵，瞬间了解了《水浒食神》中哪些部分是由王雱操刀。

苏轼愉快地把自己的推断结果写到信里，并表示自己接下来会实践两件事：

一、寻那白白软软的猪鬃做牙刷；二、买两只猪阉了寄养在佃户家观察结果。

苏轼还真是说干就干的人，猪鬃不贵，猪仔也不贵。

苏家家底殷实，苏轼派了个书童去张罗，书童回来后一脸古怪，对苏轼道：“我跑遍了全城，只有一个屠夫说他能做阉猪的活儿。”人家猪活得好端端的，怎么就要去阉掉人家呢？说到这个，书童感觉自己的蛋蛋也有点儿疼，这大概就是苏轼平时所说的“兔死狐悲”吧。

这屠夫能阉猪，并不是说他以前干过这事儿，而是因为他平时杀猪多，对猪的构造了然于心，有把握在不弄死猪的情况下把它阉割干净。

苏轼听了点头说：“那你就去把这事儿办了，以后你得好好跟进。”苏家平时吃得少，苏轼好奇吃过猪肉，膻味确实重，得多加些调料去煮，吃着着实不美。要是这猪真能多长肉，还能不膻，想想就觉得很不错呢。

将阉猪实践交给书童去负责，苏轼就开始捣鼓牙刷，这东西拿着图去外头叫人做也行，不过苏轼正是年少力壮的时候，浑身上下有使不完的精力，乐于拉着弟弟一起捣鼓这设计得颇为好看的猪鬃牙刷。

苏轼拉着苏辙把牙刷给做出来那天，他的同窗拿着本书过来了，说是他脑筋灵活，要和他玩个破案游戏。苏轼顿时来了兴致，拊掌笑道：“好好好，我看看。”

同窗大方地把书借给他，说是明天再过来讨论。苏轼得了新书，先看作者，是王安石。这作者他有点儿印象，当初“唐朝三大诗人”的投票他也是听说过的，可惜他们离京城太远，没法及时投票，只能扼腕地看着二杜登榜。私心里，苏轼觉得白居易是可以入选的。

这个王安石，喜欢的是杜甫。苏轼摩拳擦掌地打开书，准备挑刺，结果看着看着很快被书中的案子吸引进去。他博闻广记，对刑律也有所钻研，时不时比对记忆中的律法来分析案情，看得津津有味。

奇怪的是，苏轼感觉这书的行文有些熟悉，与他看过的《杜甫诗选》有些出入。他停下来琢磨了一会儿，翻出了《水浒食神》第一册，稍一比对，他便找出了自己觉得熟悉的原因：这本新书，也有与他通信的那位“幕后作者”操刀的痕迹！

杜甫诗选通篇文风很正，即便说到一些诙谐的内容也透着一股子正经味道，看着就是三四十岁的标准文人写的。这本新书不一样，这本新书即便是写正经事，也给人一种轻松幽默的感觉！王安石姓王，背后的这位神秘人也姓王，难道说他们是同宗？或者说是父子俩？

不管怎么说，苏轼都很喜欢这位新朋友，于是他更认真地拜读起到手的新书来。

等苏轼看到那句“欲知真相如何，且听下回分解”，脑袋一下子炸了。他……他决定捋起袖子，写信去强烈谴责他的新朋友。下回再这样坑他，他就曝光他的马甲！

王雱还不知道自己的马甲被他摩拳擦掌想勾搭的人给扒了，他正游说着他爹借名字给他继续坑人，危言耸听地表示要是下册出不来了，说不定会有人直接找上门来。

王安石一开始严词拒绝，后来收到一大批来自亲朋好友的谴责信之后终于扛不住压力，和王雱一起搞事情，新案卷找不着好的，就翻旧案卷。还真别说，居然还让王安石给翻出几桩冤假错案来，顺势上报了一拨渎职官员名单，要求上头把这些人撸掉。

文官团体最爱干的就是和稀泥，你永远不知道一个看起来平平无奇的基层官员，背后藏着多大的利益网络。王安石写的折子秋天送到京城，一直没得到回复。王安石有些怒了，一拍桌子，叫王雱把这些冤假错案写进书里，让所有人来分辨分辨。

王雱对自家老爹的学习能力十分佩服，这才接触没多久，居然就已经会用舆论和水军来解决问题了！他上回和司马琰讨论现实世界，司马琰就说起一件事：他家老爹变法失败，似乎就是从一张《流民图》开始的。

所谓的《流民图》，就是有人把难民流离失所的惨况画成画，大肆宣扬新法带来的惨痛后果。以前他们就琢磨过了，宋朝皇帝在抗压能力方面都有点儿差，这舆论一煽动起来，心志不坚定的皇帝可不就得放弃变法吗？

舆论这东西，可以说是“水能载舟亦能覆舟”的典型代表。王雱没打算把这玩意儿牢牢地把控在自己手里，不过该用的时候他绝不会手软。

王雱对这些冤假错案也很不喜，这些案子要么是审判人的疏忽，要么是官匪勾连，害得一些无辜百姓得服多年苦役，甚至直接丢了性命。他果断地操刀创作起来，把案件好好加工加工，怎么放大冤屈怎么来，绝对能把看到这案子的人气得恨不能把那些始作俑者揪出来弄死。

方洪拿到稿件后趁着新书准备下印，直接搞了个立冬活动：往书坊门口搞个倒计时，每天抛出一个推理小故事唤醒别人对夏季跳的坑的记忆。

为了防止读者怒气冲到满值，王安石遭遇不测，这次的宣传语直接改成淳朴的“本书所有真相都附在书后，不必再等下册”。

新书发售这一天，不少人都第一时间亲自过来或者遣奴仆过来买书。即便上回被坑得那么惨，新书出来他们还是想看的，这年头娱乐活动不多，能有一本集趣味与智慧于一体的书可以看，大家都很乐意掏钱买。

别的不说，王安石当初考刑律时可是高分通过来着，看看这书还能增长见闻、提高考试通过率呢！不少学生就以这样的理由说服了父母给他们买新书，同一个理由用得多了，连说的人自己都信以为真，积极地用这话给别人推荐。

可这一回的书虽然没有再吊读者胃口，但是看得读者们怒火中烧，恨不得捋起袖子亲自替蒙受冤屈的可怜百姓翻案。

不少京中官员也通过各种渠道看到了王安石这本书，有些经手过王安石那封折子的粗略扫完后心里咯噔一跳，忙去和一同经手的人连夜协商，迅速把用各种理由压着不上送的折子递了上去。上头又迅速以惊人的速度批复下来，叫人快马把批示送去京东路那边。

开玩笑，这书连官家都有可能看见，要是官家问起这些事是不是发生过，涉事官员有没有处理，他们该怎么回答？更别说其他人的眼睛也不是瞎的，要是被台谏的人掌握了这些事，那些无风也起浪、有风更加浪的家伙还不得把他们喷死？

这本“普法教育读本”的影响不止这么简单。

各地相似案例有不少，哪怕有的人目不识丁，听别人说起时也会对号入座，发现原来自己或者自己家里人是蒙冤受难的。然后，他们都在一些有良心的读书人的指导下，对着书上的“翻案流程”尝试申冤。

还有某些官员忽然意识到以前收的钱、以前罩的人不值得自己冒丢官的风险，自行把案给翻了，以求躲过有可能遭遇的一波严查。

王安石现在还不知道，他现在在很多人心中已经荣获一个新绰号——搅屎棍。

王雱跟着王安石到处溜达，入冬后终于溜达到郓州须城。

立冬之后天气渐冷，王雱熬过了酷热的夏天、干燥的秋天，着实不想再跟着王安石跑，到了郓州后便撇下王安石一溜烟跑去找司马琰，坐在小火炉边死赖着不愿走了。

王安石到郓州也是为了处理公务，到正事忙完才知晓王雱溜了，只能带着周文去司马光家赴个家宴。两家人坐下吃个饭，算不得迎送聚会，不至于被人弹劾。

得知王安石要在郓州停留到临近过年，张氏便替王雱开口："外头开始冷了，不如让阿雱先在这里住着吧。"

王安石见儿子一副赖定不走的架势，也没勉强，耳提面命几句就自个儿领着从人走了。

司马光对王雱严防死守，王安石走后直接把人拎到书房抽查功课，又出题让王雱即兴发挥、激情写作。王雱早料到会有这一关，没有反抗，乖乖照办。

第二天一早，王雱才逮着机会偷偷去敲司马琰的窗。司马琰早梳洗停妥了，听到王雱敲窗后应了一声，悄悄打开房门溜出来，与王雱一并坐在院子里说话。

天色将明未明，只有一丝丝亮光划破夜色，王雱见司马琰穿得素素净净，没点小女孩的爱好，迅速从袖子里摸出两个毛茸茸的小绒球别到司马琰发间，小绒球粉粉嫩嫩，十分可爱，衬得司马琰水灵水灵的脸蛋更好看了。

王雱盯着司马琰左瞅瞅右看看，一脸满足地说："这就可爱多了！小妹可喜欢这个了，我还琢磨着帮她把小绒球染上不同的颜色让她换着戴。"王雱积极地给自己邀功，"这个颜色我琢磨了很久才染出来的，小妹都没给，只给你！这年头健康无害又好看的染料多不好找啊！"

王雱堂而皇之地调戏了他阿琰妹妹一番，知晓他阿琰妹妹脸皮薄，马上转了话题。

他们也十一二岁了，可以干点别的事了。比如说，发挥司马琰在药物方面的才能调配一些冬天能用的面霜、护手霜，最好能把脂粉也换成无毒无害的，等他们老爹升官了，他们娘也是要应酬的，不可能一直素面朝天。更别提司马琰自己也要用。

这方面司马琰自己其实也琢磨过，只是她以前并不擅长这个，深在闺中也不方便买大批原料来研制，也只能将就着用市面上一些比较好的。

王雱笑眯眯地说："这就是我决定在这里多留一段时间的原因了，我给你准备了一个好地方，回头带你过去瞧瞧。"

说是王雱准备，实际上是他把设计图画好送到胡管事手上，让胡管事帮忙盘个地方改造出来。郓州房价不贵，胡管事不必请示方洪，直接把整个宅子买了下来，往里头囤王雱点明要的东西。王雱过来之后亲自去瞧了瞧，非常满意，该有的都有！这不，他就朝司马琰邀功来了。

司马琰见王雱一脸神秘，不由问："什么地方？"

"去了你就知道了。"王雱卖了个关子，他和司马琰说起另一件事，"我跟你说，我的马甲被大佬给扒了。”王雱把自己和苏轼开始通信的事告诉司马琰，和司马琰说起自己被苏轼扒光马甲的可怕经历，“他居然能准确无误地抠出我写的部分，这也太玄乎了！”

司马琰道：“他应该是对文字比较敏感。而且你的风格很好认，你不知道吗？”王雱这人写什么都和别人不一样，想让你笑就能让你笑，想让你气炸就能让你气炸，风格鲜明得很。

王雱摸着下巴说：“不知道。”

毕竟他是个理科生，没写作文很久了，过来这边之后大部分时间也只是和司马琰通信。要不是被司马光他们逼着写应试作文，他才不会写！天天挥着笔杆子咬文嚼字，理科生的尊严何在！

王雱和司马琰凑在一起嘀嘀咕咕，挨得越来越近。直至背后传来司马光提示般的咳嗽声，王雱才麻溜地站起来摆出要耍太极拳的架势，积极招呼司马琰：“天亮啦，我们该晨练了。”他像是这才看见司马光出来了，乖巧地问好，“老师早，要一起来锻炼吗？”

司马光早就知道王雱这小子脸皮极厚，没和他计较，还真在院子里跟着两个小孩一起练起太极拳来。

王雱感觉司马光防他都快赶上防贼了。他是个多纯洁、多正直的人啊！难道还会拐他阿琰妹妹早恋不成？

王雱在司马光面前装乖卖巧，等到他去了府衙，又跑到张氏面前装乖卖巧，表示想一起出去逛逛。张氏最是喜欢王雱，知道他是特地等司马光走后才提出来也不生气，遂了王雱的意带着他们出去。

王雱轻松把她们带到他给司马琰准备的“药坊”里头，这药坊不对外开放，更像个医学实验室。有对夫妇住在里头打理各项杂务，知晓王雱来了忙出来相迎。

王雱道：“你们忙自己的事情去吧，不必招呼我们。”他带着司马琰和张氏入内参观，里头好几处墙面都被改装成了药柜，但凡市面上能搜寻来的药物都齐齐整整地摆在药柜的一个个抽屉里。

司马琰嗅到一屋子药香，怔怔地出了神。

王雱也不避讳张氏，大大方方地道：“光看医书总归还是不够真切，这地方离府衙很近，闲着的时候你过来认认药挺好。外头的药圃也大，我叫人胡乱扔了些种子下去，你回头看看长得怎么样。”

张氏没说话，站在一旁打量着满屋子的药柜。

王雱又兴致勃勃地拉着司马琰往里，里面就是个真正的实验室了，各种王雱想得起来的实验器具都很齐备，是他叫工匠试着烧出来的。

宋朝也是有玻璃生产技术的，只是技术不成熟，一时半会儿改进不了，得经过漫长的摸索才能出成果。虽说这些玻璃器皿透明度不够高，没达到现实世界的质量，但并不影响使用。

王雱凑到司马琰旁边和她嘀嘀咕咕地说悄悄话："条件还比较简陋，等将来技术更成熟一些我再给你搞个大的，你还要什么实验器材，我叫人去给你琢磨琢磨。"

司马琰没想到王雱给她准备了这么个礼物。转头看到王雱一脸"我很棒吧，快夸夸我"的表情，司马琰一时不知道该怎么回应，只能道："……我得试试看才知道需要什么。"

王雱笑眯眯的，没冷落对实验室一无所知的张氏，积极地带张氏参观，告诉张氏这些实验器械有什么用。王雱最喜欢的就是各种由他亲自制定标准的测量工具了，准确无误的刻度，准确无误的砝码，用起来多爽！开心！

张氏虽然不知道王雱做的这些小玩意儿是不是真有什么大用处，但听王雱讲得头头是道，女儿也在一边两眼发亮地应和，立刻明白这些都是王雱捣鼓给自家女儿玩的。

司马琰已许久不曾进过实验室，见王雱给她取出实验服来便有些手痒，当即和王雱一起站在实验台前捣鼓了大半天，结果因为王雱这个好奇宝宝这也想搞搞那也想搞搞，最终什么都没做成，只捡回一点点熟练度。

快到晚饭时间了，哪怕王雱和司马琰还想继续玩，张氏也得带着他们回家去。

一到家，王雱就看到司马光面色不大好地坐在那儿，时不时往门口瞄两眼。王雱麻溜地冲上去，乖巧地给司马光揉肩，口里还说道："老师，您这么早下衙了啊！"

司马光看了张氏和司马琰一眼，终归没说什么，拎着王雱去了书房，扔给他一堆文书让他帮忙整理。

对于司马光这种奴役童工的行为，王雱当然是……当然是乖乖服从。不服从能怎么办，这可是个最最尊师重道的时代。

入夜后，司马光沐浴完回到房中，张氏边给他擦干头发边说起白日里的见闻。张氏把那"实验室"的情况仔仔细细地给司马光说了，感慨道："别的不说，光凭这份心思就已是难得。"

司马光最警惕的就是这“心思”，才十一二岁的小孩，毛都没长齐，想法怎么就那么多？他摇头道：“你别老惯着他们，哪家的小娘子能跑外面去瞎倒腾的？”

张氏道：“反正，阿雱这孩子我是越看越喜欢。”

司马光不搭腔了。

第二日，王雱没法怂恿司马琰去实验室玩，因为庞家小娘子过来了。庞家小娘子比他们虚长几岁，见了王雱举止依然落落大方，目光还在王雱和司马琰之间来回打转。

王雱脸皮厚，也大大方方地与庞家小娘子相互见礼。不过人家闺阁少女聚会说私话，王雱倒不好继续和司马琰腻一块儿，只能叫上周文去见柳永。

柳永正坐在租住的宅子里看家书，听到有人来报说王雱来了，抬眼一看，门口已出现了王雱的身影。这小子压根儿就把他家当自己家了。

柳永笑骂：“我还以为你腻在你师妹家里不愿意出门了。”

王雱算是知道司马光他们为什么和柳永处不来了，柳永这嘴巴永远没点避讳，想到什么都直接往外说。瞧瞧，什么叫腻在师妹家，听着就不纯洁。王雱自认是天下第一纯洁之人，绝口不提若非庞家小娘子到访他肯定不会过来，一个劲地为自己喊冤。

柳永不理他。

王雱看到柳永手里拿着信，挪了椅子过去蹭信看。

柳永道：“我看家书，你凑什么热闹？”

王雱脸皮奇厚：“柳哥也算我半个哥，家书我当然能看。”对柳永这种风流到老的人，王雱是绝不喊爷爷的，一点都不怕乱了辈分。

柳永拿他没办法，只能和他一同看这家书。宋朝官员如无意外，一般都是三年一磨勘，也就是说三年考核一次你的政绩、才能，决定你的转官结果。柳永当初迟迟不得转官，还捏着鼻子写了些拍马屁的词往上送，甚至去宰相门前静坐。

如今回想起来，还真是恍如隔世。柳永现在已经致仕了，对仕途早没了念想，不过涉及儿子他还是挺关心的，顾不得王雱在侧飞快地往下看。

这次选官柳涚上书表示老父在齐鲁之地，想转到这边来奉养老父，上头已经给批复了，让他开春到齐州赴任，当个判官。

这官儿还成，王雱他爹当过，就是和顶头上司韩琦闹得有点儿僵。

主要是他爹那会儿天天熬夜看书，第二天老顶着黑眼圈去上班，韩琦一看，把他叫到办公室语重心长地劝说："年轻人不要太放纵自己，要多把心思放到工作上。"他爹一听就炸了，回家和他娘表示："这个老韩不理解我。"

那会儿，王雱还不能说话呢，只能眼睁睁看着他爹这个刚踏入仕途的愣头青天天和顶头上司顶牛。后来，王雱能跑能说话了，立刻积极地去抱韩琦大腿。

当然，只有王雱自认为是在抱大腿，毕竟他每回跑去韩琦那边都得顺点东西走，顺不走还嘀嘀咕咕地说人家韩琦小气，可讨人嫌了。

王雱看完信对柳永道："齐州府好啊，风光好，又暖和，冬天也不会特别冷。"

柳永说："就你懂得多。"两任妻子相继去世后，柳永是真的不知道怎么和儿子一家相处。几年下来儿媳已经诞下一儿一女，从信中看来都活泼懂事，他也没什么念想了。至于与儿子住在一起每日在家中含饴弄孙，柳永感觉这根本不适合自己。

王雱道："我还想回头去齐州府好好玩玩呢，您可得在那边挑个好宅子，要不然我到时候都没个落脚地儿。"

柳永被王雱闹腾得没了脾气，没好气地说："行，我去整个好宅子等你过去玩。"

王雱待在柳永租的宅子里写写画画，直至陪柳永用了晚饭才溜达回司马琰家。已经有人回来传过话，张氏还是挺担心王雱没吃饱，直问他晚上吃了什么、还要不要再用点。

王雱心中一暖，摇摇头表示不用，破天荒地主动拉着司马光进了书房。他要和司马光说一个小计划，诓司马光让司马琰跟他一起出门搞事情。

王雱说是小计划，司马光有点儿不相信，这家伙看着纯善无害，实际上脑子里鬼点子多得很。他瞅着王雱，让王雱接着往下说。

王雱摊开他在柳永那儿写写画画的成果，给司马光讲解他的小计划：这里有些神奇的工具，可以搞搞蒸馏、搞搞萃取，就是需要好好琢磨琢磨、改进改进才能用。所谓的蒸馏和萃取，就是把原本藏在液体中的一点点精华给提取出来，比如二十斤的花瓣可以萃取出一滴精油。

精油是什么？香喷喷的，还能舒缓压力、调节心情，女孩子最喜欢。

不喜欢精油没关系，还可以提纯酒精！现在的酒精度数几乎都低于百分之十八，大部分兑水兑到百分之五以下。用蒸馏的方法就可以把这百分之五精准地提取出来，获得高纯度酒精！这酒精用处可多了：可以用来消毒，还是一种非常不错的溶剂。

司马光拧着眉看着王雱画出来的工具，感觉不太靠谱。他问："你是准备推广这些方法？"稍一琢磨，司马光便摇头，"不妥，这样得耗费多少米粮？"

酒本来就是禁榷商品，也就是禁止民间私自买卖，必须有酒引才能酿酒。一来是茶、酒、盐有巨利，朝廷舍不得放；二来则是粮食产量低，不能引导百姓为了钱大规模酿酒。

王雱自然也知道晓其中的因由，立刻打开第二页，给司马光看他的下一步计划："不，不是在我们大宋百姓之间推广。等我们把可以大规模生产的工具琢磨出来了，就可以'不小心'把生产秘法传授到交趾、西夏那些地方去，再把工具卖给他们，让他们的百姓都学会这些生产方法。"

路子他也选好了，让方洪帮忙挑选一些一看就有异心的商贾或者直接就选"外商"，悄然把这些方法传授出去。

王雱道："交趾那边气候好，常年温暖如春，很适合花卉生长，我准备再教他们一个秘法，让他们冬天也可以种植花卉，用以制作精油。"王雱一脸唏嘘与惆怅，"唉，唯一的缺点就是他们的地方太小了，可能倾举国之力也没法供应我们广大的需求市场，回头再瞅瞅大理那边有没有兴趣。"

他这法子主要是针对交趾，因为广南之战那会儿交趾想乘虚而入占大宋广南之地，还异想天开想让朝廷给他们拨军粮、军器，美得他们。

至于蒸馏酒的秘法，王雱觉得吐蕃和西夏很不错，他们住的地方多冷啊，很需要烈酒度过寒冷的冬天。至于辽国，他们没啥地方种地，就不给他们学了，让他们知道西夏那边有这种烈酒就好，他们肯定很乐意去揍那些个党项人一顿，然后让党项人给他们上供。

说起这个，王雱就有点儿生气，真宗期间朝廷和辽国打仗，打赢了，真宗皇帝居然和辽国定下澶渊之盟，主要内容是：我打赢了，心情很好，每年给你发一大笔压岁钱。

笔压岁钱这东西叫"岁币"。西夏前几年被打服称臣，朝廷也是这样表示的：你愿意当我小弟，我心情很好，每年给你发一大笔压岁钱。其实，岁币说得好听，其实就是给辽国和西夏送钱，让他们别再来骚扰大宋边境。

宋朝朝廷向来由文官主事，文官最讨厌的就是打仗。一来，打仗要花钱；二来，打仗不安全；三来，打仗会给武官攒军功的机会。

瞧瞧，西夏来打几回、侬智高祸乱广南之地，不就让狄青这个出身低贱的罪犯将军跻身枢密使之位了吗？每回在上朝时看到狄青跟定海神针似的杵在前列，不少人的心就被戳得生疼。

王雱如此这般地把自己的计划都给司马光说了。司马光听完王雱完整的“小计划”，有点儿说不出话来。他坐下揉揉眉心，问王雱：“这事儿，你和你爹，和范公说过了？”

“还没呢！”王雱向司马光表功，“我今儿刚想出来，迫不及待就跟您说了！”

司马光瞅着王雱，觉得这小子没一天消停。他扣下王雱写出来的“小计划”，摆摆手说道：“明儿，我让人把你爹喊来商量商量再说。”这想法看似天马行空，可司马光想到方洪以前那令人眼花缭乱的宣传手段，竟有种这种儿戏想法有可能实现的感觉。

王雱的狐狸尾巴露了出来：“商量也没用，工具还没做好呢！”他趁机央着司马光放司马琰和他一起去“实验室”那边搞研究，理由很冠冕堂皇：阿琰妹妹更聪明，更懂这些精油啊酿酒啊之类的事，他是个糙糙的男孩，什么都不懂。

司马光睨着王雱白白净净的脸蛋儿，没看出哪儿像个“糙糙的男孩”。敢情这小子绕这么大一圈，还把什么交趾、西夏、大理、吐蕃都扯进来，为的是说服自己允许司马琰陪他玩。

司马光没好气地说：“行吧，你们一块儿玩去。”当然，他把王雱打发走了，回房后又对张氏耳提面命让她必须跟在旁边，伺候的人也不能少，挑两个信得过的婢子寸步不离跟在一旁，绝不能让他们单独相处落人口实。

虽然限制多多，可王雱还是如愿以偿地把司马琰拐到实验室去了。张氏比司马光好，乐意给他们一点说话空间，王雱拉着司马琰说悄悄话，把自己给司马光讲的小计划告诉司马琰。

司马琰本就好奇王雱是怎么说服司马光的，听王雱这么一说，顿时明白她爹看着王雱时为什么一脸复杂。除了王雱这脑瓜子，还有谁能为了找小伙伴一起玩，搞个这么天马行空的计划出来？最了不起的是，司马琰发现他们好像还真能琢磨出这样的技术和工具来。

司马琰说：“那我们今天来试试？”

王雱点头。昨天他们是没有方向，今天有方向应该轻松很多。不过他也不着急，一点一点慢慢捣鼓。

王雱悄悄对司马琰说：“须城这儿房价低，其实胡管事把隔壁宅子也买下来改造过了，有什么我们干不了的活儿吩咐那边的人去做就好。”其实他的意思是脏活儿累活儿都让别人去干，他们还是孩子呢。

司马琰没有意见，初步实验他们可以自己摸索，想要重复验证、扩大规模，光靠他们是不可能的。她转头看向王雱，忽然想到王雱曾经让人去办蒙学，教导一些“无忧洞”的小孩和居养院的孤儿们识字算数。这些小孩要么没有亲人，要么亲人全在方洪手底下做事，几乎可以说是百分百可靠。几年过去，这些小孩中年纪大些的也都十五六岁了，在这时代可以算是到了成家立业年纪的“成年人”。

司马琰看向王雱：“你和我爹说的计划真的是临时起意？”

王雱眨巴一下眼睛，笑眯眯地说：“你猜。”

司马琰可不想猜。

现实生活中，王雱就给她一种难以捉摸的感觉，他的年纪在同行中不算大，资历也不算深，更没有惊人的背景，可是人脉却很广，哪怕一条腿遇到意外毁了，许多重要工程也都缺不了他。这可不是光靠能力出众就能做到的。

司马琰注视着眼睛含笑的王雱，认真问：“你玩得开心吗？”

王雱一愣，接着眼底的笑意更深，揉揉司马琰脑袋说：“当然开心。”

司马琰“嗯”了一声，表示自己不会再问了，拉开王雱在自己脑袋上乱揉的手继续专注于实验桌上的瓶瓶罐罐。

王雱捻了捻指头，回味着刚才柔软顺滑的触感，然后不怀好意地瞅着司马琰还带着点可爱婴儿肥的脸颊。感觉捏起来应该很不错，怪不得以前那些傻男生老爱欺负女生。

张氏还在旁边，王雱自然没敢胆大包天地去捏司马琰的脸，只能跟着沉迷实验的司马琰一起投入到新一轮的实践之中。

隔壁被改造成小工坊的宅院里头正热火朝天地改进着胰子的制作流程。

胰子是这时代用来洗澡的肥皂。方洪手底下就有会做这个的人，王雱意思一下地叫对方演示一遍给自己看，直接结合自己掌握的理论基础指出一个改进思路，剩下的就是反复实践了。

入冬后花卉不好找，王雱和司马琰叫人去搜罗橘皮，勉勉强强提取出一小盖子的植物芳香精油。

王雱让司马琰和张氏先回去，自己到隔壁观察新型胰子的生产情况，见工序基本已经趋于成熟，便叫人做一遍给他看，自己寻了个机会加了点橘皮精油进去。模子也是王雱亲自叫人做的，成型后的胰子外观漂亮，气味清新，细细去嗅还带着淡淡芬芳。

王雱非常满意，仔仔细细包装好，兴冲冲带回去向司马琰她们献宝。司马光也下衙了，见王雱带着几个小盒子回来，绷着脸问他：“这是什么？”

王雱一点都没被司马光的严肃发问吓着，兴致勃勃地打开一块香喷喷的胰子对司马光说：“这是我让人新做的胰子，您闻闻看，多香啊！”

司马光已经从张氏那儿听说王雱做出了精油，还等着王雱回来后细问，结果王雱居然捧着个胰子给他看！这小子说什么计划果然全是借口，实际上他就是想弄点东西自己玩，自己用！

司马光把胰子塞给张氏，拎着王雱去书房谈话。等王雱表示这就是将来要用到商品之一，司马光才脸色稍霁，又考校起王雱的功课来，直至张氏在外头喊他们吃饭王雱才重获自由。

饭后，王雱往兜里塞了个香胰子，积极邀请司马光：“我去找爹洗澡去，您要不要一块儿去啊？”

司马光与王安石相识已久，也知晓王安石对洗澡一直有些抗拒，入冬之后肯定更加理直气壮地减少洗澡次数。想到这些天来积攒了不少事情要和王安石聊，司马光也没拒绝，点头答应和王雱一起去瞅瞅王安石听说要洗澡时的脸色。

王安石正在看书呢，听到敲门声后放下书去开门。一听王雱要拉他去洗澡，王安石脸色果然不大好，不过有司马光在场，王安石自然不能表现得太抗拒，只能收拾收拾和他们一同去了隔壁澡堂子。

王雱亮出新胰子，和王安石分享自己全新的研究成果，表示保证会把他洗得干干净净，并且还香喷喷！王安石脸皮抽了抽，不想和自己儿子计较。要是计较太多，他会想揍儿子。

三个人用新胰子洗完澡，都觉得身上爽利了不少，连王安石都不得不承认这新胰子的气味很怡人，真有点儿提神醒脑的功用。

司马光邀王安石到一处亭子里说话，把王雱前些天告诉他的“小计划”告知王安石。两个人边说，目光边往王雱那边瞧，眼神里的意思大概是“见过能搞事的没见过这么能搞事的”。可王雱年纪小，这些事又有点儿……有失正直，王安石和司马光都觉得这件事最好让王雱撇清关系，千万别掺和。至于司马琰，那是更不可能在这种事上有姓名的——一个女孩子掺和到这样的事情里，还想不想嫁人了？司马光压根儿没和王安石提自家女儿最近天天跟着王雱一起捣鼓的事情。

平时天天对着王雱这个搞事精，王安石的接受能力比司马光好很多，他只稍一沉吟便对司马光道：“回头我回去和范公商量一下，西夏那边范公比较熟悉。”

司马光见王安石有了决定，点点头，起身和王安石话别。临分别时，王安石看着王雱屁颠屁颠地跟到司马光身后，一点都不留恋地准备继续去司马光家蹭住，一下子没忍住，抬起手往王雱脑袋上敲了一记。

王雱捂着脑袋，一脸幽怨地看着王安石。王安石绷着脸教训："乖乖读书，别瞎闹腾。"

吴氏不在，王雱只好乖乖应下，迈步跟着司马光走了。走出好几步后，他又用不大不小正好能让王安石听见的声音和司马光抱怨："唉，老师我要是您儿子就好啦，您可从来不动手。您看我爹总打我脑袋！我跟您说啊，我要是把您交代的功课给忘记了，一准是被我爹打忘的。"

司马光也板起脸说："你敢忘试试看？"

王雱感觉他们俩望向自己的目光都有些凶狠了，没敢再吭声，闭上嘴乖乖迈着步子跟司马光一块儿往前走。

走到转角处，王雱不经意地转头一看，发现王安石还没离开，站在那儿远远地看着他和司马光往回走。王雱一愣，停下脚步望着王安石。王安石注意到他转过头来，又再度板起脸朝他挥挥手，示意他快滚蛋。这回，王安石没再停留，转身往另一个方向走去。王雱顿时感觉眼眶酸酸的，也回身追上司马光。两个人回到家，司马琰还坐在那儿和张氏一起做针线活儿呢，见他们回来，张氏便问司马光那香胰子好不好使，她也试过了，很香。

司马琰也放下手中针线悄悄与王雱说话，问他："怎么啦？"她发现王雱情绪不太对。

王雱知道司马琰一向敏锐，也不瞒她，把刚才王安石站在原处目送他离开的事告诉司马琰。现实生活中的他，一直能把自己照顾得很好，哪怕一条腿废了也从来不让任何人操心，永远不会像现在这样时刻被人挂心。

王雱对司马琰说："我看着我爹转身走的时候，忽然就觉得那样的路，他一个人走太累了。"

王雱没有明说是什么路，司马琰却很清楚王雱说的是那赫赫有名的"王安石变法"。想到滚滚而来的历史车轮，司马琰只能劝慰："现在应该还早。"

王雱笑了："对，还早。"

研究初见成效，司马光也放松了对王雱的警惕，允许司马琰天天和王雱泡在实验室里。原料足够，器材不缺，司马琰做点自用的护肤品还是非常轻松的，和王雱腻在一块儿尝试多了，还能调试出不同的香味来。

王雱比司马琰更擅长归纳总结一些，做过一遍的东西他懒得做第二遍，直接交给别人去完成。

两个人把该研究的都研究完了，王雱就让司马琰带他认药材，一柜子一柜子地认过去，也算是学点新技能。可惜时间飞逝，转眼到了王安石要离开郓州的时候。

王雱提议两家人一块去梁山水泊走走，看看梁山水泊冬日里的景致。

入冬之后天气越来越冷，梁山水泊即使渺无边际，也抵不过冬日严寒，沿岸的湖水渐渐地凝结成冰。胡管事手上那些水上营生都收拢了，不过游船停在岸边依然能营业，还多了凿冰垂钓的趣味。

王雱又即兴给司马琰他们讲了一段《水浒食神》的故事，说铮铮铁汉林冲，最擅长使丈八蛇矛，后来妻子被一衙内盯上，用计诬陷他偷了宝刀，丢了差使又丢了媳妇，阴差阳错走上食神争霸路。他有个大酒葫芦，装着秘制好酒，煮什么都倒些下去，叫人吃得如痴如醉。不管是酒呛虾，还是酒烧牛肉都好吃得很。只是虾易得，想做牛肉得碰运气，多亏了及时雨宋江为他送来一块新鲜漂亮的牛小排。这时候的梁山食神候选人们，关系十分融洽。可惜因为志不同道不合，他们终究会渐行渐远。

司马琰听得瞠目结舌，感觉自己根本没看过《水浒传》，要不然她怎么觉得王雱讲得头头是道、非常真实？

司马光和王安石他们并不知道原版的存在，听王雱讲了这么一段，摇了摇头，明明是段挺让人唏嘘的故事，怎么经王雱一说就只给人一个感觉：肥嫩细腻的牛小排真好吃！

别说，还真是巧了，胡管事那边说有头耕牛不小心摔了一跤，冬天伤处好得慢，怕是好不起来了。现在已经报备过官府，这牛可以宰了，胡管事着人来问王雱他们想不想用些牛肉。

王雱说："把牛小排做好送过来吧，做好也送一些去给柳先生。"

那人听命而去。

司马光满是狐疑的目光在王雱身上扫来扫去。这刚讲完林教头风雪山神庙的故事，怎么这么巧就有牛摔跤了？不过民间私宰耕牛的事一向屡禁不绝，人家宰牛手续都办齐全了，你也不能说人家违法犯罪！

王雱一点都不㞞，坦荡荡应对司马光的怀疑目光。

一行人都吃了个尽兴，终归还是到了分别的时候。这两日雪下得小了，又有牛肉垫肚，王安石领着王雱出发回青州。等须城渐渐远了，王安石才问坐在小毛驴上的王雱："刚才，你收了什么东西？"

王雱一脸无辜地望着王安石："什么东西？"

王安石在马背上斜眼看他。

王雱没有一丝丝心虚，不就是阿琰妹妹给他绣的小荷包吗？有什么稀奇的！阿琰妹妹针法绵密，绣得齐齐整整，很符合他的审美观，他就收啦！他不仅收了荷包，还有这一个多月来阿琰妹妹调配的面霜、护手霜、香皂，还有给他妈妈用的胭脂、水粉、小口红——纯天然不含铅，实打实的不染铅华！

王雱积极地和他爹卖安利："爹，四川眉山的苏兄找到一种鬃毛，软硬适中、长短适宜，用来做牙刷非常棒，书坊那边已经送了一批过来，回去后我们可以换新牙刷用了。对了，阿琰妹妹给做的新牙膏味道很棒，非常清新，以后我们可以天天配着香皂用。您这天天往外跑的，面霜也有您的份，早上出门前擦一擦，脸上就不会干燥掉皮了。"

王安石拒绝聊这个话题。男人大丈夫，那么在意自己的外表做什么？

自从王雱琢磨出牙刷这玩意儿，王安石就被他拉着睡前刷一刷，睡醒刷一刷，最近还叫人送了几管子牙膏过来给他用。别说，自从养成这个习惯之后，他感觉自己口腔里还真清新多了，是以哪怕王雱不在身边，他也依然坚持早晚刷牙——大概是王雱在家时天天念叨闹的。现在好了，还要他每天搓搓手、擦擦脸再出门。

是可忍，孰不可忍！

王雱满载而归，把全家的个护用品都换了，又去给范仲淹家里送。这一年来，王安石带着王雱到处跑，回来的机会并不多，但王雱那是一点都不会觉得生疏。

迎面见到范纯礼，王雱乖乖巧巧地叫了声师兄，再碰上范纯粹，麻溜地跑过去拉范纯粹靠着门板一站，比对比对身高，美滋滋地和范纯粹感慨："哎，你可比我矮多了，平时得多吃点啊。"

范纯礼见王雱欺负自己弟弟，忍不住说句公道话："你可是比我弟大两岁的，你好意思吗？"

王雱恬不知耻地答："好意思啊。"他挥别范纯礼兄弟俩，溜进屋找范仲淹说话。

许久不见，范仲淹对王雱也想念得紧，收下了王雱带回的一堆乱七八糟的玩意儿，又让王雱弹琴给他听。

王雱在外面跑动，自然不可能带着琴，不过司马琰也有琴，他时常和司马琰练一练，倒也不算生疏。

范仲淹仔细听着，待王雱两曲弹完了，才问起王雱庞籍身体如何。

王雱道：“师祖身体很好，吃饭能吃可多了，腿脚也好得很，逢上休沐日偶尔还会带我们爬爬山。”

范仲淹点点头，又一一问起别人的情况，王雱一边应着一边给范仲淹揉按双腿。这手法是他和司马琰学的，范仲淹碰上寒凉天气腿脚就会疼得厉害，眉头总不自觉地拧着。王雱这活儿干得太自然了，等范仲淹感觉腿脚的疼痛舒缓多了后，才察觉这孩子在给自己捏捏这里揉揉那里。

范仲淹道：“你这小子，别忙活了。”哪有让别家孩子给自己做这种事的道理？哪怕他教过王雱一点琴技、一点经义，也当不得王雱这样的亲近和爱护。

王雱振振有词：“坐着不动光说话，多无聊啊。”

范仲淹拿他没办法，只能接着与他聊别的事，许是身体许久没有这么舒适过，不知不觉竟合眼睡去。

王雱又给范仲淹捏按别的地方，到范仲淹完全睡去才把范纯礼叫进来，两个人轻手轻脚地把范仲淹挪到床上去睡。范纯礼在床边站了一会儿，转身和王雱一起轻悄悄地往外走。到了门外，范纯礼才道：“入冬后事情多了，到处不是冻伤人就是压塌屋子，爹的旧疾又犯了，这些日子总睡不好，多亏你回来了。”

范纯粹也凑了上来，两兄弟齐齐和王雱说要学他那套按摩手法，平时帮范仲淹缓解疼痛。王雱自然是一口答应。三个人一个教两个学，不知不觉便到了夜深，哪怕王雱家就在府衙旁边，范纯礼还是提着灯他把送到家门口。

王雱与范纯礼道了晚安，推门走进院子里。才把院门关上，前头紧闭的屋门就吱呀一声打开，露出小妹那颗小脑袋。

见真是王雱回来了，小妹打开门，噔噔噔地跑出来，一下扑到王雱身上，结结实实地抱住王雱说：“哥，你可算回来啦！”

王雱笑着给小妹解释：“和你纯粹哥哥他们说了会儿话，教他们怎么给范爷爷按摩。”

“按摩？！”小妹听王雱说起过这个词，两眼亮亮的，“我也要学，学了给娘按。”

王雱点头，揉揉她的脑袋：“好，今天太晚了，你得睡觉了，明儿我教你。”

小妹作息一向规律，本就是忍着睡意等王雱回来的，等到人之后还真有点儿困了，打了个小哈欠，乖乖听王雱的话回房躺到床上睡觉。

王家两个小孩三岁之后都自己睡一间房，如今小妹也自己睡。王雱也有些困，站在小妹房门前看着她睡下后，就回房去倒头大睡。

第二天天还没亮，王雱就感觉有只冰冰凉凉的小手在捏自己的鼻子，他被冻得一激灵，睁眼一看，小妹开开心心地站在床边看着他，甜甜地喊：“哥——”。

王雱起床气全收，带着小妹去督促范仲淹晨练。人老了本来就醒得早，王雱兄妹俩倒没扰着范仲淹。昨天夜里睡得好，范仲淹精神很不错，跟王雱边闲聊边练了套养生太极拳，留他们兄妹俩在家中用了早饭才上衙去。

范仲淹忙去了，王雱又用范纯礼当教材，教小妹和小师弟范纯粹如何按摩。闹腾到午后回去，小妹立刻拉着吴氏道：“娘，我给你按摩。”吴氏一向惯着孩子，由着小妹用她那小爪子在自己身上揉来按去。

周武一直留在家中忙里忙外，近来他领着一群人挨家挨户地帮人检修瓦顶，关注有没有什么屋子撑不过冬天需要及时加固一番，顺便给装了暖炕的人家检修。听到王安石和王雱回来了，周武立马回家和王雱汇报这段时间的情况，有许多事他现在已经能自己拿主意，只需要把结果向王雱报备一下就成。

王雱对周武的成长很满意，他需要的并不是对他唯命是从的人，虽然那样的人用起来会很省心，可人的价值更多的是在于他们的创造性。毕竟有些事，光靠他一个人的脑子是不行的，他希望身边的人都尽早能独当一面。

王雱把一本小册子交给周武，吩咐道：“挑批信得过的人来学点新手艺，再问问你嫂子愿不愿意做一门新营生，不愿意的话，另挑个信得过的人来负责，要挑女子。”

周家嫂子手里还是有个食坊，不过已经不抛头露脸，只交给雇佣的管事负责经营，自己只管研发新餐点便好。周武点头应下，带着册子去找他嫂子。这回做的是些胭脂水粉的生意，还有些防冻的霜膏，这倒是人人都能用。

这铺子是王雱给司马琰筹备的，将来有些事可能得直接和司马琰接洽，所以负责出面的人得挑女子，免得司马光拦着不让司马琰接这些消息。

周武去得快，回得也快。有新营生可做，周家嫂子自然是乐意的，一口应了下来，表示会亲自去监督各个环节，让王雱只管放心交给她。王雱自然放心，他相中周家嫂子就是因为她做食坊生意这么久口碑依然很好。连入嘴的东西都没出事，擦脸擦手的自然也能把好关。

过了几日，分成契约也签好了，司马琰和王雱技术入股并提供广阔的宣传渠道，周家嫂子全权负责生产环节、销售环节，两边五五分成。年后，工坊便建了起来，新型胰子正式进入流水线生产阶段。植物芳香精油不好弄，浓缩程度没那么高的替代品还是有的。

香喷喷的胰子配上高大上的包装，再加上范仲淹妻子、吴氏的“夫人外交”和柳永的“红颜知己”宣传路线，这名为“香皂”的新型胰子很快风靡齐鲁之地，如今到青州、郓州旅游的人还得买十块八块胰子当特产带回去送礼。

正月，正式投产的“个护套装”趁着年节卖得如火如荼。

参知政事刘沆，去年八月已经荣升同中书门下平章事。虽然这官名听上去有点儿长，实际上就是从副相升为宰相。

最近，刘沆过得挺舒心，毕竟人逢喜事精神爽，当官的要是不想当宰相，那还当官做什么？现在，心愿了了，而且更妙的是，最近柳永没开文会、没出文刊，没写“致仕以后我很快乐”的诗文扎人心，舒坦！就连下衙回到家后，待在书房里看会儿书，刘沆都感觉神清气爽，浑身上下没一处不舒爽。不过，唯一的问题就是冬寒未去，哪怕他到哪儿都有火炉和厚实挡风的衣物御寒，还是感觉干燥得很，手脚都开始掉些白色皮屑了。官家一向勤勉，百官自然不能疏懒，没出上元，朝廷百官已经要按时打卡上班，这二十天班上下来，每天冷风呼呼地吹，都快把他的脸吹裂了。刘沆正感叹着，他儿子来了，还带着个精美的礼盒过来。

礼盒做得很漂亮，看着就高端大气，刘沆乍一看还以为他儿子贪污受贿，收了人家什么宝贝。一问之下才知道，这是他儿子一友人从郓州带回来的。

郓州！

刘沆心里咯噔一跳，想到柳永在那儿，心情不太妙。接着儿子给他一介绍，刘沆表情已经麻木了，默然收下儿子的一片孝心。

刘沆还没来得及细细感受柳永过的逍遥生活，就有人来传信说“晏公去了”。刘沆愣了一会儿才反应过来，这晏公指的是晏殊，只比他年长四岁，今年不过六十有五。

与此同时，同一个消息已经在京城各户人家传开了，连宫中也得了消息。

官家对晏殊的感情很复杂，晏殊十五岁以神童之名闻知朝野，是真宗皇帝留给他的股肱之臣。他对晏殊一直十分倚重，只是后来知道一些关于自己身世的传言，官家对晏殊的感情便微妙起来。

当今官家的身世，就是现实世界广为人知的“狸猫换太子”。事实上，刘太后并非故事中那么阴狠毒辣，而是个颇有智慧的妇人，因自己无嗣而安排李姓宫人生下官家。官家出生后，刘太后亲自抚养他长大成人，因着官家十三岁继位，刘太后垂帘听政十一年，临终时才还政于官家。

刘太后去世后，才有人陆陆续续地敢在官家面前提起他的身世，并暗指晏殊知道真相却从不告知官家。自那以后，官家便对晏殊颇有不满。

晏殊回京半年，入冬后一直卧病在床，官家始终没去晏殊宅邸视疾。乍然听到噩耗，官家心中极后悔没去看望病中的晏殊，把自己关在书房许久，让人通知下去，到时他将亲自去祭奠晏殊，并且罢朝两天哀悼晏殊的亡故。官家安排完了，又想起欧阳修乃是晏殊门生，便命人将欧阳修召来叮嘱一番，让欧阳修为晏殊撰写神道碑。

欧阳修也第一时间听到了消息。他与晏公确实有师生之谊，只是两人观念、想法大不相同，这几年已有些疏远。

于公，晏公是个手段圆融、处事周全之人，他却是个愣头青，在朝堂上横冲直撞，干过不少得罪人的事；于私，晏公厌俗崇雅，宴请多以赏雪赏花赏诗文为乐，他则好酒好俗乐。

庆历年间，晏公举荐他为谏官。他在晏公宴上作赋雪诗一首，写了句“主人与国共休戚，不惟喜悦将丰登。须怜铁甲冷彻骨，四十余万屯边兵”，扫了许多人的兴致，晏公亦认为他在暗讽自己只顾享乐、不顾边关将士。

庆历新政失败，有人弹劾韩琦、富弼、范仲淹等人结党，他写《朋党论》替范仲淹等人辩驳，招致许多人不满。晏公也力主将他这个总爱上书言事的谏官外放。而因着这事，晏公又遭受台谏弹劾，就此罢相。至此，他们师生之间越发疏离，最终只剩冷淡与客套。猛地听到晏公病故，欧阳修心中自是百感交集，不知作何感受才好。此时官家命人来召见，欧阳修来不及多想，收拾好心情去觐见。

京城里的消息本没那么快传到青州，可王雱与书坊关系近，书坊那边得了消息第一时间传到王雱耳里。

王雱才过了个轻松年，听到“晏公去世”这样的消息还愣了愣，一时没领会这话的意思。等细细问了，才知道这说的是“无可奈何花落去，似曾相识燕归来”的晏殊。

晏殊在庆历年间就外放了，还放得有些远，王雱无缘得见。他忙把这消息带去给王安石。王安石一听，也有些反应不过来，毕竟晏殊比范仲淹他们还要年轻一些。

王雱说：“听说是从去年开始就重病缠身。”

王安石给王雱说了些晏殊的事，晏殊与王安石其实是同乡，在这时候同乡也算是天然盟友关系。王安石中进士后去拜见当时身居高位的晏殊，晏殊给过王安石一句忠告：“能容于物，物亦容矣。”意思是你能容下别人，别人才能容下你。晏殊身为宰辅，不教他如何造福百姓，却教他明哲保身之道，王安石认为自己与晏殊志不同道不合，此后便未再与晏殊往来。

王安石对王雱道：“算起来，你范爷爷当初还曾蒙受晏公举荐，我们得去把这消息告诉你范爷爷。”于是，王雱又和王安石一道去了范仲淹家。

范仲淹听到晏殊病故，神色有些木然，到了他这个年纪，陆陆续续便会听到许多这样的消息。见范仲淹不愿多言，王雱和王安石对视一眼，一并离开了。范仲淹到夜深才躺到床上歇下，脑海里回放着过去种种。

当年他初入官场，蒙晏公举荐，得以受朝廷重用。结果他在刘太后手握大权、垂帘听政之时，上书要求刘太后还政于官家。当时，晏公把他叫去，指斥他行事轻狂、贪图虚名，他自知可能连累举荐人，连连自辩。到后来，晏公仕途平坦、步步高升，他仕途几度起落，兜兜转转到庆历年间才跻身宰执之位，得以主持新政。只可惜晏公庆历年间虽身居宰相之位，对新政却并不热衷，新政失败后还一力将支持新政的门生欧阳修外放滁州，以此明哲保身。

可哪怕晏公享用了一世高官厚禄、荣华富贵，终归还是躲不过生老病死。范仲淹叹了口气，辗转反侧，到三更天才终于入睡。

这时，已是冬末春初，冰雪消融，万物重获新生。

第二日，王雱一早去寻范仲淹，范仲淹看起来已好多了，只是不大想动，叫王雱弹首曲子给他听。

王雱见范仲淹心情不佳，便把琴抱出来，弹了首新曲子给范仲淹听，不是什么古曲，是他自己写的，曲意正好应景：湖面冰雪初融，变成薄薄一片冰镜，阳光往下照去，照暖了底下的冰凉湖水，鱼儿们聚集在这温暖的冰面之下欢快地游动着，等冰破雪消，更是直接跃出湖面，贪婪地呼吸着一拥而入的新鲜空气。

范仲淹静静地听着这欢腾逗趣儿的曲子，眼前也渐渐有了冰消鱼跃的景象。他看向给他弹新曲子的王雱，又看看搬出小马扎坐在琴前听得认真的小儿子和王雱的妹妹，恍然明白了王雱的意思。

如今的朝廷就如经冬久寒，积弊无数。可寒冰再厚，也会化去。也许在严冬之中会有人不理解，会有人选择分道扬镳，会有人嘲笑那些努力改变的人愚蠢，但更多的人都在期盼着破冰之日到来。到那时候，海阔凭鱼跃、天高任鸟飞，天下能人皆能一展所长，天下良材尽为朝廷所用。即便他们看不到那一天到来，眼前这些年轻的孩子也会看到。

范仲淹心中郁气全消，打发走王雱几人，提笔写祭文遥祭晏殊。

入春后，京城来了道旨意，是官家有感于晏殊病逝，关怀范仲淹的身体，希望范仲淹归京荣养。

范仲淹这一年来已不甚理事，自觉自己尸位素餐，便决定收拾收拾回京去当个闲官，闲度致仕前的最后几年。

范仲淹这次回去，还准备打包两个人：一个是他儿子范纯礼，眨眼间范纯礼也二十出头，得回京考个试；另一个，则是王雱。

王雱这一年跟着王安石到处跑，该见识的见识了，该学习的也学习了，范仲淹和王安石商量后，准备把王雱带到京城去，让他考进国子监读书。

王雱现在不缺聪明，不缺才学，更不缺见识，但是他总喜欢躲在别人背后偷闲，缺少真正的磨砺，也缺少真正的良朋益友。

第六章

恰同学少年

自己要去考国子监的消息，王雱是最后一个知道的。他知道的时候，吴氏、小妹都依依不舍地拉着他的手两眼泪汪汪，看着怪心酸。

王雱更心酸，他才十二岁呢。国子监那是什么地方？那是大宋最高学府，是大学啊！毕业后可以立刻参加科举考试的！他还是个孩子。可面对范仲淹、王安石两人无法违抗的铁拳，王雱只能乖乖收拾包袱准备上路。

临去之前，王雱给司马琰写了封信，痛斥王安石把年幼的儿子送去上学的可耻行为。写完他还觉得不够，又写给柳永、苏轼，逐一控诉一遍，这才浑身爽利。

写完信，自然要与狐朋狗友们话别，冯小胖冯茂很是不舍，他感觉自己不是读书的料，将来说不准要回家继承家业，即便去京城玩也没法和王雱凑一块儿了；李元东则平和很多，只是目中仍有着浓浓的不舍，连夜拉着王雱秉烛夜谈、探讨经义。

第二天，王雱忙去找范仲淹，催促范仲淹赶紧启程，要不然李元东这学霸太吓人了。范仲淹似笑非笑地睨着他，没答应，依照原计划有条不紊地完成交接。

儿子要去读书，王安石说一点不舍都没有那肯定是假的，可范仲淹说得对，独木不成林，他儿子再聪明，他也不能老把人拴在裤腰带上带着跑，总得让王雱多交些朋友，多长些见识。

范仲淹离开当日，不少青州百姓闻讯而来，夹道相送。范仲淹眼眶微红，收下州中长者送来的万民伞，带着家小及王雱启程归京。

送行的人众多，王安石和吴氏倒是不好拉着王雱叮嘱，只得牵着小妹站在原地目送他们离开。

周武得留着照看吴氏和小妹，周文得跟着王安石到处平反冤案、监察刑罚，王雱这一走还真是孑然一身，看着怪孤单的。好在王雱与范纯礼、范纯粹都熟悉得很，一路上倒也不寂寞。不想出了青州，竟有个老和尚站在那儿，身上还穿着来时的破袈裟，看着寒酸至极。不同的只有背上多了一把琴，不是古琴，而是王雱叫人给他做的。

王雱见车马停了，撩起车帘一看，这不是义海又是谁？王雱笑眯眯地道："您来了啊。"义海和尚颔首，不知从哪儿牵出一匹瘦马，翻上马背，说道："世道不好，劫道的多，我正好也要去京城，和你们一块儿走。"王雱听了没多问，点头应下，车马又再次前行，行往那繁华无比的东京开封。

另一头，王雱的信还在路上飞驰，苏轼却与父亲苏洵一块儿离了家，再次前往成都府游玩。这一次，苏洵带着他写的文章，准备携两个儿子去拜见外放高官张方平。

苏洵一向严厉，有他带着，苏轼与苏辙都不敢造次，乖乖跟着进了张府。

张方平看过苏洵的文章，对苏洵印象很好，准备往上举荐苏洵。宋朝有个说法叫“举茂才”。也就是说，有权位的官员看到遗落在民间的人才，可以推举上去让他谋个一官半职。

听人通禀说，苏洵父子三人来了，张方平立刻让人将他们领进来。苏洵三人一踏入屋内，张方平竟觉满屋熠熠生辉。这父子仨，面庞相仿，神采奕奕，未开口已叫人心喜。再细看他们上前见礼，父亲稳重，两个儿子更是灵慧出众。

张方平心中生出爱惜之意，面上却不曾表露，先出了几道题考校苏轼和苏辙兄弟俩，然后与苏洵闲谈起来。

苏轼盯着眼前的卷子，立即想起王雱在信中给他抱怨过的“许多长辈见了我便要考校我功课”，王雱这厮光是抱怨几句还不够，还要把被考校的问题列成考卷，叫人送来给他，美其名曰“有福同享”。照苏轼看，这应该叫“有难同当”才对。苏轼灵机一动，飞快把张方平出的题浏览一遍，瞧瞧有没有什么难题可以截下来考考王雱，有福同享。

苏轼也有点儿强迫症，但凡王雱写来的题目里涉及了他没读过的书，他就恨不得立刻把书找来好好看一遍。通信这段时间以来，苏轼的阅读量直接比以前翻了一番。

张方平出题还是有点儿水平的，不过难不倒苏轼，他飞快地提笔完成大半，最后两道题琢磨了半天才作答。等他答完卷了，往旁边一看，弟弟还没做完呢。苏轼瞧见弟弟空着的题目，决定给弟弟一点小提示，他在桌下踢了踢苏辙，然后朝对方晃了晃笔杆子。

笔杆是空心的管子，意思是这句经义出自《管子》。苏辙刚恍然地准备作答，窗外就传来苏洵的轻咳。转头一瞧，张方平和苏洵都站在窗外瞅着他们呢。苏轼马上腰杆挺直地坐好，目不斜视、耳不旁听，专心检查起自己的卷子来。

即便试图作弊被抓了个现行，张方平看过他们的答卷后还是非常满意。张方平指着其中一道题夸道：“这道题有些偏，我还以为你们会答不出来。”

苏辙是个老实孩子，据实以告：“这道题我和哥哥见过，是哥哥一个好友在信中写来的。”

张方平来了兴致，看向苏轼。苏轼便把自己与王雱在信中相互考校的事说了出来，并把几道印象深刻的难题告诉张方平。

张方平一听，感觉题目出得还真有点儿水平，寻常人根本不可能想出来。张方平抚须赞道："如此益友，应当多往来才是。"

苏家三父子都得到了张方平的认同，心中十分欢喜，在成都府住了几日才回眉山去。回到眉山，苏轼兄弟二人先去见了程氏，而后才各自回房。

苏轼去年成了亲，妻子王弗午睡方醒，正坐在妆镜前梳妆。听到脚步声，王弗转头一看，明眸含笑，起身迎道："回来了。"

苏轼把王弗拉回妆镜前，拿过梳子替她梳起发来。

王弗道："回来得正好，昨儿刚有封信送到家里，我还想着要不要托人送去成都府给你。"

王弗知道苏轼有个一直在通信的朋友，每回苏轼收到信都会第一时间拆开来看，读到兴起处还会粲然大笑、拍案叫绝。王弗一度酸了挺久，觉得这指不定是苏轼哪个红粉知己写来的。

后来，苏轼把信给她看了几眼，那字虽然说不上顶漂亮，却是风骨已成，铁画银钩间带着男儿独有的英气，她这才知晓苏轼是跟一个远在青州的少年人通信——亏得有人愿意送这么远的信。

苏轼忍着心痒替王弗把发髻梳好，才让王弗把信拿出来给他看。展信看完，苏轼对王弗道："好事好事，他竟是要到国子监读书去，这样我们通信可近多了。"

国子监下有国子监与太学，照理来说太学应该是附属于国子监才是，不过庆历年间太学从国子监挪了出去，有了独立的校舍。

王雱光说是去考国子监，没说他是去国子监还是太学，不过苏轼可以推断出一件事：王雱他爹显然是朝中官员，而且王雱身边有好几个水平与张方平相当的厉害人物。像苏轼这样的人，极少会羡慕别人有什么东西，他觉得自己什么都有，不管物质还是精神都很富足。因此猜到王雱身边牛人无数，苏轼不仅不觉得羡慕妒忌恨，还隐隐有些幸灾乐祸：今天他们光是见一个张方平就差点儿被考倒，王雱天天被那么多人考校，还不得痛不欲生？

苏轼给王雱的信都是直接寄到书坊，让书坊转交给王雱的。他估摸着王雱这会儿也该到京城了，顿时兴致勃勃地叫王弗把他这段时间以来收集到的难题都拿出来，他誊写一下附在信后给王雱寄去。

来啊，相互伤害啊！

此时已经是五月底，属于仲夏季节，国子监正在进行月考。孟月考经义，仲月考论，季月考策，这已经是国子监的定例，不管国子监还是太学都一样。

王雱被范纯礼领着去参加入学考试。他爹现在不是京官，为了验证他的身份还需要保荐信。王雱在国子监主簿的注视下，掏出一封范仲淹写的保荐信，再掏出一封庞籍写的保荐信，再掏出一封司马光写的保荐信……

眼看王雱还准备往外掏，主簿擦着汗制止："好了，足够了。"

王雱"哦"了一声，一脸无辜地说："正好我也没有了。"

主簿：……总感觉这是个刺头，希望是错觉。

主簿负责的是掌管文簿，勾考稽违。简单来说就是把入学的学生登记在案，记录他们的考试成绩、违纪情况。多了新生要及时录入，有生员犯事被逐出去也要及时除名，每一个学生的去留都会在文簿上记得清清楚楚。

王雱乖乖巧巧地做好登记，在主簿的示意下坐在一边等通知。

主簿一走，范纯礼立刻给王雱开小灶讲解接下来的流程：由于以前有不少人冒充官员子弟来入读，所以现在进国子监是要考试的，等会儿可能会有笔试和面试。

范纯礼宽慰王雱："你不必紧张，题目不会太难。"

王雱看着范纯礼："师兄你紧张的时候会偷偷抓自己袖口是吗？"

范纯礼一顿，扭头看他："为什么这么问？"

王雱说："师兄，你现在就在偷偷抓袖口啊！"

明明要考试的是他，范纯礼居然比他还担心，看来这国子监果然是个水深火热的地方。瞧瞧哟，把他师兄给祸害得都条件反射了。王雱一脸怜悯地望着范纯礼，十分同情他以前在国子监的惨痛遭遇。

他这不是替王雱紧张吗？真是皇帝不急太监急。

考试这事儿，王雱从小到大没带怕的。他唯一需要考虑的是，京城这地儿暂且没人认得他，暂且没人看过他写的文章，那他是不是可以换个文风再战江湖？

想到这里，王雱还有点儿小开心，拉着范纯礼向他取经，问问他当初入学时是以什么水平通过考试的。

范纯礼觉得王雱终于有点儿状态了，相当尽师兄的责任，把自己入学时的考题给王雱报了一遍。即便已经过去好些年，范纯礼依然记得自己当年的试题。他给王雱打包票："放心，师弟你绝对不会有问题。"

王雱听了也觉得很放心，难度不高不低，出得挺有水平，他只需要表现得普普通通就好。不管什么事儿，起点太高都不好，容易高开低走。

王雱不知道的是，这一年的国子监直讲里有个他的老熟人——胡瑗。

胡瑗官路起起伏伏，兜兜转转转了一圈，以前是太学校长，现在又回来当国子监直讲，也就是教授！近来的考核本该由他负责，不过胡瑗为人正直，行事刚正，得知来的是王雱便表示要避嫌，该由别人来考核。

直舍之中还有另一名国子监直讲，名叫梅尧臣，他拿过主簿送来的保荐信，一眼瞧见头一封的信封上写着范仲淹的名讳。他眉头一跳，面上平和地道："我来吧。"另一名姓杨的直讲凑过去一看，足足有三封保荐信，顿时也来了兴致："我也和你一道去。"

这三个保荐人，一个是范仲淹，另两个是庞籍和司马光，范、庞两人虽然外放离京，可始终都是简在帝心的人物。瞧瞧，晏公一去，官家便请人去将两人接回京。闲人哪请得动这两个人物给他写保荐信？

既要一起考核，梅尧臣自然正儿八经地与杨直讲商量起一会儿的考题来。这三封保荐信分量都很足，王雱的父亲王安石也是这几年来风头极盛的人物，他们若是考得太简单了，岂不是小瞧了他的父亲和他的保荐人？杨直讲听了，觉得有理，当即和梅尧臣琢磨出几道难题来，又出了几个备选的策论题，准备等会儿让王雱写个文章来给他们看看。

王雱已在原处久候，听到有脚步声传来，忙和范纯礼一并起身，看向主簿方才离开的方向。只见走道旁花木扶疏，便是炎夏酷热，廊中也一片清凉。在浮动的花影之中，主簿领着两个年过半百的瘦削文士朝这边走来。

约莫是占了一日两餐的好处，这年头的文士即便到了中年也极少会大腹便便，瞧着就很有文人的范儿，其瘦如竹！王雱在心里嘀咕着，却仍是与范纯礼一同向梅尧臣三人见礼。

范纯礼在国子监待过，杨直讲是认得的，只看了一眼、回了他们的礼，便和梅尧臣一样将目光转到王雱身上。

这少年生得唇红齿白，好生俊秀。最了不得的是，他还有一双灵黠透亮的眼睛，明明漆黑如墨，却泛着灼亮的光。都说"寻常一样窗前月，才有梅花便不同"，这诗里的"梅花"指的约莫就是这样的毓秀少年。而且这少年，年纪也太小了些。杨直讲看向梅尧臣，想用目光询问梅尧臣"是不是不要太为难这孩子"，梅尧臣却没看向他。

梅尧臣冷淡地对范纯礼说："考核只能单独进行。"

范纯礼见着梅尧臣就觉得有些不妙，想要给王雱一点提示，却不知怎么避开梅尧臣和杨直讲的目光。他是个老实人，只能乖乖退了出去。王雱见范纯礼神色不对，心里已经有了准备，在梅尧臣两人的示意下坐定，一一回答他们轮流出的经义考题。有王安石和司马光盯着，王雱对经义想不熟都不行，不过他有心当个平平无奇的新生，答起题来会“恰到好处”地迟疑一会儿，甚至还用乖巧焦急的小眼神儿向看起来比较友善的杨直讲求援。

杨直讲觉得题目过难，偶尔会给王雱一点提示。王雱磕磕绊绊地把经义题都答完了，梅尧臣脸上看不出喜怒，只点点头表示他过关了，又给他写了一道论题，让王雱绕着论题写文章。

梅尧臣抬手在旁边点上一炷香，表示让王雱在两炷香内写完，一会儿他们过来验收。王雱看着梅尧臣优雅出尘地点着香，心道这年头的文人就是讲究，叫人写作文还要点根香——这香还不是普通的香，还是香喷喷的那种檀香。王雱大胆举手发言：“今儿风大，要是这香不小心灭了怎么办？”

杨直讲看了眼梅尧臣，总算觉出梅尧臣有些不对头。他笑道：“我们会算着时间，你不必担心。”

王雱再次大胆发言，隐约透露出自家的贫穷本质：“我们平时不点香的，两炷香到底是多久？”

杨直讲道：“两炷香约莫是半个时辰。”

王雱点头：“那我懂了。”他看了看论题，琢磨了好一会儿才摊开纸，拿起笔准备动手。

杨直讲走到外面看了王雱一会儿，叫主簿在旁边“监考”，自己边和梅尧臣往直舍走边问：“我怎么觉得你不太喜欢那小孩？”

梅尧臣否认：“没有的事儿。”

杨直讲想到刚才与王雱一道过来的范纯礼和那封来自范仲淹的保荐信，依稀有些明白是怎么回事儿了。

梅尧臣当初曾与范仲淹交好，多有诗文往来，后来梅尧臣给范仲淹写了篇《灵乌赋》，劝说范仲淹要学报喜之鸟，莫像乌鸦只报凶煞，招惹事端。范仲淹给他回了信，在信中写了句“宁鸣而死，不默而生”。再后来，庆历新政失败，梅尧臣又写了《灵乌后赋》和《谕乌》讽刺范仲淹结党营私。

范仲淹没有再回应。

文人圈子没有秘密。梅尧臣屡试不第，靠从叔荫官才得以出仕。偏偏范仲淹主持庆历新政期间重点抑制这种类似走关系的荫官方式，哪怕欧阳修极力向范仲淹举荐梅尧臣，范仲淹也没取用他。是以曾经有些交情的两个人，在庆历年间已然分道扬镳。

这种事情，谁都不好说。当时范仲淹外放，连个敢去给他相送的都没有，只有一些清望之官敢于为他送行。这王雱拿出的是范仲淹的保荐信，怪不得梅尧臣特意给他挑些难题。

杨直讲没再多言。

两炷香时间到了，主簿将王雱写的文章送到直舍之中，多说了一句："梅直讲出的题挺难，我看那孩子写到两炷香结束才停笔。"

杨直讲看了眼梅尧臣，接过文章看了起来。乍一看，这文章写得四平八稳，没甚突出之处，不过行文酣畅，洋洋洒洒近千字，眨眼间便看完了，通篇条理清晰，主旨分明，有理有据。细细一品，行文还有些熟悉感。

杨直讲对着王雱现写的文章琢磨一会儿，恍然想起来了：这不就是照着《五年科举三年模拟》上的范文写的吗？完全是仿着司马光行文来的。别说，这小孩还真学得有模有样。

想到保荐信还有司马光的份儿，这孩子实打实地师从司马光，杨直讲没了为难的心思，转头看向梅尧臣："我觉得这小孩文章写得不错，你也看看？"

梅尧臣接过看完了，点头说："可以。"

梅尧臣虽然与范仲淹交恶，却也不至于刻意阻拦一个半大小孩进国子监，那与他从小到大读的圣贤书大不相符。而且这小孩文章写得平平无奇，都是些拾人牙慧的陈腔滥调，让他入国子监也无妨。

平平无奇的王雱顺利获得入学资格，被主簿告知明日一早可以带着铺盖过来报到。范纯礼如释重负，又帮王雱问清楚他可以住哪个斋。

这"分斋法"是曾经的胡校长提出的，他极力向上面提出开太学火禁请求，让太学生可以留宿学校。后来国子监的家长们眼馋太学的科举考试通过率，要求统一管理，于是分斋法就在整个国子监贯彻下去了。

所谓的分斋法，指的是按照学生的偏好选择住哪一斋，比如主修《三礼》的就住礼斋，主修《易》的就住易斋，以此类推。

国子监的通用教材是《九经疏注》，一看就知道你要学习的内容有多广泛，人的精力是有限的，不可能九经都精通，总得有主有次。因此胡校长当时提出分斋法，让志同道合的人可以住在同一个宿舍，平日里多交流切磋。

主簿问王雱："你准备主治哪一经？"

国子监的住处最不好协调，因为国子监收的都是七品以上官员的子弟，时常会收到些自由散漫的学生。庆历年间经过一轮严抓，上课时人齐多了，可后来范仲淹外放了、胡瑗调走了，要再强迫这些官宦子弟乖乖住在国子监可不容易。哪怕让他们住进来了，问题也一堆，这些人不比寒门子弟，有书念就很满足，他们相互之间可能有彼此看不惯的，真把他们放在一处简直能打起来。至于严惩他们，谁来严惩？这可是得罪人的事儿。

主簿在心里叹息着，等王雱回答。

王雱想了想，说："……《周礼》吧？"他的理由冠冕堂皇，"我爹和我老师都教过这本。"

主簿点头："我带你去礼斋看看。"

范纯礼道："不必劳烦您了，我认得路，我带阿雱去瞧瞧。"

主簿自然乐得轻松，含笑目送他们离开。

前往宿舍的路上，范纯礼给王雱讲了梅尧臣与范仲淹的过往。

得知范仲淹和他这位大学教授还有这么一段恩怨，王雱不仅不担心，反而还觉得兴致勃勃："当官当成这样也不容易啊，到处都能碰到得罪过的人！"范纯礼看着一脸兴奋的王雱，猛地想起自己这小师弟可不是省油的灯。

他这小师弟一直鬼精鬼精的，在青州时也有过不少阴阳怪气的人，结果被他这小师弟折腾几回后都缴械投降，主动为"共建繁荣青州"做贡献。

王雱和范纯礼一起溜达到国子监的宿舍去，比起一旁热热闹闹的太学宿舍，国子监这边要冷清多了，连个人影都瞧不见。王雱扭头问范纯礼："听说考进国子监是有钱领的，一个月多少来着？"

你小子买个铺子都不带眨眼，还介意国子监给监生发的那点钱？范纯礼一阵无语，对上王雱期待的目光后只能应道："三百文。"

王雱非常满足："不错，我也算是自力更生了，靠自己的本领月入三百文。怪不得《劝学诗》里写'书中自有黄金屋'，念书真的能赚到钱啊。"他和范纯礼说出自己全面的规划，"我已经想好了，第一个月领到这笔钱，我就去寺里买一串平安符，给阿琰妹妹她们一人送一个。师兄，到时我给你也买一个。"

范纯礼说："……行，我等你的平安符。"他又问起王雱为什么选礼斋。

王雱的想法很美好："这可是六人间，一个不慎就可能遇到些不讲卫生的室友，多惨。有底气主治《三礼》的，肯定能把自己的东西收拾得整齐一些。"

范纯礼想了想自己住校时遇到的室友，一阵默然，认同了王雱的想法。王雱的未来室友都不在，范纯礼也就是带王雱踩踩点，见王雱记住路以后就带着王雱回家去。

范仲淹也是租房子住，不过他官职高，租的房子好，比王雱一家以前租的苦兮兮的单间气派多了，厨房卫浴一应俱全。

王雱先去洗了个澡，才跑去和范仲淹说起今天的考核。范纯礼显然已经把梅尧臣主考的事告诉范仲淹了，范仲淹一见到王雱就问他考核题目。

王雱把考题都报出来，对范仲淹说："题目真难，有几次我差点儿答不上来，好在一旁的杨直讲好心给我提示了几句，要不然我就考不进去啦。"

范仲淹一脸怀疑地看着王雱，问王雱哪几题答不上来。王雱面不改色心不跳地报了两道题。范仲淹一眼就把王雱那点小心思给看清了，这两道题以前在青州州学里是考过的，虽然不能说一模一样，却也相去无几，王雱怎么可能不会？这小子根本是想装傻充愣混日子。

见范仲淹不吱声，王雱小心脏直打鼓，主动把论题也给范仲淹讲了，试图带过刚才的话题。结果范仲淹让他把文章念一遍。

王雱只能说："我忘记了！"

范仲淹斜了他一眼，让他给弹首曲子听听，算是放过他了。

第二日一早，王雱准备自己带着行囊去国子监报到，结果用完早饭，范仲淹也穿得正正经经，似是要出门。王雱立刻问："范爷爷，你要去哪里？"

范仲淹淡淡道："既然还要领俸禄，自然不能吃闲饭，官家命我为国子监监事，管着太学和国子监。"

王雱很是替范仲淹不平："国子监监事不是四品官吗？怎么可以让您去当监事？那俸禄是不是变少了？"

范仲淹依然是淡淡地斜他一眼："这只是差遣，又不影响定品。"大宋职官复杂，用来定品的官名，不影响你平时干什么；至于实权具体如何，得看你的差遣。

国子监监事这差遣是范仲淹主动向官家要的，为的就是好好盯着王雱。人是他带到京城来的，岂能让王雱自由散漫地蒙混度日？

王雱：……盯着我一个算什么事儿，您得心怀天下啊。王雱在心里嘀咕着，却不敢当着范仲淹的面说出口。范仲淹这些年调任到每一个地方都尽心尽力地搞文教、搞经济，现在回京城当当大学校长也不错，算是可以歇一歇了。

王雱乖乖与范仲淹一起去了国子监，在国子监门口分开，自个儿拎着行囊溜去自己的宿舍。事实上除了太学新校舍那边之外，王雱对国子监还是很熟悉的，毕竟他小时候时常到国子监里找他阿琰妹妹玩，带着小伙伴们一起搞东搞西，还祸害过国子监的桂花。

王雱一路走，一路在心里怀旧，等走到礼斋那边后，掏出钥匙打开门一看，里头干干净净的，没有住过人的痕迹。一个人独占一间宿舍的感觉真爽。

可惜范仲淹今天正式走马上任，王雱非常肯定一件事：要不了多久，这些拒绝住校的国子监生员们很快要乖乖来住校。毕竟范仲淹心狠手辣，一言不合就能将许多官员开除公职，开除区区几个生员着实再正常不过，根本不会有半点心理压力。

王雱掂量着挑了个舒适宜人的位置，把自己的床铺给收拾好，愉快地去找主簿领月钱。那可是足足三百文，不能让它们留在别人手里过夜！

主簿还是头一回碰到入学第一天就来领月钱的国子监生员，毕竟对于能进国子监的生员来说，三百文可能根本不算什么。不过按例确实该给生员发钱，主簿还是爽快地把月钱发给了王雱。王雱这才满意地去上课。

新生单独开一舍，专教基础必修课，王雱的同窗都是些十七八岁的少年，个个都比他高一个头。见到个十二三岁的少年走进来，不少人的目光齐刷刷地落到他身上，像是在看什么稀奇的小怪物。

这年头天才不算少，不过十二三岁就离开父母出来念书的人很少。听说王雱今天直接拎着铺盖来报到，还跑去领了月钱再来上课，许多人暗暗在心里判断：果然不是名门显贵家里出来的，连三百文都怕领晚了，就是长得忒好看了，再长高些不知得夺走多少小娘子的芳心！

王雱一点都不露怯，扫了一圈，发现有个位置空着就迈步走过去。同座的是个长着桃花眼的花花公子型人物，一看就有点儿疲懒，一大早堂而皇之地在那儿打着哈欠，生怕人不晓得他昨晚干了坏事。

干坏事和偷奸耍滑什么的，王雱最喜欢了。负责给他们讲课的直讲还没到，他愉快地和同窗交换姓名，一问之下才知道这人名叫宋佑国，很土里土气的名字，没点花花公子的味道。

不过宋佑国一听王雱的名字，还真想起一段旧缘来，待王雱也诚挚许多。原来当初他的弟弟嗣国走丢了，差点儿给人贩子拐了去，多亏了王雱发现得早。宋佑国与宋嗣国乃是一母同胞的兄弟，不是嫡子，排行更不靠前，没机会得荫官，因此他母亲煞费苦心把他送入国子监。

可惜他显然不是读书的料，永远是三天打鱼两天晒网。趁着先生没到，宋佑国打起精神给王雱介绍起同班同学来，他们前面两个是姓韩的，一个叫韩忠彦，一个叫韩宗师，听着有点儿像，不过不是一家。

没等宋佑国介绍完，前头那坐得端正笔直的少年已忍不住转过头来插话：“阿雱？”

王雱两眼一亮，也学着少年那样上上下下地把对方打量一遍，假模假样地问好："原来是韩兄！真是男大十八变，我刚才都没认出来！"

少年正是宋佑国刚才介绍的韩忠彦。他朝王雱道："家父为我取了'师朴'为字，如今我们既是同窗，你喊我师朴就好。"

久别重逢，年仅十八的韩忠彦还是十分欢喜的。韩忠彦乃是韩琦之子，当初在扬州认识了王雱，不过那会儿王雱才四岁，模样和现在可不一样。方才见王雱进来韩忠彦还不敢认，等王雱和宋佑国相互介绍完，他才确认这位刚才引起同窗议论的新同窗确实是王雱无疑。

王雱也爽快地和韩忠彦交换了称呼："我爹也给我取了'元泽'为字，以后你也可以喊我元泽。"他又问起韩忠彦家中情况如何，近来可曾回家用过饭，他记得韩母的清蒸鳜鱼当真一绝，非常好吃。

韩忠彦只能表示一切都好，他一直住在家里，鱼还是一样好吃。

王雱还没来得及表达羡慕之情，学丞已带着文书走进来，向众人宣布了一件事：即日起，国子监生员与太学生员一并管理，所有人必须住校，如有夜不归宿者必定严惩，屡教不改者开除学籍。

最后，负责传递通知的学丞还给范仲淹拉了一波仇恨：这个决定是范仲淹下的，你们要是不听，可以回家打听打听范仲淹是什么人。

学丞带来的消息立刻在"教室"里炸开了锅，平日里学丞没法对这些国子监生员严加管教，只能无可奈何地看着他们胡作非为。这也是没办法的事，他一个正八品小官，这里任何一个学生的家长都比他这个学丞品阶高，他便是再不畏权贵，也不能一下子得罪十几二十个高官子弟。

许多人想要让国子监生员和太学生员一样有大进益，却又舍不得自家孩子吃苦。这些高官子弟还贼精，有点儿不对就能回家告状，迟迟没改变能怪谁？

若不是实在难管，某些人也不会同意让范仲淹再度来当这国子监监事。首先范仲淹品阶高；其次，范仲淹不怕事，连天大的马蜂窝他都敢捅，何况是区区的国子监？想要儿子成才，还是得让这样的人来好好管一管。

这一天，不少生员都在课间派书童回家，问家里自己是不是真的要住校。回答他们的，是书童们齐刷刷带过来的"床上用品"。

据说范仲淹昨天已经派人登门送信，信中写了各家需要准备的东西，规格、样式都是限定的，要求他们家中及时准备好，否则生员只能等到下次休沐日才允许回去取东西。

各家家长有心教育自家的纨绔子，都很默契地没与他们提及这事儿，一大早照常目送他们上学——先把他们哄去学校，然后让范仲淹关起门来好好教育。

作为这场巨大阴谋的受害者之一，宋佑国这朵英俊潇洒的娇花完全蔫了，他没想到他娘居然这么狠心，竟要让他忍受封闭又艰苦的住校生活。

相比之下，稳重老成的韩忠彦要平静许多。他自小随爹娘奔走各地，去年才跟着母亲回到京城侍奉病重的伯父与伯娘。他爹韩琦三岁失了父母，由几位兄长抚养长大，伯父与伯娘身体每况愈下，他爹十分担心，这才把他送到伯父身边。开春伯父与伯娘身体好转，他才在合家劝说下进入国子监念书。

比起其他在家中养尊处优长大的同窗，韩忠彦是吃过苦的，所以听到范仲淹下达的命令时很平静，只问王雱：“你住哪一斋？”

王雱道：“我住礼斋的第一号房。”

韩忠彦道：“那我也住礼斋。”他说完就起身去找主簿登记。

旁边的韩宗师有点儿沉默寡言，见韩忠彦有了决定，竟也起身跟着一起去了。

宋佑国这时也从悲伤中惊醒，忙不迭地喊住韩忠彦两人：“等等我，我也去！”

宋佑国在国子监里的熟人也不多，许多人觉得他长相肖母，男生女相，又是妾侍所生，大多不爱与他往来。而且宋佑国自小锦衣玉食，没受过多少冷眼，心中颇有些傲气，便也不主动与那些瞧不上他的人攀谈，唯有韩忠彦还算是相熟。如今才添了个王雱。

既然住校的事已成定局，那当然是跟王雱和韩忠彦住一起最好。校舍都是六人间，他要是不跟着韩忠彦一块儿去登记，分斋时指不定会和谁挤一块儿。

其他人反应过来，也都浩浩荡荡地选斋去了。

王雱四周一下子变得空空荡荡。早上是杨直讲的课，杨直讲讲得很不错，声音和他的为人一样不急不缓，很是平和。

第二个课间时人都走了，杨直讲还特意走到王雱面前，问他感觉怎么样。

王雱一向敬爱师长，他不是那种仗着自己全都会就不听课的类型，相反，他在宋佑国均匀的鼾声里听得津津有味。

同样的内容，不同的人来讲解就有不同的发现，王雱自小经多位名师熏陶，最喜欢玩的就是“找不同”游戏。他先是把杨直讲讲课的精彩点扒拉出来，好生夸了一通，表示听完后获益匪浅。杨直讲被王雱夸得浑身舒畅。

爱拍马屁的人不难找，拍马屁精准的人却少有，因为每个人的舒爽点都不一样，有的人拍马容易拍到马腿上！王雱显然精擅此道，三两下和杨直讲拉近了距离。反正，杨直讲觉得这孩子怎么看怎么顺眼。

王雱见火候够了，又立足于杨直讲的精彩观点，拉着杨直讲一起深入挖掘和延伸出更深刻、更多面的内容。杨直讲被王雱一点一滴地引导启发，感觉自己发现了一个广阔又美妙的天地，最终恍恍惚惚地离开学舍，回到直讲们课间歇息的直舍中，一拍大腿，伏案书写，给学生弄更全面、更深奥的新教案去了。最难的点，他决定用在孟秋那场月考上——那也是这届学生将要接受的第一场经义考试！

王雱这个乖宝宝请教完老师，丝毫不觉得刚才不着痕迹地祸害了所有同窗的是自己，美滋滋地回礼斋那边看同窗们兵荒马乱地搬宿舍。他什么都没干，只是和老师请教问题而已，完全是老师自己想太多啊。

原本跟过来伺候的书童放下铺盖后就被学丞赶走了，赶人时学丞再一次强调“这是范公的决定”。这下好了，所有人都对着摆在空床上的铺盖大眼瞪小眼，没谁愿意先动手。

王雱回到自家宿舍里头，发现五个舍友终于齐了，其中三个是刚才认识过的：王雱左边是宋佑国，右边是韩忠彦，韩忠彦对床是韩宗师。剩下两个位置是两个新面孔。

相比国子监其他宿舍，他们宿舍的动手能力还算强，再加上是夏天，棉被什么的根本不需要，就是蚊帐麻烦一些。还没到冷的时候，蚊虫厉害得很，家里都按照范仲淹的清单给他们备上了纱帐。现在，没有书童在身边，几个“新生”在铺好席子，摆好枕头、被子之后又陷入停滞。

见韩忠彦几人对着薄薄的纱帐一筹莫展，王雱乐得不行，先和另外两个舍友交换了姓名，得知对方叫吕希纯和陈世儒。见这两人不太乐意搭理自己，王雱也不甚在意，开始热络地给韩忠彦他们指点起来，告诉他们这里不行那里不对。

舍友的动手能力必须要培养起来，要不然他们把蚊帐挂得不整齐怎么办？难道还要他偷偷取下来再挂上去？

吕希纯虽没和王雱搭话，在王雱指导韩忠彦他们时却听得仔细。待王雱教完了，吕希纯就自己动手把蚊帐挂了起来，然后转过身去指导邻床的陈世儒。

吕希纯与陈世儒家中从他们祖父那一辈就交好，两人自小就认识了，陈世儒虽是个天不怕地不怕的纨绔混账，却还算愿意听吕希纯的话。不过对王雱和宋佑国，陈世儒是一点面子都不打算给的。倒是韩忠彦意外地与吕希纯关系不错，韩忠彦腼腆地告诉王雱他与吕希纯的堂妹已订下婚约。

分斋结束，外面有人击鼓要求新生们集合。

王雱与宋佑国一并出发。等离吕希纯他们远了，宋佑国才和王雱说起他们宿舍错综复杂的关系："吕家和陈家是世交，吕希纯的祖父是吕夷简，陈世儒的父亲是陈执中；都厉害得很。"

日常光明正大地偷看范仲淹、王安石他们的信件，王雱现在也不是两眼抓瞎的可怜人了，他大致能弄清楚自己宿舍里几拨人的关系：除他之外，其他人家里都出过宰执。

宋佑国他伯父宋庠当过宰相，吕希纯他祖父吕夷简当过宰相，陈世儒他父亲陈执中正在当宰相！韩忠彦他爹韩琦，当过副相。韩宗师他祖父韩亿，当过副相。就王雱一个，他爹王安石官儿最大只到大宋提刑官，可怜巴巴。

更妙的是，吕夷简生前有个庞大的利益集团，集团成员个个都是世代官宦家族出身，又依靠联姻、师生关系维系，构建成庞大的利益网络——其中就包括如今身居相位的陈执中。而范仲淹一拨的革新派，大多都是从科举考上来的，出身寒微，双方属于天然对立关系。

范仲淹和吕夷简是有矛盾的，当初范仲淹画了幅《百官图》，讽刺吕夷简专用自己人；吕夷简反手一击，表示范仲淹搞朋党。范仲淹是个硬骨头，当即表示自己是"君子党"。即便庆历年间吕夷简病逝，范仲淹一拨人也没能占据上风，"君子党"势头过盛和世家的猛烈反扑动摇了官家的变革决心。范仲淹、韩琦、富弼陆续被外放，一干"君子党"也遭到攻讦，就此分崩离析。

这里王雱就得夸一夸韩琦。

韩琦出身好，家中又与吕夷简一系有不远不近姻亲关系，与"守旧派"有着天然的良好关系。范仲淹主持新政时，他一边积极参与新政推行，一边及时地拉吕夷简一系的人一把，吕夷简二子吕公弼、吕公著都顺利入了官家的眼。新政失败后，他虽也跟着外放，但他儿子现在又要和吕公弼的女儿议亲。听说韩忠彦说不久之后，韩琦就要被召还回京任职，帮他主持婚事。吕夷简虽然病逝了，利益网却没有散，韩琦这是顺理成章地打入了这张利益网中。可韩琦还有另一张网——同年网。

这年头士林之中不重同窗，重同年。每一轮科举结束后，朝廷都会拨款让他们这些新晋进士云集宴饮，直至同年三百进士的"同年录"印出来，才一人揣着一本去参加岗前培训。

这"同年录"详尽至极，包括名讳、籍贯、出身、名次等等。韩琦那一榜能人云集，文彦博、赵概等等都是他的同年，一听就知道有多牛。

王雱越琢磨越觉得韩琦的政治嗅觉极其敏锐，有很多值得学习的地方，不愧是建了个阅古堂就写信让人互吹的社交能人啊。

王雱与宋佑国走到集合地点，吕希纯几人随后也到了。不管将来如何，现在他们这些新生都顶着张新嫩的面孔，王雱也没有给人贴标签、分派系的习惯。世上哪有单纯的好人和坏人？你要是太优秀，搞出个大发明砸了许多人的饭碗，他们还会觉得你是坏人呢。归根到底，许多事都是权势利益上的较量。

王雱按照学丞的指示跟新生们一起集队，悲哀地发现自己是所有人之中最矮的，只能排在队伍最左端，和早早长高了的宋佑国天各一方。和他当难兄难弟的，居然是陈世儒。这家伙看起来骄傲又臭屁，结果身高长得比其他人慢！

王雱友善地给陈世儒建议："你可以多喝点牛奶或者羊奶，多晒晒太阳，能帮你长高的。"

陈世儒狠狠瞪他一眼。这是讽刺他长得矮，没断奶吗？

好在学丞很快下达另一个指令，没让陈世儒捋起袖子开揍：学丞通知王雱他们统一领取体检表，排队进行入学体检。进入国子监的人家境大多不错，这几年也参加过体检，对这事儿倒是不排斥。

陈世儒见王雱也一脸淡定，莫名有些不爽。应该说，从一开始陈世儒就对王雱很不爽。这少年年纪比他小，长得比他俊秀，韩忠彦对他们都是彬彬有礼，与王雱却是别样亲厚，还主动过去搭话。

陈世儒嫡母无所出，幸而生母怀上了他，才不至于让陈家断后。因着有儿子傍身，他生母一向行事嚣张，对他的教导也是让他多与吕希纯、韩忠彦他们亲近，莫要理会那些出身低的人，免得被他们黏上来。

即便嫡母教导陈世儒要多学学韩忠彦中正宽厚的为人，私心里陈世儒还是觉得生母说得对，像王雱这种出身寒微的家伙，像宋佑国那种在家中不被重视的家伙，根本就不该理会。况且此前，还听说宋佑国的胞弟宋嗣国小时候走丢了大半日都没人发现呢。

陈世儒不着痕迹地炫耀家世："你没参加过体检吧？你爹没怎么在京城待过，你肯定没那机会。"

王雱点头："对啊！"他积极地当起了好奇宝宝，"等会儿，你可得带带我，视力检查是怎么检查来着？要是我不会，你能不能在旁边给我点提示？"

陈世儒：……生母说得对，就不该和这些家伙说话，他们真的会顺着杆子往上爬。

不过，对上王雱澄亮澄亮的眼睛，陈世儒发现自己还真没办法拒绝。看在他这么诚恳的份儿上，答两句话也不是不可以。

王雱非常喜欢看陈世儒一脸憋屈，又不得不耐着性子给他回话的模样，一路上积极地向陈世儒发问。

到体检结束，王雱还热情邀请陈世儒："你去过国子监的澡堂没，环境怎么样？晚上要不要一块儿去洗澡？"

陈世儒忍无可忍道："……谁要和你一起去洗澡？！"他情绪一时间有点儿失控，音量抬高了不少，把周围人的目光都给吸引过来了。吕希纯和韩忠彦几人也刚体检完，听到动静后走向王雱两人所在的位置。

体检时，吕希纯分心注意过陈世儒和王雱，发现陈世儒这个被家里惯成混世魔王的家伙居然屡次耐心为王雱解答问题，心里意外得很。居然有人治得了这个混世魔王？

吕希纯意外地看向陈世儒，奇道："没想到一趟体检下来，你们感情就这么好了。"

陈世儒道："哪里好了？"

王雱却一脸欣然地说："当然好，陈兄人可好了，给我讲了很多体检注意事项。"

王雱这是在夸他，陈世儒听了反驳也不是，不反驳也不是，梗着脖子不吭声了。

于是王雱又热情游说韩忠彦他们晚上一起去洗澡。虽说洗不洗澡是个人自由，但是他不希望和他睡一间房的人大夏天不洗澡。不，应该是他不允许。

好在韩忠彦他们都是爱干净的人，既然不能出国子监，自然也乐意和王雱一块儿去澡堂踩踩点。

陈世儒见他们你一言我一语地商定了，绷着脸不说话，还是吕希纯开口喊他一起去，才让他找到台阶下。

有太学那边的经验在，国子监的食堂当天设立，当天开放，没有丝毫缓冲。王雱一行人集合完毕，统一去食堂用餐。好在上头也不是真想折腾新生，碗筷盘子是不用他们洗的。

王雱用不惯公共餐具，入学前早早做好了准备：他带了个洗用非常方便的瓷餐盘，一整套餐具都是他特意叫人给他做的。

宋佑国见王雱回宿舍拿了个饭盒出来，两眼一亮，夸道："这是哪儿买的？

做得好生雅致。”

王雱道：“这是我叫人做的，我不习惯和人共用餐具。”

本来吕希纯几人就拧着眉在挑剔，听到王雱这么一说更觉一点都不想吃了。餐具还要和那么多同窗共用！

陈世儒起身要走：“我就不信了，我们坚决不吃这些东西，他们还能看着我们饿死不成？”

吕希纯拉着他劝说：“拿两个炊饼垫肚也好，饿着上课还是小事，要是饿晕了被送回家谁丢得起这个脸？”

韩忠彦点头，与王雱一起排队领餐去了。每个人都是按照朝廷发的餐补给的定例，要是不够吃可以自己花钱买。王雱正是长身体的时候，压根儿没打算亏待自己，直接加了个荤菜美滋滋地端去等韩忠彦他们一起开吃。

王雱还要和韩忠彦一起回忆在他家吃清蒸鳜鱼的日子：“我跟你们说啊，师朴家的清蒸鳜鱼当真一绝，最好是刚出水的鳜鱼，肉质细嫩，刺少，清蒸最能尝出它的鲜，保准你吃了一口还想吃两口。我还是七八年前吃过呢，到这会儿都还记得那味儿——忒鲜，忒美，恨不得天天去师朴家蹭饭。”

韩忠彦感觉送到嘴里的炊饼越发难以下咽了。都是大盘菜和大笼蒸出来的饼，味道本就平平，哪经得起王雱在那儿可着劲吹的清蒸鳜鱼的鲜美！

吕希纯他们涵养好，只默默听着，陈世儒则直接怒了：“你没听过‘食不言寝不语’吗？”

王雱乖乖巧巧地闭了嘴，专心解决自己餐盘中的食物。他的私人餐盘质地如玉，莹白漂亮，晚餐又被他码得整整齐齐，看着还真比别人的好吃。再看着他斯斯文文地解决盘中荤素搭配的晚饭，感觉食欲都多了几分。

一顿饭吃完，消了消食，王雱便拉他们去洗澡。

国子监的澡堂挺大，热水供应也足，王雱大方地送他们一人一块香胰子，好让他们洗澡洗得干净一些。六个人在澡堂子“裸”诚相见，关系顿时亲密了不少，回去路上连陈世儒都能亲切友好地接话了。王雱对此非常满意。

唯一让王雱不太开心的是，除了他和韩忠彦，每个人家里都送来了许多套衣服，方便他们洗澡之后换，至于脏衣服就叠起来收好，回头让书童带回家交给洗衣婢洗。

这大夏天的，一屋子的脏衣服得成啥味儿啊。多亏了他们都带了箱笼过来，好歹能把脏衣服放进箱笼里头不让味道乱飘。

王雱知道当室友是要相互忍耐的，也没非逼着他们去把衣服给洗了，只管好自己的，洗完澡后，就把衣服洗完晾到外头给学生用的晾衣架上去。

宋佑国一直好奇地盯着王雱忙活，而后对着他的贴身衣物琢磨许久，等王雱回来时没忍住，指着晾衣架那边问了出口："你那衣物是做什么用的？"

王雱顺着宋佑国指着的方向一瞧，发现宋佑国盯着的竟是他的内裤！

王雱一点都不羞涩，大方地给宋佑国分享："这是我娘给我做的，我叫它内裤，用来保护我们最脆弱的地方，你懂的。"

提到"你懂的"三个字，宋佑国果然无师自通地懂了。他恍然道："你是说像裤子一样穿上，可以保护我们的……？"他往自己下半身比画了一下。

王雱一脸"孺子可教也"的表情。

宋佑国这人看着人模人样，王雱初见时还觉得他长得挺不错。结果这厮本质上八卦得很，居然回宿舍把韩忠彦他们给喊出来了，把王雱的内裤指给他们看，还这样那样地科普一番，表示自己回去后也要让家中绣娘给做几条看看是不是真的有效。科普完了，宋佑国还让王雱拿条没穿过的给他当样板，他可以出高价买下。王雱严词拒绝。那可是他娘亲手给他缝的，给多少钱都不可能卖给别人。

但王雱还是很有"同学爱"的，给了另一个法子："我给你们画个图，你们真要想做就拿着图回去叫人做。"

若是王雱早知道自己会被扔进国子监，绝对不会在范仲淹办州学时出那么多坏主意。现在，他们一大早被鼓声吵醒，起床跑操。王雱心底有种不妙的预感。他跟着其他人穿好衣裤，下去集合跑操，很快和小伙伴们齐齐成为国子监一道亮丽的风景线。

王雱听宋佑国抱怨："这算什么事儿？一大早要我们起来绕着国子监跑，谁想出来的主意？！"

陈世儒更直接："要是让我知道这是谁想出来的，我一准叫他好看！"

吕希纯道："别说了，你没听学丞说吗？这都是范公直接下的令。"

韩忠彦道："跑跑也挺好，总不能一天到晚闷头看书。太学那边听说早开始跑了。"

几人开始跑得轻松还能聊几句，后来发现范仲淹领着几个直讲站在走廊下看他们跑圈，他们就住口了。到底还是年轻人，对威严十足的范仲淹是十分敬畏的，都不想当往范仲淹枪口上撞的出头鸟。

跑操结束，早饭又得靠食堂解决。消耗了一波体力，一众新生都没了抱怨的力气，默默地排队领餐进食。结果用完早饭，学丞又来通知他们这些新生：先不用去学舍那边，都跟着他去训练场。

王雱心里咯噔一跳。

学丞将新生们都领到训练场，才宣布接下来要进行的任务：军训。

王雱：想退学……

新生和老生们群情汹涌，眼看要大闹一场，结果一个身穿紫色官袍的人迈步走入训练场。这人眉目俊秀，身板挺阔，走起路来有龙腾虎跃之态，看着完全不像个文官。

能身穿紫色官袍，至少得是三品以上的官员。王雱远远一看，认出来了，这不就是连司马琰都夸老帅老帅的狄青吗？不愧是范仲淹，居然把狄青拉来镇场！

如今狄青是枢密使，算是朝中的“枢相”，地位可想而知。哪怕不少生员对武人嗤之以鼻，打死不会走武官道路，见识了狄青的风姿，也觉如此人物，当得起当世名将的盛名。

狄青显然是看在范仲淹的面子上过来撑场子的，发言也得到过范仲淹的点拨，大意是：学习是一场极其难打的持久战，身体好了，才有学习的本钱；意志强了，才有学习的耐力。说到慷慨处，狄青还能拽几句文。王雱个头儿矮，列队时站在最前头，能够近距离欣赏大宋国子监第一场军训的开幕演讲。只是他越听，越觉得这些话非常熟悉，熟悉到他想跑路。

狄青讲完了，还特意环视一圈，最后将目光转到王雱身上，深深地多看了两眼。

范仲淹也到台上讲话，文采比狄青好多了，说得众多生员如痴如醉，感觉听到这样的好文章，训练几天也值得。范仲淹慷慨激昂地进行着自己的演讲，末了也和狄青一样往王雱那边望了一眼。

陈世儒小声嘀咕：“我怎么觉得他们都往我们这边看呢？”

王雱能怎么办，他只能小声回陈世儒：“范公讲得这般好，不如我们给他鼓鼓掌吧？”

陈世儒疑惑：“鼓掌？”

王雱朝陈世儒亮出两只手掌，虚空中做拍合姿势，继续小声和陈世儒嘀咕：“这样一拍就会啪啪啪地响，这表示台上的人讲得很好很精彩。就跟你看书看到精彩处拍案而起一个意思，齐鲁之地很流行的！范公刚从青州那边调回京城，在那边他是听惯了掌声的，这回要是没有掌声岂不是很寂寞？我们就当个领头的吧。”

经过一天多的相处，陈世儒已经把王雱从“坚决不要理会的寒门子弟”分类挪到“还算可以吧，我勉强和他说个话”分类。他知晓王雱也是青州来的，见王雱一脸认真地冒着被人发现的风险和自己说起青州的风俗，勉为其难地点头答应下来。

于是，在范仲淹讲话结束的一瞬间，陈世儒按照王雱教的姿势啪啪啪地鼓起掌来，掌声响亮又突出，吸引了所有人的注意力。所有人齐刷刷地盯着陈世儒。

王雱这才适时地装出恍然的样子，热情地跟着陈世儒鼓掌，口中还叫喝：“好！”其他人觉得陈世儒想出来的拍马手段很不错，也跟着陈世儒和王雱啪啪啪地鼓起掌来：“好！”无论哪个时代，年轻人都不会是泥古不化的人；正相反，他们本性也很活泼，接受新事物的能力很强。

一时间整个训练场成了喝彩声和掌声的海洋，久久不绝。

范仲淹往王雱的方向瞪了一眼。同样瞪着王雱的还有陈世儒。这混账小子，叫他鼓掌自己却不动，害得别人都以为是他领头的。

王雱很无奈，这不是苦中作乐吗？很快地，连王雱也乐不起来了，因为狄青不是白请来的，有狄青镇场，几个一看就浑身血债的教官也顺利接管了各个班级，开始心狠手辣地折磨王雱等人。

狄青走过去和范仲淹叙旧：“范公您这学生，还真是活泼得紧。”其他生员看不见，他们在台上却看得清清楚楚。王雱这小子撺掇别人带头鼓掌，自己等其他人都望过来才跟着拍手，可把他那同窗给气坏了。

范仲淹道：“这小子一向能折腾。”王雱能这么安分地接受进国子监的安排，从根本上说还是因为他。他年纪大了，只要他开口，王雱都会照做。照理说他不该利用王雱这份敬慕，只是他确实熬不了多少年了，不亲眼看着这小孩金榜题名他着实不甘心。

范仲淹并未与狄青多谈，只站在原处看着新生们开始集训。范仲淹一把年纪都还站在原处不动，直讲们自然也不好散去，都陪着站到日上中天才回直舍去。

范仲淹到国子监两日，与梅尧臣竟没说上话，倒是胡瑗与范仲淹关系不错，回到直舍便坐到一起商量接下来的安排。两个人都有一定程度的控制狂倾向，商量出来的“校规”十分严谨，衣食住行都有严格规定，务必要把全校师生管得严严实实。

以前，国子监有许多人是冲着这儿的省试录取名额来的，都在偷奸耍滑，爱来就来爱走就走。庆历新政时期，范仲淹和胡瑗就规定国子监生员必须上满五百天才能参加科举。要是曾经参加科举又落第的，至少得学够三百天。只是后来，这个规定被人无声无息地废除了。范仲淹琢磨着重新把这规定捡起来。连两年的课都不上满，考什么试呢？

这边国子监的军训和改革进行得如火如荼，那边朝廷上也安稳了很多。到了朔日，有人揪着狄青一介武官带着官兵跑去国子监当什么“教官”说事，表示这于理不合。至于让监生参加什么军训，更是前所未有，岂能开此先河？长此以往，哪还有治学圣地的神圣！

于是，狄青把当天的演讲内容搬过来自辩。他坐上枢密使之位，做事会被骂，不做事也会被骂，骂多了也就习惯了，不如顺心而为，大不了到边关打仗去。

官家知道青州州学改革的成效，范仲淹要当国子监监事时，他也大方表示范仲淹可以放手行事，狄青又是他极其爱重的大将，他此时自然不会因此而降罪。

官家出面和稀泥：这事儿是他特批的，大家都不要纠缠了。

官家都这样说了，台谏也只能略过此事。今日他们还有更重要的任务：弹劾宰相陈执中。

陈执中夫人无所出，妾侍张氏给他生了个老来子，因此这张氏在家中备受宠爱，虽然模样周正，性格却骄横跋扈，近来天气燥热、火气上涌，竟活活折磨死两个婢子！要知道，这年头的婢子一般都不能签卖身契，等同于聘用制，契书一到期又是良家子。这出了两条人命，根本糊弄不过去。虽说陈执中能找人出来替死，可御史台和谏院的人眼睛不是瞎的。行，你要护着爱妾是吧？那就带着爱妾一起下台去吧。

陈执中在朝中有着千丝万缕的关系，虽被弹劾，真正下狠手的人却不多，不至于伤筋动骨。只是这宰相之位，怕是坐不下去了。应付完朝堂上的弹劾，陈执中拖着疲惫的身躯回到家，去了书房开始写折子，表示自己足疾越发严重当不起宰相之位，请求辞去相位。

陈世儒好不容易熬到休沐日从国子监回家，人也累瘦了一大圈。嫡母见了心疼不已，拉着他说了好一会儿话，才将张氏所做之事告知陈世儒。

明明嫡母语气平和，没有贬低之意，陈世儒还是听得一阵赧然。他的生母行事如此不堪，每每都让他在心中暗恨自己不是嫡母的亲儿子。他去书房拜见父亲。陈执中见了陈世儒，免不了考校起他的功课，不曾与他提起张氏之事。

不想父子俩没说多久话，外头就传来一阵嘈杂声，张氏在外头叫喊：“让我进去！我儿子回来了为什么不让我见！”陈执中压着火气，让人把张氏送回她的院子去禁足。转头见陈世儒一脸恍惚，陈执中淡淡道：“好生读书，别总想着旁的事。既然国子监要求食住都在监内，你且安心待着。”

休沐日，王雱和范仲淹一块儿回去吃好的喝好的。一路上，他和范仲淹抱怨：“您也太狠了，连军训都搬过来了，您看看我！晒得多黑啊！”

范仲淹转头一看，这小子脸还是白的，看不出晒黑了多少。他说道：“在青州时你不就撺掇屠先生他们这样搞？”王雱要了多少小动作，他早看得一清二楚，只是没说而已。

王雱不理他了，等回了家才和范纯礼他们抱怨。

范纯礼这家伙算是复读生，准备参加今年的秋闱，不用参加军训。他本来不必参加礼部试也可以荫官，不过既然他爹有意扫除关系户，他决定身体力行自己考个功名，把荫官机会留给年纪最小的弟弟算了。

范纯礼课间溜去观摩过王雱军训，知道王雱个头儿不算大，耐力却很不错，全程都精神奕奕。他给王雱夹了鸡腿和鸡爪：“多补补。”

王雱估摸了一下，这还没开吃，范纯礼是没动过筷子的，筷子上没沾着范纯礼的口水。嗯，是干净的，可以吃。

哪怕王雱很努力地没表露太多嫌弃，范纯礼还是从他那短暂的迟疑看出他的想法。范纯礼笑骂：“你个小没良心的，还嫌弃我筷子脏是不是？”

王雱坦坦荡荡：“没有的事，我怎么会嫌弃师兄呢？”他边解决碗里的鸡腿和鸡爪子，边不着痕迹地把碗挪远点，坚决不让范纯礼有机会用自己用过的筷子试探这话的真实性。

范纯礼：行吧……真是一点都不嫌弃。

王雱一休沐，方洪那边便给他递来不少消息，竟还有曹立的。

曹立很适应南方的生活，据方洪说他经常在天灾时节出去抗险救灾上演军民鱼水情，有不少南方姑娘都暗暗向他示好，驻军扎营之处总能收到各种淳朴的美食作为谢礼。

曹立也给王雱写信了，信中并没有提到自己的众多桃花，只评价吃不惯南边的食物，这个不好吃那个不好吃。王雱看完后直摇头，南边那么多好食材，他居然吃不惯。王雱把几种美味特色食物在信里给曹立夸了一边，让曹立好好尝尝。

当然，这些都是闲扯。王雱信里的重点是把一批棉花种子送到曹立手上。这些棉花种子最初是方洪从官船上得来的，经过精心育种，得到了现在的优良品种：长得快，产量高。唯一的缺点是，吃地力，不科学轮作会把地种废。

这么好的优良品种，自然是不能浪费的。王雱让方洪找人换着地儿种，用来留种，再遣一批商人去交趾、大理，挑选“秘密育种基地”。这些商人之中，须有一些信得过的人混入，尽力把这些优良品种给传播出去，鼓励交趾、大理多种点。曹立正好在南边，王雱准备让他盯着这事儿。

给曹立写完信了，王雱才去拆其他信件，逐一给回了信。

放松了一天，王雱彻底回血，晚上还跑去范仲淹书房里蹭听时事热点。听说陈执中被弹劾，王雱问范仲淹：“他这宰相之位是不是坐不稳了？”

范仲淹看了他一眼，点头。范仲淹还给王雱说起另一个人：刘沆。刘沆的宰执之位也岌岌可危，因为他改革台谏制度，决定让御史和谏官喷个两年就外放。这可算是捅了台谏的马蜂窝，台谏现在正盯着刘沆看能不能抓着他的小辫子把他拉下去。

王雱听着觉得当宰相真不容易，简直是活靶子啊。他又积极提问，想知道韩琦是不是真的要回朝，是的话他一定要去拜访，顺便吃韩忠彦母亲给做的清蒸鳜鱼。

范仲淹笑骂：“我看不是顺便，你就是馋了。”骂归骂，他还是答应了等韩琦回来会让王雱去见一见。

王雱很开心。

短暂的休沐日结束，王雱又带着小包袱返校去。

台谏那边弹劾不断，为期七天的军训算是结束了，王雱这次回校可不是两手空空的，他还带上了苏轼给他写的信。当然，只挑了苏轼给他出的几页题目。

王雱是个乖宝宝，一看到杨直讲就跑上去请教问题，把苏轼给他的难题一股脑儿倒给杨直讲。杨直讲一看题目这么有水平，顿时耐心地给王雱讲解了其中几道，并表示其中有些题目自己还得细细思量，让王雱先回去。等王雱乖乖收起题目要走，杨直讲又喊住他和他商量：“你先别把题目跟别人说，回头我要用这些题目考考其他人。”

王雱还是乖宝宝模样，积极地和杨直讲说明给他出题的人叫苏轼，年仅多少岁，学问有多么多么好，年纪小小的就可厉害啦。

杨直讲捋着须点头：“不错，我记着了。”

第七章

千里来相会

休沐日收了一波信，王雱在食堂用餐时又有了新爱好，给小伙伴们分享好友苏轼的来信。主要是蜀中美食部分。

蜀中山美水好，好吃的也多，苏轼又是个吃货，被王雱祸害过后更是想方设法叫人煮出各种美味，好写信给王雱炫耀一番。

今日食堂饭菜清汤寡水，王雱就给他们说起蜀中的椒香芝麻烧饼，花椒辛香不呛人，芝麻粒粒喷香，一口咬下去那叫一个美啊。

陈世儒本就胃口不大好，听王雱这一说更是吃不下了。他没好气地瞪了王雱一眼："你去过蜀中吗？说得有板有眼的，实际上你味儿都没闻过。"

王雱又开始向他们推崇好朋友苏轼，说苏轼这人人品好，仗义，文章也写得贼好，这些美食都是他一字一字给写出来的，他相信朋友不会说谎！

陈世儒夹起一块白水煮菜，心中恶狠狠道：苏轼是吧，我记住你了！

王雱把小伙伴们都祸害完了，心情愉快得很。今日的课不是杨直讲来上，而是梅尧臣。梅尧臣一看就是那种读了一辈子书的文化人，王雱抽空补了补课，把梅尧臣的诗文拜读一番。

梅尧臣显然是个才思敏捷的诗人，一年平均能写个三五十首诗，主要是给这个朋友，给那个朋友。谁谁谁要升官了，谁谁谁要调职了，他都会写一首诗送上。这也是时下文人的正常交际方式，和现实生活中发个微博和朋友圈差不多。

除却这些日常应和诗词，梅尧臣的诗还是很有特色的，还带着点文人最爱的讽刺意味，比如《陶者》里写"陶尽门前土，屋上无瓦片。十指不沾泥，鳞鳞居大厦"。这就是真刀实枪地讽刺了。

他写的《谕乌》也一样，大意是官家用范仲淹来主持新政，无异于凤凰用乌鸦来管理百鸟。不过他不是光骂范仲淹的革新派，吕夷简那一系的守旧派也被他的诗骂得狗血淋头，他可谓相当无惧无畏。

王雱觉得这是个厉害人物，连欧阳修都表示自己写诗不如他。就是有一点可惜：梅尧臣好像和范仲淹闹翻了。不过算起来和范仲淹闹翻的人也不是一个两个，那什么吕夷简、陈执中，范仲淹都硬杠过。这拉仇恨的能力简直杠杠的。

王雱很想当个平平无奇的好学生，可惜对他来说一天不搞事就浑身不舒坦。他认认真真地把梅尧臣的课听完，又积极地跑去直舍向梅尧臣请教听课过程中的疑问。

梅尧臣讲了一节课，口有点儿干，正要去给自己弄水喝，王雱已经跑去端了杯茶过来放到梅尧臣面前，然后自发地拉了张椅子坐到一边，等着梅尧臣喝完茶，润完喉好提问。

梅尧臣见识过王雱找杨直讲请教的架势，被王雱逮着提问倒不觉稀奇。这小子确实聪明伶俐，问的问题也很有水平，看得出是认真听讲、认真思考后才提出来的。身为国子监直讲，梅尧臣自然不好对学生说“我和范仲淹闹崩了，你别来找我”，只好一一为王雱解答。

等王雱把每一个给他们讲过课的直讲祸害了一遍，国子监新生们终于迎来了第一次月考。每季度的三个月分别为孟、仲、季，秋季的第一个月就是孟秋。

按理来说，这次孟秋考经义，轮到杨直讲出题。杨直讲是个相当宽厚的人，很乐意听取别人的意见，趁着人比较齐的时候，询问其他人有没有好题想用来考考新生们。当然了，题目最好难一点，给新生们一个下马威！于是诸位直讲纷纷贡献自己手上的难题偏题。不知谁随口提了一嘴，说这是从王雱那儿得了启发，闹得所有人面面相觑。

“我也是。”杨直讲说。

“我也是。”梅尧臣说。

其他人纷纷给出相同的答案。

正巧范仲淹过来了，见杨直讲几人对着桌上那堆难题偏题静了下来，神色极其古怪。范仲淹不由上前问：“怎么了？”

杨直讲把王雱绕着圈子给他们提供难题的事情告诉范仲淹。范仲淹听了，拿过题目扫了几眼，确实难。又听是王雱从蜀中好友那边得来的，范仲淹点头说：“有这回事儿，我不过我猜是他先给别人出题的，平日里君实他们总给他出这样的题。”

杨直讲猛然想起王雱入学那天眼巴巴地朝自己求助。那天的考题可比这些要简单多了，甚至还有挺多类似的，这小子明显是在装模作样！

范仲淹又和杨直讲讨要王雱入学那天写的文章。杨直讲意识到王雱的文章也有可能“造假”，愤愤地从存档的地方找到那篇文章。范仲淹接过看完了，顿时明白那天他让王雱背出来时，王雱为什么顾左右而言他——五分的水平装十分难，十分的水平装五分容易，这小子就是故意把文章写得像模板作文，挑不出毛病，但也找不出多少出彩的地方。

范仲淹直摇头：“这小混账！”

杨直讲道："这文章有什么问题吗？"

"问题倒是没有，就是和他以前写的不大一样。"范仲淹正好收了份王雱新交的文章，掏出来递给杨直讲，"这是他刚交给我的，你看看。"

于是，王雱的文章在直舍之中手手相传，很快地，所有人都读完了王雱的两篇文章。本质上来讲，两篇文章的中心其实都很明确，前一篇写得也算四平八稳，只不过后一篇读来酣畅淋漓，宛如盛夏酷暑之时饮了一口凉冰，格外舒爽。这就相当于一杯白水和一杯美酒的区别。

最令杨直讲和梅尧臣愤慨的是，王雱明明有能力酿美酒，却给他们上白水。这是什么意思，难道是觉得他们只需要用一杯白水打发？

梅尧臣是最愤怒的，本来王雱整天追着他问问题就够让他心情复杂了，现在王雱竟还在他眼皮底下弄虚作假！更可恨的是，这小子还真蒙混过关了！若不是范仲淹亲自揭穿他，他们可能还被蒙在鼓里，觉得这小子是个积极向学的好学生。几个直讲对视一眼，都已经看出了彼此的决心：决不能放这小子逍遥自在。

范仲淹目的已经达成，含笑走了，留杨直讲他们在直舍里继续出题。

孟秋月考如期举行，考试还没开始，杨直讲已经到场了。宋佑国小声和王雱说话："你是不是得罪了先生们啊？我怎么觉得他们经常盯着你，害我都不敢多睡了。"

王雱坚决否认："没有的事。"

王雱也想不明白呢，他明明还是平平无奇王小雱，怎么感觉最近直讲们都有志一同地天天点他名，有事没事盯着他看，四平八稳的文章交上去竟还得了个最末等。没道理啊！

考试鼓声响起，杨直讲踱着步子把卷子发到每个人面前。走到王雱面前后，杨直讲把最底下几张卷子抽出来，淡淡地宣布："由于这次的试题很多是由元泽提供的，所以我们特意为元泽出了份不同的考卷，一次性把经义策论全考了。"

所有人哗然。

杨直讲目光落到王雱身上，与王雱四目相对，眼底是冷酷无情的杀气，大意是"你要是敢再用那种模板作文糊弄我，就别想再叫我先生"。

王雱：………完了，这是东窗事发了！到底是谁卖了他？

王雱脑筋何等灵活，一下子想到了前些天他刚给范仲淹交了功课。回忆起杨直讲他们这几天的异常，王雱算是明白了：范仲淹一准把那文章给杨直讲他们看了！

感受到周遭投来的目光，王雱没有办法，只能专注地看向自己面前的“特殊考卷”。其他人都只需要完成经义部分，而他，得把论题和策题都写了，一次性考三个月的量。更要命的是，这回他要是敢再写那“平平无奇”的文章，杨直讲一定叫他好看。果然，得罪谁都不能得罪文化人。王雱没办法，只能摊开白纸开始答题。

这份特殊考卷，显然是所有直讲联合炮制的，将多年积攒的难题一股脑儿堆上来。王雱越写越惊心，感觉自己要完蛋了，这种难度的卷子多来几张，他又得补一大批书！可是不老实答题又不行，同样的把戏用两次，被抓包肯定不死也得脱层皮！

惊心的不止王雱，其他生员也做题做得恍恍惚惚，怀疑人生到三省其身：我读过书吗？我读过《九经》吗？我根本就不识字吧？这些字，分开都认识，组合到一起到底啥意思？这真的是经义题吗？哪个旮旯找出来的经义？

一众新生怀疑完人生，又恍恍惚惚地把能答的题目都答上去，停笔后他们终于明白杨直讲为什么特意说，这些题目都是王雱提供的——这些题目也太难了！众新生看向王雱的目光已有些凶狠，连自诩和王雱最要好的宋佑国也狠狠地瞪着王雱，感觉自己一道题都答不出来完全是王雱的锅。

东窗事发是第一惨，加长考卷是第二惨，王雱感觉这可真是雪上又加霜、火上更添油，惨上加惨！他默不作声地拿着笔，坚强地把经义题答完，然后开始写文章。

可他一个根正苗红的理科生，到底为什么要天天写文章呢？王雱决定找个休沐日，忽悠小伙伴们去实验室玩耍。他在郓州给司马琰打造了一个实验室，一定程度上就是为了和司马琰一起查漏补缺，摸索实验室条件。

将来国子监这些人都是国之栋梁，不一定要他们成为理科人才，至少要让他们感受一下科学的美丽，以后可以考虑一下发展发展科学技术。科学是个好东西，一个研究项目就能拉来不少投资。他这些同窗家中非富即贵，显见都是不缺钱的主，不拉他们一块儿玩耍怎么行？

这个领域并不是王雱的专长，不过他也不着急，慢慢培养，多多挖掘，总有能带项目的好人才。王雱陷入沉思之际，交卷的鼓声响了。

杨直讲特别交代：“元泽你要加考论题和策题，允许你多答一个时辰。”说完，他就抱臂站在前头盯着，示意王雱继续写文章，不写完不许走。

王雱没法子，只能把论题文章收收尾，着手写策题。好不容易一个时辰过去，王雱写完全部题目把答卷交上去，还被杨直讲冷哼着问了一句：“不知这次写的文章是给我们写的水平，还是给范公写的水平？”王雱只能乖乖认错。

杨直讲已经不信这蔫儿坏的小子了，抱着答卷拂袖而去。

王雱摸摸鼻头，出去找自己的小伙伴们。结果小伙伴们一个两个都摆出“你走吧，我不想理你”的脸色，弄得王雱吃饭时都不敢和他们分享来自蜀中的美食了。

他叹着气给宋佑国他们解释：“那些题目，都是我那位好友苏轼给我出的，我就是不会做才去请教先生啊！”

宋佑国道：“那你至少得给我透个底。”

王雱一脸唏嘘：“我给你们讲吃的，你们已经要我闭嘴了，我再讲题，你们不得赶我走？而且是先生让我别说的，要是我提前给你们露了底，其他人全考得不好，只你们考得好，先生还不得生疑？”

宋佑国想了想，觉得这话挺有理，勉强原谅了王雱干的坏事。

陈世儒评价：“你这朋友真是坏透了，又是说吃的又是出难题，都什么人啊！”韩忠彦和吕希纯倒不这么觉得，能把食物写得那么诱人，又能列出那么多难题，可见文章写得好、学识也不差。韩忠彦道：“若是有机会的话，我倒是挺想认识认识那位苏兄。”吕希纯点头。

王雱道：“以后肯定能认得的，他一定会到京城来。”

陈世儒撇撇嘴，不吱声了。

王雱虽然得到了小伙伴们的谅解，却还是时刻接收着同班同学的仇视，连在澡堂都接收到不少深恶痛绝的仇恨目光，害得王雱感觉自己蛋蛋都有点儿凉。

直舍之中，杨直讲正和其他人一起批改答卷。梅尧臣一语不发，先把王雱的答卷拿走，经义题看完，没找着扣分的点。两篇文章看完，梅尧臣感觉胸闷至极。

撇开王雱与范仲淹的关系不谈，这小子的文章写得很对他的胃口——论点精彩，文采斐然，却又不是那种佶屈聱牙的类型，读来自然流畅，很是让人喜欢。这样的好苗子，怎么就早早被人收了去？

梅尧臣看完了，默不作声地把答卷还给杨直讲，拒绝评分。其他人轮流把卷子看完了，纷纷表示可以评为甲等，最后才传回杨直讲手上。

杨直讲这才有机会看王雱的卷子。即便杨直讲很想挑刺，也不得不承认这小子的答卷不管卷面还是内容都堪称完美。唯一的问题就是，这小子欺师！

心中百般愤然，杨直讲也只能叹息一声，在卷子上评了个甲等。若没有别的好答卷，这答卷就该贴出去给其他生员揣摩学习去。范仲淹已经和他们说了，不必顾着王雱年纪小，有什么事情只管让王雱去做。

第二日跑操结束，吃过早饭，生员们三三两两地走到学舍那边。公告处已经贴出了“最佳考卷”，不少人挨挨挤挤地凑在那儿看。宋佑国和陈世儒知晓这事儿肯定没自己份，先行进了教室。倒是韩忠彦和吕希纯走了过去，准备瞧瞧贴出来的优秀卷子。王雱属于看也行不看也行的类型，与韩宗师一起站在外围看着同窗们在那儿人挤人。王雱转头和韩宗师搭话：“传道兄，你考得怎么样？”

韩宗师言简意赅：“不好。”说完他还看了王雱一眼，眼神里的意思是“你觉得这是谁的锅”。

王雱觉得绝对不是自己的锅。都怪那眉山苏兄啊。

这时，韩忠彦和吕希纯已经看到“最佳考卷”，因为考题有两种，所以王雱那份被贴出来了，另一份答卷，是韩忠彦的。

韩忠彦年纪不大，字却写得极好，一看就是跟他爹学的。韩忠彦等人看看贴出来的卷子，又转头看看王雱，而后韩忠彦做了个惊人举动：他把自己的答卷撕了下来。

王雱也看到了韩忠彦这动作，见韩忠彦从人群里头挤了出来，不由问：“师朴，你怎么撕卷子？”这做法太粗暴、太蛮横了，不是好学生该做的事啊。

韩忠彦道：“我错了三处，不该贴出来。”韩忠彦是个很有原则的人，王雱的卷子没有半个红圈，他的却错了三处，韩忠彦觉得不该把两份卷子贴在一起。

韩忠彦这样说着，看向王雱的目光却少了几分平日里的关爱，多了几分灼人战意。吕希纯也用同样的眼神看向王雱。

都是未及弱冠的少年人，哪里愿意输给一个比自己小五六岁的家伙？

转眼又到了休沐日。王雱垂头丧气地跟着范仲淹回家，在范纯礼幸灾乐祸的笑容里头跑去书房，拿起笔给他爹写信。为了可以更畅所欲言，他还专门换上可以把字写得更小的炭笔。

王雱把自己这段时间以来的凄惨经历在信里给王安石说了，表示自己上课吧，每位直讲都爱找他碴儿，遇到疑难点还把他揪出来搞互动式教学；课间吧，同窗们又很仇视他，他干点啥都被打小报告到直讲那儿，这些人可坏了，没有一点同学爱。

杨直讲最讨厌他，天天让他帮忙整理教案，有坑学生的内容，他还特别在课上强调“这一点是元泽提出的”。后来梅直讲也学坏了，照着杨直讲的套路来走。最可恶的是，梅直讲还时不时要他写诗。写诗他是真的不擅长啊，写差一点，梅直讲就当众念出来。忒丢人了！这不成啊，这会给小孩子留下心理阴影。

最后王雱恳切地在信里表示："以前我觉得爹你老凶了，现在我才发现爹你脾气挺好的，面对几个直讲时，我简直像是面对十个爹啊！早知如此，还不如逃跑去阿琰妹妹那边呢。"

王雱写得入神，没注意到范仲淹已经踱步到他身后。他把一封长长的信写完，又把诸位夫子发还的课业挑了几份整理起来，准备一并寄过去给他爹。结果封好厚厚的家书一转头，就瞧见范仲淹正站在他后头看着他忙活。

"范爷爷，您怎么无声无息站我身边！"王雱后怕地说，"幸好我只是写信给爹，不是写信给阿琰妹妹，要不然还不得被您看了去。"

范仲淹揉他脑袋："你小子写信正经点，别老气你爹。"

王雱哼哼两声："他那么狠心把我送来京师念书，气气他又怎么了？"他见范仲淹精神头不太好，拉着范仲淹坐下，搬出琴要弹给范仲淹听。范仲淹显然还有事情要做，等王雱弹完一曲就打发他自己玩去。

王雱想起到京城后义海和尚就和他分开了，一别大半个月，约莫也有新曲子可用了。他溜达去大相国寺那边，和寺僧询问义海和尚在不在寺中，很快被带到某个禅院外。还未进去，王雱就听到禅院内传来的琴声。

引路的小僧朝他双手合十，行了一礼，没陪王雱进去，径自走了，显然是得了义海和尚的交代。王雱在外听完一曲，才走入禅院之中。

不管身在何处，义海和尚给人的感觉都是一个样，僧衣破旧，面带宝相。王雱不客气地坐了过去，自发地煮起了茶，和义海和尚感叹："当和尚可真好，到哪儿都可以白住，还是自己占一个院子的那种，太舒坦了！"他拿出茶团嗅了嗅，感觉忒香，又和义海和尚夸道，"这茶真香，谁给您送的啊？还有吗？能不能匀我一点，我带回去给范爷爷品鉴品鉴。"

义海和尚：……不管到了哪儿，这小子都是这么不要脸。

王雱从义海和尚那儿摸了个茶团和新曲谱，带回去和范仲淹分享。到傍晚用过饭，方洪过来了，告诉王雱他已经把实验室弄好，要不要过去看看。

王雱拉上范纯礼一起去溜达。范纯礼跟着王雱接触过不少新东西，看到王雱搞的实验室也没有太震惊，只好奇地琢磨每样东西都有什么用。

提到这个，王雱能说的可多了，毕竟是"理化生"三门课都需要用的实验室。王雱拉起了大旗："格物。"

格物，乃是《礼记》之中的八目之一，专门研究事物的道理，具体的格物方法已经失传，到明朝时王阳明还天天盯着竹子格物，坚持了老长一段时间。

王雱忽悠范纯礼："天气晴朗的日子，你站在树木多的地方深吸一口气，会感觉空气很清新。"

范纯礼点头。

王雱道："你要是用一个透明盖子盖住燃烧的蜡烛，它很快就会熄灭。"

范纯礼继续点头，可又有些茫然："所以呢？"

王雱道："但是如果你把一棵绿植也盖在里面，蜡烛会多燃烧一段时间。"王雱说完了，不知从哪儿变出一个近乎透明的水晶罩子，对范纯礼说，"不信，我们可以来试试看！"

范纯礼看着那大大的透明的水晶罩子，呼吸一滞，心如刀绞："这是用护目宝镜的镜片做的？"

王雱眨巴一下眼，不明所以地答："对啊。"

范纯礼痛心疾首："这得费多少钱啊！"

王雱语重心长地和范纯礼讲道理："格物这门学问，博大精深，前期不投点钱哪能行啊。我做了还不止一个呢。"他又取出另一个水晶罩子给范纯礼看。

范纯礼更是心痛不已，拒绝再在这个地方待下去。

王雱不由唏嘘起来，是什么让他两袖清风、刚正不阿的师兄掉进钱眼去了？王雱给范纯礼说重点："师兄你听我说，这件事非常重要。这是在验证一样非常重要的东西，没有它，我们根本活不下去。"范纯礼这才压下心疼听他细说。

于是，王雱把空气的存在给范纯礼讲了讲，又将绿植的作用给范纯礼讲了讲，再讲到保护绿植的重要性，如黄河老是决堤、河水越来越浑浊的根本原因是什么等等。范纯礼听完了，看向王雱那两价值连城的水晶罩子，心痛稍稍舒缓了一些。

王雱又给范纯礼介绍别的东西，怂恿他下个休沐日带同窗们过来做实验，给的实验方案都是比较简单又比较好观察现象的，最好能提前给同窗们上个课。

范纯礼在青州就常在王雱的忽悠下去搞培训，出门前他就知道王雱又要坑害自己了，不过对于这种事他已经习以为常，取了王雱给他编写的《格物手册》回去研究了。王雱又把一件事扔给了别人，非常满意，回去后就舒舒服服睡觉去了。王雱不知道的是，范纯礼回到家后范仲淹就把他找了去，问他们去干了什么，他手里拿的是什么。

范纯礼麻利地把《格物手册》贡献出去。这本《格物手册》分为三个编目：

第一类讲的是光学、力学、速度、时间、重量、密度等等；第二类讲的是气体、固体、液体及它们构成的万物；第三部分，是人体构造、药物实验，可怕的是王雱还画了个扒开肚皮的人像，五脏六腑清晰可见，还有一张骨骼图，竟详细到人体有几块骨头。两张图下面还有标注，说这是从一山野大夫生前的札记里获得的，为了研究真假，《医学问答录》的创始人之一在家属同意下解剖了数具死囚尸体，验证了两张图的真假。

范仲淹看完后瞧向范纯礼："这些东西不知真假，你们准备做什么？"

范纯礼被范仲淹盯得头皮发麻。他可没王雱那胆子，在范仲淹的注视下都敢嬉皮笑脸。范纯礼忙道："没准备做什么，就是休沐日找好友去'实验室'那边玩玩。是真是假，到时一试便知。"

范仲淹一想，也是这个理，便将《格物手册》还给范纯礼，让他好好收着，验明真假再拿来给他。

第二日，王雱又要去国子监了。刚走到学舍前，王雱就感觉有不少陌生身影在周围晃荡，这些陌生身影在看到他后都齐刷刷地把目光投向他，像是特意聚众来围观他的。

王雱看了看这些人的年纪，又回想一下平日里偶然瞥见过的几张面孔，乖乖巧巧地拱手一拜："师兄们好。"那些过来围观的人见到他这乖巧伶俐的模样，倒是不好说什么，回了礼后才你一言我一语地问："令尊乃是《五年科举三年模拟》的著者之一？""我们这次月考的卷子是你帮梅直讲整理的？""你们父子俩都爱搞难题吗？容易的题目你是不是不屑做？相比之下，司马先生出的题就好做多了。"

王雱：……那只是分工不同而已。你们口里的司马先生出的题也可以很难。

此时，梅尧臣从回廊转角处走来，见到王雱被人围着，还诗兴大发，当场吟诗一首，嘲讽王雱这么"受欢迎"。

王雱见梅尧臣一派儒雅地站在那儿看笑话，恶向胆边生，也现场创作一首小酸诗讽刺回去，说有的人看起来风雅高尚，实际上居然在背后编排别人。

王雱哼哼唧唧地念完了小酸诗，不甘落后地与梅尧臣对视。不就是写诗讽刺人？谁怕谁！他可是把梅尧臣的讽刺诗全部拜读了一遍，照着那风格写个十首八首完全不是问题。

眼看梅尧臣脸黑了，太学那边过来的师兄们一哄而散，不敢再闹。梅尧臣绷着脸训斥王雱："在那儿傻站着做什么？还不快进去？"

王雱自认是个相当尊师重道的人，闻言乖乖地进了学舍，铆足劲儿听梅尧臣讲学，准备好好给梅尧臣挑点刺。

梅尧臣给王雱他们上完课回到直舍，有同僚居然和他念起了王雱作的那首诗。梅尧臣脸又黑了。同僚还夸道：“虽然意思不大中听，不过写得很有圣俞你的味道，可见是用心读过你的诗跟你学的。”这小子还和梅尧臣一样会写动物讽刺人呢，这话同僚没敢说，怕说了梅尧臣要翻脸。

梅尧臣道：“这小子是很聪明。”这是梅尧臣不得不承认的事实，若王雱刚才那诗不是在和他抬杠，他也会夸一句好。毕竟那诗一看就和他走同一路子，很对他的胃口。

可恨的是，哪怕王雱是在和他抬杠，他也没法讨厌这小孩。

王雱是王安石儿子的事情很快在国子监和太学内传开，时不时有人过来围观一下王雱。

王雱和同窗们的“仇怨”也稍稍缓解了，因为他给同窗们分享了当代文坛盟主欧阳修的佳作《卖油翁》，最后总结：无他，惟手熟尔。同窗们顿时理解了他，并且还有点儿同情。

王雱也只是讲个大意，并没有把整篇《卖油翁》背出来。这话传到了几位直讲耳朵里，他们都有些疑惑：自己怎么没听过这篇《卖油翁》？梅尧臣与欧阳修最要好，倒是知道有这么一篇，点头说：“这篇写的是陈康肃的事儿。”

陈尧咨，谥康肃，十余年前已经病逝。他与兄长陈尧叟都是状元，是史上少有的一门双状元。据说陈尧咨射术无双，曾让箭矢穿过铜钱孔。

梅尧臣也有些纳闷：欧阳修这篇文章写的是亡者之事，这几年也没外传，王雱是怎么看到的？转念一想，欧阳修与范仲淹也有往来，梅尧臣也就释然了。看王雱休沐日都往范仲淹家里跑，他便认为王雱是从范仲淹那儿看来的。

到休沐时，梅尧臣赴欧阳修家宴，不免提了一句这事儿，说王雱那小子拿“无他，惟手熟尔”糊弄同窗。

欧阳修觉得王雱是从梅尧臣那儿看到的，不曾在意，只笑道：“自从你得了这学生，口里信里都总提他。”

梅尧臣道：“我可不敢认这学生。”他把王雱写诗和他针锋相对的事给欧阳修讲了一遍，还特地把诗念给欧阳修听。

欧阳修更乐了：“这学生不挺好吗？脾气像你。”

梅尧臣拒绝承认这个事实。

王雱还不知道自己随手扯的虎皮差点儿闹出问题，正陪着范纯礼在实验室玩耍呢。

蜡烛是否熄灭的实验，他们在阳光下做了好几遍，到场的范纯礼同窗本来都对王雱所说的“空气成分”半信半疑，看到与绿植混在一起后不曾熄灭的蜡烛，顿时都有些动摇了。接着，他们又拿幼鼠做了实验，没有绿植的幼鼠很快昏厥，有绿植的幼鼠依然活泼好动。他们每时每刻排出的“浊气”怎么样先不说，这证明了他们吸入的“清气”藏有他们赖以生存的物质——而这种物质，是绿植产生的。

国子监生员们面面相觑。说实话，他们之中一部分人是抱着怀疑来的，心里或多或少都带着“我来揭穿范纯礼的谎言”这种想法。事实证明，范纯礼那本《格物手册》上的这部分内容是正确的，那么其他的呢？

王雱这人蔫儿坏，让每个人过来的人都过了一下动手的瘾，就对范纯礼说：“其他材料和器材没准备好，今儿先回去吧。”

对于男孩子来说，可以动手捣鼓的东西永远有致命吸引力，不等范纯礼继续忽悠，他的同窗们在分别时已经主动和范纯礼约定，下次休沐日再过来接着玩。

就在《格物手册》上的种种新奇内容在国子监、太学之中传开时，王雱也接到了一封来自成都府的信。

王雱小半个月前才接到来自成都府那边的信呢，这眨眼间又来了一封，显见是有要紧事。方洪知他一向喜欢成都府那边的好友，得了信便第一时间着人送来。王雱得了信，掂了掂重量，发现这信极薄，和平时的书信都不大一样。他忙拆开看了，才晓得苏轼父子的文章都入了张方平的眼，颇得张方平提携。

张方平与范仲淹交情不错，听闻范仲淹回京当国子监监事，便兴起了让苏轼兄弟俩“转学”到京城的念头。苏轼已到弱冠之年，苏辙也差不离，张方平认为让他们到太学磨炼个一两年，可以试着考一考。

张方平的书信到了苏家，苏家父子三人一商量，叮嘱程氏带两个新进门不久的儿媳在家等候消息，父子三人则先去成都府拜会张方平。

苏洵本无心再考科举，可他这几年举茂才不成，到成都府听张方平一劝，便也动了心思，决心一并进京“陪考”去。张方平为苏洵三人写了推荐信，让他们进京后去寻范仲淹，把“学籍”从眉州州学迁到太学。

虽然太学对外只招收七品以下官员子弟，可若是各州有俊异的寒门子弟亦可持推荐入学。

苏轼兄弟俩赴京考试的事情就这么定了。苏轼还惦记着王雱可能给他寄来的回信，忙又追了一封短信给方氏书坊，好让王雱先别给他写信，到京城后再相见也不迟。

至于新婚夫妻话别的不舍，父子三人登上蜀道、跨过剑阁的艰辛自不必多提。反正，信在路上跑的时候，苏家父子三人也出发往京城来了。

王雱有点儿小紧张，又有点儿小期待，不知苏家这三位什么时候到啊。

苏轼三人还没到，另一个人却是到了，竟是王雱的老朋友沈括。这位单眼皮小眼睛的畅销书作者，上回离家出走之后便被他爹带到任上去了。王雱自知在劫难逃，当即在出发前写信忽悠沈括“京城好，京城妙，京城读书效率特别高，京城搞事特别爽”，沈括一听王雱要去京城了，便主动和他爹要求要到太学来求学。

他爹官位暂时还不高，不过进太学还是绰绰有余的，听说太学如今管得严、升学率高，沈括他爹便托人写了保荐信让他远赴京城。

沈括带着两个书童兼助手一路走走停停，总算是走到了京城，麻溜地去太学那边报到。一报到完，沈括就知道自己又被王雱坑了，这日子简直比在鄞县州学时还艰难啊。所谓的地狱模式，指的大概就是这种管理吧。不仅上课、吃饭有人盯着，连晚上睡觉也有值守的人负责巡斋。沈括好不容易从懵懂的状态回过味来，终于逮着了空，溜去礼斋一号房那边找王雱算账。

沈括面色黑如锅底，笃笃笃地敲门。开门的是韩宗师，没办法，他和宋佑国离门口最近，宋佑国又不是会给人开门的，只能由沉默寡言的韩宗师负责开门这事儿。

韩宗师显然很有经验，一看沈括的脸色便道：“元泽不在，梅直讲让他去校对卷子了。”

对于“王雱的一百零八种使用方法”这项课题，每位直讲研究起来都是非常热衷的，比如现在不管是国子监的考题还是太学的考题，负责出题的直讲都会叫他过去整理和校对。

沈括寻人不成，又跑去直舍外头候着。等王雱从直舍里出来，他立刻从一旁蹦出去，可把王雱吓了一大跳。

王雱眨巴一下眼，脸上有着久别重逢的欣喜：“是沈哥啊，许久不见，甚是想念！我不过在信上随口一提，没想到沈哥你真的来了，真叫人感动。”他二话不说就拉着沈括到一处围墙边上，从树上拉了一下某根藏在树窝窝里的绳子。隔着墙，外头传来轻轻的铃声，便有人高声叫喝着几样吃食，像是在当街叫卖。王雱拉了三下绳子，停顿一会儿，又拉了两下。不多时，那边便吆喝：“好嘞，马上就来，两碗鲜虾小馄饨！”

沈括本是来找王雱算账的，见王雱这么一通忙活，一时没反应过来。听到那头说鲜虾小馄饨，沈括顿时有些饿了，他和其他人一样，也吃不惯国子监的食堂。沈括道：“你这是在做什么？”

“弄点好吃的啊。”王雱理所当然地说，“我正是长身体的时候呢，可不能饿着。”见自己这头垂下的铃铛响了一下，王雱推了推沈括，示意沈括爬到树上去。沈括有点儿蒙，但还是照着王雱的意思爬了上去，按照王雱的指示把一个吊篮从外头往上拉。吊篮里有个精致漂亮的食盒。沈括学得很快，举一反三地慢慢把吊篮往下放，送到了王雱手里。他从树上跳下地，与王雱一同躲到一旁的亭子里，一人捧着一碗鲜虾小馄饨吃了起来。

吃了好几天的清汤寡水，沈括乍然尝到鲜香可口的滚热汤水，差点儿没落下泪来。再一口咬下去，薄薄的皮，鲜嫩的虾仁，简直不能更美味！王雱满足地加了个餐，又让沈括把吊篮和食盒送回外头去。

这食盒是他寄放在外头一个面食摊位上的，这面食摊位的摊主年轻力壮、脑筋灵活，知晓他是国子监的生员，很乐意帮他折腾。只是这取外卖的办法有点儿累人，但那也是没办法的事。反正，平时王雱偶尔忽悠韩忠彦或者宋佑国他们来帮他爬树——实在没办法了，他也只能自己爬了。从小到大他祸害的树可不少，一点都没带怕的。要被人问起，食堂来来去去就那么几样菜，谁吃都会腻的，偶尔加个餐怎么了？反正王雱理直气壮，一点都不怕抓包，偶尔还叫上小伙伴们团伙作案。

沈括蹭了顿鲜虾小馄饨，对王雱的怨气倒是消了不少，还觉得这样偷偷叫外卖很刺激。少年人嘛，要是没爬过几次树、没翻过几次墙，总感觉自己的人生是不完整的。沈括忍不住问王雱：“你早知道国子监是这样的，特意骗我过来的吗？”

王雱一脸无辜：“我写信给你的时候还没过来呢，怎么知晓这里是什么样的？早知道国子监管得这么严，我早逃跑了！”

沈括觉得有理，顿时和王雱探讨起《水浒食神》下一册的创作内容来。

这一册，王雱提供了一个新创意，说的是一个叫吴用，绰号“智多星”的人出场，来个回忆杀，回忆他与现任食神晁盖和上任食神王伦争夺食神之位的激烈过程。现在，晁盖去世了，及时雨宋江在梁山水泊陷入混乱之后，使出了一招绝技——炒菜。

这一天，这位总是为每一位候选人挑选食材的、平平无奇的年轻人，端出了一盘香气扑鼻的蛋炒饭。炒菜的时代，从此开始了！

炒菜，在宋朝其实已经出现，毕竟宋朝经济水平飞速发展，各种锅具也相对多样化，给炒菜的出现提供了绝佳的条件。只不过这时代各家人都把菜谱当成传家之物，极少会外传，因此炒菜之法还没流行开。

沈括这段时间也在思考《水浒食神》下一册该怎么发展，听完王雱的思路后便问："蛋炒饭真那么好吃吗？听说樊楼的炒菜是京城一绝，我还没去尝过。"

王雱道："我也没去过，我可穷了。"

沈括不想理王雱。

有沈括这个熟悉的劳动力在，王雱就把实验室的存在给沈括说了，并提议："炒菜的话，好锅和好油都少不了。我琢磨过了，眼下大伙儿都用芝麻油，产量低得很，价钱高，普通人家根本舍不得用太多。我把实验室钥匙给你，你带人去研究研究市面上哪些植物种子和芝麻一样容易榨油，回头去和先生讨点学田试验一番。要是能找出新的油料作物推广开去，那就是大功一件。"

沈括斜眼睨他："你自己怎么不去？"

王雱唉声叹气："我这不是人缘不好吗？不管国子监还是太学，大部分人都可仇视我了。你可不一样，你多受欢迎啊。而且国子监这边已经由师兄牵头研究别的方向了，你在太学那边也找些人过去一起玩儿才好，要不然多浪费。"沈括一想，好像是这个理，也就一口应了下来。

王雱忽悠完沈括，溜达回自己的宿舍。

韩宗师道："今儿有人来找你。"

王雱点头："已经见过了。"轻轻松松地将《水浒食神》的创作和带实验课的事情都扔给了别人，王雱愉快得很，拉着韩宗师他们打《三国杀》，直到梅直讲过来巡斋，才呼地吹熄蜡烛钻进被窝里睡觉。

梅尧臣透过门扉，看到里面的灯光应声而灭，要多及时有多及时，要多迅速有多迅速，绷着脸训道："早些睡觉，别一天到晚就知道玩。"

吕希纯几人都不吱声，只有王雱压着嗓子应道："唉，我本来已经睡下了，被您训这么一嗓子我又醒啦。其他人都还睡得死沉死沉，您可千万别再出声了，要是把他们吵醒了可怎么办？"

梅尧臣拂袖而去。

宋佑国听外头的脚步声远了，小声道："元泽你老这么气梅直讲，真不怕梅直讲发怒吗？"

王雱唉声叹气："我就是不气他，他也朝我发怒啊。"他真的是个乖巧听话的好学生来着。

宋佑国一阵默然。

吕希纯却忍不住道："我倒觉得元泽你挺乐在其中。"若不是王雱自个儿一天到晚往前凑，梅直讲也不会对他又爱又恨。

王雱笑眯眯，不接茬儿。

韩忠彦揭王雱的底："元泽惯常是这样的，从前在扬州时他可没少去招惹我爹。"那会儿他们兄弟姐妹都怕他爹，只有王雱这小子初生牛犊不怕虎，天天胆大包天捋虎须。偏他爹还就吃这套，连最爱的端砚都让王雱给顺走了。

王雱道："什么叫招惹，我那是敬重师长，时常向师长请教问题。你爹还教过我一句经义，可有用啦，我一直用了好多年。"

宋佑国好奇地问："哪句经义？"

韩忠彦仿佛想起了什么，一脸不堪回首的表情，翻了个身，决心背对着月光装睡。

王雱一点都不害臊："就那句'小杖则受，大杖则走'啊，我从小到大用得可勤了。"

宋佑国和陈世儒扑哧一声笑了出来。

韩忠彦这么宽厚老实的人，听着王雱那不以为耻反以为荣的语气免不了又转了回来，说道："那会儿，他顽皮得紧，总挨他爹揍，他嗓门又大，一边跑一边喊'韩伯父说了，小杖则受，大杖则走，爹您拿着的棍子真大，我不能受啊，要不然就是不孝顺'。那会儿大家都住在府衙那一带，他喊那么一嗓子，全部人都听到了。"

愉快的寝室夜谈在笑声中进入尾声，几个人陆陆续续进入梦乡。

沈括的到来，完全解放了王雱。沈括向来好交游，又有畅销书作者的身份，很快赢得了同窗们的喜爱，迅速和太学新生们打成一片。

他与王雱碰头后的第一个休沐日，就带着人、带着王雱塞给他的《格物手册》研究油料作物去了。

王雱也有光明正大的偷懒借口，他爹给他寄了个包裹：搁在最上面的，是小妹、吴氏口述写给他的信，里头句句都是情真意切的关心；接着，是王安石写给他的信，里头句句都把他喷得狗血淋头，说范仲淹已经在信中把他的所作所为都告诉自己了，现在他被人逮着折腾都是活该；最后，王安石还给他寄了一堆稿子，记载的是一些案件的勘破过程，还有叫旁人抄录下来的宗卷副本。

王安石的意思是：你给整理整理，再出本普法教育读本，别折腾那么多事，就搞成普普通通的王·福尔摩斯·安石探案录，允许你当合著作者把名字印在我这个第一作者旁边。这信里还隐隐透着一层意思：你要是敢不署名，别想我再给你挡枪，自己看着办。

王雱估摸着他爹那茅坑石头一样的性格，指不定还真能把他扯虎皮出书的事公告天下。他叹了口气，只能抱着厚厚的“原材料”耷头耷脑地去借用范仲淹的书房，奋笔疾书帮王安石搞加工创作。

到傍晚时，范仲淹家迎来了三个风尘仆仆的客人。王雱创作完几个堪称当代《今日说法》的普法故事，正和范纯礼他们一块儿读书呢，就听师娘进来招呼：有客人来了，范仲淹让他们出去见见。

王雱正觉得闷，闻言两眼一亮，起身撩起门帘走了出去。临近客厅，只见范仲淹正在与客人说话，范仲淹身侧坐着的是三个生面孔，离范仲淹最近的一个年纪最大，约莫四十多岁，面白须长，气质清正；另外两人瞧着年仅弱冠，面庞相肖，都俊秀逼人，年长些那位更有一双灼人星目，瞧着很不一般。

听到有人往，这年轻人先抬头往王雱所在的方向望去。四目相对，彼此眼中都有些惊异。王雱惊异的是，这又是一个长得贼帅的家伙，大宋的水土真是养人。年轻人则是惊异这少年生得好生灵秀，他在蜀中这么多年都从未见过能和这少年相比的。

两人都是心胸开阔的人，见对方长得出众也不曾生出什么“既生瑜，何生亮”的心思，反觉得对方颇为顺眼。王雱也不拘着，跑上去拉了椅子凑到范仲淹身边坐下，让范仲淹给他介绍介绍。范仲淹朝那父子三人介绍：“这是我的学生王雱，平日里没规矩惯了，你们别与他计较。”说完他示意后面出来的范纯礼、范纯粹一并坐下，才和他们介绍，“这是从蜀中眉山来的苏先生与他家的两位郎君。”

王雱吃了一惊，目光落到苏家三父子身上。蜀中眉山，那不就是苏轼他老家吗？他的目光转到苏轼身上时，发现苏轼也正若有所思地望着他。再一次四目相对，王雱猛地意识到一件事：他的马甲好像掉了。

厉害人物的思维不能以常理来推断，比如范仲淹、王安石他们被他坑过一次就会开始回坑他，苏轼显然也是那种能闻一知十、举一反三的人。

王雱镇定自若地翻看着从范仲淹手里传过来的苏洵文集，苏洵是个很有思想的人，他是个主战派，写的文章很多都是借古讽今。比如著名的《六国论》，写的是秦灭六国一统天下的故事，秦国和六国打仗，六国不思厉兵秣马，积极应战，反而想出送美人、送财物贿赂秦国的办法，今天割地、明天赔款，最终亡国收场。

朝中文臣大多主和，哪怕苏洵文章写得天花乱坠，核心思想不一样，愿意举荐他的人也不多，所以苏洵科举举步维艰，举茂才也一直不中，硬生生蹉跎到四十多岁都还是白身。两个儿子想进太学，也得由当地身居高位者保荐。

这是一个很厉害的兵家爱好者。王雱看完了，又将文章给范纯礼看，自己则积极加入到范仲淹和苏家三父子的对话之中。

苏洵原本有些惊讶范仲淹收了个这么小的学生，听王雱谈吐自如、毫不怯场，免不了拿这小孩和自家儿子比对比对。要说苏洵凭一场对话就觉得王雱天纵奇才，自己儿子比不过人家，那是肯定不可能的。苏洵只觉得这少年博闻广识又聪敏机灵，瞧着与他儿子不相上下。

谈话间范仲淹提及王雱他爹是王安石，王雱顿时感觉苏轼的目光又直直地望了过来，这次苏轼眼神里的意思显然是：确定了，就是你了。

范仲淹与苏洵父子敲定明日参加太学考核的事，便让突然变得安静、坐在一旁思考人生的王雱送苏家三父子出门。

王雱热情地送苏家三父子出门，行到大门处，他又积极邀请苏轼三人："我知道附近有一处澡堂，服务很好，很干净，很舒服。你们一路走来风尘仆仆，肯定没什么机会好好洗澡，一起去搓个澡吗？"

苏轼："……"

苏辙："……"

苏洵："……"

苏洵有心让苏轼他们与同辈多多往来，便表示自己不去了，让苏轼兄弟俩去。王雱把他们带到澡堂外，确定好见面时间，便和苏家三父子分别，风风火火地回家取衣服去了。

王雱回到家，范仲淹还没去歇着呢，奇怪地问他怎么送那么久。王雱欢欢喜喜地说："我和子瞻兄他们约好一起去洗澡！"从此以后，他和苏轼算是有过一起洗澡的交情了。

范仲淹知晓王雱见天儿爱拖人去澡堂，也没多想，由着他抱着衣服出门去。

王雱没走多久，在实验室泡了一天的沈括便过来找人，想看看王雱是如何"焦头烂额、呕心沥血、辛辛苦苦为他爹写新书"的，结果到范家后一问，王雱和他新认识的朋友一块儿洗澡去啦。

沈括：……以后再信王雱骗他的那些鬼话，他把名字倒着写！

王雱不知道沈括还找过来了，抱着洗澡的家伙到了澡堂门外。苏轼和苏辙也住在附近，同样抱着换洗的衣物走来，两边用时差不多，正巧在澡堂外碰头。王雱送他们一人一块香胰子，包装都没拆，上头印着漂亮的玉圭商标以及显眼又雅致的广告词“清新怡人，留香持久”。

眼下青、郓两州出产的洗护套装已经在各大城市铺货，走水路运了一批到京城，如今市面上也能买到——只是数量有限，价钱炒得有点儿高而已。

苏轼兄弟俩刚到京城，还没到处逛，自然不觉稀罕，收了王雱送的香胰子一并入内脱光光洗澡。待热气蒸腾而上、身心都放松下来，苏轼才冷不丁地和王雱对暗号：“李逵将那野猪齐齐拴好，成排阉去，暗中养上数月，肉质极佳，再无半点腥膻？”这是《水浒食神》中的一段。

王雱原就是约苏轼出来“坦诚相对”的，听苏轼这么一问，不慌不忙地说：“姜葱为锅底，五花肉切块，加酒、加糖、加酱油，文火炖熟，滋味最佳！”这是苏轼琢磨出来的吃法，在信中给王雱写过。

苏轼两眼发亮，对王雱道：“想不到你年纪这么小！我还以为你至少与我一般大！”这年头消息传得很慢，他虽猜出王雱可能是王安石的亲属，却没法打听出王安石儿子的情况。

一旁的苏辙还蒙着呢。苏轼见弟弟没反应过来，抬手敲他脑袋让他回神，说道：“与我通信的便是元泽了。”

搞事的灵魂总是互相吸引，两人确定彼此的身份后不再纠结年龄之类的，很快相谈甚欢。苏轼知晓王雱已经入了国子监，便问王雱考核难不难、国子监内的生活如何。

王雱没像忽悠沈括一样忽悠苏轼，而是把国子监生活的艰苦与苏轼说了。

苏轼听说国子监伙食不好，顿时忧心忡忡：“明年要是考不上，岂不是得多待两年？”

王雱听苏轼这么说，恍然明白国子监的苦心，原来是为了让学生赶紧考走啊！真是用心良苦！

王雱大方地把自己的“外卖基地”告诉苏轼，邀请苏轼到时一起来吃外卖换换口味，免得忍耐不了太学的伙食。王雱还给苏轼介绍：“若是吃腻了面摊的口味，还能多花点钱让人跑远一些买别的，想吃什么都能买，可方便了。”

苏轼一听有这么刺激的事儿，当即一口答应下来。苏辙则有些犹豫：“这样不太好，要是被抓到会不会让夫子们生气？”

苏轼理直气壮：“食堂的饭菜做得难吃，还不许人自己吃点好的吗？”

王雱一脸“英雄所见略同”的赞同。

在外面，老实孩子苏辙一向听他哥的，见他哥这么说也就不再反对，表示愿意一起干坏事。

王雱和两个新朋友搓完澡，约定好明日在“外卖基地”见面，开开心心地回家去了。

回到家里，范纯礼告诉王雱刚才沈括来过，知道他和苏轼兄弟俩去洗澡之后气冲冲地走了。

王雱道：“他显然是想来看我多忙！我确实很忙来着，都在书房里关一天了，到晚上才有机会出去洗个澡放松放松，师兄你说对吗？”

范纯礼幽幽地看着他：“我傍晚才回来。”

王雱轻轻拍拍范纯礼的肩膀，一脸严肃地鼓励：“师兄辛苦了。”

第二日一早，王雱跑操结束就去揣着稿子去太学那边找沈括。沈括见了他没什么好脸色，只当作没看见他！王雱当即掏出稿子对沈括这样那样地诉说完自己的辛苦，并拜托沈括帮忙校对一下这本王·福尔摩斯·安石探案录。沈括听王雱说得这般认真，不像是在说谎，暂且相信了他的话，收起稿子表示自己会尽快校对好。

王雱又约沈括傍晚一起加餐，到时可以认识两个新朋友。到傍晚草草吃了点食堂清汤寡水的饭菜之后，几个人便偷偷摸摸地在“外卖基地”聚首。王雱愉快地帮所有人点完餐，才给他们相互介绍。

得知沈括就是《黄金国》《水浒食神》的另一个作者，苏轼和苏辙都挺喜欢这个新朋友的。尤其是听沈括说起实验室的事情，苏轼和苏辙都想去玩玩。沈括也很快被苏轼兄弟俩言谈间流露出的机敏所折服，放下昨天那点小不满，愉快地和两个新朋友聊了起来。

等餐点准备完毕的铃声响起，沈括又一次被王雱忽悠到树上接外卖。

本来这该是一次愉快的聚众偷吃行动，结果沈括刚把篮子慢慢下放到王雱手里，就有人在走廊处喝道：“你们在做什么？”这声音苍老却又洪亮，带着教导主任的威严，显然出自当过校长的胡瑗胡老直讲之口。

胡直讲教育学生是非常严厉的，有次有个学生去向他请教问题，头发没弄整齐，当场被他训了一通。据说他教出来的学生，言行举止都像跟他一个模子印出来的一样，腰板挺直、面容严肃、不苟言笑。甚至有人还说过，一看某新科进士走路的姿势，就知道他是胡瑗教出来的。由此可知，胡瑗对学生的要求是多么的高，学生干坏事被他发现下场又会是什么惨痛。

看到从走廊那边走过来的教导主任胡瑗，还在树上的沈括沉默，刚捧出食盒的王雱沉默，今天才刚刚入学、第一天干坏事的苏轼兄弟俩更沉默。

天已经擦黑，胡瑗的脸色更黑，他走到王雱面前打开食盒，一阵香味扑面而来，让他脸色又黑了一些。胡瑗把食盒盖子盖回去，没收食盒，让王雱四人排排站，叫人去把主簿喊来，要给他们记个过。

罚是肯定要罚的，国子监有五等处罚，最严重的是开大会时当众斥退；次一等的是关禁闭；再次一等的是迁斋，也就是让他们搬宿舍；第四等的，则是前廊关暇，比关禁闭好一点，没关小黑屋里去，只能不能走出前廊；最轻的第五等，是关暇，简单来说就是不许出国子监。

这几个小子干的事不是在课上干的，也没祸害别人，顶多能算第五等的错处。可要是罚他个关暇，对王雱这种小滑头来说肯定不痛不痒。

主簿来了，按照胡瑗的意思去把连通外头的铃铛取下，又去外面盘问过那面食摊主，回来后看着王雱欲言又止。现在，大伙都知道了，这小孩是范公的关门弟子！

胡瑗可不会给范仲淹这个面子，他问了另外三人的姓名，知晓他们是太学那边的，让主簿也给他们记个“小过”。从主簿刚才那眼神，他已经知晓谁是主谋了！

胡瑗板着脸道：“近来秋高气爽，天气晴朗，正适合晒书，你们今晚开始去藏书楼那边把书整理整理，把现有的书分门别类放好，都给登记在册。不整理好，别从藏书楼出来！至于饭菜，到了吃饭时间自会有人给你们送去。”

王雱打小就见过胡瑗，知道他在这些事情上根本不容说情，赶紧把事儿都扛下来：“这事儿是我牵头的！今儿子瞻兄和子固兄才来报到，什么都不知道，是我把他们拉来的。”

沈括：……我呢？我呢？我呢？

胡瑗看了看丰神俊朗的苏轼兄弟俩，一下子想起王雱提到过的那位“笔友”。他轻捋胡须，心道，既是初来乍到被王雱蛊惑，倒是可以宽恕一二。

苏轼却很有担当，当即表示要和王雱两人共同进退：“既是一同犯事，自没有罚一个不罚另一个的道理，我也和元泽一起去整理！”苏辙见兄长如此，默默跟着点了点头。

胡瑗见他们四个笔挺挺地站一块儿，颇有些豪气干云、势要同甘共苦的势头，冷哼一声，打发主簿把他们带去藏书楼，并叫人看好别让他们跑了。

胡瑗提着食盒回到直舍，杨直讲和梅尧臣都在，见他拎着食盒过来，杨直讲道：“您怎么忽然带吃食来直舍了？”于是，胡瑗把王雱干的好事说了出来，并把那系着麻绳的铃铛往桌上一扔，显然恼火得很。

杨直讲好言劝慰胡瑗：“别气了，这不是年纪小，活泼了点吗？再说这也是有朋自远方来，他设法‘招待’一番而已。”

胡瑗道：“你看看这麻绳，都快磨断了，显见不是第一回。”少年郎贪图口腹之欲是其次，谁不爱吃点好的？要紧的是王雱不守规矩，坏了国子监的风气。

杨直讲和梅尧臣对视一眼，都没再劝。别看他们平日里天天“针对”王雱这小子，听到胡瑗把人给关藏书楼里去了，明日、后日可能都见不着人，心里还真舍不得。不过，胡瑗正在气头上，他们不能说“算了吧不是多大的事”，要不然就等同于火上浇油了。

胡瑗把人罚了，又亲自跑范仲淹家一趟，告诉范仲淹这事儿。范纯礼在旁听了，忍不住幸灾乐祸地笑了。那小子也有今天！

胡瑗瞥见范纯礼的笑，又哼了一声，问范纯礼：“你是不是也干过这事儿？”

范纯礼见火往自己身上烧了，忙说：“没有，绝对没有！”他也想胡闹，奈何他已经过了能胡闹的年纪，哪能跟着王雱乱来？

范仲淹跟着胡瑗骂了王雱一通，总算把这位老友安抚住了。

送走胡瑗，苏洵又过来拜访。昨日范仲淹还有事，约苏洵今儿再来好好说话。赶巧碰上王雱他们犯了事儿，范仲淹把事情也给苏洵说了。苏洵脸色有些不大好看：“这两个小子惯是爱胡闹的，不想到了太学还这样！”

范仲淹劝慰：“与令郎无关，是元泽那小子怂恿的，从入学开始他就没消停过。”

苏洵道：“他们自个儿要是不愿意，难道还有人能押他们过去不成？”

两边数落完自家孩子，心中虽有些担心，却也相信在国子监内绝不会出大事、借此机会磨一磨自家孩子的顽劣脾性也挺好，都不再多提，转而聊起文章来。

被双方家长判定为“不会出大事”的王雱，全套铺盖让主簿着人收拾收拾带过来了。四个人点着灯看着浩瀚无边的藏书楼，面面相觑。这真要全部整理一遍，可要整理到什么时候才能整理完？

沈括是个书迷，看向那一排排书架时倒是两眼放光：“这些藏书很多都是‘监本’，校对得很好。听说第三层还有很多孤本古籍，不知会不会让我们上去整理。”

苏轼和苏辙听沈括这么说，顿时也来了兴致。

王雱睨他们："要是边整理还边看书，我们还能出去吗？"

沈括一想也对，退而求其次地道："那就先记下把感兴趣的书摆在哪儿，回头再过来找书看。"

"行吧。"王雱点头，"藏书楼里都是书，刚才主簿说了，不许我们拿着灯到处走的，我们今晚先合计合计怎么整理才方便快捷吧。"他借着灯光往里看去，一脸的绝望，觉得这些书也堆得太乱了，高矮不一，类型错乱，还有些被学生抽出来乱放，看着毫无秩序！胡直讲就是不罚他们，叫王雱看见了也浑身不舒坦，非找法子整理好不可！

四个人围坐在灯前，你一言我一语地出主意，王雱负责在纸上飞快地记录着每个人的主意，算是基本把藏书楼的每个书架规划好了。因着出不去，他们决定先用纸张在每个架子前标出类型，方便借书的学生们物归原处。

正讨论到兴起，藏书楼的门吱呀一声，被人从外面推开了。王雱几人回头看去，居然是梅尧臣一手提着灯，一手提着个王雱很眼熟的食盒进来了。

王雱麻溜地喊人："梅先生！"

梅尧臣望了他一眼，把食盒提到他们之间的灯烛旁，道："放凉了，吃了吧。"若不是秋天夜里要转凉，饿着受冻容易病，梅尧臣也不会走这一趟。

王雱两眼一亮。没在眼前还好，食盒送到眼前来他还真觉得饿了。他打开食盒，除了他点的胡饼、炸蟹、鹑子羹、西京笋，还多了一壶温水，显然是梅尧臣捎来的。

王雱感动得很，在心里检讨自己不该作诗回踩梅先生，热情地拉梅尧臣一同坐下，掰了半个胡饼和梅尧臣分享。

梅尧臣这些年还真没吃过半个胡饼，不过王雱都递来了，他也不好拒绝，索性跟着王雱一并把这"外卖"享用完。食物都凉了，滋味不如热乎乎的时候好，不过几个人一起就着灯火吃倒是别有味道。

苏轼和苏辙是头一天过来的，还是第一回见到梅尧臣这位国子监直讲。见梅尧臣没嫌弃自己这几个"捣蛋鬼"，还坐下一起用炸蟹和西京笋，心中安定多了。

王雱这厮天生是得寸进尺的性格，见梅尧臣今儿这么好，顿时顺着杆子往上爬，央着梅尧臣去巡斋时把他的牙刷、牙膏和别的洗漱家伙给带来，他都收得齐齐整整，很容易找的。最好能顺便把箱笼里的几个备用套装也带来，省得再跑到太学宿舍那边拿沈括他们的，多麻烦不是？

梅尧臣道：“……你还真是替我着想。”

王雱谦道：“应该的应该的，尊敬师长是做人的基本原则。”

梅尧臣被王雱气走了。

苏辙道：“你这样和梅先生说话真的好吗？”

于是，沈括给苏轼和苏辙科普王雱的丰功伟绩，还把王雱仿着梅尧臣作诗讽刺回去的事儿给苏家兄弟俩说了。

苏辙听得目瞪口呆。苏轼倒是反复咂摸着王雱的讽刺诗，咂摸完了，他夸王雱：“诗写得好。”

几人的话题也不再局限于怎么整理藏书楼浩如烟海的书籍，反倒天南海北地聊了起来。到一根蜡烛快烧完时，藏书楼的门又被人从外面推开了，是梅尧臣折返了，带着王雱要求的洗漱套装——足足四套。

王雱高高兴兴地送梅尧臣出门。梅尧臣道：“夜深了，赶紧熄了火烛。”

王雱指着楼前的水井：“我可以打点水刷个牙吗？”梅尧臣横了他一眼，由着他走出藏书楼去打水。

王雱喜滋滋地去打了盆水，招呼小伙伴们洗了脸，刷了牙，乖乖铺好铺盖吹熄蜡烛睡觉，前所未有地乖。

梅尧臣绕回直舍，杨直讲还在那儿提笔琢磨明日的讲学内容。见梅尧臣提着食盒回来搁到角落里，杨直讲便问：“他们没闹腾吧？”

梅尧臣面上掠过一丝不自然，而后才镇定自若地道：“还好，没闹腾。”

王雱安安稳稳地睡了一觉，第二日又去讨了水洗漱，拉着苏轼三人跑上二楼，优哉游哉地躲在二楼窗户后看其他人在下面“一二一、一二一”地跑操。这样优哉的结果就是，宋佑国几人给他们送早饭过来，送完便不走了，说要和沈括的几个室友一起帮他们整理藏书楼。苏轼和苏辙则没办法，他们新来的，压根儿没见过他们的室友呢。

沈括感动得不得了，与室友们你来我往地相互吹捧了好几句。王雱则问宋佑国他们：“你们是不是不想上课才跑来的？”

宋佑国怒道：“你可以怀疑我，但你不能怀疑师朴他们啊。”

王雱这才赔罪：“是我小人之心度君子之腹了！”

十几个人哗啦啦涌入藏书楼，人手多了，王雱彻底清整藏书楼的想法总算有了贯彻下去的可能性。王雱爬上爬下兼指挥，可算把藏书楼的书都分门别类给摆整齐了！看着书架上一行行齐齐整整的书，王雱满足不已，又和苏轼他们分头把引索给编好。到傍晚，藏书楼里里外外的书都编整好了，只差上着锁的三楼。

胡瑗闻讯过来检收，见到藏书楼底下两层的情况也吃了一惊，再拿到王雱汇总的名册，更觉这几个小子足够用心。见王雱他们十来个人都弄得灰头土脸，胡瑗再多的气都消了，摆摆手说：“去洗个澡吧，下回别再干那种事了。”

沈括竟还有点儿意犹未尽，满含希冀地问：“三楼不用我们整理吗？”那可都是不外传的孤本啊！真想上去看一看！

胡瑗绷着脸道：“……不用！”

第八章

水淹开封城

苏轼和苏辙兄弟俩虽然入学第一天就挨罚，但并不影响他们在太学中和其他人打成一片。

苏轼还没来时王雱就给他塞了个锅：这些难题偏题，都是苏轼写信时给他出的。面对同窗们探究的目光，苏轼连忙为自己正名："是元泽先这么干的。"可惜不管苏轼怎么解释，其他人都给苏轼打上了"和王雱狼狈为奸"的标签，连直讲们都特别爱找苏轼干活儿：毕竟王雱只有一个，但需要助手的地方还挺多。

不过年轻人就这么稀奇，他们天天积极向上当个好学生，其他人还不待见他们；他们敢于反抗先生权威，以身犯险搞事情挨了罚，反倒拉近了和同窗们的距离。

一起挨罚之后，王雱消停了几天，痛定思痛，在休沐日找上方洪，让他承包食堂找几个好厨子过来改善改善伙食。

承包食堂这个说法有点儿新鲜，王雱这样那样地一说，方洪懂了，就是把食堂外包给别人去做。

国子监食堂本来只需要保证百来人的饮食，可最近国子监名师荟萃的消息传开后，不少人齐齐把儿子送往国子监当监生，生员竟是破了三百，满人了。当然，这还得益于范仲淹这回自个儿把学生带到国子监入学。以前范仲淹主持庆历新政时铁面无私，把外来生员都赶回原籍去考试，杜绝寄应生的存在。

所谓的寄应生，就是科举移民。

这时候的乡试叫发解试，顾名思义，在原乡考试，出发往京城考省试，即礼部试。发解试第一，可称解元；礼部试第一，可称会元；礼部试之后有殿试，殿试第一，可称状元。

发解试时各州都有固定解额，按额取士；京城有优惠政策，解额比外地要多，于是就有了寄应生的存在。有的人没有找到官员保荐，为了在开封考试还认同姓当父亲，或者倾家荡产买"学区房"入籍开封。

范仲淹当时赶人回乡考试，可把寄应生都愁坏了。好在这几年由于科举频繁，几乎是两年一轮，废除寄应生的决策又无声无息地被推翻，科举移民的现象完全是"野火烧不尽，春风吹又生"。

现在，范仲淹自己都带头把学生带进了国子监，其他人感觉他总不会坑了自己的学生，也就从观望变成行动，把儿子都送了过去。一来国子监师资好，二来国子监解额多，没有不让去的道理。

要供应三百人的饭食，这可不是小事情。方洪手下产业虽多，不过佃户、工匠之类的都是各吃各饭，不必他操心。既是王雱他们要吃的，方洪不能轻忽，点头应了下来，自去寻适合办这事儿的人。

正巧胡管事回京办事，方洪回家后见了胡管事，把王雱交托的事给他一说。胡管事自信满满："三百人而已，我在郓州时一艘游船每日载客就不止三百人。倘若主家能跑通国子监的门路，只管包在我身上。"

胡管事是很有想法的人，心思已经活络地运作起来。比如说，王雱教授的炒菜之法，用在大锅菜上最是方便，冷饭、细面下锅一炒，味道很不错。若是加些蛋肉、加些豆芽，那更是叫人食指大动。

黑豆芽、大豆芽长得快、量足，绿豆芽最细嫩，不管哪一种，都比一般蔬菜容易得来，还能离土栽培，钱乙他们出航时就带上了许多豆子，个个都学了一手发豆芽之法，据曹老头儿说这可以预防一些"航海病"。而且等入冬了，豆芽更是不可或缺的素菜。

见胡管事显然已经开始在脑袋里安排各项事务，方洪心里有了底，去找胡瑗商谈承包食堂的事。

胡瑗为人方正，最不喜欢别人走后门，不过方洪与胡瑗算是姻亲关系，还给胡瑗出过两本书，便耐下性子听方洪陈述吃得好穿得暖的重要性。

这承包食堂就像是把田地租给佃户播种一样，食堂还是国子监的，只是由别人负责经营而已。这些人想赚学生钱，自然得把饭菜做得好吃。何况胡瑗知道方洪不是为了赚这个钱。胡瑗睨着方洪："这事儿是元泽那小子托你办的吧？"

"外卖"走不通了，这小子索性想把整个食堂的口味给变一变。

方洪并未隐瞒，笑道："到底是少年人，自然想吃好喝好。若是本钱不变而能把饭菜做得好吃些，其实也没坏处。"

这自然没坏处，还大大地省了学丞的功夫。学丞一般是由直讲兼任的，又要教学又要管各项收支出纳，太费事。若是有人把食堂接管了，学丞的烦心事可以少一大半，只要定时把承包费用收了即可。

胡瑗道："你拿出个章程来，我帮你呈上去。"

方洪顺势把王雱塞他的"食堂承包策划书"给递上去。

胡瑗仔细看完了，瞅着方洪道："你这是有备而来啊。"

方洪道："总不好跑那么多趟烦扰你。"

胡瑗收下了策划书，表示会和范仲淹以及学丞商量此事。

没过多久，食堂中便飘出了诱人的香气。监生们跑到食堂一看，金黄金黄的炒饭、香气四溢的炒面，还有各式素菜、荤菜，齐齐整整地摆出来。更重要的是，不管是厨子还是分菜的人都穿着统一服饰，看着干净、卫生又专业。食堂还统一换了整齐划一的桌椅，擦得干干净净、摆得齐齐整整。

听说若是愿意花钱，还可以"开小灶"。

王雱和小伙伴们一起走进焕然一新的食堂，对方洪的办事效率十分佩服，这怕是在签订契书后直接花了一天就把食堂内外全换了一遍！

即将参加秋闱的监生们更是感动得不得了，很高兴在冲刺阶段可以吃到美味的食物。

王雱端着香喷喷的炒面和宋佑国他们坐在一起，过来拼桌的还有苏轼等人。自从共经患难，他们一行人的关系就很铁了。

解决了吃饭这个大问题，王雱就很乖巧了，让写文章就写文章，让作诗就作诗。

学业进入正轨之后，国子监下午开始开设骑射课，不少太学生员家中贫穷，没摸过弓箭也没骑过马，困窘得很。

王雱在所有生员之中年纪最小，许多人都想瞧他笑话，不过王雱可是踢踏踢踏地骑着驴子跟着王安石跑过大半年的，骑马也不虚。该摔还是摔，他是摔不怕的，倒是马被他摔怕了，很快就乖得不得了。再到弓箭，受年龄所限，王雱拉弓有些费劲，好在他目力极佳，准头好。

骑射课国子监和太学部分生员混着上，随着骑射才能逐渐拉开差距，王雱很快就和苏轼兄弟俩一块儿上课了。沈括就惨了，他从小体弱多病，即便后来坚持锻炼，体能先天就别旁人弱些，始终留在"初级班"。

王雱和苏轼骑着马在校场溜达，苏轼道："没想到你骑射也好，以后我们是不是可以一起去打猎？"

王雱一口应下："当然。"

苏轼越发觉得王雱和自己志趣相投，扬起马缰表示要和王雱比一比谁先跑完一圈。

王雱哼了一声，一点不怕比自己年长好几岁的苏轼："谁怕谁啊？"

两个人在校场纵马疾行，都是年少气盛的年轻人，马蹄如飞，人亦身轻如燕，弄得其他人驻马的驻马、停步的停步，都齐齐往校场中的两人望去。

牵着马停在一旁看王雱两人比试的人中，有两个预备明年参加秋闱的“老生”，都是国子监生员，一个名叫章惇，建州蒲城人；一个名叫吕惠卿，泉州晋江人。由于都是福建路来的，年纪又相仿，平日里便走得比较近，骑射课也一道上。

章惇见两人肆意比试，对吕惠卿道：“此二子，最近在国子监中十分有名。”

吕惠卿道：“确实很有名。”他向来消息灵通，知晓国子监学堂外包之事，挑拣着与章惇说了。

此时，王雱与苏轼已跑完一圈，韩忠彦与吕希纯在终点处等着他们，韩宗师平时不声不响，学起骑射来也快。

王雱骑的马没苏轼那匹高大，比苏轼骑得要慢一些，听韩忠彦三人说他输了，很是不服气，又拉苏轼去比箭，这回韩忠彦他们也一并下场。

王雱眼尖地看见旁边的章惇两人一直在看他们比试，一点都不害臊地跑过去求对方来帮他们裁定胜负。章惇与吕惠卿自然欣然应允，一个发号，一个看靶，很快给他们判出个高低来：王雱、韩宗师准头是最好的，苏轼、韩忠彦其次，苏辙、吕希纯略逊一筹。毕竟，能被教头这样“放养”的，差距自然大不到哪里去。

这回，轮到苏轼不服了，还要再比，王雱却一脸不乐意：“我饿了。”于是，一行人谢过章惇两人，浩浩荡荡地跑去食堂扫荡。

王雱没消停多久，又干了件坏事。他估摸着秋闱要来了，撺掇陈世儒他们叫上其他监生，一起替今年应考的师兄们呐喊助威，趁着熄了灯四周都乌漆墨黑，一堆人对着师兄们的宿舍吼了半宿。待值夜的梅尧臣寻来了，斋中又安静如常，瞧不出谁干了坏事谁没干。梅尧臣如今已有了经验，若是这种寻不着祸首的事儿，去逮王雱一准没错。

于是第二日，王雱被发配去印书所干活儿。所谓的印书所，以前叫印书钱物所，顾名思义，这就是国子监的一大收益来源。

简单点介绍的话，这是个出版总局，国子监校印的版本叫“监本”，官方认证、缺漏极少、字体整齐、物美价廉。

私人印书或者盗版书籍往往错漏颇多、字体不一、纸张粗劣，是以朝廷把教材、经籍之类的都交由国子监统一印刷，禁止民间私自偷印。民间想要出书，是要经过印书所审核的，过审了才让印。

梅尧臣把王雱拎来印书所，就是想消耗这小子过于旺盛的精力。

现在，几乎所有直讲都看明白了，寻常的课王雱上不上都差不离，该学的他都学过了。若是要以王雱为中心开展课程，其他监生很可能听得云里雾里，是以偶尔王雱被人提溜走，众直讲也睁一只眼闭一只眼：说不定自己下回也想把这小子拎走呢。

王雱跟着梅尧臣在印书所溜达，近距离观摩这年代的印书业务。此时，印书多用欧体，即欧阳询体，欧体既筋骨分明，又不失秀丽，可谓是端方清正、正合君子之道，很得士子们喜爱。

雕版师傅们最擅长的也都是欧体，所有字的走势他们都烂熟于心，王雱这里瞄瞄，那里看看，琢磨着梅尧臣要罚自己干啥。总不会是让他练雕版刀工吧？

王雱小心翼翼地偷瞧梅尧臣的脸色。

梅尧臣当然没王雱想的那么心狠手辣，只叫他检查印出来的样书。实际上，除了方家书坊那么能折腾的，市面上出来的新书根本不多，所以摆在桌案上的书大半是方家书坊那边送来的！

居然让他审核方家书坊送来的书有没有违禁内容，这不是让他既当裁判员，又当运动员吗？王雱随手一拿，就拿到署名为他和他爹的《齐鲁探案录》，这么没爆点的名字是王安石钦点的，王雱也只能捏着鼻子认下。

梅尧臣显然也见着了这本样书，瞧见上面并排的两个作者名，他默不作声地把书从王雱手里拿走了，板着脸说：“搬椅子过来坐另一边，好好把关。”

王雱自然兢兢业业地陪着梅尧臣搞审核，边看边在书上打圈圈。

梅尧臣睨他：“有这么多违禁内容？”

王雱道：“倒不是，我是圈错别字。”他看了看封皮，摇头直叹气，“这无良书商，仿书也不仿认真点，著者写什么安石居士，错别字还一堆，您看看这案子，还用错律例，像话吗？”

这是个假冒伪劣的王·福尔摩斯·安石探案录，撞到王雱手上来了。

梅尧臣在送审目录上给那假冒伪劣品打了个红叉，让王雱把手里的书扔一边，继续审核其他书。

王雱继续兢兢业业地给送审书籍圈错别字，连方氏书坊的书都不放过。对王雱来说，繁体字最头疼的地方是，有时候一个字可能有许多种写法，有的人喜欢用这个，有的人喜欢用那个，还有的人想到哪个用哪个——王雱遇到第三种就恨不得直接摔书。但一想到那不太礼貌，他忍了，悄悄把这类作者的书挪到梅尧臣那边，让梅尧臣接着审核去。

王雱在印书所跟着梅尧臣忙活了一天，傍晚跟着梅尧臣去食堂蹭“教职工窗口”，混了两盘小炒。王雱还关心地问梅尧臣：“您整天看书，眼睛还好吗？我爹现在看东西得戴护目宝镜才清晰，我老师也是。”

梅尧臣道：“食不言，寝不语！”

王雱乖乖闭嘴。他可是注意到了的，梅尧臣的老花眼倒还不严重，近视比较重，看书得离得很近。多不方便啊。

护目宝镜推出时，梅尧臣他们还不在京城。自从南边战乱，差点儿断了方洪手里的水精矿，护目宝镜的价钱节节攀升。这本就是富贵人家才能享用的好东西，以许多品阶低些的官员的微薄俸禄根本买不起。

秋闱期间，王雱可以放好几天假，他又跑去找方洪，叫他把护目宝镜的配镜团队空出来，按照国子监的体检结果，上门给直讲们免费配镜，就当是让他们在国子监中再帮忙打一波广告。

那可都是王雱的老师，方洪应得很爽快。

王雱和方洪商量完回到家，范仲淹给他吐露了个消息：韩琦表示旧疾未愈，暂不回京，韩忠彦的婚事也随之延后。

一时半会儿看不到韩琦，王雱感觉还怪可惜的，积极提议表示想写信慰问韩琦，让范仲淹给韩琦写信时一并送去。范仲淹感觉王雱不会写什么好东西，但也没阻止，由着王雱洋洋洒洒地写了好几页纸，夹带到他给韩琦的信里头。

王雱把该写的信都写完了，十分寂寞地摇头叹气：“爹和阿琰妹妹怎么还没给我写信呢，我都给他们写好几封了。”

范仲淹：……谁没事天天给你写信？

闹闹腾腾的日子眨眼即逝，转眼入了冬，王雱终于迎来了大丰收，收到许多来自各州的信。

王安石又把他臭骂了一顿，说他搞食堂贿赂同窗，送护目宝镜贿赂师长。好好的事儿经他爹笔下一批评，就成了败坏纲常、蝇营狗苟的钻营心术。

王雱瞅着他爹写来的信，越看越不可思议：想不到自己竟这么聪明，简直长袖善舞、八面玲珑。于是，他美滋滋地给他爹回了封信，把自己的喜悦写在纸上。

一转头，王雱又写信向他阿琰妹妹和司马光告状，分别在给他们的两封信中反复说他爹以小人之心度君子之腹，他这么高风亮节的人，怎么会想到贿赂同窗和师长这种事儿？他这人最正直、最纯洁、最疾恶如仇，绝对不会干那种事儿，他爹真是太坏了，冤枉好人！

王雱死皮赖脸跑了趟太医局，把太医局的新出医书都弄了一本，连着信一并叫人送去郓州。

王雱不知道的是，他的信送到时，王安石正好又在郓州逗留。王安石看完王雱的信，气得不轻，司马光还火上加油把王雱的告状信给他看，王安石看得都想去京城揍儿子了。当儿子的人能用“以小人之心度君子之腹”来形容自己爹吗？

人不在身边，王安石气消了，又叹起气来：“从小到大他都在跟着我到处走，这还是他头一年自己在外头过年。”明知道这样的日子会越来越多，王安石还是很舍不得，又把差点儿想扔掉的那封信掏出来看看。

这时，王安石出的普法读物已经正式送到各个印坊印刷出来，铺货到各个城市。因着王安石不许王雱搞哗众取宠的营销，上架上得非常低调。不过，这次这本普法读物的内容很实用，讲的是一些常见骗局与应对方法。

方洪一琢磨，把里头的几个经典骗局排成戏在各地勾栏上演，还在街头贴些安全教育广告，比如“如何识别人贩子”之类的，一时间不少人都有了防诈防骗防人贩子的意识。

有些人还觉得自家小孩教得很好，绝不会轻易被人骗走，结果方洪培训了一批人去搞“防骗演练”，愣是让不少人的小孩乖乖地跟着“陌生人”走了。

据说，不少地方的县令还组织衙役统一学习，已经抓获好几个人贩子、破获好几起诈骗案，砸了不少三教九流人士的饭碗。而后，这样的“据说”越来越多，极大地带动了《齐鲁探案录》的销售。

入冬后天气渐冷，许多人都愿意买上一本这样的“防骗手册”和家人窝在家里一起看，商量如何教育自己的小孩才能不让他们被骗走，外出时如何警惕各种骗局。就这样，销量再一次火爆！

苏轼也第一时间买了一本回去看。看到上头明晃晃标着的“王雱”二字，苏轼想到一开始王雱躲在背后操刀不署名的事儿，顿时迫不及待地翻开书，琢磨起哪些部分是王雱写的。

这一看，苏轼也大开眼界，原来世上竟还有这么多诈骗手法，还有那么多蠢人被坑得倾家荡产。

苏轼拿着书去找王雱，感叹里头的人笨得太可怜。王雱写的时候已经感慨过了，眼下对那些受害者倒是没多大印象了。

这两年来，医学期刊俨然已经在医学界颇具权威，柳永的文刊也不定时发行。既然他爹说他把国子监上上下下都贿赂了，王雱有个小想法，准备开发一下国子监这个瑰宝。

国子监是什么地方？汇聚着来自全国的精英人才，而且都是读书人。读书人最宝贝的是什么？是思想，他们是靠脑子生活的人

王雱稍稍和苏轼讨论了一下那本用于提高全民防范意识的“防骗手册”，怂恿着苏轼：“你想不想每个月都能看到许多好文章？”苏轼一听，那自然是想的啊！王雱又这样那样地和苏轼说起自己的新计划，说得苏轼的眼睛越来越亮。

自从梅尧臣把王雱拎去印书所一起审核新书，其他直讲也获得了灵感，轮到自己当值那天，时不时捎带上王雱。

如今，王雱对印书所的运作有了大致了解，这是官方刻书的地方，印刷器材都是最好的，人手也充足，唯一遗憾的是，印的书少了点，堪称是“非圣人之言不印”。

这谁是“圣人”细论起来又得撕一波，像王安石和司马光所写的什么《杜甫诗选》《杜牧选集》，印书所这边都是不印的，更别提王安石那两本接近大白话的普法教育读本。这就导致印书所的器材时常闲置。而匠人呢，因为是入了籍的，拿死工资，干多干少到手的钱都一样，自然乐得逍遥。

王雱跑印书所的次数多了，不由打起了它的主意来。反正闲着也是闲着，随便印点什么多棒。

王雱说动了苏轼，两个人拿着炭笔在纸上写写画画，交流着自己的想法，最终草拟出一个基础方案，一人一份，分头去拉人入伙。

王雱先游说了自己的几个室友，又游说了自己的同班同学，接着拿着有共同签名的策划书跑去找梅尧臣他们，如此这般地说完自己的构想，然后眼眨也不眨地望着直讲们，等他们答复。

梅尧臣几人传看完王雱写得井井有条的策划书，说不心动是假的，王雱的计划中，需要跑腿、太过繁琐的活儿，都已经有人认领了，他们几个直讲只要看看稿、过过选题就好，若是自己偶有佳作，也可以印在这《国风》上。

《国风》这名字也起得极好。风，可以是风潮、风骨、风采，若当真能引起风潮、树立风骨、展现风采，如此文刊，绝对能在文坛之中掀起疾风骤雨。国之一字，口气虽然大了些，咱也可以解释成“国子监”对不？既为国子，办个《国风》又有什么不对？

梅尧臣倒是对王雱写的那几个选题标准微微皱眉，要求入选文章表达的思想自由、进步、进取、开放、不空谈、不虚想。

这些词乍听之下有些怪，细想又觉得字字都戳了不少人的短处，不少人不

就是守旧又顽固，光空谈不注重实践吗？

梅尧臣等人没立刻答复王雱，而是把他打发走，回头再说。直讲们关起门来又是一通讨论。

这《国风》还有一大好处，改改国子监的风气。

在座之人中，许多人入国子监后都颇为头疼，主要是学生之中有两类难搞的。一类崇尚“西昆体”，所谓的西昆体，是指一种文辞华丽浮艳，但缺乏真情实感的文章，乍一看，诗文写得花团锦簇，好不漂亮，实际上什么都没说。此文体一出，风靡数十年，经久不衰。另一类崇尚“太学体”。到庆历新政年间，在太学讲学的石介等人强烈抨击为赋新词强说愁、能把虱子都写得美丽动人的文体，结果把太学生给带歪了，走向另一个极端——求新、求怪、求“险峻”。总之，文章写得佶屈聱牙，一般人根本看不懂。

“西昆体”就是从一本《西昆酬唱集》流行起来的，梅尧臣敏锐地察觉到若是能把《国风》办起来，绝对是整顿国子监文风的好机会。

王雱的策划案被众人递到了范仲淹手里。

这天正好又逢上休沐日，范仲淹坐在暖炕上翻着策划案，始作俑者王雱正乖乖巧巧地坐在一旁，和范纯粹他们一并看书。

范仲淹敲敲矮桌，示意王雱上前，把策划案搁桌上，问道：“你搞出来的？”

“不是我！”王雱脸不红气不喘，“是我和子瞻兄他们一起琢磨的，我不是出主意的人，我只是这些主意的搬运工，负责整合所有人的意见。”

范仲淹挑出那篇近似于“创刊语”的选稿要求，搁在最上头：“这谁写的？”

“我写的。”王雱见被范仲淹单独挑出来，依然镇定自若，“都是大家提出意见，我给统一写里头。对了，还有部分内容我借用了一位前辈的想法。可惜我只是偶然看到这位前辈的文稿，那会儿还小，没注意是在哪本书上看到的。”王雱煞有介事地把稿子其中一部分内容给范仲淹画出来。

“哦，哪位前辈？”范仲淹奇道。

“叫陈独秀。”王雱肯定地答复。

陈独秀同志在创办《新青年》的时候提出六点要求：自由的而非奴隶的、进步的而非保守的、进取的而非退隐的、世界的而非锁国的、实利的而非虚文的、科学的而非想象的。然后，《新青年》上陆陆续续刊登了这些内容：某个图书馆管理员投稿提倡体育，鲁迅发表《狂人日记》，讨伐歌颂贞操现象、提倡妇女解放，和其他刊物你来我往地进行激情辩论……

作为一个根正苗红的理科生，王雱是没什么创办这类正经刊物的经验，只能当一个搬运工。

王雱目光澄澈，表情镇定，丝毫没有说谎的迹象。

既然王雱已经说了“忘了是哪本书”，范仲淹也不再多问。

“太学体”的出现也让范仲淹有些头疼，他本来是反对西昆体的，可也不希望文坛走向另一个极端。

范仲淹沉吟片刻，答应了办《国风》。王雱一脸腼腆地望着范仲淹：“那您是不是可以帮忙约个稿？”范仲淹瞪他。

范纯礼和范纯粹也被他们的讨论吸引住了，齐齐看向王雱。

王雱两眼发亮：“欧阳先生文章乃是当世一绝，若是能得他一篇文章刊登在第一期《国风》上，肯定能让人争相购买！”说不定他还可以趁机见上欧阳修一面，那可是“唐宋八大家”之一啊。来都来了，不见见怎么成？

范仲淹道：“这就不必了。”

王雱看向范仲淹，眼睛依然灼亮：“难道您准备亲自出马？”

范仲淹不想理他。

第二日，王雱回校，立刻明白范仲淹说的“不必了”是什么意思。

这日一早，梅尧臣就拿了一篇文章给王雱看，说这文章是他向欧阳修讨的，若是《国风》真能办成可以刊登上去。

看来范仲淹和梅尧臣虽然闹翻了，对彼此却还是非常了解，梅尧臣知道范仲淹肯定会同意，所以直接去和欧阳修讨了篇文章；范仲淹也知道梅尧臣会去找欧阳修，所以对他说“这就不必了”。

王雱不是很懂这些文化人之间的事儿。反正随便他们怎么不和，《国风》已经拿到一篇好文章了，这就是好开始啊。

他美滋滋地拿着文章去和苏轼分享，苏轼平生没什么爱好，就喜欢好诗词好文章，拿到欧阳修的手稿之后自然认认真真看了起来。

这文章明显是欧阳修新作的，直接剑指“太学体”，举了好几个例子证明这类文章佶屈聱牙，抨击他们矫枉过正走向另一个极端。同时，他也并不赞成西昆体，反而极力推崇韩愈、柳宗元平淡简洁的文风。

这文稿里没半个艰涩难懂的文字，简洁易懂、中心明确，行文却又严密而素雅，读来令人十分畅快。苏轼忍不住赞道：“不愧是欧阳先生。”王雱也点头。

欧阳修显然是那种玩乐的时候浪得起，正经的时候可以严肃，掐架的时候还能一矢中的、句句毙命的人，不少人都称他为当世“文坛盟主”，连官家都很认同，有什么大事小事都会想起他，让他给写个文章。

品味完骗到手的第一篇好文章，苏轼更觉王雱的主意着实妙极了，对筹办《国风》投注了极大热情，主动肩负起和同窗们、师兄们宣传的重则，积极拉人入伙，遇到认识不认识的都问一句：朋友，来给《国风》投稿吗？其他人也投以同样的热情。

宋佑国纯粹是觉得很好玩，韩忠彦和吕希纯则是看到了这件事可能带来的影响。陈世儒虽然一副“要搞你们自己搞，我一点都不想参与”的模样，王雱还是直接把他和韩宗师打包给沈括，让他们当美工组的成员，负责封面和内页的设计。

沈括时不时和王雱嘀咕：“你给我找的都是啥人啊，一个整天臭着脸，一个一天到晚不吭声。”

王雱睨他一眼：“专业水平差吗？”

沈括道：“差到不差，还很不错，可是……”

王雱道：“工作态度不行？”

沈括道：“也不能这么说，他们还是很尽心的，就是……”大家就不能快快乐乐地一起玩耍吗？

“你不可能让所有人都变得和你一样能言善道、乐于交游对不对？”王雱拍拍他的肩膀，“要试着去发现别人的优点，而不是别人的缺点！”

“你说得对。”沈括点头应完，又发现有点儿不太对头，“那我们都有事要忙，你呢？”

王雱没想到沈括这么快反应过来。不过心虚是不可能心虚的，王雱一脸镇定、毫不闪躲，还理直气壮地说：“我负责统筹规划！”

沈括：……行吧，你出主意你最大。

《国风》的准备工作如火如荼地进行着，很快排出第一期。印书所就在国子监手中，审核方面自然是一路绿灯。

本来梅尧臣他们只准备印几百本，结果方洪闻讯而来，表示可否多印刷一些放到书坊对外发售，他们保证提供最显眼的货架位置。

梅尧臣等人问：“你们可以卖多少本？”

方洪自信道：“光在京城卖的话，可以先印个一万本。”

最后，方洪轻松拿下销售权。王雱也在第一时间拿到了一本《国风》。

这时，国子监开始放年假了，王雱愉快地坐在火炕上看国子监群策群力弄出来的《国风》。

由于参与的大多是新生、转校生，还没受到太学体的祸害，大部分人看到欧阳修那篇文章的时候只觉畅快，一些入学已久的人看了脸色则不大好，因为这就是指着他们鼻子骂啊。可欧阳修也不只骂太学体，他还说西昆体同样不可取，世上不是只有这么两个极端，可以更冲淡平和一些。这就让他们没法抬杠说欧阳修是支持西昆体的。

《国风》之上，除了有欧阳修的文章牵头，还有梅尧臣一首清新怡人、颇具深意的新诗，代表苏洵主战主张的《六国论》；剩下的是在国子监监生的投稿中择优而录的，虽说文采和思想比不上欧阳修几人，但是凭监生们的水平已算非常难得。

苏轼和沈括也上稿子了，只不过他们没像其他监生一样强行谈家国天下，而是不约而同地从小事着手讲了些人生小道理。沈括写得比较写实，颇引人入胜；苏轼则多有神来之笔，读来让人拍案叫绝。

到底是叫《国风》的严肃刊物，他俩都没敢太放飞自我，不过文章在监生之中仍然极出挑，都被梅尧臣给选上了。入选的是还有韩忠彦的一篇，韩忠彦讲的是边关开垦之事，谈及他爹是如何在边关搞建设的，写得有理有据，很有参考意义。比较稀奇的是吕希纯的文章没选上，陈世儒倒是上了。陈世儒的文风很有特色，天生带着点阴郁，他写了篇类似鬼故事的文章，最后发现是人祸不能怪鬼怪。王雱在选稿时已经看过，感觉陈世儒很适合创作《走近科学》。

反正，这第一期的《国风》真可谓是群星荟萃。

王雱压根儿没投稿，出完主意之后他就低调地装死，给忙碌的小伙伴们摇旗呐喊，时不时去沦为"编辑部"的直舍中蹭点文章看。

王雱舒舒服服地窝到炕上，准备好好看一下小伙伴们努力的成果，结果打开第一页，王雱就僵住了，瞪着那熟悉得不能再熟悉的"创刊语"。

哪个家伙把他的名字写在创刊语后面？这侵犯了他的姓名权！他根本没有投稿！

王雱正目瞪口呆着，范仲淹拿着本《国风》从外面进来了，也上了炕坐下，很是放松地翻开第一页看了起来。王雱从目瞪口呆转成瞪范仲淹。范仲淹注意到他的目光，斜睨着他问："怎么了？"

王雱幽幽地说："这创刊语是您让人放上去的？"

范仲淹道："当然，怎么能埋没功臣？"

王雱没声了。

范仲淹一笑，边饮热茶边看《国风》。这小子一天到晚闲不下来，总爱搞出点事儿才舒服。偏他还爱躲懒，出个主意就想跑！他也不想想，他的那些朋友都不是笨人，一个两个被他差遣来差遣去，转头一看他自个儿在那儿偷着乐，能不招人恨吗？他早成众矢之的了，所有人都决定瞒着他把那篇创刊语放上去，等着看王雱吃惊的表情。

范仲淹就是特地带着《国风》来看看王雱有没有发现这事儿的，果然没让他失望。

这一年开封大雪，不少人都不乐意出门。

方洪近两年提供了登门送书服务，专门给冬日无聊的达官贵人们送新书去。寄住在寺中或者廉租房中的寒门学子也可以选择团购，需求达到一定数额后，列个单子找人送到方氏书坊即可。

这项业务为开封不少闲汉提供了工作岗位，坐在街头无所事事甚至忍冻挨饿的人少了，都跑来跑去地送书去了。于是，《国风》在这个大雪纷飞的寒冬第一时间被送到许多人手中。

范仲淹当主编、全体国子监直讲当选稿编辑，刊登着欧阳修的最新文章，还有畅销书作家沈括的短篇。这是何等了不起的阵容啊！

不管是和范仲淹交好的、不对付的都毫不犹豫地人手一本，欧阳修的支持者、反对者人手一本，沈括的书迷和黑粉人手一本。足足一万本《国风》，在上架第一天就卖光了！

梅尧臣带着《国风》亲自去给欧阳修送样刊，才坐下没多久，就听到欧阳修遣出去买书的小厮回来说："没有啦，说都卖光了！"

梅尧臣有点儿蒙，怀疑方氏书坊是不是在销量上造假了，怎么一万本说没就没呢？而欧阳修对方氏书坊却是早有关注，对这个卖书速度一点都不吃惊："这方氏书坊的书一向卖得快，你们的《国风》放到他们那里卖算是选对了。"

于是，梅尧臣把样刊给欧阳修，还带来了给欧阳修的稿费。欧阳修没推辞，叫人把稿费拿去放好。

前三的位置是接受各方投稿的，不管是官身还是白身，只要来稿都有机会刊登。这稿费他若不收，其他人也跟着不收，等同于断了一些需要稿费的人的路子。

于是，两人拿着样刊看起来。虽说梅尧臣参与了选稿，但拿着成品的感觉还是很不一样。

上回，梅尧臣来时只说要创办《国风》，大致说了运作模式，没把王雱的原稿给欧阳修看。这还是欧阳修第一次看到王雱的文章，欧阳修通读一遍，又倒回去逐句重看了，才对梅尧臣道："你们今年收了个好学生啊，怪不得你每次过来总三句不离他。”

梅尧臣摇头道：“这小子哪能叫好学生，你可千万别当面夸他，你夸他一句他能蹿上天去。”

转眼到了除夕，官家也看到了在京中引起热议的《国风》，对其中的文章颇为喜爱。看完薄薄的《国风》后还有些意犹未尽，翻回前面多看了一眼，注意到了王雱这个名字。

他记得这小孩是王安石的儿子。

儿子啊……想到自己子息艰难，朝臣频频提议选立宗实为太子，官家叹息一声，看向殿外黑沉沉的天色。

这些日子大雪一直不停，各地都上报有不少百姓冻死。他心中一阵烦忧，脱去鞋袜光脚走向禁廷之中，向天乞求这场大雪不要再下。可入夜后，雪却依然没停。

远在青州的王安石和吴氏、小妹由王雱的来信陪伴着度过除夕夜。三个人吃过饭后一同坐在炕上，由王安石把王雱的信念给吴氏和小妹听。

王雱不在，家里安静多了，小妹窝在吴氏怀里玩着王雱着人送来的小玩意儿，心里很是挂念自家哥哥。她听完信，难过地问吴氏：“娘，哥哥什么时候能回家？哥哥去好久了。”

吴氏虽然也鼻子一酸，但还是劝慰小妹道：“哥哥念书可不能半途而废。”

待小妹挨着吴氏睡下后，王安石才去拆王雱给他写的信。

这封信写得没那么细致，只提到国子监筹备《国风》的事。王安石对应着范仲淹的来信一琢磨，便知晓这《国风》若能办起来会有什么影响。假若运作得当，《国风》将会和《医学问答录》影响杏林中人一样成为文坛风向标。

翻到目录页，王安石看着上头的一个个名字沉吟良久。这事儿，可以是好事儿，也可以是坏事儿，端看以后《国风》的发展。

王安石早知道自己儿子独自去国子监念书肯定会闹出点事情来，却没料到才第一年就弄出这种大动静。就连王安石自己也不知是该高兴还是该担忧。若是这事儿放在自己身上，他肯定毫不犹豫就担下来；可放到儿子身上，他免不了忧心忡忡，怕儿子找借口躲懒时说的“木秀于林风必摧之”会成为现实。

王安石坐在灯下想着远在京城的儿子，一时有些出神。吴氏提着灯走过来，见王安石一脸忧虑地坐在那儿，当即走过去问：“怎么了？是不是阿雱在京城惹什么事了？”

王安石挥散脑中种种担忧，握着吴氏的手道："没有，他这小子皮厚肉糙，又有范公看着，能有什么事？"

吴氏这才放心，劝王安石也去歇下。

与此同时，开封还灯火通明。王雱被苏轼他们拉着去逛夜市，胆大包天地跑勾栏那边看表演去了。

这一夜，京城人大多是不睡的——得守岁呢。精力旺盛的年轻人都悄悄地往外跑，国子监的监生们更是不会安心地在屋里待着，呼朋唤友地跨年去了。毕竟年轻人是不畏寒的，大雪都挡不住他们出门的热情。

王雱过了个热热闹闹的年，虽然有些想念家里人和他阿琰妹妹，可还是挺开怀。

大年初一的清晨，雪渐渐歇了，天色由阴转霁。官家醒后虽觉脑仁发疼，看到外面雪晴后却也十分高兴。他照例亲至大庆殿接受百官和各方使者的朝贺。百官刚就列，官家忽感一阵晕眩，竟当庭倒下。左右一惊，急匆匆上前查看。官家好不容易醒来了，朝臣却心思纷乱，无心再贺岁。

今年刚刚被提拔为宰相的文彦博和富弼此时站在最前列，彼此对视一眼，都看到了对方眼中的忧心。

官家的身体，出问题了！

初一这日，官家虽当场清醒过来，病情却反反复复，过了几日又强撑着身体宴请辽国使者。去岁辽国主耶律宗真病逝，大宋遣使前去吊慰，如今辽国那边又派使者过来致谢。致谢还是其次，辽国使者主要是来取岁贡的，这意味着大宋这边又要大出血了。

官家身体虽未痊愈，却还是强撑到酒宴结束。第二日，辽使入宫辞行，官家接见完他们之后便再次昏迷过去，宫中一时大乱。这一年的上元灯节再度不能张灯。

王雱见范仲淹自大年初一入宫赴宴后就忧心忡忡，听到上头罢上元灯节后更是食不下咽、夜不能寐，不由问关心地询问到底怎么回事儿。范仲淹见王雱一脸关切，想了想，也没隐瞒，把官家病倒的事给王雱说了。

以往上元节官家都要露个脸与民同乐，今年不能出来，肯定是急病未愈。据范仲淹所知，文彦博、富弼为了官家的病情已经和宦官争执许多回，甚至设法留宿禁中，这表明情况非常严重。

王雱一听，没有太担忧。他记得如今的官家应该是宋朝在位最久的宋仁宗，在位约莫四十多年。眼下官家满打满算也就四十来岁，总不是刚出生就登基的。总不能他来到大宋扇扇蝴蝶翅膀，还把官家的在位年限给扇短了吧？

王雱宽慰范仲淹：“不会有事的，官家处事公允、待人仁厚，一定能长命百岁。”

范仲淹点头，想着自己还有许多事要做，总算能吃下点东西。

国子监已经开学，王雱陪范仲淹过完上元节便又回到国子监中念书去了。上个月的《国风》大获成功，引起最大反响的自然是欧阳修的文章，不过借这股东风红起来的却是苏洵。翰林院中的翰林学士们都知晓，官家生病前读过《国风》。

《国风》刊登了苏洵的《六国论》，开头一句就是“六国破灭，非兵不利，战不善，弊在赂秦。赂秦而力亏，破灭之道也”，众人私底下议论纷纷，都觉得这句是在讽刺朝廷向辽国买太平，如今年年缴纳的岁贡不就是在贿赂那些个契丹人吗？

翰林院中有的人支持苏洵的观点，认为大宋不缺兵、不缺将，理应不怕打仗；有的则是顽固的主和派，表示能花点钱买来和平，不必受辽国和西夏两面夹击是很划算的事。可不管支持还是反对，这篇文章都成了这期《国风》里争议最大的一篇，苏洵这个籍籍无名的中年人也因此一炮而红，成为过年期间文士们讨论最多的名字。

不知是谁在翰林院同僚中提了一句：“你们若这么不服，自去投稿便是，不是说可以各抒己见、只要文章好都能上吗？”《国风》编辑部便在截稿日期前收到一波来自翰林学士的稿子。

国子监直讲之中，也不是人人都赞同《六国论》的，这一期竟也挑出一篇相对精彩的反驳文章，虽然论点不如《六国论》鲜明、言语不如《六国论》精炼，不过角度刁钻地做起了算术题，从人口增长、经济发展方面出发，计算和议之后带来的好处，有理有据，令人信服。

梅尧臣最近两个月看的文章比过去一整年都要多，和同僚们争得脸红脖子粗的次数更是比以前多得多。这一次，梅尧臣看中了一篇文章，这文章并没有讨论时下热点，而是直接狙击了一个新问题——标点符号。

文章作者博览群书，洋洋洒洒地总结了目前已有的“标点符号”包括：连围号、半圆号、圆围号、阴文号、八卦号、横括复合号、鱼尾号、圆括号以及诸多变式。

作者表示，这标点符号太多太杂，各人的用法还不一样，甚至还有人直接不用，文章很难读通，平白浪费广大学子的时间，不如统一一下标准。接着，作者列出了常用的标点符号：逗号，长得像小蝌蚪；句号，一个圆圈；接着是冒号、双引号、感叹号、省略号。在文章后面，作者还列出典型易错句子的有标点版和无标点版，直观地展现出统一及普及标点符号的重要性。

梅尧臣通读完整篇文章，感觉自己完全被说服了，甚至还被后面错误断句的例句逗得发笑。细细一想，这样的笑话在过去并不少见，他们的同桌或多或少都遇到过这样的窘况。

句读问题，说大不大，说小不小，却始终困扰着天下初入门的读书人。不知为什么，梅尧臣读着这文章总觉得有些熟悉，回头一看署名，明显是个化名，叫什么“水镜先生”，我还卧龙居士呢！梅尧臣把选定的文章盖了个戳，表示自己觉得可以刊出，接着把盖了戳的稿子递给其他人审阅。

最终，这篇呼吁统一标点符号、普及标点符号的文章集齐了八个戳，传到了客串主编的范仲淹手里。

范仲淹当主编已经快两个月，还没见过集齐八个戳的文章，看到那一排红戳后不由放下手里正在看的稿子，先换这篇《论统一标点符号之必要性》看了起来。看完之后，范仲淹盯了署名处那“水镜先生”半晌，没说话。

梅尧臣现在已经不和范仲淹冷战了，见范仲淹看完了还不发话，皱着眉说：“我觉得这文章很好，应该登在第一版。”他对刚才那篇被大半人通过、鼓吹和议的文章没什么好感，还是苏洵的观点更对他胃口。

范仲淹道：“是不错，那就登吧。”

选稿工作马不停蹄地进行着。这个月二十五日，《国风》如期刊出，许多悄悄投过稿的人都想知道自己上了没，早早候在方氏书坊外等着买。

国子监生员是最早拿到的，打开一看，这期总算没有指着自己鼻子骂的了，倒是有篇提倡统一使用标准标点符号的文章。

监生们在自己的印书所买书方便又便宜，直接人手一本，边看边相互交流看法，都觉得这“标准标点符号”简单直接、容易上手，用起来颇为方便。

苏轼依然是第一时间看完所有文章，然后又翻回第一版，重新把那篇鼓吹统一标点符号好处的文章看了一遍。待到休息时他便跑去国子学那边找王雱，劈头盖脸地质问：“这水镜先生是你吧？”

王雱一惊，没想到自己这次几乎用写学术论文的口吻去写了，苏轼居然还能把自己马甲扒下来。王雱虚心求教：“你是怎么发现的？”到底哪里还有问题？赶紧说出来让他给改了。

苏轼指着那几个范例道：“这几个段一看就是你会选的。”

说实话，单看前面那部分，苏轼还真没认出来，重看时把那滑稽逗趣的范例段落看了两遍，又琢磨着呼吁别人统一标准这种事肯定是王雱会干的——他已经从宋佑国他们口里听说王雱有“轻微”强迫症这种事，这才把王雱的马甲给扒了下来。

王雱沉痛叹息：“细节决定成败！”

苏轼白他一眼：“你为什么不用本名上？”

王雱把自己的理想告诉苏轼：“我一直想当个平平无奇的普通孩子。”

苏轼看了眼王雱的身量，毫不留情地打击：“你已经不能算孩子。”

王雱从善如流，麻利改口：“我一直想当个平平无奇的普通少年。”

苏轼虽然扒了王雱的马甲，却也没大肆宣扬。理论上前三篇的位置是留给“社会人士”投稿的，国子监监生的稿子只能排在后面，苏轼看到王雱这个操作后也跃跃欲试，准备披个马甲看看能不能冲前三。年轻人嘛，什么都可以不强，就是好胜心不能不强。

苏轼磨刀霍霍准备挑战前三去了。

到二月初，天气慢慢回暖，官家病体稍愈，终于摆脱了靠点头摇头处理政务的状态。文彦博等人都松了口气，可算是熬过一大难关。

经了此事，各种折子飞似的送往宫中，都是一力请求官家早立太子的。在这其中就有司马光的。

文彦博和富弼等宰执也被官家吓着了，整理整理这类折子，挑写得出彩的摆在前面呈了上去。

官家看了，沉默不语，都压下不提，只召来翰林学士欧阳修，想听听近来新出的文章。

欧阳修正与刘沆一并修《唐书》，工作还算清闲，官家召见时他正好得空。见官家神色不愉，欧阳修便给他念了《国风》第一版中的句读趣闻。

韩愈在《师说》中就提到句读二字。句，是指一句结束时的停顿，相当于打个句号；读，是指一句话中的停顿，相当于打个逗号。自古以来，断句失误闹出的笑话多不胜数，《国风》上提到的就是其中一些生动有趣的实例。

官家听完后终于展颜，叫欧阳修将全篇念给他听。这篇文章本身也用了标点符号，欧阳修念起来非常轻松，官家也轻松听懂作者的全部观点。这位水镜先生所倡议之事颇具可行性。

官家道：“这位水镜先生倒是难得的遗才，不若让范卿将他寻来授职。”朝廷对民间人才一向非常重视，像胡瑗、梅尧臣就没通过科举，而是被举荐上来的。

欧阳修喏然应下，退下后便把官家口谕传到范仲淹那边。

范仲淹越听面色越古怪。他上个月一直忧心官家的身体情况，不想官家居然会因为一篇文章而希望他把“水镜先生”找出来举荐给朝廷。

欧阳修见范仲淹神色不对，不由问道：“范公，可是有什么不对？”

王雱那小子把文风改了改，以为可以瞒天过海，可范仲淹算是看着他长大的，岂会看不出文章出自何人之手？范仲淹有些后悔没当场揭穿王雱，现在好了，都给官家注意上了。

范仲淹唯有苦笑着把事情给欧阳修说了一遍。欧阳修没想到这“水镜先生”居然是王雱。他感叹道：“真是后生可畏啊。”

范仲淹道：“这小子顽劣得很。”

水镜先生既是王雱的马甲，人自然是不可能荐上去的。欧阳修便寻了个机会将这乌龙事告诉官家。欧阳修这么一提，官家又想起来了，王雱便是那王安石的儿子。王安石在任上的表现已是极为出色，不想儿子也教得这般好。得知王雱才十三四岁，官家对欧阳修道：“此事我知晓了，你莫要对外多提。”若是被旁人知晓王雱借假名刊出文章的事闹到了御前来，少不得得生出许多事端。

欧阳修应了下来。

官家这边轻轻揭过，范仲淹那边可没轻松放过王雱，逮过去狠批一顿。批完了，又打发王雱去宣传从今往后投稿都得实名制，不允许任何人再披马甲上阵。

王雱没想到自己头一次披马甲就折戟沉沙，先给苏轼和范仲淹发现不说，还闹到官家那里去了。

于是，王雱先跑去直舍那边给梅尧臣他们讲了这事儿，又去告知代为收稿的方洪，让方洪好好宣传出去。

梅尧臣初得到这个消息时还有些摸不着头脑，后来和杨直讲一块儿重看《国风》上那篇讲标点符号的文章，很快察觉出点端倪来。梅尧臣想起范仲淹看到这文章时的异样表情，更加确定了自己的猜想，又把王雱给揪过来进行严厉的思想教育。

王雱觉得自己可冤了，混迹文坛的人谁不披几个马甲呢？怪只怪范仲淹他们眼睛太毒，一下子把他给认了出来。

尊敬师长的王雱乖乖听训，又在“编辑部”好生做了几天苦力，才勉勉强强算是揭过此事。

苏轼听说《国风》的实名制新规定，一下子猜出是王雱东窗事发了，只能把自己精心炮制的“马甲文”给收起来，熄了去争前三的心思。

已是春耕时节，范仲淹做主把今年不考春闱的监生都送去学田体验体验民间疾苦。王雱一听这事儿，就充分地感受到了什么叫“自作自受”。

苏轼出发时还凑到王雱身边，和王雱嘀咕：“也不知谁出的这主意，我们在眉山那边已是下过田了，还去村学教过小孩，可累人了。”

王雱面不改色地赞同：“对啊，出主意的人真缺德。”当时，怎么就没想过这件事会落自己头上呢？

今年不考春闱的有百余人，住宿都安排在佃户家中，免了往来辛苦。

王雱很是嫌弃水田，躲一边迟迟不想干活儿，后来被梅尧臣推下了田才认命地和苏轼一块儿插秧去。

两个人看看彼此的农民打扮，都一阵唏嘘，苦中作乐地比试起插秧速度来。哪怕要比试谁快，王雱还是很看不惯苏轼为了求速度不插整齐，时不时还要把苏轼插下去的秧苗给拔出来重插。

苏轼一阵无语：“你这样折腾不会把它们给弄死吗？”

毕竟王雱没种过地，被苏轼这么一说顿时停下了折腾的手。当然，他是不可能认错的，当场就改成用言语折腾苏轼：“你就不能插整齐一点吗？”

苏轼懒得理他。

王雱决定放弃和苏轼待在一起，改为跑去和沈括玩耍。

沈括约莫是小时候病多了，没什么朋友，现在是个话痨，给王雱科普起他们正在种的秧苗：“这稻种是从福建那边弄来的，叫占城稻，耐旱、高产，是沿海路从占婆那边弄来的。你知道占婆吗？它和我们隔着交趾，整天被交趾欺负，可惨了。早年占婆就沿着海路过来与我们大宋交好，占城稻也在福建推广开。当年各地大旱，真宗皇帝派人去取了稻种到各地补种。官家在景祐年间还专门在后苑开辟一处宫殿，专门用来试种占城稻……”

王雱耐心听完沈括的科普，再看向沈括同样插得不整齐的秧苗，最终选择另找一个一起干活儿的小伙伴。

梅尧臣在一旁看着王雱从这边挪到那边，从这块地挪到那块地，身边的人换了一个又一个，最终停在韩忠彦身边，和韩忠彦维持着同样的节奏一起插秧。

梅尧臣踱步过去一看，发现两个人插的秧苗间距一致、十分整齐。

梅尧臣：……怪不得这小子写文章提出统一标点呢，肯定是因为看稿子时看到来稿的标点千变万化，叫他看了不舒坦。

梅尧臣踱步回去和杨直讲说了这事儿，摇头道："年纪小小的，臭毛病真多。"

监生们下了几天田，一个两个都累得蔫不唧。好在范仲淹也怕他们把学田糟蹋光了，回头赶不上补种，五天一到就把他们撵回了国子监。经过这么一次实践活动，监生们读书卖力多了，约莫都已经看出自己不是种地的料，没退路可走。

国子监这边还是轻松的，最近各地的秋闱佳作传到京城来了，青州那边的文章极好辨认，由里到外都透着一股浓浓的土味儿。

王雱看了，没羞没臊地跑去和范仲淹感叹："您看看，这都谁给折腾的啊。"

范仲淹横他一眼。

王雱没声了。

临近春闱，王雱没再闹腾，学田实践之后乖巧得不像话，还积极地为直讲们整理备考讲义，把以往只是口口相传的礼部试注意事项给人手一份地印刷出来。

不得不说，很多人对王雱这个小师弟一直又爱又恨，毕竟王雱来了以后折腾出不少新鲜事物，让他们全力备考之余还得分心瞧上一眼，要不然总觉得心痒难耐。眼下，收到王雱给整理的"考试手册"，不少人都觉得这小师弟很棒很贴心。而王雱也借机了解了全套春闱流程。

马上要放假了，这日下午他被苏轼拉去藏书楼看书，准备借上几本好书回去消磨假期。

王雱看着去年被自己整理过的书架，现在又多了不少乱放的书，找了个借口和苏轼他们分开找书，顺便一行一行地把被人随手乱扔的书放回它该在的地方。

王雱刚整理完两面，绕回接近门口的地方，忽见两个中年男子走入了藏书楼，都作文士打扮，一身儒袍，头戴软幞头。

两人不是并肩而行，其中一人在前，另一人落后两步，显见是身份上有差别。为首那人面庞英朗，面色偏白，身体显然有些孱弱，仿佛刚刚病愈不久；另一人长得并不算俊美，气度却很不凡，立在为首那人身边并不显逊色。

王雱麻溜地朝两人行礼："两位先生好。"他年纪还小，声音犹带着少年人的青稚，清脆又明朗，叫人生不出半分恶感。

为首的文士给王雱回了礼，问："你应当是监生吧？怎么在此整理？"

王雱顺势报上了姓名，然后辩驳：“不是在整理，找书时顺手摆正一些书罢了。”

苏轼几人听到动静折返过来，正巧听到了王雱的话。见是两个生面孔，又生得颇有威仪，苏轼几人上前见礼，毫不留情地拆穿王雱嘴硬的话：“他就是见不得有人把东西弄乱。”

宋佑国也拆王雱台：“对的，上回我们去学田插秧，他来来回回换了几块田，最后选了师朴那块，就因为师朴愿意配合他插整齐些。”

王雱反驳：“整齐一点有什么不好？”

中年文士奇道：“你们还去插秧？”

苏轼道：“那是自然，若不是京师一带不缺夫子，我们指不定还得去蒙学上课，我们在眉山时就是这样的。”

中年文士似乎对国子监的事很感兴趣，与王雱几人聊了挺久才离去。苏轼等他们走远了，才发现自己还不知道这俩看起来很不简单的人是谁呢。

王雱心中虽有猜测，却没告诉苏轼他们，只道：“他们没说。”

苏轼几人瞪着他。敢情他都不知晓人家是谁，就和人家聊起来了。

王雱道：“今儿又不是会客的日子，他们能进来肯定不是普通人物，既然他们不想说，我们又何必问。”

听王雱这么一说，其他人也觉得对。反正他们也没说什么不该说的，不管那两人是谁都影响不大。

另一边，两位中年文士已转到直舍那边。

直讲之中有认出他们的人手抖了抖，顾不得笔尖的墨汁弄脏了铺在桌上的白纸，把笔一搁，站起来要向中年文士见礼。

为首的中年文士摆摆手，表示自己微服而来，不必多礼。他温煦地看向范仲淹，邀请道：“范卿，与我一起在国子监中随意走走吧。”

范仲淹眼中泪光掠动，与随行的欧阳修一左一右地跟到中年文士身后。

能称范仲淹为“范卿”的，自然只有官家。走出一段路，官家道：“范卿近来可好？本来早该来看你的，可惜年后病了一场，没能过来。”

范仲淹道：“臣一切都好，只望官家身体安康。”

三人边说边走，绕过一处拱门，却见路边齐齐整整地摆着几摞书，不远处是一片茂盛的梨林。离拱门最近的几棵梨树底下依稀传来几个范仲淹三人都很熟悉的声音。

一个声音说："这梨花真能泡茶喝吗？"

这是苏轼。

另一个声音说："在他看来，自然什么都能吃，你是不知道，他以前简直把所有花都祸害遍了。"

这是沈括。

树上传来辩驳的声音："这是《神农本草》上写过的，梨花清火通便，最近范爷爷有些便秘，我给他采一些晒干，就着蜂蜜泡水喝，温和不伤身，又能通肠道。"

官家与欧阳修齐齐看向范仲淹。

范仲淹：……这混账小子！

这时负责望风的韩宗师才看见范仲淹三人，后知后觉地提示了一句："有人来了。"梨林里立刻静了下来。

范仲淹朝王雱藏身的那棵梨树喝道："混账小子，还不快给我下来！"

王雱麻溜地从树上滑回地面，一脸腼腆地问范仲淹："您和两位先生什么时候来的啊？"

范仲淹黑着脸不搭腔，反倒是欧阳修含笑接话："你说《神农本草》的时候。"

王雱：……求助，在老师的顶头上司面前嚷嚷说他需要通肠道怎么办！急，在线等。

事情这么凑巧，王雱也没办法，他就是拉好友们一起来祸害国子监里头的梨花，谁知道范仲淹会正巧经过呢？

王雱和苏轼几人对视一眼，乖乖和范仲淹三人行了礼，不等范仲淹他们发话，口里叫嚷着"啊，食堂马上要开饭了"，齐刷刷以迅雷不及掩耳之势抱起书跑了。

范仲淹脸色黑漆漆的，对官家与欧阳修道："这是我的学生王雱和他的几个同窗，他自幼就是这爱玩爱闹的脾性，冲撞官家了。"

"不妨事，"官家忍笑道，"有这么个学生在身边，难怪范卿精神越发好了。刚才我和永叔走到你们藏书楼那边，还与他们碰上过，看着都是很好的孩子。"

便是爬个树，不也是想孝敬师长吗？这话官家没提，怕范仲淹脸变得更黑。

官家又与范仲淹一并去看过今年临考的监生们，才摆驾回宫。乘车回到宫中，官家便忍不住笑了起来，与欧阳修道："永叔，范卿这是收了个好学生啊。"

若是自己身边也有这么个逗趣的小孩，那日子一定也过得有滋有味。

欧阳修见官家难得开怀，便把梅尧臣对他说起过的国子监趣闻给官家说了。

这边笑语连连，另一边王雱却颇有些忐忑。国子监监生们一起吃完最后一顿食堂，就可以各自归家了。王雱抱着借来的书和自己采的一袋子梨花小心翼翼地回到家，没在客厅见着人，吁了口气，蹑手蹑脚、偷偷摸摸地回房间放东西。王雱还没放松下来呢，范纯礼就来敲他门，说范仲淹让他去书房。

等王雱开了门，范纯礼又问他："爹脸色不大好，是不是你又做了什么？"

王雱坚决否认："没有的事！"

王雱毅然去了书房，范仲淹正坐在那儿写稿子。瞥见王雱一脸心虚地进来了，范仲淹脸色好了点，叫王雱到他身边坐下，问："你今日在藏书楼与官家见过面？都说了什么？"

王雱眨巴一下眼睛，脸上带着恰到好处的茫然："官家？"

范仲淹没好气地道："再装你就给我出去。"

王雱只能老老实实地回答范仲淹的问话。他与官家没说什么，倒是苏轼他们把国子监和州学的情况都给官家说了。

范仲淹也知道王雱不是那种不分轻重、不看场合的人，但还是板着脸告诫："在我们面前，你怎么闹腾都可以，别人可不一定容得下，以后你还是得收敛一点。"

王雱乖乖答应："我知道的。"

第二天一早，王雱就朝师母借了个大大的竹筛箩，把昨天采的梨花趁着春日晴好给晒一晒。范仲淹洗漱完后出来一看，王雱正在那儿摆弄他昨天爬树采的梨花呢。范仲淹脸色又黑了。

王雱见范仲淹盯着自己瞅，一副在考虑要不要把那一竹箩梨花扔掉的模样，立刻语重心长地劝道："范爷爷，讳疾忌医不好啊。大夫都说了您身体虚，不好用药，得用温和点的食疗。要是秋天的话，我还可以给您买芭蕉吃，这不是春天没芭蕉吗？"

论讲道理，那根本没几个人讲得过王雱。范仲淹没好气地说："好了，知道你有心了，你忙活吧。"

顺利蒙混过关，王雱又活蹦乱跳地去找小伙伴们玩耍去了。

许是因为官家病过一场，这年春闱风平浪静得很，连个作弊的都没抓到。到放榜之日，王雱拉着苏轼他们一块儿去茶坊看热闹，几人早早占了二楼临窗的位置等着张榜。

这年头很流行“榜下捉婿”，就是趁着放榜的机会瞅瞅哪位进士一表人才，捉回家去，问问家世、对对八字，适合的，凑一对。

很多寒门子弟想找门好亲事，专等着这榜下捉婿的机会与名门结亲。当然，也有一些反其道而行之的，比如苏轼兄弟俩家中就觉得娶个知根知底的媳妇最好，早早给他们成了亲，才让他们赴考。

王雱也是这日闲聊时才知晓不仅苏轼成了亲，连苏辙都已经讨了老婆！王雱不由看向沈括：“你不会也悄悄成了亲吧？”

“没有的事儿。”沈括否定，“不过家中已为我说了亲，定的是叶家表妹。”说是表妹，其实只能算远房的，沈括小时候是见过的，依稀有点儿印象，但记不太清。

问了一圈，王雱才知晓小伙伴们要么成了亲、要么定了亲。见王雱一脸惊诧，韩忠彦道：“元泽你也十三了，你家里应该差不多要给你相看了。”

王雱不知该如何评价这种家里包安排对象的婚姻制度，上辈子他对谈恋爱兴趣不大，这辈子他也没多少风花雪月的念头。反正，他爹应该不会强迫他十几岁就结婚，现在还是先看看别人的热闹吧。

王雱和苏轼一起趴在围栏处看人“榜下捉婿”，有位进士长得俊，还表示不曾婚配，竟让两家人你争我抢地争夺起来。结果第三队人马异军突起，一把抢过那位俊朗进士就跑。王雱啧啧称奇：“这可真是鹬蚌相争，渔翁得利！”

苏轼瞧了眼王雱，忽然好奇地问：“我和子固都准备参加今年春闱，你要不要也一起？”

“这不好吧？”王雱道，“我还是个孩子！”

“明年你就十四了，”苏轼道，“听闻晏公就是十四岁闻达朝堂，你十四岁试着考一考有什么要紧的？”

这晏公说的是晏殊。晏殊年少时就才名在外，十四岁已踏入仕途了，一直干到六十五岁病逝，所以欧阳修说他“富贵优游五十年”。

王雱一想，也对，他阿琰妹妹说过，有个功名在身，就等于多了一重保护罩，犯了什么事都多一重保障。虽然他没准备干什么违法犯罪的事儿，可万一不小心踩线了呢？还是早点考个功名好。

王雱点头道：“那我得和我爹他们商量商量。”当然，王雱是不敢把“考个功名防防身”这种想法和王安石他们说的，免得被王安石追着揍。可这该怎么说呢？我有满腔热血，想早点用自己平生所学报效国家？

王雱和苏轼他们看完热闹回到家，跑到范仲淹书房里开始琢磨怎么给他爹和司马光写信。上回分别给他们俩写了不同的信，招致他们在回信里给他来了个混合双打，现在王雱不敢玩这手了，老实孩子真难当啊。

范仲淹从外面回来，一眼瞧见王雱在那儿抓耳挠腮，便问："你小子又在琢磨什么？"

"没什么，"王雱如实道，"就是今儿和子瞻他们去看热闹，子瞻说他们今年都准备考秋闱，问我要不要考，我准备问问爹他们的意见。"说完，他又顺道把范仲淹的意见给问了。

范仲淹早和王安石他们讨论过这事儿了。王雱这小子，按是按不住的，国子监直讲们也说他学问已经学得很好，写文章也没问题。就是这心性，瞧着太叫人发愁。这小子自己都还是个小孩，谁放心他自个儿去当差？

范仲淹道："你可想好了，真考上了，你就得自己挑大梁了，有什么事可没人再帮你挡着。"

王雱一脸不信："再不济，我还有您和爹呢。要有人欺到我头上来，我就一拍桌子问他们'你知道我爹是谁吗？我爹是王安石！'"有爹不用，那不是傻子吗？他可是立志当衙内的人啊。

范仲淹可算明白王安石为什么老想揍儿子了。他无奈笑骂："写你的信去吧，好好写，把你的打算写清楚。"

王雱时刻都在危险边缘试探，自然知道再扯下去范仲淹要抬脚踹他了，当即见好就收，坐回去写信。

春闱放榜了，新科进士还得吃吃喝喝好些天，王雱等人却早早回到国子监学习。

秋闱还有接近半年的时间才开始，同窗之间却已经相互讨论起今年要不要小试牛刀，月考后王雱帮着统计有意向参加秋闱的人数，发现大半同窗竟都想要试一试。

这种情况下，直讲们在课堂上抓得更严了，愿意跟着王雱胡搞瞎搞的人更是越来越少，连王雱都给这种气氛弄出点紧迫感来，跟着小伙伴们把市面上能买到的辅导资料都给刷了一遍。

在这种浓烈的备考氛围之下，读《国风》倒是成了监生们唯一的放松方式。

知道众人有意参加秋闱，直讲们都不抓他们这些监生去当苦力了，而是组建了一套健全的选稿、审核、排版、校对机制，相当于建立了一个小型的杂志社。梅尧臣他们还设立了一个特别栏目，选的是国子监、太学两边的月考优秀文章。

王雱看到这个新栏目时心里咯噔一跳，打开三月的《国风》一看，里头果然又出现了自己的名字。对于这种自己不投稿还非得给自己送稿费的编辑部，王雱都不知道说什么才好，只能感慨是金子总会发光的。

今年是闰年，有个闰三月，春天比平常要长一些。到闰三月的上旬快过去时，新科进士持续十几天的宴饮总算告一段落，考上进士的国子监监生们都回了母校。来缅怀校园生活还是其次，重要的是需要缴纳光监钱。

所谓的光监钱，意思是“光扬国子监”，你从这里考出去了，要飞黄腾达了，不能忘记你的母校，回来捐点钱给母校搞建设。光监钱并不多，每个人掏两千文钱就好，家境好的也可以多掏些，大家都高兴。

王雱作为小师弟又被使唤来使唤去，陪即将迈向远大前程的师兄们聊聊天、展望展望人生，顺便监督范仲淹不能喝酒，沾沾唇意思一下就好。

送走进士师兄们，王雱扶着还是喝得半醉的范仲淹回去。路上，范仲淹对王雱说：“我老了。”

王雱反驳道：“您还没到致仕的年纪呢，哪里老了？”大宋官员如无特殊情况，得到七十岁才致仕，当真是活到老干到老。

范仲淹叹息一笑：“人生七十古来稀啊。”

王雱道：“您也说是以前少，如今医术高明的人多了去，您肯定能活得长长久久。阿粹才十岁，你还得看他娶妻生子。”

范仲淹仍是笑，没再接这话。少年人总是看什么都很乐观，想什么都往好处想。可生老病死这事儿，世间所有人都无法逃开，只是早晚的差别罢了。

踏入四月时，王雱收到了他爹的信，他爹在信里说“要不是想让你考，送你去国子监做什么”，语气硬邦邦的，一看就是不爱好好说话的类型。

仗着王安石不在身边，王雱在回信里好生教育了他爹一通，表示他这样很容易和亲友闹掰，要学习说话的艺术。王雱写得兴起，现场给他爹编起了可以起名为《说话的艺术》《怎么说才能让人听进去》《别让不会表达耽误了你》的精华教程。

一封唠唠叨叨的长信写完、封好，王雱又去拆司马光和他阿琰妹妹给他写的信。

司马光对他参加科举也是赞同的，表示王雱年纪还小，去试试也成，考上了好好当差，没考上以后再接再厉。

司马琰也在信中表示赞同，然后给他汇报近来的研究进展：护肤品、化妆品方面，她已经做出不少成品了，周家嫂子运营得也很不错，这一块不用她再操心；司马琰现在专注研究药草成分和医用器材，可惜有些器材和试剂光靠她自己是造不出来的，得靠王雱再想想办法。相关的需求，司马琰没在信中提，只说等将来见了面再细谈。

现在，郓州“实验室”那个宅子开了间小小的蒙学，专门教授一些流落在外或者早早被收入居养院的女童识字算数，遇到有天赋的，司马琰会给她们单独开课教一些更深入的东西。

司马光虽还是不太喜欢司马琰往外跑，不过张氏每日都跟着，偶尔还客串一下老师教女孩子们女红，司马光再三衡量之后决定再纵容女儿几年。

王雱看过司马光关于女德方面的文章，知道司马光是个十分封建的人，能有这样的让步完全是因为碰上了自己女儿。

封建大家长不好对付啊！王雱给司马琰回了信，把自己近来的翻车日常给他阿琰妹妹讲了一遍，表示自己一定会争取早日毕业，离开国子监这个总让他翻车的不祥之地。

他还给司马琰说起京城实验室如今的发展，在范纯礼、沈括他们的共同努力之下，培养出了一批文理兼修的监生，其中一部分今年已经考上进士了。

范纯礼今年年初更是因为物理实验做得出色，改良了码头好几个运输工具，获得了将作监一老头儿的赏识，和范仲淹把他讨了去打下手，不用科举都当了官，非常幸福，非常让人羡慕，真没想到这位师兄居然是个隐藏的物理天才。

王雱洋洋洒洒地写了厚厚几页信，把大大的信封塞得鼓鼓囊囊，叫人帮自己送出去。

结果这信还没送多远，一个消息就飞快传到开封——六塔河决了。

听到这消息，王雱猛地想到水利工程史一个惨烈的案例正是由此开始：回河之争。

黄河水浊，越到下游，泥沙沉积越严重，下游河道容易发生淤堵。黄河下游一旦堵上，滔滔河水无处容身，就会自己冲出一条新河道来。这就是黄河频频改道、水患不断的原因。

宋朝的“回河之争”做过三次人为努力，想让黄河回到故道，继续当庇护大宋的天险。其中一次，就是塞商胡口，修六塔河。简单来说就是把新冲出来的河道堵上，挖条小河把水引回原来的河道上。可理想很美好，事实却很惨烈：六塔河太小，仅“五十步之狭”，根本容不下汹涌如猛兽的黄河。

六塔河修好不久，再度决口，淹没良田无数！这次之后，大宋又接连尝试了两回，结果都很残酷，黄河不仅没有回到故道，水患还发生得更为频繁，良田毁坏无数，百姓死伤无数，劳役越来越重，河工不堪苦楚私逃，甚至投身绿林成了贼寇。

这是一个试图以人力战胜自然，结果屡屡酿成人祸的惨烈案例。

连日大雨不断，开封也成了“水城”，王雱等人被安排到地势高些的大相国寺躲灾。

王雱站在禅院的走廊下，看着延绵不断的雨势，在心里描绘着黄河现在的大致走势，黄河治理从来没有捷径，该防的防，该疏通的疏通，没有取巧之法，至于朝廷所希望的“回河”，更是违背了河势，压根儿不可能做到。

这一次已经无法挽回，下一次是什么时候？王雱当时只看了相关措施，没细看具体哪一年，只知道两次“回河”约莫相距十几年。十几年的时间，应当够他忙活了。

王雱长吁一口气，正要折返屋内，一转身，看到个有些眼熟的中年男子。细细一看，不是狄青又是谁？王雱转身朝狄青见礼，奇道：“您也在这儿躲雨？”

狄青言简意赅：“对。”

他和王雱站在一起望着外面的雨幕，心中同样忧愁。修六塔河之议，说动官家的是“黄河改道，无险可守”，所以哪怕劳民伤财、哪怕淹没连片良田，朝廷也希望将黄河引回故道。无力守国门，无力收复燕云，只能倚仗黄河之险苟全太平，这是将士之耻。

王雱与狄青站了一会儿，受不住狄青的沉默，找借口溜了。他回到范仲淹所在的地方，和范仲淹嘀咕：“您说当初曹立在狄相公手底下时，他们是不是都靠眼神交流的？”

范仲淹道：“休要胡说，汉臣不是不善言辞之人，怕是有心事。”

范仲淹给王雱说起朝中的争议，黄河是阻挡契丹人南下的天险，改道之后很可能导致大宋北边无险可守。哪怕欧阳修三度上书力争，朝廷依然决定修六塔河！六塔河修成不久，这场水患就来了。

王雱一听，明白了，狄青是军人，保卫国家是军人的职责。现在朝廷为了保住“天险”，不惜用人力和大自然掰腕子，不就是对自己的军队没信心？

王雱在心里琢磨欧阳修在朝廷中奋斗了多少年，算了算，发现好像时间也不短了，少说也有二十几年。看来要是官路不顺，十几年根本不足以影响朝廷的决议。

王雱拧起眉，陷入思索之中。过了好一会儿，才对范仲淹道：“我给您弹首曲子吧。”

虽说这场水灾来得急，可王雱还是来得及把琴抱来。他坐定，给范仲淹抚琴一曲，自己的心绪也逐渐平复下来。这一夜，注定有许多人翻来覆去，辗转无眠。

第二日一早，狄青一家过来拜访范仲淹，王雱见到了狄青的次子狄咏，年方十五六岁，模样却是照着他爹长的，十分出众。

王雱暗搓搓与狄咏交换了姓名，狄咏竟道：“我听父亲说起过你。”

王雱奇道：“你爹说我什么？”

狄咏是个老实孩子，据实以告：“我爹说你鬼点子很多，让我别被你坑了，着了你道的曹立如今还在广南那边忙活着。”

王雱：……狄相公啊狄相公，没想到你是这样的人，居然在背后还说人小话。简直岂有此理！

王雱一脸正直地看向狄咏：“你看我像这样的人吗？”

狄咏认真摇头：“不像。”王雱长得着实好，属于天生就容易让人心生好感的类型。

王雱道：“那就对了，你爹又不认得我，说这些话都是先入为主的偏见。”他忽悠狄咏，“外头水淹了街道，怕是有不少人受伤或者生病，我们闲着也是闲着，不如去登记一下各家的情况，早发现早治疗，防止演变成大疫情。”

狄咏一听，觉得很有道理，点头表示愿意一起去。

王雱趁大人们在说话，悄悄带着狄咏溜了，还去把他国子监的小伙伴都找了过来，组成了防疫小队。他热情地把指挥权交给狄咏：“我们都是同窗，谁来领头都不会服气，你跟着你爹训练过的，由你来指挥正好！”

狄咏一口答应。

王雱很满意，这小伙子不错啊，长得俊，人还实在，他喜欢！

等狄青发现儿子不见了的时候，狄咏已经和王雱一行人挨家挨户地排查伤病去了。

听说自己儿子被王雱拐跑，还当了领头的那个，狄青气得不轻。他都提醒过狄咏那小子了，可那小子竟还是被王雱给忽悠走了。他这儿子什么时候才能长点心！

第九章

金榜题名日

王雱一群志愿者忙活半天，把伤病情况都给整理出来了。狄咏听王雱的话，跑去找开封知府王珪汇报第一手资料。

王珪在任上碰上这种灾事，差点儿把头发给愁白了，听到有人来说狄青之子狄咏求见，他皱了皱眉，叫人把狄咏带过来。

狄青虽当了枢密使，却不常与文官往来，更鲜少带狄咏出去交游，是以求见王珪时狄咏还有点儿紧张。不过想到有不少百姓生着病，还有人摔伤了没法找大夫，狄咏又勇敢地把王雱等人整理上来的名册交给了王珪，一板一眼地说明具体情况。

灾后防疫一向是重中之重，王珪听狄咏说完后也警醒了，他这两天忙得晕头转向，竟没想到这个！王珪长舒一口气，赞许地对狄咏道："辛苦你们了，替我向你父亲道谢。"

狄咏老实道："不是我父亲让我们弄的，是国子监监生一起做的，只是元泽顺道叫上了我。"

王珪一听"元泽"二字，眉头一跳，叫人把在外头等新伙伴归队的王雱给喊进来。

王雱正和苏轼他们一起观察天上的云，瞧瞧雨有没有停的迹象，就听有人找出来说知府喊他进去。王雱和苏轼他们对视一眼，都不知道知府喊他做什么，难道狄咏太实诚，在知府面前夸了他一通？这怎么好意思！

王雱跟着来人去见知府，远远就瞧见个有些眼熟的身影站在那儿。再一细看，这不是当年和他爹一块儿在扬州当差的王珪吗？算起来，王珪还是他爹的同年，当初他爹排第四，王珪排第二，乃是榜眼，文才堪称一流。

王雱记得那会儿自己还穿着开裆裤到处跑，韩琦养的"金缠腰"开了，还一开就开了四朵——金缠腰是一种芍药，花开时花瓣上下皆红，中间一层金蕊，十分特别——据说这花可厉害了，等闲是养不活的，养活也不开花，一开的话，扬州城里就要出宰相。这次开了四朵，传言真要能成真，这是要出四个宰相啊！好意头！

韩琦一琢磨，手底下的王雱他爹和王珪都挺有宰相相，本来还邀了另一个人，结果那人临时有事没来，正好有个朝廷派下来办差使的官员路过，韩琦就把那官员也邀过去一起赏花。

赏完了，四个人还把四朵“金缠腰”给剪下来，一人一朵戴在头上。王雱当时远远见他爹戴花，乐得不行，颠儿颠儿地跑过去，准备近距离瞅瞅几个大男人戴花的模样。

他爹见他溜过来看着花笑，误会了他的意思，一把将他抱到膝上，将头上插着的金缠腰往他小脑袋上簪去。他人小，花大，模样可想而知很逗人，反正韩琦和王珪就在笑他。这下气得王雱接下来天天去他们那儿搜罗好东西，找到揣着就跑，一点都不给他们留。

记忆一回笼，王雱就觉得有点儿不妙，正琢磨着要不要转头溜走，王珪已经和他招手：“你小子磨磨蹭蹭做什么，小时候那么皮，长大了反而成尿猫了？”

是男人怎么能当尿猫！王雱溜达上前，有模有样地朝王珪见礼，口里热情地道：“王叔父好，许久不见，很是想念啊！没想到您已经当上开封知府，早知道的话，我一准去拜会您了。”

王珪哼道：“你真要来的话，可得提前跟我说一声，好让我早早把东西先收好。”

王雱也不乐意了：“瞧您说的，好像我会当贼似的，那不是小时候不晓事吗？我早不干那事儿啦，我现在可乖了，不信您去问问，国子监的直讲们哪个不夸我！”

王珪道：“这样吗？我怎么听你杨直讲说，你入监那会儿骗得他团团转，后来也天天弄出点事来，弄得国子监都变得比往年热闹多了。”

王雱：……这对话没法进行下去了。

文人之间果然没秘密，都是在朝为官的，谁休沐时不和同僚说说八卦呢？不用想，王雱都能脑补出他们见面时会怎么在背后编排他。

王雱倔强地说：“那都是以前的事儿了，我现在可乖呢。”

王珪没打算和他争论到底乖不乖，知晓王雱是跟着王安石跟进过防疫工作的，直接把王雱一伙人支使上了，叫他们把太医局的、民间的医务人员整合起来，分一批人去清点开封府库存的药材，再分一批人去为伤病百姓看诊。

王雱和狄咏出去和苏轼会合，又带着王珪的口令去忙活。太医局里头的太医自不会出来躲灾，都在尽忠职守地候命呢，躲在大相国寺的都是在太医局学医的学生和帮工的学徒。

王雱一行人分头带着人到各个禅院诊治伤病者。到了用饭的时间，王雱等人才各自回去找吃的。狄咏回到狄青所在的禅院，见他爹脸色不大好，赶忙把这一天里的事情都给狄青说了。

得知王雱没拐带自己儿子去干什么不该干的事，狄青才稍稍满意一些。既然儿子喜欢和王雱一块忙这忙那，狄青没再多劝诫什么，摆摆手让他吃点东西去。

第二日一早，狄咏又去找王雱一块儿行动。王雱从伤病管到秩序，将闹哄哄的大相国寺清整完毕，又带着人或撑着伞、或披着蓑衣去外头看水势。

看着往日熟悉的街道被倒灌的浊水淹没，所有人心里都不大好受。偏偏天还阴沉沉的，雨一直在下，丝毫没有停歇的意思。碰上这种灾祸，王雱也无计可施，只能看着负责救援的官兵乘着船或把人送到地势高的地方、或将补给运送到人群密集之处。

过了几日，这场要命的雨才终于停了，水也渐渐退去。王雱一行人天天被王珪支使得团团转，还得及时和范仲淹汇报外面的情况，免得范仲淹忧心忡忡地亲自出来查看。

水灾过后，开封城中一片狼藉，不少人家中被淹了好些天，家中诸物都不能用了，更有些房子不够结实的，回家一看，屋子直接塌了。

城中都如此，城外自不必说，水灾中毁坏的庐舍数不胜数。

可到底是天子脚下，救灾工作还是做得很到位的，官家又打开他的私人小金库拨粮食和绢布出来应急，朝中上下一片称颂之声。太医局这回少有地忙碌起来，配合着开封知府王珪进行着灾后防疫工作。

国子监也遭了灾，好在藏书楼地势也高，藏书没被淹着。王雱和沈括几人还借这机会争取到了进入三楼的殊荣，上去检查检查屋顶有没有漏雨，藏书有没有打湿，然后一到上面就赖着不走。

据说朝中百官对国子监监生在水灾中的表现很满意，因此连最讲规矩的胡瑗都十分欣慰，对他们赖在藏书楼三楼的事儿睁一只眼闭一只眼。

几人窝在那儿，把国子监珍藏的孤本都看了一遍，感觉意犹未尽，都对崇文院三馆的藏书颇感兴趣。那可是拥有浩瀚藏书的国家图书馆——官方的、民间版本的藏书都有！

随着水灾的影响逐渐变小，王雱也收到了他爹写来的急信：他爹劈头盖脸就骂了他一通，说他不懂尊敬长辈，还在信里教育起爹来了；接着又劈头盖脸地骂了第二通，说开封闹水灾，他肯定又到处瞎跑，一点都不让人省心，以后再这样就打断他的腿。

王雱看得直摇头，知晓自己煞费苦心的“沟通艺术教程”肯定被王安石无视了。不过，他是不会气馁的，当场又挥笔创作一番，和他爹谈尊重、平等，不要把儿子当小孩啊等等沟通艺术。洋洋洒洒地写完，王雱才给王安石说起自己遇到王珪的事，又是感慨一番，说人家王珪都当京官了，您好歹是人家的同年，咋还不来京城当官？京城多好，交通方便，牛人辈出，干啥都很棒，还能近距离罩着儿子。

王雱写完信，一点都没怂，大胆地寄了出去。

京城周遭都遭了灾，方氏书坊手里的作坊也都受了影响，其他商户也相去无几，京城很是萧条了一段时间。好在这到底是大宋的心脏城市，没过多久就慢慢恢复过来了。

夏日炎炎，国子监食堂还卖起了冰食，什么冰棒、冰沙、西瓜冰、冰镇绿豆汤……都有供应，王雱甚至还看到了小方块状的凉粉，瞧着就像是现实世界中在学校周围的摊贩。据说，凉粉这玩意儿是广南传过来的，原料用的是那边土生土长的凉粉草。反正只要是市面上有的食物，胡管事手底下的“美食团队”都神通广大地弄回去研究一番，改良出了不少独家美味。

监生们幸福地享用着花样繁多的食堂美食，阅读着印书所每个月定时发售的《国风》，度过了往常十分难熬的夏季。

入秋之后，秋闱迫在眉睫，国子监每日的跑操依然照常进行。在秋闱到来之前，国子监还有一场大考，各个科目都要算上，连平日里非常小透明的算学都要来掺一脚，非常讲究德智体美劳全面发展。若是今年要参加秋闱的，这次大考算是摸底考兼毕业考；若是今年不参加秋闱，那就不必参加了。

王雱寝室之中所有人都想在这次秋闱中试试水，不过有的人只是单纯打算感受感受秋闱气氛，如宋佑国，他知道自己肯定考不上。

毕业考考骑射的时候，王雱又看到了他的新伙伴狄咏，狄咏正是长高的年纪，瞧着比上回见面时又高大了一些，差不多要赶上他爹了。

狄咏这回是过来给考官当助手的，远远瞧见王雱，狄咏朝他腼腆地一笑，笑得周围都熠熠生辉。王雱戳戳站在自己身旁的陈世儒，和陈世儒嘀咕：“这儿又没有小娘子，他为啥笑得那么帅气逼人？”

陈世儒不理他。

王雱转头瞅陈世儒，意外地发现自己已经快和陈世儒一般高了。看来一年过去，他的身高长势喜人啊！王雱满含喜悦地把自己的发现给陈世儒说了，还得意扬扬地埋汰陈世儒：“你这一年里是不是都没长高？往后我们要是再排队，你可就要排我后面了。”

陈世儒脸色更臭了：“谁能一直长高？”

王雱想到不揭人短的基本社交礼仪，顿时闭了嘴。

骑射课的考核，王雱自然轻松通过。对于和自己合作了一年多的马，王雱挺舍不得的，还正儿八经地跑去和它道了个别，才去找狄咏说话。

狄咏道："没想到你骑射也这么厉害。"

王雱道："那是当然，就是没打过猎，以后我们可以一起去猎场玩玩。"

狄咏自然一口答应。

论全面发展，国子监中自然少有人比得过王雱，这次毕业考他全部课业以甲等通过，还没开始考秋闱就先拿了个"监元"。

当然，这监元根本是不作数的，纯粹是国子监里说着玩，陈世儒颇有些酸溜溜地说："有本事你给拿个解元。"

韩忠彦实事求是："我们是考国子监发解试的，到时还是我们这些人在考。"

陈世儒嘴硬："那可不一定，还有一些前些年没考上的师兄今年也与我们一起考。何况我们现在和太学那边是分开考的，太学未必没有更厉害的人，我看子瞻就不错。"

王雱对考不考第一倒没执念。他爹丢了状元，现在不还是一样做官？他爹那年的状元现在也一样在地方锻炼，没差。科举就是拿个通行证，踏入仕途之后前程如何全看自己的能耐。

秋闱之前，王雱收到了他爹的来信、司马光和司马琰的来信。司马光父女俩自不必说，信里都是鼓励的话；他爹也难得地讲究起说话的艺术，叫他别太好强，考成什么样都行，反正还小。

王雱很是感动，感觉自己辛苦编出的"沟通教程"卓有成效。国子监发解试一向单独设置考场，考场就在国子监中，环境比别的考场要好多了。

韩宗师和沈括有点儿惨，得参加别头试。

所谓的别头试，就是考官亲属需要回避考官。这次国子监发解试的考官六人之中，一个是韩宗师的叔父韩绛，另一个论辈分算则是沈括的从侄，都有亲缘关系，他们得去单独的考场考试。

临考前一天，王雱在范仲淹家里吃的饭，范仲淹没叮嘱他什么，表示他只管去考，考没考上都随意，反正也不指望一考就中。

倒是范纯礼自己没参加过科举，一直替王雱紧张，第二天送王雱到考场后才顶着黑眼圈去将作监当差。

考官们早在考场候着了，还有差役在门口给士子们搞"安检"，看看有没有夹带小抄之类的。

这两年国子监学风良好，整个考场就没揪出个搞夹带的来，考官们松了口气，六个考官腰板挺直地站在初升的秋阳之中看着考生们一一对号入座。

王雱的位置有点儿不幸，正对着考官所在的地方，考官要是不去巡考，一抬眼就能瞧见他——换个承受能力差点儿的非发挥失常不可。

王雱是不慌的，反正到哪儿考试他的水平都不会变，会变的只有同年考生的水平，比得过比不过，都不是考场上能决定的。再说了，这么多年来他什么时候怕过考试和考官啊？

王雱不仅不紧张，还有点儿跃跃欲试，迫不及待地等着卷子发下来。

考官之中，韩维和沈遘是最熟悉王雱的，倒不是他们与王雱有过接触，而是他们都和王雱的同窗有些关系。

韩维是韩宗师的叔父，平日里很少听这个侄子主动说话，韩宗师在家仅有几次提起国子监的事情总会提及这王雱，久而久之韩维也就熟悉了。因着辈分的关系，沈遘还得喊沈括一声从叔。沈括来京城时到过他府上，叔侄俩聊天时沈括和他提起过王雱，说自己的很多“畅销书”都有王雱一份，只是王雱不乐意署名。后来《国风》出来了，韩维与沈遘更是感受到这个王家子的不一般。

前几个月，开封闹水灾，瞧瞧人家是怎么办事的吧，直接协助开封府衙防疫救灾，还在《国风》上刊出了全面又具体的救灾方略。

听说官家每个月都会让翰林院的人给他读《国风》，从不落空，偶尔上头没有王家孩子的稿子，还会遗憾地和翰林学士们感慨一句“怎么没那小孩的文章”。

所以说，但凡在翰林院的或与翰林院相熟的，都知晓这可不是什么普通小孩，连官家都惦记着。

考官们齐刷刷把目光投向年纪最小的考生身上，都看出这必然是给国子监带来诸多变化的王雱了。

直至鼓声响起，负责分卷子的韩维才把试卷一一分发下去，然后背着手在考场中巡考。

第一张卷子考的是经义，王雱熟悉得很，刷刷刷地把题目答完，检查了一遍，感觉没什么问题；接着，做下一题，写诗赋。

诗赋这玩意儿，王雱以前是不熟的，但是自从和梅尧臣混熟之后，梅尧臣时不时要他作诗，还带他去各种奇奇怪怪的文会，什么曲水流觞啊，什么赏花赏月啊，可把王雱逼得要疯了，宋佑国说他说梦话都能冒出句诗来。这都是被逼的啊。现在这对王雱来说也不难，看了看题目，又刷刷刷地写了出来。写完他觉得不太满意，还换了张纸另写了一篇，自我欣赏了一番，感觉还成，才接着往下做。

剩下的都是写文章。王雱写文章的技巧也是被逼出来的，这一刻他绝不是一个人在战斗，他爹、范爷爷、楼先生、司马光、杨直讲、梅尧臣、胡瑗等等，全都与他同在。

王雱继续刷刷刷地奋笔疾书。

监考这一考场的韩维目光时不时落到王雱身上，又时不时撞上沈遘的目光，两人的眼神在空中稍一接触，又都默契地将视线投回王雱那边。

全场考生之中，只有这么一个从一开始就拿起笔做题、中间没有丝毫停顿的。韩维着实好奇王雱为什么能入那么多人的眼，悄然踱步下去巡考，绕了一圈后假装不经意从王雱身边经过，停步看了眼，发现王雱已经把论题写了大半——这速度未免也太快了些！

韩维看了眼许多还在写经义题的考生，很替他们庆幸：幸亏他们看不到王雱的答题情况，要不然他们不知道得多紧张、多无奈。

王雱没机会左顾右盼，故而也不知晓其他人答到哪儿了。他非常喜欢考场安静的氛围，静得让他文思泉涌，马不停蹄地把策题也给写了。

王雱停笔后看了看天色，差不多已经到下午两点了，时候不早了，交卷回去之后可以吃些点心补充点能量，再歇一会儿就能吃饭啦。

这么一想，王雱就感觉有点儿饿，他把答卷检查了一遍，然后才发觉自己答题过于专注，连手腕有些酸痛都没察觉。王雱揉了揉自己腕部，感觉舒缓一些了，才抬手表示想要交卷。沈遘走上前去，把他的考卷收了起来，示意他可以离开了。

王雱显然是第一个交卷走人的考生，其他人见王雱起身交了卷，心里都有些着急了。不少还没开始写文章的人急忙开始下笔，还有人焦急之下打翻墨水，弄脏了好不容易写好的答卷，当场哭了出来。当真是男儿有泪不轻弹，只是未到伤心处。

王雱可不知道自己还给同窗们造成了巨大压力，他了却了一桩大事，喜滋滋地回了范仲淹家。可惜这时范仲淹、范纯礼还在当差，只有师母和范纯粹在家中。

等苏轼他们考完寻过来，找提前交卷的王雱兴师问罪，发现王雱正和范纯粹在那儿下五子棋，双方噼噼啪啪地落子，范纯粹输得极惨，直接被欺负哭了。苏轼几人一阵无语。这人果真没把秋闱当回事儿，考完还有心情回来逗师弟玩呢。

苏轼几人把不太确定的经义题和王雱对了对答案，又对了对策论题的题意看有没有理解偏，几个人说完各自的理解，有人欢喜有人愁。

宋佑国一向最想得开，积极地说：“不管怎么样，到放榜之前我们都可以不去国子监了，不如今晚我们找个好地方庆祝一下吧！”

这个提议获得了一致的赞同。

王雱与师母说了一声，和苏轼他们一起去“好地方”庆祝。

说起玩来，宋佑国可是行家，早得了他爹宋祁的真传，二话不说叫人订了艘画舫带小伙伴们一起夜游汴河。

本来宋佑国还想下帖子请几位女伎相陪，这一决定遭到沈括和王雱的一致反对，沈括是觉得请了女伎会很不自在，王雱则是不想被他爹和司马光来个混合双打。

当初，司马光中进士那年看到举子们放浪形骸地与女伎们调笑享乐，很是看不惯，后来还特地写了篇文章批判这种不良行径；至于他爹，那更是顶头上司请喝酒他都顶牛不乐意喝的家伙，要知道他考完秋闱就和同窗一起胡混，真能把他腿给打断。

哪怕司马光和他爹现在都不在京城，他这人还是很有节操的，坚决不被腐朽的封建社会腐蚀！

秋闱放榜日，范纯礼特地告假一日，早早跟着王雱去国子监等候放榜。可惜他们用过早饭才出门，太晚了，张榜的地方早围得水泄不通，他们压根儿挤不到前排。

王雱在外围还碰上了同样来晚的苏轼、苏辙兄弟。会师之后，王雱还和苏轼闲聊起来：“我们该等他们看完榜之后再过来的，这样就不用等也不用挤了！”

苏轼道：“你就一点都不好奇自己的名次吗？”

头一回参加科举考试，苏轼心里还是有些紧张的，他弟苏辙就更不用说了，眼睛一直往里瞟，想瞅瞅负责张榜的人何时会出来。

王雱道：“没什么好奇的，总不会落榜吧。”每个长辈都对王雱说“你现在还小，去试试水就好”，没提任何“你必须给我考个状元回来”之类的话，王雱现在对自己的要求可低了，能上榜就好。

状元什么的，在现实生活中，王雱中考拿过一回，高考也拿过一回，每次都得陪着父母面对各种媒体的采访，不想去他们还不乐意，毕竟这是他们最喜欢的露脸机会：他们最喜欢对着媒体侃侃而谈，讲述自己的育儿心得，提起他们对他是如何要求严格、替他规划美好未来的。

苏轼见王雱表情认真，似乎真觉得“考上了就好”，一阵默然，也和王雱一块儿站着没往前挤。

这时，负责张榜的人从里面走了出来，先把一张红榜从上往下仔仔细细地在公告处张贴好，不少人就跟着那两人的手一个名字一个名字往下看，整榜看完，有人喜极而泣，有人痛哭出声。

负责张榜的人又拿出另一张红榜，仔细贴在刚才那张红榜旁边。所有人的目光都转到那张簇新的红榜上。紧接着，不少人的目光齐刷刷地转回来，看向了站在外围的王雱。里头挤出个模样有些眼熟的监生，朗笑着朝王雱道贺：“恭喜啊，小师弟，解元是你的了。”

王雱一下子把这监生认了出来，这不就是这大半年来和他们一起上骑射课的章惇吗？王雱朝章惇笑了笑，顺着其他监生让出来的通道走到前方，发现前三的姓名单独列在一张红榜上，第一是他，第二是章惇，第三则是苏轼；另一张榜单上，苏辙也榜上有名。

王雱没想到苏轼会落到自己后头，还有些发愣呢，苏轼却挺高兴。要知道以前他在州学时也不是常拿甲等，因为他的应试作文有时会写得离题万里，秋闱能得第三已是喜出望外的成绩。

苏轼欢喜地说：“看看存中他们排在哪儿！”存中是沈括的字。

巧的是，沈括的名字和苏辙挨得很近，两个人名次差不多，比韩忠彦、吕希纯稍稍落后一些。韩宗师也在榜上，不过名字最靠后。陈世儒和宋佑国都没上榜。

宋佑国很看得开，一手搂王雱肩膀，另一只手搂苏轼肩膀，很是欢喜地说：“行啊，我左边搂着个第一，右边搂着个第三，够我和人吹嘘几年了！”他还朝沈括叫喊，“存中你画工最好，赶紧记下来，回头帮我画一幅。”

陈世儒也早早过来看榜，见自己榜上无名，神情郁郁。

宋佑国早和他混熟了，与王雱和苏轼两个排名最靠前的学霸闹腾完，又过去拍拍陈世儒，宽慰道：“这是该高兴的日子，别这么丧气。我要是你，我就不考这劳什子试了，直接荫官多舒服啊！”

陈世儒他爹官至宰执啊！随便荫个官，就比别人寒窗苦读十几年要强多了！陈世儒可是家中独子，不像他爹儿女一堆，荫官这事儿很难轮到他头上。

陈世儒和宋佑国这种没有追求的家伙毫无共同话题。他可是一个有理想的人！

王雱见陈世儒脸臭臭的，也宽慰起陈世儒来："对啊，我要是你，我也不考劳什子试了，直接当官多好。非要考个进士出身不可的话，你还可以边当官边考锁厅试啊，多出去见识见识，多累积点经验，考起试来就轻松很多。"

所谓的锁厅试，就是在职官员考进士的特殊通道，很多人荫官或者走举荐路线当了官，能力卓绝，政绩斐然，心里却空落落的，总觉得自己比别人少了什么，于是又跑去考科举。

为了避免有官职在身的人舞弊，朝廷单独给这类人开了锁厅试，考过了就给他们补个进士出身。

明明是同样的话，王雱说来却莫名比宋佑国顺耳多了。陈世儒拧着眉思索起来。

红榜一出，各家来看榜的人都奔回家中报喜。监生们倒是最快恢复过来的，落榜的收拾收拾心情，准备来年再战；上榜的也收拾收拾心情，摩拳擦掌准备明年即将到来的春闱。

范纯礼比王雱早走一步，直接给范仲淹报喜去了。范仲淹听说王雱考了头名，面色没多大变化，只欣慰一笑："还成。"说完，便赶范纯礼回去当差。

王雱随后也到了，很是谦虚地把自己考上举人的事儿给范仲淹说了。

范仲淹斜眼睨他："只是考上了？"

王雱还是很谦虚："名次挺靠前，勉勉强强排第一。"

范仲淹道："国子监的第一而已，各州府解元加起来三百来个，你别太得意。"

王雱说："本来就没得意，听您这么说更没什么好得意的了。"

范仲淹笑骂他两句，打发他和同窗聚会去，别和他这糟老头儿闲扯。于是，王雱就和苏轼他们到外头撒欢去了。

范仲淹派了个信使快马加鞭传书给王安石送消息去。

到九月初，青州的发解试才刚开考。王安石这个到处跑的提刑官这一回被选为考官，在青州监考发解试。

各地的发解试开始时间可以有差别，只要在秋天即可，是以国子监发解试考完了、评卷结果都出来了，青州这边才刚刚开考。

在不限定原乡发解的时候，有的人怕自己发挥失常就会利用这个时间差去多个周围州府考试，哪边考中便从哪儿发解。

王安石踱步在考场间巡考，心里却分了点神，想着自己儿子秋闱发挥得如何。那小子虽然顽劣了点，但从小就没受过什么挫折，要是这回没考好不知会怎么样。

秋来水路好走，范仲淹的急信，一路快速地往青州传。青州秋闱放榜那日，王安石正看着学子们争先恐后地挤在红榜前看名次，忽听周武急急跑来，脸上满是欢喜的笑容：“官人！衙内中了解元！”

这一声报喜如轰雷般炸开，原本正在看榜的士子都齐刷刷转过头来，看着一脸喜意的周武。

如今青州还真没多少人不认得周武，都知晓他是王安石家的从人，听周武喊这么一嗓子，所有人都记起来了，王小衙内去京城国子监念书了啊！原来王小衙内今年也考秋闱，还得了个解元！

一时间，众人连自己的名次都忘了看，把周武团团围住，直问到底是不是真的。小衙内真的考秋闱啦？小衙内真的中解元啦？

王安石顾不得被围堵的周武，急匆匆回了家，只见吴氏和小妹都欢喜不已，捧着范仲淹信中附来的中举名册摩挲着最上面的名字，眼泪都喜得落了下来。

王安石见吴氏如此，十分矜持地摇摇头说：“不过是发解试而已。”

吴氏擦了眼泪，辩道：“雱儿可是考了解元，厉害着呢！”

小妹也说：“哥哥最厉害了！”

王安石没再端着，拿过范仲淹的报喜信看了起来。

看着信中附来的应试文章，王安石便觉得自己把王雱送去京城是对的，经过一年多的学习，王雱的文章又精进了许多，够得上拿第一的实力。他这儿子别的不行，学习能力绝对一流，只要有能让他学的东西，他能迅速融会贯通，将对方的优点都变成自己的。

王安石看完信，沉吟许久，对吴氏道：“朝廷有意让我回京当群牧判官，若是定了下来，年底吏部磨勘之后我们便可赴京，到时正好能赶上春闱。”

吴氏喜道：“那就好了！”虽说吴氏不晓得群牧判官是什么官，不过可以赴京照料要考春闱的儿子，她自是十分欢喜。

王安石点头，到书房把写好的推辞折子扔进废纸篓里，改为写了道谢恩折子。忙完了，他又写了封信叫人送去郓州，并在信中询问司马光要不要一同回京，两家同行路上好做伴。

京城也迈入了九月，八月发生的大事除了秋闱之外，还有另一桩：狄青罢相。

狄青自广南大捷后便被提拔为枢密使，俗称枢相。这位置原本是文官专属的，他坐上那位置之后没少遭弹劾，连极力推荐他去平乱的庞籍都不甚赞同。

这一次把狄青弹劾走的人不是别人，正是欧阳修。欧阳修写了篇文章，陈述武官权势过大的危害性，然后笔锋一转，表示今年开封水灾就是上天警示，希望官家三思而后行。

这是自古以来的惯例：既然皇帝是天子，那自然是受命于天。现在，老天发怒了，闹灾了，那肯定是有人做得不对，老天降下警示来了。那么问题来了，做得不对的人是谁呢？要么是皇帝，要么是宰执，掌权的就是你们几个，没别人了！

官家一琢磨，是啊，天降灾祸示警，这锅要是没人背，就要他来背啊！而且，欧阳修说得很有道理，大宋以武立国，若是再让狄青当枢密使，难保天下军权不会尽数落入他手中，让将士只知“神将狄青”，不知朝廷，不知君主。

官家动摇了。

其他宰执也一琢磨，感觉很对，本身就不该是他坐的位置，这锅他不背谁背？于是，纷纷上书参加这场大规模甩锅行动。最后，狄青便丢了枢密使之位。

王雱和同窗们庆贺完这次“正式毕业”之后，才从范仲淹那儿听到这些消息。

王雱听完摇头说：“天灾和人有什么关系？”真要有，那也是因为有人想强行将黄河引回故道，才会招来这场水灾。

范仲淹知道王雱一向对神鬼之说没有敬畏之心，更不信什么天命，也没纠正他的想法。事实上，很多人就真的相信吗？不一定，有的人或许是真信了，有的人则是借机攻讦别人。

范仲淹叹了口气，没再多说。王雱也没再多问。他知道原因在哪里，原因在大宋开国时的“黄袍加身”。

黄袍加身可以发生在姓赵的身上，自然也可能发生在姓钱的、姓李的身上——

所以才会有后来的“杯酒释兵权”，所以才会有后来的“重文轻武”。所以才会有皇帝对将领的种种防备，比如将军三年一挪窝，绝不能在一个地方扎根，力求做到“兵不识将，将不识兵”。可不管是为了江山稳固而上书的欧阳修等人，还是为了自己地位稳固而上书的某些人，归根到底都是戳中了官家心中的这层忧虑，才能成功把狄青踢下枢密使之位。

又过了两日，狄青要启程离京。狄青没想让人送，连自己儿子都没告知，悄无声息地出城了。

王雱一早与范纯礼出了城，等候在狄青离京的必经之道上。狄青远远见了王雱，有些惊讶，他翻身下马，接过王雱递来的酒，一饮而尽。狄青将酒杯递还给王雱，抬眸打量着王雱与范纯礼，最后叹息着对王雱道：“狄咏那小子还在禁军中当差，你平时有什么要人出力气的，可以叫上他。”

王雱道：“那是自然的，有好事儿我不会忘了咏哥的份。”

“你小子很快也该入朝为官，”狄青看着他直摇头，“稳重一些吧，行事莫那么张扬。”狄青虽人气爆棚，但那只是非常时期朝廷需要炒作一番，他本人其实非常谨慎。这次朝中若不是借着四月那场大灾，怕也找不到攻伐他的借口。

王雱笑了笑，没接这话。他走到长亭中的琴桌前坐定，朝狄青道：“我为先生弹一曲送行吧。”

狄青对琴棋书画本没什么兴趣，可王雱的曲子一起，狄青便精神一振。明明那琴弦看着还是细得像是承载不了半点重量，这一刻却忽然迸发罕见的激昂，仿佛有千军万马踏过长亭后的山林而来，来势汹汹、势不可挡。

战场，才是军人应在之地。与其在朝中谨小慎微地维系着招人眼红的权位，还不如纵马疆场、上阵杀敌！马革裹尸，百死不悔！

狄青翻身上马，坐在马背上仔细听完王雱的一曲，仰天长笑后，朝抱着琴起身的王雱道：“谢了，王家小子。”

王雱站在长亭下，回道：“珍重，狄将军。”

为狄青送了行，王雱便与范纯礼一起回城。到家中后王雱才知晓韩忠彦来过，给他送了个帖子，说要邀他去吃个家宴。

王雱和范仲淹说了这事儿，范仲淹才告诉他韩琦已经回来了，并且在他们紧张备考时来拜会过范仲淹，这应该就是韩琦请他过去做客。

范仲淹道：“本来朝廷准备将他调回京当三司使，如今枢密使位置空缺了，朝廷便让他出任枢密使。”

王雱一点都不意外韩琦会升官。今年三月，韩琦又在家乡相州修了个昼锦堂，写信叫他的老朋友们——包括但不限于范仲淹、欧阳修等等给他写诗文互吹一番。

欧阳修和他互吹时还出了一桩写进课本里的佳话：本来欧阳修吹的是“仕宦至将相，富贵归故乡”，后来想想这不够好，又追了一封信表示“我给加两个字才更准确”。于是，这句就改成了“仕宦而至将相，富贵而归故乡”。

这表明欧阳修写文章十分严谨，字字斟酌，力求完美。

欧阳修可是翰林学士，官家时不时会叫去聊聊文学、聊聊人生的人。经他这么一吹，官家也想起还有这么个能臣在相州老家养病，自然会派人去关心几句“病好了没？可以回来干活儿了吗？我给你个新职位你看看中不中，中就来京城干活儿吧”。

王雱已经想好了，要是他以后被扔去鸟不拉屎的地方，就修个什么摘星台、望江楼，写信给苏轼、沈括、韩忠彦等等，让他们给面子来商业互吹一番。当然，要是苏轼他们也去了鸟不拉屎的地方，那就没办法了，朝里没人不好混啊……

好在他还是个孩子，暂时不需要思考这么遥远的问题。

王雱拿这帖子去了韩忠彦家。晚饭还没做好，韩忠彦领王雱去书房见韩琦。许久不见，王雱一点也不生疏，见面就喊人，还自行拉了张椅子坐下。

韩琦瞅着他道：“怪不得王翰林说你一点都没变，还是这么不客气。”韩琦所说的王翰林自然是王珪，他回朝时碰上王珪时聊过一嘴，说起过王雱这小子。

韩琦在相州时收到王雱的信简直气得不轻，这小子说什么“您是怎么和那么多人当好朋友的，可得教教我”。这是指着他鼻子说他会搞朋党吗？自从庆历新政之后，官家对朋党二字敏感得很，这话能随便说吗？

王雱老气横秋地叹气：“王叔父又跟您编排我了吧？唉，我就知道，你们这些人一到休沐日就坐在一起叨叨，谁不在场就编排谁。”他自己把话说完了，压根儿不给韩琦辩驳的机会，然后又接着说，“我跟您说啊，您现在可不能编排我爹不洗澡了，他如今不仅天天洗澡，天气干燥时出门还用护霜擦脸呢！”

韩琦：……行吧，说不过这小子。

既是请王雱来吃家宴的，那自然得留王雱用饭。韩琦妻子崔氏在扬州时就颇喜欢王雱，知道他要来亲自做了王雱爱吃的清蒸鳜鱼。

秋冬鱼肚肥美，崔氏特地把鱼肚朝向王雱，让王雱多吃一些。

即便将近十年不见，王雱对温柔美好的崔氏还是非常喜欢的，一顿饭吃下来乖得不得了，吃完后，还陪崔氏聊了好一会儿——聊得韩琦都瞪他了才美滋滋地起身告辞。

王雱早上送完刚卸任枢密使的狄青，傍晚又去新枢密使韩琦家做客，许多得了消息的人有些摸不着头脑。不过王雱到底只是个十几岁的少年，仅仅才中了个解元，瞧见这消息的人看过也就算了。

大宋官员三年一磨勘，就是说吏部按照各项指标盘点你的政绩，瞧瞧你这三年干得如何，然后给你升个官或者挪个地儿。一般来说，一个人不会在同一个地方当太久的官，这一点和武将是一样的。

王安石和司马光升到现在这个位置都满三年了，入冬之后，他们的任命便下来了，都调回京城当京官。

王安石的官是个肥缺，群牧判官，是群牧司的一把手，管国家公用马匹的；司马光则任开封府推官。两个人都升到了五品，领着五品官的俸禄，当然，他们如今也不缺钱。即使要走，交接工作得早早做好。青州、郓州百姓都舍不得他们离开，临走那日又是一路相送挽留，留不住时泣声满道。

冬日路上走得慢些，两家在数日后才会师。本来两家女眷坐在车中都有些寂寞，会合后张氏与吴氏坐一车，司马琰与小妹坐一车，王安石和司马光两人骑马开道，路上倒是都有了伴。

这一路走的都是官道，沿途在驿站停歇，倒没遇上什么劫道的。临近年关，两家人才行至京城，这一回王安石两人官职都升了，可以租用好一些的院子。这次回京，约莫得住至少三年，王安石愿意多花些钱在宅子上。

王安石初入仕途时家中不宽裕，与朋友往来于陋室之中也没甚要紧。如今他儿子早早考上举人，往来的又都是门第不差的同辈，左右家中不缺钱了，何必让儿子丢面子？司马光则选择和王安石当邻居。反正儿女来往拦也拦不住，还不如选相邻的院子，两家往来密切些也没人会说什么。

王雱早收到王安石的书信，知晓王安石和司马光都要回京，掐算着日期等他们回来。一听人说他爹已经到了，王雱立刻和梅尧臣告假回家。梅尧臣与王安石也有些交情，听王雱说要回家与亲人团聚便批了假，允他早退半日。

王雱欢欢喜喜地跑回家，结果一到家就被他爹一通臭骂，说他“好好的学不上，请假回家做什么”。王安石正训得兴起，吴氏就闻讯从厨房里出来了。她横了王安石一眼，横得王安石闭了嘴才上前抓着王雱胳膊，上上下下地打量儿子，殷殷地说：“我儿长高了，可瘦了些，是不是太辛苦啦？不用考太好，咱考上了就行了，不用和人争高低，别累坏了身体。”

“一点都不辛苦，”王雱道，“我也是觉得尽力就好，没想着和人争。”

王安石等吴氏嘘寒问暖完，才有机会把王雱拉去书房考校。就这样，吴氏还要说：“你不许再骂儿子。”

得了，就惯着吧。王安石看了眼在一旁偷着笑的王雱，没辙，只能板着脸出题考王雱。

王雱挺久没和他爹抬杠了，当即就说王安石的题目过时了，自己刷题时已经刷过许多遍，快出点新鲜些的！王安石瞪了他一眼，懒得再理他了，打发他去隔壁见司马光去。一听司马光，王雱两眼一亮。司马光都回来了，他阿琰妹妹肯定也回来了，见完师父见师妹，一点都不唐突。

王安石见王雱眼睛贼亮，又喊住他，问道："要是明年真给你考中了，有人把你抓去当女婿，你怎么办？"

宋朝婚姻可以不看门阀，女方择婿看才能，看潜力；男方择妇，要么"娶妻娶贤"，要么女方家资丰厚。家中女儿出嫁时，能够分到一份不薄的家产当嫁妆，大抵可以媲美家中儿子所得家产的一半；若是守寡了、和离了，这笔嫁妆将由女方带走再嫁。

新科进士全都是潜力股，所以不少富商就等着进士榜一贴，来个榜下捉婿。郎有才，妹有钱，简直天作之合！

别觉得读书人清高不爱钱财，真宗年间就有一桩极其著名的官司：两个宰执与一个寡妇的纠纷，这寡妇姓柴，丈夫死后有十万家财，本要改嫁给当时官居宰执的张齐贤，结果她原夫家的人上告表示不赞同这桩婚事。柴寡妇反手也来了个上告，告另一个宰执向敏中，说他向她求婚不成就撺掇原夫家的人拆她新姻缘。这闹剧闹到真宗面前，真宗觉得有些丢人，各打五十大板，将两个宰执都给撤了。

这就是家财万贯的魅力，连官居宰执的人都争着要娶寡妇！因此，榜下捉婿之事，在大宋是非常常见的，年年都能促成许多好姻缘，甚至有一些士子还没考上就已经美滋滋地放言说："现在，媒人可都别来找我，等我考上之后各家小娘子争相求嫁，美得很，美得很。"

王雱听到王安石提榜下捉婿，很是得意地说："这个您不用担心，爹您想想看，我这才十三呢，明年要能中也才十四，按照朝中律例，男子得十五才能婚配，抢了也没用，不作数！"他可是被王安石逼着背过大宋律例的，区区大宋婚姻法难不倒他。

王安石无言地摇摇头，摆摆手让王雱赶紧走，别留着碍他眼。

王雱带着小妹蹦跶去司马光那边，先把小妹送去和司马琰一块儿玩，自己则去接受司马光难如上青天的考校。顺利过关后，王雱以寻小妹回家为借口找他阿琰妹妹玩去。两人许久不见，自然有许多事要聊。王雱刷刷刷地画了几张图，借用了司马琰的颜料盒子，哄小妹在凉亭中的石桌上玩填色，自己则拉着司马琰坐在小荷花池边说话。

司马琰如今天天研究药理，给人开方子是不成的，不过在食疗方面倒是有不错的进展，她娘的体虚症都被她调理得很不错。相较之下，王雱最近的生活就比较乏善可陈了，每天都在学习、学习、学习！

两个人嘀嘀咕咕地聊到饭点，张氏寻出来时就看到两人撇下小妹坐在荷池边对着枯荷说话。见王雱的手还搭在自家女儿手腕上，张氏不由轻咳一声提了个醒，才招呼道："都成邻居了，往后有的是时间可以聊，先吃个饭吧。阿雱，你和小妹也在这儿吃啊，我已经叫人去你们家里说了。"

王雱正一本正经地哄司马琰教他把脉，手还搭在司马琰手腕上摸来摸去要流氓——不，是学把脉。张氏咳那么一声，王雱立刻咻地把手收了回去，有点儿小心虚地跑到张氏身边装乖卖好。

司马琰就是真的很正经了，毕竟学医并不是容易的事，新手入行摸来摸去摸不准脉很正常。她根本没有觉得有什么不对，等看到王雱一副做贼心虚的模样，才发现王雱说要学把脉很有可能是借口，这家伙纯粹是想摸个小手！

司马琰的耳朵后知后觉地微微发烫。

现实世界中，他们一直醉心专业，心无旁骛，都不在意情爱之事，无知无觉地度过了青春萌动的年龄。等专业与事业都进入平稳期，他们竟都到了许多人如临大敌的"大龄未婚"年龄，但凡有个走得近些的异性，父母都恨不得立刻将他们凑一对。

那个时候，她对父母的相亲安排都是非常抗拒的，觉得这是在浪费时间。答应与王雱相亲，也是因为好奇王雱是怎么克服生理上与心理上的痛苦、年纪轻轻就取得旁人艳羡不已的成就，而不是觉得自己和王雱可以凑成一对。

可现在不一样。现在他们都还小，父母都不会逼迫他们随便将余生交付给另一个人，甚至还煞费苦心地提防他们早恋——可偏偏父母越是提防，他们悄悄用暗号对话、悄悄互赠礼物时就越觉得惊险刺激、快乐无比。人大概都是这样的，越是逼迫越不想做，越是禁止越是想偷偷试试。

饭桌上，王雱目不斜视，忍住没有偷瞧司马琰，积极给司马光布菜，口里说什么学生伺候老师是应该的。被司马光瞪回原位，王雱又和张氏说起王安石提的"榜下捉婿"，感慨道："我爹就是舍不得我成亲，怕我有了小家，眼里就没爹娘了，我是这样的人吗？而且考不考得上还不知道呢，他这就担心起来了，古人说的'杞人忧天'大概就是指我爹这样的吧。"接着，他又把给王安石讲的那套"我还没有到婚配年龄"的说法给司马光他们讲了一遍。

吃过饭后歇了一会儿，王雱提议两家人一起去澡堂搓个澡庆祝一下久别重逢。结果到澡堂之后，司马光就把王雱在饭桌上的"杞人忧天"高论给王安石说了。

王雱觉得自己看错了人。好歹也是个君子端方的五品大官啊，居然还学舌！

王安石正礼尚往来地帮儿子搓背呢，听司马光那么一说顿时下了狠手，搓得趴在那儿的王雱疼得嗷呜地乱叫，眼睛里头泪汪汪的。

委屈啊！

司马光见王雱遭了罪，心里就舒坦多了。谁知道这小子安的是什么心，居然在饭桌上提什么榜下捉婿！这话让张氏听了去，还不得担心她相中的未来女婿给人捉了去？别看这小子年纪小，心思多得很！

两家洗完澡回了家，王安石拎着王雱回家继续教育，司马光则去书房忙到夜深才回房。张氏正就着灯光做针线活儿，见司马光回房了，果真和司马光说起那榜下捉婿之事。

司马光道："你也听那小子说了，他还没到婚配年龄，怕什么榜下捉婿？"

张氏道："话不是这么说，从小订娃娃亲的都有，更何况阿雱明年十四了，再一年不就十五了？"

他就知道会这样！每回到他们家里，那小子哄得最多的就是张氏，早让张氏把他当亲儿子看了！司马光冷哼道："那就让他娶去，那又不是你儿子，他要成亲你还能怎么着？"

张氏见司马光绷着一张脸，知晓司马光有着天底下所有未来老丈人的臭毛病：怎么看都觉得要拐走自己女儿的人不顺眼得很。可若是真不同意两个小儿女的事，他脸色就不会这么臭了。张氏笑了笑，没再多提这话题，起身替司马光脱了外袍，上炕睡觉。

另一边，吴氏也正替王安石宽衣，同样提了这话题。她和王安石说起张氏给她讲的榜下捉婿之风，问王安石："你是怎么打算的？"

王安石这会儿也明白了，他儿子哪方面都鬼精，对他说什么"我还没到婚配年龄"，一转头又暗搓搓拿这事儿去试探阿琰妹妹家的态度。

王安石哼了一声："我能有什么打算，你自去问你儿子去。"

王安石这么一说，吴氏就放心了。既然两个小的有意，两家又亲如一家，这事儿哪有不成的道理？

第二日，王雱就被赶回国子监读书。王安石和司马光也各自忙活起来，到休沐日才有空寻亲访友。曾巩和曾布兄弟俩也在明年开春应考，目前已到京城，暂住大相国寺准备春闱。

听闻王安石回京，曾巩便携三个弟弟、两个妹夫过来拜访。曾巩妹妹早些年嫁了王安石的弟弟王安国，两家有姻亲关系在，往来时并没有那么多礼节。

饭后曾巩独自留了下来，与王安石坐在炕上聊起应试之事：“没想到我竟同元泽一起春闱。”

王安石道：“你是被孝期耽搁了，今年不就一考就中吗？”

王安石非常佩服曾巩的为人和才识。曾巩父母先后去世，长兄又体弱多病，前些年也走了，他一力抚养、教导四个弟弟和九个妹妹长大成人。今科秋闱，曾巩兄弟四人皆榜上有名，两个妹夫也没落下。

曾巩叹了口气，没有王安石那么乐观：“哪有那么容易？”他已经三十六岁，眼瞅着都要到不惑之年，说不着急那肯定是假的。自古以来都说“学得文武艺，货与帝王家”，可自己想卖给帝王家，人家不买你这样的怎么办？

王安石道：“这两年来，欧阳公一直在御前、在《国风》上提出‘复古’，摒弃骈文、怪文，追求冲淡中正，提倡文以载道，想来今年春闱会有大变化。”

欧阳修亲自编著了《韩愈文集》，还联合梅尧臣编著了《柳宗元文集》，两本书在国子监印书所印刷、由各大书坊上架售卖，以大力推广韩柳二人的诗文。有欧阳修开路，有《国风》为导向，近来京城士子的文风瞧着都焕然一新，处处透着清新怡人。

曾巩听了，心里紧绷的弦稍稍松了下来。欧阳修曾经保荐他入太学，对他照料有加，若欧阳修真能影响到这一年的科举，那他就不必为春闱忧心了。

另一边，王雱还在国子监读书。

傍晚用过饭，洗过澡回到六人间宿舍里，陈世儒正在看今天梅尧臣发下的讲义，感觉脉络分明，顺着讲义把自己学过的东西梳理一遍，对经义的理解顿时变得深刻又清晰。听到王雱回来了，陈世儒合起讲义，对最近每天看着都美滋滋的王雱说：“听梅直讲说，这讲义是你给帮忙整理的？”

这讲义国子监中人手一份，王雱手上也有，听陈世儒这么一问倒没隐瞒，点头说：“是我整理的没错。”

在现实生活中，王雱就能解决一些别人解决不了的工程，更重要的一点就是，他能深入浅出，把疑难问题分解成一个个简单的模块。别人需要十个八个高端人才去执行的部分，经了他的手只需要一些资质平平的人去处理就好。

很多人非常擅长解开难题，只是他们想出的解决方法要让旁人理解非常难，需要耗费大量的人力、物力和时间。而王雱擅长的是把困难的内容变简单。

这《九经》课本就那么一套，王雱把知识框架给他们构建起来，再给他们科普点记忆方法、理解方法，配合对应的变式训练，有基础的人对着过一遍基本就能融会贯通，再也不怕什么经义题了。

反正这大半年来，他爹不坑他写稿了，梅尧臣他们也不折腾他了，王雱闲着也是闲着，索性边复习边整理，赶在过年前把自己的这套复习心得给弄出来。他把原稿交给梅尧臣审核，没问题就印出来给同窗们用。

梅尧臣效率很高，连夜看完了，当场就拍板让人下印，没几天国子监里就人手一份了，今天上课更是了不得，连直讲们讲学时也叫监生们拿出讲义翻到第几第几页。

王雱这些准毕业生时间相对自由，没和陈世儒他们一起上课，自然不知晓这事儿。

陈世儒颇有些恨铁不成钢地说："你怎么现在就拿出来了？怎么着也得等你考完以后再拿出来吧？春闱前就把会的都教给别人，你是傻的吗？"

王雱知晓陈世儒虽然出身宰执之家，很多想法却深受他生母影响，见他一脸痛心疾首倒不觉得有什么。王雱笑着说道："就是要赶在春闱前印出来才有用，考完了还有什么用处？国子监里都是同窗，多考上几个不好吗？若是我也考中了，往后还能当个同年，有什么事可以相互照应着。"

陈世儒对着王雱带着笑意的眼睛，一时说不出话来。王雱也没再多说什么，点了灯，拿了本书坐床上读了起来。

休沐日，陈世儒回到家，发现家中又经历了一场大吵大闹，嫡母收拾了东西说要去庵中住些日子，生母则一脸得意地坐在一旁。

此时，外头淅淅沥沥地下起愁人的秋雨，陈世儒拦下嫡母："下雨了，母亲若当真要去也等明日再去吧。"生母面色一变，死瞪着陈世儒，像是第一次认识这个儿子。

陈执中见陈世儒劝下了妻子，便将陈世儒叫到书房说话。父子俩谈了半日，傍晚放晴了，陈执中悄然命几个心腹家仆将陈世儒的生母张氏送到庵中，叫人好生看着，莫让她扰了佛家清净。

唯一的儿子有长进，想要出去做事，陈执中自然支持。张氏能在京城闹出人命，若是由着她再这样闹下去，不知将来会做出什么，指不定会断了儿子仕途！

年关将近，王雱终于可以放长假了。这段时间他一到假期便积极地往司马光家里跑，什么捏肩捶背、磨墨铺纸的活儿都抢着干，把司马光伺候得周周到到。目的当然是，让司马光松口放他去见阿琰妹妹啦！

这天，王雱照常哄完他爹，溜达去隔壁找人。结果一到那边，就见到个生面孔坐在那儿，脸长得和司马光有些像，只不过年纪大一些，面相也更方正一些。这人还带来个瞧着只有六七岁的小男孩，正在那儿缠着司马琰玩玩具——那玩具还是他以前送司马琰的呢！

王雱心里颇有些酸溜溜的，他和阿琰妹妹聚少离多，两个人见面也都聊些要紧事儿，可没那个脸皮一起玩那些幼稚玩具。可这小孩谁啊？难道是司马琰表弟？

什么表哥表妹、表姐表弟都是不科学的，瞧司马光和这中年人还有点儿相像，血缘怕是挺近的，近亲结婚可不好。王雱心里酸得咕噜咕噜地冒泡，见司马光与那生面孔齐齐朝他望过来，赶紧上前假模假样地见礼，问司马光："这位先生是谁？"

司马光横他一眼，把生面孔介绍给王雱。原来这是司马光的兄长司马旦，还有他侄子司马康。

一听是伯父和堂弟，王雱就心平气和多了，哪怕表哥表妹这种歪风邪气吹得再猛，堂弟和堂姐还是安全的！他立马和司马旦问了好，然后过去陪司马琰一块儿逗司马康。毕竟欺负小孩——哦不，陪小孩玩这种事，王雱最在行了。

王雱陪司马康把什么军棋、跳棋、五子棋全玩了一遍，又带司马康到外面玩拿着弹弓打带雪的树枝这种的"男子汉必须会玩的游戏"，轻松俘获了小堂弟的心，直接让司马康成了他的小跟屁虫。

司马琰在屋檐下看着他们闹腾，感觉又回到了刚刚重逢那会儿，王雱轻轻松松当上孩子王，带着他们满国子监乱跑。

在王雱那小弹弓快要把院子里的树给祸害完的时候，司马光终于察觉不对出来找人。见王雱把弹弓郑重其事地交给司马康，一脸正直地怂恿司马康去说"是男子汉就要试试看"，司马光忍无可忍地怒喝："混账小子，给我滚回你家看书去！"

司马光父母皆已离世，司马旦这个兄长便是家中长辈。知晓司马光在京城脱不开身，司马旦便带着妻儿到京城与司马光一同过年。

王雱惹恼了司马光，回到家唉声叹气地和他爹说自己又被赶回来了，好端端的，也不知道司马光为什么说翻脸就翻脸。王安石简直懒得理他。自家儿子什么德性，王安石清楚得很，乖不过半天！一天不打，上房揭瓦，纵不得的。

司马光家那边一家齐聚，王安石也收到来自江宁的信。兄长王安仁说家中一切都好，母亲身体也很不错。

这个年过得热热闹闹，去年上元节没张灯，今年商户们铆足劲儿装点着自己门前的街道，希望吸引更多人驻足流连。

王雱被允许与阿琰妹妹同游灯会，他暗搓搓地让方洪在灯会上放些医学牛人、奇药异草之类相关的花灯，就等着花灯会上把灯都赢下来送司马琰。这叫什么？这就叫投其所好。虽然王雱计划得很完美，还准备在灯会上悄悄和司马琰牵个手什么的，结果计划赶不上变化，司马琰多了个堂弟当拖油瓶。

司马康年纪还小，人多的地方不把他看牢很容易走丢，司马光把这小孩托付给司马琰，为的就是不让王雱为所欲为。

封建大家长果然难对付啊。王雱颇有些丧气，揉揉司马康的小脑袋，带他在灯会上横扫千军，看上什么灯笼就猜谜拿下什么灯笼。最后司马康怀里都塞不下了，王雱才拿下一对全场最漂亮的灯笼，一个自己拿着，一个塞给司马琰，两个人带着一脸满足、毫无所察的司马康溜达去找司马光他们。

司马光瞥见他们手里拎着的“情侣灯笼”，没作声，由着他们挤在那儿看烟花。

王雱趁着所有人都往天上看，偷偷越过司马康去勾勾司马琰的手指头。司马琰转头看他，天上焰火绽放，映在王雱带笑的眼睛里，绚烂而明亮。

王雱见司马琰耳朵微微地红了，但没挣开，立刻得寸进尺地把自己的手挤进司马琰手掌里，轻轻地收拢五指。牵住那独属于女孩儿的温软手掌，王雱心里也像是嘭嘭嘭地炸着烟花——滚烫滚烫的，又冒着一朵朵花儿。

去年，王雱看着新科士子被榜下捉婿，便想到这件事也会在自己参加春闱时被提及，只是那时司马琰不在京城，他又觉得这事儿离自己很远，也没放在心上，根本没去考虑。秋闱张榜之后，他收到王安石的信，知晓王安石和司马光三年任期满了，年底将会一起回京。

年前王安石一提“榜下捉婿”，王雱就明白了王安石的意思，他的婚事也该定下来了。

两世为人，王雱都没好好计划过怎么建立一个属于自己的家庭。现实世界是因为他一直没有遇到心动的人，没打算以结婚生子为目的随意地建立婚姻关系；这一世则是因为年纪还小，还想好好享受一下可以放肆捣蛋的日子。

若是抛开一切考虑——不去想司马琰是不是这个时代最理解自己的人，不去想两家父母是否早已属意他们的婚事，不去想是否适合、是否需要，他愿意和司马琰共度余生吗？答案是愿意的，如果当时没有进入游戏中，他们也许也会走到一起。

司马琰有着他所没有的一些特质：聪明而内敛，直率而单纯。现实生活中，她所在的世界与他所在的世界截然不同，他行遍大江南北、与形形色色的人往来，而她醉心专业、常年留守实验室也不觉寂寞。若是他们再相处久一些，也许她会成为他可以卸下一切伪装的港湾。只是他们来到了这里。

司马琰毫无保留地信任着他，所有她知道的、她会的，全都完完整整地交付给他。

王雱从来都不觉得自己是个君子，相反，他有很多欲望。进入这个时代之前，他想往上走，想证明自己，想无时无刻表现得足够完美。这次，他想享受人生，想结交朋友，想帮他爹和许多人实现他们哪怕穷尽一生、赔上一切也要去做的事。他还想放纵自己随心而为，追求一切自己想要的东西，如爱情。

王雱专注地注视着司马琰。司马琰抬眸与王雱对视，感觉交握的手掌有些发烫，明明是冷冷冬夜，她掌心竟还渗出细细的汗来。这可是大庭广众之下，司马光他们还站在一边呢！司马琰犹豫了很久，终于还是鼓起勇气轻轻回握王雱的手掌。

两个人虽然都活了两辈子，但这双手交扣地牵手还是头一回。他们都怕司马光他们注意到，便悄悄地把交握的手往下挪了挪，佯作专注地看向天上嘭嘭嘭响个不停的烟火，直至烟火快放完了，他们才飞快松开手。

瞧瞧他们上辈子都错过了什么啊。早恋多刺激啊！

回到家的时候，王安石还奇怪地瞅着王雱问：“瞧你乐得跟偷了蜜似的，是不是背着我们干了什么事儿？”

王雱立刻把美滋滋的笑给收了，坚决否认：“没有的事，我天天都这么乐。”要是让他爹和司马光知道他们牵了整场烟火的手，他的腿怕是要被打断了！

王安石一想也是，他儿子还真是天天都乐呵得很，也就没再逼问。趁这机会王安石和王雱把话说开了，问他乐不乐意娶他阿琰妹妹，要是乐意就趁着司马旦还在京城，叫媒人上门讨个草帖子，合合八字，赶在春闱前先定个亲。他要是不愿意，那就先等等，到时他要是真考上了，被人抢回家了，可别哭着喊着要家里出面讨人。

王雱耐心听完王安石的威胁，才笑眯眯地说：“那肯定是乐意的啊！”王安石横他一眼，让他睡觉去，剩下的事不用他管了。

剩下还真没什么事了，两家交换过草帖，拿去合八字。合八字这事儿，只要没有特别的情况，一般都是大吉大利的，没谁会在这种事情上寻晦气。于是，趁着司马旦还在京中，两家正式交换了细帖，写明祖上情况、儿女姓名年龄，算是正式定下了两家的婚事。

订婚之后，王雱本来兴冲冲地跑去司马光家想光明正大找司马琰玩耍，结果连他未来岳母都说“订婚之后男女不能随意见面，要不然不吉利”，直接连人都不让他见了。

王雱傻眼了，忍不住嘀咕：“没订婚前都能见的，怎么订婚后就不能见了？”

司马光冷哼：“订婚前就不该见的。”定下婚约之后，司马光管教起王雱来就更严格了，“别一天到晚往这边跑，好好温习，三月就要春闱了，到时没考上可别回来哭鼻子。”

王雱好歹也是个被许多人盖章过的学霸，从小到大还没被人这么藐视过，他辩驳：“考多靠前不敢保证，考不上是绝对不可能的！”

司马光道：“话不要说得太满，考完再说吧。”

没见着人，王雱只能愤愤地回了家看书去。第二日，他就回国子监和小伙伴们一起闭关去了，在别人面前丢面子可以，可不能在未来老丈人面前丢面子！

其他人见王雱一副发愤图强的模样，都有些惊异，因为以前王雱学什么都很轻松，没耽误他玩儿，难道这是想在春闱上一鸣惊人？面对小伙伴们的疑问，王雱叹息着说：“我昨儿不是请假了吗？我是回去订婚的。”

其他人听了都一愣，沈括倒是知晓一点情况：“……是和你小师妹？”

王雱坦然承认：“对啊。”

苏轼道：“订婚是好事啊，你怎么愁眉苦脸的？”

王雱唉声叹气：“要是早知道订了婚就见不着人，我就不那么早订婚了！这回去也见不到人了，我不看书还能怎么办？”说起这个，王雱还有点儿生气，“我未来丈人还说我要是考不上会回去哭鼻子，我怎么能让未来丈人把我瞧扁了！”

苏轼几人听了一阵无语。苏轼道：“婚前能见上一两面已经很不错了，你还想怎么样？不让你见才是正常的！”

其他人纷纷点头赞同。王雱不理他们了，和他们这些安于现状、不知反抗的人没话说。看书备考去！

休沐日，王雱就开始反抗了。一大早爬树翻墙，悄悄爬去人院子里蹑手蹑脚地跑到司马琰窗外，笃笃笃地敲窗。见没人应，王雱又笃笃笃地敲了敲，这回窗户终于吱呀一声开了。

王雱咻地从背后变出两枝梅花，递给刚刚梳洗完毕的司马琰："我刚从国子监里采的，挺香，你插房间里摆着正好。"

司马琰压着声音问他："你怎么进来的？"大门没开呢。

王雱示意司马琰站在那儿看着，当场给司马琰表演爬树翻墙，然后坐墙上笑眯眯地朝司马琰挥挥手，露出几颗亮亮的小白牙。

司马琰："……"

王雱翻回自己院子里，正要从树上滑下去，就看到自家老爹正站在树下等着他，也不知在那儿站了多久。

王雱一脸自然："爹，我发现爬树有利于锻炼筋骨，"他轻松利落地从树上跳回地面，有模有样地瞎扯，"像这样多伸展伸展手脚，能长高！您看看，我是不是又比去年高多了？"

王安石冷哼："不比去年高的话，你得当侏儒了。"

王雱只能不吱声，假装什么都没发生过，跑去问他娘早上吃什么，他饿啦。

接下来，王雱时不时和他阿琰妹妹暗度陈仓，悄悄送这送那。司马光不是眼瞎的，很快察觉了他的翻墙行为，某次逮了现行之后威胁他再干这样的事就把树给锯光，回头他还得负责赔偿这里头的损失！王雱没办法，只能安心读书去。

到三月初，各地前来应试的举子都来到了京城，要参加礼部试。开考之前，官家会抽出时间见一见当年应试的举子们，接受他们的朝拜。

王雱等人得了通知，早早过去等候进宫朝拜。结果到了地方之后，王雱被眼前的人山人海镇住了，这怕是有几千人，还操着各地口音，你一言我一语兴奋地聊着，有认同乡的，有聚众闲聊的，有相互结交的，本来声量都不高，凑到一起听着就热闹极了。

礼部的官员也显然有些焦头烂额。这么多人，统一教礼仪是不可能的，要吼他们列好队都难。为了不冲撞到官家，礼部在举子们面前设置了围栏，不让他们往前挤。

沈括也悄悄和王雱八卦："有的人可能一辈子只有这次机会能见到官家，所以特别激动，我听说前几年还有站在后排的人让别人把他抱起来，想要看得更清楚一些！"

王雱想象了一下，那个画面大概就跟普通高中学生看晚会精彩节目时，直接站在椅子上一样。王雱不太相信："不能吧，进宫朝拜不该是挺严肃的吗？"

王雱刚质疑完，就听隔壁有人商议："等会儿我先把你抱起来，你看清楚了就轮到你抱我。"

沈括看向王雱，眼睛里的意思是"看吧，我没说错吧"。

王雱：……这些读书人也太不讲究了！

第十章

春风得意时

眼看朝拜的时辰近了，礼部官员喝令众人肃静下来，叫解元排到前面，其中王雱年纪最小，是国子监解元，姿仪更是出众，礼部官员便让他排到最前头的班次。可即便礼部官员发话了，后面的人还是有些嘈杂，都自以为声音很小地交头接耳着，更别提将队伍排整齐。

王雱见礼部派来的官员都是生嫩面孔，显见也是刚当京官不久，被差遣来管这种吃力不讨好的差使。

赴考举子之中有的是多年不中的老油条，有的是什么都不懂的边远考生，也有的是初生牛犊不怕虎的年轻人，要把他们管束好实在太难了。礼部派来的主管官员镇不住场，宫中司仪们也不好管得太过，谁知道这些举子里头会不会出个宰执？

方才国子监生员都散落各处，王雱大致扫了一眼，上前与礼部官员轻声耳语几句，便招呼苏轼他们出来，召集所有今科应考的国子监监生负责编整队伍。

不服管的人自然也有，不过国子监监生大多有过丰富的列队经验，每天跑操都排得整整齐齐的，引经据典又绝不输人，偶尔遇着个顶牛的，监生们都能一个个典故往外抛，明里暗里表示人之所以为人就是因为懂得礼义廉耻。不到一刻钟，几千人便齐齐整整地排好了，虽说在排位方面还有些争议，但眼前的几千人也算是排出了往年少有的整齐队伍。王雱早已回到前列，乖乖巧巧地朝礼部官员露出个腼腆的笑，在礼部官员的注视下回到自己的位置上，仿佛什么都没发生过。

重大朝会一般在大庆殿举行，大庆殿前有个宽阔的广场，可容纳数万人，举子们便是被安排到这个位置等待官家出来说一声“同志们辛苦了”——哦不，出来勉励一下临考考生。

在现实世界中，各种建筑见多了，王雱头一回入宫也不觉多震撼，再加上刚才被沈括科普了举子们举高高围观皇帝，王雱就更平常心了。在宋朝毕竟不会因为你御前失仪就把你拖出去打死。

这边列好队等待官家出现，里边等着朝会开始的官员们也在谈论着举子们入宫朝见的事。有人还讲起了讽刺笑话：“入宫朝见时班次不整齐的有三种东西，你们猜是哪三种？”没人接茬儿，他自己又毫不尴尬地把话给接了下去，“骆驼，外邦人，还有举子。”

其他人或知道往年举子们的失仪，或自己就目睹过，都不搭话。都是国家的未来栋梁，读书人哪，连个队都排不好，不知礼仪、争先恐后地抢着一睹圣颜，像什么样子！

此时官家正在文德殿中稍做休息，听身边内侍史志聪禀报外头的消息。

史志聪已派人去查看大庆殿前的情况，听了小内侍前来说明外面的变故，便一五一十地回禀给官家："起初举子们也乱糟糟的，不过很快有个年纪颇小的解头出列请示，接着那解头召集了国子监的监生们把举子们都约束好了，队伍排得整整齐齐，底下的人都说着实罕见哩。"

许多人口头上会将解元称为"解头"。

一听史志聪说"年纪颇小"，官家立即想到了国子监那个年方十三四岁的小孩。作为每回春闱都要被举子们围观一次的人，官家对这些不知礼仪的举子们也很是头疼。能让国子监监生们都站出来帮忙管束其他举子的，怕就是那小孩吧？

听史志聪回禀说举子们排得整整齐齐，官家也来了兴趣，不再候在文德殿内，提前一些去大庆殿见过百官，而后带着文彦博、富弼等人走出殿外去接见今科赴考的举子。

还未走近，官家已看见站在前排的王雱。哪怕是摆在数千人中，这小孩也是十分亮眼的，模样俊秀，身板挺直，哪怕站在举子们之中显得身量不高，可那也是因为年纪关系。

礼部官员提示王雱等人行拜礼，王雱等人早学习过该如何拜见官家，当即朝着官家行起礼来。可惜的是，只有解元班次的人礼仪学得比较好，其他人排队时还算整齐，行起礼来就勉强多了，只能左顾右盼，依样画葫芦地照搬周围人的动作，更有不少人借机悄悄窥探圣颜。

虽说礼仪方面不尽如人意，但好歹没有往年那种乱成一锅的感觉，站在官家身后的文彦博、富弼等人都觉得今年的举子们表现得很不错。

官家温言免了他们的礼，说了一段文绉绉的勉励话语，期间目光在举子们身上逡巡，最后才落到前排的王雱身上，表示朝廷很期待他们的到来，希望他们都能在礼部试中发挥出色、金榜题名。

总之就是很官方的演讲。但官方归官方，王雱总觉得官家有些话是看着自己说的，这大概就是大领导的独特技能：永远能让你觉得他在关注你，让你更努力地表现表现。

王雱边在心里嘀咕边和其他解元一样站得笔直笔直，朝站在石阶上的朝中大臣们露出腼腆的笑容，一副见到他们就高兴得不得了又有几分不知所措的乖巧模样。

前排的解元班次里，有二十来岁的青年人，也有三五十岁的中年人，相貌各异，高矮不一，远望过去乌压压一片，很难辨认出谁是谁。可这么三百来个解元之中，王雱这十三四岁的少年郎绝对是最显眼的，不仅仅是因为年纪小，还因为他有着第一眼就能让人心生好感的好相貌。

文彦博一看就觉得这小孩不一般，虽说朝廷选才是不看相貌的，可官家历来爱用长得好的人。若这长得好的人再有个“少年天才”之类的名声，那更是对官家胃口了。慧眼识珠挖掘出个长得好、学问好的天才少年，让对方一步步走往高处，倘若对方争气些青史留名了，岂不是成就了一桩君臣相得的千古佳话？

文彦博注意到的，富弼也注意到了。富弼还注意到官家的目光落在王雱身上时停留最久，他下意识地转头看向文彦博，正巧对上文彦博同时望过来的目光。两个人默不作声地转开眼，随着官家一起回了大庆殿。

举子们见官家要走了，都站在原地目送，怔怔地望着巍峨漂亮的大庆殿出神，直至朝会正式结束才怅然若失地在礼部官员的示意下离宫。

春闱在即，没多少人有玩耍的心思，经官家一鼓舞更是个个都壮志昂扬，急着归去闭门抱佛脚。王雱见沈括几人也是心系春闱，也没搞事情，乖乖回去和众人一起读书。

开考当日，礼部贡院大门开启，举子们陆陆续续通过“安检”入内。等都齐聚贡院之内，主考宣布锁院，与举子们相互行了礼，即可按照号数对号入座。

王雱发现现在的礼部试远不如前辈们所说的那么辛苦，甚至还有专人给应试举人准备茶水，位置也拾掇得干干净净，舒适无比。

这回王雱的座位依然很显眼，能被主考官一眼瞅见。同样的，王雱一抬眼也能瞅见主考官，今科主考官不是别人，正是上回他见过的欧阳修。除了欧阳修，还有王雱见过的王珪、梅挚以及司马光的好友范镇——就和司马光以书信形式讨论了几万字大乐的那一位，还是司马光同年的省元呢！再瞅瞅另一位，也有些眼熟，好像是韩宗师他爹韩绛，难怪韩宗师又得去考别头试。

名人云集！

王雱只瞅了一眼，立刻乖巧地等着考试开始。

相对于现代的高考、国考，这场考试录取率算是非常高的了，每轮科举光是进士科录取的进士、同进士就能达到三百多人。再加上诸科考试（比如专搞经典研究的明经科、专搞法学研究的明法科等等）以及格外录取的“恩科”，一年遴选出来的可以超过一千人。

所谓的恩科就是要么连考十五次都没中，要么年满六十还在考的，都给你录取进来。一个人能坚持考十五次科举，那得是多大的毅力。也算是一种特殊人才了！所以哪怕所有类型的考生加起来可达到一万多人，录取率也能达到十比一的比例！

国考能有这种通过率，还有什么好抱怨的？反正王雱坚定地相信自己不会成为那不幸的十分之九。

考场中的王雱镇定作答，外头的人却并不安宁，王安石看起来很镇定，实际上一早起来就心神不宁，去当值时更是怎么都看不下去文书，趁着同僚都不在便在屋里来回转悠，恨不得立刻等到春闱结束，好叫他儿子把文章默写给他看看。

至于经义题，王安石觉得王雱学得比他还精通，毕竟王雱考前都能给同窗们写“考试大纲”教人按纲复习了。

今科主考是欧阳修，其他人王安石也略有交情，只是交情不深，几乎只是点头之交而已。对儿子的文章，王安石还是有信心的，只是各花入各眼，也不知考官会不会觉得他儿子年纪太小，要先压一压他。

王安石来来回回地转圈，既觉得压一压也挺好，免得锋芒太盛招来祸端；又觉得自己儿子哪儿都好，凭什么要压着呢？这一焦急，急到了春闱结束。

王安石本来想去接儿子，又觉得第一次考春闱而已，跑去接人好像不大好。等他犹犹豫豫、磨磨蹭蹭地走到礼部贡院门口，一问，才知晓儿子和几个小伙伴居然早早交了卷跑了，说要去外头吃点好的补补这些日子损耗过度的身体。

王安石面色不悦地回到家，吴氏还和他说儿子早考完了，叫人带话回来说晚饭和同窗们出去吃，让厨下不必做他的饭了。王安石哼了一声，转身去书房关着了。

小妹眨巴着水润漂亮的眼睛，奇怪地问吴氏：“娘，爹看起来怎么好像不大高兴？”

吴氏笑道：“大人的事儿你不必管。”

小妹乖乖地“哦”了一声，可还是忍不住发表自己的见解：“我也不高兴哥哥一考完就和别人去玩，都不回家——爹一定也是因为这个才不开心！”

吴氏笑而不语。儿子长大了，自然有自己的事要做、有自己的友人要应酬，哪可能和小时候一样好管束。只要儿子有出息、活得也快活，吴氏觉得怎么样都很好。

王雱到天色擦黑才回家，一听吴氏和他说他爹关着书房门自个儿生闷气，马上跑去给他黑着脸的爹献殷勤。王安石本来挺气，对上儿子又消了火，只叫王雱给他默写文章。王雱记忆力好，自己写的文章自不会忘记，当场给王安石都默了出来。王安石看完了，长吁一口气，稍稍心安了一些，又让他带着文稿去隔壁，问问他未来老丈人的意见。

王雱见他爹不生气了，还主动给他制造机会去司马琰家，立刻给了他爹一个大大的拥抱，而后撒开腿就往外跑。

王安石冷不丁地被儿子抱了一下，还没反应过来，等王雱跑远了才回神骂了一句："这混账小子！"

王雱带着文章去见司马光，司马光看完了，很保守地给了个"还可以"的评价，然后依然没给他机会去见司马琰，只赶他去找范仲淹，把文章给范仲淹看看。

王雱对这种类似考后对答案，还要一对对三家的行为很是不乐意，不过几个长辈都想早早了解一下他考得怎么样，王雱自然得亲自奉上，当即又跑去范仲淹那儿让范仲淹看文章。

范仲淹对王雱的文章很满意，他知道王雱的水平，本就不太担忧，看完后比王安石和司马光坦率多了，直接夸王雱写得很不错。

王雱见范仲淹精神不好，知道春天多雨，范仲淹的腿脚可能又开始酸痛了，当即让范仲淹躺下给他揉按了好一会儿。见范仲淹神色舒缓下来，渐渐有了睡意，王雱又抱出琴弹了两首柔缓放松的曲子把人哄睡了，才悄悄退出房间。

出了房门，王雱撞上了范纯粹母亲。范仲淹原配李夫人去世后，续娶过两任妻子，范纯粹母亲是第三任，约莫才三十来岁，性情很柔和。

见王雱出来后，范纯粹母亲便和王雱讨曲谱，说他若是中了进士就该忙碌起来了，再不能像现在这样经常来给范仲淹弹些安神曲子，她也粗通琴艺，想学几首曲子帮范仲淹入眠。王雱自然一口应了，表示到时会让范纯礼转交。

王雱回到家，把司马光和范仲淹的话都给王安石说了，着重强调范仲淹夸他写得好。

王安石绷着一张脸，坚决不给王雱翘尾巴的机会："到底好不好，还得等放榜那日才知道。"可一打发走王雱，王安石却又忍不住和吴氏分享喜悦："我看雱儿这轮是十拿九稳了。"

若叫王安石自己来评判，他儿子自然是能得一甲的，但他怕自己判断得不准，才叫王雱去找司马光他们。现在司马光和范仲淹都说好，那自然是真的好！

吴氏听王安石这么说也很欢喜，夫妻俩说了好一会儿话才睡下。

进士科考试是糊名的，也就是不让评卷人瞧见考生名字；为了防止考官从字迹认出人来，还有誊写一遭，也就是叫专人把试卷抄写一遍再送上去。

春闱结束后，负责誊写的官员便马不停蹄地用标准字体开始抄录试卷。等全部卷子都誊写好了，主考官才带着其他人开始阅卷。

欧阳修是今科主考，责任重大，精神绷得比考生还紧张。直至答卷都送到考官们面前，他才长舒一口气，与王珪等人一起开始阅卷。

这一年欧阳修拟定的取用标准和往年不一样，偏文、怪文就黜落，陈腔滥调也不选，只挑一些立意明确、文风简明中正的。在这一类文章上，欧阳修一直很看好曾巩，每回收到曾巩的文章都喜爱不已，翻来覆去地研读。如今他阅卷时，也时不时会冒出"这篇文章指不定是曾巩写的"之类的感觉。

欧阳修是又期待又矛盾，因为若是真认了出来，欧阳修反倒会很为难，名次给高了吧，会有人说他徇私；名次给低了吧，自己心里不乐意。他叹了口气，算是明白为什么要设置别头试了，遇上自己熟识之人还真不好处理。

欧阳修复核着手上的答卷，忽听范镇赞道："好文章！"

其他人改了半日卷子，都有些乏了，闻言精神大振，都问："来，给我看看？"范镇手上那答卷当即在所有考官之中转了一圈，最后才转到欧阳修手上。

众考官都觉这文章结构严谨，中心明确，文辞更是清新不流俗，看着叫人如饮甘醴。在读了两三百篇"应试作文"之后，看到这样一篇文章着实耳目一新。欧阳修见所有人都觉得好，便将它单独放到一边，招呼其他人再看看有没有更好的文章。

王珪一向喜爱好文章，虽说这文无一华美辞藻，读来却无一字不雅致。

阅卷本就是个容易疲累的工作，尤其是很多文章在王珪看来着实难以入眼，他便和欧阳修道："那卷子先放我这边吧，我判卷累了，就拿起来看一看，好舒缓舒缓精神。"

一听王珪这么说，其他人竟都有些意动，在座都是正经进士出身，也走过科举这座千军万马挤着走的独木桥，对文章的审美要求自然非常高。要他们看那么多一般士子写的文章，相当于让一个吃惯了山珍海味的人去吃清粥小菜，一次两次还好，次数多了心情肯定不太好。

王珪这个"摆篇好文章在手边，随时改善改善心情"的设想很快被贯彻下去，每个人都挑出一两篇摆在手边，批卷累了就拿起来细读一番，只不过看来看去，效果最好的还是范镇挑出来的那篇。

倒是范镇，只看了第一回便没再看，勤勤恳恳地认真批卷。等数千份答卷终于改完，到了排名的时刻，第一毫无争议地给了那份众人用来“改善心情”并且效果极佳的文章，其他“舒缓疲劳”效果不错的文章也排在了前列。当然，诸考官都没打算把这件事宣之于口，以免传出去后落人口实。

欧阳修对着原考卷核定排名时，赫然发现那份众望所归的答卷属于今科年纪最小的考生，满打满算这小孩今年也不过十四！

这样真的好吗？欧阳修有些沉吟。

有年长的考官看出欧阳修的犹豫，提示道：“去年年初官家生了场大病，四月又遇大灾，因此去年九月改元‘嘉祐’。嘉者，美也；祐者，助也；今科群英荟萃，奇才辈出，不正应了‘嘉祐’之意？”

欧阳修一听就明白了。官家身体每况愈下，且又子息艰难；去年黄河决口，开封遇灾，不管朝廷还是百姓，都需要点能鼓舞人心的好消息！若是让欧阳修曲意逢迎，那是肯定不可能的。但这答卷经众考官一致核定，分明就有排第一的资格，何不顺水推舟应了这事儿？

对官家，欧阳修是十分敬服的，他勤勉而宽和，遇事不会专横独断，总能听取朝臣的意见，哪怕被当面喷得满脸唾沫也不会真正怪罪于谁。

正因如此，欧阳修对官家也于心有愧。作为一个男人子息艰难，亲儿接连早夭，不仅无人宽慰，他倚重的朝臣们还都在他重病痊愈后上书要他选立宗室子。

欧阳修也是曾上书的人之一。

于朝廷，欧阳修问心无愧；于官家，欧阳修始终心怀愧疚。既然这小孩文章出众，公布出去也无人能质疑，那这场省试出一个史上最年轻的省元也无不可。

欧阳修亲自写下今科进士的第一个名字，而后就是第二、第三、第四……这名次，只是省试的排名，具体入选的三百余人如何定出身还得看殿试结果。

殿试之后，前三都为一甲，属于“进士及第”；前二百为二甲，属于“进士出身”；余下的百余人则是“同进士出身”，意思是虽然水平没进士那么高，但还是勉勉强强给你个类似进士的出身吧。而状元、榜眼之类的都属于民间称呼，一甲第二名、一甲第三名都乃榜眼，意思是第二、第三名立于状元之侧，宛如其两眼。

欧阳修把名单拟好，让考官逐个核实，确定无误后才上报。同一份名单，也由礼部官员统一张贴出去。

此时，历年春闱张榜处早被围得水泄不通，应考的士子、忠厚的家仆、设了赌局的关扑爱好者等等都已等候在外头。看见礼部官员拿着三张红榜走出来，人群立刻躁动起来——

春闱放榜了！

放榜这日王安石还在衙门当值，同僚都看出他心绪不宁，打趣说让他找借口去礼部问问看。

王安石强辩道："没有的事儿，就我儿那岁数，考上是喜事，考不上也不是坏事。"

王安石没等待多久，竟有人过来朝他贺喜："介甫，恭喜啊！"

王安石镇定地问："何喜之有？"

"你还不知晓？"那人立刻把第一手消息告诉王安石，"你儿子得了省元！十四岁的省元，纵观古今，前所未有！"

其他人闻言也大吃一惊，都聚拢过来朝王安石道贺："这回你可推不掉了，你可要请我们吃酒啊！""就是，别的事你可以不请，这种大喜之事你可不能省！""对的对的，得请，让我那劣子也沾沾喜气！"

王安石还有些发蒙，他知道自己儿子文章写得很不错，还揣度过考官们会不会因为他的年纪把他的排名往后压。可儿子得省试头名这种事，王安石是没想过的，一来年纪摆在那儿，二来儿子的文章不一定让主考喜欢。

听其他人都起哄完了，王安石才恍惚地回过神来，对同僚们说道："一定请。不过今日不行，今日我得回家。"

同僚们自然没为难他，都约明日。

下午一下衙，王安石便急匆匆赶回家。家中也早得了消息，不少人都登门恭贺，吴氏刚送完一批人呢，转头便见王安石回来了。两人都欢喜不已，齐肩走进屋说话。

王雱这会儿在司马光家。他刚和范仲淹说完话回来，走到司马光家门口又忍不住探头探脑往里看。司马光正巧下衙，便将他提溜进屋，板着脸训道："都考省元的人，还这么鬼鬼祟祟像什么样？"

王雱在心里嘀咕，考了省元还不是被你们当孙子一样训。不过见司马光脸色严肃，王雱没敢把话说出口。

司马光见王雱又装出乖乖巧巧的模样，有点儿头疼。他与范镇素来交好，范镇也是今科考官，因着儿女亲事，司马光在考前都没与范镇见面。今日办差时偶然遇上了，司马光才得以第一时间得知王雱得了省元，还知晓王雱早已简在帝心的事。

范镇给司马光说了，王雱考上后谨言慎行还好，要敢弄出什么事情来，台谏那边正摩拳擦掌等着呢，一个不好连着欧阳修、王安石、范仲淹他们也一并弹劾了。

王雱什么性格司马光自是知晓的，要他安安分分绝对是痴心妄想。劝是劝不了的，教又教不动，司马光只能把范镇的话转述给王雱，让他自己看着办。

王雱一听，震惊了，这么刺激的吗！他这还没当官呢，怎么就被台谏盯上了？

台谏其实是两个不同的部门，台官是监察御史、御史中丞、御使大夫之类的，负责纠弹，简单来就是摆事实、讲道理地喷你这事儿干得不对；谏官就是谏院那边的，负责规谏，简单来就是捋起袖子告诉你，该干点事了以及这事儿该怎么干才对。

王雱小心翼翼地和司马光讨教官场规则："要是他们骂我了，我能骂回去不？"

司马光没好气地瞅他一眼。说："真要觉得冤屈了，你可以上书自辨，骂回去就不必了。"

王雱对单方面被喷这种事不感兴趣，顿时表示自己会当个乖孩子，不吵不闹腾，让做什么就做什么。司马光不太放心地看了看他，没再训人，打发他赶紧回家去。王雱见还是见不着人，只能无奈地溜达回家。

王雱一走，司马光便打起门帘进了书房。张氏正带着司马琰在刺绣，见司马光进来了，搁下手里的绣活儿问道："阿雱回去了？"

司马光看了眼同样停下绣活儿的女儿，说道："我走到家门口时看到他在门口探头探脑，才揪进来说他几句，再不回去介甫在家怕是要等急了。"

司马琰想象着王雱偷偷摸摸想溜进来的模样，唇角染上了一丝丝笑意。

张氏道："你就别老训阿雱了，哪家孩子能在这个年纪就当省元？"一想到两家儿女已经定亲了，张氏就欢喜不已，谁家找女婿不想找个出挑的？反正，她怎么看王雱那孩子怎么满意。

见妻女都如此，司马光摇了摇头，没再多说。王雱那小子还没当上官，就已经被那么多人给盯着了，往后他要是捣鼓出什么离经叛道的东西来，还不得变成众矢之的？再想想王安石在信上和他商量过的那些“新法”，司马光更觉得未来肯定不会太平静，这对父子绝对是搅风搅雨的能手。可既然决定把唯一的女儿许给王雱，司马光心里也已有了准备。若真有不得不为的事，那便为之！

春闱放榜之后，国子监把榜上有名的人都找回去教授殿试礼仪。这回人不多，可不能再像举子朝拜时那样丢丑，人少容易被记住。

胡瑗听说了大庆殿前发生的事，对王雱等人的表现很是满意，最近看着他们都挺慈眉善目的。苏轼的排名也很靠前，倒是国子监大考时排在第二的章惇掉到了后面去，竟比他侄子章衡还要落后一些。

说是侄子，实则章衡比章惇还要年长几岁，章惇乃是他父亲章俞的私生子，不过待人宽和有礼，相貌又出众，在同辈之中名声很不错。得知自己的名次后，章惇少有地沉默了，独自去闷头准备殿试。

苏轼看到自己的排名倒是很开心，悄悄和王雱说起自己这些天一直有些忐忑的事：“我一直担心会出问题呢，这次我用了个虚构的典故，不知晓考官有没有看出来。”

王雱被苏轼说得有点儿蒙，奇道：“你虚构了什么典故？”

苏轼又悄悄给王雱念了一遍，他写的是这样的：“当尧之时，皋陶为士，将杀人。皋陶曰‘杀之’三。尧曰‘宥之’三。”意思是尧当皇帝时，皋陶给他干活儿，要判人死罪。皋陶说该杀了他，尧说该宽恕他，两个人来回扯皮，都很坚持自己的意见。

王雱回忆了一下自己看过的典籍，还真没见过这个典故。这是虚构名人事迹啊。只要胆子大，走遍天下都不怕。这尧帝和皋陶之事，等闲人还真不熟，所以被苏轼给蒙混过去了。

苏轼道：“我都没敢和我爹说，怕我爹骂我，可憋死我了。”

王雱保证自己会守口如瓶，等殿试结束后再和人宣扬他的丰功伟绩。他瞅了苏轼一眼：“你可得再忍忍，别再和人说了，殿试这关还没过呢。”

苏轼道：“我知道的，这不是憋得厉害才找你说吗？”对王雱的人品苏轼是很信任的，虽说王雱这人鬼主意多，可还真没害过谁，王雱帮人的时候更多。

两人说完了悄悄话，又和其他人一块儿准备殿试去了。

殿试来得并不慢，月中便要开始了，考场设在崇政殿内，考题由官家亲自出。为了防止考官、学生结党，殿试的主考官乃是官家，也就是说决定赐予什么出身的人是官家，每届进士都属于天子门生。

考生殿试之前要先去“请号”，就是去交考试费顺便拿考号，好在考试当天对号入座，丢了这张考号是不给进的。

这活儿一般安排在各个书坊里，书坊顺便提供装订答题纸和租借殿试桌椅服务。对应试举子来说，考个试前前后后要花的钱可不少。

首先是考试答题纸得自备，在答题纸首页要附上“家状”，也就是你家住何方、祖上有什么人、考过几次科举等等详细信息。然后你还得备上一套桌椅，因为殿试前几日你得给贡院交纳自己要用的桌椅，方便贡院布置考场。

各家书坊、书铺为了吸引士子们到自己书坊来，大多已经跑去贡院那边寻求合作，积极为士子们提供一条龙服务，只要你给够了钱就能舒舒服服、毫无烦恼地去考试，甚至还会送你一本“御试须知”。实在没钱也没问题，还可以先和书坊赊账，书坊很乐意在举子身上投资。

方氏书坊也是贡院选定的定点书坊之一，王雱自然带着小伙伴们去预定了殿试一条龙服务。

天还没亮，王雱便被苏轼他们叫醒了，一行人出发去请号。

王雱原以为自己一行人已经够早了，结果到那儿以后早就排了长长的队伍。探出脑袋往前一看，王雱瞅见吏部官员坐在中庭逐个给他们发考号，场面看着有点儿严肃也有点儿无趣，不由小声和苏轼、沈括商量：“我们马上要离开国子监了，要不要给梅直讲他们送点好东西？”

苏轼一听，觉得有理，问道：“你觉得送什么好？”

王雱道：“送俗物的话太俗气了，我怕梅直讲他们会把我们赶出门，要不我们给国子监做些石椅在树下供人歇息，顺便在上面刻点字，让师弟们可以了解一下梅直讲他们的厉害之处！”

沈括赞同地点头：“这主意不错。”

王雱道：“比如说，梅直讲骂人的诗啦，胡直讲训人的话啦，杨直讲发飙时爱冒的口头禅啦，最好在椅背上刻上他们的画像，这样才够形象。画像我已经想好模样了，改天画出来给你们看看。要是时间赶得及，我顺便让人赶做一批小玩偶，我们这些同年们人手一套，铭记师恩，永不相忘！”

到时一溜喷火的小老头儿齐刷刷排开，多可爱！

苏轼：“……”

沈括：“……”

苏辙小心翼翼地抒发自己的疑问：“梅直讲他们看到了真的会高兴吗？”

王雱对此信心满满：“一定会！”

几人边说着话边往前挪，王雱将自己的伟大设想完完整整地告诉小伙伴之后，他们也挪动到前排了。王雱立刻摆出自己的乖学生模样，签名画押，从吏部官员手里接过属于自己的号牌。

万事俱备，只等殿试了。

短短数日，转瞬即逝，眨眼到了殿试这天。

考生们早早到了崇政殿外，对着礼部张贴出来的座位表查找自己的座位，乖乖站在外面等着朝会结束。

常朝结束之后，便有内侍官出来引士人们按照省试名次入内。王雱得了头名，排在最前列，入内后规规矩矩地朝着官家躬身一拜。抬头见官家正望着自己，王雱没放过刷印象分的机会，立即朝官家乖巧一笑，按照内侍的指引躬身再拜，然后寻到自己的位置对号入座。

考场四周都设有帷幔，王雱抬眼瞧去，依稀能看到帷幔外面立着一些人，约莫是内侍和负责殿试的官员。

殿试开始之后，有人将考题发了下来。这是官家出的题，按照“御试须知”里的说法，考生得先把考题抄下来，然后将御题塞进黄纱袋子里系到颈上保护好，若是弄脏了这御题就是大不敬。

王雱把题目看了一遍才抄录下来，和其他人一样老老实实把御题收起来，开始思索怎么答题。

这御前考题，首先要不犯忌，然后要写得积极向上点，基调不能太丧，最好还能隐晦地拍个马屁。像他爹那样写“孺子其朋”，虽然没犯禁，但是让官家看着不舒服，那也是容易影响排名的。

王雱只稍一停顿，便刷刷刷地开始答题，诗赋文章一气呵成。他把自己的卷子核定一遍，确定没问题，痛快地和考官提出要交卷。

考官有些讶异，不过还是把王雱的卷子收了，心道这若是在太宗年间，状元怕是就定出来了。

当初，太宗年间科举取士时殿试也就走个过场，取个“天子门生”的含义而已，文章具体如何已经在前头考校过了，是以那时候的状元是按照殿试交卷速度来确定的——你若是最先写出文章，那么你就是状元！当然，现在这种“谁写得快谁当状元”的排名方法早被取消了，殿试时敢当快枪手的人也不多。

勇敢的快枪手王雱考完科举的最后一场试，在内侍指引下溜达出宫门，美滋滋地回家陪妹妹玩去了。

殿试考完之后，又得有十日左右的阅卷时间，由编排官整理好试卷，再经过殿试初考官、覆考官精审定等。

所谓的定等，就是给文章评分确定等次。自真宗大中祥符年间起，殿试文章可分为五等，学识优长、词理精绝才能定为第一等，其余或多或少能挑出毛病来的则循序往后排。

初考、覆考之后还有个详定官，负责核定名次，送到官家那儿。

今年殿试的阅卷效率很高，事实上能排前十的，文章水平都相差不远，争执了几回之后众考官便将前十定了下来。就连往年最有异议的头名，在传看过几篇考生文章之后也轻轻松松选定。至于后头的文章，那自然就更轻松了。

详定官将名单送到官家那儿，官家打开一看，入眼便是前十的名单。看到排在最前的姓名，官家一顿，将名单递给几位宰执让他们传看。对这位次，官家是很满意的。

前十之中，有年轻的新丁，也有进入了青壮年的老生；籍贯有南边的，也有北边的；有国子监的监生，也有寒门子弟。更重要的是，这次殿试的头名让官家很是喜欢，年仅十四，年少聪慧，知进退、善交游，入读国子监时与一众监生、直讲们创办了《国风》，文章写得好，办起事来又有主意，与其父一样是朝廷眼下最需要的栋梁之材。

旁的位次可以换，这头名的位置却是不能换的。

官家心中已有决定，宰执之中有提出异议的都被他轻飘飘驳回。在场的都是人精，都到这份儿上了岂会不知官家的心思？只是这少年未免太惹眼了，年仅十四便三元及第！

文彦博与其他宰执对视数眼，都看出了彼此的心思——既然发解试、礼部试的考官将此子推了上来，此子殿试文章又写得无可挑剔，给他一个状元又如何？

文彦博首先表态，表示没有异议，然后拍了官家一记马屁，庆贺朝廷将天下英才揽入囊中！其他人见文彦博先不要脸了，立刻也跟着歌颂一番，再将自己看好的人选稍稍调整一下位次，皆大欢喜地把此次科举的名次确定下来。

为了网罗更多可用人才，今年不仅入选的三百七十三人没有黜落任何一个，还特别赐给十五个没有经过省试的人同进士出身，因此今年科举取士一共三百八十八人，殿试通过率远超百分之百！

殿试名次公布之日，王雱一行人又得一早来到崇政殿等候着，礼部官员让他们排好位次，等着唱名赐第。

所谓的唱名，就是由宰执站在御案前念出“一甲第一名某某某”“一甲第二名某某某”“一甲第三名某某某”。一甲就只有三个，所以待遇很特殊，还要当众由宰执念出应试文章，若是其他考生觉得自己文章比三甲好，心中不服，可以出列辩驳争取改换名次。

今年负责这件事的是文彦博，他看了眼站在底下的准新科进士们，在所有人期待的目光中报出了一甲头名的名字：“一甲第一名王雱。”

报完后文彦博没给准进士们议论的机会，拿起御案上的一甲头名文章字正腔圆地念了起来，声音不大不小，正巧可以清晰地落入殿中所有人耳中，一看就是讲话经验丰富的大领导。

王雱不知道还有这程序，猝不及防地被当众念出应试作文，还是隐含点不要脸、小马屁的那种，一时不知该做何反应，只能乖乖巧巧地站在那儿装死，等待第二名接受这种“羞耻”的洗礼。

第二名是章衡，今年已经三十二岁，应试经验老到，马屁写得更纯熟，一篇《民监赋》将马屁从太宗拍到当今官家，文章自然流畅，用典贴近考题，果真非常不错。

王雱听了醍醐灌顶，学到了新的拍马姿势：不要只对着官家一个人拍，顺便拍一拍先皇们，这样一来就没人敢跳出来说你写得不对，你是想曲意逢迎了——谁要说这写得不对，岂不是不敬先皇？想夸一夸先皇们，你还不许我夸，你是什么居心？

第三名，是苏轼，苏轼的文章这回很收敛了，不过还是写得酣畅淋漓，唯一的缺点大概就是，还不会拍马屁。

在国子监搞了一年多题海战术，又见天儿想挑战《国风》前三版，苏轼这个本来就有过目不忘能耐的家伙进步飞快！

王雱不记得苏轼在历史上是什么位次，不过应当不是一甲才对，毕竟现实世界的宋朝没人称呼他为“苏状元”“苏榜眼”或者“苏探花”。两个人一起高中，最先入内站好，王雱自然是高兴，趁着文彦博往下唱名时，越过章衡捅了捅苏轼，然后在苏轼转头看过来时朝他挤眼睛。

苏轼瞪他一眼，让他安分点。这里可是崇政殿，不是国子监！

三百八十八个名字都报完之后，新科进士按照排名列队谢恩，第一名单独一班，第二、第三名在第二班，一左一右分立状元两侧，宛如两眼，因此这时候第二、第三名都被称为“榜眼”，一甲三人赐进士及第。第四到第十也单独排成一班，剩下的二甲、三甲都按名次排成一班，二甲赐进士出身，三甲赐同进士出身。

谢恩时，王雱、章衡和苏轼这“三魁”还要作首感恩诗，感激官家选中自己。这自然难不倒王雱他们，三个人都文思敏捷地现场创作了一首感恩戴德、真情流露的诗献了上去。

官家连听三通马屁，通体舒泰，也礼尚往来地回赠王雱一首状元诗，大意是“朕的状元有才华，长得又好，将来一定能为朝廷做出大贡献”，妥妥地是在和王雱进行商业互吹。王雱有点儿小激动，看看，互吹之风都到官家这儿来了。他感动不已，当场又写了一首诗献给官家，感情更加充沛，言语更加真挚，句里句外拳拳的报国之心溢于言表。

新科状元这么狗腿，杵在殿中围观唱名的台谏官员们看得脸皮直抽抽，若不是场合不对，当场就要喷人了。

唱名结束之后，官家给新科进士赐了官袍和朝笏，官袍是绿色的，鲜绿鲜绿的，配淡黄的衣衫、淡黄绢带。这时，场面就有点儿混乱了，不少新科进士抢先冲出去，里面的衣服也不脱，直接把官袍往身上套，很不讲究！

王雱虽是状元，官袍却也同样是鲜绿鲜绿的，好在他长得好，压得住这过分耀眼的颜色。他穿好衣袍，和苏轼几人对看一眼，都笑了。

沈括他们位列二甲，出去时要自己租用车马，王雱、章衡和苏轼三人却能获得御赐马匹招摇过市一番，很是春风得意。

宫门一开，新科进士骑着高大的马儿鱼贯而出，外面早已等在皇榜之下的人也都激动了。尤其是早早看准未来女婿的人家，更是摩拳擦掌等着把人抢回家去。

作为半个已婚人士，王雱倒是一点都不担心自己被人抢了去。于王雱而言，今天唯一的不圆满，就是内侍特地给他戴了朵大红花在胸前让他好好风光一回。

这都什么审美啊！红配绿，赛狗屁！

王雱沿着御街行了一路，谢绝了数家富户的“热情相邀”和小娘子们抛来的鲜花手绢，回到了朱雀门外街。

这就是王雱的地头啦，许多长久驻扎在朱雀门外街的商贩都挺起胸脯对周围的人说：“我是看着状元郎长大的哩！”说完，又说起小时候的状元郎多么多么可爱，多么多么机灵，当时他们瞧着就觉得状元郎长大后一定会有出息。

路过国子监时，国子监的同窗们、师兄师弟们都站在门口看王雱骑着御赐的马经过，连梅尧臣他们都出来了，站在国子监门口看着骑马而来的王雱。

王雱远远见了梅尧臣等人，当即翻身下了马，朝着梅尧臣他们躬身行了一礼，等梅尧臣他们回礼后也不上马了，大大方方地朝邻里们招了招手，在邻里们的注目中走回他们家租用的宅院。

临近家门前，王雱抬头看去，瞧见旁边宅院的门吱呀一声开了，身着春衫的司马琰跟在张氏、司马光身后走了出来，十三四岁已是少女最美好的年纪之一，只需带着浅笑站在那儿，便已是春日之中最美丽的花儿。

王雱上前朝司马光、张氏执了晚辈礼，朝司马琰露出个显出酒窝的笑，这才转向虎着脸站在一旁的王安石和搂着小妹喜极而泣的吴氏。

见他爹一脸“考中了就考中了，没什么大不了”的严肃表情，王雱张开手就给了他爹一个结结实实的拥抱，喜滋滋地说：“爹，我可比你厉害多了，你那会儿才排第四，我一下子中了状元！”

原本看王雱一路镇定自若、斯文有礼的模样，周围围观的百姓们还以为他是个少年老成的小天才，这会儿见王雱欢欢喜喜地抱住他爹才发现这是个实打实的少年郎，年纪小，性子活泼。

瞧见王安石脸上的稳重表情轰然崩裂，想把儿子给推开，又觉得这个时刻父子之间理应有个这样的拥抱，犹豫之间眼眶已经红了。儿子有出息，当父母的哪能不高兴，只是不愿意表现在脸上让旁人看了去而已。

即便眼眶隐隐泛热，王安石还是强自镇定地教训：“这都当进士的人了，还这么不稳重，叫人看笑话！”

王雱松开了王安石，去抱了抱他娘，然后又抱抱他妹。

王雱到家不久，道喜的人就陆陆续续登门。近年来科举改成两年一轮，状元几乎年年有，可十四岁就得了状元，还是三元及第，绝对是从古到今从未有过的先例！接下来，王安石少有地花大钱请了同僚、友人去樊楼庆贺，王雱这个状元郎却不得闲，得去参加为期十几天的公款吃喝。

最开始的一场琼林宴摆在城东的琼林苑，官家会亲自摆宴与新晋进士们同乐，再玩点击鼓传花——不，曲水流觞之类的风雅游戏，争取每个人写点好诗在官家面前刷刷脸。苏轼和苏辙兄弟俩因为年纪比较小、模样十分俊秀，被选中当琼林宴的“探花使”。

照理说王雱年纪应该是最小的，长得也出众，也当得上“探花”之名，可这探花使的重要任务之一就是在琼林苑中寻到好花献给状元。

王雱都没仔细了解过琼林宴的事呢，一听到这些习俗脸色就有些不好。这探花使献的花，是要给状元戴上的，没错，就是给戴头上。

宋朝士人们爱戴花，还爱戴大红大紫的花，王雱见苏轼兄弟俩在礼仪官的指引下兴冲冲地去挑花，表示一定会挑大的、挑鲜艳的，脸都有些绿了，和绿绿的新官袍相映成趣。更可怕的是，官家特派的画师郭熙很快到了，一见到王雱就仔仔细细地观察起来，准备等会儿把状元郎认真画下来。

一想到自己得戴着那大红大紫、个头儿还贼大的花被画下来，王雱就觉得人生无亮。

王雱趁着苏轼兄弟俩走远、其他人又没围拢上来，主动凑上前和画师郭熙打招呼，神神秘秘地和郭熙道："先生，我也颇喜爱画学一道，前些年习得一种外邦画技，可惜天资有限，苦练熟年仍不得其道，不知可否和您讨教讨教？"

郭熙听王雱这么一说，谦逊地表示自己不通外邦画技，但愿意见识见识。王雱当场掏出支随身携带的炭笔，在纸上刷刷刷地给郭熙展示起来，什么构造、比例、线面、透视、明暗、特征特写……

郭熙看着一张简易的写实画像迅速在王雱手底下成形，画上的人画得惟妙惟肖，竟连每一根头发丝都像真的。

郭熙本就是个醉心画学之人，乍然看到一种新画技顿时有些痴了，接过王雱手里的炭笔躲到角落，摊开画纸飞快写下王雱刚才说的一些要诀，接着铺开另一张纸认真地尝试起来。

苏轼、苏辙寻了花回来，王雱正与沈括他们说话。瞧见两个探花使拿着朵漂亮的花，其他人都把王雱推了出去，让苏轼兄弟俩给他插花。王雱年纪还小，两朵大大的花一左一右插他头上，看着颇为喜庆。

王雱见其他人都瞧着自己笑，当下和人讨了剪刀，亲自挑了又大又漂亮的花咔嚓咔嚓剪下来，一人一朵地分过去，好让所有小伙伴们都有福同享，有难同当！

王雱与苏轼他们闹腾了好一会儿，差不多把琼林苑的花糟蹋了大半，官家才带着宰执亲至。

琼林宴正式开始后，新晋进士们紧张地喝了点小酒，纷纷开启吹官家、吹朝廷模式，新诗不要钱一样往外冒。当大家都一起不要脸的时候，王雱就更加如鱼得水了，也跟着写了新诗热情歌颂官家、歌颂朝廷、歌颂我们亲爱的祖国。

这拍马屁也得分水平高低，王雱经过殿试一轮锻炼后，水平显然大幅度提高，官家听得龙颜大悦，越看王雱越觉得喜欢。最后皆大欢喜地散场。

第二日，琼林苑依然摆宴供新科进士宴饮，这回官家与宰执不再到场，纯粹是供同年们结交。这种朝廷拨了专款的宴饮将会持续十几天，直至写着众人出身籍贯等各种详细信息的《同年录》印刷完毕、三百八十八位进士人手一本之后才会结束。这也是历来同年之间大有交情的原因。

王雱这个风头正盛的状元郎，哪怕他不去结交别人，别人也会来结交他。不用等到十几天结束，王雱已基本把同年都认遍了。

首先自然是曾巩一家子，曾巩这次带了三个弟弟、两个妹夫来考试，结果是考了个大满贯，全都同年登科，曾巩自己还进了前十！

得知曾布几人都是跟着曾巩读书的，王雱觉得曾巩应该去当个教育学家。算算看，兄弟四人四进士，再加上两个妹夫，那他们一家子就中了六个！面对王雱满是佩服的眼神，曾巩谦虚地道："侥幸而已。"这是实话，他自己当初总考不中，蹉跎到三十二岁，若不是今年改了取士风向，他怕还是考不上，更别提什么一门四进士。

除了曾巩这逆天的一大家子之外，王雱还觉得有些名字听着挺耳熟，比如程颢、张载、吕惠卿、章惇等等；有些看着比较出挑的，比如王韶、郏亶、吕大均、朱光庭、蒋之奇；还有些一看就是活跃人士，如张璪、林希、邓绾等。

王雱挺感兴趣的是两个专业人才，王韶和郏亶。

王韶沉迷兵学，玩个《三国杀》还给他整理出里头涉及的《三十六计》内容来。需要注意的是这时代虽然有《孙子兵法》，但是还没有《三十六计》，因此对许多人来说，里面涉及的一些计策还是很刺激的。

王韶对这些很感兴趣，拉着沈括讨论完，从沈括口中知晓很多计策是王雱提供的，立刻转移目标拉着王雱探讨。

郏亶的话，主要是对王雱的个人兴趣，郏亶这人对兴修水利很感兴趣。王雱看过他的策论，基本离不开兴修水利，讲得还挺专业。一个很好的同行苗子啊！王雱主动上前去与郏亶结交。郏亶这人很有搞工科的特征，沉默寡言，不善交际，但谈到自己热爱的方向就滔滔不绝，反客为主地拉着王雱聊了许久。

吕惠卿也主动上前与王雱说话，还和王雱提到章惇推拒了这次进士出身的封赐，准备下科再考。王雱与吕惠卿、章惇还算聊过几回，得知章惇的决定后不由问："为什么？"

吕惠卿道："他说耻于居章衡之下。"章衡便是今科一甲第二名，给王雱提供了拍马范例的那个。

王雱听了，知晓章惇是个气性高的人。这样的人能力是有的，各方面都容易冒尖，但容易走极端。王雱并不对此评价什么，只给了章惇一个美好祝愿："以章师兄的才学，下一科应当会名列前茅才是。"

比较让王雱意外的是张载也上前与他说话，身边还跟着个朝他执弟子礼的吕大均。张载今年已经四十七岁，算是晚登科了，与长着一张少年脸庞的王雱站在一起对比极其鲜明。

张载找王雱自然是有事，他是和王雱聊“植物更新空气实验”的。他的学生吕大均和他同年登科，年纪小些，与其他士子往来得多，得了本《格物手册》。

张载对其中的“空气论”很感兴趣，想去王雱的“格物坊”动手操作一番，验证空气的存在。因为这和他的一个关于元气论的猜想有关系，他认为周围的虚空充满了流动的空气。张载还提出许多观点：比如说，静止是运动的特殊形式、运动变化是物质的固有特性、偶然性与必然性的对立统一等等。简单来说，这是一个在哲学海洋中遨游多年、试图走出唯物主义道路的厉害人士，因此张载对王雱那个格物坊和《格物手册》之中的内容很感兴趣。

王雱和张载聊着聊着，忽然福至心灵，想起张载是何许人也。这不就是那位说出“为天地立心，为生民立命，为往圣继绝学，为万世开太平”这句名句的横渠先生吗！这是一个厉害的思想家和教育家啊！要是把这种自己喜欢动脑还爱开班授课的厉害人士拉拢过来，往后不愁没人才可用了。

王雱一听张载的话，立即热情地邀请他一定要多去格物坊走走，千万别客气，只把那儿当自己家就好。

张载满意地走了。

走出一段路，吕大均忍不住和张载说：“老师，我怎么觉得他对你分外热情？”

张载也觉得有些奇怪，不过结交的目的已经达到了，便也没放在心上，笑着道：“王状元与谁都挺好。”

一般少年得志免不了会有些恃才傲物，待人接物更不可能处处圆融，这少年状元身上却没有丝毫浮躁骄傲之感，让人感觉很是亲近，即便心中有些羡妒也很难生厌——这才更让张载感到稀奇。

十来日的公款宴饮结束，王雱也拿到了属于自己的“同年录”。看着上头早已熟悉起来的一些名字，王雱不得不感叹自己碰上了牛人云集的一年，光唐宋八大家就上了苏轼、苏辙、曾巩这三个！其他未来搞哲学的、搞党争的、搞文学的人才都不少！若不是苏洵今科依然没考上，唐宋八大家指不定能上一半！

趁着岗前培训还没开始，王雱联络国子监的小伙伴们回母校送礼。做石椅的事情王雱已经和范仲淹打过报告了，对于王雱这些交完光监钱还想为母校做贡献的优秀毕业生，范仲淹自然是欢迎的。

范仲淹不知晓的是，这些石椅上还专门请了雕刻师傅雕上了一些王雱他们精挑细选选出来的“好文章”。随着搬运师傅把石椅一张张放置到指定地点，国子监的监生们也都看见了上面惟妙惟肖的直讲画像以及他们的“名人名言”。

胡瑗注意到监生们都围拢在一张张石椅前津津有味地议论，有些奇怪，迈步走过去训道：“不去温习，都围在这里做什么？”

监生们看看石椅，又看看胡瑗，顿时默契地一哄而散。胡瑗这才注意到石椅上刻着的“胡直讲训话图”，那画工十分奇妙，人像画得头大人小，本应十分古怪，瞧着却又传神得很，能叫人一眼就认出画的是谁！再看看“胡直讲训话图”旁边摘录的“胡氏语录”，胡瑗气得吹胡子瞪眼。不用多想，这事儿一定是那王元泽干的！

胡瑗回直舍把这事儿一说，其他直讲也到外面去看石椅。看到其他直讲的“专属椅子”，每个人都幸灾乐祸；等瞧见自己的“专属椅子”，每个人又都气得不轻，异口同声地大骂：“王元泽那混账小子！”反正，有什么稀奇玩意儿出现，扣到那王家小子头上一准不会错！

王雱胆大包天得很，不仅不怕直讲们发飙，还拉着苏轼他们抱上几个漂亮盒子跑到直舍里，兴冲冲地给胡瑗等人送礼来了。这礼盒之中，有一本精装版的《名师语录》，还有一溜喷火小老头儿整齐排开。

对于小老头儿的材质方面，王雱做了各种选择，从布娃娃到陶瓷都让人试了一遍，最终将订单委托给常年精制磨喝乐娃娃的老作坊，从表情到衣着都纤毫毕现、栩栩如生，在桌上一字排开很能身临其境地感受到直讲们课上发飙时的愤怒。

王雱最近特别感谢梅尧臣，因为考上状元他才知晓需要写诗的地方这么多，他能够轻松自如地和官家商业互吹，全靠梅尧臣这两年来的悉心栽培啊！因此，礼物带来了，王雱第一个就凑到梅尧臣身边介绍这份礼物花了他多少心思，多么意义深远。他边说还边把几个喷火小老头儿给摆到梅尧臣桌上，让梅尧臣可以更直观地欣赏到它们的美好。

梅尧臣：“……”

苏轼他们可没王雱这脸皮，帮着王雱把“礼物”搁下之后就脚底抹油，赶紧跑了。

梅尧臣脾气还是好的，被王雱直接闹到跟前都没发飙，杨直讲他们就没那么温和了，直接轮流把王雱拎到面前训一顿：有你这么编排人的吗？你是不是考上状元就飘了？哪怕你当宰相了，你也得认我们这些老师！

王雱乖乖挨完训出来，麻溜地跑去找苏轼他们，鄙夷他们太没义气：说好一起给直讲们送礼，他们居然放下礼物就跑了，也不给直讲们介绍介绍。

明明里面很多经典名句是大伙集思广益回忆起来的啊，日常和直讲们抖机灵的苏轼大大贡献尤其巨大，怎么就留他一个人面对一群喷火老头儿！

当然，王雱是不会承认自己挨了训的，他有模有样地感慨："我一个个给他们介绍完，他们都感动得不得了，直说舍不得我离开，要我常回来看看！"

沈括白他一眼："信你才怪。"

苏轼等人也纷纷表示不信。

一行人闹腾过后都倚在国子监的凉亭中，抬眼怅然地看着国子监中熟悉的一花一木。这两年来他们都是在国子监里度过的，每日早起跑操、熬夜看书，国子监每一处都有过他们的足迹。现在，他们已经不再是国子监的监生了。

傍晚吃过谢师宴，王雱提议来个毕业照。

这年头是没相机的，可王雱有笔！他叫小伙伴及直讲们在学舍前列了个队，心中有了完整构图，表示可以散了。

苏轼有些好奇："你让我们站一会儿就能记下来吗？"

王雱道："当然不能，可我们平日里也有往来，只要把位次记好，画着还是很轻松的。"

苏轼知道王雱从不说谎，也不多问，期待地等着看他们的"毕业照"。

过了几日，王雱便将"毕业照"原稿送到印书所，叫印书所做雕版印了许多份，做到毕业照上的"毕业生"和直讲们人手一份！

王雱不知道的是，当月的《国风》上刊登了他这张"毕业照"，还附上了梅尧臣写的别离诗。

《国风》又随着方氏书坊庞大的销售网络进入千家万户。

最近，画师郭熙过得不太好，他是画学出身，对画技十分痴迷。上回官家交代他去琼林苑画一画新科进士，他去是去了，结果却被那状元郎那手"外邦画技"迷住了，压根儿忘记画琼林宴。好在官家宽仁，并未怪罪，还问他状元郎说的外邦画技是什么。

郭熙近日来反复揣摩，却也仅仅是入门，做不到状元郎那么应对自如，能讲的并不多，只能挑拣着与官家说了。

郭熙并不认为自己的技法比那外邦画技差，只是也看到了那外邦画技的好处，比如画人像用这种画法更加写实，便是天赋差些的，按照此法勤加练习也能画出点模样来。

御前应对完官家的问话后，郭熙一直犹豫着要不要登门拜访王家状元郎。等看到《国风》上的“毕业照”，郭熙心中一惊，王雩本人也在画上呢，那这画是谁画的？难道还有其他人精通此法？

郭熙不再犹豫，带着这期《国风》去王家拜访。王雩正巧在家，听说是郭熙来了，先是一愣，然后才想起自己在琼林宴上忽悠了人家。他腼腆地出来与郭熙相见，主动问起郭熙的来意。郭熙拿出《国风》翻开那张“毕业照”，开门见山地问此画出自何人之手。

这显然又是个较真的人，可以为了艺术穷追不舍。

王雩只能老实承认是自己画的，画上的自己是列队时先留个空，画的时候自行补上去的。

这画只是用来给同窗和直讲们留个纪念，并没有太高的艺术欣赏价值，王雩只用了两天就画好了，画工只能算中上水准。要说有什么能引起郭熙的注意，那只能是画里涉及的新技法了。

郭熙得到了答案，虽然仍有些难以置信，不过也勉勉强强接受，改为和王雩说起今日来的疑惑、探讨起画学方面的问题。拉着王雩一直聊到傍晚，郭熙才依依不舍地离去，走时一副“我改天还想再来”的模样。

王雩：……早知道那天就让这家伙画个戴花状元好了，总比被这种艺术痴人抓着探讨专业问题要轻松。

图书在版编目（CIP）数据

玩宋：全 2 册 / 春溪笛晓著. -- 南京：江苏凤凰文艺出版社，2021.1
ISBN 978-7-5594-5280-1

Ⅰ. ①玩… Ⅱ. ①春… Ⅲ. ①长篇小说 – 中国 – 当代
Ⅳ. ① I247.5

中国版本图书馆 CIP 数据核字 (2020) 第 198403 号

玩宋：全 2 册

春溪笛晓 著

责任编辑　刘洲原
特约编辑　赵璧君　夏君仪
装帧设计　苏　涛
责任印制　刘　巍
封面插画　无　轩
出版发行　江苏凤凰文艺出版社
　　　　　南京市中央路 165 号，邮编：210009
网　　址　http://www.jswenyi.com
印　　刷　天津旭丰源印刷有限公司
开　　本　680 毫米 × 970 毫米 1/16
印　　张　34
字　　数　590 千字
版　　次　2021 年 1 月第 1 版
印　　次　2021 年 1 月第 1 次印刷
书　　号　ISBN 978-7-5594-5280-1
定　　价　68.00 元